kostenlos mobil
weiterlesen

Eine ausführliche Erklärung zur Nutzung von Papego
finden Sie am Ende des Buches.

Ellen Sandberg

Die Vergessenen

Roman

Verlagsgruppe Random House FSC® N001967

1. Auflage 2018

Dieses Werk wurde vermittelt durch die AVA international GmbH
Autoren- und Verlagsagentur, München. www.ava-international.de
Das Zitat auf S. 387 stammt aus: Johann Wolfgang von Goethe, *Faust: Eine Tragödie,* Projekt Gutenberg-DE. Die Zitate auf S. 489 und S. 499
stammen aus: Rainer Maria Rilke. *Die Gedichte,* Insel Verlag.
Umschlaggestaltung: Frühling advertising group GmbH
Umschlagmotiv: © istock/ISO 3000
Redaktion: Angela Troni
Satz: Greiner & Reichel, Köln
Druck und Bindung: CPI books GmbH, Leck
Printed in Germany
ISBN 978-3-328-10089-8
www.penguin-verlag.de

Dieses Buch ist auch als E-Book erhältlich.

Prolog

Blut klebte an seinen Händen, an seiner Kleidung. Angst scharrte in seiner Brust wie ein in die Enge getriebenes Tier. Atemlos rannte er über den Hof, sah sich um. Wo konnte er sich verstecken?

Da! Die Tür zur Ölmühle stand offen. Er lief hinein. Vor ihm eine Mauer aus gestapelten Pressmatten. Er kletterte hinüber, duckte sich in den Spalt dahinter, spürte kalten Stein im Rücken und den rauen Sisal der öligen Matten an der Wange. Er machte sich winzig, wollte unsichtbar sein, musste das Angsttier in sich beruhigen, seinen Atem kontrollieren. Das Keuchen würde ihn verraten! Er bestand nur noch aus zitternder, japsender, bebender Angst, die jeden Gedanken vertrieb, bis ein Rauschen seinen Schädel füllte und nur eines ihn beherrschte: der archaische Wille zu überleben.

Der vertraute Duft von Oliven stieg aus den Matten auf, weckte die Erinnerung an kargen Boden, an die Weite des Himmels und den sachten Wind, der von Norden her über das Gebirge zum Meer strich. All das, was er vielleicht nie wieder sehen würde, nahm er für einen tröstlichen Augenblick wahr, der ihm Ruhe und Zuversicht schenkte. Sie würden ihn nicht finden.

Aber dann überrollte ihn erneut Panik, und er wollte nach

Mama rufen, doch sie lag im Stall, in ihrem Blut, das an ihm klebte. Die Schreie seiner Schwestern in der Küche waren verstummt, und die Stille machte ihm mehr Angst als alles andere.

Ein Geräusch ließ ihn zusammenfahren. Es war über ihm, kam aus dem Zwischenboden. Ein leises Scharren. Mäuse. Sicher nur Mäuse, beruhigte er sich.

Wo waren sein Vater und sein Bruder? Wo waren die Mörder?

Vorsichtig reckte er den Kopf über den Stapel, ließ den Blick durch den Raum gleiten, vorbei an den Mühlsteinen, die im Koller stillstanden, bis zum Fenster, durch das gleißend die Nachmittagssonne fiel. Da sah er sie aus dem Haus kommen, ihre Kleidung blutgetränkt. Einer blieb stehen, schloss den Hosenschlitz und zündete sich eine Zigarette an. Der andere hob die Hand, in der ein Messer aufblitzte, und wies zur Mühle, direkt auf ihn.

1

Es war ein warmer Junitag in München, als Manolis Lefteris nach dem Schlüssel für den Aston Martin griff und die Verantwortung für das Autohaus seinem Geschäftsführer überließ, um sich auf dem Friedhof mit seiner Schwester Christina am Grab der Eltern zu treffen. Zehn Jahre waren es nun schon, und er fragte sich, ob es ihm jemals gelingen würde, seinen Frieden mit Babás zu machen.

Das Leben hat einen Rückspiegel, und in dem sieht man immer die Eltern. Dieser Satz, den er irgendwo einmal gelesen hatte, ging ihm durch den Kopf, als er in den Wagen stieg. Wie wahr! Er war jetzt Mitte vierzig, und nach wie vor gab es dieses Loch in ihm, diese unausgefüllte Nische, etwas, das auf ein Wort der Anerkennung wartete, auf ein »Gut gemacht!«.

Während er durch den dichten Innenstadtverkehr fuhr, zog von Westen eine Wolkenfront heran, die das flirrende Mittagslicht vertrieb, das seit dem Morgen wie eine Verheißung über der Stadt gelegen hatte. Eine Stunde noch oder zwei, dann würde es regnen. So wie vor zehn Jahren, als zwei Polizisten vor seiner Wohnungstür gestanden hatten und er das Klingeln zunächst nicht gehört hatte, weil ein Wolkenbruch niederging und der Regen aufs Dach und gegen die Scheiben prasselte, als forderte die Natur selbst Einlass.

Manolis parkte beim Blumenladen am Friedhof und stutzte, als er das neue Schild sah. Aus der *Floristeria* war *Anna Blume* geworden. Unwillkürlich lächelte er. Anna Blume. Etwa nach dem Gedicht von Kurt Schwitters, das er in der Oberstufe auswendig gelernt hatte, weil es so herrlich absurd war? Oder hieß die Floristin am Ende tatsächlich so?

Eine Glocke bimmelte, als er eintrat. Die Luft war schwer vom Duft der Blumen, die in Eimern, Kübeln und Schalen auf schrundigen Tischen und Stellagen standen. Von irgendwoher vernahm er eine Stimme. »Komme gleich.«

Kurz darauf wurde die Tür des Nebenraums aufgestoßen, und eine Frau trat ein, in den Armen einen Korb voller burgunderroter Dahlien. Trotz ihrer schlanken Figur wirkte sie kräftig und robust. Das Grün ihrer Augen war bemerkenswert, außerdem trug sie tatsächlich ein rotes Kleid, wie in dem Gedicht. Für einen Moment spielte er mit dem Gedanken, sie darauf anzusprechen, ließ es dann aber bleiben.

Wie jedes Jahr kaufte er einen Strauß Sommerblumen und achtete darauf, dass auch Löwenmäulchen dabei waren, die seine Mutter so sehr gemocht hatte.

Er zahlte, überquerte die Straße und betrat den Friedhof. Der Lärm der Stadt blieb jenseits der Mauern. Graues Licht sickerte vom Himmel, legte sich wie ein Schleier über Hecken, Wege und Gräber, und in ihm stieg wieder einmal die Frage auf, warum sein Vater das getan hatte. Er würde es nie verstehen, obwohl er die Gründe kannte. Wie hatte Babás nur auf Gerechtigkeit hoffen können? Sie war nicht mehr als eine Illusion, ein selten erreichtes Ideal.

Das hatte er schon als Junge erkannt, kurz nach dem Wechsel aufs Gymnasium, als die anderen ihn aufzogen wegen seines Gastarbeitervaters und seiner Hippiemutter, als er sich gedemütigt fühlte und beschämt, weil alles an ihm falsch zu sein schien, als sie ihn mit Worten schlugen und er sich mit Fäusten wehrte. Er war nicht hilflos. Er war kein Opfer!

Bereits mit zwölf oder dreizehn hatte er gewusst, dass er nie so werden wollte wie sein Vater. So geduckt, so hinnehmend, so schweigend. Wobei das Schweigen in Wahrheit eine Staumauer gewesen war, hinter der sich das Unaussprechliche sammelte, bis sie dem Druck nicht mehr standhielt und barst, was häufig geschah, wenn Babás etwas getrunken hatte und eine gewaltige Wortflut aus ihm strömte.

Manolis atmete durch. Schnee von gestern.

Die Trauer war in zehn Jahren vorübergegangen, doch ein Rest an Wut war neben einem großen Bedauern geblieben. So viele verlorene Möglichkeiten. So vieles, das nie geschehen würde. So viele ungesagte Worte. Warum?

Letztlich war es nicht mehr als eine Vermutung, ein Verdacht. Es konnte tatsächlich ein Unfall gewesen sein. Doch tief in seinem Innern befürchtete Manolis, dass sein Vater den alten Opel absichtlich gegen den Baum gelenkt hatte. Sonst war er immer so defensiv gefahren war, ein typischer Mittelspurschleicher.

Manolis überholte eine alte Frau mit zwei Gießkannen, die sie beinahe nicht zu schleppen vermochte. Bei jedem ihrer schwankenden Schritte schwappte Wasser heraus. Ihr Kopf war tief zwischen die Schultern gesunken, sodass sie ihn schief legen musste, um zu ihm aufzusehen, als er anbot, ihr zu helfen.

»Das ist sehr freundlich von Ihnen.« Ihre Stimme war hell und wollte nicht recht zu ihrem Alter passen. »Sie müssen aber beide nehmen. Sie halten mich im Gleichgewicht. Mit nur einer kippe ich um.«

Mit einem Seufzer stellte sie die Kannen ab. Er gab ihr den Strauß und folgte ihr zu einem Grab, dessen Stein die Inschrift *Letzte Ruhestätte der Familie Baumeister* trug. Mehr als ein Dutzend Namen waren bereits hineingemeißelt. Mehrere Generationen waren hier bestattet. Die Frau wies darauf. »Bald liege ich auch da. Beim Ernst, meinem Mann, und seinen Ahnen.«

Plötzlich wurde ihm bewusst, dass es ein ähnliches Grab geben musste, in dem mehrere Generationen von Lefteris' lagen. Eine Familie mit zahlreichen Zweigen und Ästen, gefällt von einem gewaltigen Sturm. Übrig geblieben war nur der verdorrte Stamm. Nach ihm würde niemand mehr diesen Namen tragen. Der Gedanke kam völlig unerwartet. Manolis vertrieb ihn mit einem Kopfschütteln. Jahrestage waren etwas Seltsames.

»Bis es so weit ist, sollten Sie das Leben genießen«, sagte er und nahm den Strauß wieder an sich.

»Ach, wissen Sie, ohne meinen Ernst ist es nicht mehr dasselbe. Ich bin jetzt fünfundachtzig und allmählich des Lebens müde.« Ein Seufzer entstieg ihrer Brust. »Danke für Ihre Hilfe, vergelt's Gott.«

Er glaubte nicht an Gott, und sollte es ihn doch geben, würde seine Vergeltung fürchterlich werden. Manolis verabschiedete sich und ging weiter zum Grab seiner Eltern.

Der Stein war aus Granit und mit einer schlichten Inschrift versehen. *Yannis Lefteris und Karin Lefteris, geb. Brändle.* Er las die Namen seiner Eltern, die eine große Liebe verbunden hatte, und das tiefe Bedauern stellte sich wieder ein und mit ihm sein Zwilling, der Zorn, der neben der Liebe zu Babás auch Verachtung und Enttäuschung in sich trug, wie eine Frucht ihre Kerne.

Am Brunnen holte Manolis Wasser, füllte es in die Grabvasen und stellte den Sommerstrauß in eine davon. Er war gerade fertig, als er Schritte hinter sich hörte. Seine Schwester Christina kam, und wie immer, wenn er sie sah, stieg Freude in ihm auf. Er liebte dieses Bündel an Hektik und Chaos, aber auch an Zuversicht und Verlässlichkeit. Sie trug ein blaues Kleid mit afrikanischen Mustern. Es spannte über dem Busen und den Rundungen an Bauch und Hüften und betonte ihre Botero-Figur, die er allerdings nicht so nennen durfte, denn sie hielt Boteros Skulpturen für lächerlich übertrieben, während sie ihm in ihrer runden Zufriedenheit gefielen. Die messingfarbenen Locken, die sie von ihrer Mutter geerbt hatte, kringelten sich in der schwülen Luft um ihr Gesicht. Sie schwenkte einen Strauß Rosen und warf die Arme samt Blumen um Manolis' Schultern und drückte ihn an sich. Dabei fiel die Tageszeitung aus ihrer offenen Handtasche.

»Hallo, Bruderherz. Schön, dich mal wieder zu sehen.«

»Grüß dich, Mutter Teresa. War das ein leiser Vorwurf?«

Er bückte sich nach der Zeitung, und sein Blick fiel auf die Headline. *Milena Veens Mörder erschossen!* Seit gestern ging die Meldung durch die Medien, wie nicht anders zu erwarten.

Christina nahm die Zeitung und steckte sie in die Tasche. »Danke. Mein Vorwurf war übrigens ein lauter. Wir sehen uns viel zu selten. Komm doch mal wieder zum Essen zu uns.«

»Ja, gerne. Was machen die Kinder?«

»Stress«, sagte sie lachend. »Elena ist unglücklich in einen Jungen aus der Parallelklasse verliebt. Glaube ich jedenfalls, mit mir redet sie ja nicht darüber. Wie soll ich ihr denn da helfen?«

»Gar nicht. Liebeskummer bespricht man nicht mit den Eltern, man heult sich bei der besten Freundin aus. Hast du doch auch so gemacht. Sie wird das schon durchstehen, schließlich kommt sie nach dir.«

Manolis mochte seine Nichte. Elena war ein taffes Mädchen, unkompliziert und geradeheraus und natürlich mit dem Lefteris'schen Sinn für Wahrheit und Gerechtigkeit ausgestattet. Die Familie hatte sich eine Illusion aufs Wappenschild gemalt.

»Da hast du wohl recht«, sagte Christina. »Außerdem will sie Reiten lernen. Als ob wir uns das leisten könnten. Yannis mutiert zum großen Schweiger. Das hat er von dir. Und um Benno mache ich mir Sorgen. Er arbeitet zu viel. Irgendwann dreht's ihn zusammen. Was täte ich nur ohne meine Nervensägen?«

»Ohne die drei würdest du wohl all deine Energie in den Verein stecken.«

Christina war Anwältin und Gründerin des Vereins *Null Toleranz*, mit dem sie gegen häusliche Gewalt kämpfte. Sie engagierte sich für Prävention und schärfere Gesetze und bot den betroffenen Frauen schnelle, manchmal auch unkonventionelle Hilfe an.

»Vermutlich hast du recht«, sagte sie nun und arrangierte die Rosen in der Vase neben dem Sommerblumenstrauß.

Für einen Moment spürte Manolis den vertrauten Stich von Eifersucht. Seine Schwester war der Mittelpunkt einer Familie, und auch im Beruf war sie von Menschen umgeben, die auf sie bauten, und mit allem, was sie tat, rechtfertigte sie dieses Vertrauen.

Christina erhob sich aus der Hocke, zielte mit dem zusammengeknüllten Blumenpapier auf den Abfallkorb, der einige Meter entfernt stand, und traf. »Himmel! Ich bin noch immer wütend auf Babás! Warum konnte er das Urteil nicht akzeptieren und sich des Lebens freuen? Es ist ihm zweimal geschenkt worden. Ein solches Geschenk wirft man doch nicht weg.«

Auch wenn er in manchen Punkten anderer Meinung war, bewunderte Manolis Christinas unbedingten Willen, wenn schon nicht die Welt, dann zumindest misshandelte Frauen zu retten, obwohl die meisten zu ihren prügelnden Männern zurückkehrten. Auch sie glaubte an das Gute im Menschen, an Wahrheit und Gerechtigkeit, genau wie Babás. Sie war ein weiblicher Don Quichotte und hatte keine Ahnung, welche Geister in ihrem Vater gehaust hatten.

»Er war über das Urteil maßlos enttäuscht. Und ganz sicher war er depressiv. Kein Wunder, oder? Nachdem Justitia so eindrucksvoll bewiesen hat, dass sie blind ist.«

»Sie ist unparteilich, nicht blind. Sie urteilt ohne Ansehen der Person. Das bedeutet die Augenbinde.«

»Aber nicht ohne den Einfluss der Mächtigen.«

Wie oft hatten sie dieses Gespräch schon geführt?

Christina starrte auf das Grab. Manolis wusste, was sie dachte, welche stumme Frage sie an Babás richtete. Auch er hatte sie sich schon unzählige Male gestellt. Seine Eltern hatten sich geliebt. Es war möglich, dass Mama sich entschlossen hatte, mit ihm zu gehen, auch wenn Manolis das nicht so recht glauben konnte. Er vermutete, dass sie ihn davon hatte abhalten wollen, indem sie ihn nicht aus den Augen ließ, und deshalb mit ins Auto gestiegen war.

Christina durchbrach seine Gedanken. »Er hätte Mama nicht mitnehmen dürfen.«

»Du sagst das, als hätte er gewusst, was passieren würde. Im Polizeibericht ist von einem Unfall die Rede.« Es war ihm ein Rätsel, weshalb er seinen Vater vor seiner Schwester immer wieder in Schutz nahm, obwohl sie beide das Gleiche dachten.

Sie wandte sich zu ihm um, und ihre Schultern, Arme und Hände sackten herab wie ein einziger großer Seufzer. »Ach, Mani, wir wissen beide, dass das nicht stimmt. Im Gutachten steht, dass die Ursache nicht geklärt werden konnte. Sie vermuten nur, dass Babás zu schnell gefahren und der Wagen deshalb auf der regennassen Fahrbahn ins Schleudern geraten ist.«

Weshalb hatte Babás nie etwas unternommen, um Justitias Waagschalen ins Gleichgewicht zu bringen? Lange Zeit hätte man noch etwas tun können. Lautlos. Unauffällig.

Manolis kannte die Antwort. *Nur nicht auffallen. Niemals aufbegehren. Mach dich unsichtbar. Schwimm mit dem Strom.* Das ewige Mantra seines Vaters. Seine Überlebensstrategie.

»Alles in Ordnung mit dir?« Besorgt sah Christina ihn an.

»Natürlich.«

»Wenigstens ist ihm das IGH-Urteil erspart geblieben. Er würde sich im Grab umdrehen, wenn er davon wüsste.«

»Lass es gut sein. Es ist nicht mehr zu ändern.« Sein Tonfall geriet ungeduldiger als beabsichtigt. »Entschuldige.«

Sie strich ihm über den Arm. »Ist schon gut.«

Für eine Weile verharrten sie noch vor dem Grab ihrer Eltern, jeder in seine Gedanken versunken, dann hakte Christina sich bei ihm ein.

»Sollen wir etwas essen gehen, oder musst du gleich zurück ins Autohaus?«

»Schöne Idee. Ich bin der Boss und gebe mir frei.«

»Dein Laden läuft hoffentlich so gut, dass du deiner ewig klammen Schwester eine Pizza spendieren kannst.«

Er war froh, dass sie das Thema gewechselt hatte, und ging erleichtert auf ihren Tonfall ein. »Wenn ich meine letzten Kröten zusammenkratze, sollte es reichen«, meinte er lachend.

»Kaufen die oberen Zehntausend etwa keine Luxusautos mehr?«

»Doch, doch. Ich kann nicht klagen. Mir wird ganz schwindlig, wenn ich daran denke, wie viel ich dieses Jahr ans Finanzamt überweisen muss.«

Christina stieß einen anerkennenden Pfiff aus. »Wenn es dir derart gut geht, hast du sicher eine kleine Spende für meinen Not leidenden Verein übrig. Die Kasse ist ziemlich leer.«

»Wie viel brauchst du denn?«

Ein Lachen war die Antwort. »Frag lieber nicht.«

»Ist dir mit fünftausend geholfen?«

Für eine Sekunde lehnte sie den Kopf an seine Schulter. »Mehr als geholfen. Danke, Mani. Du bist ein guter Mensch.«

Weshalb dachten das alle? Unwillkürlich stieß er ein leises Schnauben aus.

»Was denn? Es stimmt.«

»Ich überweise dir das Geld noch heute. Hast du Lust, den neuen Italiener am Wittelsbacher Platz auszuprobieren? Er soll sehr gut sein.«

Bevor Christina antworten konnte, vibrierte eines der beiden Handys in seiner Sakkotasche. Es war das nicht registrierte.

2

Manolis zog das Smartphone hervor, dessen Nummer außer ihm nur zwei Menschen kannten. Eine leichte Unruhe stieg in ihm auf, als er Bernd Kösters Namen auf dem Display sah. Die Sache mit Huth war reibungslos abgelaufen. Alles eine Frage der Vorbereitung. Er hatte sich keinen Fehler erlaubt. Oder etwa doch?

»Entschuldigst du mich einen Augenblick? Der Anruf ist wichtig.«

»Na klar«, sagte Christina. »Ich gehe schon mal vor. Wir treffen uns am Parkplatz.«

Er sah ihr nach, bis sie außer Hörweite war. »Hallo, Bernd. Gibt es ein Problem?«

»Nein, nein. Alles wie erwartet.« Kösters Bariton rollte mit leichtem Frankfurter Dialekt an Manolis' Ohr. »Natürlich haben sie die Familie Veen im Visier. Doch alle haben Alibis, und es gibt keine Spuren, was man so hört. Gute Arbeit.«

»Danke.«

»Ich hätte da einen neuen Auftrag für dich, keine große Sache.«

»Worum geht's?«

»Du sollst nur jemanden für mich im Auge behalten: Christian Wiesinger. Er lebt in München und ist auf der Suche nach

Unterlagen, die einem meiner Mandanten gehören. Wenn er sie gefunden hat, nimmst du sie ihm ab. Das ist alles.«

»Klingt nach einem Spaziergang. Gibt's einen Haken?«

»Kein Haken. Ein einfacher Job. Ich schicke dir die nötigen Informationen noch heute per Kurier. Ins Autohaus?«

»Besser in die Wohnung.«

»Gut. Ruf mich an, wenn sie da sind.«

Manolis steckte das Smartphone ein und ging Richtung Ausgang.

Auch wenn Christina das anders sah, Justitia war gelegentlich blind. Zum Beispiel im Mordfall Milena Veen. Das spurlose Verschwinden der siebzehnjährigen Tochter eines Düsseldorfer Unternehmers hatte vor fünf Jahren für Aufregung gesorgt. Ihre Leiche hatte man schließlich auf einer Müllhalde gefunden. Die junge Frau war über mehrere Tage gefoltert, missbraucht und schließlich ermordet und wie Abfall entsorgt worden. Eine grauenhafte Tat, die ungeklärt und ungesühnt geblieben war, obwohl es einen Tatverdächtigen und einen Prozess gegeben hatte.

Peter Huth war ein Bekannter der Familie, gegen den schon einmal ermittelt worden war. Damals hatte ihn seine ehemalige Lebensgefährtin wegen schwerer Körperverletzung angezeigt. Zur Anklage war es aufgrund fehlender Beweise nie gekommen. Huth geriet in Verdacht, weil er Milena kurz zuvor auf einer Party belästigt hatte und die Auswertung der Funkzellendaten ergab, dass sein Handy sich zur selben Zeit in derselben Funkzelle eingeloggt hatte wie Milenas Handy, bevor es ausgeschaltet worden war, was sie selbst nie tat. Huth bestritt die Tat und nahm sich einen erstklassigen Verteidiger. Am Ende des Prozesses gab es Zweifel an seiner Schuld, vor allem, weil der Tatort nicht ausfindig gemacht werden konnte. Aus Mangel an Beweisen wurde Huth freigesprochen.

Ein rabenschwarzer Tag für die Justiz, denn vor acht Monaten hatten Bauarbeiter beim Abriss einer leer stehenden Ziegelbrennerei ein Verlies mit einer blutigen Matratze und Milenas verschwundener Schmetterlingskette entdeckt. Endlich hatte man den Tatort gefunden. Tatrelevante Spuren konnten nach einer DNA-Analyse zwar Peter Huth zugeordnet werden, doch es gab ein rechtskräftiges Urteil, und damit war Strafklageverbrauch eingetreten. Huth konnte wegen desselben Verbrechens nicht ein zweites Mal vor Gericht gestellt werden. Es sei denn, er hätte gestanden, was er nicht tat. Im Gegenteil. Er inszenierte sich als Opfer einer Verleumdungskampagne, gab Interviews und saß sogar als Gast in einer Talkshow, in der er den Ermittlungsbehörden Fehler bei der DNA-Analyse unterstellte und zum Schluss die Finger zum Victory-Zeichen hob. Eine unerträgliche Geste für Milenas Vater, der sich in seiner Ohnmacht an Köster gewandt hatte. Manolis konnte es Veen nicht verdenken.

Er erreichte den Parkplatz, wo Christina Zeitung lesend auf einer Bank saß und aufsah, als er sich neben sie setzte.

»Hast du von dem Mädchenmörder gehört, den sie laufen lassen mussten?«

»Aber sicher. Es kam ja auf jedem Sender. Jemand hat ihn erschossen.«

Sie zog eine Braue hoch. »Es klingt, als ob du das in Ordnung findest.«

Diese Diskussion würde er nicht führen. »Eigentlich ist es mir egal, obwohl ich eine gewisse Genugtuung nicht leugnen kann.«

»Ja. Ging mir im ersten Moment genauso. Hat der Kerl seine Strafe doch noch bekommen, hab ich gedacht. Aber mit der Todesstrafe hätte er nicht rechnen müssen, jedenfalls nicht in Deutschland. Wo kämen wir denn hin, wenn jeder, der sich ungerecht behandelt fühlt, Selbstjustiz übt?«

»Huth war schuldig.«

»Nicht, solange er nicht verurteilt war. Bis dahin gilt die Unschuldsvermutung.«

»Sie haben seine DNA am Tatort nachgewiesen. Es besteht kein Zweifel daran, dass er der Täter ist. Aber lassen wir das.«

Sie steckte die Zeitung zurück in die Tasche. »Ich glaube ja, dass es Milenas Vater war, obwohl er ein Alibi hat. Immerhin war er beim Bund und hat eine Scharfschützenausbildung. Oder er hat jemanden beauftragt. Über das nötige Kleingeld verfügt er schließlich.«

»Kann es sein, dass du zu viele Krimis liest?« Manolis wollte das Gespräch nicht ausufern lassen.

Doch so schnell lenkte man Christina nicht ab. »Egal wer und wie, er hat die Welt nicht zu einem besseren Ort gemacht, sondern sich mit Huth auf dieselbe Stufe gestellt. Mörder zu Mörder. Das Recht des Stärkeren ist nicht Gesetz.«

»Natürlich ist es das. Der Stärkere und Anpassungsfähigere überlebt, das nennt man Evolution.«

»Genau das ist der Grund, weshalb sich zivilisierte Gesellschaften auf verbindliche Regeln einigen, die auch die Schwachen schützen und ein Zusammenleben möglich machen. Wir leben nicht mehr in Höhlen.«

Seine Schwester irrte sich. Es galt nur ein Recht. Das Recht des Stärkeren. »Aber diese Regeln werden nicht eingehalten. Am Ende sind es immer die Mächtigen, die sich durchsetzen.

Du musst nur die Zeitung aufschlagen und bekommst die Bestätigung dafür. Tag für Tag. Fändest du es tatsächlich besser, wenn Huth weiter frei herumliefe und sich neue Opfer sucht? Er war ein sadistischer Mörder. Die hören nicht ohne Weiteres auf.«

»Du klingst nach Stammtisch, Bruderherz.«

»Und du nach Elfenbeinturm.«

»Zugegeben, wie das alles gelaufen ist, ist furchtbar, wenn nicht sogar grauenhaft. Aber das sind nun mal unsere Gesetze, und im Extremfall muss eine Gesellschaft derartiges Unrecht aushalten können. Mit einer Kalaschnikow stellt man keine Gerechtigkeit her. Unabhängig davon müsste das Strafrecht dringend den Möglichkeiten der modernen Kriminaltechnik angepasst werden. Auch wenn man das Problem dadurch nur für die Zukunft löst. Recht darf nicht rückwirkend geändert werden. Wir werden also noch einige derartige Fälle ertragen müssen.«

Es war keine Kalaschnikow gewesen, sondern ein Präzisionsgewehr. Und wer glaubte, dass man die Welt jemals zu einem besseren Ort machen konnte, der war blind oder ein Träumer. Im Fall Milena Veen hatte die Justiz ihre Chance gehabt, und sie hatte sie verspielt.

Manolis hielt Christina die Wagentür auf. »Was ist nun mit dem Italiener? Sollen wir ihn ausprobieren?«

»Gerne.«

Beim Essen redete Christina viel über ihre Arbeit im Verein, kam dann auf die Kinder und brachte das Gespräch irgendwann auf Greta.

Über ein Jahr hatte Manolis mit Greta zusammengelebt und zum ersten Mal in seinem Leben darüber nachgedacht, ob er seine Einstellung zum Thema Ehe überprüfen und ihr einen Antrag machen sollte.

»Ich habe sie vor ein paar Tagen zufällig in der Fußgängerzone getroffen«, sagte Christina. »Es scheint ihr gut zu gehen, allerdings hat sie sehr solo ausgesehen.«

»Wie erkennt man das denn?«

»Jedenfalls war das mein Gefühl. Sie arbeitet nach wie vor am Flughafen beim Bodenpersonal. Ruf sie doch mal an. Vielleicht lässt sich die Sache ja wieder einrenken. Ich habe immer geglaubt, dass ihr mal heiraten werdet.«

Die Hoffnung hatte sich zerschlagen, und es tat noch immer weh, wenn er an Greta dachte, obwohl inzwischen acht Monate vergangen waren, seit sie nach Wochen fruchtloser Diskussionen und dubioser Vorwürfe ihre Sachen gepackt und ihn verlassen hatte. *Ich kann nicht mit einem Mann zusammenleben, dem ich nicht vertraue, der Geheimnisse vor mir hat und das auch noch als sein gutes Recht ansieht.*

Manolis legte die Gabel beiseite. »Anscheinend bin ich für die Ehe nicht geschaffen.«

»Was soll das denn heißen? Frönst du etwa der Vielweiberei und hast sie wirklich betrogen, wie sie es vermutet?«

»Es soll heißen, dass ich kein Fan davon bin, sich in einer Beziehung völlig nackt zu machen. Man muss nicht alles vor dem anderen ausbreiten und sezieren. Manches ist zu intim und persönlich.«

»Nicht, wenn man sich liebt.«

Er hatte Greta geliebt. Trotzdem ... Manolis rang sich ein Lächeln ab. Alles hatte seinen Preis. Vielleicht war der, den er zahlte, ja doch zu hoch. »Du bist eine Romantikerin.«

»Und du weichst wieder einmal aus. Aber bitte, ich mische

mich nicht ein.« Sie zuckte mit den Schultern. »Das Saltimbocca ist übrigens köstlich.«

Nach dem Essen verabschiedeten sie sich mit einer Umarmung vor dem Lokal. Christina ging zur U-Bahn, und er fuhr zurück nach Schwabing ins Autohaus.

Während seiner Abwesenheit hatte sein Geschäftsführer Max Hillebrand einen Jaguar F-Type an einen Immobilienmakler verkauft, der zuvor damit zwei Testfahrten unternommen und den Wagen gegen eine symbolische Gebühr übers Wochenende ausgeliehen hatte. Ein lohnender Einsatz, ganz wie Max vorausgesagt hatte. »Nach dem Wochenende wird er ihn haben wollen.« Genau so war es gekommen. Außerdem gab es mehrere Interessenten für Probefahrten, nur in der Werkstatt sorgte ein Lehrling für Probleme, doch Max meinte, den würden sie schon wieder auf Kurs bringen. Er hatte den Laden im Griff, und Manolis entschloss sich, nach Hause zu gehen.

Kösters Kurier würde bald kommen.

3

Mit einem Klick schloss Vera Mändler die Datei. Der Artikel über Hormon-Yoga in den Wechseljahren war fertig. Margot Classen, die Chefredakteurin, wartete bereits darauf. Vera schrieb ihr eine E-Mail, dass sie den Beitrag auf die gewünschte Zeichenzahl gelängt und sogar den Name der Yogastudiokette untergebracht hatte, die das Gewinnspiel sponserte. Product-Placement war das noch nicht, aber zumindest eine Wanderung entlang des Grats journalistischer Unabhängigkeit. Selbstverständlich buchte das Unternehmen im Gegenzug eine Anzeige.

»Fertig?«, fragte Jessica, die Vera gegenübersaß und die Rubrik mit dem aktuellen Promi-Gossip einer letzten Korrektur unterzog.

»Gott sei Dank.« Vera lockerte die verspannten Schultern. Hormon-Yoga. Meine Güte! Wenn man ihr jemals prophezeit hätte, dass sie eines Tages über derartige Themen schreiben würde, hätte sie gelacht. Doch nun war es so, und sie sollte dankbar sein, eine feste Stelle zu haben, und sei es nur bei *Amélie*, einer Frauenzeitschrift mit Zielgruppe fünfzig plus.

Das Telefon klingelte. Nicole vom Empfang meldete sich. »Besuch für dich. Hast du Zeit, oder soll ich ihn abwimmeln?«

»Wer ist es denn?«

»Oh, ’tschuldigung, ganz vergessen. Christian Wiesinger. Er sagt, er wäre dein Cousin.«

Nur mit Mühe unterdrückte Vera ein Stöhnen. Eigentlich hätte sie es sich denken können, dass Chris hier irgendwann auftauchen würde, nachdem sie ihn am Telefon zweimal abgewimmelt hatte. »Sag ihm, dass ich schon weg bin. Ich muss sowieso gleich los zu einem Termin.«

Wenn sie pünktlich zu ihrer Verabredung mit Viktor Bracht kommen wollte, sollte sie sich sputen. Die fünf Minuten, die ihr noch blieben, benötigte sie für eine kleine Retusche. Der Aufwand wurde täglich größer, um mit dreiundvierzig noch so auszusehen, als wäre sie fünfunddreißig. Nicht dass sie ein Problem damit hatte. Der Mensch alterte nun mal und sollte dankbar dafür sein. Wer wollte schon jung sterben? Doch bei den Frauenzeitschriften galten unausgesprochene Regeln, jedenfalls was die Mitarbeiterinnen betraf. Die männlichen Kollegen durften ergrauen, Falten bekommen und Bäuche ansetzen. Diese Zeichen der Zeit verliehen ihnen eine Patina aus Erfahrung, Würde und Weisheit, während es bei den Frauen gleich hieß, sie ließen sich gehen.

Vera verabschiedete sich von Jessica und überprüfte ihr Make-up vor dem Schminkspiegel auf der Damentoilette. Ein wenig Puder und die Lippen nachziehen. Mehr war mit Blick auf die Uhr nicht drin und eigentlich auch nicht nötig.

Chris fiel ihr wieder ein. Kam einfach in den Verlag. Der Druck musste wirklich groß sein. Trotzdem würde er keinen Cent von ihr bekommen. Seit beinahe fünf Jahren hatte sie ihren Cousin nicht gesehen. Damals hatte er versucht, ihr eine Geldanlage anzudrehen, die ihr sofort suspekt erschienen war. Angeblich kein Risiko und das bei einer verführerisch hohen

Rendite. Daran war garantiert etwas faul, und Chris traute sie ohnehin nicht über den Weg. Nur ein Jahr später hatte sich ihre Vorsicht als berechtigt erwiesen. Mehr als zwei Dutzend Anleger hatten sich von ihm übers Ohr hauen lassen. Eine Verurteilung wegen Anlagebetrugs war die Folge gewesen. Chris musste Designerklamotten gegen Gefängniskluft tauschen und das schicke Appartement gegen eine Zelle. Vor sechs Monaten war er vorzeitig entlassen worden. Angeblich weil er den Schaden, soweit möglich, wiedergutgemacht hatte. Sprich: Er hatte jenen Teil des Geldes, den er nicht für seinen aufwendigen Lebensstil verprasst hatte, aus den Geldverschiebebahnhöfen zurückgeholt und an die Geschädigten ausgezahlt. Das hatte Vera von Tante Kathrin erfahren. Offenbar war Chris nun restlos blank und versuchte, jeden anzupumpen.

Vera warf einen prüfenden Blick in den Spiegel. Der hellrote Lippenstift passte gut zu ihren blauen Augen und dem walnussbraunen Haar, und ihr Outfit war für ein informelles Bewerbungsgespräch gerade richtig: Jeans, weiße Bluse, Donna-Karan-Blazer. Mit der Fingerkuppe strich sie eine Augenbraue glatt und beschloss, das Verlagsgebäude über die Tiefgarage zu verlassen. Gut möglich, dass Chris vor dem Haupteingang wartete.

Als der Lift endlich kam, stand Margot Classen in der Kabine. Mit jedem Jahr wurde sie eine halbe Konfektionsgröße weniger. Bald würde sie bei XXXS angekommen sein und in einen Kindersarg passen, wenn sie endgültig verhungert war. Vera schämte sich für diesen Gedanken, aber nur ein wenig, denn es steckte zu viel Wahrheit darin, und eigentlich mochte sie Margot.

»Machst du schon Feierabend?«

Aber nein, dachte Vera. Wie kommst du denn darauf? Ich habe diese Woche doch erst fünfzig Stunden auf der Galeerenbank gerackert, und das für ein lausiges Gehalt. »Ich muss für eine Recherche außer Haus.«

»Worum geht's?«

»Ist noch nicht spruchreif. Wenn es interessant wird, stelle ich den Stoff bei der nächsten Themenkonferenz vor.«

»Gut«, antwortete Margot. »Ich bin gespannt.«

Vera konnte Margot ja schlecht erklären, dass sie sich mit dem Ressortleiter Politik und Gesellschaft der *Münchner Zeitung* traf, weil sie sich Hoffnungen auf die in seiner Redaktion frei werdende Stelle machte.

Der Lift ruckelte abwärts.

Margot lehnte sich an die Wand. »Hast du mal einen Moment für mich?«

»Natürlich.«

»Was ich dir jetzt sage, bleibt aber vorerst unter uns.«

Vera lächelte interessiert, während sie am liebsten ihr Smartphone hervorgezogen hätte, um einen Blick auf die Uhrzeit zu werfen. »Jetzt bin ich gespannt.«

Margot strich sich eine blonde Strähne hinters Ohr. »Ich hatte gestern einen Termin beim Verleger. Er will mich in die Geschäftsleitung holen.«

»Das ist großartig, Margot. Gratuliere.«

Margot klopfte dreimal auf die Holzleiste, die auf Hüfthöhe angebracht war. »Danke. Aber noch ist nichts in trockenen Tüchern. Wenn ich in die Geschäftsleitung wechsle, braucht *Amélie* eine neue Chefredakteurin, und du wärst die ideale Nachfolgerin. Ich würde dich gerne vorschlagen. Was meinst du?«

Es war wie ein Schlag in die Magengrube, obwohl Vera wusste, dass sie eigentlich jubeln sollte. Chefredakteurin! Allerdings von *Amélie*. Das hieß: auf ewig Hormon-Yoga, Beauty-Tipps für die reife Frau und Lebensberatung frei nach dem Motto: »So halten Sie Ihr Sexleben während der Menopause in Schwung«. Das war nicht das, was sie wollte. Sie wollte zurück in ihr Metier und über Gesellschaft, Politik und Soziales schreiben.

»Ich weiß gar nicht, was ich sagen soll. Das wäre fantastisch.«

Gott sei Dank kam der Lift in der dritten Etage an, wo sich die Chefredaktion befand, denn Vera hätte keine Sekunde länger Begeisterung mimen können. Das war ihre Achillesferse. Man sah ihr zu schnell an, was sie dachte. Die Türen öffneten sich, Margot stieg aus.

»Okay, dann mache ich mich für dich stark. Aber bis dahin ...« Sie legte einen Finger an die Lippen.

»Du kannst dich auf mich verlassen.«

Die Türen schlossen sich wieder. Vera fuhr weiter in die Tiefgarage und verließ über die Zufahrtsrampe das Haus.

Chefredakteurin von *Amélie*. Nicht wirklich, oder?

Es wäre ein Stück Sicherheit, sagte ihre innere Stimme. Warten wir ab, wie das Gespräch mit Bracht läuft, hielt Vera dagegen.

Um zur U-Bahn-Station zu gelangen, musste sie am Haupteingang vorbei, und dort stand tatsächlich ein Mann im Schatten der Bäume, den sie erst auf den zweiten Blick als Chris erkannte. Er war längst nicht so gepflegt und gut gekleidet wie früher. Statt eines eleganten Anzugs trug er Jeans und Lederjacke, statt Maßschuhen Nikes. Zum Frisör hätte er auch mal wieder gemusst, das war sogar aus dieser Entfernung nicht zu übersehen. Sein Anblick verursachte ihr Unbehagen, und es dauerte einen Moment, bis sie darauf kam, woran es lag. In diesem Aufzug ähnelte er ihrem Vater Joachim, der vielleicht auch seiner war. Womöglich waren sie gar nicht Cousin und Cousine, oder vielmehr doch, denn an einer Tatsache gab es nichts zu rütteln: Seine Mutter war die Schwester ihrer Mutter. Nur wer war sein Vater? Das war die große unbeantwortete Frage.

Ihr Vater hatte die Familie verlassen, als Vera fünf Jahre alt gewesen war. Eines Abends hatte er erklärt, dass er es mit Mama nicht einen Tag länger aushalten würde. Und ja: Es gab eine andere. Wenn Mama es unbedingt wissen wollte, es war Ursula, ihre Schwester.

Tante Ursula nannte sich Uschi und war völlig emanzipiert. Sie arbeitete als Beleuchterin bei einer Filmproduktionsfirma, rauchte Gauloises, las Simone de Beauvoir und war Mutter des zweijährigen Chris, den sie allein großzog und um dessen Erzeuger sie ein Geheimnis machte. Sie hatte von ihm nicht mehr gewollt als ein Kind, das behauptete sie jedenfalls. Doch Veras Mutter Annemie zweifelte daran. Ein Kerl hatte Uschi geschwängert und sitzengelassen, aber das konnte sie natürlich nicht zugeben. Deshalb das ganze Gerede, dass sie ihr Leben niemals in patriarchale Strukturen zwängen und sich einem Mann unterordnen würde. Ihr Scheitern in einen Sieg zu verwandeln, gelang Uschi meist mühelos.

Natürlich war Veras Mutter vom Tag der Trennung an davon überzeugt, dass Joachim der Vater von Chris war, was er nie zugab und Uschi auch nicht. Nur ein Jahr später starb er an einer Herzmuskelentzündung, und Uschi hielt weiterhin den

Mund, weil das Schweigen ihr die Macht gab, ihre Schwester zu quälen und sich so für Joachims Tod zu rächen, obwohl Mama dafür nun wirklich nichts konnte.

Was für eine Familie!

Vor zwei Jahren hatte Vera eine Serie über Frauen in ungewöhnlichen Berufen geschrieben und dafür Tatjana Thul interviewt, eine Humangenetikerin, die in Martinsried ein Zentrum für DNA-Analysen betrieb. Damals hatte sie mit dem Gedanken gespielt, sich in dieser Frage Gewissheit zu verschaffen. Doch Chris saß im Gefängnis, und sie hätte ihn besuchen müssen, um an eine DNA-Probe von ihm zu gelangen. Das war es ihr nicht wert gewesen.

Nun stand er dort drüben vor der Drehtür und sah aus wie ihr Vater, und wieder einmal beschäftigte sie die Frage, ob er ihr Halbbruder war.

Vera mischte sich unter eine Gruppe Touristen und erreichte von Chris unbemerkt den U-Bahnhof.

Mit fünf Minuten Verspätung betrat sie das Café Cord und sah sich um. Fünfzigerjahre-Look, modern interpretiert, so würde sie das Ambiente beschreiben. Eine angenehme Atmosphäre mit lauschigen Ecken für erste Dates, großen Tischen für Gruppen und einer langen Bar für alle, die gerne sahen und gesehen wurden. Über eine Treppe ging es nach oben auf die Galerie, und über allem wachte ein raumhohes Schwarz-Weiß-Porträt von Maria Callas, das der Innenausstatter auf eine goldfarbene Wand hatte drucken lassen. Nur die Lippen waren rot und Bracht noch nicht da.

Vera nahm an einem Tisch in einer ruhigen Ecke Platz. München war ein Dorf, und sie war nicht erpicht darauf, dass jemand sie mit dem Ressortleiter eines anderen Verlags sah.

Als die Bedienung kam, bestellte sie einen Café au Lait und bemerkte Bracht, der auf sie zusteuerte. Sie war ihm erst einmal persönlich begegnet, als er im Literaturhaus einen Vortrag über die Kostenlosmentalität im Internet gehalten hatte und sie sich beim anschließenden Stehempfang über Internet-Piraterie und das Urheberrecht unterhalten hatten. Die Art, wie er seinen Standpunkt vertrat, hatte auf sie ein wenig rechthaberisch gewirkt.

Vom Typ war er mehr Manager als Ressortleiter, immer busy, stets das Telefon am Ohr, hervorragend vernetzt. Alter: um die fünfzig. Figur: leichtes Übergewicht. Hohe Stirn und die buschigen Brauen im selben Blondgrau meliert wie das lichter werdende Haar.

»Frau Mändler, grüße Sie.« Er reichte ihr die Hand, öffnete den Knopf am Sakko und legte sein Smartphone auf den Tisch. Während er sich setzte, sah er sich um. »Nett hier. Könnte mir gefallen.«

Das war doch ein guter Einstieg für ein wenig Small Talk zum Aufwärmen. »Ich habe das Cord auch erst vor Kurzem entdeckt. Ich mag vor allem die Callas.« Vera wies auf das überlebensgroße Porträt im hinteren Bereich.

Bracht beugte sich vor, um die Grafik besser sehen zu können, rückte dabei die Brille mit dem weinroten Rand zurecht und sah zwischen Vera und der Callas hin und her. »Sie haben denselben Mund«, sagte er schließlich. »Exakt die gleiche Form. Verrückt. Sind Sie etwa verwandt?«

»Nicht dass ich wüsste.«

»Und wie steht es mit dem Gesang?«

Vera lachte. »Für die Bühne reicht es bei mir nicht. Nur für die Dusche.«

»Ach? Da wäre man ja gerne mal dabei.«

Sein Smartphone summte. Er griff danach und las die eingegangene Nachricht, während Vera sich fragte, was das gerade gewesen war. Eine gedankenlose Bemerkung eines zerstreuten Mannes oder eine dämliche Anmache? Warum hatte sie auch die Dusche erwähnt?

Die Bedienung kam mit dem Café au Lait und fragte Bracht nach seinen Wünschen. Er sah kurz auf, bestellte einen Espresso und beantworte die SMS, als wäre Vera gar nicht anwesend. Langsam stieg Ärger in ihr auf, und für einen Moment spielte sie mit dem Gedanken, sich zu verabschieden.

Endlich war er fertig und legte das Handy beiseite. »Entschuldigen Sie. Es ist eine richtige Unsitte geworden, sich ständig diesen Geräten zu widmen. Nicht mehr lange und wir werden vollends ihre Sklaven sein.«

»Ja, das ist eine Befürchtung, die ich durchaus teile.«

»Hoppla. Sie sind ja richtig böse auf mich.«

»Wieso? Ich stimme Ihnen zu. Konventionen ändern sich.«

Damit hatten sie ein Thema gefunden: die Abhängigkeit von Internet und Smartphones. Die ständige Erreichbarkeit und das ungebremste, ungefilterte Mitteilungsbedürfnis in den sozialen Medien. Brachts Espresso wurde serviert, während sie sich die Bälle zuspielten. Nach fünf Minuten war Vera entspannt und bereit, aufs Wesentliche zu kommen. Ihr Gegenüber hatte offenbar dieselbe Idee. Bracht lehnte sich im Stuhl zurück. »Worum geht es denn nun bei unserem konspirativen Treffen?«

»Sagen wir um eine Art Bewerbungsgespräch.«

»Ach? Sie bei uns?« Er zwirbelte eine Braue. »Eine interessante Vorstellung. Habe ich denn eine Stelle zu vergeben?«

Vera gefiel der Tonfall nicht, so halb amüsiert. »Bald. Da dachte ich mir, ich hebe mal kurz den Finger, bevor Sie eine Anzeige schalten.«

»Es hat wohl keinen Sinn, Sie um Ihre Quelle zu bitten.«

Es war eine rhetorische Frage, und Vera sah, wie er in Gedanken die Mitglieder seiner Redaktion durchging. Wer wollte kündigen? Und weshalb?

Es war Anita Lemper.

Vera und sie waren gemeinsam auf der Journalistenschule in Hamburg gewesen. Anitas Mann wurde nach Köln versetzt, und sie ging mit ihm. Von ihr kam auch der Tipp, Bracht auf die Neubesetzung der Stelle anzusprechen, bevor es offiziell war, denn dann würden die Bewerbungen zu Hunderten kommen. Andererseits wollte Anita erst kündigen, wenn der Vertrag ihres Mannes unterschrieben war, und hatte Vera daher gebeten, ihren Namen vorerst nicht zu nennen.

Deshalb nickte sie nur vielsagend, zog aus der Handtasche die Mappe mit ihren Unterlagen und legte sie auf den Tisch. »Ich habe nicht immer für Illustrierte gearbeitet. Nach meiner Ausbildung in Hamburg war ich zehn Jahre bei verschiedenen Tageszeitungen. Ich kenne das Metier also, ebenso den Druck, täglich zu liefern. Meine Ressorts waren Gesellschaft, Politik und Soziales, dorthin würde ich gerne zurück.« Sie zählte die Zeitungen und Magazine auf, für die sie geschrieben hatte, verwies auf die Interviews und Artikel in der Mappe und bemerkte die Abwehr, die sich auf Brachts Miene zeigte.

»Das ist Jahre her, und seither arbeiten Sie für diese Frauenblätter.« Aus seinem Mund klang es, als wäre *Amélie* der letzte Schund im Morast publizistischer Niederungen. »Botox, Silikontitten, Brazilian Waxing. Ich bitte Sie. Damit sehe ich

Sie ehrlich gesagt nicht bei uns. Aber denken Sie jetzt bloß nicht, dass ich Probleme mit Frauen habe. Nicht in meiner Redaktion und schon gar nicht singend unter der Dusche.«

Er bedachte sie mit einem Lächeln, das ihr zeigen sollte, welches Bild er sich gerade ausmalte.

4

Manolis' Wohnung befand sich nicht weit vom Autohaus entfernt im Dachgeschoss eines Gebäudes aus der Gründerzeit im schönsten Teil Schwabings, in der Nähe des Englischen Gartens. Hohe Zimmer, große Fensterflächen zur Dachterrasse. Helle Farben und moderne Einrichtung, honigfarbenes Fischgrätparkett und stuckverzierte Decken. Er nahm diesen Luxus nicht als selbstverständlich hin und genoss ihn jeden Tag bewusst. Denn er vergaß nie, wie die Alternative aussehen könnte.

Wenn er vor über zwanzig Jahren nicht Köster über den Weg gelaufen wäre, säße er jetzt vermutlich im Gefängnis oder läge bereits *six feet under*. Ohne ihn, der ihn unter seine Fittiche genommen hatte und in gewisser Weise die Vaterstelle bei ihm vertrat, hätte er weder seine Wut in den Griff bekommen, noch die schönen Seiten des Lebens entdeckt und gelernt, sie zu genießen. Malerei, Musik, das Theater, gutes Essen, Literatur. Auf keinen Fall hätte er es zum eigenen Autohaus gebracht. Ein Zufall hatte seinem Leben eine andere Richtung gegeben.

Mittlerweile regnete es. Rinnsale liefen an den Scheiben hinab. Er machte in allen Räumen Licht, ging in die Küche und bereitete sich ein Kännchen japanischen Sencha zu, bevor er im Arbeitszimmer den PC einschaltete und die versprochenen fünftausend Euro an Christinas Verein überwies. Mit dem Tee kehrte er ins Wohnzimmer zurück, suchte im Regal mit den Vinylplatten nach einem Klavierkonzert von Mozart und legte es auf.

Mozart, Beethoven, Haydn. Früher hätte man ihn damit jagen können. Mit zwanzig hatte er Punk gehört, was seiner damaligen Grundstimmung ebenso entsprochen hatte wie heute die klassische Musik. Er verdankte Köster wirklich viel.

Mit der Tasse in der Hand trat er ans Fenster. Der Wind war stärker geworden, wirbelte altes Laub aus der Dachrinne am Haus gegenüber und ließ es durch die Luft tanzen, wie die Geister längst vergangener Sommer.

Dreiundzwanzig Jahre waren vergangen, seit ein Zufall ihn und Köster in Frankfurt zusammengeführt hatte, in einer schwülen Augustnacht voller Gewalt und Blut. Damals war er ein orientierungsloser Zwanzigjähriger gewesen, der das Gymnasium kurz vor dem Abitur geschmissen und nach einem Jahr auch die Mechanikerlehre abgebrochen hatte. Dafür konnte er eine zur Bewährung ausgesetzte Vorstrafe wegen Körperverletzung, die Enttäuschung seiner Eltern und eine absehbare Zukunft vorweisen. Wenn er so weitermachte, würde er früher oder später im Knast landen. Das war damals sogar ihm klar gewesen. Doch die Kräfte, die in ihm walteten, waren meist stärker als Einsicht oder Vernunft.

Sein größtes Problem war, dass er sich nicht im Griff hatte. Zu unbeherrscht und aufbrausend, zu schnell gekränkt und verletzt, nur allzu schnell bereit, alles aufzugeben, hinzuwerfen und vor allem zuzuschlagen, um sich Luft zu verschaffen und die Wut abzubauen, die in ihm brodelte. Wut, von der er nicht wusste, woher sie kam. Vermutlich hätte ihm ein Psychotherapeut, wenn er denn einen gehabt hätte, erklären können, woran es lag. So hatte er es selbst herausfinden müssen, und das hatte gedauert.

In jener schwülen Sommernacht vor dreiundzwanzig Jahren in Frankfurt war er jedenfalls randvoll damit gewesen und auf der Suche nach Zoff, nach Beef, nach einer Schlägerei. Ein Mädchen hatte ihn abblitzen lassen, und wenn ihm jetzt noch einer blöd käme, würde er Prügel beziehen. So viel war klar, und es schien so weit zu sein, als er mit seinem getunten BMW – den er sich nur leisten konnte, weil er sich mit zwei Polen eingelassen hatte, die Autos verschoben – in eine Fahrzeugkontrolle geriet und ausgerechnet ein Polizist ihn anmachte. Der Beamte, der zur heruntergelassenen Seitenscheibe in den Wagen sah, verlangte in überheblichem Tonfall die Fahrzeugpapiere und den Führerschein und wollte obendrein wissen, woher Manolis kam.

»Ist das wichtig?«

»Nur wenn Sie etwas getrunken haben.« Er klappte den Führerschein zu und gab ihn zurück. »Und? Haben Sie etwas getrunken?«

»Ja klar. Zwei Liter Wasser. Ich achte auf meine Gesundheit.«

Bei der Erinnerung an diese Szene musste Manolis lachen. Herrgott, was für ein arrogantes Arschloch er damals gewesen war. Doch der Polizist hatte die Ruhe bewahrt.

»Ich dachte eigentlich an Alkohol.«

Wieder ließ er ihn auflaufen, bis der Bulle erneut nachfragte und ihn schließlich pusten ließ. Null Komma drei Promille. Manolis dachte schon, er könne weiterfahren, doch dann bemerkte der Wichtigtuer den Heckspoiler, der vom TÜV noch nicht abgenommen und daher in den Papieren nicht eingetragen war, und ein Lächeln zog über sein Gesicht.

»Es ist für Sie sicher kein Problem, wenn Sie den Rest des Wegs zu Fuß gehen müssen. Sie achten ja auf Ihre Gesundheit.«

Ehe er es sich versah, zog der Polizist den BMW aus dem Verkehr und kratzte das TÜV-Siegel ab. Manolis biss die Zähne zusammen, bis sein Kiefer schmerzte, und krallte die Hände ums Lenkrad, damit er sie nur ja nicht einsetzte. Er war auf Bewährung und wollte nicht in den Knast. Doch genau das würde passieren, wenn er diesem Arsch die Faust ins Gesicht rammte.

Also riss er sich zusammen und machte sich zu Fuß auf den Weg. Bald ging er nicht mehr, sondern lief. Der Ärger musste raus und er von seinem Adrenalinrausch runterkommen. Verdammt! Er war stinkwütend und lauschte dem rhythmischen Echo seiner Schritte auf dem Asphalt, spürte das Herz in seiner Brust trommeln und den Schweiß, der ihm über den Oberkörper lief. Das Shirt klebte auf der Haut, und die Nacht war schwül und schwer. Kein Stern am Himmel, kein Lufthauch, der ein wenig Abkühlung brachte. Über ihm ein Wetterleuchten, neben ihm die Lichter des Verkehrs.

Er achtete erst wieder auf seine Umgebung, als er die Stille um sich bemerkte und keine Ahnung hatte, wo genau er sich befand. Irgendwo im Bahnhofsviertel, in einer heruntergekommenen Nebenstraße. Auf der einen Seite mit Metalljalousien verrammelte Läden, auf der anderen ein Spielplatz. Nur jede zweite Straßenlaterne funktionierte, und vom Bordstein stieg der Dunst von Pisse und Kotze auf. Verdammte Scheiße, wo war er hier? Er bog um eine Ecke und erfasste innerhalb einer Sekunde, was fünf Meter vor ihm im dürftigen Lichtkegel einer Laterne geschah. Ein Gerangel zwischen zwei Männern. Übergewichtiger Anzugträger gegen einen Kerl vom Typ Tschetschenen-Inkasso. Mister Pirelli lief Blut übers Gesicht und in die Augen. Es war absehbar, wie das Ganze enden würde. Nicht gut für Mister Pirelli.

Dann das Aufblitzen eines Messers.

Erst Jahre später war Manolis klar geworden, dass das Messer der Trigger gewesen war, der ihn handeln ließ, ohne auch nur eine Sekunde zu zögern. Es war der andere Manolis, den er da retten wollte, und mit ihm seinen Vater.

Blindlings warf er sich von hinten auf den Tschetschenen. Er riss ihn um, drückte ihn mit seinem Gewicht auf den Boden und presste die Hand mit dem Messer auf den Asphalt, während sein Gegner versuchte, ihn abzuschütteln und wieder auf die Beine zu kommen. Manolis gelang es nicht länger, die Messerhand unter Kontrolle zu behalten. Der andere war stärker. Der Kerl würde ihn abstechen. Es war ein Impuls. Sein Unterarm schnellte wie von selbst vor, legte sich um den Kopf seines Widersachers und riss ihn zurück. Etwas knackte, und im selben Moment erschlaffte der Körper unter ihm. Ein Röcheln wie ein Seufzer folgte noch, dann löste sich die Hand vom Messer. Das alles hatte keine Minute gedauert und war beinahe lautlos abgelaufen.

Die brennende Wut verlosch. Panik breitete sich in ihm aus. Fassungslos starrte er auf den Toten. Shit! Shit! Shit! Was hatte er getan? Das konnte doch nicht sein. Das hatte er nicht gewollt. Es war doch nur ein kleiner Ruck gewesen. Vielleicht war er ja gar nicht tot.

Manolis warf sich auf den Asphalt, tastete an der Halsschlagader des Tschetschenen nach dem Puls und fand nichts. Hilfe suchend sah er sich um. Mister Pirelli stand an einen schwarzen Audi gelehnt und wischte sich mit einem Tempo das Blut vom Gesicht. Einen Moment sahen sie sich schweigend an. Manolis war unfähig wegzulaufen, der andere sichtlich überrascht.

»Danke«, sagte der Mann schließlich. »Du hast mir das Leben gerettet.«

Ich bin ein Mörder, war alles, was Manolis denken konnte. Er würde in den Bau gehen. Für den Rest seines Lebens.

»Genau«, stieß er hervor. »Das war Notwehr. Das müssen Sie der Polizei so sagen.« Vielleicht war es besser, wenn er schleunigst von hier verschwand. Während er noch zögerte, bückte sich der Mann trotz seiner Körperfülle erstaunlich gewandt, hob eine Aktentasche auf und ein Stück rosa Papier, das direkt vor seinen Füßen lag. Es war Manolis' Führerschein. Shit!

Der Dicke sah ihn sich an, klappte ihn zu und lächelte. »Weißt du was? Ich habe kein Interesse, die Polizei mit dieser Sache zu belästigen, und du vermutlich auch nicht.«

Das Summen der Türglocke holte Manolis in die Gegenwart zurück. Am Haus gegenüber fegte die nächste Bö eine weitere Ladung Blätter aus der Dachrinne. Einen Augenblick beobachtete er noch den wirbelnden Tanz, dann ging er zur Tür und betätigte die Gegensprechanlage.

»Ja, bitte?«

»Citykurier. Ich habe eine Sendung für Sie.«

Manolis bezahlte den Fahrer und nahm das Päckchen in Empfang. Es trug als Absender die Adresse eines Antiquariats in Frankfurt, von dem sich mit Sicherheit keine Spur zu Kösters Kanzlei zurückverfolgen ließ, falls das überhaupt jemals irgendwer versuchen sollte.

Köster hielt noch immer am bewährten Vorgehen fest. Er war zu alt für die digitale Welt. Er misstraute dem Internet ebenso wie E-Mails und natürlich Smartphones. Was Tor-Server waren und Bitcoins, hatte Manolis ihm mehrfach vergeblich zu erklären versucht.

Im Arbeitszimmer öffnete er das Kuvert. Obenauf lag ein Umschlag, der drei Tagessätze à dreitausend Euro enthielt. Nachdem er nachgezählt hatte, legte er das Geld in den Wandsafe. Manolis war gut in seinem Job als lautloser Problemlöser, und Kösters Mandanten konnten sich ein entsprechendes Honorar leisten.

Aus dem Wohnzimmer klang der dritte Satz des Klavierkonzerts, ein Adagio. Es gab diese eine Stelle im ersten Drittel, die ihm, nicht immer, aber häufig, einen Schauer über die Haut jagte. Dieses ein wenig verrutschte Perlen der Melodie, der leicht verzögerte Anschlag der Tasten, der eine nahezu unerträgliche Spannung erzeugte, und bei dem er sich fühlte, als säße er allein in einem Raum ohne Fenster und Tür. Es war schrecklich und schön zugleich, erfüllte ihn für einen Augenblick mit einer unstillbaren Sehnsucht, und dann war es auch schon wieder vorbei. Die Zeit, die für ein paar Sekunden aus dem Takt geraten war, kehrte in ihren Rhythmus zurück. Alles war wie immer. Alles war gut.

Er wartete den Moment ab, doch heute brachte die Musik keine Saite in ihm zum Klingen, und er ging in die Küche, um einen zweiten Aufguss des Tees zuzubereiten. Damit setzte er sich an den Schreibtisch und sah sich die Unterlagen an.

Mehrere Schnappschüsse waren darunter. Jemand hatte sie aus einigen Metern Entfernung vor einem Lokal aufgenommen, vermutlich einer der Privatdetektive, mit denen Köster zusammenarbeitete. Der Mann, auf den Manolis ein Auge haben sollte, war Anfang bis Mitte vierzig und sah aus wie ein Arbeiter. Fleckige Hose, eine Jacke aus schwarzem Leder, die ihm zu groß war, strähnige Haare, kantiges Kinn. Etwas an seiner Haltung strahlte Entschlossenheit aus, doch in seinen Augen lag etwas anderes: Furcht.

5

Manolis las die Angaben zur Person. Christian Wiesinger, einundvierzig Jahre alt, Bankkaufmann, vor einem halben Jahr aus der Haft entlassen. Seine Adresse im Stadtteil Giesing war angegeben, ebenso Autokennzeichen und Handynummer sowie eine E-Mail-Adresse.

Manolis rief Köster an. »Alles angekommen. Worum geht's?«

»Wiesinger hat eine Tante. Sie heißt Kathrin Engesser und wohnt in München in der Treffauerstraße. Die Unterlagen meines Mandanten befinden sich in ihrem Besitz. Wiesinger sucht danach. Mein Klient weiß, dass sie sicher verwahrt sind, aber nicht, wo. Nur, dass sie nicht in der Wohnung von Frau Engesser sind. Du musst Wiesinger lediglich observieren und ihm die Unterlagen abnehmen, sobald er sie gefunden hat.«

»Wonach genau soll ich Ausschau halten? USB-Sticks, Akten oder Fotos? Eine Vorstellung sollte ich schon davon haben.«

Köster räusperte sich. »Akten. Eine Art Dossier.«

»Gut. Ich melde mich.«

Der PC war noch an. Mit dem Browser Veiled ging Manolis ins Darknet und schrieb Rebecca eine Nachricht.

Können wir uns gleich auf den Inseln treffen?

Die Antwort kam beinahe sofort.

Gib mir fünf Minuten.

Scilly Islands. So nannte Rebecca den Ort im Hinterzimmer des Internets, den sie für ihre Treffen eingerichtet hatte. Die Kommunikation lief mehrfach verschlüsselt über ein Tor-Netzwerk und war nicht nachzuverfolgen.

Die Scillys waren eine nahezu unbewohnte Inselgruppe im Atlantik. Manolis hatte sie gegoogelt, und es passte zu Rebecca, dass sie diesen Namen gewählt hatte.

Sie war eine gute Freundin und neben Köster seine einzige Vertraute. Er kannte sie, seit sie vor sieben Jahren bei ihm einen Range Rover gekauft hatte. Damals war sie Anfang dreißig gewesen und eine mit allen Wassern gewaschene IT-Spezialistin auf dem Weg nach ganz oben. In dem Telekommunikationsunternehmen, in dem sie arbeitete, hatte man ihr den roten Teppich ausgerollt und ihr als nächsten Karriereschritt einen Vorstandsposten in Aussicht gestellt.

Manolis unternahm mit ihr erst eine Probefahrt mit dem neuen Discovery und ein paar Tage später im Freelander. Rebecca war eine attraktive Frau, vor allem aber eine starke, und für starke Frauen hatte er eine Schwäche. Irgendwann hatten sie ein Date. Zwischen ihnen begann es zu knistern, und es bahnte sich etwas an, als eines Nachts der Anruf aus dem Krankenhaus kam. Zwei Jugendliche hatten Rebecca auf dem Nachhauseweg von einem Vortrag überfallen und mit einem Holzpfosten zusammengeschlagen. Zusammengeprügelt traf es besser. Manolis hatte schon viel gesehen, doch ihr Anblick hatte ihm Tränen in die Augen getrieben.

Schädelfraktur, etliche gebrochene Rippen, Milzriss, ein Cut in der linken Augenbraue und Hämatome überall. Sie verbrachte Wochen im Krankenhaus. Da sie keine Familie hatte, kümmerte er sich um alles. Er verhandelte mit den Versicherungen, hielt Kontakt zur Polizei, suchte eine gute Rehaklinik für sie, und die Gefühle, die sie füreinander hegten, veränderten sich. Sie wurden kein Liebespaar, dafür aber beste Freunde.

Nach der Reha fand Rebecca nicht in ihr altes Leben zurück. Panikattacken überfielen sie, sobald sie sich in die Öffentlichkeit begab. Ihr Sicherheitsgefühl war verloren gegangen, ebenso das Vertrauen in die Menschen. Manolis empfahl ihr eine Therapie, als sich abzuzeichnen begann, dass sie ihre Wohnung bald gar nicht mehr verlassen würde. Nur dort fühlte sie sich sicher. Doch die Therapie half nicht. Die Panikanfälle wurden schlimmer. Irgendwann waren Geduld und Verständnis ihres Arbeitgebers aufgebraucht. Nachdem Rebecca für mehr als ein halbes Jahr ausgefallen war, rollte man den roten Teppich wieder ein und kündigte ihr, woraufhin sie sich noch weiter einigelte. Sie kaufte ein Penthouse mit Dachterrasse und freiem Blick auf die Alpen. Von dort oben betrachtet, waren die Menschen klein wie Ameisen und nicht mehr bedrohlich. Außerdem gewöhnte sie sich an, soweit möglich, alles online zu erledigen, und ihm gelang es immer seltener, sie vor die Tür zu locken.

Den Prozess stand sie nur durch, weil sie die beiden Siebzehnjährigen hinter Gittern sehen wollte. Obwohl sie ein Beruhigungsmittel genommen hatte, brach sie während ihrer Zeugenaussage zusammen, und dann verurteilte der Richter diese missratene Brut gerade mal zu fünf Monaten Jugendstrafe auf

Bewährung. Ein unfassbarer Schlag für Rebecca. Infolge des Urteils zog sie noch mehr zurück. Sie hatte nicht nur ihr Sicherheitsgefühl verloren, sondern auch das Vertrauen in den Staat. Sie war ihm nichts mehr schuldig. Sie war quitt mit ihm.

Gezwungenermaßen machte sie sich beruflich als IT-Beraterin selbstständig. Für besondere Kunden hackte sie sich in beinahe jedes Netzwerk, jeden Server und natürlich auch in Smartphones, diese tragbaren Überwachungsgeräte. Als Manolis einmal ihre Hilfe brauchte, weihte er sie in sein Geheimnis ein. Seither war er nicht nur ihr Freund, sondern auch einer ihrer besonderen Kunden.

Ein leiser Signalton erklang. Rebecca war online, und Manolis klickte *Scilly Islands* an. Die Seite war nicht sehr umfangreich, eher ein Forum, das lediglich zwei User hatte.

Hallo, Manolis,
wie war's auf dem Friedhof? Alles gut bei dir?

Vielleicht gelingt es mir irgendwann, Babás nicht mehr böse zu sein. Jedenfalls war es schön, Christina zu treffen. Also: eigentlich alles gut bei mir. Und bei dir?

Die nächsten Monate sehe ich nur Blau. Die Hausverwaltung lässt eine Wärmedämmung anbringen. Sie haben ein Gerüst aufgebaut und es mit blauen Planen verhängt. Vielleicht installiere ich ein paar Webcams und hole mir meine Aussicht zurück. Und: wieso ›eigentlich‹ alles gut? Was stimmt denn nicht?

Vergiss das ›eigentlich‹. Wie wär's mal wieder mit einem Spaziergang?

Lass uns das Thema wechseln. Du wolltest mich sprechen. Was gibt's? Hoffentlich keinen Stress wegen Huth?

Keine Sorge. Das ist reibungslos gelaufen. Ich muss jemanden überwachen und gebe dir seine Handynummer. Es wär schön, wenn ich mithören könnte. Und wenn du ihn trackst, kann ich ihn an die lange Leine nehmen.

Sollte kein Problem sein. Bis später. Und über ›eigentlich‹ reden wir noch mal.

Über blaue Planen und Spaziergänge dann aber auch.

Ein Handy so zu manipulieren, dass sie es kontrollieren konnte, war für Rebecca eine Kleinigkeit. Der Nutzer bemerkte nichts. Weder dass es eingeschaltet blieb, wenn er dachte, er hätte es ausgemacht, noch dass die Freisprecheinrichtung aktiviert war und so zur Raumüberwachung diente und den GPS-Tracker schon gar nicht, den Rebecca ins System einschleuste.

Manolis mailte ihr die Daten und wollte den Rest Tee trinken, aber der war kalt geworden. Auf dem Weg in die Küche kam er im Flur an der Wand mit den Familienfotos vorbei. Eine Art Muster, wie eine Tapete, die er nur noch selten bewusst wahrnahm. Doch heute war ein merkwürdiger Tag, daher fielen sie ihm auf, und er blieb stehen.

Es waren nur wenige Bilder, darunter auch das Hochzeitsfoto seiner Eltern. Babás so ernst im Anzug mit Schlaghose, das dunkle Haar schulterlang und eine John-Lennon-Brille auf der Nase. Mama sehr selbstbewusst in ihrem Bohemien-Look. Sie trug einen schwarzen Rippenpulli zu Hotpants und sandfarbenen Wildlederstiefeln, die bis zu den Knien reichten, und darüber einen Gehrock aus auberginefarbenem Samt. Ein breiter Hüftgürtel und reichlich Modeschmuck rundeten ihr Hochzeitsoutfit ab. Mamas Eltern wären entsetzt gewesen, wenn sie das gesehen hätten. Doch sie hatten nicht einmal gewusst, dass ihre Tochter heiratete. Einen Ausländer. Einen Gastarbeiter.

Unter dem Hochzeitsfoto hing ein Schnappschuss vom Urlaub an der Nordsee. Manolis nahm das Bild ab. Das musste 1976 gewesen sein, kurz vor seiner Einschulung. Babás und er bauten eine Burg am Strand und waren ganz mit Sand paniert. Nicht einmal die Farbe der Badehosen war noch zu erkennen. Mama stand mit Christina auf dem Arm im türkisfarbenen Bikini und mit einem Tuch im langen Haar daneben.

Was für ein Abenteuer dieser Urlaub gewesen war. Sie hatten im VW-Bus geschlafen und wild gecampt, weil Mama nicht einsah, Geld für Campingplätze auszugeben. Gekocht hatten sie auf Gaskartuschen und am Lagerfeuer. Verkohlte Würstchen, die innen fast noch roh waren. Und dann das endlose Meer, die Wellen, der Sturm, der die Gischt von der Brandung riss. Aber auch Babás und die Wortflut. An der Nordsee zum ersten Mal.

Mama hatte ihn gebeten, Babás zu suchen, das Essen war fertig. Manolis entdeckte ihn am Strand, wo er auf einem Stein saß. Zwei leere Bierflaschen lagen im Sand, eine volle stand daneben. Er hatte die rechte Ferse aufs Knie gelegt und starrte darauf. Als Manolis näher kam, erkannte er, weshalb sein Vater so dasaß. Blut tropfte aus einer Wunde direkt auf eine Muschelscherbe im Sand.

»Hast du dir wehgetan?« Manolis kämpfte gegen das flaue

Gefühl im Magen an, denn er konnte kein Blut sehen. »Du musst ein Pflaster drauftun.«

Babás sah nicht auf. »Ist nicht schlimm«, sagte er so leise, als spräche er mit dem Wind. »Das nicht.«

Was war dann schlimm? Sein Vater schien gar nicht richtig da zu sein. So wie Mama, wenn sie einen Joint geraucht hatte. Aber Babás hatte nicht gekifft. Das tat er nie, weil ihn sonst Geister besuchten. Das hatte er einmal gesagt. Deshalb beunruhigte Manolis das Verhalten seines Vaters.

Vielleicht stammte die Wunde ja gar nicht von der Muschelscherbe, sondern von einem Petermännchen. Die hatten giftige Stacheln, weshalb Mama ihnen verboten hatte, barfuß am Saum des Wassers entlangzulaufen. Denn dort vergruben sie sich im Sand und stachen zu, wenn man auf sie trat.

»Soll ich Mama holen?«

»Nein. Das ist nichts.« Wieder sprach sein Vater so leise, dass er ihn kaum verstehen konnte, griff nach der Bierflasche und trank einen Schluck.

»Das Essen ist fertig. Du sollst kommen.«

»Habe ich dir eigentlich schon mal erzählt, dass ich einen Bruder hatte?«

Manolis schüttelte den Kopf.

»Und drei Schwestern. Christina, Elena und Athina.«

Sein Vater machte ihm Angst. Er sprach mit ihm und irgendwie auch nicht, und von Geschwistern hatte er noch nie etwas gesagt.

»Du heißt nach ihm, Manolis, und Christina nach meiner älteren Schwester. Sie sind alle tot. Ich habe meine Kinder nach Toten benannt.«

Angst umklammerte Manolis, hielt ihn fest. Statt Mama

zu holen, blieb er stehen. Was war nur mit Papa los? Welche Toten? »Ach, das macht nichts«, sagte er schließlich, denn irgendetwas musste er sagen. »So viele Namen gibt es ja gar nicht, dass jeder seinen eigenen bekommen kann.«

»Willst du wissen, was mit ihnen passiert ist?« Babás schien den Wind zu fragen, aber Manolis wusste, dass er gemeint war.

Alles in ihm schrie Nein! Doch das Nein wollte nicht heraus. Also schüttelte er stumm den Kopf, nur leider sah sein Vater es nicht und begann zu sprechen, zunächst stockend, dann immer hastiger.

»Es war ein Tag wie heute. Heiß, flirrend, die Sonne so gleißend. Am Vormittag sind sie durchs Dorf gekommen, und wir waren froh, dass sie weiterzogen, aber am Nachmittag kehrten sie zurück. Zu fünft tauchten sie bei uns auf, und Mama schrie, wir sollten uns verstecken. Bis heute habe ich keine Ahnung, woher sie es wusste. Die Männer sahen so friedlich aus, geradezu harmlos mit ihren blassen Gesichtern und den glatt rasierten Wangen. Man sah es ihnen nicht an …« Mit der Hand fuhr Babás sich über die Augen. »Wir rannten also und versteckten uns. Doch Manolis, meinen Bruder … Sie haben ihn gefunden und an Armen und Beinen in den Hof gezerrt. Er hat geschrien und um sich geschlagen und getreten. Er war doch erst sechs. So klein … Ein Kind. Einer stellte ihn vor sich hin, zwängte ihn sich zwischen die Beine und legte ihm von hinten die Hand auf die Stirn. Verstehst du? Auf die Stirn, als hätte er Fieber. Ich habe es gesehen. Mit meinen eigenen Augen. Ich habe alles gesehen. Wie er sich meinen Bruder zwischen die Beine klemmte, wie er ihm die Hand auf die Stirn legte und dann den Kopf zurückriss. Mit einem Ruck zog er ihm das Messer von links nach rechts durch die Kehle. Blut schoss hervor. Mein Bruder fiel auf die Knie und schrie und schrie, bis seine Schreie im Blut ertranken. Blut, Blut, überall war Blut. Ich habe es gesehen. Mit diesen Augen. Mit diesen Augen! Am liebsten würde ich sie mir aus dem Kopf reißen!«

Babás sprang auf, schleuderte die Bierflasche in die Wellen. Manolis wurde von der Angst überwältigt, dass sein Vater sich tatsächlich die Augen aus dem Kopf reißen würde, und erwachte aus der Schockstarre.

»Nein, Papa!«, schrie er. »Nein. Das darfst du nicht!«

»Ich habe euch nach Toten benannt.«

»Ist doch nicht schlimm, Babás. Ist doch nicht schlimm.«

Mit der Linken zog er an der Hand seines Vaters, mit der Rechten wischte er sich Rotz und Tränen weg, und es wäre schön gewesen, wenn er auch die schrecklichen Worte einfach wegwischen könnte. Aber sie waren da, sie wurden zu Bildern. Zu Bildern, die er nie gesehen hatte und nun sah. Es war, als hätte sein Vater sich tatsächlich die Augen aus dem Kopf gerissen und sie in seinen hineingepresst.

»Macht nichts, echt nicht. Essen ist fertig. Wir müssen gehen. Mama wartet.«

Irgendwo schlug der Wind einen Zweig gegen ein Fenster, und Manolis hängte das Bild zurück an die Wand.

Es war vorbei. Schon lange vorbei. Es spielte keine Rolle mehr.

6

Vera fuhr mit der Rolltreppe am U-Bahnhof Schwanthalerhöhe an die Oberfläche, als Anita anrief und wissen wollte, wie das Gespräch mit Viktor Bracht gelaufen war.

»Nicht so toll. Er sieht mich nicht bei der *MZ*. Ich habe mich seiner Meinung nach zu lange auf Frauenthemen eingelassen.«

»Schade. Magst du auf einen Drink vorbeikommen und dich trösten lassen?«

Anita wohnte nur ein paar Häuser von Vera entfernt. Es wäre ein Katzensprung, doch sie wollte jetzt lieber allein sein.

Als sie kurz darauf ihre Wohnung betrat, war sie noch immer wütend. Auf Bracht ebenso wie auf sich selbst. *Singend unter der Dusche.* Wie hatte sie ihm nur diese Steilvorlage liefern können? Aus der Küche drangen Musik und Essensdüfte in den Flur. Tom war da und kochte. Vera überlegte, ob es besser gewesen wäre, ihm den Schlüssel nicht zu geben. Er hielt sich nicht immer an die Vereinbarung, ihr Bescheid zu sagen, wenn er spontan vorbeikam. Sie war eine glücklich geschiedene Frau, die ihre Unabhängigkeit schätzte und vor allem jetzt, mit ihrer schlechten Laune, lieber alleine wäre.

Im Flur stand der alte Ledersessel, den sie im ersten Jahr

auf der Journalistenschule in Hamburg auf dem Flohmarkt erstanden hatte und der sie seither durchs Leben begleitete. Sie ließ sich hineinfallen und streifte die Pumps ab.

Tom kam aus der Küche und brachte den Duft von gebratenem Huhn und den Sound von Miles Davis mit in den Flur. »Grüß dich. Hab ich doch richtig gehört.« Er beugte sich zu ihr herunter und gab ihr einen Kuss. »Wie war dein Treffen mit Bracht?«

»Ein Satz mit großem X.«

»Oh, tut mir leid. Obwohl das zu erwarten war.«

Diesen Zusatz hatte er natürlich nicht für sich behalten können. Sie schluckte die Antwort herunter, dass er es ja von Anfang an gewusst hatte und es in gewisser Weise genoss, recht zu behalten.

Tom war Personalchef bei einer großen Versicherung und Profi in Sachen Stellenbesetzungen. Mit ihrem Profil passe sie nicht auf die frei werdende Position, hatte er ihr erklärt. Trotzdem hatte sie sich die Chance nicht entgehen lassen wollen und sich die von ihm prophezeite blutige Nase geholt. Eins zu null für ihn. Doch »Wettkampf« war nicht die Kategorie, in die sie ihre Beziehung einordnen wollte.

»Ich habe es immerhin versucht.«

Sie zog Ballerinas an und folgte ihm in die kleine Küche mit dem Herd, an dem zwei Platten kaputt waren, und dem Kühlschrank, der beinahe so alt war wie der Ledersessel und so viel Strom verbrauchte, dass sie dringend einen neuen kaufen sollte, aber dafür fehlte ihr das Geld. Sie kam gerade so über die Runden. Höchste Zeit, Margots Angebot in Betracht zu ziehen. Als Chefredakteurin würde sie endlich mehr verdienen, und aus der Ecke »Frauenthemen« würde sie ohnehin nicht mehr herauskommen. Das musste man pragmatisch sehen. Auch wenn es wehtat.

»Hm, hier riecht es gut.«

»Es gibt Hühnerbrust mit einer Senf-Zwiebel-Kruste. Dauert noch zwanzig Minuten. Wie wäre es mit Baguette und Salat vorneweg und einem Glas Prosecco?«

Zum Prosecco sagte sie nicht Nein. Nach einem Glas wäre der Ärger auf Bracht verraucht und nach dem zweiten auch der auf sich selbst. *Für die Bühne reicht es bei mir nicht. Nur für die Dusche.* Sie könnte sich ohrfeigen.

Tom schenkte den Aperitif ein und richtete den Salat an. Während Vera eine Scheibe Baguette aß und langsam das Glas leerte, beobachtete sie ihn. Er war der sportliche Typ. Athletische Figur, dichtes Haar, durch das sich erste graue Fäden zogen. Breite Schultern, schmale Hüften. Er sah jetzt, mit knapp fünfzig, besser aus als auf den Fotos, die ihn mit dreißig zeigten. Er war zielstrebig, humorvoll und großzügig und entspannte nach einem anstrengenden Arbeitstag gerne beim Kochen.

Nun schob er die Auflaufform in den Ofen und wandte sich zu ihr um. »Hab ich dir eigentlich schon erzählt, dass Gunnar nach Leipzig versetzt wird? Er soll dort im neuen Werk die Verantwortung für die Produktion übernehmen.«

Gunnar war Toms bester Freund und arbeitete als Maschinenbauer für einen Autozulieferer.

»Weg von München? Was sagt Katja denn dazu?«

»Sie hat kein Problem damit und bereits eine neue Stelle in Aussicht. Auch eine Schule für die Kinder haben sie schon gefunden. Fehlt nur noch eine Wohnung.«

»Das ist in Leipzig sicher einfacher als bei uns.«

»Ihre wird frei.« Tom stellte die Salatschüssel auf den Tisch und setzte sich zu ihr. »Er hat gefragt, ob wir sie haben wollen.«

Überrascht sah Vera auf. Hatte Tom gerade »wir« gesagt? Die Wohnung von Gunnar und Katja war ein Fünfzimmertraum in Haidhausen mit Balkon und Parkett und Stuckdecken. Aber es gab die Vereinbarung zwischen ihnen, sich nie so sehr auf die Pelle zu rücken, dass sie sich auf die Nerven gehen konnten, und dazu gehörte, dass jeder seine Wohnung behielt. Sie hatten beide gescheiterte Ehen hinter sich – Tom sogar zwei – und führten das unter anderem auf zu viel Nähe zurück. Vera fühlte sich mit dem Arrangement sehr wohl und wollte es nicht ändern.

Abwartend sah Tom sie an. »Wie stehst du dazu?«

»Hundertzwanzig Quadratmeter. Ist das nicht ein bisschen groß für uns beide? Mal ganz abgesehen davon, dass ich mir das nicht leisten kann.«

»Ich kann den größeren Teil der Miete übernehmen. Du gibst einfach das dazu, was du hier zahlst.«

Tom war das Gegenteil von Veras Exmann Lars, der auf ihre Kosten gelebt hatte. Tom war ein großzügiger Mensch, der sein ebenso großzügiges Gehalt gerne ausgab und sie häufig einlud. Restaurantbesuche, Kino- und Theaterkarten, sogar Urlaube. Meistens bezahlte er und meistens war Vera das unangenehm. Wann immer sie ihre Bedenken äußerte, wischte er sie mit dem Großmut eines Mäzens weg, und sie fühlte sich von ihm wieder einmal nicht ganz ernst genommen. Sie wollte sich nicht abhängig machen. Etwas geriet aus dem Gleichgewicht, und die Vorstellung, dass er künftig auch noch einen Teil ihrer Miete schulterte, gefiel ihr nicht. Außerdem: Selbst wenn sie sich Gunnars Wohnung leisten könnte, wollte sie lieber ihre eigene behalten.

»Das ist wirklich ein großzügiges Angebot, Tom. Aber das kann ich nicht annehmen. Außerdem waren wir uns einig, dass wir nicht zusammenziehen.«

»Das war vor einem Jahr und ist nicht in Stein gemeißelt.«

Für sie war es das eigentlich schon. »Der Vorschlag kommt ziemlich überraschend.«

Er griff nach ihrer Hand. »Ich weiß. Du musst dich ja nicht sofort entscheiden. Denk in Ruhe darüber nach.«

Während des Essens erzählte sie ihm von ihrem Gespräch mit Margot und dem Angebot, Chefredakteurin von *Amélie* zu werden. »Es ist natürlich noch nicht offiziell. Aber sie will mich als Nachfolgerin vorschlagen.«

»Du würdest die Stelle annehmen?« Statt sich zu freuen, dass man ihr zutraute, eine Redaktion zu leiten, zog er die Stirn in Falten.

»Warum denn nicht? Ich wäre dumm, wenn ich mir diese Möglichkeit entgehen ließe.«

»Dir ist schon bewusst, dass du damit deinen Traum endgültig zu Grabe trägst, jemals wieder in dein eigentliches Metier zurückzukehren?«

Dieser überlegene Tonfall war im Moment zu viel für sie. Tom klang ja wie Bracht! Der aufgestaute Frust brach sich Bahn. »Natürlich ist mir das klar! Aber was soll ich denn bitte schön machen? Ich sitze in der Falle. Vermutlich wäre es besser gewesen, wenn ich mich damals in das Heer der arbeitslosen Journalisten eingereiht und irgendwann Sozialhilfe beantragt hätte.«

Seit Jahren steckten die Printmedien in der Krise und fanden nicht mehr heraus. Redaktionen wurden zusammengelegt, Content wurde bei gnadenlos unterbezahlten Freelancern eingekauft, Stellen wurden gestrichen oder mit Praktikanten und Volontären besetzt. Irgendwann hatte es auch Vera erwischt, und sie war froh gewesen, als sie nach einem halben Jahr Jobsuche bei *Amélie* untergekommen war. Nur zur Überbrückung, hatte sie sich vorgenommen, bis sie in ihrem Bereich etwas gefunden hatte. Doch es gab keine Stellen. Inzwischen waren vier Jahre ins Land gegangen, und ihr Profil passte nicht mehr zu ihren Ambitionen.

»Jeder meiner ehemaligen Kollegen würde bei diesem Angebot den Verlagsboden küssen. Wenn ich daran denke, was aus ihnen geworden ist, könnte ich heulen. Sie fahren Taxi oder haben umgeschult. Lehramt ist sehr beliebt. Eine hat sich mit einem Tanzstudio selbstständig gemacht, ein anderer räumt Supermarktregale ein.«

»Mich musst du nicht überzeugen«, erklärte Tom. »Es ist deine Entscheidung. Ich verstehe sie nur nicht. Wenn du die Chefredaktion übernimmst, legst du dich endgültig auf Frauenthemen fest.«

»An mir pappt doch jetzt schon das Etikett ›Weiberkram‹.«

»Das tut es erst, wenn du in leitender Funktion gearbeitet hast. Dann ist die Tür endgültig zu.«

»Ich werde keine andere Stelle finden, es gibt nämlich keine, und ich sollte froh sein, dass ich überhaupt in meinem Beruf arbeiten kann. Zur Tanzlehrerin fehlt mir leider die Begabung.«

»Hör dir doch mal selbst zu. Eigentlich willst du die Stelle doch gar nicht. Dir fehlt bloß der Mut, für deine Träume zu kämpfen und …«

»Du bist unfair.«

»Und du begnügst dich mit dem Spatz in der Hand.«

»Was ist so verkehrt daran?«

Ihr Smartphone begann zu vibrieren, und Vera war dankbar für die Unterbrechung. Als sie allerdings den Namen auf dem Display sah, hätte sie es am liebsten gegen die Wand geworfen. Chris! Nicht schon wieder! Er gab einfach nicht auf.

»Hallo, Chris. Ich habe Nein gesagt. Du kriegst keinen Cent von mir. Schreib es dir auf, damit du es nicht wieder vergisst.«

»Behalt dein Geld. Deswegen rufe ich gar nicht an. Tante Kathrin ist im Krankenhaus.«

Ihr Ärger verrauchte schlagartig. »Was? Wieso denn?«

»Ich hätte es dir ja heute Nachmittag gesagt, aber du hast dich verleugnen lassen. Sie hatte einen Schlaganfall. Vorgestern schon. Die Ärzte haben nach einer Vorsorgevollmacht gefragt. Soweit ich weiß, hast du eine.«

7

Auf dem Altstadtring stockte der Verkehr. Es ging nur im Schritttempo voran, und Vera trommelte mit den Fingern aufs Lenkrad. Schließlich stöpselte sie den iPod an und wählte die Playlist mit Gipsy-Punk aus. Sie liebte diese Mischung aus traditioneller Roma-Musik, Punk und Rock. Ziemlich schräg, ziemlich gewöhnungsbedürftig, voller Leidenschaft und Lebensfreude. Doch heute ging sie ihr auf die Nerven, daher schaltete sie die Anlage gleich wieder aus und gestand sich ein, dass sie erbärmliche Angst hatte, Tante Kathrin könnte sterben.

Obwohl sie neunundachtzig Jahre alt war, hatte Vera den Gedanken bis jetzt beiseiteschieben können. Kathrin lebte in ihrer eigenen Wohnung und versorgte sich selbst. Bisher hatte sie keine Unterstützung benötigt, und in vielem war sie Vera mehr Vorbild als ihre eigene Mutter.

Kathrin war deutlich älter als ihre beiden Schwestern Annemie und Uschi. Die beiden zwölf und vierzehn Jahre jüngeren Nachzüglerinnen hatten sich erst eingestellt, als Veras Großeltern sich bereits damit abgefunden hatten, dass es bei einem Kind bleiben würde.

Von ihrer Mutter hatte Kathrin die praktische Seite mitbekommen und von ihrem Vater die leicht verträumte. Er war

Schuhmacher gewesen und hatte in den Dreißiger- und Vierzigerjahren eine eigene Werkstatt am Johannisplatz betrieben. In der knappen freien Zeit, die ihm neben der Arbeit geblieben war, hatte er Schuhe für die feinen Damen entworfen, die sich nie in seiner Werkstatt blicken ließen. Fantasievolle Gebilde, wie geschaffen für orientalische Prinzessinnen aus den Märchen von Tausendundeiner Nacht. »Spinnerte Fantastereien« hatte Oma sie genannt, während Kathrin sie hinreißend fand und einige seiner Zeichnungen bei Kriegsende aus dem zerbombten Haus am Johannisplatz gerettet hatte.

Die romantische Seite, die Kathrin von ihrem Vater geerbt hatte, fehlte Veras Mutter Annemie völlig. Sie kam ganz nach ihrer pragmatischen Mutter. In gewisser Weise verstand Vera, weshalb ihr Vater sie verlassen hatte. Sie war so kühl, dass sie oft herzlos erschien, weshalb er sie »Madame Neige« genannt hatte, Frau Schnee.

Sicherheit war der Pol, nach dem Annemie ihr Leben ausrichtete, und Vera war sich bewusst, woher ihr eigenes Bedürfnis danach kam. Sie hatte es von ihrer Mutter übernommen und diese wiederum von ihrer Mutter. Da wiederholte sich etwas. Tom lag nicht falsch, wenn er ihr vorwarf, auf Nummer sicher zu gehen, anstatt risikobereit zu sein. Sie war ganz und gar nicht glücklich bei *Amélie*. Besser sie kündigte und versuchte es als freie Journalistin, statt sich ständig zu verbiegen. Doch ihr fehlte der Mut dazu. Die Beständigkeit einer Festanstellung war ihr offenbar wichtiger.

Annemies Kälte und Pragmatismus spiegelten sich auch in ihrem Zuhause wider. Ihre Wohnung war mit einem Sammelsurium an Möbeln eingerichtet, die nicht recht zusammenpassten, die sie jedoch günstig erstanden hatte. Bei Kathrin war es das genaue Gegenteil. Jedes einzelne Stück war mit viel Liebe ausgesucht. Feines Porzellan und geschliffene Gläser, der Tisch immer hübsch gedeckt. Überhaupt verfügte Kathrin über das Talent, alles nett herzurichten. Sogar ein belegtes Brot war bei ihr etwas Besonderes, mit Mayonnaisetupfen und Petersilie garniert, die Wurstscheiben üppig drapiert, während ihre Mutter sie Vera beinahe aufs Brot gezählt hatte. »Annemie hat ein Trümmerfrauensyndrom, obwohl sie bei Kriegsende erst acht war«, hatte Kathrin einmal gesagt.

Als Vera in der Pubertät in die Höhe geschossen war, verlängerte Annemie Veras Jeans zu ihrem Entsetzen mit Borten, während Kathrin ihr in einer Schwabinger Boutique die erste Levis ihres Lebens gekauft hatte. »Wie willst du denn mit deinen Bortenhosen den Jungs den Kopf verdrehen? Borten!« Kathrin hatte den Kopf geschüttelt. »Das hat Annemie von unserer Mutter. Die hat mir mal den Ausschnitt eines Kleides mit einer Borte auf ein züchtiges Maß gebracht. Hat aber nichts genützt. Ich habe sie einfach wieder abgetrennt und einen tollen Mann in dem Kleid ganz verrückt gemacht.«

Drei Schwestern, wie sie unterschiedlicher nicht sein könnten. Kathrin, die Älteste, war die Rose. Eine edle Sorte mit einem herben Duft. Uschi, die Jüngste, glich einer exotischen Orchidee. Anspruchsvoll und äußerst empfindlich. Und Annemie, die Mittlere, war allenfalls eine widerstandsfähige Akelei. Einzig ihr Pech mit Männern einte die drei.

Rote Lichter leuchteten vor Vera auf. Sie musste abrupt bremsen. Das Kuvert mit der Vorsorgevollmacht rutschte beinahe vom Beifahrersitz. An Ostern – nur zwei Wochen, nachdem eine Bekannte von Kathrin während einer Operation ins Wachkoma gefallen war – hatte ihre Tante sie gebeten, ihr diesen Gefallen zu tun und im Falle eines Falles dafür zu sorgen, dass die Ärzte ihr Leben nicht künstlich verlängerten. Pflege war seit jeher Frauensache, daher hatte Kathrin, die selbst kinderlos war, es als selbstverständlich angesehen, ihre Nichte darum zu bitten. Vera hatte das gerne übernommen, auch wenn sie bis jetzt gehofft hatte, die Vollmacht niemals einsetzen zu müssen.

Nach dem Altstadttunnel löste sich der Stau auf. Zehn Minuten später betrat Vera das Krankenhaus und folgte den Hinweisschildern zur Stroke Unit. Sie fuhr mit dem Lift auf die Station und entdeckte Chris in der Besucherecke mit einem Becher in der einen Hand und dem Handy in der anderen.

Wenn stimmte, was Kathrin bei ihrem letzten Treffen gesagt hatte, verdiente Chris sein Geld inzwischen mit Poker. Sehr erfolgreich war er damit offensichtlich nicht. Für seine hohen Ansprüche sah er regelrecht heruntergekommen aus. Als Anlageberater hatte er gut verdient und stets auf seine Erscheinung geachtet. Gute Anzüge, teure Schuhe und immer eine Luxusuhr am Handgelenk. So kannte Vera ihn, und nun kam er daher wie ein Offsetdrucker nach der Schicht. Wie ihr Vater. Es lag vor allem an der Lederjacke. Lederjacken waren für Joachim eine Art Uniform gewesen. Ein Zeichen seiner Männlichkeit, genau wie die Zigarette im Mundwinkel, die bei ihrem Cousin allerdings fehlte.

»Da bist du ja.« Chris hatte sie bemerkt und stand auf.

»Wie geht's Tante Kathrin?«

»Nicht so besonders. Sie ist ohne Bewusstsein.«

»Was ist denn passiert? Und wieso hast du mich nicht gleich angerufen?«

Er schob die Hände in die Hosentaschen. »Hast du nicht

erst neulich noch gesagt, dass ich genau das nie wieder tun soll, dich anrufen?«

Der Herr war also beleidigt und hatte sie absichtlich im Unklaren gelassen. Wenn die Ärzte nicht nach der Vollmacht gefragt hätten, hätte sie wohl erst bei ihrem nächsten Besuch bei Kathrin von dem Schlaganfall erfahren. Sie sah sich schon vor der verschlossenen Wohnungstür stehen, während sich die von Kathrins neugieriger Nachbarin Helene Aßmann öffnete. *Ach, Frau Mändler, Sie wissen es noch gar nicht?*

»Wer hat dich eigentlich informiert?«

Chris zuckte mit den Achseln. »Ich war zufällig bei Tante Kathrin, als es passiert ist. Plötzlich hat sie die Augen verdreht und ist umgekippt. Einfach so.«

In diesem Moment, als er den Blick eines Achtjährigen aufsetzte, der etwas ausgefressen hat und seine Unschuld beteuert, war er für Vera wieder ganz der hinterfotzige Junge von damals. Der kleine Lügner, der ihr das als Zeitungausträgerin sauer verdiente Geld bei der Geburtstagsfeier ihrer Mutter aus der Spardose geklaut hatte und hinterher Stein und Bein schwor, es nicht gewesen zu sein. Zwei Tage später besaß er ein neues Skateboard, während sie sich die Augen aus dem Kopf weinte, weil sie die Gitarre nicht bezahlen konnte, für die sie so lange gespart hatte. Tante Uschi stand natürlich ganz auf seiner Seite. Ihr Sohn klaute nicht! Bestimmt hatte Vera das Geld verloren oder verschlampt. Daraufhin warf Annemie Uschi vor, einen Pascha heranzuziehen, wie sie ihn selbst nie als Lebenspartner dulden würde, und Uschi hielt dagegen, dass Vera mit fünfzehn noch gar nicht arbeiten dürfe. Vera fing an zu weinen, und am Ende tröstete Tante Kathrin sie und gab ihr das Geld für die Gitarre, denn Annemie konnte es sich nicht leisten. Nicht, seit sie eine alleinerziehende Mutter war. Und vorher eigentlich auch nicht, denn Joachim hatte nur selten Geld nach Hause gebracht.

Als Chris nun wieder mit diesem Unschuldsblick vor ihr stand, wusste Vera mit einem Mal, was passiert war. Er hatte versucht, Tante Kathrin anzupumpen, und zwar um mehr als die tausend Euro, die er von ihr hatte haben wollen. Denn Kathrins Sparbuch war gut gefüllt. Ganz sicher hatte sie sich geweigert, ihm einen größeren Betrag zu geben. Sie hielt ihr Geld zusammen, falls sie es mal für ein Pflegeheim benötigte, das hatte sie oft genug betont. Da konnte Chris so charmant tun, wie er wollte, und sie noch so sehr mit Sekt und Likörchen umgarnen. Kleinere Beträge hatte er schon öfter von ihr erhalten. Aber bei größeren blieb Kathrin hart, und hatte vorgestern bestimmt nicht anders entschieden, womit Chris sich nicht abfinden wollte. Es hatte Streit geben, sie hatte sich aufgeregt, und dann war es passiert.

»Einfach so also.« Die Bemerkung konnte Vera sich nicht verkneifen. »Wo finde ich den behandelnden Arzt?«

»Ja, einfach so«, entgegnete Chris. »Sie hat Glück gehabt, dass ich gerade da war und den Notarzt rufen konnte. Genau genommen habe ich ihr das Leben gerettet.«

»Ein Platz im Himmel wird dir sicher sein. Wo finde ich nun den Arzt?«

»Ach, Vera, sei nicht immer so sarkastisch. Wir werden uns doch jetzt nicht streiten. Das würde Tante Kathrin nicht gefallen.«

Vera fragte sich, was Chris mit seiner Deeskalationsstrategie bezweckte. Vermutlich würde er gleich einen neuen Versuch unternehmen, sie anzupumpen. Doch es war etwas anderes.

»Tante Kathrin braucht noch ein paar Sachen aus ihrer Wohnung. In der Aufregung mit dem Notarzt habe ich ganz vergessen, ihren Schlüssel einzustecken. Wenn du mir deinen gibst, kümmere ich mich darum.«

Es war erstaunlich, für wie einfältig Chris sie hielt. »Das ist lieb von dir, aber nicht nötig. Schließlich will Tante Kathrin, dass ich mich in einem solchen Fall um alles kümmere.« Den Teufel würde sie tun und zulassen, dass er sich Kathrins Sparbuch unter den Nagel riss.

»Das kann ich dir doch abnehmen. Ich mach's gerne.«

»Das glaub ich dir sofort. Aber ich schaff das schon.«

Sie sah, wie er die Kiefer zusammenpresste und mit dem Mittelfinger über die Falte an der Nasenwurzel fuhr, wie es ihr Vater immer getan hatte, und für eine Sekunde sah er Joachim so verblüffend ähnlich, dass Vera der Atem stockte und sie ihren Cousin mit offenem Mund anstarrte.

»Ist was?«

Sie fing sich wieder und schüttelte den Kopf.

»Hab ich einen Krümel an der Nase?« Er fuhr sich übers Gesicht.

Vera schob die Erinnerung an ihren Vater beiseite. »Könntest du langsam mal das Geheimnis um den Arzt lüften? Sonst frage ich im Stationszimmer nach ihm.«

Mit einem Mal breitete sich ein Lächeln auf seinem Gesicht aus. »Du hast gerade ausgesehen, als wäre dir ein Gespenst begegnet. Etwa Joachim? Man sagt mir ja eine gewisse Ähnlichkeit mit ihm nach. Denkst du noch immer, dass er mein Vater ist?«

»Es ist mir egal.«

»Ist es nicht. Nein, ganz sicher nicht.« Mit einem Ruck richtete er sich auf. »Weißt du was? Lass uns wetten. Ich mache einen DNA-Test. Wenn dabei rauskommt, dass er mein Erzeuger ist, bekommst du den Pott, und wenn nicht, dann ich. Sagen wir fünftausend?«

Es war nicht zu glauben. Beinahe hätte Vera gelacht. »So gesehen wette ich, dass er es nicht ist. Vermutlich weißt du es längst. So, jetzt muss ich mich um Tante Kathrin kümmern.« Damit ließ sie Chris stehen und suchte das Stationszimmer.

Als sie an die Tür klopfte, sah sie sich noch einmal nach ihm um. Die Glastür schloss sich hinter ihm, und an seinem energischen Gang erkannte sie, wie wütend er war.

Im Stationszimmer traf Vera Schwester Martina, die sie erst zu Kathrin brachte und dann losging, um den Arzt zu holen.

Im Krankenzimmer war es warm und ein wenig stickig. Vera stellte sich neben das Bett. Lichter blinkten an den Überwachungsgeräten, und aus einer Infusionsflasche tropfte Flüssigkeit in einen Plastikschlauch, dessen Ende in einen Zugang an Kathrins Handrücken mündete.

Ihr kurzes weißes Haar war zerzaust, die Augen geschlossen und von blauen Schatten umgeben, das Gesicht war so blass, dass die Falten wie tiefe Furchen erschienen. Eine vom Leben gezeichnete Landschaft. Immerhin atmete Kathrin eigenständig und gleichmäßig, was Vera als gutes Zeichen nahm.

In diesem Krankenbett wirkte ihre Tante so winzig wie ein Vogel, der knapp einem Sturm entkommen war, es gerade noch ins Nest geschafft hatte und nun erschöpft schlief.

Dieser Anblick vertrieb den restlichen Ärger auf Chris und machte Sorge Platz. Vera zog einen Stuhl heran und nahm Kathrins Hand in ihre.

8

Kathrin spürte Veras Berührung nicht. Wie ein Stein, der ins Wasser fällt, war ihr Bewusstsein in große Tiefe gesunken, ihre Gedanken und Erinnerungen glitten dahin wie Schwärme von Fischen in einem nicht choreografierten Tanz. Mal springend, mal träge ziehend, dann wieder wogend, ein stetes Auf und Ab, ein Hin und Her.

Gerade noch war sie als Siebenjährige über die Apfelwiese ihrer Großeltern in Pfarrkirchen gelaufen und hatte den ausgebüxten Gockel eingefangen, um kurz darauf als Backfisch die Tanzstunde zu besuchen, in München am Johannisplatz.

»Und eins, zwei, drei und eins, zwei, drei.« Frau Nölle gab mit den Händen den Dreivierteltakt vor, während ihr Mann sich am Klavier abmühte, ihn zu halten und Adele Kathrin führte. Beinahe alle Männer waren im Krieg, die Frauen mussten irgendwie ohne sie zurechtkommen. Kathrin geriet mit der Schrittfolge durcheinander und trat ihrer Freundin auf den Fuß.

»Autsch! Du Trampeltier!«

Adeles Mund war kirschrot, und dieses Kirschrot nahm Kathrin bei der Hand, zog sie mit sich, ein paar Jahre weiter.

Plötzlich war sie wieder zwanzig, und es war Sommer. Im Schutz einer Hecke saß sie mit geschlossenen Augen unter einer Buche und lauschte dem Gesang der Frauen, die jenseits der Hecke in der Gärtnerei die Bohnen hochbanden und in den Gemüsebeeten Unkraut jäteten. Manche waren treuherzig wie Kinder, und ihre unbekümmerte Fröhlichkeit wirkte ansteckend. Andere waren übertrieben ängstlich, mussten beruhigt und behutsam angeleitet werden. Mit den wirklich schlimmen Fällen hatte Kathrin bisher noch nichts zu tun gehabt, da sie für die Arbeitstherapie ungeeignet waren. »Schmarotzer«, hatte Adele die Frauen genannt. Für Kathrin waren sie arme Seelen.

Sie mochte ihre Arbeit und verrichtete sie gerne. Dennoch waren die Pfleglinge an manchen Tagen anstrengender als an anderen, und wenn es ihr zu viel wurde, stahl sie sich für ein paar Minuten davon. Dann reckte sie den Kopf der Sonne entgegen und sog den Duft nach Heuwiesen und Getreidefeldern ein, den der Wind über die Mauern trug und der sie an ihre Großeltern denken ließ. Mittlerweile hatte sie auf dem weitläufigen Gelände der Heil- und Pflegeanstalt Winkelberg ein paar Plätze ausfindig gemacht, an denen sie unbehelligt die gestohlene Zeit verträumen konnte.

Über ihr strahlte der Himmel so makellos blau, als wäre Frieden. Doch sie wusste, dass die Angriffe der 8. US-Luftflotte auf München zunahmen, und erst vor ein paar Tagen hatte sie Adele und Gertraud dabei ertappt, wie sie in der Wäschekammer die Laken falteten und mit zusammengesteckten Köpfen tuschelten, dass der Endsieg nicht mehr zu erringen sei. Was würde danach kommen?

Die Turmuhr der Anstaltskirche schlug drei. Kathrin fuhr hoch. Im Haupthaus wartete man auf sie. Sie musste sich sputen.

Vorsichtig lugte sie hinter der Hecke hervor, ob jemand kam. Der Kiesweg lag verlassen im Nachmittagslicht. Mit zügigen Schritten passierte sie das Männerhaus. Es war ihr ein wenig unheimlich, und sie war froh, dass sie dort nicht arbeiten musste, denn darin waren die armen Teufel untergebracht, denen nicht zu helfen war.

Sie war beinahe an dem Gebäude vorbei, als ein Mann herausgeschlurft kam, nur mit einem Unterhemd und einer Schlafanzughose bekleidet, Filzpantoffeln an den Füßen. Eine hagere, unrasierte Gestalt, die vor ihr stehen blieb.

Die Wangen waren eingefallen. Die Augäpfel wanderten unruhig hin und her, doch dann blieb sein Blick an Kathrin haften, und er nahm vor ihr Haltung an, knallte die Hacken mit den Pantoffeln zusammen und salutierte.

»Unteroffizier Franz Singhammer, Veteran des Ersten Weltkriegs, verwundet an Kopf und Seele an der Somme, meldet gehorsamst: Ich bin vollständig zum Essenfassen angetreten.«

Kathrin unterdrückte ein Lachen und griff nach dem Arm des Mannes. »Abendessen gibt es erst um fünf, Herr Singhammer. Sie sind zu früh angetreten.« Behutsam bugsierte sie ihn zurück zum Hauseingang, in dem eine Schwester auf der Suche nach dem Pflegling erschien.

»Eine Scheibe Brot geben sie uns nur«, flüsterte Singhammer, der sich von ihr widerstandslos führen ließ. »Das ist zu wenig. Eine Mehlspeise wäre schön. Früher haben wir Kaiserschmarrn bekommen, mit Kompott. Ich hätt so gern ein Kompott.«

»Vielleicht gibt es ja heute Abend welches. Lassen Sie sich überraschen.« Kathrin übergab den Mann an ihre Kollegin und ging weiter.

Der Kies knirschte unter ihren Schritten, als sie den Verwaltungstrakt ansteuerte und Dr. Ernst Bader um die Ecke bog. Er war der Stellvertreter des Anstaltsleiters Dr. Karl Landmann und ein Hundertfünfzigprozentiger. Das kurze Haar streng gescheitelt, dazu die schmalen Lippen eines Menschen, der keine Freude kannte, nur Pflicht. Als Zeichen seiner Gesinnung trug er ein Hakenkreuzemblem am weißen Kittel, und über der Oberlippe spross ein Führerbart.

Erst vor ein paar Tagen hatte er Kathrin erwischt, als sie hinter der Wäscherei auf der Mauer saß und die Beine baumeln ließ, und sie angeherrscht, dass sie sich an die Arbeit scheren sollte. »Unsere tapferen Soldaten geben ihr Letztes für den Endsieg, alle geben ihr Letztes und Sie? Sie sabotieren ihn mit Ihrer Faulenzerei.«

Als ob von ein paar gebügelten Laken mehr oder weniger Sieg oder Niederlage abhingen.

Sie wollte schnell an ihm vorbei, doch Bader sprach sie an.

»Schwester Kathrin macht einen Spaziergang, während alle anderen ihre Pflicht erfüllen. Sollten Sie nicht in der Gärtnerei sein?«

Ihre Hände wurden feucht und der Mund trocken. Den alten Huber hatten sie abgeholt. »Oberschwester Renate hat mich für die Aufnahme der Neuen angefordert«, brachte sie schließlich hervor.

»Die sind bereits vor einer Viertelstunde eingetroffen.« Baders Stimme war gefährlich ruhig. Er legte ihr einen Finger unters Kinn, hob es an, und sie wäre am liebsten davongelaufen.

Seine Augen wurden so schmal wie seine Lippen. »Ich werde ab sofort ein Auge auf Sie haben. Wenn Sie weiter mit Ihrer Trödelei die Arbeit unserer Anstalt sabotieren, hat das Konsequenzen. Haben Sie mich verstanden?«

Er würde es tun. Er war so einer. Seit der Niederlage bei Stalingrad waren alle gereizt und nervös. Und seit die Alliierten Anfang Juni in der Normandie gelandet waren, lag etwas in der Luft, etwas Vergiftendes. Der alte Huber war nicht wiedergekommen. Nur einen Tag, nachdem er einen Witz über den Führer gemacht hatte. Denunziert und abgeholt, verschwunden in einem Gestapokeller oder KZ. Wer wusste das schon?

»Haben Sie mich verstanden?«

Kathrin nickte, stammelte eine kurze Entschuldigung und eilte davon.

Die Angst saß noch wie ein kalter Stein in ihrer Brust, als sie aus der Sonne in das kühle Foyer des Verwaltungstrakts trat und die Treppe nach oben lief. Auf dem Absatz zum ersten Stockwerk kam ihr Landmann entgegen. Er war allein, und sein Anblick vertrieb jeden Gedanken an die Begegnung mit Bader, wie ein warmer Wind das erste Frösteln an einem Herbstabend, und wieder geriet sie ins Träumen. Er sah gut aus, und auch sie war ihm aufgefallen. »Schwester Kathrin mit dem Schwanenhals.« So hatte er sie während der Visite an ihrem ersten Arbeitstag genannt und hinzugefügt: »Sie werden allen Männern den Kopf verdrehen.« Dabei gab es in Winkelberg kaum Männer, jedenfalls neben den Pfleglingen. Nur ein paar Alte und Kriegsversehrte und natürlich die Ärzte und eine Handvoll Medizinalpraktikanten. Doch sie würde keinem von denen den Kopf verdrehen, denn sie war nicht hübsch und nur eine von vielen Schwestern, die sich gerne mit einem angehenden Arzt verloben würde.

»Ja, wirklich. Sie werden für Furore sorgen. Ich sollte Sie zurück nach München schicken«, hatte Landmann hinzugefügt und sie dabei mit diesem seltsamen Lächeln angesehen. Sie wusste nicht, ob er sich über sie lustig machte oder tatsächlich eine andere in ihr sah als sie selbst. Denn dieses Lächeln war so widersprüchlich. Charmant und zugleich ein wenig anzüglich, als hätten sie beide ein Geheimnis. Liebenswert und zugleich ein wenig unheimlich. Wie eine Tür, die sich einen schmalen Spaltbreit öffnete und einen kurzen Blick auf einen anderen gewährte, der dahinter lauerte. Ein Raubtier vielleicht. In diesen strahlenden Augen wohnte etwas Düsteres, etwas, das sie einerseits magisch anzog, andererseits abstieß und restlos verwirrte.

Nun stellte er sich ihr in den Weg. Sie verharrte mitten im Gehen, und er sah sie wieder mit diesem Lächeln an. Er sagte nichts. Einfach nichts. Was er ausstrahlte, waren Kraft und Stärke. Macht. Für einen Moment erschien er ihr wie aus Marmor geschlagen. Ein Gott. Ein Krieger. Ein Satyr. Im Nachtgrau seiner Augen begannen Funken zu tanzen. Sie hielt dem Blick nicht stand, spürte die Hitze, die sich über Brust und Hals auszubreiten begann. Diese Hitze, von der sie wusste, dass sie hektische rote Flecken auf ihrer Haut hinterließ. Er bemerkte sie, lachte, griff nach ihrer Hand und zog sie hinter eine Säule. Sie fühlte den kalten Stein in ihrem Rücken, dazu seine Hand an ihrer Kehle, ganz leicht und sanft und rau und kühl, und sie vergaß beinahe zu atmen.

»Schwester Kathrin mit dem roten Schwanenhals.« Erneut lachte er leise und drückte ihren Hals sacht gegen die Säule.

Doch sie spürte die Kraft, die in seinen Händen wohnte. Wenn er wollte, könnte er mich damit töten. Einfach so, schoss es ihr durch den Kopf. Sein Gesicht näherte sich ihrem, verharrte wenige Zentimeter davor. Das Lächeln wich einem entschlossenen Zug. Sie spürte ihren rasenden Puls in der Halsschlagader und wusste, dass auch er ihn spürte. Gleich würde er sie küssen. Sie schloss die Augen, roch das Menthol in seinem Atmen, den Zimtduft seines Rasierwassers, nahm die Wärme seines Körpers wahr. Er küsste sie nicht. Plötzlich fühlte sie seine andere Hand, die langsam über ihre Brust glitt, hart und fordernd, und ihr wurde schwindlig. Das ging zu weit. Sie sollte das nicht zulassen. Doch er wusste ja, dass sie es wollte. Ihr rasendes Herz verriet sie.

»Heute Abend um neun. In meiner Wohnung. Kommst du?«

Es war klar, was er von ihr wollte, und als anständiges Mädchen durfte sie sich nicht auf ihn einlassen. Aber dann tauchte aus den Sedimenten des Vergessens eine Erinnerung auf, stieg nach oben wie eine Blase Faulgas in einem moorigen See und zerplatzte an der Oberfläche.

Mit einem Mal stand sie wieder am Fenster des Klassenzimmers in der Krankenpflegeschule und betrachtete versonnen das Foto von Werner, an das sie mit einer kleinen List gelangt war.

Er war Medizinstudent, und sie hatte ihn während des Praktikums kennengelernt, das alle Pflegeschülerinnen gemeinsam absolvierten. Heimlich schwärmte sie für ihn, denn es war nicht verwunderlich, dass er sich nicht für sie interessierte. Sie war das hässliche Entlein in dieser Schar von Schwänen. Die Abschlussprüfungen standen bevor, und danach würde sie ihn nie wieder sehen. Wenn sie doch nur ein Bild von ihm als Erinnerung hätte. Da sie ihn schlecht darum bitten konnte, entschloss sie sich, es selbst aufzunehmen. Seit sie von Onkel Alois zu Weihnachten eine Agfa-Box bekommen hatte und ein Jahr später das Vergrößerungsgerät dazu, war Fotografieren ihr Steckenpferd. So hatte sie am letzten Tag des Praktikums die Kamera mitgenommen und eine Gruppenaufnahme der Pflegeschülerinnen gemacht und auch die Medizinalpraktikanten dazu gebeten. Dabei war ihr der Schnappschuss von Werner geglückt.

Während sie wieder einmal verträumt das Bild betrachtete, fiel ein Schatten auf die Fensterbank. Erschrocken fuhr Kathrin herum. Adele stand hinter ihr.

»Was hast du denn da?« Lächelnd riss sie ihr die Fotografie aus der Hand.

Kathrin wurde ganz übel. »Gib das her!«

»Kathrinchen, Kathrinchen. Hat sich unsere Landpomeranze also in Werner verguckt.« Adeles gezupfte Brauen schossen in die Höhe, und ihr Mund glänzte in frischem Kirschrot, obwohl es den Krankenpflegeschülerinnen untersagt war, sich zu schminken. Adele war das egal, sie tat, was sie wollte, und kam meistens damit durch.

»Gib mir das Bild zurück!«

Kathrin griff danach, doch Adele versteckte es hinter ihrem Rücken.

»Oh, wie tragisch. Eine unerwiderte Liebe. Oder glaubst du etwa, dass Werner sich mit einer wie dir abgibt? Kathrinchen, Pomeranzchen.« Sie schüttelte den Kopf, dass die kinnlangen blonden Haare schwangen. »Komm doch heute Abend einfach mit uns ins Odeon-Kino. Dann kannst du dich selbst überzeugen.«

»Er hat dich ins Kino eingeladen?«, fragte Kathrin ungläubig und hätte sich im selben Moment am liebsten auf die Zunge gebissen.

»Mach dir doch nichts vor, Trinchen. Du bist so hübsch wie ein Reisigbesen und wirst nie einen Mann abkriegen. Finde dich damit ab. Du hast jetzt einen Beruf und kannst für dich selbst sorgen, da ist es nicht ganz so schlimm, eine alte Jungfer zu werden.« Adele legte das Foto aufs Fensterbrett und ging davon.

Der Rock war ein wenig zu eng und schmiegte sich um die Rundungen ihres Pos. Kathrin wurde wieder einmal bewusst, dass an ihr alles zu wenig war. Zu mager, kaum Busen, die Hüften zu breit und die Schultern so schmal. Alles verschoben, verrutscht, falsch proportioniert. Wie bei den Frauen auf den Gemälden von Otto Dix, die sie vor ein paar Jahren mit Onkel Alois in der Ausstellung »Entartete Kunst« gesehen hatte. Missraten.

Werner und Adele? Kathrin konnte es nicht glauben und bezwang die aufsteigenden Tränen. Ausgerechnet Adele, und am schlimmsten war, dass sie am Ende recht behalten würde. Aus ihr würde eine alte Jungfer werden. Kein Mann würde sich je für sie interessieren. So viele waren schon gefallen, und die wenigen, die nicht an der Front waren, hatten die Wahl.

Mit einem Hüftschwung verschwand Adele aus Kathrins Blickfeld, und ein trotziger Wunsch stieg in ihr auf. Sie würde es Adele zeigen. Auch sie würde einen Mann finden, der sie liebte. Egal was für einen. Und sei es ein Einbeiniger oder ein Blinder. Hauptsache ein Mann! *Und wäre es nur einer, ein ganz ein kleiner, ein fuchsroter, ein halb toter.* Wie ein Echo klangen die Worte ihrer Großmutter in ihr nach. »Eine Frau muss einen Mann haben, Kathrin. Ohne Mann bist du nichts.«

Noch immer ruhte Landmanns Blick auf ihr. Kathrin kehrte in die Gegenwart zurück.

»Kommst du nun?«, wiederholte er seine Frage und ließ sie so unverhofft los, dass sie beinahe hingefallen wäre und sich gerade noch auf den Beinen hielt. Was für ein Mann!

»Ich kann es kaum erwarten«, hauchte sie, während ihr Herz bersten wollte und sie ungläubig ihren eigenen Worten lauschte.

Sie schenkte ihm noch ein Lächeln, von dem sie hoffte, dass es ein wenig frivol ausgesehen hatte, hörte sein trocknes Lachen und ging auf unsicheren Beinen davon.

In der ersten Etage angekommen, musste sie sich erst einmal auf die Fensterbank setzen und legte die Hand an den Hals, dorthin, wo gerade noch seine gelegen hatte. Ihre Verwirrung ließ langsam nach.

Von weiter hinten im Flur näherten sich Schritte. Kathrin sprang auf und strich die Schürze glatt. Wenn sie sich nicht sofort bei Oberschwester Renate meldete, geriet sie noch in Teufels Küche.

Es war Adele, die ihr entgegenkam. Auch sie hatte ihre erste Stelle in Winkelberg angetreten. Inzwischen war sie mit Werner verlobt, der seit vier Wochen an der Ostfront war.

»Wo bleibst du denn? Die Neuen sind längst da.«

»Landmann hat mich aufgehalten.«

Mit geradem Rücken und erhobenem Kopf ging sie an Adele vorbei. Wenn die wüsste!

Die Neuankömmlinge waren zwanzig Kinder, die man aus einer Anstalt in der Nähe von Freising nach Winkelberg verlegt hatte, um dort Platz für ein Lazarett zu schaffen. Im Aufnahmezimmer herrschte entsprechend viel Wirbel. Die Kleinen mussten untersucht, geduscht und einer Station zugewiesen werden.

Als Kathrin eintrat, stürmte ein kleines Mädchen mit ausgebreiteten Armen auf sie zu. Es war vielleicht zwei Jahre alt. Die rotblonden

Rattenschwänze flogen, die Augen mit der charakteristischen Hautfalte verzogen sich beim Lachen zu schmalen Schlitzen. Unwillkürlich fing Kathrin die Kleine auf und drehte sich mit ihr einmal um die eigene Achse.

»Du bist ja ein richtiger Wirbelwind.« Lachend setzte sie das Kind ab. Es war so fröhlich und gutmütig wie die meisten Menschen mit der Diagnose Mongoloide Idiotie. »Wie heißt du denn?«

Die Kleine schien sie nicht zu verstehen und auch nicht richtig sprechen zu können. Aus ihrem Mund kamen nur unverständliche Laute, und Kathrin dämmerte, was mit ihr los war. In seltenen Fällen ging die Krankheit mit Taubheit einher.

»Sieh mal an, Schwester Kathrin ist auch schon da.« Oberschwester Renate bedachte sie mit einem frostigen Blick. Sie war eine verbitterte alte Jungfer. Wie sie wollte Kathrin niemals werden und das würde sie auch nicht. Bei der Erinnerung an die Begegnung mit Landmann, die keine fünf Minuten zurücklag, wurde ihr ganz heiß.

Die Stunden bis zum Abend vergingen schnell. Um sieben hatte sie Feierabend und zog sich in ihr Zimmer im Schwesternheim zurück. Es war klein wie eine Gefängniszelle, dafür hatte sie es für sich allein. Tisch, Stuhl, Bett und ein Spind. Ein Webteppich auf dem Dielenboden und karierte Vorhänge am Fenster. Sie nahm das Handtuch von der Heizung und den Kulturbeutel aus dem Schrank. In der Schublade suchte sie nach der Lavendelseife und dem Parfum, das Onkel Alois ihr zu Weihnachten geschenkt hatte. Eine kleine Kostbarkeit mitten im Krieg. *Sinner*, von Adrian, und als ihr klar wurde, dass es »Sünderin« bedeutete, stieg ein glucksendes Lachen in ihr auf. Als hätte Onkel Alois diese Nacht vorhergesehen und klopfte ihr nun Mut machend auf die Schulter.

Die Uhr der Anstaltskirche schlug neun, als Kathrin Landmanns Haus am nördlichen Rand des Anstaltsgeländes erreichte. Sie war erstaunlich gelassen, jetzt, da es entschieden war. Statt Nervosität erfüllte sie gespannte Erwartung.

Efeu rankte sich an der Giebelseite empor bis zum Ziegeldach. Drei Stufen noch über die Haustreppe nach oben und sie stand vor der Tür aus dunklem Holz mit dem Messingknauf und der elektrischen Klingel. Sie trug das blaue Kleid mit dem Ausschnitt, den ihre Mutter als verwegen bezeichnet und über Nacht mit einer Borte verkleinert hatte. Natürlich hatte Kathrin sie wieder abgetrennt.

Sie zupfte an den Falten des Rocks und fuhr sich mit der Hand durch die walnussfarbenen Locken, die sie mit viel Aufwand gebändigt hatte. Dabei stieg ihr der Duft des schweren Parfums in die Nase, das geradezu seinen Namen flüsterte: Sünderin. Sie wollte ein wenig verrucht aussehen, doch natürlich würde er sofort merken, dass sie keine Erfahrung hatte, dass er ihr Erster war. Also ließ sie es bleiben und schürzte weder die Lippen, noch neigte sie den Kopf keck und herausfordernd zur Seite, wie sie es vor dem Spiegel rasch noch geübt hatte. Er wusste ohnehin, dass sie eher schüchtern war und schnell rot wurde. Sie war kein Vamp, und vielleicht war es ja genau das, was ihm an ihr gefiel.

Vielleicht wäre es aber auch besser, auf dem Absatz kehrtzumachen und zu gehen. Noch war es nicht zu spät. Ihr Finger verharrte zögernd über dem Klingelknopf. Landmann war ihr Vorgesetzter, außerdem der Leiter der Anstalt, und auch wenn er dafür sehr jung war, war er neun Jahre älter als sie. Es wäre vernünftiger, sich nicht mit ihm einzulassen. Doch dann erinnerte sie sich an das Gefühl seiner Hand an ihrer Kehle, und eine prickelnde Erwartung stieg in ihr auf, wie Sektperlen in den Gläsern, wenn sie an Silvester am Johannisplatz anstießen und die Familie sich ein gutes neues Jahr wünschte. Sie wünschte sich einen Mann und ein aufregendes Leben – und endlich auch mitreden zu können.

Sie hörte das Nachhallen der Glocke im Haus und seine Schritte, die sich näherten. Dann standen sie sich gegenüber, und Kathrin brachte keinen Ton heraus, nicht einmal ein gestammeltes »Guten Abend«. Wieder lächelte er sie an, legte ihr einen Finger auf die Lippen, als Zeichen dafür, dass sie schweigen sollte, und die Berührung floss durch ihren Körper wie flüssiges Gold. An der Hand zog er sie ins Haus und die Treppe hinauf über einen Flur, dessen Dielen unter ihren Schritten ein erstauntes Raunen von sich gaben. Jedenfalls erschien es ihr so. Sollte sie ihn Karl nennen oder Doktor Landmann? Sie wusste es nicht und sollte ja schweigen. Vor einer Tür blieb er stehen, öffnete sie und schob sie vor sich her ins Schlafzimmer.

Die Vorhänge waren zugezogen. Auf einem Tischchen standen Leuchter. Kerzen brannten darin, und für das Abendessen hatte er auf der einen Betthälfte gedeckt. Wie für ein Picknick auf einer bunten Decke. Sie entdeckte eine Platte mit Pastete, Wurst und Schinken, dazu einen Korb mit Weißbrot und Butter. Essen wie im Frieden. Eine Flasche Sekt stand auf dem Nachttisch. Er ließ ihre Hand los und setzte sich auf die Bettkante. Sie wollte es ihm gleichtun, da hielt er sie mit einem kaum merklichen Kopfschütteln zurück, und sie richtete sich wieder auf. Sollte sie stehen bleiben?

Abwartend sah er sie an, neigte den Kopf und musterte sie eingehend von oben bis unten. Als sein Blick aus den nachtgrauen Augen den ihren wieder erreichte, glomm darin ein belustigter Funke. Eine Braue hob sich fragend, ein Lächeln umspielte seine Lippen.

Ach so. Das erwartete er also von ihr.

Kathrin schluckte und atmete durch. In Ordnung. Deswegen war sie schließlich hier. Nur hatte sie es sich anders vorgestellt. Wie genau, wusste sie allerdings nicht. Jedenfalls nicht so ... so aufregend. Ihre Finger fanden den Reißverschluss in der Seitennaht. Langsam zog sie ihn herunter, während ihr Blick seinem standhielt und das Kleid mit dem verwegenen Ausschnitt zu Boden glitt. Sie warf es mit dem Fuß beiseite, als hätte sie es tausendmal geübt. Er schien mit ihr zufrieden zu sein, denn er lehnte sich zurück und wartete auf das, was noch folgen würde.

Unter seinen Blicken wuchs sie über sich hinaus. Der letzte Rest Anspannung fiel von ihr ab und machte einer überwältigenden Erwartung Platz.

Vor zehn Minuten noch hätte sie sich für ihre mädchenhafte Unterwäsche geniert: Baumwollschlüpfer und ein schlichter weißer Büstenhalter. Als sich nun Landmanns Körperspannung veränderte, wie bei einem Panther, der erwachte und sich erst einmal ein wenig reckte und streckte, erschienen sie ihr mit einem Mal wie spitzenbesetzte Dessous aus Seide. Sie hakte den Verschluss des BHs auf und wusste instinktiv, dass es ihm nicht gefallen würde, wenn sie ihn in seine Richtung warf. Deshalb legte sie ihn hinter sich auf die Kommode und streifte auch noch den Schlüpfer ab. Nackt stand sie vor ihm mit ihrem mageren Körper, dem viel zu kleinen Busen und dem zu breiten Becken, mit ihrer ganzen missglückten Figur und fühlte sich dennoch wie eine Königin der Nacht, denn sein Begehren machte sie dazu.

Er stand auf und wies auf das Bett. Sie setzte sich, fühlte seine Körperwärme an der Stelle, an der er gerade noch gesessen hatte, und war sich ihrer Nacktheit bewusst. Unter einem Kissen zog er zwei Tücher hervor, und sie verstand erst, was er meinte, als er nach ihrem Handgelenk griff und Angst sie überrollte und sie sich an seine Hand an ihrer Kehle erinnerte, an den Gedanken, dass er sie mit diesen Händen töten könnte, einfach so. Was wusste sie schon von ihm? Nichts!

Mit dem Zeigefinger berührte er ihre Brustwarze, strich darüber, und sie biss sich auf die Lippen, um nicht zu stöhnen, denn sie sollte ja still sein, während gleichzeitig ein Sturm durch ihren Kopf fegte und jeden Zweifel vertrieb. Als er wieder eines ihrer Handgelenke berührte, nickte sie. Er schlang die Tücher darum und band sie locker an den Bettpfosten. Wenn sie wollte, konnte sie sich befreien. Doch sie wollte nicht. Sie war in seinen Händen, gefesselt oder nicht.

9

Als Manolis in der Treffauerstraße vor der Wohnung von Kathrin Engesser eintraf, hatte Chris Wiesinger seinen Wagen bereits am Straßenrand geparkt und war im Haus verschwunden. Sein Handy hatte Rebecca längst gekapert und eine Tracking-Software installiert. Der blaue Punkt, der den Standort anzeigte, blinkte auf Manolis' iPad. Er rangierte den Golf mit den getönten Scheiben in eine Parklücke und schaltete den Motor aus.

Seit anderthalb Stunden klebte er Wiesinger an den Fersen und fragte sich nun, wie der Mann in die Wohnung seiner Tante gelangen wollte. Er hatte keinen Schlüssel, denn die Verwandte, die er im Krankenhaus getroffen hatte, hatte ihren nicht hergegeben. Vermutlich würde er einbrechen. Die Geräusche, die aus dem iPad drangen, verrieten etwas anderes. Obwohl die Tonqualität nicht besonders gut war – das Handy mit der aktivierten Freisprecheinrichtung steckte vermutlich in der Hosentasche –, bekam Manolis mit, wie Wiesinger sich mit jemandem unterhielt. Er verstand nicht jedes Wort, doch es reichte, um sich zusammenzureimen, dass Wiesinger eine Nachbarin seiner Tante herausgeklingelt hatte und ihr den Ersatzschlüssel abschwatzte.

Das Licht in der Erdgeschosswohnung unten links ging an.

Manolis nahm das Fernglas aus dem Handschuhfach, überquerte die Straße und verschwand hinter der Thujahecke, die das Grundstück einfasste. Ein Lichtschein fiel in den Vorgarten. Im Zimmer hinter dem erleuchteten Fenster entdeckte er Wiesinger und beobachtete, wie er den Sekretär durchsuchte und ein Sparbuch, einige Briefe und ein Notizheft an sich nahm, womöglich ein Adressbuch. Weiter ging es mit der Kommode und den Regalen. Dabei wurde der Mann zusehends ungeduldiger, bis er schließlich die Schubladen aus einer Kommode riss und den Inhalt auf den Couchtisch und den Boden leerte. Reichlich Krimskrams, den Wiesinger eilig durchsah. Offenbar suchte er nach einem Hinweis, wo seine Tante die Dokumente aufbewahrte, die er haben wollte. Als er nichts fand, versetzte er dem Sofa einen Tritt und machte erfolglos im Schlafzimmer weiter. Irgendwann ließ er sich aufs Bett fallen und starrte zwischen den Beinen hindurch auf den Teppich. Sein Handy klingelte. Mit einem Blick auf das Display drückte er das Gespräch weg und verließ die Wohnung mit nichts weiter als dem Sparbuch, dem Notizbuch und den Briefen.

Weiter ging die Fahrt nach Giesing, in die Weißenseestraße. Ein ehemaliges Arbeiterviertel und seit einigen Jahren Investitionsgebiet der Spekulanten. Wiesingers Wohnung befand sich in einem Haus, das der Gier noch nicht zum Opfer gefallen war und heruntergekommen aussah. An seinem Punto verlöschten die Lichter, die Blinker flammten kurz auf. Einige Minuten später wurde es hinter einem Fenster in der dritten Etage hell.

Manolis ließ den Wagen am Straßenrand unter einer Kastanie ausrollen und schob das iPad in die Halterung am Armaturenbrett. Aus dem Lautsprecher klangen Schritte, das Klappern einer Tür. Auf einmal wurde der Ton lauter und klarer. Das Handy steckte nicht mehr in einer Tasche, sondern lag irgendwo. Etwas klackte und zischte. Wiesinger hatte sich ein Bier aufgemacht oder eine Cola, danach wurde es ruhig.

Es war kurz nach zehn, und Manolis wollte ihn erst an die lange Leine nehmen, wenn er sicher war, dass Wiesinger die Wohnung heute nicht mehr verlassen würde.

Er ließ die Seitenscheibe herunter. Nach dem Regenguss vom Nachmittag war die Nacht warm und schwül und erinnerte ihn an die Nacht vor dreiundzwanzig Jahren in Frankfurt.

Er wusste noch genau, was er gedacht hatte, als Köster sagte, dass er die Polizei nicht mit dieser Sache belästigen wolle: *Ich bin im falschen Film!* Allerdings war die Sache mit Kösters Bemerkung nicht erledigt gewesen. Die Leiche musste weg. Gemeinsam hievten sie den Toten in den Kofferraum des Audi und fuhren in den Taunus. Während der Fahrt sprachen sie kein Wort, und Manolis konnte nicht glauben, dass er einen Menschen getötet hatte. Er war ein Mörder. Weil er sich nicht im Griff gehabt hatte. Dennoch wollte sich ein Gefühl von Scham und Schuld nicht einstellen. Ganz im Gegenteil. Es war, als ob sich in seinem Innersten Gewichte verschoben und etwas ausbalancierten, bis Panik und Angst verblassten und er sich ruhig und gelassen fühlte, beinahe gut. Etwas war mit ihm geschehen, auch wenn er nicht hätte sagen können, was. Kurz dachte er an Babás. Sein Vater durfte das nie erfahren. Niemand durfte das.

Nach einer Stunde Fahrt durchquerten sie einen Weiler, dahinter bog Köster auf eine Nebenstraße ein, an deren Ende sich eine Baustelle befand. Ein alter Gutshof wurde zum Wellnessressort umgebaut und lag verlassen in der Dunkelheit, die nur ab und zu ein Wetterleuchten erhellte. Das Licht der Scheinwerfer glitt über den holprigen Weg. Baumaschinen und Container erschienen kurz darin und versanken sofort wieder in der Finsternis. Köster umrundete das Hauptgebäude und brachte den Wagen in der künftigen Parkanlage zum Stehen. Die Lichter verloschen.

»Wir warten ein paar Minuten, bis sich unsere Augen an die Dunkelheit gewöhnt haben.« Das waren die ersten Worte, die er sprach, seit sie losgefahren waren.

Vor Manolis' Augen schälten sich allmählich Konturen aus der Finsternis. Ein Bagger, Schubkarren, Schaufeln. Ein Berg Kies und davor ein quadratisches Loch. Das Grab war schon bereit, als hätte Köster alles vorhergesehen.

»Dann wollen wir mal.« Er stieg aus.

Manolis folgte ihm und warf einen Blick in die Grube. Sie war mit Schalbrettern eingefasst, und er verstand, dass hier demnächst ein Fundament gegossen wurde. Eine Stunde später sah die Grube wieder aus wie zuvor. Der Tote lag unter einer Schicht Kies begraben.

Diese Nacht vor dreiundzwanzig Jahren war zum Wendepunkt in seinem Leben geworden. Alles, was Babás nie getan hatte, tat Köster. Er interessierte sich für ihn. Ihm war wichtig, was Manolis dachte und was er vom Leben erwartete. Köster hatte ihn bei der Hand genommen und in eine vielversprechende Zukunft geführt, obwohl er ihm mehr als einmal in den Arsch hatte treten müssen, damit er auf Kurs blieb. Vor allem im ersten Lehrjahr. Pünktlichkeit war nicht sein Ding gewesen und seine Frustrationstoleranz gering. Die Wut packte ihn schnell und ehe er es sich versah, flogen die Fäuste. Köster hatte ihn zum Taekwondo geschleppt und zum Karate, zum autogenen Training und zum Boxen, bis Manolis sich schließlich für Tai Chi entschied und die Wut in den Griff bekam.

Köster war Anwalt für Wirtschaftsrecht und hatte einige Jahre zuvor die Kanzlei seines Vaters samt Kundenstamm übernommen. Es waren nicht die großen Namen der DAX-Konzerne, sondern solider deutscher Mittelstand. Manchmal gab es Klienten mit Problemen, die am besten auf unkonventionelle Weise zu lösen waren. So wie in jener Nacht, als Köster die Angelegenheit selbst in die Hand genommen hatte und beinahe mit seinem Leben dafür bezahlt hätte. Seither kümmerte Manolis sich um diese Art von Problemlösung.

Aus dem Lautsprecher des iPad klang das Glockengeläut von Big Ben. Diesmal drückte Wiesinger das Gespräch nicht weg.

»Hi, Danilo, du nervst.«

»Schönen Gruß von Ivo. Ich soll dich daran erinnern, dass morgen Zahltag ist.«

»Sag ihm, er soll sich entspannen. Er bekommt seine dreißigtausend. Pünktlich um zwölf Uhr mittags. High Noon.« Chris lachte.

Danilo lachte nicht. »Woher willst du die Kohle nehmen? Du bist so blank wie ein Hering im Mondschein.«

»Vertrau mir.«

»Vertrauen?« Jetzt lachte Danilo doch. »Gut. Ich richte es ihm aus. Lust auf eine Runde Poker?«

»Sorry, keine Zeit.«

»Oder keine Kohle?«

»Mach's gut.«

Wiesinger legte auf und stöhnte, dann wurde es still.

Irgendwann wurde ein Stuhl gerückt. Das Klappern einer Tastatur erklang, dann das Rattern eines Druckers. Hin und wieder hörte Manolis Papier rascheln und fragte sich, ob Wiesinger überhaupt auf der Suche nach den Unterlagen war, die Kösters Mandant unbedingt haben wollte.

10

Am nächsten Morgen wachte Manolis um sieben auf und griff nach dem Smartphone. Keine SMS, die ihn automatisch erreicht hätte, sobald Wiesinger die Wohnung verließ. Auch der blaue Punkt des Ortungssignals verharrte in der Weißenseestraße.

Über Nacht hatte der Wind den Himmel blank gefegt. Auf der Dachterrasse verdunsteten die Pfützen. Einer Laune folgend, legte Manolis Vivaldis *Vier Jahreszeiten* auf, und zwar gleich den Sommer, der mit einem musikalischen Regenschauer begann, und stellte sich unter die Dusche. Anschließend bereitete er sich eine Kanne Sencha zu. Die Packung war beinahe leer, daher schrieb er den Tee auf den Einkaufszettel für Irena, die täglich für zwei Stunden vorbeikam und seinen Haushalt in Ordnung hielt.

Er überlegte gerade, ob er sich Rühreier zum Frühstück machen sollte, als eine WhatsApp seiner Nichte Elena kam.

Hey, Onkel Mani. Die erste Stunde fällt heute aus, und ich wollte etwas mit dir besprechen. Kann ich vorbeikommen?

Einen Augenblick zögerte er. Wiesinger würde sich bestimmt bald mit dem Sparbuch seiner Tante auf den Weg zur Bank machen. Die Uhr tickte. Um zwölf waren dreißigtausend Euro bei Ivo fällig. Vorher würde Wiesinger nicht weiter nach den Dokumenten suchen. Also antwortete Manolis Elena, dass er Zeit habe. Danach schrieb er Rebecca eine E-Mail und bat sie, Wiesinger so lange an die lange Leine zu nehmen.

Manolis deckte an der Küchentheke für zwei. Das Hochzeitsfoto seiner Eltern lag noch dort. Er hatte es gestern nicht mehr zurückgehängt. Wie glücklich Mama darauf aussah. Auch nach zehn Jahren konnte er noch ihr Bild heraufbeschwören. Ihr offenes Lachen und ihre bestimmende Art, mit der sie die Familie gelenkt und auch Babás bei der Hand genommen hatte. Ohne sie wäre er verloren gewesen. Was für ein gegensätzliches Paar. Er der Sohn eines griechischen Bauern, der trotz höherem Schulabschluss am Fließband stand und nach Strukturen suchte, die sein Leben zusammenhielten. Sie die Tochter schwäbischer Textilfabrikanten, die in München Kunst und Fotografie studierte, statt Betriebswirtschaft, wie es ihre Eltern erwarteten.

Es klingelte an der Wohnungstür. Elena war also schon oben. Er legte das Bild beiseite, um zu öffnen. Seine Nichte war eine schlaksige Fünfzehnjährige, die ganz nach ihrer Großmutter kam. Sogar das rebellische Funkeln in ihren dunklen Augen erinnerte Manolis an seine Mutter. Obwohl es Ende Juni war, trug Elena eine Strickmütze, unter der die Haare hervorquollen, und dazu die übliche Uniform aus Jeans, Chucks und Shirt. Der Rucksack mit den Schulsachen baumelte über der Schulter, in der Hand schwenkte sie eine Papiertüte vom Bäcker gegenüber.

»Ich habe uns Schokocroissants mitgebracht. Oder hast du schon gefrühstückt?«

»Ich habe damit auf dich gewartet. Grüß dich.« Sie umarmten sich und gingen in die Küche. »Tee oder Kaffee?«

»Milchkaffee. Keine Sorge, ich verpetze dich nicht. Koffein ist nämlich nichts für Kinder.«

»Du bist doch kein Kind mehr.«

»Du sagst es. Aber erklär das mal meinen Erziehungsberechtigten.« Elena setzte sich und packte die Croissants aus. »Die sind übrigens ein Bestechungsversuch. Das sollte ich fairerweise dazusagen.«

Manolis lachte. »Ein Bestechungsversuch? Da bin ich aber gespannt.«

Als der Kaffee fertig war, reichte er Elena den Becher und setzte sich zu ihr an die Theke. Der blaue Punkt auf dem iPad verharrte in der Weißenseestraße. »Also, worum geht's?«

Sie fasste die langen Haare zusammen und drehte sie zu einem Strang. »Ich möchte reiten lernen. Aber Mama sagt, dass wir uns das nicht leisten können. Deshalb will ich mir das Geld dafür in den Ferien verdienen.«

»Das ist eine gute Idee.«

»Ich werde aber erst im September fünfzehn. Vorher darf ich nicht jobben, sagt das Jugendschutzgesetz. Und bis ich darf, sind die Ferien rum. Das ist nicht fair.«

Manolis ahnte, was Elena sich von ihm erhoffte. »Du bewirbst dich doch nicht gerade um einen Ferienjob im Autohaus, in der Hoffnung, dass ich es mit den Vorschriften nicht so genau nehme?«

Elenas Schultern sackten herab. »Wie du das schon sagst.«

Er strich ihr über den Arm. »Ich würde sofort beide Augen zudrücken und dich einstellen, aber ich kann das nicht ohne Zustimmung deiner Eltern tun.«

»Die geben sie dir garantiert nicht. Mama ist Anwältin, sie bricht keine Gesetze.«

»Ich glaube, dein Problem lässt sich trotzdem lösen. Du bekommst den Job. Allerdings erst, wenn du fünfzehn bist. Bis dahin gebe ich dir einen Vorschuss. Aber auch das müssen wir mit deinen Eltern besprechen.«

Elenas Flunsch verzog sich zu einem breiten Lächeln. »Super Plan. Dazu können sie eigentlich nicht Nein sagen. Wir müssen es ihnen bloß richtig verkaufen.« Elena biss in das Croissant und trank den Milchkaffee. Dabei entdeckte sie das Hochzeitsbild ihrer Großeltern. Sie war erst fünf Jahre alt gewesen, als die beiden gestorben waren, und hatte daher so gut wie keine Erinnerung an sie. »Wow! Die beiden sehen cool aus. Sind das Oma und Opa?«

Manolis nickte.

»Wie haben sie sich eigentlich kennengelernt?«

»Hat Christina dir diese Geschichte denn nie erzählt?« Sie war spannend, und seine Mutter hatte gerne darüber gesprochen.

Elena schüttelte den Kopf. »Glaub nicht. Jedenfalls klingelt nichts bei mir.«

Plötzlich erinnerte er sich an einen Nachmittag vor vielen Jahren und musste lächeln. »Als ich sie zum ersten Mal gehört habe, wohnten wir noch in Moosach, in einem kleinen Haus mit einem großen Garten. An einem Tag in den Sommerferien haben Christina und ich dort ein Indianerzelt gebaut. Aus Bohnenstangen und allen Tischdecken und Bettlaken, die wir finden konnten.«

»Bettlaken? Das hat Oma erlaubt? Mama würde ausflippen.«

»Deine Oma war eine ungewöhnliche Frau. Vermutlich lag es auch an der Zeit. Sie war ein Blumenmädchen.«

»Du meinst, sie war ein Hippie?«

»Genau. Und an diesem Tag wollte Christina wissen, wie Mama sich eigentlich in Babás verliebt hat, und dann war das Zelt vergessen. Sie hat alles stehen und liegen lassen und Mama gebannt zugehört, denn erzählen konnte sie gut.«

Er erinnerte sich noch genau an diesen heißen Sommertag. Weiße Schäfchenwolken, der Duft von Johannisbeeren, Schmetterlinge im Sommerflieder. Vor allem aber erinnerte er sich an Mamas Blick, als sie sagte, dass sie sich sofort in Yannis verliebt hatte, und Manolis tauchte in die Erinnerung ein, als wäre kein Tag seither vergangen.

»Ich habe mich auf der Stelle in ihn verliebt. Immerhin hat er mir das Leben gerettet«, sagte Mama. »Er ist ein Held, ein Prinz, ein Drachenflüsterer.«

»In echt?«, fragte Christina. »Mit einer Rüstung und auf einem Pferd? Erzähl!«

»Er war eher ein Ritter von der traurigen Gestalt, aber tapfer und mit wohlgeschliffenen Worten bewaffnet bis an die Zähne. Das sind die besten aller Waffen.« Sie warf Manolis einen Blick zu.

Er wusste sofort, was sie damit sagen wollte, auch wenn sie ihm nie verboten hatte, mit seinen Plastikpistolen und Schwertern zu spielen. *Das kann man Jungs nicht verbieten*, sagte sie immer. *Sie tun es einfach, sie müssen es in den Genen haben. Aber mach dir bewusst, wie viel Leid sie verursachen und dass Gewalt nie ein Mittel ist, um Probleme zu lösen.* Seither hatte er manchmal ein schlechtes Gewissen, wenn er mit seinen Spielzeugwaffen imaginäre Feinde niedermetzelte. Jedoch nie, wenn er sich vorstellte, es wären die fünf, die Babás Wortfluten anspülten, und er sich ausmalte, wie er den anderen Manolis rettete, wie er alle rettete. Schon damals musste er gespürt haben, dass Gewalt sehr wohl ein Mittel war, um Probleme zu lösen.

Manolis wandte sich an Elena. »Im Sommer neunundsechzig hat deine Oma Kunst studiert und nebenbei hat sie gejobbt, um sich einen Traum zu erfüllen: eine Reise durch Europa. Als sie das Geld zusammen hatte, hat sie sich einen VW-Bus gekauft und ihn mit Blumen, Schmetterlingen und Vögeln bemalt. Erst dann ist sie zusammen mit ihrem Freund und einer Freundin losgefahren. Es ging nicht lange gut. In einem Kaff an der Atlantikküste warf Mama ihre Freundin raus. Freie Liebe war zwar damals modern, nicht umsonst hieß es, wer zweimal mit derselben pennt, gehört schon zum Establishment, aber unsere Mutter hat sich nie in Normen zwängen lassen. Ihr ging es eindeutig zu weit, dass ihr Freund mit ihrer Freundin schlief.«

»Wer zweimal mit derselben pennt, gehört schon zum Establishment?« Grinsend wiederholte Elena den Satz. »Echt jetzt? Wenn ich das in meiner Klasse erzähle, die brechen zusammen. Und Omas Freund? Mit ihm hat es auch nicht mehr lange gehalten, oder? Schließlich wolltest du erzählen, wie Oma und Opa sich verliebt haben.«

»Stimmt. Ihr Freund hat sich auf Kreta von ihr getrennt. Mama war ihm zu spießig und reaktionär, weil sie es nicht so prickelnd fand, dass er mit einer Amerikanerin rummachte, die sie als Anhalterin mitgenommen hatten. Der Sommer neigte sich dem Ende zu, als Mama alleine mit ihrem VW-Bus am Fuß des Parnass-Gebirges entlangfuhr. Es war heiß, sie hatte kaum noch Wasser und Vorräte und hielt in einem Dorf, um einzukaufen. Im Laden stand eine alte Frau, die sie vom

Scheitel bis zur Sohle musterte und fragte, ob Mama Amerikanerin sei. Als sie antwortete, dass sie Deutsche war, spuckte die Alte vor ihr aus und scheuchte sie aus dem Laden, während ein wahrer Wortregen auf Mama niederprasselte. Sie hat überhaupt nicht verstanden, was los war. Sie wollte doch nur Wasser kaufen. Der Wortschwall ging in ein schrilles Kreischen über, das ein paar Männer auf den Plan rief. Langsam dämmerte es ihr, dass sie als Deutsche in diesem Dorf nicht willkommen war.«

»Warum denn?«

»Warum? In Geschichte seid ihr offenbar noch nicht beim Zweiten Weltkrieg angekommen.«

»Nee, der kommt erst in der Neunten oder Zehnten dran.«

»Die Deutsche Wehrmacht hat während des Kriegs in Griechenland fürchterlich gewütet, und der Krieg war damals erst vierundzwanzig Jahre vorbei. Das mag dir lange erscheinen, ist es aber nicht. Jedenfalls flog plötzlich ein Stein, der eine Delle in den Bus schlug, und Mama bekam es mit der Angst zu tun, dass sie den nächsten abbekommen würde. Sie hat mir mal gesagt, dass sie sich in diesem Moment schrecklich schuldig gefühlt hat, obwohl sie bei Kriegsende noch nicht einmal geboren war. Und dann kam Yannis. Er herrschte die Männer an, dass sie aufhören sollten. Obwohl Mama kein Wort von der Diskussion verstand, wusste sie, was er sagte: Die anderen sollten sie in Ruhe lassen. Unrecht könne man nicht mit Unrecht vergelten.«

Elena wickelte sich eine Haarsträhne um den Zeigefinger. »Wow! Echt ein Drachenflüsterer. Wie cool von Opa. Hatte er denn keine Angst, dass sie auch auf ihn losgehen?«

»Ich glaube, es war ihm egal. Damals war ihm alles egal.

Sie haben ihm nichts getan, nur vor ihm ausgespuckt und ihm so gezeigt, wo er stand. Auf der Seite des Feindes. Doch für die beiden war es Liebe auf den ersten Blick, und am Ende des Sommers ist Babás mit Mama nach München gegangen.«

»Schöne Geschichte und total romantisch.«

Das iPad gab einen Signalton von sich. Der Punkt auf der Karte setzte sich in Bewegung.

Elena schielte darauf. »Was ist das? Sieht aus wie ein Navi. Aber ohne Auto …?« Fragend sah sie ihn an. Er zuckte die Schultern. »Trackst du jemanden?«

Sie war ein Kind des Internetzeitalters und hatte sofort erkannt, was Sache war. »Einen Lehrling. Er soll einen Jaguar an einen Kunden überführen. Da habe ich gerne ein Auge drauf.«

Wiesinger fuhr Richtung Westen auf den Mittleren Ring.

»Krass. Du denkst doch nicht, dass er die Karre klaut, oder?«

»Ich will nur sichergehen, dass er keinen Ausflug mit dem Wagen macht und heil ankommt.« Manolis sah auf die Uhr. »Musst du nicht langsam in die Schule?«

»Ups, schon so spät. Bin schon weg. Danke, Onkel Mani, dass du mir hilfst. Hoffentlich können wir Mama überzeugen.«

Kaum hatte er die Tür hinter Elena geschlossen, rief Köster an.

»Gibt es Neuigkeiten von unserem Freund?«

»Ich bin mir nicht sicher, ob er überhaupt nach den Unterlagen sucht. Was ihn umtreibt, sind Schulden, offenbar bei Leuten, bei denen man besser keine hat.«

»Deshalb wird er auch weiter nach dem Dossier suchen. Bleib einfach an ihm dran.« Köster verabschiedete sich.

Seine Worte bestätigten die Vermutung, die Manolis seit gestern hatte: Es ging um eine Erpressung. Doch so wie es aussah, erpresste Wiesinger Kösters Mandant mit Unterlagen, die er noch gar nicht besaß. Der Kerl hatte echt Chuzpe.

Wiesinger war inzwischen am Partnachplatz angekommen. Manolis holte den Laptop, um sich mit Rebecca auf den einsamen Inseln im Ärmelkanal zu treffen.

Guten Morgen, Rebecca,
was macht Wiesinger am Partnachplatz?

Er versucht das Sparbuch seiner Tante aufzulösen. Warte mal. Da geht's gerade zur Sache.

Es dauert eine Minute, bis sie sich wieder meldete.

Er weiß das Kennwort nicht und verlässt gerade fluchend die Sparkasse.

Das gibt Ärger mit Ivo. Ich übernehme jetzt wieder. Wie geht's dir?

Seit einer Stunde turnen Bauarbeiter auf dem Gerüst herum und gucken zu den Fenstern rein, als wäre ich ein Affe im Zoo. Ich lass jetzt die Jalousien runter.

Für die nächsten Monate?

Bis sie Feierabend machen. Tageslichtlampen sind schon bestellt. Ebenso drei Webcams und Monitore. Kann ich noch etwas für dich tun?

Kannst du die Webcam an seinem PC oder Laptop einschalten?

Kein Problem. Ich schicke ihm eine Mail mit einem Link zu einer selbstinstallierenden Fernwartungssoftware. Darüber habe ich Zugriff auf die Webcam. Wir müssen ihn nur dazu kriegen, darauf zu klicken. Any idea?

Schick ihm eine Mail mit dem Betreff »Gewinnbenachrichtigung« oder »Sofortkredit«. Die klickt er bestimmt an.

Ha, schöne Idee! Ich melde mich wieder.

Als Nächstes rief Manolis Max an, um ihm mitzuteilen, dass er sich für ein paar Tage ausklinken würde. Das kam hin und wieder vor, und noch nie hatte sein Geschäftsführer nach Gründen gefragt.

Kurz nach zehn traf Manolis in der Weißenseestraße ein, zeitgleich mit Wiesinger, der in seine Wohnung zurückkehrte. Manolis stellte den Ton am iPad lauter und hörte, wie Wiesinger seine Cousine anrief.

»Vera, du musst mir helfen. Wir sind doch eine Familie. Nur fünftausend, für eine Woche.«

»Ich glaub es einfach nicht!« Sie legte auf.

Bei ihr gab es nichts zu holen, und langsam wurde die Zeit knapp.

Das Scharren eines Stuhls klang aus dem Lautsprecher, dann der Signalton, mit dem der Laptop hochfuhr. Hoffentlich las Wiesinger seine E-Mails.

Kurz darauf ging auf dem nicht registrierten Handy eine SMS von Rebecca ein. *Hat geklappt. Hier der Link.*

Manolis ging online, aktivierte über das RAT-Programm

die Webcam in Wiesingers Laptop und hatte ihn einen Moment später auf dem Monitor.

Mit der Hand fuhr Wiesinger sich durch die Haare, griff nach dem Handy und legte es wieder beiseite. Schließlich setzte er sich mit den Briefen, die er gestern Nacht aus der Wohnung seiner Tante mitgenommen hatte, aufs Sofa. Die Zeit verging, während er las. Plötzlich glitt ein Lächeln über sein Gesicht, und er schüttelte kaum merklich den Kopf. Dann sah er aufs Handy, sprang auf und verschwand aus dem Blickfeld der Webcam. Manolis hörte Geräusche, die er nicht zuordnen konnte. Das ging ein paar Minuten so, bis Wiesinger mit einer Reisetasche im Wohnzimmer erschien und den Laptop zuklappte. Der Screen des iPad wurde schwarz.

Es war halb zwölf, und Wiesinger würde Ivo nicht entwischen. Das war Manolis klar, als er den schwarzen Hummer H3 in die Weißenseestraße einbiegen sah.

11

Kurz vor Redaktionsschluss war immer viel los. Es wurde Mittag, bis Vera eine Möglichkeit sah, sich für zwei Stunden auszuklinken. Im Trubel des Notarzteinsatzes hatte Chris Tante Kathrins Versichertenkarte nicht gefunden, und Vera hatte zugesagt, sie noch heute vorbeizubringen, da die Klinik sonst privat abrechnen würde.

Sie steckte das Handy ein und erinnerte sich prompt an Chris' Anruf von vorhin. Sie hatte sich richtig erschrocken und gedacht, Tante Kathrin wäre gestorben, doch er hatte lediglich einen neuen Versuch unternommen, sie anzupumpen. Für einen Moment streifte sie eine Ahnung, wie schlecht es ihm gehen musste.

»Fertig?«, fragte Jessica.

»Ja, vorerst. Ab Montag dann dasselbe Spiel. Und bei dir?«

Jessica verzog den Mund. »Noch ein paar Mode-News.«

Auf dem Weg zum Lift begegnete ihr Margot, und Vera nutzte die Gelegenheit, um ihr die Situation mit Tante Kathrin zu erklären. »Kann sein, dass ich zwei Stunden weg bin. Meine Artikel sind in der Herstellung. Es sollte also kein Problem sein. Falls doch, bin ich auf dem Handy erreichbar.«

»Nur kein Stress. Davon wirst du bald mehr als genug haben.« Margot zwinkerte ihr zu. »Vielleicht machst du dir schon mal Gedanken über die Neuausrichtung von *Amélie*. Du weißt ja, dass die Zahlen nicht mehr stimmen, der Verleger wird Vorschläge erwarten.«

»Natürlich.« Wo stimmten denn die Zahlen noch in ihrem Business? Nirgendwo.

Eine halbe Stunde später stand Vera vor dem Haus in der Treffauerstraße, in dem ihre Tante sich Mitte der Siebzigerjahre eine Eigentumswohnung gekauft hatte. Neidische Kommentare von Annemie und Uschi waren natürlich nicht ausgeblieben. Uschi vermutete, dass Kathrins Liebhaber einen Teil beigesteuert hatte. Schließlich war Erich ein vermögender Unternehmer, wenn auch verheiratet. Und Annemie meinte, dass es ganz sicher so war, denn solchen Luxus konnte man sich mit dem Einkommen einer Krankenschwester nicht leisten. Selbst dann nicht, wenn man keine Verantwortung zu tragen hatte, sprich ein Kind großziehen musste, so wie sie und Uschi. In seltener Einigkeit lästerten die beiden gerne über Kathrins Kinder- und Ehelosigkeit. Wobei sie selbst ja auch keine Männer hatten.

Vera nahm die Post aus dem Briefkasten, betrat die Wohnung und stolperte im Flur über Einweghandschuhe, Kanülen und sonstigen Plastikmüll des Notarzteinsatzes. Hätte Chris das nicht aufräumen können? Sie warf den Abfall in der Küche in den Mülleimer, bemerkte, dass etliche Schubladen herausgezogen waren, und schrak zusammen, als sie das Wohnzimmer betrat. Wie sah es denn hier aus!

Papiere, Aktenordner, Bücher und all der Krimskrams, den Kathrin in Schachteln und Dosen aufbewahrte, waren verstreut, Schubladen herausgezogen, Schranktüren standen offen. Ein Einbruch! Sie musste die Polizei rufen. Vera zog das

Handy hervor. Doch dann steckte sie es zögernd wieder ein. Die Wohnungstür war unbeschädigt und abgeschlossen gewesen, als sie gekommen war. War dieses Chaos etwa Chris zu verdanken?

Ihr Verdacht verstärkte sich, nachdem sie die Fenster inspiziert hatte. Keines war geöffnet oder wies Einbruchspuren auf. Kathrins Sparbuch lag normalerweise im Sekretär, dessen Inhalt jetzt überall herumlag. Vera suchte in dem Durcheinander danach und fand es nicht. Dafür aber die Versichertenkarte der Krankenkasse und das Heft mit den Kontoauszügen. Sie blätterte sie durch. Vor einer Woche hatte ihre Tante dreitausend Euro abgehoben. Wo war das Geld? Hier jedenfalls nicht.

Im Zuge der Vorsorgevollmacht hatte Vera auch eine Bankvollmacht erhalten. Sie rief bei der Sparkasse an und sprach mit Kathrins langjähriger Kundenberaterin. Fünf Minuten später ließ sie sich aufs Sofa fallen. Dass Chris ihrer Tante dreitausend Euro abgeluchst hatte, war angesichts der Tatsache, dass er ihr Sparbuch gestohlen hatte, schon beinahe nebensächlich. Wie gut, dass es mit einem Kennwort versehen war, das Chris nicht kannte. Dieser Mistkerl hatte tatsächlich versucht, ihre todkranke Tante zu bestehlen!

Nur wie war er in die Wohnung gekommen? Vera hatte einen Verdacht und klingelte gegenüber bei Helene Aßmann, die den Ersatzschlüssel verwahrte. Vera hatte den Finger noch nicht vom Klingelknopf genommen, als die Tür bereits geöffnet wurde und die Nachbarin ihrer Tante vor ihr stand. Blauer Hosenanzug, Perlenkette, Zigarette zwischen den Fingern.

»Ach, Vera! Ich habe es erst gestern erfahren, als ich von meiner Reise zurückgekommen bin. Wie geht es Kathrin denn?«

»Nicht so gut. Haben Sie Chris in die Wohnung gelassen?«

»Er musste ein paar Sachen für sie holen und hatte keinen Schlüssel. Da habe ich ihm meinen gegeben.«

»Hat er den noch?«

»Oh, jetzt, wo Sie es sagen. Er wollte ihn zurückbringen. Wenn Sie ihn sehen, erinnern Sie ihn doch bitte daran.«

Vera hatte nicht die Absicht, Chris aufzusuchen oder zur Rede zu stellen. Er würde den Schlüssel ohnehin nicht herausgeben, und wenn, dann besaß er vermutlich längst eine Dublette. Es blieb ihr nichts anderes übrig, als das Schloss auswechseln zu lassen, wenn sie verhindern wollte, dass er auch noch den Schmuck an sich nahm und die Möbel verhökerte.

»Ausgerechnet ein Schlaganfall.« Helene schüttelte den Kopf. »Wie furchtbar. Dabei hatte sie ihren Blutdruck doch im Griff. Sicher hat sie sich wieder so schrecklich über Chris aufgeregt.«

Vera wurde hellhörig. »Wieso wieder?«

Helene blies den Rauch in den Flur. »Er war in letzter Zeit häufig da, und neulich hat es Streit gegeben. Kathrin redet ja so laut, da hört man gezwungenermaßen alles mit. Sie sollte sich wirklich ein Hörgerät kaufen. Ich höre ja noch ganz wunderbar, aber sie ... Man sollte die Malaisen des Alters nicht ignorieren und sich das Leben unnötig schwer machen.«

»Es gab also Streit zwischen Kathrin und Chris?«

Beinahe verschwörerisch senkte Helene die Stimme. »Es ging um jemanden, der Dreck am Stecken hat.«

»Dreck am Stecken? Was hat er denn damit gemeint?«

»Woher soll ich das wissen? Nicht mal Kathrin war klar, wovon Chris sprach. Er sagte, sie hätte mal eine entsprechende Bemerkung gemacht. Doch sie konnte sich nicht daran erinnern. Er hat sie auch bekniet, ihm Geld zu leihen. Wenn Sie mich fragen, sollte er das mit dem Pokern besser bleiben lassen.«

Helene war ja bestens im Bilde.

Veras Handy klingelte. Es lag in der Handtasche, die in Kathrins Flur stand. »Ich muss rüber.« Sie hob die Hand zum Abschied und eilte zurück in die Wohnung.

Die Nummer im Display kannte sie nicht. Es war die Stationsschwester des Krankenhauses, die sich meldete. Sie fragte nach der Versichertenkarte, und Vera versprach, sie noch heute zu bringen.

Zuerst musste sie das Schloss auswechseln lassen und bestellte den Schlüsseldienst. Bis er kam, dauerte es eine halbe Stunde und eine weitere halbe Stunde, bis das Schloss eingebaut war. Beim Anblick der Rechnung wurde Vera kurz schwindelig. Adieu, neuer Kühlschrank. Sie zückte ihre EC-Karte, die der Handwerker durch das Lesegerät zog, unterschrieb den Beleg und sah dem Mann nach, der ihr noch einen schönen Tag wünschte.

Das Chaos in der Wohnung konnte sie jetzt nicht mehr aufräumen. Sie hatte die Mittagspause bereits hoffnungslos überzogen und musste noch ins Krankenhaus.

Es wurde zwei, bis Vera die Stroke Unit betrat und die Versichertenkarte an die Stationsschwester übergab.

»Gibt es seit gestern eine Veränderung?«

»Leider nicht. Aber Ihre Tante hat gerade Besuch von ihrer Schwester. Das wird ihr guttun, auch wenn sie ohne Bewusstsein ist.«

Mama oder Uschi?, fragte Vera sich. Ob die beiden Kathrin in dieser Situation wirklich eine Hilfe sein konnten, wagte sie zu bezweifeln. Ihre Mutter Annemie, die nicht grundlos den Spitznamen »Madame Neige« trug, würde Kathrin vielleicht raten, das Unabänderliche zu akzeptieren, den Tod, und einfach loszulassen. Oder war es Uschi, die noch immer beweisen wollte, dass sie die Bessere war, die in ihrem Leben alles richtig machte und zum Beispiel keinen Schlaganfall bekommen hatte.

Vera klopfte an und trat ein. Es war Annemie, die an Kathrins Bett saß und deren Hand hielt.

»Hallo, Mama.«

»Grüß dich, Vera.«

»Wie geht's dir?«

»Frag lieber, wie es Kathrin geht.«

»Ich meine, wie es dir damit geht?« Sie wies auf ihre Tante, die wie schlafend im Bett lag, doch es war kein Schlaf. Es war ein Zustand zwischen Leben und Tod.

»Am Ende müssen wir es nehmen, wie es kommt.«

Veras Handy klingelte. Es war die Assistentin des Verlegers, die ihr mitteilte, dass er sie sprechen wolle. Heute um drei. Also in nicht einmal einer Stunde.

Ein wenig überstürzt verabschiedete Vera sich. Während der Rückfahrt in die Redaktion ging ihr die Bemerkung von Helene wieder durch den Kopf. Wer sollte denn *Dreck am Stecken* haben? Sicher hatte sie etwas falsch verstanden.

12

Der Hummer H3 erreichte ein Gewerbegebiet im Münchner Osten und bog unmittelbar nach der Tankstelle in den Hof einer Spedition ein. Mit einigem Abstand folgte Manolis ihm und beobachtete, wie der Wagen vor einer heruntergekommenen Halle hielt, hinter der die Bahntrasse zum Flughafen verlief. Ein Güterzug rumpelte vorbei. Die Laderampen an der Halle waren verwaist, auf dem Flachdach des Nebengebäudes wucherten Gras und Büsche. Davor parkte ein Ferrari F12 Berlinetta mit Rosso-Dino-Lackierung. Über dreihunderttausend Euro standen dort, und Manolis musste kein Hellseher sein, um zu wissen, wer hier Hof hielt oder, besser gesagt, zu Gericht saß: Ivo. Und das um zwölf Uhr mittags, eine ungewöhnliche Zeit, um offene Rechnungen zu begleichen.

Manolis stieß mit dem Golf zurück und fuhr in die Tankstelle. Zwei Zapfsäulen waren frei, doch sie waren nicht sein Ziel. Er lenkte den Wagen um das Gebäude herum zu der Station mit den Staubsaugern und Reifendruck-Messgeräten. Eine Plakatwand und ein Maschendrahtzaun trennten die beiden Areale. Von hier hatte er freie Sicht auf den Hummer, der etwa fünfundzwanzig Meter entfernt stand. Manolis stellte den Motor ab und wartete, was als Nächstes passieren würde.

Im Prinzip gab es drei Möglichkeiten. Erstens: Ivo verpflichtete Wiesinger, die Schulden abzuarbeiten, indem er neue Spieler anlockte oder mit manipulierten Partien Neulinge köderte, bis sie ihr Limit vergaßen. Zweitens: Die Frist wurde verlängert, wenn es ihm gelang, glaubhaft darzulegen, wie er an das Geld kommen wollte. Falls Wiesinger das Sparbuch seiner Tante noch hatte, standen die Chancen nicht schlecht. Die dritte, eher theoretische Möglichkeit: Sie brachten ihn um. Was nicht sehr wahrscheinlich war. Wenn jemand in diesem Business seine Schulden nicht begleichen konnte, wurde er in der Regel so lange terrorisiert, bis er sich das Geld irgendwie beschaffte, und sei es durch Raub oder eben eine Erpressung.

Manolis schrieb eine SMS mit den beiden Kfz-Kennzeichen an Rebecca und bat sie, herauszufinden, auf wen die Fahrzeuge zugelassen waren.

Inzwischen waren beim Hummer die Türen aufgegangen. Derjenige, den Manolis für Danilo hielt, und ein zweiter Mann stiegen aus. Zwei durchtrainierte Kerle, die Muscle-Shirts und Sonnenbrillen trugen. Danilo öffnete die Tür für Wiesinger und streckte ihm die flache Hand hin. Das Handy landete darin. Das Trio verschwand im Nebengebäude hinter einer Tür mit der verwitterten Aufschrift »Büro«.

Manolis entschied sich, ein Auge auf Wiesinger zu haben, und holte die Beretta aus dem Fach unter dem Fahrersitz, steckte sie in den Hosenbund und ließ das Leinenhemd darüber fallen. Vom Beifahrersitz nahm er Basecap und Sonnenbrille, stieg aus und sah sich um. Das Gebäude mit dem Flachdach besaß keine Fenster zur Tankstellenseite. Vorne an der Straße herrschte mäßiger Verkehr. Zwei Müllcontainer standen am Ende des Zauns vor der Böschung, auf der die Bahntrasse verlief.

Nachdem er über den Zaun gestiegen war, pirschte Manolis sich von hinten an das Gebäude heran und war froh über den Lärm, den die S-Bahn machte, die Richtung Ostbahnhof fuhr und jedes seiner Geräusche überlagerte. Er spähte um die Ecke und entdeckte ein Fenster, das bei der Hitze offen stand. Der Zug war vorüber. Die Stimmen drangen bis zu ihm. Er konnte nicht jedes Wort verstehen, doch genug, um der Unterhaltung folgen zu können.

Wiesinger zückte nicht wie erwartet das Sparbuch, sondern erzählte etwas von einer Goldader, auf die er gestoßen sei. Jemand, der richtig Geld habe und ein Geheimnis. Jeden Preis werde er bezahlen, damit die Sache nicht ans Licht kam, und er, Wiesinger, hätte die Beweise. Jedenfalls so gut wie. Drei Tage und er könne die Dreißigtausend bezahlen. Gerne mit Zinsaufschlag.

Ein paar Schritte wagte Manolis sich näher an das Fenster heran, um besser zuhören zu können.

»Drei Tage, Ivo. Dann habe ich das Geld.«

»Ist sich schöne Geschichte, wie in Fernsehen. Überzeugt mich nur nicht, ist sich *fiction.*«

»Nein. Ich schwöre. Bei allem, was mir heilig ist.«

»Du bist große Märchenerzähler, Chris.«

»Ehrlich. Ich bin ganz dicht an dem Kerl dran.«

»Also gut. Worum geht? Steuerbetrug, Koks, Pussys?«

»Was ganz anderes. Sagen wir ...«

Mit Donnergrollen näherte sich ein Güterzug, wurde lauter und lauter und rumpelte mit Höllengetöse vorbei. Manolis verstand kein Wort mehr, und als er dem Gespräch wieder folgen konnte, war es vorbei. Ivo bat seine Jungs, Chris hinauszubegleiten. Die Geschichte musste überzeugend gewesen sein.

Eilig kehrte Manolis zu seinem Wagen zurück. Als die drei wieder auf dem Hof erschienen, saß er bereits hinter dem Steuer und beobachtete durch die getönten Scheiben, was sich tat. Wiesinger verabschiedete sich per Handschlag und wies auf die Heckklappe des Hummer. Die Reisetasche lag noch im Kofferraum und Danilo öffnete ihn.

Jemand klopfte ans Seitenfenster. Manolis fuhr herum. Eine junge Frau stand neben dem Wagen, hinter ihr ein froschgrüner Lupo an der Messstation. Er hatte sie nicht kommen hören und ließ die Scheibe herunter.

»Entschuldigen Sie, wenn ich Sie störe.« Unsicher strich die Frau eine Haarsträhne hinters Ohr. »Ich glaube, der vordere rechte Reifen hat zu wenig Luft. Irgendwie eiert der so, und jetzt wollte ich den Luftdruck messen. Aber ich habe keine Ahnung, wie das geht. Wissen Sie zufällig, wie man das macht? Oder können Sie sich den Reifen mal ansehen? Vielleicht bilde ich es mir ja bloß ein.« Sie blickte ihn mit großen Augen so flehentlich an wie ein Kind, das wusste, dass es so immer seinen Willen bekam.

Manolis hatte keine Zeit, sich darum zu kümmern, und spähte auf den Hof der Spedition. Die Heckklappe des Hummer war wieder zu und Danilo und sein Kumpel waren nirgendwo zu sehen. Saßen sie im Wagen? Und wo war Wiesinger? Nirgendwo zu entdecken.

»Tut mir leid. Es passt im Moment nicht.« Drüben wurde der Motor angelassen. »Eine Anleitung hängt an der Säule.«

Der blaue Punkt, der Wiesingers Standort anzeigte, befand sich noch auf dem Speditionsgelände. Was war da los?

»Sie können mich doch nicht einfach so stehen lassen«, protestierte die Frau.

»Ich muss. Leider. Sie schaffen das schon.« Mit erhobenem Daumen zwinkerte er ihr zu, startete den Golf und fuhr auf die Straße. Von Wiesinger war nichts zu sehen. Die U-Bahn-Station war nur wenige Meter entfernt. Die Rolltreppe lief, aber niemand stand darauf. War er schon hinunter ins Zwischengeschoss gespurtet? So schnell? Sein Handy befand sich jedenfalls im Hummer.

Manolis hatte kein gutes Gefühl bei der Sache. Wenn Wiesinger lediglich vergessen hatte, das Handy zurückzufordern, konnte Manolis seine Fährte in der Weißenseestraße wieder aufnehmen. Wenn er aber im Hummer saß, war er in Schwierigkeiten. Manolis beschloss, dem Wagen zu folgen.

In hohem Tempo ging es auf die Autobahn. Kurz vor der Ausfahrt Aschheim trat Danilo plötzlich in die Eisen, zog über zwei Spuren nach rechts und erwischte gerade noch die Ausfahrt zu dem Parkplatz. Diesen Stunt bekam Manolis nicht mehr hin und hieb auf das Lenkrad. Mist! Mit eingeschalteter Warnblinkanlage ließ er den Golf auf dem Seitenstreifen vor einer Notrufsäule ausrollen und wartete darauf, dass der Hummer wieder auftauchte. Der blaue Punkt war zum Stillstand gekommen, er blinkte und blinkte und blinkte.

Die Minuten vergingen. Das Blinken hörte auf. Was machten sie so lange? Der Hummer war geländegängig. Fuhr Danilo etwa gerade vom Parkplatz über die Felder auf die Bundesstraße? Im Rückspiegel erschien er jedenfalls nicht.

Manolis nahm die Ausfahrt Aschheim und näherte sich dem Parkplatz über eine Landstraße und einen Feldweg von Osten kommend. Die ganze Zeit hielt er Ausschau nach dem Hummer und konnte ihn nirgends entdecken. Die letzten Meter musste er durch einen Waldgürtel gehen. Er ließ den Golf stehen und folgte einem Trampelpfad, bis der Parkplatz vor ihm lag. Der Hummer war ebenso verschwunden wie das Standortsignal von Chris' Handy. Was bedeuten konnte, dass der Akku leer war oder das Handy von Stiefelsohlen zertreten oder von den Breitreifen des Hummer zermalmt. Verdammter Mist!

Manolis fuhr zurück nach München. Rebecca rief an, als er die Stadtgrenze erreichte.

»Der Hummer und der Ferrari sind auf die Spedition Eurotrans zugelassen. Inhaber ist ein gewisser Ivo Pelka, Rumäne und dick drin im Pokergeschäft. Ich habe mich ein wenig umgehört. Pelka ist der Pokerboss im Münchner Raum und Betreiber von mehreren illegalen Clubs. Derzeit hat Pelka Probleme mit einer Gruppe Ukrainer, die sich ins Geschäft drängen. Hilft dir das weiter?«

»Im Moment nicht. Ich habe Wiesinger verloren.«

»Shit aber auch. Wie das?«

»Eine Sekunde abgelenkt gewesen.«

»Und sein Handy?«

»Ist vermutlich Elektroschrott.«

»Und sein Laptop?«

»Hat er bei sich. Nehme ich jedenfalls an. Versuch ihn zu orten.«

»Mach ich. Meinst du, Pelka hat ihn umbringen lassen, um den Ukrainern zu zeigen, dass mit ihm nicht zu spaßen ist?«

Die fahrende Rolltreppe kam Manolis wieder in den Sinn. Vielleicht war Wiesinger auch schon zu Hause. »Kann sein, muss aber nicht.«

Kurz vor zwei parkte Manolis den Golf in der Weißenseestraße und nahm das Etui mit dem Elektropick aus dem Kofferraum. Eine Frau mit Kinderwagen wollte aus dem Haus. Er hielt ihr die Tür auf, schlüpfte hinter ihr hinein und nahm die Treppe in die dritte Etage. In der Luft hing der Geruch nach angebranntem Essen. Irgendwo lief ein Fernseher. Manolis suchte nach Wiesingers Wohnung. Meier. Prohaska. Wiesinger. Der Name klebte auf Kreppband geschrieben an der Tür.

Manolis legte das Ohr daran. Drinnen war es still. Bevor er den Pick einsetzen musste, versuchte er es erst einmal mit der Kreditkarte und hatte Glück. Die Tür war nur zugezogen und sprang sofort auf. Leise zog er sie hinter sich zu und sah sich um. Ein Zimmer mit Kochnische, ein winziges Bad. Vor dem abgewetzten Sofa stand der Couchtisch. Nichts lag darauf. Weder die Briefe noch der Laptop. Manolis suchte danach, fand sie jedoch nicht. Wiesinger hatte sie also bei sich. Wo, verdammt noch mal, war er?

Bis zum Abend wartete Manolis vor dem Haus, ob Wiesinger noch auftauchen würde. Rebecca meldete sich. Der Laptop war nicht zu orten. Gegen acht übergab Manolis die Observierung an Frank, einen von Rebeccas Mitwirkern, der hin und wieder Observierungen übernahm und zuverlässig war.

Als Manolis nach Hause kam, war Irena längst weg. Wie jeden Tag hatte sie für Ordnung gesorgt. Das Bett war gemacht, der Staub gesaugt und die Küche aufgeräumt. Im Kühlschrank fand er eine Schüssel Salat mit einem Zettel: »Caesar-Salad. Dressing ist in der Frischhaltedose«. Er hatte keinen Hunger und war wütend auf sich selbst. Nur einen Moment nicht aufgepasst und schon war ihm Wiesinger entwischt. Was war das für ein Dossier, das eine alte Frau hütete, und woher wusste

Kösters Mandant, dass sie es hatte, aber nicht in der Wohnung aufbewahrte? Es war eine merkwürdige Geschichte.

Als Wiesinger bis Mitternacht nicht in der Weißenseestraße erschienen war, beschloss Manolis, Köster zu informieren.

»Hallo, Bernd, ich habe keine guten Neuigkeiten.«

»Was soll das heißen?«

»Ich hab Wiesinger verloren. Entweder ist er untergetaucht, weil er an die Unterlagen nicht herankommt und daher seine Schulden nicht bezahlen kann, oder er ist tot.«

»Was ist los? Dir ist doch noch nie jemand entwischt. Wie auch immer: Hauptsache, du bringst mir dieses Dossier.«

13

Als Vera am nächsten Morgen in die Redaktion fuhr, nahm sie sich vor, während der Mittagspause das Chaos in Tante Kathrins Wohnung zu beseitigen. Eigentlich hatte sie das nicht auf die lange Bank schieben und noch gestern nach Feierabend erledigen wollen. Doch das Gespräch mit dem Verleger hatte beinahe zwei Stunden gedauert. Als sie danach an ihren Schreibtisch zurückgekehrt war, machten die ersten Kolleginnen bereits Feierabend, während es bei ihr halb zehn geworden war, bis sie wieder Land sah und gehen konnte.

Doch auch heute wurde nichts aus der Aufräumaktion. Ehe Vera es sich versah, war der Vormittag mit Besprechungen vorübergegangen, und sie hatte noch keine Zeile geschrieben. Es war Freitag. Wenn sie pünktlich Schluss machen wollte, um sich mit Tom zu treffen, war eine Mittagspause nicht drin. Also aß sie am Schreibtisch einen Müsliriegel, holte sich am Automaten einen Kaffee und machte weiter.

Dabei ging ihr das Gespräch mit dem Verleger wieder durch den Kopf. Es war gut gelaufen. Er mochte ihren Stil und hatte nach ihren Vorstellungen für die Neuausrichtung gefragt. Ein paar Ideen, wie man *Amélie* neuen Schwung geben könnte, hatte sie sogar schon. Er hatte ihr aufmerksam zugehört und sie mit dem Auftrag entlassen, innerhalb von vier Wochen ein

Relaunch-Konzept zu erarbeiten und das neben der alltäglichen Arbeit. Sie musste sich ranhalten.

Der Nachmittag ging mit Schreiben, Telefonaten und Recherche in Windeseile vorüber. Als Vera die letzte Datei schloss, war es halb sechs. Tom hatte den Tag in Hamburg verbracht. Sein Flugzeug landete um halb sieben, vor acht war er sicher nicht in der Stadt. Sie konnten sich zum Essen bei Alfredo treffen und danach ins Open-Air-Kino im ehemaligen Schlachthof gehen. Die Vorstellung begann bei Einbruch der Dunkelheit. Anschließend ein Absacker im Schumann's oder in der Havanna-Bar, und dann stand schon die Frage im Raum, ob zu ihm oder zu ihr.

Vera fand diese Frage noch immer prickelnd. Wenn auch mehr Frizzante als Spumante. Trotzdem nahm sie ihrem Liebesleben den Anflug von Beiläufigkeit. Man wohnte zusammen, man schlief miteinander. Für die meisten Paare war das eine Selbstverständlichkeit. Bei ihnen nicht. Bei ihnen war es noch immer besonders und ein wenig wie beim ersten Mal.

Sie überlegte kurz, ob sie noch schnell Kathrins Wohnung aufräumen sollte. Gut zwei Stunden blieben ihr dafür. Doch vier Wochen waren alles andere als üppig, um ein Konzept für den Relaunch zu entwickeln. Also entschied sie sich, die Zeit bis zum Treffen mit Tom dafür zu nutzen.

Sie druckte die PDF-Dateien der letzten Hefte verkleinert aus, heftete sie ans Whiteboard und sah sich die Themen und die Schwerpunkte an. Dabei gelangte sie zu dem Schluss, dass es schon reichen würde, die Perspektive zu verändern, aus der man sie beleuchtete. Darüber wollte sie am Wochenende in Ruhe nachdenken. Sie notierte ihre Ideen, klickte sich durch die Online-Seiten der Konkurrenz und sah sich die Webauftritte vergleichbarer britischer und amerikanischer Magazine an, bis ihr Handy klingelte und Tom sich meldete.

Er saß bereits in der S-Bahn und war gut gelaunt. Sie wollte gerade den Vorschlag machen, sich bei Alfredo zu treffen, als Tom sagte, dass sie für den Samstagabend eine Einladung hatten.

»Gunnar und Katja erwarten uns morgen zum Abendessen. Er macht ein Kräuterrisotto mit Lamm und als Dessert sein berühmtes Waldmeisterparfait. Ich soll für die Vorspeise sorgen und dachte an Lachstartar oder Thunfischcarpaccio. Was wäre dir lieber?«

»Da bin ich leidenschaftslos. Jedenfalls, solange ich nicht kochen muss.«

Gunnar war ein ebenso begeisterter Hobbykoch wie Tom. Was Männer nur daran fanden? Sie selbst versuchte den Aufwand so gering wie möglich zu halten.

»Ich glaube, ich mache das Carpaccio«, meinte Tom. »Es hat mehr Raffinesse. Übrigens, wenn wir schon mal da sind, können wir uns auch die Wohnung ansehen.«

Er kam schneller als erwartet auf das Thema zurück.

»Mit den Augen der künftigen Mieter, meine ich.«

»Für dich scheint die Sache ja schon entschieden zu sein.«

»Es ist eine Option. Und dass ich gerne mit dir zusammenleben würde, ist kein Geheimnis. Ich habe es dir erst vorgestern gesagt. Schon vergessen?«

»Ja, ja, so langsam beginnt das mit der Demenz.« Der Tonfall geriet nicht ganz so scherzhaft, wie sie wollte.

Tom ging gar nicht erst darauf ein. »Wir sind seit zwei Jahren ein Paar, und es funktioniert gut mit uns. Die folgerichtige Konsequenz wäre, zusammenzuziehen.«

Im Hintergrund hörte sie die Bandansage, mit der die nächste Station angekündigt wurde. Wollte er das jetzt wirklich vor Publikum in der S-Bahn besprechen?

»Mag sein, Tom. Lass uns nicht jetzt darüber reden.«

»Einverstanden. Sehen wir uns heute Abend? Ich habe schon mal einen Tisch für uns bei Alfredo reserviert.«

Das war wieder einmal umwerfend von ihm, als hätte er ihre Gedanken gelesen. Doch gleichzeitig merkte sie, dass sie keine Lust mehr hatte, ihn heute noch zu sehen. Er würde sie weiter bedrängen, und sie würde weiter ausweichen, obwohl sie die Antwort kannte. Sie wollte weder zusammenziehen noch streiten und suchte nach einem Ausweg.

»Eigentlich wollte ich mich gerade auf den Weg zu Kathrins Wohnung machen, um dort aufzuräumen. Chris hat sie total verwüstet. Wir sehen uns dann morgen bei Gunnar und Katja.«

Er klang ein wenig enttäuscht, als sie sich verabschiedeten.

Bis kurz vor neun arbeitete Vera dann doch noch an dem neuen Konzept und hatte gerade den PC ausgeschaltet, als Tante Uschi anrief. Setzte Chris jetzt schon seine Mutter auf sie an, um sie weichzukochen?

»Grüß dich, Tante Uschi.«

»Hallo, Vera.« Eine Stimme wie Tom Waits, der Tribut, den über vierzig Jahre Gauloises gefordert hatten. Vera konnte ihre Tante beinahe vor sich sehen. Den obligatorischen schwarzen Rollkragenpullover, die schmale Jeans und die Ballerinas, die sie inzwischen mit orthopädischen Einlagen trug. Nikotingelbe Fingerspitzen, der ewig gleiche Pagenschnitt, der im Laufe der Jahrzehnte nur eine Veränderung erfahren hatte und grau geworden war, und der schwarze Lidstrich, der wie ein Markenzeichen zu ihr gehörte.

»Du, sag mal.« In diesen drei Worten schwang eine leichte Unsicherheit mit, die ganz untypisch für Uschi war. »Hat Chris sich gestern oder heute mal bei dir gemeldet?«

»Er hat mich gestern angerufen. Stimmt etwas nicht?«

»Ich kann ihn nicht erreichen. Sein Handy ist aus, obwohl er es immer an hat, und so langsam mache ich mir Sorgen.«

»Der Akku wird leer sein.«

»Das hätte er doch längst bemerken müssen.«

Vera wollte los. »Vielleicht hat er es versetzt. Mach dir keine Sorgen. Er fällt immer auf die Füße.«

»Wie du das wieder sagst ... Du hast ihn ja noch nie leiden mögen. Ich bin wirklich enttäuscht von dir, dass du dich in seiner prekären Lage weigerst, ihm zu helfen.«

Vera zählte lautlos bis drei. Sie würde sich nicht von Uschi provozieren lassen. Genauso wenig würde sie sich rechtfertigen, und sie würde ihr auch nicht sagen, dass ihr missratener Sohn Tante Kathrins Sparbuch hatte mitgehen lassen. Sie hatte keine Lust, sich anzuhören, wie Uschi auch für diesen Einbruch gute Gründe fand, und biss sich auf die Lippen, um diesem Gespräch nicht weiter Nahrung zu geben.

»Ich habe solche Angst, Vera. Ich befürchte, dass sie ihm etwas angetan haben.«

»Du meinst seine Pokerfreunde? Wenn sie ihn umbringen, bekommen sie ihr Geld nie zurück. Sie werden ihn so lange unter Druck setzen, bis er eine Bank ausraubt oder ...«

»Hör auf. Es reicht! Immer hackst du auf ihm herum.«

Mühsam bewahrte Vera die Fassung. »Wenn du dir Sorgen um Chris machst, dann sieh in seiner Wohnung nach, und wenn er dort nicht ist und er sich bis morgen nicht rührt, dann geh zur Polizei und melde ihn als vermisst.«

»Du bist genauso herzlos wie deine Mutter.«

»Ciao, Tante Uschi.«

Vera legte auf und fuhr sich mit beiden Händen übers Gesicht. Was für eine Familie! Falls sie irgendwann einmal mit Journalismus kein Geld mehr verdiente, konnte sie einen Familienroman schreiben. Stoff dafür hatte sie in Hülle und Fülle.

Die Uhr auf dem Handydisplay zeigte neun. Es war Zeit, sich endlich auf den Weg zu Kathrins Wohnung zu machen.

14

Es war kurz nach neun und wurde allmählich dunkel, als Manolis vor dem Haus in der Treffauerstraße parkte und sich erst einmal einen Überblick verschaffte. Die Nacht war lau, und die behäbige Ruhe der Vorstadt lag über dem Viertel. Lediglich im Haus gegenüber saß eine Frau auf dem Balkon. Weiter hinten bemerkte er ein älteres Paar, das einen Dackel Gassi führte und aus seinem Blickfeld verschwand. In der Wohnung der alten Dame brannte kein Licht, die Nachbarwohnung war dagegen hell erleuchtet. In den beiden Appartements darüber waren die Fenster dunkel. Erst in einer Wohnung im zweiten Stockwerk bemerkte er wieder einen Lichtschein.

Chris Wiesinger war seit dreiunddreißig Stunden wie vom Erdboden verschluckt, und bisher hatte Rebecca kein Lebenszeichen von ihm im Netz aufgestöbert. Keine Kreditkartenabrechnung, kein neues Handy, kein Post in seinem Facebook-Account. Irgendwo in Kathrin Engessers Wohnung musste es einen Hinweis auf den Verbleib des Dossiers geben, und den musste Manolis finden. Er wollte gerade aus dem Wagen steigen, als Rebecca anrief.

»Stör ich?«

»Kein Problem.«

»Ich habe Wiesingers Account bei seinem Provider gehackt.

In der letzten Woche hat er jeden angerufen, den er kennt, manche sogar mehrfach. Bei Vera Mändler hat er es gleich viermal versucht.«

»Sie ist seine Cousine.«

»Von seinem E-Mail-Account hat er nur Bettelbriefe geschrieben und belanglosen Kram. Kein Hinweis darauf, wen er erpresst hat. Ich denke, er war schlau genug, dafür nicht seinen Laptop zu benutzen. Es gibt auch keine Anmeldung bei Tumblr oder einem ähnlichen Dienst. Er hat sich einfach in ein Internetcafé gesetzt. Das ist die sichere Nummer. Kann ich sonst noch etwas für dich tun?«

»Im Moment nicht. Was macht die Aussicht?«

»Ich sitze auf dem Balkon und lasse mich vom Mond bescheinen.«

»Das ist gut.«

»Wir könnten mal wieder zusammen kochen.«

»Gerne, ich bringe alles mit.«

Manolis legte auf, und nicht zum ersten Mal stellte sich der Gedanke ein, dass er eigentlich beinahe so einsam war wie Rebecca. Doch an eine neue Beziehung wollte er nicht denken, seit Greta ausgezogen war. Sie war ja nicht die Erste, die ihn verlassen hatte.

Warum wollten Frauen jeden Gedanken, jedes Geheimnis, jede Regung ergründen? Warum wollten sie die Männer, die sie liebten, nackt und verwundbar machen, statt ihnen etwas Unvorhersehbares zu lassen? Die Antwort war simpel. Es ging wie so oft um Macht und Kontrolle und damit um Stärke. Mit Greta war es nicht anders gewesen. Einmal hatte er mit dem Gedanken gespielt, sie ins Vertrauen zu ziehen, als sie einfach nicht locker gelassen hatte und unbedingt wissen wollte, wo er war und was er tat, wenn er für mehrere Tage verschwand. Doch er kannte die Konsequenz. Am Ende würde sie gehen.

Greta hatte er im Autohaus kennengelernt, als sie in Begleitung ihres Freundes gekommen war, eines Lufthansapiloten, der sich für einen Aston Martin Volante interessierte. Was für eine Schönheit, hatte er im ersten Moment gedacht und im zweiten seinen Irrtum bemerkt. Im landläufigen Sinn war sie nicht schön. Dafür war sie zu klein und ein wenig zu üppig und ihre Hüften waren zu breit. Außerdem war ihr Mund auf hinreißende Weise schief. Es waren vielmehr ihr selbstbewusstes Lächeln, das ihn in den Bann zog, und die innere Stärke, die sie ausstrahlte, die Art, wie sie sich bewegte, zielsicher und aufrecht, und der leise Witz, der in manchen Fragen mitschwang, aus denen Manolis herauslas, dass sie ihren Freund nicht ganz ernst nahm.

Zwischen den beiden lag eine Spannung in der Luft, die sich entlud, als er ihr über den Mund fuhr, sie solle sich raushalten. Frauen verstünden nun einmal nichts von Technik. Daraufhin zog sie sich an die Kaffeebar im Showroom zurück und telefonierte mit ihrer Schwester.

Manolis bekam mit, dass ihr Freund sie am Abend nicht ins Konzert in der Allerheiligenhofkirche begleiten wollte.

»Von klassischer Musik bekommt Thorsten Ausschlag«, erklärte sie ihrer Schwester. »Ja, vielleicht eine Art Allergie.« Leise lachte sie. »Sehe ich auch so ... Magst du mitkommen? ... Schade ... Nein, kein Problem, dann gehe ich eben allein. Ich bin ja schon groß und traue mich das.«

Sie schob das Handy zurück in die Tasche und schlug die Beine übereinander, die, obwohl zu kurz, sensationell waren. Schmale Fesseln, wohlgeformte Waden, runde Knie, und den

Rest musste er sich vorstellen, denn der Rocksaum verwehrte jeden weiterreichenden Blick.

Für starke Frauen hatte Manolis eine Schwäche. Beziehungen auf Augenhöhe, alles andere konnte er sich nicht vorstellen. Frauen, die sich klein machten und als schwach und schutzbedürftig präsentierten, interessierten ihn nicht. Nachdem sie gegangen waren, googelte er das Veranstaltungsprogramm der Allerheiligenhofkirche. Es gab ein Konzert der Taschenphilharmonie, und er reservierte eine Karte.

Als er das Ticket vor Konzertbeginn abholte, entdeckte er Greta. Sie kam von der Garderobe und trug ein petrolgrünes Kleid aus einem schimmernden Stoff und dazu eine knallorange Stola. Alle Blicke folgten ihr, als sie sich zwischen einer Reihe älterer Herrschaften hindurchschlängelte und sich an der Bar ein Glas Prosecco kaufte, mit dem sie einen der Stehtische im Foyer ansteuerte. Als sie Manolis bemerkte, stutzte sie, bis sich ihr schiefer Mund zu einem Lächeln verzog, das breiter wurde und die Augen erreichte. Es sagte alles. Manolis musste kein Theater spielen, welch ein Zufall dieses Treffen doch war.

»Haben Sie den Beipackzettel gelesen?«, fragte sie, als er an ihren Tisch trat, und wies auf die Karte in seiner Hand. »Wenn nicht, fragen Sie Ihren Arzt oder Apotheker.«

»Kann in seltenen Fällen einen allergischen Ausschlag verursachen. Das Risiko gehe ich ein.«

»Ach ja?«, hatte sie gesagt.

Zwischen diesen beiden Silben hatte sich eine Tür geöffnet, die sie vor acht Monaten mit einem lauten Knall wieder zugeschlagen hatte, und er stand noch immer davor und starrte ein wenig fassungslos darauf.

Weiter vorne in der Straße wurde ein Wagen gestartet, und Manolis stieg endlich aus. Aus einem offenen Fenster im zweiten Stock erklang leise Musik. Jemand sang mit, traf jedoch die Töne nicht richtig. Das leicht verstimmte Duett begleitete ihn bis zur Haustür. Wie erwartet war sie um diese Zeit noch nicht abgeschlossen, und er kam mit dem Kartentrick hinein.

An Kathrin Engessers Wohnungstür funktionierte er nicht, und Manolis musste den Elektropick benutzen. Das Schloss war mit einem einfachen Schließzylinder ausgestattet, und er brauchte nur eine Minute, bis er die Sperrstifte in Öffnungsposition gebracht hatte. Die Tür sprang auf.

Leise zog er sie hinter sich zu, schaltete die Taschenlampe ein und schirmte den Schein mit der Hand ab, bis er im Wohnzimmer die Jalousien heruntergelassen hatte. Erst dann machte er Licht und begann mit der Suche, wonach auch immer. Vielleicht war es ein Schlüssel für ein Bankschließfach oder einen Tresor, vielleicht der Brief eines Anwalts oder Notars, bei dem sie die Unterlagen hinterlegt hatte. Oder ein paar Zeilen an eine Freundin, die das Dossier für sie aufbewahrte.

Manolis sah die Sachen durch, die verstreut auf und um den Couchtisch lagen. Vor allem die Ordner interessierten ihn. Ein fein säuberlich abgeheftetes Leben von neunundachtzig Jahren. Von der Geburtsurkunde über Schulzeugnisse bis hin zu Versicherungsunterlagen, Telefonrechnungen und Garantieheftchen, nur kein Hinweis auf das Dossier.

In einer mit marmoriertem Papier beklebten Schachtel lagen Urlaubspostkarten und einige Briefe, in einer anderen die Weihnachtspost. Für jedes Jahr ein mit einem Satinband zusammengehaltenes Bündel.

Unwillkürlich musste Manolis an den Familienclan seines Vaters denken. Tanten und Onkel. Cousins und Cousinen. Nicola, der Jüngste, gerade mal sieben Monate alt, tot in den Armen seiner toten Mutter.

Keine Urlaubsgrüße von Nicola, keine Geburtstagskarten vom anderen Manolis, keine Verlobungsanzeigen der Schwestern, keine Post von all den anderen. Geraubte Leben. Verdorrte Zweige, an denen nichts nachwuchs.

Mit einem Wisch fegte Manolis die Karten vom Tisch, atmete durch und verbannte die Geister der Vergangenheit. Dabei bemerkte er ein Fotoalbum, das aufgeschlagen auf dem Boden lag. Er hob es auf.

Zwei vergilbte Schwarz-Weiß-Fotos mit weißem Mäusezahnrand klebten auf der Doppelseite. Das eine war eine Gruppenaufnahme von einem Dutzend Krankenschwestern, die vor einem Gründerzeit-Gebäude mit Sonnenuhr standen. Das andere zeigte zwei junge Frauen, ebenfalls in Schwesterntracht. Sie saßen auf einer Bank, trugen gestreifte Kleider und gestärkte Schürzen, dazu weiße Hauben im Haar und am Kragen eine Brosche mit einem Emblem, das Unbehagen in Manolis aufsteigen ließ. Im ersten Moment dachte er, es wäre ein Hakenkreuz. Bei genauerer Betrachtung waren es aber drei ineinander verschlungene Buchstaben. Die weiße Schrift, die sich im Kreissatz auf schwarzem Untergrund um das Zeichen wand, konnte er nicht entziffern.

Die Lippen der einen Krankenschwester waren voll und mit Lippenstift nachgezogen, überhaupt war sie eine Schönheit mit hellem Haar. Lächelnd hielt sie eine Zigarette. Ihre Kollegin dagegen war eine sehnige junge Frau mit schlaksigen Armen und einem verträumten Blick.

Ein Geräusch ließ ihn hochschrecken. Jemand war an der Wohnungstür. Ein Schlüssel knirschte im Schloss. Mit zwei Schritten war Manolis beim Lichtschalter. Der Raum versank in Dunkelheit, gerade noch rechtzeitig. Die Tür wurde geöffnet, und im selben Moment klingelte ein Handy.

15

Als Vera in der Treffauerstraße ankam, war es beinahe halb zehn und die Sonne bereits untergegangen. Im Open-Air-Kino saßen die Leute jetzt mit einem Aperol Sprizz oder einem Hugo in den Liegestühlen, legten sich Fleecedecken um die Schultern und folgten Ryan Gosling zum *Place beyond the Pines*, während sie den neuen Schlüssel hervorzog und Tante Kathrins Wohnung aufschloss. Im selben Moment fiedelte ihr Handy drauflos. Mit einer Hand tastete sie nach dem Lichtschalter, mit der anderen zog sie das Smartphone hervor. Im Display stand Tante Uschis Nummer. Schon wieder.

»Was gibt es denn noch?«

»Ich habe Chris' Nachbarin angerufen.« Uschis Stimme klang, als hätte sie geweint. »Sie hat Chris seit gestern nicht gesehen, und ich hab sie gebeten, bei ihm zu klingeln. Er ist nicht da, und in der Wohnung ist es dunkel.«

Vera legte die Tasche auf die Ablage im Flur. Plötzlich tat ihr ihre Tante leid. »Er wird schon irgendwo sein und sich bestimmt morgen melden.«

»Ich glaube, ich gehe zur Polizei.«

»Ich weiß nicht, ob es dafür nicht zu früh ist. Es gibt da eine Frist. Ich kann das googeln, wenn du willst.«

»Das werden sie mir auf der Wache schon sagen.«

»Vielleicht ist er bei Freunden, oder er hat eine Frau kennengelernt. Trink ein Glas Rotwein, und schlaf dich aus.«

»Ja … Vielleicht mache ich das.«

»Gute Nacht.« Vera steckte das Handy ein, ging ins Wohnzimmer und stutzte. Die Jalousien waren unten. Wieso denn? Sie hatte das nicht getan. Chris konnte es auch nicht gewesen sein und genauso wenig Helene, denn seit gestern Mittag war sie die Einzige, die einen passenden Schlüssel besaß.

Die Angst trieb ihren Herzschlag in die Höhe. Ein Einbrecher? War er am Ende noch hier? Angespannt lauschte sie in die Stille. Doch sie hörte nur die vertrauten Geräusche des Hauses: Helenes Fernseher – sie sah den Freitagskrimi, die Wände waren wirklich zu dünn – und die Spülung aus dem zweiten Stock. Eine Weile blieb sie so stehen und beruhigte sich langsam. Ihre praktische Seite gewann wieder die Oberhand.

Zuerst inspizierte sie das Türschloss. Kein Kratzer, keine Schramme, nichts, das auf einen Einbruch hindeutete. Als sie gestern gegangen war, hatte sie die Tür nicht bloß ins Schloss gezogen, sondern richtig abgesperrt, das wusste sie genau. Nun versuchte sie sich zu erinnern, ob sie hatte aufschließen müssen, als sie vor ein paar Minuten gekommen war, oder ob eine Vierteldrehung mit dem Schlüssel gereicht hatte. Es fiel ihr nicht ein, denn genau in diesem Moment hatte Tante Uschi angerufen.

Zum zweiten Mal innerhalb von zwei Tagen suchte sie nach Einbruchsspuren und fand keine. Alle Fenster waren geschlossen, auch die Tür, die vom Schlafzimmer auf den kleinen Balkon führte. Während sie dort stand und noch überlegte, wie die Jalousien von allein heruntergekommen sein könnten, hörte sie ein Geräusch im Flur. Die Tür schlug zu. Sie lief nach vorne und riss sie wieder auf. Im Hausgang brannte Licht. Es schaltete sich automatisch ein, sobald ihn jemand betrat. Die Meissners aus dem ersten Stock kamen mit ihrem Dackel vom Spaziergang zurück. Vera fragte, ob gerade jemand aus dem Haus gekommen sei, und sie schüttelten die Köpfe.

Sie musste sich getäuscht haben. Vera kehrte in die Wohnung zurück und betrachtete die Jalousie. Der Gurt war intakt. Es gab eigentlich nur eine Erklärung: Chris war eingebrochen, als er gemerkt hatte, dass sein Schlüssel nicht mehr passte. Vielleicht mit einem Dietrich. Damit stellte sich die Frage, ob Kathrins Schmuck noch da war. Wenn Chris die Kombination für den Wandsafe kannte, sicher nicht.

Im Schlafzimmer nahm Vera das Bild über der Kommode ab. Ein Aquarell von Venedig, das Kathrin von einer Reise mit Erich mitgebracht hatte, ihrem langjährigen Liebhaber und zugleich unerschöpflichen Lieferanten von Gesprächsstoff für Annemie und Uschi.

Ein verheirateter Mann, Vater von zwei Kindern obendrein. Damals eine unmögliche Verbindung. Schließlich war passiert, was zu erwarten gewesen war. Erichs Frau war hinter das Doppelleben ihres Mannes gekommen und hatte eine Entscheidung verlangt. Sie oder ich! Erich hatte nicht lange gezögert und mit Kathrin Schluss gemacht, denn das Unternehmen, dessen Geschäftsführer er war, gehörte seiner Frau.

»Das war gut so«, hatte Annemie gesagt. »Sonst hätte Kathrin vermutlich keinen Blick für Peter übrig gehabt, denn gut ausgesehen hat er nun wirklich nicht.«

Peter Engesser war Angestellter in der Verwaltung des Schwabinger Krankenhauses gewesen, wo Kathrin als Schwester auf der Inneren gearbeitet hatte. Hals über Kopf hatten die beiden sich ineinander verliebt, kurz darauf verlobt, und dann hatte Kathrin mit dreiundvierzig doch noch geheiratet. Völlig überstürzt. Als hätten die beiden geahnt, dass ihnen für ihre Liebe kaum Zeit blieb. Im zweiten Jahr der Ehe war Peter innerhalb von nur drei Monaten an einer seltenen Krankheit gestorben.

All das war vor Veras Geburt passiert. Sie kannte diesen Teil der Geschichte hauptsächlich von Annemie und Uschi, denn Kathrin verlor selten ein Wort darüber. Erich hatte Vera in den Achtzigern kennengelernt, denn nach Peters Tod hatten die beiden ihre heimliche Affäre wiederbelebt. Die drei Schwestern und ihr Pech mit den Männern, auch das war Romanstoff.

Vera legte das Bild auf die Kommode, öffnete den Wandtresor und machte sich darauf gefasst, von Kathrins Schmuck nichts mehr vorzufinden. Doch die Schatullen standen alle an ihrem Platz. Viele waren es nicht. Ein goldener Ring mit einem schön gefassten Aquamarin, an dem ihre Tante ganz besonders hing, eine Goldkette mit passendem Armband und Ohrclips, eine Perlenkette und einige Armreifen sowie eine zierliche goldene Rolex. Nachdem Vera sich vergewissert hatte, dass alles da war, schloss sie den Safe wieder und begann endlich aufzuräumen.

Dabei fiel ihr das Fotoalbum auf, das aufgeschlagen auf dem Sofa lag, als hätte Kathrin eben erst darin geblättert.

Auf der Doppelseite waren zwei Schwarz-Weiß-Fotos eingeklebt. Eine Gruppe von Krankenschwestern, die sich in einem Park aufgestellt hatten und ernste Gesichter machten. Kathrin stand in der hinteren Reihe und sah als Einzige nicht zum Objektiv, sondern in den Himmel. Auf dem anderen Bild war Kathrin mit einer Kollegin zu sehen. Die beiden saßen mit glattgestrichenen Schürzen auf einer Bank unter einem Baum. Die dünne, sehnige Kathrin neben einer kurvenreichen Schönheit mit kinnlangem Haar. Die Kollegin hatte einen Ellenbogen auf den Oberschenkel gestützt und spreizte die Hand ab, in der sie eine Zigarette hielt. Der Rauch kräuselte sich gen Himmel. Ihr Lächeln war ein wenig frivol, weshalb Vera sich fragte, wer die Aufnahme wohl gemacht hatte, vielleicht ein Mann, der ihr gefiel, während Kathrin mit verträumtem Blick in die Kamera sah.

»Adele und ich in Winkelberg«, stand in Kathrins Handschrift unter der Aufnahmen.

Vera stutzte. Wieso Winkelberg? Tante Kathrin hatte doch im Schwabinger Krankenhaus ihre erste Stelle als Krankenschwester angetreten, gleich nachdem sie die Ausbildung an der Pflegeschule abgeschlossen hatte. Jedenfalls hatte sie das immer gesagt.

Winkelberg. Der Name des Ortes kam Vera bekannt vor. Irgendetwas hatte sie darüber gelesen, das ihr nun ein Gefühl von Beklommenheit verursachte.

Sie blätterte die Seiten um, doch die folgenden Bilder stammten von Weihnachten und mussten in der Wohnung am Johannisplatz entstanden sein. Annemie und Uschi als kleine Mädchen, etwa acht und zehn Jahre alt. Sie trugen Wollkleider und dicke Strümpfe und standen rechts und links neben ihrer großen Schwester Kathrin vor dem Weihnachtsbaum, den Strohsterne und Lametta schmückten. Ihre Eltern saßen Hand in Hand auf dem Sofa, der verträumte Schuhmacher und seine pragmatische Frau.

Vera blätterte zurück, doch sie fand keine weiteren Fotos aus Winkelberg, nur Aufnahmen von Kathrins Zeit an der Krankenpflegeschule, darunter auch ein Porträt eines jungen Mannes. Seinen Namen hatte Kathrin unter das Bild geschrieben. Er hieß Werner.

16

Es war ein heißer und schwüler Tag im August. Kathrin war ein wenig zu früh dran. Außer ihr war noch niemand im Umkleideraum. Sie zog die Schürze über das Kleid und beobachtete dabei vom Fenster aus das Treiben auf den Feldern jenseits der Mauer. Seit Tagen waren die Frauen, Kinder und Alten des Dorfs auf den Beinen, um das Getreide zu ernten, bevor das Wetter umschlagen würde. Pferde zogen die Mäher, die französischen Kriegsgefangenen banden die Garben, und am Feldrand saß der Unterwachtmeister Siegfried Wimmer im Schatten der Weißdornhecke und hatte ein Auge auf sie, damit keiner floh.

Vom ersten Stockwerk des Kinderhauses konnte sie all das beobachten. Seit zwei Wochen tat sie hier Dienst, als Ersatz für eine erkrankte Kollegin, die für mehrere Monate ausfallen würde. Vielleicht sogar für immer. Kathrin vermutete, dass man sie abgeholt hatte. Sie hatte Oberschwester Carola gefragt, was ihrer Vorgängerin fehlte, und die Antwort bekommen: »Die Weisheit zu schweigen.« Oberschwester Carola war auch so eine, der man besser aus dem Weg ging und bei der man zweimal überlegen sollte, was man sagte, bevor man den Mund aufmachte.

Kathrins Kolleginnen kamen herein. Ursula und Irene hatten heute mit ihr Dienst. Sie wünschten sich einen guten Morgen, setzten die Hauben auf und steckten die Broschen an. Irene war eine gutmütige Niederbayerin und hatte das Herz am rechten Fleck. Mit ihr verstand

Kathrin sich gut. Mit Ursula dagegen weniger. Eine verbittert wirkende Frau Ende dreißig, die kaum ein Wort über sich verlor. Ihr Blick war wachsam, ständig schien sie auf der Hut zu sein, vor allem aber hatte sie die Augen und Ohren überall. Wie Bader war sie vom Nationalsozialismus beseelt, und Kathrin mied sie, so gut es eben ging, wenn man zusammenarbeitete.

Das Kinderhaus unterstand Dr. Bader und dementsprechend war die Atmosphäre von Angst geprägt. Wie ein dräuendes Unwetter lagen Misstrauen und Vorsicht über allem. Ein falsches Wort und man würde es bereuen.

Trotz dieser Stimmung verrichtete Kathrin ihren Dienst im Kinderhaus gerne. Sie mochte die Kleinen, und die meisten taten ihr leid. Wie ungerecht das Leben sein konnte und welche Schicksale es manchen Kindern und ihren Eltern auferlegte, war schwer zu begreifen. Doch es gab auch einen wahren Sonnenschein in diesem Haus: Therese Kolbeck, das kleine Mädchen mit den rotblonden Rattenschwänzen, dem sie hier wiederbegegnet war. Ein fröhlicher Wirbelwind. Kathrin fragte sich, wie ein Kind, das sich weder artikulieren konnte noch in der Lage war, die Welt auf normale Weise zu begreifen, ein derart fröhliches Gemüt haben konnte. Es erschien ihr wie ein Gottesgeschenk, ein Ausgleich für die Last, die der Kleinen durch die Krankheit auferlegt war.

Kathrin steckte ebenfalls die Nadel an und wappnete sich für die Arbeit. Bei der anhaltenden Hitze stand ihnen sicher ein anstrengender Tag bevor. Wobei es eigentlich immer anstrengend war und man am besten geduldig und nachsichtig blieb. Manche Kinder waren nun mal nervös und unruhig, schrien viel und schlugen um sich. Einige der größeren koteten sich manchmal ein, und wenn man nicht schnell genug war, beschmierten sie damit sich selbst, Möbel und Wände. Andere waren nicht in der Lage, eigenständig zu essen und zu trinken, wieder andere waren teilnahmslos und apathisch, während man einige wenige zum Selbstschutz sogar fixieren musste. Ein Mädchen steckte sich ständig die Faust in den Mund und war nur dann ruhig, wenn man es in die leere Badewanne setzte, ein anderes verkroch sich ständig unter Betten oder in Schränken. Die Altersspanne reichte von wenigen Monaten bis hin zu zehn Jahren.

Die verständigeren Kinder wurden tagsüber im Kindergarten im Erdgeschoss betreut oder besuchten die Anstaltsschule. Die anderen blieben auf der Station und waren in Warte- und Beobachtungsfälle eingeteilt, bis die Entscheidung fiel, ob sie in die Fachabteilung verlegt werden konnten. Kathrin war ganz begierig darauf, diese Fachabteilung kennenzulernen. Sie war im selben Haus untergebracht, nur eine Etage höher, doch bisher hatte sich keine Gelegenheit dazu ergeben.

Im letzten Jahr der Ausbildung war eine Mitarbeiterin des Innenministeriums in die Krankenpflegeschule gekommen und hatte von den neuen Fachabteilungen berichtet, die in ausgewählten Heil- und Pflegeanstalten eingerichtet wurden. Ziel war es, die Kinder mit einer neuzeitlichen Therapie zu behandeln, nach aktuellen wissenschaftlichen Erkenntnissen. Unter fachärztlicher Leitung sollten alle therapeutischen Möglichkeiten ausgeschöpft werden, damit auch bei Erkrankungen, die bisher als hoffnungslos galten, gewisse Heilerfolge erzielt wurden. Man wollte verhindern, dass die kleinen Patienten dauerndem Siechtum verfielen.

Kathrin hatte keine Ahnung, wie sich die Warte- von den Beobachtungsfällen unterschieden und was die Ärzte bei den Kindern da beobachteten. In den zwei Wochen, in denen sie nun im Kinderhaus Dienst tat, war keines einer Therapie zugeführt worden.

Vielleicht kam es ja heute dazu. Es war Monatsanfang, und die monatliche große Visite von Dr. Landmann sollte um neun Uhr stattfinden. Dr. Bader stand zwar dem Kinderhaus vor und Dr. Wrede hatte die Aufsicht über die Kinderfachabteilung, doch über allem thronte Dr. Karl Landmann, der Leiter der Anstalt, der letztlich entschied.

Landmann. Ihr Geliebter. Wenn man das so nennen konnte. Eine leichte Röte kroch bei dem Gedanken an ihn über Kathrins Hals nach oben. Liebe war das eigentlich nicht. Es war aufregend und prickelnd und ... außergewöhnlich. Auch wenn ihr jeder Vergleich fehlte, wusste sie, dass es so war. Eine verwirrende Beziehung, über die sie mit niemandem sprechen konnte. Landmann wollte nicht, dass ihre »kleine Liaison« publik wurde, und hatte ihr Schweigen auferlegt.

Oberschwester Carola erschien im Schwesternzimmer, und alle machten sich an die Arbeit. Die Kinder mussten gewaschen und für den Tag zurechtgemacht werden. Kathrin sorgte dafür, dass Therese zu den Kindern gehörte, um die sie sich kümmern durfte.

Als sie den Schlafsaal betrat, stand die Kleine bereits in ihrem Gitterbett und streckte ihr die Arme entgegen. Sie wollte herumlaufen und einen Teil ihrer ungebändigten Energie verbrauchen. Kathrin hob sie heraus, drückte die Kleine an sich, gab ihr einen Kuss auf die Stirn und ließ sie gewähren. Sie behielt Therese im Auge, damit sie keinen Unfug machte, während sie die einjährige Petra wusch und wickelte. Ein liebes, ruhiges Kind, das an Mikrozephalie litt. Kathrin strich ihr über den Schädel, der viel zu klein war und deformiert. Über der Stirn befand sich eine tiefe Delle und zum Scheitelbein lief er spitz zu wie ein Ei. Arme Kleine!

Petra schien jede Berührung zu genießen, geradezu aufzusaugen, wie ein trockner Schwamm. Das war Kathrin in den wenigen Tagen auf der Station bereits aufgefallen. Die Kinder suchten bei jeder Gelegenheit körperlichen Kontakt, und wann immer es ihr möglich war, nahm sie eines auf den Arm, fuhr ihm über den Kopf oder streichelte es. Die armen Geschöpfe lechzten nach menschlicher Wärme.

Petra war fertig angezogen, und Kathrin setzte sich mit dem Kind auf dem Schoß an den Tisch, um es zu füttern. Heute erschien ihr der Brei für die Kleine noch dünner als gestern. Doch die Versorgungslage war für alle schlecht, auch für die Ärzte und Schwestern. Man musste sich in diesen Zeiten nach der Decke strecken.

Trotzdem hatte Franz Singhammer auf sein Kompott nicht verzichten müssen. Unwillkürlich musste Kathrin lächeln, als sie an den Mann dachte, der vor ihr salutiert hatte und sich nichts sehnlicher wünschte als eine Mehlspeise mit Kompott. Ein paar Tage später hatte es für das Personal tatsächlich Zwetschenkompott als Nachspeise gegeben. Kathrin mochte Zwetschen nicht, und ihr war der Mann wieder eingefallen, der vor ihr zum Essenfassen angetreten war und sich darüber freuen würde. Deshalb hatte sie sich von der Köchin ein leeres Marmeladenglas geben lassen, ihre Portion kurzerhand umgefüllt und war zum Männerhaus gegangen. Sie war geradewegs hineinmarschiert mit dem Glas in der Hand und wie angewurzelt stehen geblieben, als sie das Elend dort sah.

Ein großer, dämmriger Schlafsaal. Die Luft war verbraucht und roch nach den sauren Ausdünstungen der Männer, die in ihren Betten lagen und vor sich hin dämmerten. Apathische Gestalten, teils knochig und ausgemergelt, soweit Kathrin das auf ihrer Suche nach Singhammer erkennen konnte. Für einen Moment hatte sie sich gefragt, ob es etwa stimmte, was er gesagt hatte, nämlich dass sie nur eine Scheibe trockenes Brot zum Abendessen bekamen.

Während sie noch nach ihm suchte, kam eine Schwester auf sie zu, fragte, was sie wollte, nahm das Glas mit dem Kompott entgegen und versprach, es Singhammer zu geben. Ehe Kathrin es sich versah, stand sie auch schon wieder auf dem Weg vor dem Männerhaus. Eine tiefe Beklommenheit hatte sich um sie gelegt, die Frage war in ihr aufgestiegen, weshalb die Patienten alle so ruhig waren, und der schreckliche Verdacht, es könnte so sein, wie Singhammer gesagt hatte, gingen ihr zusammen mit Adeles Worten von den Schmarotzern durch den Kopf. Schmarotzer, die den anderen das Essen wegnahmen, obwohl sie selbst keine nutzbringende Arbeit leisteten.

Es war unmöglich, dass man diese Menschen hungern ließ. Sie waren Pfleglinge und ihrer Obhut und Fürsorge anvertraut. Trotzdem gab es diese Gerüchte, die allerdings in den letzten Jahren verstummt waren, seit der Bischof von Münster eine Rede gehalten hatte, dass es Mord sei, Behinderte zu töten. Aber das tat doch niemand! Es waren ganz sicher nur Gerüchte gewesen. Sie als Schwester einer Heil- und Pflegeanstalt würde schließlich mitbekommen, wenn es so wäre.

Infernalisches Geschrei ließ Kathrin aus ihren Gedanken hochfahren. Therese war gestürzt und hatte sich die Lippe aufgeschlagen. Oberschwester Carola wurde aufmerksam und herrschte Kathrin an, wie sie dieses Kind herumlaufen lassen könne. Dieses Kind, das nicht zu kontrollieren war, das nur defätistischen Unsinn trieb und nun versorgt werden musste, wodurch es Zeit und Aufmerksamkeit beanspruchte, die es anderen entzog. Kathrin erwiderte nichts, denn sie wusste, dass es so am besten war. Doch sie bemerkte Ursulas abschätzigen Blick, als sie Therese aufhob. In ihren Armen ging das Geschrei in Weinen über.

»Scht. Alles ist gut«, sagte Kathrin, obwohl Therese sie nicht hören konnte.

Im Stationszimmer tupfte sie der Kleinen das Blut von der Lippe, legte einen kalten Waschlappen darauf und wiegte Therese in ihrem Arm, bis sie sich beruhigt hatte.

Pünktlich um neun wurden die Flügeltüren zur Station aufgestoßen. Landmann kam herein, mit ihm Bader und ein junger Arzt, den Kathrin hier noch nie gesehen hatte. Einen Moment später erschien auch Wrede, der die Aufsicht über die Fachabteilung hatte, und brachte zwei seiner Pflegerinnen mit. Eine von ihnen war Adele, wie Kathrin verwundert feststellte. Mit keinem Wort hatte sie erwähnt, dass sie jetzt in der Kinderfachabteilung arbeitete, dabei sahen sie sich täglich bei den Mahlzeiten.

Adele zwinkerte ihr zu, während Landmanns Blick ihren kurz streifte, ohne eine Regung zu zeigen. Hier und jetzt war sie für ihn nur eine Schwester unter vielen. Eine, der er keine Beachtung schenkte, die nicht richtig zählte. Sie dagegen hielt sich ein wenig abseits, damit niemand die Verwirrung bemerkte, die sie jedes Mal erfasste, wenn sie ihn sah, und von der sie nicht glaubte, sie vollkommen verbergen zu können.

Er stellte den jungen Arzt als Matthias Cramer vor. Noch war er kein Arzt, sondern Student der Medizin und als Medizinalpraktikant nach Winkelberg gekommen. In den kommenden Wochen sollte er sich auf den verschiedenen Stationen umsehen und Eindrücke sammeln. Außerdem war er Landmanns Cousin, wie Bader in einen Nebensatz einfließen ließ, als er Cramer im Kinderhaus begrüßte. Kathrin sah Bader an, was er tatsächlich dachte. Ein junger, gesunder Mann, der sich in einer Irrenanstalt versteckt, statt an der Front zu stehen. Ein Feigling, der den Einfluss seines Verwandten nutzt, um sich vor dem Dienst fürs Vaterland zu drücken.

Während Kathrin das dachte, fing sie Cramers Blick auf. Recht wohl schien er sich in seiner Haut nicht zu fühlen. Ein gut aussehender Mann. Schmales Gesicht, hohe Stirn. Das Haar war ein wenig zu lang, was ihm etwas von einem Widerständler verlieh. Kathrin fragte sich verwundert, wie sie denn auf diesen Gedanken kam und wogegen man hier schon Widerstand leisten sollte.

Irene versetzte ihr einen Knuff. Die Visite begann. Die meisten Kinder befanden sich im Schlafsaal in ihren Betten. Nur ein paar der größeren saßen am Tisch im Gemeinschaftsraum und klebten Tüten. Arbeitstherapie nannte Oberschwester Carola das. Man musste sie beschäftigen, so gut es eben ging. Wie hieß es noch? »Die Wurzel allen Übels liegt in der Untätigkeit.« Ein Zitat, das sie ständig benutzte.

Landmann sah sich jedes Kind an, manche flüchtig, manche eingehender, und blätterte dabei häufig in seinen Unterlagen. Zwei der Wartefälle erklärte er zu Beobachtungsfällen. Vor dem Bett des anderthalbjährigen Emil Lautenbach blieb er stehen.

»Der Amtsarzt hat ihn erst vor zehn Tagen eingewiesen«, erklärte Landmann seinem Neffen. »Frühkindlicher Hirnschaden. Wie entwickelt er sich?«

Oberschwester Carola stand förmlich stramm vor Landmann. »Das Kind macht keinerlei geistige Fortschritte. Es fixiert nicht, reagiert nicht auf Worte und lächelt auch nicht. Außerdem hatte es in wenigen Tagen drei Krampfanfälle.«

»Beobachten Sie den Jungen bis zur nächsten Visite. Danach werde ich den Befundbericht abfassen und nach Berlin übermitteln.«

Wieso muss der Befund nach Berlin übermittelt werden?, fragte Kathrin sich. Landmann leitete die Anstalt, er entschied. Oder etwa nicht?

Weiter ging es mit der dreijährigen Leni, einem Beobachtungsfall.

»Ein schwer verblödetes, epileptisches Kind«, erklärte Landmann seinem Neffen. »Die Ermächtigung für die Behandlung liegt vor.« Er wandte sich an Wrede. »Das Mädchen kann in die Fachabteilung verlegt werden.«

Dieser nickte Adele zu. »Kümmern Sie sich darum.«

Welche Ermächtigung? Und welche Behandlungsmethode gibt es für Epilepsie?, fragte Kathrin sich. Als sie Cramers gleichermaßen überraschten Blick auffing, legte sich die Beklommenheit sofort wieder um sie, und die Erinnerungen an die Gerüchte stiegen in ihr auf.

17

Seit sie gestern Nacht die Bilder von Winkelberg in Kathrins Fotoalbum gesehen hatte, begleitete Vera ein Gefühl von Unbehagen. Immer wieder schob sie es beiseite, woraufhin es sich ebenso hartnäckig immer wieder an die Oberfläche arbeitete, bis sie schließlich während des Frühstücks kapitulierte, die Schale Café au Lait abstellte und den Laptop holte.

Vera googelte die Heil- und Pflegeanstalt und las einen Eintrag in einem Online-Lexikon, der ihr beklommenes Gefühl erklärte. Natürlich, während der Schulzeit hatte sie schon mal davon gehört. Im Dritten Reich hatte man unter dem Deckmantel der sogenannten Euthanasie und im Rahmen der NS-Rassenhygiene Behinderte systematisch getötet. Auch in Winkelberg. Über zweitausend Patienten hatte man von dort in die NS-Tötungsanstalten Grafeneck und in das österreichische Hartheim deportiert, wo sie ermordet wurden. Der Anstaltsleiter hatte seine Schutzbefohlenen einfach ausgeliefert.

Es war für Vera unvorstellbar, wie man psychisch kranke und behinderte Menschen, die auf Therapie und Pflege angewiesen waren, selektieren und umbringen konnte, und das ausgerechnet in einer Heil- und Pflegeanstalt. Sie wollte sich das nicht ausmalen, und auf keinen Fall wollte sie sich vorstellen, dass Kathrin daran beteiligt war, ihre Tante, die ihr näher stand, als ihre Mutter. Entschieden klappte sie den Laptop zu und ging ins Bad. Nachdem sie geduscht hatte, radelte sie für den Wochenendeinkauf zum Markt am Margaretenplatz. Ihre Mutter wohnte nicht weit davon entfernt, und Vera entschloss sich, ihr einen Besuch abzustatten.

Kurz vor elf kettete sie das Rad vorm Haus an, nahm die Tasche mit den Einkäufen aus dem Korb und klingelte. Der Summer ertönte kurz darauf, und wie erwartet stand Annemie bereits oben am Geländer und sah hinunter, wer da kam.

»Ach, du bist es.«

Als Vera die Wohnung erreichte, war die Tür nur angelehnt. Im Flur roch es nach Erdbeeren, und Vera traf ihre Mutter in der Küche an, wo sie Marmelade einkochte. Auf der Abtropffläche neben der Spüle türmten sich die blauen Plastikschälchen der Erdbeeren, frisch gespült, denn die konnte man sicher noch mal brauchen. Annemie und ihr Trümmerfrauensyndrom.

»Hallo, Mama.«

»Grüß dich, Vera. Lässt du dich auch mal wieder blicken.«

»Wir haben uns doch vorgestern im Krankenhaus gesehen.«

»Aber nur kurz, weil du gleich wieder weg musstest.«

»Ich hatte einen Termin beim Verleger. Er will mich zur Chefredakteurin machen. Das war nun mal wichtiger.«

Ein Leuchten breitete sich auf Annemies Gesicht aus. »Chefredakteurin? Das ist ja fantastisch. Lass dich drücken.«

Sie zog Vera an sich, die es verwundert geschehen ließ. Körperliche Nähe oder gar Zärtlichkeit war die Mangelware ihrer Kindheit gewesen. Sie war es einfach nicht gewohnt, dass »Madame Neige« Wärme und Herzlichkeit verbreitete, und machte sich irritiert los.

»Das muss ich Uschi erzählen. Es wird sie fuchsen. Du Chefredakteurin und ihr Chris ... Dieser nichtsnutzige Kerl. Stell dir vor, jetzt ist er untergetaucht.«

Ach, daher wehte der Wind. Es war weniger die Freude über ihre Beförderung, die ihre Mutter zu dieser ungewöhnlichen Geste veranlasst hatte, sondern eher die Genugtuung darüber, Uschi wieder einmal ausgestochen zu haben.

»Gibt es eigentlich Neuigkeiten von Kathrin?«, fragte Annemie.

»Ich habe heute noch nicht im Krankenhaus angerufen. Vielleicht besuche ich sie am Nachmittag. Willst du mitkommen? Ich kann dich abholen.«

»Was soll das bringen? Sie kriegt nichts mit. Während ich ihre Hand halte, versäume ich eine Folge von *Sturm der Liebe*.«

Vera unterdrückte ein Stöhnen.

»Da brauchst du gar nicht die Augen zu verdrehen. Man muss praktisch denken. Weshalb bist du eigentlich gekommen?«

»Ich wollte fragen, wie es dir geht, nachdem ich vorgestern kaum Zeit für dich hatte.«

»Ich komme prima alleine zurecht. Und das wird sich auch nicht ändern. Ich werde es nicht wie Kathrin machen. Wenn ich den Löffel abgebe, dann nicht etappenweise, sondern gleich richtig. Zack, aus, fertig. Ich werde irgendwann tot umfallen, das habe ich im Gespür.«

»Ach, Mama!«

»Was *ach, Mama*? Ich will nun mal nicht von jemandem abhängig sein. Sich den Hintern abwischen lassen ... Stell dir das mal vor. Das ist entwürdigend. Eher bringe ich mich um.«

Nur nicht abhängig sein. Weder finanziell noch emotional.

Wobei Annemie den zweiten Teil nie ausgesprochen hatte. Ihr ewiges Mantra von der Unabhängigkeit einer Frau hatte sich immer auf Ausbildung und Geld bezogen. Vera hatte diese Haltung mit der Muttermilch aufgesogen, doch nun fragte sie sich, ob sie etwa auch den unausgesprochenen Teil verinnerlicht hatte, dass man besser auch emotionale Abhängigkeit vermied, um sich Enttäuschungen zu ersparen. Scheute sie deshalb davor zurück, mit Tom zusammenzuziehen? Und nicht nur mit Tom. Vor ihm und nach der Scheidung von Lars hatte es andere Männer gegeben und ähnliche Probleme, Nähe zuzulassen. Folgte sie unwissentlich dem Beispiel ihrer Mutter?

Oder hatte die Ehe mit Lars sie so zermürbt, dass sie kein Risiko mehr eingehen wollte? Vermutlich war sie zu jung gewesen, ganz sicher aber zu verliebt. Rosa Brille mit extradicken Gläsern. Zunächst. Später dann hatte sie vergebens gehofft, dass sich etwas ändern würde. Lars war ein ebenso charmanter Schmarotzer gewesen wie Joachim, ihr Vater. In diesem Punkt hatte sie ganz offensichtlich den Fehler ihrer Mutter wiederholt. Das wäre doch mal ein Thema für eine Reportage. Transgenerationale Wiederholung und Übertragung. Vera setzte es in Gedanken auf ihre Liste.

»Wobei es mir lieber wäre, eines Tages einfach nicht mehr aufzuwachen.« Annemie war noch immer mit ihrem eigenen Tod beschäftigt. »So wie Kathrin mache ich es jedenfalls nicht.«

Auch wenn es ihrer Mutter an Herzenswärme mangelte, empfand Vera in diesem Moment Zuneigung für diese harsche Frau, die in der Lage war, über ihren Tod zu sprechen. Wer konnte das schon? Sie nahm ihre Mutter in den Arm. »Ach, Mama. Das wird dir schon gelingen. Aber bitte warte damit noch zehn oder zwanzig Jahre, ja?«

Annemie machte sich los, und der Moment der Nähe war vorüber. »Warten wir ab, wie's kommt.«

»Darf ich dich etwas wegen Kathrin fragen?«

»Natürlich.«

»Ich war gestern in ihrer Wohnung, und da lag ein Fotoalbum auf dem Sofa. Hatte sie eine Freundin, die Adele hieß?«

»Adele?« Annemie zog die Stirn kraus. »Nein. Nie gehört.«

»Ein Foto von ihr und Kathrin klebt in dem Album. Die beiden tragen ihre Schwesterntracht. Es muss in der Heil- und Pflegeanstalt Winkelberg aufgenommen worden sein. Weißt du, was Kathrin dort getan hat?«

»Kathrin war nicht in Winkelberg. Sie hat im Schwabinger Krankenhaus angefangen.«

»Aber es gibt diese Fotos von ihr in Winkelberg.«

»Vielleicht ein Ausflug.«

»In Schwesterntracht?«

»Warum denn nicht?«

»Sie hat also nie darüber gesprochen?«

»Nein. Aber du darfst nicht vergessen, dass Kathrin zwölf Jahre älter ist als ich. Als sie mit der Ausbildung fertig war, war ich erst acht und Uschi sechs. Warum interessiert dich das ausgerechnet jetzt?«

»Es ist mir nur aufgefallen. Du willst wirklich nicht mitkommen, wenn ich sie besuche?« Vera griff nach der Tasche mit den Einkäufen.

»Vielleicht fahre ich morgen zu ihr. Wir können uns ja abwechseln. Und nimm dir was von der Marmelade mit.«

18

Als Vera um sieben Uhr abends bei Gunnar und Katja eintraf, war Tom bereits da. Die Männer trugen Schürzen, standen in der Küche und bereiteten das Essen vor. Vera überreichte Katja ein Glas von Annemies Erdbeer-Marmelade, gab Tom einen Kuss und umarmte Gunnar, wofür sie sich auf die Zehenspitzen stellen musste. Er war ein Bär von einem Mann, und wenn er so weitermachte, würde er bald ebenso breit wie hoch sein.

Katja war das Gegenteil von ihm. Überschlank und durchtrainiert. Dreimal pro Woche ging sie ins Fitnessstudio. Eine disziplinierte Frau, die nicht nur ihren Körper unter Kontrolle hatte, sondern auch Mann, Kinder und Karriere.

Während sie für alle das obligatorische Glas Crémant zur Begrüßung einschenkte, erklärte sie, dass die Kinder bei Freunden übernachteten und die Eltern sturmfreie Bude hatten. »Wir haben Grund zu feiern«, verkündete sie. »Ab ersten Oktober leite ich die Abteilung Öffentlichkeitsarbeit des Fermat-Instituts in Leipzig. Heute Nachmittag habe ich die Zusage erhalten.«

Darauf stießen sie an. Gunnars Arbeitsvertrag war längst unterschrieben, nur die Kinder zogen nicht so recht mit. Doch Katja war zuversichtlich, dass sie sich in der neuen Umgebung gut einleben würden.

Was sonst?, dachte Vera. Bei dieser Bilderbuchfamilie lief immer alles wie geschmiert. Wenn sie ehrlich war, mochte sie die beiden nicht so recht. Sie waren zwar nett, aber auf eine oberflächliche, glatte Art, und Vera wusste, dass Katja nicht allzu viel von ihr hielt. Ihrer Meinung nach passte sie nicht zu Tom, der eine Partnerin auf Augenhöhe brauchte, eine echte Powerfrau, und das war Vera ganz sicher nicht. Zufällig hatte sie mitbekommen, wie Katja das mal zu Gunnar sagte.

Gekocht, gegessen und geratscht wurde bei den beiden in der großen Wohnküche, deren Mittelpunkt ein alter Wirtshaustisch war. Während die Männer mit der Zubereitung des Essens beschäftigt waren, saß Vera bei Katja und knabberte an den Käsestangen, die Gunnar gebacken hatte. Nach einem Glas Sekt spürte sie die Müdigkeit, die ihr in den Knochen saß, und gähnte.

»Entschuldigt. Ich habe heute Nacht kaum geschlafen.«

»Ist doch kein Problem«, meinte Gunnar.

»Woran liegt's?«, fragte Katja.

»Heftschluss. Außerdem liegt meine Tante mit einem Schlaganfall im Krankenhaus, und mein Cousin hat in ihrer Wohnung das totale Chaos hinterlassen. Das habe ich gestern Nacht aufgeräumt.«

»Wieso räumst du hinter ihm her?«, fragte Gunnar.

Daraufhin erzählte Vera von Chris' Problemen und wie er versucht hatte, sie zu lösen, und kam dabei bei Tante Kathrins Fotoalbum und der Aufnahme aus Winkelberg an, die sie mehr beunruhigte, als sie sich eingestehen wollte.

Gunnar hielt beim Kräuterhacken inne. »Sie hat während des Kriegs in einer Heil- und Pflegeanstalt gearbeitet? Damals hat man doch Behinderte ermordet, oder irre ich mich?«

»Du irrst dich nicht, und ich frage mich, ob meine Tante damit zu tun hatte.«

Katja schenkte nach. »Wenn sie ein Rädchen in diesem Getriebe war, wird sie keine Wahl gehabt haben. Damals hat man doch alle, die nicht mitmachten, ins KZ gesteckt.«

Das Carpaccio war fertig. Tom und Gunnar kamen mit den Tellern an den Tisch, und Vera fragte sich, wie sie einen Bissen herunterbekommen sollte, während sie sich über Morde an Behinderten unterhielten. »Lasst uns besser das Thema wechseln.«

»Warum?«, fragte Tom. »Was damals in diesen Anstalten geschehen ist, gerät langsam in Vergessenheit. Das wäre ein Thema für dich. Schreib einen Artikel darüber. Möglicherweise kannst du so Bracht überzeugen.«

»Etwa Viktor Bracht von der *MZ*?«, fragte Katja. »Wovon musst du den denn überzeugen?«

»Von meiner Kompetenz.« Vera sah sich gezwungen, das missglückte Bewerbungsgespräch zu erwähnen, obwohl sie keine Lust hatte, ihre Niederlage vor Toms ewig erfolgreichen Freunden auszubreiten. Doch keiner von beiden ging näher darauf ein. Sie waren gleich wieder bei Winkelberg, und Gunnar war ganz Toms Meinung.

»Über die Nazizeit in dieser Anstalt zu schreiben, ist eine gute Idee«, sagte Gunnar. »Ich bin in München aufgewachsen und habe zwar von Winkelberg gehört, aber du siehst ja, dass ich nur eine vage Ahnung von dem habe, was damals dort geschehen ist.«

Katja pflichtete ihm bei. »Sie haben die Irren wirklich ermordet?«

Das war nun wieder typisch Katja. Arbeitete als PR-Beraterin und drückte sich beruflich selbstverständlich jederzeit politisch korrekt aus, doch privat vergriff sie sich gerne mal im Ton. Etwas sperrte sich in Vera.

»Meine Tante kann ich nicht interviewen, und ohne eine Zeitzeugin wird es nur ein x-beliebiger Artikel. Außerdem weiß ich gar nicht, wie lange sie dort war. Vielleicht nur zu einem Praktikum.«

»Die alten Personalakten müssen doch noch irgendwo sein«, sagte Tom. »Du kannst Einsicht beantragen und auf diesem Weg jemanden finden, der damals dort gearbeitet hat.«

»Stimmt, das wäre eine Möglichkeit. Mal sehen.« Vera lenkte das Gespräch auf die Vernissage am kommenden Montag, die Toms Versicherungskonzern sponserte. Das Werk einer jungen Berliner Malerin wurde präsentiert. Vera hatte den Termin längst im Kalender notiert, und Gunnar und Katja wollten ebenfalls kommen.

Vor dem Hauptgang stand die unvermeidliche Wohnungsbesichtigung an. Katja führte Vera und Tom durch die Räume, die sie längst kannten, und auch aus dem Blickwinkel potenzieller Mieter sahen sie nicht anders aus als bisher. Eine Traumwohnung, aber viel zu teuer und auch zu groß für zwei. Tom fragte nach der Höhe der Miete, und Vera zuckte zusammen, als sie den Betrag hörte. Selbst mit dem vermuteten Gehalt einer Chefredakteurin konnte sie ihren Part nicht beisteuern, ebenso wenig wollte sie sich einen Teil ihres Lebensunterhalts dauerhaft von Tom finanzieren lassen. In diesem Punkt hielt sie es ganz mit Annemie. Sie wollte sich nicht von einem Mann abhängig machen.

Während Tom immer lebhafter wurde, wurde sie immer stiller. Für ihn war es entschieden. Für sie auch.

»Du sagst ja gar nichts.« Abwartend sah Tom sie an.

»Die Wohnung ist fantastisch. Ich würde aber ganz gerne abwarten, ob ich tatsächlich befördert werde. Im Moment ist das hier zu teuer für mich.«

»Du wirst befördert?«, fragte Katja.

»Man hat mir die Position der Chefredakteurin in Aussicht gestellt.« Vera wusste, wenn sie diesen Posten bekam, würde sie in Katjas und Gunnars Gunst schlagartig steigen. Als ob ein Job einen Menschen veränderte.

»Lasst euch Zeit.« Katja hob die Hände. »Falls ihr sie nicht wollt, bringen wir sie sofort anderweitig los.«

Tom suchte Veras Blick und schüttelte sacht den Kopf. Nimm doch mein Angebot an, bedeutete die Geste.

Das Risotto war fertig. Für den Rest des Abends mieden sowohl Tom als auch sie das Thema. Es kam erst wieder zur Sprache, als sie kurz nach Mitternacht in seiner Wohnung ankamen. Drei Zimmer, Küche, Bad. Kühler Designer-Chic, eine Einbauküche mit allen Raffinessen und im Wohn- und Schlafzimmer moderne Kunst an den Wänden.

Aus dem Kühlschrank nahm er eine Flasche Vitovska, die sie von einem Wochenendtrip nach Triest mitgebracht hatten.

Eigentlich hatte Vera für heute genug. Zuerst der Crémant, und zum Lamm hatte Gunnar eine Flasche Rosé aus der Provence serviert. Doch es war Wochenende. Sie ließ sich auf das Sofa fallen, streifte die Schuhe ab und streckte die Beine aus. Tom stellte die gefüllten Gläser auf den Couchtisch, setzte sich zu ihr und zog sie an sich. Sie mochte das leichte Kratzen der Bartstoppeln, die um diese Zeit zu sprießen begannen.

»Ist es für dich wirklich eine so fürchterliche Vorstellung, mit mir zusammenzuleben?«

Musste das jetzt sein? »Ach, Tom, das ist die falsche Frage. Ich kann mir die Wohnung nicht leisten. Vielleicht nach der Beförderung. Aber ganz ehrlich: Wenn ich endlich mal finanziell Luft habe, würde ich das Geld lieber für andere Dinge ausgeben. Für Reisen, für eine Altersvorsorge, für spontane Einkäufe, ohne auf jeden Cent achten zu müssen. Außerdem sind hundertzwanzig Quadratmeter zu viel für uns.«

Er strich ihr eine Strähne aus dem Gesicht. »Und wenn ich dich nun bitten würde, hier bei mir einzuziehen, wäre dann die Antwort nicht dieselbe?«

»Du meinst, ich suche Ausflüchte?«

»Würdest du denn hier einziehen wollen?«

Er kannte ihre Neigung, Auseinandersetzungen aus dem Weg zu gehen. Vera fühlte sich ertappt und sah keine Möglichkeit mehr, dem heiklen Thema auszuweichen.

»Ach, Tom. Ehrlich gesagt, nein.«

»Du willst also so weitermachen wie bisher.« Er rückte ein Stück von ihr ab. »Mir ist das zu wenig. Ich liebe dich und will mein Leben mit dir teilen.«

Sie griff nach seiner Hand. »Ich doch auch. Aber das muss nicht zwangsläufig bedeuten, dass wir auch die Wohnung teilen. Bisher sind wir mit unserer Regelung doch gut gefahren. Ich muss auch mal allein sein und eine Tür hinter mir zumachen können.«

»Bei fünf Zimmern sollte das kein Problem sein und bei dreien eigentlich auch nicht.«

»Ich will aber diese alltäglichen Streitereien nicht, wer den Mülleimer runterbringt und die Wäsche aufhängt, wer den Spüler einräumt und mit Kloputzen dran ist. Das habe ich hinter mir und du auch.«

»Dann nehmen wir uns eben eine Zugehfrau.«

Er schien auf alles eine Antwort zu haben. Für jedes Problem eine Lösung, nur für das eigentliche nicht.

»Wir haben eine Vereinbarung getroffen: getrennte Wohnungen. Nun willst du sie aufkündigen, und ich will es nicht. Ich weiß nicht, wie wir da einen Kompromiss finden sollen.«

»Wenn du wolltest, würde es uns gelingen.«

»Wie denn? Wir sind zu verschieden. Das fängt doch schon bei der Einrichtung an. Dein Designer-Chic und meine Flohmarktmöbel. Mein Bedürfnis nach Behaglichkeit und deines nach Funktionalität. Und es geht weiter bei der Musik. Du Rock und Jazz, ich Singer-Songwriter und Gipsy-Punk, bei dem es dir, ich zitiere, ›die Fußnägel aufrollt‹. Ich lebe fast schon als Vegetarierin, du dagegen hast am liebsten ein Pfund Fleisch auf dem Teller. Du bist Langschläfer, ich die absolute Frühaufsteherin. Wir werden ständig Kompromisse schließen müssen, mit denen keiner zufrieden ist, und am Ende werden wir uns so sehr auf die Nerven gehen, dass wir streiten wie ein altes Ehepaar.«

Seine Gesichtszüge verhärteten sich. »Du scheust das Risiko und gehst wieder einmal lieber auf Nummer sicher. Genau wie in deinem Beruf. Du bist einfach nicht bereit, etwas zu wagen. Doch so kommst du nicht weiter. Sicherheit bedeutet Stillstand. Wenn du mich wirklich lieben würdest, müssten wir diese Diskussion nicht führen.«

Nein, bitte! Komm mir nicht mit diesem Totschlagsargument, dachte Vera. »Das ist doch Unsinn. Willst du jetzt eine Grundsatzfrage daraus machen?«

»Warum nicht? Aber nicht mehr heute. Ich bin müde und

gehe jetzt ins Bett. Soll ich dir ein Taxi rufen oder nimmst du die U-Bahn?«

Er bat sie tatsächlich zu gehen? Er setzte sie vor die Tür? Sie konnte es nicht glauben und rang einen Moment um Fassung. »Danke. Das Taxi rufe ich mir selbst.«

19

Aus den Lautsprechern des Autoradios klang leise klassische Musik. Der blaue Punkt auf dem iPad verharrte auf demselben Fleck, seit Vera Mändler vor zehn Minuten in Begleitung ihres Freundes seine Wohnung in Neuhausen betreten hatte.

Sie und Wiesingers Mutter waren die einzigen Anhaltspunkte für Manolis, um seine Spur wieder aufzunehmen. Vielleicht meldete er sich ja bei einer von beiden. Rebecca hörte das Telefon der Mutter ab, Frank observierte weiter die Wohnung, und Manolis hatte sich an Veras Fersen geheftet.

Wo war Wiesinger? Wo war dieses Dossier? Weshalb hatte er sich das Fotoalbum seiner Tante angesehen? Was hatte es mit den Krankenschwestern auf sich?

Plötzlich hatte Manolis das Gefühl, durch einen Sumpf zu waten, an dessen Horizont sich etwas abzeichnete, das ihm nicht gefiel.

Er reckte sich im Fahrersitz. Eigentlich war es Zeit, nach Hause zu fahren. Auch gestern Nacht war es spät geworden, nachdem Vera ihn beinahe in der Wohnung ihrer Tante erwischt hatte. Das war knapp gewesen und hatte für einen Adrenalinkick gesorgt. Um Haaresbreite war er den heimkehrenden Nachbarn in die Arme gelaufen. Es war ihm nichts anderes übrig geblieben, als in den Keller zu spurten. Von dort war er durch die Waschküche in den Garten gelangt und hatte Vera Mändler weiter beobachtet. Genau wie achtundvierzig Stunden zuvor ihren Cousin Chris. Sie überprüfte die Gurte der Jalousien auf der Suche nach einer Erklärung und fand keine. Schließlich gab sie auf und begann aufzuräumen. Irgendwann saß sie mit denselben Fotos auf dem Sofa wie kurz zuvor er, und er hätte gerne ihre Gedanken gelesen. Was dachte sie angesichts der Aufnahmen von zwei Krankenschwestern mit einem Naziemblem am Kragen, von denen eine ihre Tante war?

Kurz nach Mitternacht hatte sie die Wohnung verlassen, woraufhin er seine Suche nach einem Hinweis auf den Verbleib des Dossiers fortgesetzt, aber nichts gefunden hatte. Bevor er gegangen war, hatte er noch die Bilder in dem Album abfotografiert. Das Abzeichen interessierte ihn, und heute Morgen hatte er es tatsächlich im Internet gefunden. Es war das Signet der Nationalsozialistischen Volkswohlfahrt. Ein Verein, in dem während des Dritten Reichs alle Wohlfahrtsverbände aufgegangen waren. Ein Heer gleichgeschalteter, verblendeter Herrenmenschen und Mörder, die hoffentlich allesamt in der Hölle schmorten.

Der zweite Satz der Serenade war vorbei und ging in den dritten über. Manolis entschloss sich, die Observierung für heute zu beenden. Er wollte den Wagen gerade starten, als im Hausflur das Licht anging und Vera Mändler herauskam. Drei Meter von ihm entfernt blieb sie auf dem Gehweg stehen und sah sich um. Sie trug Jeans und ein Shirt und darüber eine Strickjacke, die sie nun enger um die Schultern zog. Es war frisch geworden. Ihre Füße steckten in Ballerinas, die Locken fielen ihr über die Schultern. Einen Moment blieb sie stehen, dann zog sie ihr Smartphone aus der Handtasche, in der es wohl die ganze Zeit gesteckt hatte. Jedenfalls hatte Manolis nicht mithören können, was oben in der Wohnung vorgefallen war.

Ihrer angespannten Haltung nach zu urteilen vermutlich ein Streit. Nachdrücklich strich sie sich nun die Locken aus dem Gesicht und wählte eine Nummer. Im Schein der Laterne konnte er ihre Augenfarbe nicht erkennen, dafür aber die kräftigen Brauen, das helle Rot auf den Lippen und das äußerst energische Kinn. Sie sah gut aus und ein wenig ungeduldig. Er stellte den Ton am iPad leise, damit es ihn nicht verriet.

Der Taxidienst meldete sich, sie fragte, wo ihres blieb.

»Nur die Ruhe, junge Frau«, gab der Disponent zur Antwort. »Sie haben es ja gerade erst bestellt. Der Wagen ist in einer Minute bei Ihnen.«

Auf den Füßen wippend blieb sie stehen und wartete. Ihr Kiefer mahlte. Im Rückspiegel sah Manolis das Taxi kommen. Sie stieg ein und gab ihre Adresse auf der Schwanthalerhöhe an. Er wartete, bis die roten Rücklichter um die Ecke verschwunden waren, bevor auch er losfuhr.

Es war Viertel vor eins, als er mit dem Lift aus der Tiefgarage kam und Licht in seiner Wohnung machte. In allen Zimmern, wie immer. Er mochte das so. Dunkle Räume hatten etwas Verlorenes und Einsames an sich. Den Geräuschen aus dem iPad entnahm er, dass auch Vera zu Hause angekommen war.

Er hörte ein dumpfes Ploppen, vermutlich die Kühlschranktür. Auch er ging in die Küche und machte sich ein Bier auf. Im Wohnzimmer suchte er in den Schallplatten nach einer, die ihn aus dem Morast führen würde, aus diesem braunen Sumpf, der sich da am Horizont auftat. Das passte ihm nicht.

Er trank das Bier aus der Flasche und nahm die LP aus der Papierhülle, als er aus dem iPad erneut Geräusche vernahm und einen halblaut gezischten Satz.

»Da! Was zum Zehennägel-Aufrollen für dich.«

Etwas klackte. In fulminanter Lautstärke brandete Musik los, die Manolis nicht einordnen konnte. Höllisch laut. Offenbar wollte Vera die halbe Nachbarschaft aufwecken. Ganz schön schräges Gefiedel, rasend schnell und extrem rhythmisch. Mitreißend.

Manolis kontrollierte den blauen Punkt, der Veras Standort markierte, oder vielmehr den ihres Handys, was sehr wohl ein Unterschied sein konnte, und stellte sicher, dass der Alarm eingehen würde, sobald sie sich in Bewegung setzte.

Um eins rief Köster an. Manolis hatte gerade wieder das Emblem der freien Schwesternschaft vor sich. Weiße Frakturschrift auf schwarzem Grund und in der Mitte das Logo der Nationalsozialistischen Volkswohlfahrt.

»Wie steht es?«, fragte Köster.

»Gute Frage. Worum geht es hier eigentlich wirklich?«

»Wie meinst du das?«

»Hat dieses Dossier, nach dem ich suche, obwohl ich einen Scheiß darüber weiß, etwas mit der Nazizeit und der Heil- und Pflegeanstalt Winkelberg zu tun?«

»Was? Wie kommst du denn auf die Idee?«

»Wiesingers Tante hat während des Kriegs dort gearbeitet. Er hat sich in ihrem Fotoalbum Bilder aus der Zeit angesehen. Also, zähl mal eins und eins zusammen. Händeringend sucht er nach dem Dossier, und obwohl ihm die Zeit davonrennt, setzt er sich in aller Ruhe hin und blättert in alten Familienbildern?«

»Purer Zufall. Das Dossier hat nichts damit zu tun.«

»Worum geht es dann?«

Köster zögerte. »Manolis, ich kann nicht ... Ich habe meinem Klienten Vertraulichkeit zugesichert.«

»Du erwartest, dass ich Dreck wegräume, ohne ihn zu kennen.«

»Das nennt man Vertrauen. Ist doch nicht das erste Mal. Was ist nur los mit dir?«

»Du weißt also, was die Akten enthalten?«

Einen Moment schwieg Köster. »Mit Sicherheit weiß ich es nicht. Mein Mandant ist Unternehmer und hat nur eine Andeutung gemacht. Er hat eine Firma im chemischen Bereich. Bei der Produktion fallen umweltbelastende Stoffe an, und da ist wohl mal etwas schiefgelaufen.«

»Giftmüll in geheimen Deponien? Verseuchtes Grundwasser? Ein Umweltskandal mit exorbitanten Folgekosten, wenn er auffliegt? Davon reden wir? Bist du sicher?«

»Wie gesagt, er hat sich nicht näher dazu geäußert. Sein Lebenswerk wäre zerstört, wenn die Akten in die falschen Hände gerieten. Das hat er gesagt, und sein Lebenswerk ist die Firma. Also, wie steht's? Wirfst du den Krempel hin oder machst du weiter?«

Kurz spielte Manolis tatsächlich mit dem Gedanken. Doch er war Profi. »Ja, natürlich mache ich weiter. Die Durchsuchung der Wohnung hat nichts gebracht. Vielleicht weiß nur die alte Dame, wo die Unterlagen sind.«

»Wieso nicht auch ihr untergetauchter Neffe?«

»Der hat keine Ahnung. Sonst hätte er sich längst bei deinem Mandanten gemeldet und die Akten zum Verkauf angeboten. Ich bleibe an seiner Cousine dran.«

Köster verabschiedete sich, und Manolis ließ sich mit der Flasche Bier aufs Sofa fallen. Wie sein Vater.

Selten hatte Babás sein Bier aus einem Glas getrunken. Ein Bauer mit Hochschulreife, der lieber Arbeiter gewesen war, weil ihm die Stechuhr den Takt fürs Leben vorgab. Acht Stunden am Tag, fünf Tage die Woche. Auch die Wochenenden und die Ferien waren durchgetaktet gewesen.

»Er braucht das«, hatte Mama erklärt, als Manolis sich einmal darüber beklagte. »Sonst fällt er auseinander oder, schlimmer noch, in das schwarze Loch. Und es ist so schwer, ihn dort wieder herauszuholen.«

Sonst suchen ihn die Geister heim, hatte Manolis gedacht. Die Geister der Toten, die er aus dem Hades zurückzuholen versuchte, wie einst Orpheus seine Eurydike. Doch sie blieben starr und tot und auf ewig liegen in ihren Blutlachen.

Angefangen hatte Babás mit dem Plastilin aus dem Kinderzimmer und war irgendwann zu Ton übergegangen. Im Keller formte er die Figuren, die selten größer waren als eine Faust, und noch seltener war er mit einer zufrieden. Wenn es doch mal der Fall war, fuhr er zu einer Gießerei und ließ sie in Bronze fertigen. Mama hatte sie wunderbar gefunden und in den Neunzigern eine Ausstellung in einer Galerie organisiert. Die Leute wollten die Skulpturen kaufen, doch Babás wollte sie nicht hergeben, und so war es bei dieser einen Vernissage geblieben, und die Figuren verstaubten im Keller. Im Keller jenes Hauses, das seine Eltern in Moosach gemietet hatten. Ein kleines Vorort-Siedlungshäuschen mit einem Garten, in dem Mama Obst und Gemüse anbaute, wenn sie nicht in der Bücherei arbeitete oder fotografierte, und in dem Babás den Toten wieder Leben einzuhauchen versuchte. Er erschuf, was andere zerstört hatten. Doch es half nicht, heilte nicht. Es machte den Schmerz nur irgendwie erträglich.

Am Tag der Vernissage hatte Manolis begriffen, dass Mama keine Ahnung von der Bedeutung der Figuren hatte, sonst hätte sie verstanden, dass Babás sie nicht verkaufen konnte.

Dass sie von den Wortfluten keine Ahnung hatte, wusste Manolis, denn die waren ein Geheimnis zwischen ihm und Babás. Ein Band der Verschwiegenheit, das nur sie beide verknüpfte. Er hatte ihm versprechen müssen zu schweigen. Doch Mama musste wissen, welche Last Babás mit sich herumtrug. Undenkbar, dass er ihr das verheimlicht hatte. Es dauerte, bis Manolis dahinterkam, dass auch Mama keine Details kannte, sondern nur die grobe Version, wie alle. Babás war damals selbst noch ein Kind gewesen und erinnerte sich nicht. Angeblich.

Auch wenn Babás mal nicht im Keller war, baute er auf, setzte zusammen und reparierte. Ein Baumhaus im Garten, neue Fliesen fürs Bad, eine Pergola hinterm Haus, einen Carport für den VW-Bus, der irgendwann nicht mehr über den TÜV kam. Da Mama sich aber nicht davon trennen konnte, diente er Manolis und Christina noch viele Jahre als Versteck und Rückzugsort. Seine erste Zigarette hatte er heimlich in dem VW-Bus geraucht. Mit Wolfi, seinem besten Kumpel, der auf die Hauptschule gehen durfte, während Mama ihn ins Gymnasium gesteckt hatte, obwohl er gar nicht wollte.

Es war diese Unruhe in ihm, diese Wut, die ihn vor sich her trieb, vielleicht waren es auch die Geister der Toten, die er in seiner Fantasie unzählige Male gerächt hatte. Doch auch das brachte ihm den Vater nicht zurück, weder aus dem schwarzen Loch noch aus dem Keller.

Himmel! Welche Erinnerungsflut ein Bier auslösen konnte, wenn man es aus der Flasche trank.

Manolis ging in die Küche und goss den Rest in ein Glas.

20

Am Montagmorgen saß Vera in der Redaktion vor ihrem PC und war froh, sich mit Arbeit ablenken zu können. Es war aber auch ein missglücktes Wochenende gewesen. Tom hatte sich am Sonntag natürlich nicht gemeldet, er war beleidigt. Auch sie hatte ihn nicht angerufen, immerhin hatte er sie vor die Tür gesetzt. Er war dran. Am meisten ärgerte sie, dass er dieses Totschlagargument in den Ring geworfen hatte: Wenn du mich wirklich liebst, sollte Zusammenziehen kein Problem sein. Man konnte auch sagen: Wenn du mich liebst, ordnest du dich meinen Wünschen unter. Auf diesem Erpresserniveau würde sie das Thema nicht diskutieren.

Am Sonntag hatte sie sich mit der Arbeit am Relaunch-Konzept von all dem Ärger abgelenkt und war ein gutes Stück vorangekommen. Etwas Positives hatte der Streit also gehabt.

Noch immer starrte Vera auf den PC. Eigentlich hatte sie keine Lust, am Abend zur Vernissage zu gehen. Gunnar und Katja würden die dicke Luft zwischen Tom und ihr bemerken. Das war nur Wasser auf ihren Mühlen. Jedenfalls auf Katjas Mühlen. Vera überlegte, ob sie absagen sollte. Sie konnte sich mit Arbeit herausreden oder mit einem Besuch im Krankenhaus, obwohl sie erst gestern dort gewesen war.

Tante Kathrin ging es nicht besser, aber auch nicht schlechter. Das Krankenzimmer war Vera wie ein Wartesaal mit drei Türen erschienen. Über einer stand *Tod*, über der anderen *Pflegeheim* und über der dritten *Zurück in ein einigermaßen selbstbestimmtes Leben*. Alles sei möglich, hatte der Arzt gesagt. Sie mussten abwarten.

Vera atmete durch. Plötzlich stand ihr das Bild aus dem Fotoalbum wieder vor Augen. Wieso hatte es aufgeschlagen auf dem Sofa gelegen, als hätte gerade erst jemand darin geblättert? Bestimmt Chris. Doch was interessierte ihn an der Vergangenheit ihrer Tante?

Dann dockte eine Information an diese Frage an. Helene Aßmann hatte von einem Streit zwischen Kathrin und Chris gesprochen. Erst war es um Geld gegangen und danach um jemanden, der *Dreck am Stecken* haben sollte. Hatte Chris etwa von Kathrin Informationen oder gar Unterlagen gefordert, die eine Erpressung ermöglichten?

Das war ein überraschender Gedanke! Das würde auch erklären, weshalb er die Wohnung durchsucht hatte. Wenn es ihm lediglich um das Sparbuch gegangen wäre, hätte er nur an den Sekretär gehen müssen. Chris wusste, dass Kathrin es darin aufbewahrte.

Wer hatte Dreck am Stecken? Und wo war Chris? Seit er sie am Freitagvormittag angerufen hatte, gab es kein Lebenszeichen mehr von ihm. Uschi hatte ihn tatsächlich gestern bei der Polizei als vermisst gemeldet. Er war weder in seiner Wohnung noch auf dem Handy erreichbar, und sein Punto stand seit Tagen vor dem Haus. So langsam teilte Vera Uschis Sorge, ihm könnte etwas zugestoßen sein. Vor allem wenn man in Betracht zog, dass er vielleicht jemanden erpresste.

Jessica schob ihren Stuhl zurück. »Die Themenkonferenz beginnt gleich. Kommst du?«

»Ja klar.« Vera folgte ihrer Kollegin. Unterwegs holte sie sich am Automaten einen Latte Macchiato und nahm damit im Konferenzraum Platz.

Die Hälfte der Themen hätte sie am liebsten gestrichen, doch noch hatte sie hier nicht das Sagen, also hielt sie sich zurück, setzte aber durch, dass die Redaktion für die Modestrecke ältere Models castete. Es war ihr schon immer schleierhaft gewesen, weshalb Zwanzigjährige Mode für *Frauen in den besten Jahren* präsentieren sollten.

Nach dem Meeting griff Vera zum Handy, um Helene Aßmann anzurufen. Der Gedanke, dass Chris jemanden erpresste, ließ sie nicht los. Der Akku war leer. Schon wieder. Dabei hatte sie ihn gestern Abend aufgeladen. Die Powerbank lag zu Hause, also steckte sie das Ladekabel an und überlegte, wie sie ihre neuen Themen angehen sollte. Aktuelle Wellnesstrends zu recherchieren war kein großer Aufwand. Interessanter war der Beitrag, den sie unter der Überschrift »Warum allein sein kein Makel ist« schreiben sollte. Vielleicht ein Blick in die eigene Zukunft, dachte sie in einem Anfall von Sarkasmus. Denn heute Abend bei der Vernissage würde Tom das Thema Zusammenziehen wieder aufs Tapet bringen. Es war besser, wenn sie ihn heute nicht traf, sie brauchte Zeit, um diese Entscheidung zu fällen. Es gab eine Reihe guter Gründe für ihr Agreement, auch wenn sie ihn liebte. Doch liebte sie ihn wirklich? War dieses Wort am Ende nicht eine Nummer zu groß?

Der Ladebalken des Handys war bei zehn Prozent, und sie wollte gerade Helene Aßmanns Nummer wählen, als es klingelte und im Display »Annemie« erschien. Ihre Mutter störte sie nur bei der Arbeit, wenn es gar nicht anders ging. Ein wenig beunruhigt nahm Vera das Gespräch an.

»Hallo, Mama, ist alles in Ordnung?«

»O Gott, nein, Kind. Nichts ist in Ordnung. Es ist … Es ist so furchtbar. Chris ist tot.«

Ihr wurde schlagartig eiskalt. »Was? Wieso denn?«

»Sie haben ihn aus einem Baggersee gefischt. Irgendwo in der Nähe des Flughafens. Jemand hat ihn erschossen. Am helllichten Tag. Wo leben wir denn? Im Wilden Westen etwa? Die Polizei war bei Uschi, und sie hat mich gleich angerufen. Immer muss sie recht behalten.«

Übelkeit stieg in Vera auf. Chris. Erschossen. Zwei Wörter, die nicht zusammenpassten und auf fatale Weise eigentlich doch.

»Es ist schon am Freitagmittag passiert. Jemand hat beobachtet, wie zwei Männer etwas in den See geworfen haben. Das ist ihm spanisch vorgekommen, und er hat die Polizei gerufen. Sie haben Chris schon am Freitagabend geborgen. Doch er hatte keine Papiere bei sich. Erst Uschis Vermisstenanzeige hat sie auf die richtige Spur gebracht. Es ist so furchtbar.«

»Wie geht es ihr? Ist jemand bei ihr?«

»Ich fahre jetzt hin. Ihre Freundin Gabi ist auch schon auf dem Weg. Ich wollte dir nur schnell Bescheid sagen.«

Vera brauchte eine Weile, um die Nachricht wirklich zu begreifen. Verwundert bemerkte sie, dass ihre Hände zitterten und es ihr nur mit Mühe gelang, die Tränen zurückzuhalten. Sie hatte Chris zwar nicht ausstehen können, doch sein gewaltsamer Tod traf sie härter als gedacht. Er war so tragisch und so unnötig. Und dann wurde Vera klar, dass Chris kein zweites Mal in Kathrins Wohnung gewesen sein konnte.

Jedenfalls nicht, wenn stimmte, was Annemie gerade gesagt hatte, dass er bereits Freitagmittag ermordet worden war. Es war nämlich Freitag kurz vor zwei Uhr gewesen, als sie das neue Schloss hinter sich abgesperrt hatte und gegangen war, und zu diesem Zeitpunkt war Chris bereits tot gewesen. Was war hier los?

Vera ging auf die Webseite der Polizei, klickte auf den Link mit den aktuellen Pressemeldungen und fand dort die Bestätigung. Am Freitag gegen dreizehn Uhr dreißig hatte ein Mann, der auf einem Jägerstand im Finsinger Moos saß und mit dem Fernglas Vögel beobachtete, bemerkt, wie zwei Männer etwas in einen Baggersee warfen, das wie ein menschlicher Körper aussah.

Jessica kam herein und setzte sich an ihren Platz. »Geht es dir nicht gut? Du bist ganz bleich.«

»Geht schon. Ich lass mal ein bisschen frische Luft herein.«

Vera hatte im Moment keinen Nerv, das Familiendrama vor ihrer Kollegin auszubreiten, und kippte das Fenster. Doch es gelang ihr nicht, sich auf die Arbeit zu konzentrieren. Immer wieder schweiften ihre Gedanken ab.

Während der Mittagspause rief Vera Helene Aßmann an, doch Kathrins Nachbarin wusste nicht mehr als das, was sie Vera bereits gesagt hatte. Jemand, den Kathrin kannte, sollte Dreck am Stecken haben. Chris wollte den Namen erfahren, und Kathrin hatte bestritten, jemals eine solche Äußerung gemacht zu haben.

Um fünf rief Vera Tom an. Er ging nicht ans Telefon, vermutlich war er in einem Meeting. Sie hinterließ ihm eine Nachricht auf der Mailbox. »Tom, es tut mir leid, aber ich werde heute Abend nicht zu der Vernissage kommen. Chris ist tot. Der Sinn steht mir einfach nicht nach feiern. Ich fahre jetzt zu Tante Uschi. Lass uns später mal telefonieren und grüß Gunnar und Katja von mir.«

Uschi lebte in einer Zweizimmerwohnung in der Nähe der Kunstakademie. Ihre Freundin Gabi öffnete Vera die Tür. Sie war eine resolute Frau von Mitte siebzig, der es schon vor über vierzig Jahren gelungen war, ihren Beruf als Cutterin beim Film und drei Kinder unter einen Hut zu bringen. Gabi war eine, die anpackte, und das tat sie auch jetzt.

Auf dem Wohnzimmertisch standen Teller mit belegten Broten sowie Gläser und Flaschen mit Wasser, Bier und Wein. Zwei weitere Freundinnen waren da und spendeten Uschi Trost. Die Luft war zum Schneiden, und der Aschenbecher quoll über. Annemie war schon wieder weg, und Vera blieb nicht mehr zu tun, als ihre Tante in den Arm zu nehmen. Diese sehnige, kleine Gestalt im schwarzen Pulli, der schmalen Jeans und mit den verweinten Augen, die obligatorische Zigarette zwischen den Fingern als einzigem Halt.

»Es tut mir ja so leid, Tante Uschi. Es ist unfassbar.«

Die Umarmung währte nicht lange. Uschi machte sich los und blinzelte sie zornig an. »Ja, jetzt tut es allen leid. Doch keiner hat ihm geholfen. Kathrin nicht, Annemie nicht und du auch nicht. Du solltest jetzt besser gehen, und lass dich ja nicht bei der Beisetzung blicken. Ich will keinen von euch dort sehen!«

Das saß. »Das meinst du jetzt nicht so.«

»Und ob ich das so meine. Ihr seid schuld an seinem Tod. So, und jetzt geh bitte.« Mit der qualmenden Zigarette wies Uschi ihr die Tür.

Der zweite Rauswurf in zwei Tagen. Vera schluckte, doch

sie nahm ihn nicht wirklich ernst. Uschi war so. Morgen würde es ihr leidtun. Sie schob die überzogene Reaktion auf den Schock und rief vom Auto aus Annemie an.

»Hat Uschi dich auch rausgeworfen?«

»Gott, ja, natürlich. Du kennst doch ihre verdrehte Sicht in die Welt. Sie wird sich schon wieder beruhigen. Natürlich gehe ich zu Chris' Beisetzung. Das kann sie mir nicht verbieten.«

Zu Hause angekommen, zog Vera die Joggingsachen an und lief erst einmal eine Runde. Anschließend setzte sie sich mit den Resten aus dem Kühlschrank und einem Glas Wein aufs Sofa und zappte durch die Programme. Auf allen Kanälen nur Mist. Schließlich schaltete sie den Fernseher aus und arbeitete an dem Konzept für *Amélie* weiter. Doch je mehr Gedanken sie sich über die Neuausrichtung machte, umso mehr wuchs der Widerstand in ihr. Sie wollte das nicht. Das war nicht ihre Welt. Vielleicht war der Vorschlag von Tom und Gunnar gar nicht so falsch, etwas über Winkelberg zu schreiben. Möglicherweise würde ein solcher Artikel ihr die Türen zu den Redaktionen Politik und Gesellschaft einen Spaltbreit öffnen.

Sie musste nur den richtigen Aufhänger finden. Vielleicht ein persönlich eingefärbtes Feature. Was hatte ihre Tante dort erlebt? Wie ging sie als Nichte damit um? Sie konnte ja mal mit der Recherche beginnen und dann sehen, was sich aus dem Material machen ließ. Vera startete den Browser und ging auf die Webseite der ehemaligen Heil- und Pflegeanstalt Winkelberg.

Vor zehn Jahren hatte man sie in Klinikum am Anzinger Forst umbenannt. Die Gestaltung der Seite ließ eher auf eine Wellnessoase schließen als auf psychiatrisches Krankenhaus.

Vera tippte die Kontaktdaten der Pressestelle in ihr Smartphone.

Wenn sie morgen zeitig losfuhr, konnte sie rechtzeitig zur Besprechung für die Fotostrecke in der Redaktion sein. Sie schenkte sich noch ein halbes Glas Wein ein und suchte im Internet nach Publikationen über die Heil- und Pflegeanstalt Winkelberg und ihre Rolle während des Dritten Reichs. Alles, was sie fand, waren zwei Bücher, die allerdings längst vergriffen waren. Beide stöberte sie im Zentralverzeichnis Antiquarischer Bücher auf und bestellte sie. Sie hatte den Bezahlvorgang gerade abgeschlossen, als ihr Handy klingelte. Sicher Tom.

Doch es war Katja, die von der Vernissage anrief. Vera merkte, wie eine leichte Gereiztheit in ihr aufstieg.

»Herrscht dicke Luft zwischen euch?«, fragte Katja. »Tom hat gerade eine Andeutung gemacht, als ich gefragt habe, ob du nicht kommst. Ich hoffe, es liegt nicht an der Wohnung.«

Tom hatte also den wahren Grund nicht erwähnt: dass es einen Todesfall in ihrer Familie gab und sie an einem solchen Tag nicht feiern wollte. Er rief sie nicht einmal an! Vera war nicht nur gereizt, sondern auch beim zweiten Glas Wein angelangt und konnte sich nicht zügeln. »Wie seid ihr überhaupt auf die Idee gekommen, Tom eure Wohnung anzubieten, obwohl ihr unsere Vereinbarung kennt, nicht zusammenzuziehen?«

Ein kurzes Schnappen klang durchs Telefon. »Entschuldige mal, du willst jetzt hoffentlich nicht uns den Schwarzen Peter zuschieben? Wenn du bindungsunfähig bist, ist das weiß Gott nicht unser Problem. Wir haben es nur gut gemeint.«

»Das bezweifle ich. Du wolltest einen Keil zwischen uns treiben, und das ist dir gelungen. In deinen Augen hat Tom doch sowieso was Besseres verdient.« Es war Zeit, dieses Gespräch zu beenden. »Ich wünsche euch noch einen schönen Abend, genießt die Vernissage und grüß Tom von mir.«

»Das werde ich. Falls ich ihn sehe. Er ist nämlich gerade mit der Künstlerin verschwunden. Ciao, Vera.«

Mit der Künstlerin verschwunden. Vera schluckte. Das tat weh. Sie zweifelte nicht eine Sekunde, dass es so war, und rief sich das Bild vom Einladungsflyer in Erinnerung. Eine exotische Schönheit à la Frida Kahlo.

Mit einem Schluck leerte Vera das Glas. Okay. Eigentlich hätte sie es wissen können. Nachdem sie Tom aus seiner Sicht eine Abfuhr erteilt hatte, musste er sich beweisen, dass er ein toller Kerl war. Es war seine Art, mit Beziehungsproblemen umzugehen, und der Grund für zwei gescheiterte Ehen. Daraus hatte er nie einen Hehl gemacht.

21

Am nächsten Morgen stand Vera zeitig auf. Sie wollte um halb neun in Winkelberg sein und schrieb eine E-Mail an Margot, dass sie am Vormittag ein paar Überstunden abbaute und rechtzeitig um halb elf zum Meeting mit dem Fotografen in der Redaktion sein würde.

Um Viertel vor acht setzte sie sich in ihren altersschwachen Citroën und fuhr los. Über der Stadt prangte ein makellos blauer Himmel, und es erschien Vera unvorstellbar, dass Chris' Leiche gerade auf einem Stahltisch in der Rechtsmedizin lag. Was für ein fürchterliches Ende!

Gestern Abend hatte sie noch Besuch von einer Kriminalhauptkommissarin gehabt, die von ihr wissen wollte, wann sie Chris zuletzt gesprochen und weshalb er sie in den letzten Tagen viermal angerufen hatte. Als Vera daraufhin von seinen Problemen und den Schulden erzählt hatte, nickte die Kommisssarin bloß und schien das alles schon zu wissen.

Vera hielt vor einer roten Ampel. Eine Frau im Rollstuhl überquerte die Straße und unterhielt sich lachend mit ihrem Begleiter, während Vera sich auf dem Weg an einen Ort befand, dessen Bestimmung es war, Kranken und Hilflosen Schutz und Therapie zu gewähren. Stattdessen hatte man sie dort während des Dritten Reichs ermordet.

Bei einem Blick in den Rückspiegel bemerkte Vera einen dunkelgrauen Golf mit getönten Scheiben und einer schwarzen Stoßstange im Racing-Design. Ein ähnliches Modell in derselben Farbe hatte sie auch mal gefahren, deshalb fiel er ihr nun auf, genau wie am Freitagabend vor Tante Kathrins Wohnung. Nicht Chris war ein zweites Mal dort gewesen, denn zu diesem Zeitpunkt hatte seine Leiche bereits auf dem Grund eines Baggersees gelegen, sondern ein anderer. Eine leichte Unruhe ergriff sie.

Vielleicht war der Mann, der Dreck am Stecken hatte, eingebrochen. Wonach hatte er gesucht? Etwa nach Unterlagen, die ihm gefährlich werden konnten? So gefährlich, dass er bereit war, dafür zu töten? Wenn Chris nun gar nicht wegen seiner Pokerschulden ermordet worden war? Und weshalb hatte er sich ausgerechnet die Aufnahmen aus Winkelberg angesehen?

Die Ampel schaltete auf Grün. Vera behielt den Golf im Auge. Kurz nach dem Prinzregentenplatz bog er ab. Die Anspannung ließ nach. Ein Zufall. Graue Golfs gab es schließlich wie Sand am Meer.

Es war beinahe halb neun, als sie Anzing erreichte, den Ortsteil Winkelberg durchquerte und schließlich auf den Parkplatz des Klinikums fuhr. Vera warf die Wagentür hinter sich zu und wartete einen Moment, ob der graue Golf auftauchen würde. Doch das einzige Fahrzeug, das erschien, war der Lieferwagen einer Wäscherei.

Das Klinikum lag abseits der Ortschaft auf einem weitläufigen Gelände, hinter dem sich der Anzinger Forst erstreckte. Die Anlage bestand aus etwa zwei Dutzend Gebäuden, die sich auf dem Areal verteilten. Viele stammten aus der Zeit der Gründung der damaligen Irrenanstalt zu Beginn des zwanzigsten Jahrhunderts. Vera folgte dem Hinweisschild zum Verwaltungsgebäude.

Eine friedliche Atmosphäre lag über dem Gelände, und doch konnte man das unterschwellige Summen und Vibrieren eines Klinikapparats spüren, der pro Jahr über achtzigtausend Patienten versorgte.

Das Haupthaus verfügte über Sprossenfenster, Türmchen und Vorsprünge. Efeu rankte an der Fassade empor, und am Giebel war eine Sonnenuhr angebracht. Vera kannte sie von der Gruppenaufnahme aus Kathrins Album. Hier, auf dem Rasen vor dem Haus, musste sie gemacht worden sein.

Im Foyer suchte Vera nach einer Informationstafel und entdeckte sie neben dem Empfang. Die Abteilung Presse- und Öffentlichkeitsarbeit befand sich im Erdgeschoss des Verwaltungstrakts. Zimmer siebzehn, Henning Vogel. Kurz darauf klopfte Vera an die Tür und trat ein, als ein »Herein« erklang.

Zwei Schreibtische vor dem Fenster. Computer, Drucker, Hängeregistratur. Ein ganz normales Büro, bis auf einen Schaukasten, in dem eine Zwangsjacke und Gurte zur Fixierung von Patienten ausgestellt waren. Ein Anblick, der ihr ein Schaudern verursachte. Nur einer der Schreibtische war besetzt. Ein Mann von Mitte dreißig saß dort. Unverbindliches Lächeln, gepflegter blonder Dreitagebart, ein wenig Gel in den Haaren.

»Guten Morgen.« Abwartend sah er sie an.

»Vera Mändler.« Sie reichte ihm die Hand. »Ich bin Journalistin und interessiere mich für die Klinik.«

»Im Allgemeinen oder für einen speziellen Aspekt?«

»Für die Zeit der Euthanasie.«

Bei ihren Worten wurde Vogels Lächeln noch einen Grad

unverbindlicher. »Wir haben ein Informationsblatt dazu erstellt. Da steht eigentlich alles drin.«

An ihr vorbei ging er zu einem Ständer mit Broschüren und Flyern und zog einen hervor. Die Bezeichnung *Blatt* traf zu. Es war eine einzelne Seite, die er ihr reichte.

Ratlos blickte sie darauf. »Das ist alles?«

»Für welche Zeitung schreiben Sie?«

»Ich bin freie Journalistin, und mich interessiert, was während des Dritten Reichs hier geschehen ist. Das passt unmöglich auf ein Blatt.«

»Das ist so lange her. Damit locken Sie heute niemanden mehr hinter dem Ofen hervor. Heute gehört die Klinik am Anzinger Forst zu den modernsten psychiatrischen Anstalten Deutschlands. Wenn Sie möchten, führe ich Sie über das Gelände und erzähle Ihnen etwas zu den hier durchgeführten Therapien, zu unserem Angebot und dem Bildungszentrum.«

Die Anstalt von damals im Kontrast zur heutigen zu beschreiben, war ein möglicher Einstieg. Außerdem gab ihr die Führung Gelegenheit, Henning Vogel ein paar Informationen über die Zeit zu entlocken, die sie interessierte. Also ließ sie sich auf sein Angebot ein.

Doch auch während des Rundgangs erfuhr Vera nicht mehr. Vogel gab sich unwissend. Für ihn stammten diese Ereignisse aus einer Zeit, in der er noch nicht geboren war. Sie waren Geschichte. Niemand interessierte sich mehr dafür, und der Leiter der Anstalt legte Wert darauf, dass seine Klinik nicht in irgendeinen NS-Kontext gestellt wurde. Das war offenbar mit ein Grund für die Umbenennung der Heil- und Pflegeanstalt Winkelberg in Klinikum am Anzinger Forst gewesen.

»Man muss das alles mal vergessen«, sagte Vogel. »Sehen

Sie, dort drüben befindet sich der Hochsicherheitstrakt für straffällige Psychiatriepatienten. Das ist ein Thema, das die Leute fesselt. Forensik. Die Hannibal Lecters unserer Zeit. Darüber sollten Sie schreiben.«

Vera betrachtete das Gebäude. Ziegelmauern und reichlich Beton. Meterhohe Zäune, mit Stacheldraht bekränzt, dazu Alarmanlagen, Flutlichtmasten, mehrfach gesicherte Fenster. Auf der Wiese, die das Haus umgab, war weit und breit kein Baum und Strauch.

»Vielleicht ein andermal. Es hat also keine wissenschaftliche Aufarbeitung der Nazizeit in Winkelberg gegeben?«

»Nicht dass ich wüsste. Es gibt ein Mahnmal gleich hinter der Kapelle, außerdem ein kleines Museum. Ehemalige Mitarbeiter haben es vor einigen Jahren eingerichtet. Man kann es allerdings nur nach Voranmeldung besichtigen. Wenn Sie möchten, organisiere ich das für Sie.«

Vera nickte und Vogel rief, sichtlich erleichtert, sie loszuwerden, eine ehemalige Pflegerin an, die Führungen durch das Museum machte. Er bat sie zu kommen.

»Frau Bludau wird in einer halben Stunde hier sein. Sie wohnt in Winkelberg. Kann ich Ihnen sonst noch helfen?«

»Wenn ich Einsicht in die Personalakten von damals nehmen möchte, kann ich das hier tun?«

»Alle Unterlagen aus der Zeit befinden sich im Bestand des Archivs des Bezirks Oberbayern. Am besten, Sie fragen dort nach.«

Vogel verabschiedete sich, und Vera setzte sich auf eine Bank unter einer Kastanie. Es war bereits Viertel nach neun. Vor Viertel vor zehn würde Frau Bludau nicht da sein, und sie würde zu spät in die Redaktion kommen.

Auf dem Anstaltsgelände herrschte inzwischen reges Treiben. Ein Gärtner wässerte die Rabatten, ein anderer trimmte mit einem Aufsitzmäher den Rasen, Studenten gingen vorbei, ebenso Besucher. Eine Frau mit Rollator, eine Gruppe von Krankenschwestern. Ein Stück weiter hinten stand ein Mann mit einem iPad am Wegrand und betrachtete eines der Gebäude.

Er sah gut aus. Klassisches Profil. Südländischer Typ, sehr gepflegt und gut gekleidet. Casual Chic. Vielleicht ein Architekt oder jemand von der Verwaltung.

Vera versuchte, sich Kathrin hier vorzustellen. Im Sommer vierundvierzig, an einem ebenso schönen Tag wie heute und mit gerade mal zwanzig Jahren. Was hatte sie sich von ihrem Beruf erhofft? Was hatte sie hier erlebt? Vera hatte keine Ahnung. Die Brosche an der Schwesterntracht gehörte jedenfalls zur NS-Organisation der Freien Schwesternschaft, das hatte sie gestern noch recherchiert. War Kathrin Nationalsozialistin gewesen und hatte bereitwillig geholfen, Patienten zu töten?

22

Gegen Mittag kehrte Manolis in seine Wohnung zurück. Vera war in die Redaktion gefahren, nachdem sie das Museum besichtigt und für den nächsten Tag einen Termin im Archiv des Bezirks Oberbayern vereinbart hatte. Er nahm an, dass sie bis zum Abend im Büro bleiben würde, und überlegte, wie er weiter vorgehen sollte.

Chris Wiesinger war tot. Das wusste er, seit Vera den Anruf ihrer Mutter erhalten hatte. Außerdem stand es heute in der Presse. Erschossen und in einem Baggersee versenkt. Ein Zeichen für die Ukrainer, das Ivo Pelka gesetzt hatte. Ihn führte niemand an einem Nasenring durch die Arena. Manolis legte die Zeitung auf die Küchentheke und schenkte sich ein Wasser ein.

Was hatte es mit der Klinik am Anzinger Forst auf sich?

Mit dem Glas ging er ins Arbeitszimmer und suchte im Internet nach Informationen, und was er fand, gefiel ihm nicht. Ganz und gar nicht. Während des Dritten Reichs hatten die Nazis in dieser Anstalt Patienten ermordet. Schwache und Hilfsbedürftige. Wehrlose. Das hatten sie gut gekonnt!

Manolis Kiefer mahlten. Er atmete durch, bezwang die aufsteigende Wut und sammelte sich.

Seit Kriegsende waren achtundsechzig Jahre vergangen.

Wen interessierten die Verbrechen von damals noch? Falsche Frage, dachte er. Die richtige lautete: Wem konnten sie heute noch gefährlich werden?

Wo konnten die Akten sein? Jedenfalls nicht in Kathrin Engessers Wohnung. Sie musste sie gut verwahrt haben, denn er hatte überall nachgesehen, selbst unter der Matratze, unter Tischplatten und in der Abdeckung des Spülkastens. Sogar nach losen Dielen und ausgehöhlten Büchern hatte er gesucht und ebenso das Tiefkühlfach inspiziert. Wenn es diese Akten gab, würde er sie finden. Er leerte das Glas und überlegte, wie er seine Suche beginnen konnte. Ganz sicher nicht in Archiven, wie Vera es tat.

Aus den eingescannten Vorlagen wählte er eine Visitenkarte der Kriminalpolizei München. Mit Photoshop entfernte er Namen und Telefonnummer und setzte sie neu ein. Er nannte sich Georg Hilken, Kriminalhauptkommissar des Kriminalkommissariats 3, und gab die Nummer eines Prepaid-Handys an.

Bevor er losfuhr, rief er Rebecca an. »Ist Wiesingers Mutter zu Hause?«

»Sie ist vor einer halben Stunde vom Bestatter zurückgekommen. Im Telefonat mit ihrer Schwester Annemie hat sie die Akten mit keinem Wort erwähnt und auch sonst nicht. Ich glaube nicht, dass sie etwas weiß. Ich beende die Observierung jetzt, oder?«

»Gut, mach das. Ich statte ihr einen Besuch ab.«

Um halb zwei stand er vor dem Haus in Schwabing, in dem Wiesingers Mutter in der ersten Etage eine Wohnung zur Straße bewohnte, und klingelte. Für den Besuch hatte er sich umgezogen und trug nun Anzug, Hemd und Krawatte. Der Summer ertönte. Die Stufen der Holztreppe waren schief und ausgetreten. Im ersten Stock stand eine der Wohnungstüren einen Spaltbreit offen. Dahinter lugte eine alte Frau über die vorgelegte Sicherheitskette in den Flur.

Manolis zog die Polizeimarke hervor, die er vor Jahren übers Internet gekauft hatte, und reichte ihr die Visitenkarte. »Frau Wiesinger? Georg Hilken von der Münchner Kripo. Können wir uns kurz unterhalten?«

»Sind Sie ein Kollege von Kommissar Dühnfort?«

»Gewissermaßen. Ich arbeite für eine andere Abteilung. Kriminalkommissariat drei, Bandenkriminalität und Glücksspiel.«

»Ja, das Pokern ... Das war dumm von Chris.« Sie löste die Kette und ließ ihn herein.

Eine zerbrechlich wirkende Frau mit verweinten Augen stand vor ihm. Weißer Pagenschnitt, Jeans, schwarzer Rolli und eine Zigarette zwischen den Fingern.

»Möchten Sie einen Kaffee? Ich habe mir gerade eine Kanne gekocht.«

Ein Kaffeetrinker war nie aus ihm geworden. Vermutlich weil Babás ohne seinen griechischen Kaffee nicht ausgekommen war und es eine Zeit in seinem Leben gegeben hatte, in der er alles darangesetzt hatte, nie so zu werden wie sein Vater. Manolis lehnte dankend ab und folgte Wiesingers Mutter ins Wohnzimmer, das im Stil der Achtziger eingerichtet war. Viel Chrom, Leder und Acryl. Gerahmte Filmplakate an den Wänden. Wenders, Herzog, Fassbinder und auf dem Couchtisch ein gut gefüllter Aschenbecher. Vermutlich war die beige Tapete vor Jahrzehnten mal weiß gewesen.

»Haben Sie den Mörder von Chris gefunden?« Sie setzte sich und bot ihm mit einer Geste Platz an.

Bedauernd hob er die Hände. »So schnell wird das nicht gehen. Aber wir haben einen Anhaltspunkt, den wir derzeit verfolgen. Deshalb bin ich hier. Vielleicht können Sie mir weiterhelfen.«

»Was für einen Anhaltspunkt denn?«

»Es sieht so aus, als hätten seine Pokerfreunde ihren Sohn unter Druck gesetzt, gewisse Unterlagen für eine Erpressung zu beschaffen. Wissen Sie etwas darüber?«

»Welche Unterlagen denn?«

»Akten. Eine Art Dossier.«

Sie zog an der Zigarette und schüttelte den Kopf. »Was ist das denn für eine krause Geschichte?«

»Mit Ihnen hat er also nie über die Dokumente gesprochen, nach denen er suchte? Offenbar sind sie jemandem viel Geld wert.«

Sie legte den Kopf in den Nacken und entließ den Rauch aus ihrer Lunge. »Wollen Sie jetzt auch noch einen Erpresser aus ihm machen?«

»Jemand hat Ihren Sohn unter Druck gesetzt. Ihn erpresst.«

»Ja, so herum wird eher ein Schuh daraus. Er war viel zu gutmütig. Immer hat er sich ausnutzen lassen.« Mit der Hand fuhr sie sich über die Augen. »Dass er so enden musste ... Das ist ungerecht.«

Manolis wartete einen Moment, bis sie sich wieder gefangen hatte. »Offenbar hat Chris die Dokumente bei Ihrer Schwester Kathrin vermutet und dort danach gesucht.«

Überrascht ließ sie die Hand sinken. »Bei Kathrin? Wollen Sie etwa behaupten, er wäre bei ihr eingebrochen? Das ist absurd.«

Es war an der Zeit, eine Lanze für Chris zu brechen, damit

seine Mutter ihm vertraute. »Ihr Sohn hatte einen Schlüssel für die Wohnung. Ihre Schwester kann von Glück sagen, dass er bei ihr war, als sie den Schlaganfall bekommen hat. Genau genommen verdankt sie ihm ihr Leben.«

Uschi Wiesinger zog an ihrer Zigarette und neigte den Kopf. »Sie sind ja bestens informiert, wer hat Ihnen das alles erzählt?« Sie beantwortete sich die Frage gleich selbst. »Sicher Vera. Wobei es erstaunlich ist, dass sie tatsächlich mal etwas Nettes über ihn gesagt hat. Natürlich hat Chris Kathrin das Leben gerettet. Er ist ein guter Mensch, trotzdem hacken Annemie und Vera ständig auf ihm herum.« Sie stockte, dann stiegen ihr Tränen in die Augen. »Ich habe gerade ›ist‹ gesagt. Ich kann es einfach nicht glauben, dass er tot sein soll.«

»Es tut mir leid.« Manolis reichte ihr ein Papiertaschentuch. »Wenn ein Mensch von einem Augenblick auf den anderen aus dem Leben gerissen wird, ist das für die Hinterbliebenen schwer zu akzeptieren.«

Sie trocknete sich die Augen.

»Diese Dokumente, von denen Chris dachte, dass Ihre Schwester sie hat ... Sie haben keine Idee, wo die sein könnten?«

»Ich weiß nicht mal, wovon Sie reden.«

»Hat Kathrin Sie vielleicht gebeten, etwas für sie aufzubewahren?«

»Kathrin? Mich?« Mit der linken Hand wies Uschi Wiesinger auf sich, als könnte sie die Frage nicht fassen. »Ich wäre die Letzte, die sie um einen Gefallen bitten würde. Ich bin bloß ihre kleine, unzuverlässige Schwester, die noch dazu der anderen den Mann ausgespannt hat. Auch wenn es nun schon Jahrzehnte her ist, das werden mir die beiden nie verzeihen.«

»Dass sie die Unterlagen Annemie anvertraut hat, halten Sie das für möglich?«

»Das müssen Sie Annemie selbst fragen. Ehrlich gesagt, kann ich es mir nicht vorstellen. Kathrin hat sich noch nie auf andere verlassen. Was sollen das überhaupt für Unterlagen sein?«

»Wenn wir das wüssten. Wie gesagt, wir gehen lediglich einem Hinweis nach. Hat Kathrin eine gute Freundin, der sie vertraut?«

»Ich glaube nicht. Bekannte, mit denen sie ins Kino oder Theater geht, gibt es schon ein paar, aber wirklich vertraut hat sie nie jemandem.«

»Adele war also keine Freundin von ihr?«

»Adele?« Wieder sog Chris' Mutter an der Zigarette. »Den Namen habe ich noch nie gehört. Wer soll das sein?«

»Eine ehemalige Kollegin.«

»Ich kenne diese Person nicht. Aber wie gesagt, meine Schwester und ich waren nie sehr dicke.«

Hier kam er nicht weiter. Es war Zeit, sich zu verabschieden. Manolis erhob sich aus dem Sessel, und im selben Moment klingelte es.

Energisch drückte Uschi die Kippe im Aschenbecher aus und stand auf. »Sicher Ihr Kollege, Kommissar Dühnfort. Er wollte mir noch ein paar Fragen stellen.«

Während sie bereits durch den Flur ging, nahm er die Visitenkarte vom Tisch und steckte sie ein. Auf einen Anruf der Kripo war er nicht scharf.

An der Tür reichte sie ihm die Hand zum Abschied. »Wenn Kathrin diese Dokumente wirklich besitzt, hat sie sie niemand anderem anvertraut als einem Bankschließfach. Oder sie hat sie gut versteckt. Glauben Sie mir. So gut kenne ich meine Schwester dann doch.«

Auf der Treppe erklangen bereits Schritte. Ein Mann kam ihm entgegen. Manolis zog das Smartphone hervor, senkte den Kopf über das Display und ging zügig vorbei. Wenn Wiesingers Mutter sofort von seinem Besuch erzählte, blieben ihm maximal zwei Minuten, bis der Kommissar entweder oben am Fenster stehen und sich die Nummer seines Wagens notieren würde oder aus dem Haus lief und nach ihm Ausschau hielt. Ausreichend Zeit, um sich ins Auto zu setzen und abzuwarten. Die getönten Scheiben verwehrten jeden Einblick.

Er saß noch keine halbe Minute hinterm Steuer, als der Mann vors Haus trat und sich suchend umsah. Nach einer Weile gab er auf und ging wieder hinein.

23

Das iPad lag neben dem Herd. Den Ton hatte Manolis leiser gestellt. Vera saß in einem Meeting mit einem Fotografen und das interessierte ihn nicht. In einer Frischhaltedose im Kühlschrank waren gekochte Kartoffeln, in einer anderen lag ein drei Zentimeter dickes Steak. Irena wusste, was er mochte.

Er machte sich Bratkartoffeln zum Fleisch und setzte sich zum Essen an die Küchentheke.

Seit Greta ihn verlassen hatte, saß er dort allein. Seither erschien ihm seine Wohnung zu groß und die Ruhe bedrückend. Als ob sich darin etwas verbarg, das nur darauf lauerte, zum Vorschein zu kommen und zu einer allumfassenden Gewissheit zu werden: Er war allein. Er war so einsam wie Rebecca in ihrer selbst gewählten Klausur.

Als er die Stille nicht länger ertrug, schaltete er im Wohnzimmer das Radio an. Auf dem Rückweg in die Küche zog er sein offizielles Handy hervor und tippte auf das Galeriesymbol. Greta lachend in einem Lokal mit einem Glas Pfefferminztee in der Hand, auf einem Fest in ihrem petrolfarbenen Kleid und bei einer Bergwanderung mit regennassen Haaren. Mit geröteten Wangen beim Skifahren und Tanzen, mit Sonnenmilchklecks auf der Nase, im Bikini auf Mauritius und mit Milchschaum auf der Oberlippe hier in dieser Küche.

Er gab dem Impuls nicht nach, sie anzurufen. Es würde nichts ändern.

Der Geräuschpegel, der aus dem iPad drang, veränderte sich. Veras Telefon schrillte. Manolis schob jeden Gedanken an Greta beiseite und stellte den Ton lauter. Es war Veras Mutter, die vom Besuch eines falschen Polizisten bei Tante Uschi erzählte. Er sei auf der Suche nach Unterlagen, die auch Chris gesucht hatte. Vera solle die Polizei anrufen, falls der Mann sich bei ihr meldete. Auch er habe nach einer Adele gefragt. Außerdem sei er auf der Suche nach Dokumenten, die Kathrin angeblich irgendwo versteckt hatte und mit denen Chris jemanden erpressen wollte. Er oder seine Pokerfreunde. Vera fragte nach, was für Papiere das denn sein sollten, doch ihre Mutter hatte keine Ahnung. Schließich kam Vera auf Winkelberg zu sprechen. Sie vermutete, dass Chris' Suche mit der Zeit ihrer Tante in dieser Heil- und Pflegeanstalt zusammenhing. Ihre Mutter wies den Gedanken vehement zurück.

»Du willst doch hoffentlich nicht andeuten, Kathrin hätte behinderte Kinder abgemurkst.«

»Sie wurden nicht abgemurkst. Sie haben sie heimtückisch ermordet! Und nicht nur Kinder. Ich war heute in dieser Anstalt und …«

»Aber damit hat Kathrin doch nichts zu tun.«

»Bist du sicher?«

»Unsere Eltern haben uns zu anständigen Menschen erzogen«, sagte Veras Mutter. »Kathrin ist Krankenpflegerin geworden, weil sie das Bedürfnis hatte, anderen zu helfen. Sie konnte ja nicht mal mit ansehen, wenn der Opa in Pfarrkirchen einen Gockel geschlachtet hat. Du hast doch hoffentlich nicht vor, in ihrem Leben herumzuwühlen?«

»Ich bin Journalistin. Ich wühle nicht. Ich recherchiere.«

»Aber nicht in unserer Familiengeschichte. Du wirst unseren Namen nicht in den Dreck ziehen.«

»Es gibt also Dreck zu finden?«

»Herrgott, nein! Das habe ich nicht gesagt. Nur manchmal ist es besser …«

»Wenn man nicht alles erfährt?«

»Mich interessiert es jedenfalls nicht, falls Kathrin … Du weißt schon. Wem würde es noch nützen, nach so langer Zeit? Niemandem.«

Im Hintergrund war eine Stimme zu hören. Jemand fragte, ob Vera mal kurz kommen könne. »Ich fürchte, da sind wir unterschiedlicher Ansicht, Mama. Sorry, ich muss Schluss machen.«

Manolis machte sich ein Kännchen Tee und setzte sich damit auf die Terrasse. Ursprünglich hatte er vorgehabt, die Wohnung von Veras Mutter zu durchsuchen. Das konnte er sich nun schenken. Sie hatte keine Ahnung. Niemand schien dieses Dossier zu kennen. Das war die schlechte Nachricht, und die gute lautete, dass Vera nun endlich davon wusste und hoffentlich danach suchen würde. Ab jetzt musste er lediglich an ihr dranbleiben, auch wenn ihm ganz und gar nicht gefiel, was sich da abzuzeichnen begann. Für einen Moment überlegte er, den Auftrag zurückzugeben. Aber er war Profi und konnte Privates und Berufliches trennen.

Sein Telefon klingelte. Christina rief an. »Ich habe mich noch gar nicht für deine Spende bedankt. Brauchst du eine Quittung fürs Finanzamt?«

Sie klang angespannt, und er fragte sich, was sie wirklich wollte.

»Mein Steuerberater würde sich freuen.«

»Gut, ich stecke sie morgen in die Post. Sag mal, Mani, hat Elena sich bei dir gemeldet?«

»Nein. Wieso?«

»Sie ist nach der Schule nicht nach Hause gekommen und geht auch nicht an ihr Handy. Vermutlich will sie mich bestrafen.«

»Habt ihr gestritten?«

»Das kann man wohl sagen. Du hast ihr neulich erzählt, wie unsere Eltern sich kennengelernt haben. Von der Alten in Daflimissa, die Mama nicht bedienen wollte und sie aus dem Laden warf. Das hat Elena neugierig gemacht, und sie hat ein bisschen gegoogelt. Auf einmal entdeckt sie ihre Großeltern, und jetzt, das kannst du dir ja denken, ist Polen offen. Entschuldige, blöder Spruch. Sie wirft mir vor, sie zu manipulieren, indem ich ihr wichtige Informationen vorenthalte, die ihr Leben und ihre Entwicklung betreffen.«

»Sie steckt in der Pubertät.«

»Aber so was von …« Ein Seufzer klang durchs Telefon. »Was kann ich ihr schon groß darüber erzählen? Ich weiß nicht wesentlich mehr, als man überall nachlesen kann. Es muss furchtbar gewesen sein … Man mag sich das gar nicht ausmalen. Noch dazu für einen Achtjährigen. Es war sicher das Beste, dass Babás das alles vergessen hat.«

Unwillkürlich entwischte Manolis ein leises Schnauben.

Christina hakte prompt nach. »Hat er doch? Oder hat er etwa mit dir mal über den zehnten Juni geredet?«

Babás hatte diesen schrecklichen Tag nicht vergessen. Natürlich nicht. Wie könnte man so etwas je vergessen? Und *mal* ist gut, dachte Manolis. Immer wieder, meist völlig unerwartet. Warum hatte er sich nicht die Ohren zugehalten? Warum war er nicht davongerannt und hatte seinen Vater samt seiner Wortfluten alleingelassen?

»Mani? Hat er dir etwa davon erzählt?«

»Ja. Hat er.«

»Oh ... Das wusste ich nicht.«

»Wenn Elena anruft, sag ich ihr, dass sie sich bei dir melden soll, und schreib dir eine SMS.«

»Ich hatte keine Ahnung, dass er mit dir ... Wie alt warst du da?«

Manolis lachte. »Jetzt zerbrich dir meinetwegen nicht den Kopf. Ich war alt genug, um es zu verkraften.«

»Oh Gott. Das tut mir leid.«

»Warum denn? Es hat mir nicht geschadet.« Er atmete durch. »Deine Kinder sollten wissen, wer ihr Opa war, ebenso ihre Urgroßeltern und ihre Familie. Du kannst sie nicht ewig vor der Wahrheit beschützen. Sie gehört zu uns.«

»Das will ich ja auch gar nicht. Ich hatte nur gehofft, dass ich vielleicht noch ein Jahr Zeit habe oder zwei. Jedenfalls werden wir nun in den Herbstferien nach Griechenland fliegen. Das hat der Familienrat gestern so beschlossen. Wir wollen nach Verwandten suchen. Gibt es in Daflimissa überhaupt noch jemanden?«

»Nein. Das weißt du doch.« Babás hatte als Einziger überlebt, und das verdankte er einem Deutschen. Ausgerechnet einem Deutschen.

»Ja, sicher. Ich dachte nur ... Babás hat immer gesagt, dass er bei einer entfernten Verwandten in der Nähe von Athen aufgewachsen ist. Hast du vielleicht ihren Namen und die Anschrift?«

»Sie heißt Helena Farinadis. Du hast den Haushalt damals aufgelöst. Wenn du Mamas Adressbuch und die Briefe noch hast, wirst du die Adresse finden.« Er wollte sie nicht fragen und tat es doch. »Sag mal, Christina, die Figuren aus dem Keller, gibt es die noch?«

»Natürlich gibt es die noch. Sie stehen in einem Karton in der Abstellkammer. Willst du eine?«

»Ich wollte es nur wissen.«

»Du kannst gerne eine haben. Du wolltest doch ohnehin zum Essen vorbeikommen. Die nächsten Wochenenden sind wir allerdings schon völlig verplant. Wie wäre es mit dem überübernächsten? Ich mache Moussaka, und die Vorspeisen nehmen wir aus Bennos Laden. Sagen wir am Samstagabend?«

»Ja, gut. Ich bringe den Wein mit. Ich freue mich. Dann bis Samstag in drei Wochen.«

Kaum hatte er das Telefonat beendet, erklang der Gong an der Gegensprechanlage.

24

Manolis ging zur Tür. Der Monitor zeigte seine Nichte Elena. Sie stand vor der Haustür, verzog das Gesicht zu einer Grimasse und legte eine Hand vor die Augen. Er betätigte den Sprechknopf.

»Hand weg, sonst funktioniert die Iriserkennung nicht.«

»Und was dann?«

»Dann geht die Zugbrücke nicht runter, und du kommst nicht in die Burg.«

Sie ließ die Hand sinken. »Echt jetzt? Ganz schön paranoid.«

»War nur ein Scherz.« Er drückte den Türöffner und schrieb Christina eine SMS. *Alles gut. Elena ist bei mir.* Er war gerade damit fertig, als der Lift oben ankam.

»Hey, Onkel Mani. Gewährst du mir Asyl?«

»Ist es so schlimm daheim?«

»Mama ist ätzend. Sie denkt wohl, dass sie mich beschützen muss. Aber ich habe ein Recht zu erfahren, was mit Opas Familie passiert ist. Du weißt schon … Was sie ihnen angetan haben. Ich meine, was wir getan haben. Wir Deutsche. Vielleicht werde ich Griechin.«

»Na, das würde ich mir gut überlegen. Jetzt komm erst mal rein. Magst du etwas trinken?«

Sie wollte ein Glas Orangensaft. Als er damit ins Wohnzimmer kam, hatte sie die Chucks ausgezogen und saß im Schneidersitz auf dem Sofa. Er setzte sich in den Sessel und wartete, was nun kommen würde.

»Ich will dich etwas fragen. Es geht um Opa und Oma.«

»Hab ich mir schon gedacht!«

»Du hast gesagt, dass die Deutschen während des Kriegs in Griechenland gewütet haben und dass die alte Frau in dem Laden Oma deswegen rausgeworfen hat. Vierundzwanzig Jahre später. Da wollte ich wissen, was sie getan haben, dass nach so langer Zeit noch so viel Wut da ist, und habe gegoogelt. Warum habt ihr nie etwas davon gesagt? Hat Opa sich deshalb umgebracht?«

Sie war klug. Sofort hatte sie die Verbindung hergestellt.

»Wie kommst du denn auf die Idee, dass er sich umgebracht hat?«

»Wegen der Schuldgefühle. Ich hab mal einen Film darüber gesehen. Viele Menschen, die eine Katastrophe überlebt haben, bringen sich später um.«

Unwillkürlich verhielt Manolis sich wie immer. Er nahm Babás in Schutz. »Dein Opa hätte uns nicht wortlos verlassen. Er hätte einen Abschiedsbrief geschrieben.«

»Und dieser Tag im Juni … Im Netz steht, deutsche Soldaten hätten die halbe Dorfbevölkerung abgeschlachtet. Warum? Ich check's nicht.«

»Ich glaube, es wäre besser, wenn du das mit deinen Eltern besprichst.«

Elena verdrehte die Augen. »Du meinst dieselben Eltern, die ein großes Geheimnis daraus machen? Ich verkrafte das, Onkel Mani. Ich will doch nur verstehen, wie es dazu gekommen ist.«

Ein bohrender Schmerz setzte sich von einem Moment auf den anderen in seinen Schädel. Er massierte sich die Schläfen.

»Das ist doch ganz einfach zu verstehen. Es war Rache.«

»Ja, ich weiß. Eine Sühneaktion. So steht es im Netz. Aber niemand aus Daflimissa hatte den Deutschen etwas getan. Wieso haben Soldaten sich an Unschuldigen gerächt, statt an den Partisanen, die sie in den Hinterhalt gelockt haben?«

Weil es einfacher war und archaischer, ihren Blutrausch an wehrlosen Frauen und Kindern zu stillen. Weil sie Vergeltung wollten, Angst und Terror verbreiten und kein Gefecht mit den Widerstandskämpfern. Weil sie dem Feind zeigen wollten, wer hier das Sagen hatte, wer die Macht. Deshalb haben sie sich ihre Frauen genommen und ihre Kinder. Manolis atmete durch. »Weil sie angenommen haben, dass die Partisanen Unterstützung aus Daflimissa erhielten.«

»Okay«, sagte Elena gedehnt und knetete die Hände im Schoß. »Hatte Opa eigentlich … hatte er Geschwister?«

Für eine Sekunde schloss Manolis die Augen. *Hab ich dir eigentlich schon mal gesagt, dass ich einen Bruder hatte?* Es wäre besser, dieses Gespräch Christina zu überlassen.

»Er hatte also welche«, stellte Elena fest, als er schwieg.

»Ja, einen Bruder, er hieß genauso wie ich. Mein Vater hat mich nach ihm benannt. Dann gab es noch drei Schwestern. Christina, wie deine Mutter, außerdem Elena und Athina.« *Ich habe euch nach Toten benannt!*

»Was? Ich heiße wie Mamas ermordete Tante?« Mit großen Augen sah Elena ihn an. Ihr Kinn begann zu zittern. Er hatte Angst, dass sie in Tränen ausbrechen würde und er vielleicht mit ihr, dass sie sich gleich heulend in den Armen liegen würden.

Niemand hatte ihn in den Arm genommen, wenn sie ihn nachts heimgesucht hatten, diese fünf Soldaten mit ihren Messern, wenn er schreiend und schweißgebadet aufgewacht war in seinem Zimmer unter dem Dach, denn Gott sei Dank hatte es nie jemand mitbekommen.

»Ich weiß gar nicht, wie ich das finden soll«, sagte Elena.

»Wir alle tragen Namen, die andere vor uns getragen haben. Da ist nichts dabei.«

Seine Worte schienen sie zu besänftigen. »Ja, da hast du recht. Wie war sie so? Gibt es irgendwo Bilder von ihr?«

Und ob es Bilder von Elena gab. Auf ewig verbunden mit Athina und Christina. Die Schwestern im Tod vereint. Elena in der Küche auf dem Fußboden, der Rock hochgeschoben, der Unterleib entblößt, eine Blutlache zwischen den Beinen, der Oberkörper nackt, zwei klaffende Wunden, wo ihre Brüste gewesen waren. Ausgeschlagene Zähne auf den Fliesen mit dem hübschen blauen Blumenmuster, blutige Haarsträhnen im Mund und um ihren Kopf. Daneben, halb unter dem Tisch mit der weißen Decke, wie durch ein Wunder unbefleckt, lag Athina, die dasselbe Schicksal ereilt hatte, und ein Stück weiter hinten, vor dem Herd, Christina. *Blut, Blut, überall war Blut.* Bilder, die er nie gesehen hatte, die Babás ihm ins Gedächtnis gebrannt hatte.

Elena wickelte dabei eine Haarsträhne um den Finger. Manolis wollte ihr eine schöne Erinnerung ihrer Namenspatin mitgeben, die nur ein Jahr älter geworden war, als sie nun war. Fieberhaft suchte er und fand schließlich eines.

»Sie hatte eine wunderbare Stimme. Wenn sie gesungen hat, sind den Leuten manchmal die Tränen gekommen, so klar und rein war ihr Gesang.«

»Wow. Echt jetzt?«

»Opa hat es mir oft erzählt. Es gibt einige Fotos von Elena in den Familienalben. Lass sie dir zeigen.« Er war erleichtert, dass dieses Gespräch nun ungefährlichere Gewässer erreichte.

»Mama wird sie mir nicht geben, aus lauter Sorge, dass mich die Wahrheit traumatisiert. Dabei ist es die Lüge, die mich fertigmacht. Ich habe immer gespürt, sie verschweigt mir etwas, und dachte, es liegt an mir, dass mit mir etwas nicht stimmt.«

Sie zog die Unterlippe unter die Schneidezähne, und als er sah, wie sie mit den Tränen kämpfte, setzte er sich zu ihr und nahm sie in den Arm.

»Was soll denn mit dir nicht stimmen? Du bist goldrichtig. Eine tolle kleine Rebellin, und im Grunde gefällt das deiner Mutter. Glaub mir. Auch wenn sie sich Sorgen um dich macht. Sie hat mich übrigens vorhin angerufen.«

Elena machte sich von ihm los und ließ sich zurück ins Polster fallen. »Sag ich doch. Sie ist voll der Kontrolletti! Und du hast sie garantiert sofort angesimst, als ich geklingelt habe.«

»Ich habe ihr gesagt, dass du alt genug bist, um die Wahrheit zu erfahren. Bitte sie einfach um die Fotos. Sie wird sie dir zeigen.«

»Okay, mach ich. Da ist noch was, das ich dich fragen wollte. In dem Artikel steht, dass die Deutschen wahllos gemordet haben und dass es zu sadistischen Exzessen gekommen ist. Sie haben Frauen vergewaltigt und ihnen die Brüste abgeschnitten, schwangere Frauen haben sie aufgeschlitzt und auch die Babys. Sie haben den Leuten die Köpfe abgesäbelt und die Augen ausgestochen.« Während sie sprach, zog sie die Arme enger um sich, und am Ende überschlug sich ihre Stimme. »Das kann doch nicht stimmen, Onkel Mani. Sag, dass das nicht wahr ist.«

»Du solltest so etwas nicht lesen.«

»Ich guck sogar solche Filme. Da ist es ja nicht echt. Alles am Computer gefakt. Ich kann mir das nicht vorstellen. Sie haben das nicht wirklich gemacht, oder?«

Was sollte er antworten? Sie wusste es doch längst. Alles stand im Internet. Außerdem war das Massaker in den Urteilen diverser Gerichte beschrieben, ebenso in einem Bericht des Internationalen Roten Kreuzes.

»Du hast es doch selbst gelesen.«

»Wie kann man nur so etwas tun?« Elena zog die Knie heran, umfasste sie mit den Armen und begann leise zu weinen. »Sie haben Opas Mama und seine Schwestern ... Sie haben sie doch nicht vergewaltigt und danach aufgeschlitzt? Was haben sie mit dem anderen Manolis gemacht?«

Die Formulierung vom anderen Manolis traf ihn wie ein Schlag. Das war seine eigene Wortwahl für seinen Namenspaten.

Ich habe es gesehen. Mit meinen eigenen Augen. Ich habe alles gesehen.

Manolis wehrte die Bilderflut ab, zwang sich zur Ruhe und griff nach Babás' barmherziger Lüge, jener Lüge, die er allen aufgetischt hatte, nur ihm nicht, seinem Sohn. »Nicht alle waren so barbarisch. Opas Familie haben sie erschossen, bis auf ihn. Sie haben ihn nicht gefunden. Er hatte sich im Zwischenboden der Ölmühle versteckt. Erst nach Stunden hat er sich hervorgetraut, als es schon dunkel war und dennoch zu früh. Er verdankt sein Leben einem deutschen Soldaten.«

Ich habe meinen Vater gesucht, und ich habe ihn gefunden.

In der Gasse vor der Apotheke. Er saß auf einem Stein. Den Rücken an die Hauswand gelehnt, die Augen geschlossen. Er sah so erschöpft aus und unendlich müde. Ich war so froh ihn zu sehen, meinen Babás. »Babás!« Ich bin zu ihm gerannt und habe seine Hand in meine genommen, aber er hat mich nicht angesehen. Er hat die Augen nicht geöffnet. »Babás«, habe ich gesagt. »Babás, was ist mit dir? Wach auf.« Ich habe ihn ganz vorsichtig an der Schulter gerüttelt, da ist er einfach zur Seite weggekippt und auf den Boden gefallen. Reglos lag er vor mir, seine Jacke klaffte auf, und sein Hemd war blutgetränkt und zerschnitten. Das Fleisch an seiner Brust hing in Fetzen und …

»Onkel Mani? Was ist denn?«

Diese verdammten Bilder! Warum wurde er sie nicht los? Wo war die Löschtaste?

Mit der Hand fuhr er sich über die Augen. »Es ist nichts. Ich rede nur nicht so gerne darüber. Dein Opa hat seinen Vater in der Gasse hinter der Apotheke gefunden. Plötzlich kam ein Soldat aus einem Haus, und am Ende der Gasse, auf dem Dorfplatz, standen die Deutschen noch mit ihren Kübelwagen und steckten die Häuser in Brand. Der Soldat und mein Vater – er war ja noch ein Kind –, sie standen sich einen Moment lang gegenüber und starrten sich an, bis ihm der Soldat ein Zeichen gab, dass er schleunigst verschwinden und sich verstecken solle.

»Krass. Voll krass. Wenigstens einer, der kein Schwein war.« Elena schob sich eine widerspenstige Locke in den Mundwinkel. »Und dann? Hat man sie eingesperrt?«

Was für eine Frage! Elena musste noch viel lernen. Mit fünfzehn glaubte man noch an Gerechtigkeit und das Gute.

Manolis musste lachen. »Was denkst du denn? Natürlich ist ihnen nichts passiert. Sie haben von Anfang an gelogen und vertuscht, sogar den Gefechtsbericht haben sie gefälscht. Es gibt zwei Versionen davon. Den Kompaniechef, der für das Massaker verantwortlich war, hat man lediglich abgemahnt.«

»Was? Der ist mit einem Verweis davongekommen! Hallo, geht's noch?«

»Nach dem Krieg wurde der verantwortliche General zwar zu fünfzehn Jahren Gefängnis verurteilt, aber nach drei Jahren war er schon wieder frei. Und den Mördern ist gar nichts passiert. Kein Einziger wurde verurteilt. Sie haben diese Schweine nicht mal vor Gericht gestellt, und später, als es endlich Klagen gab, wurden die Verfahren wegen Verjährung eingestellt. Die Anklagen lauteten nämlich praktischerweise auf Totschlag, und der verjährt. Nur Mord verjährt nicht.« Die altbekannte Wut war wieder da. Dieses Gefühl von Ohnmacht und Hilflosigkeit, dazu der Impuls, einfach alles kurz und klein zu schlagen. Er presste die Kiefer aufeinander. »Man hätte das anders regeln müssen.«

Überrascht sah Elena ihn an, und die Haarsträhne, auf der sie noch immer kaute, rutschte aus ihrem Mund. »Einfach abknallen? Selbstjustiz? Oder wie meinst du das?«

»Ja. Warum nicht?«

»Krasse Idee, Onkel Mani. Aber dann wärst du selbst auch nicht besser als die.«

»Entschuldige.« Er strich ihr über den Arm. »Ich werde nur jedes Mal stinkwütend, wenn ich dran denke, wie sie alle davongekommen sind und wie sie sich bis heute davor drücken, wenigstens zuzugeben, dass es ein Kriegsverbrechen war. Darum haben Opa und die Leute aus Daflimissa gekämpft.«

Er erklärte ihr, dass die Prozesse, an denen sich auch ihr Großvater beteiligt hatte, darum gegangen waren. Um die Anerkennung eines Kriegsverbrechens, nicht um Schadensersatz. Diese Klage war nur das Mittel zum Zweck gewesen. Die Deutschen sollten eingestehen, ein Kriegsverbrechen begangen zu haben. Die Hinterbliebenen wollten ein Wort des Bedauerns hören, eine Entschuldigung, und dass der deutsche Botschafter zur jährlichen Gedenkfeier kam. Doch bisher hatte sich nie jemand blicken lassen.

Sein Vater, dieser Narr! Sie hatten es falsch angefangen und viel zu spät mit ihrem Kampf begonnen. Ein fünfzehn Jahre währendes Trauerspiel in sieben Akten, aufgeführt in vier Staaten auf den Bühnen diverser Gerichte. Einmal hatte es kurzzeitig Hoffnung gegeben, als sie das Goethe-Institut in Athen pfänden lassen durften. Doch Griechenland wollte den Euro einführen und daher keinen Ärger mit seinem wichtigsten Partner, der BRD. Der zuständige Minister unterschrieb den Erlass nicht, und es galt, was immer galt: das Recht des Stärkeren. In diesem Fall das Recht des Rechtsnachfolgers eines Unrechtsstaats. Das Recht der Bundesrepublik Deutschland und die wollte sich nicht entschuldigen, geschweige denn zahlen. Deshalb durfte das Verbrechen auch nicht Verbrechen genannt werden.

»Wenn die Hinterbliebenen durchgesetzt hätten, dass das Massaker als Kriegsverbrechen anerkannt wird, wäre ein Präzedenzfall entstanden, der weitere Klagen nach sich gezogen hätte. Daflimissa ist ja kein Einzelfall. Deshalb musste das Massaker aus Sicht der Deutschen um jeden Preis als normale Kriegshandlung deklariert werden«, erklärte Manolis seiner Nichte. »Und genau das hat der Bundesgerichtshof getan.«

Frauen, Kinder, Säuglinge, Greise, allesamt unbewaffnet, allesamt schutz- und hilflos. Vor Angst bebende Menschen, die um ihr Leben flehten, die aus ihren Verstecken gezerrt, misshandelt, vergewaltigt und sadistisch massakriert wurden. Eine ganz normale Kriegshandlung!

Elena saß weinend auf dem Sofa, und nach einer Weile war Manolis' Wut verraucht. Er zog seine Nichte an sich.

»Ich hätte dir das nicht erzählen sollen.«

»Ich wollte es ja wissen«, sagte sie schniefend. Ihr Gesicht war nass, die Wimperntusche verlaufen. Mit der Hand wischte sie die Tränen weg. »Das ist doch keine Gerechtigkeit, wenn unsere Politiker Mörder laufen lassen, bloß weil die an den Hebeln der Macht sitzen und Anwälte haben, die alles verdrehen. Das ist einfach nur zum Kotzen.«

25

Vera nahm die Vollmacht aus dem Ausgabefach des Druckers und zögerte einen Moment, bevor sie schwungvoll eine unleserliche Unterschrift darunter setzte. So ganz wohl fühlte sie sich nicht dabei und überlegte, ob Kathrin ihr die Vollmacht geben würde, wenn sie dazu in der Lage wäre.

Vielleicht. Vielleicht auch nicht. Einerseits hatte sie Vera stets unterstützt, was ihre Ausbildung und später den Beruf betraf, andererseits musste Kathrin gute Gründe haben, weshalb sie über ihre Zeit in Winkelberg den Mantel des Schweigens gebreitet hatte.

Vera schob die Bedenken beiseite, rief im Archiv des Bezirks Oberbayern an und ließ sich mit Alexander Wolfrum verbinden. Mit ihm hatte sie gestern telefoniert und erfahren, dass sie Einsicht in die Personalakten von Winkelberg aus den Kriegsjahren nehmen konnte. Falls ihre Recherche jedoch eine lebende Person betraf, benötigte sie deren Vollmacht. Die hatte sie nun, doch Wolfrum teilte ihr mit, dass er die Akten zwar angefordert habe, sie aber erst morgen früh bekommen werde.

Eigentlich hatte Vera die Mittagspause für den Besuch im Archiv nutzen wollen. Doch nun entschied sie, sich noch einmal in Tante Kathrins Wohnung umzusehen, um herauszufinden, wonach Chris gesucht hatte. Falls Kathrin diese ominösen Dokumente zu Hause aufbewahrt hatte, waren sie weg. Falls nicht, gab es vielleicht einen Hinweis in der Wohnung, wo sie waren.

Bei dem Gedanken, Kathrins Wohnung zu durchsuchen, machten sich Skrupel in Vera breit. Allerdings war absehbar, dass sie genau das demnächst ohnehin tun musste. Die Ärzte wussten nicht recht, wie sie Kathrin weiterbehandeln sollten, und damit wurde die Verlegung in eine Pflegeeinrichtung immer wahrscheinlicher. In diesem Fall musste Vera den Haushalt auflösen und sowieso in jeden Schrank und jede Schublade sehen. Es war nur eine Frage der Zeit, also konnte sie es auch gleich tun.

Sie steckte die beiden antiquarischen Bücher, die heute Morgen per Expresszustellung im Verlag angekommen waren, in die Handtasche und schob das Handy hinterher. Kein entgangener Anruf, keine SMS oder WhatsApp, kein Lebenszeichen von Tom. Es tat weh, wie schnell er sie aus seinem Leben strich und nicht einmal die Notwendigkeit verspürte, ihr das mitzuteilen. Einen Moment überlegte sie, den ersten Schritt zu tun. Doch er war dran. Er hatte sie vor die Tür gesetzt und stillschweigend zur Kenntnis genommen, dass ihr Cousin ermordet worden war, ohne sich bei ihr zu melden und zu fragen, wie es ihr damit ging. Er stellte seine verletzten Gefühle über ihre und war beleidigt wie ein Kind. Vera warf das Brillenetui in die Tasche und griff nach den Wagenschlüsseln.

Im selben Moment kam Jessica herein.

»Hast du Lust, den neuen Vietnamesen auszuprobieren?«

»Heute geht es leider nicht. Ich muss noch mal in die Wohnung meiner Tante. Kann sein, dass ich die Mittagspause ein wenig ausdehne.«

»Was soll ich Margot sagen, falls sie fragt?«

»Die Wahrheit. Ich muss mich um die Angelegenheiten meiner Tante kümmern und trage meinen Überstundenberg ein wenig ab.«

»Sie war gestern ganz schön angefressen, weil du zu spät zum Meeting gekommen bist.«

»Ich weiß. Aber Stau ist Stau.« Mit einem Schulterzucken verließ Vera die Redaktion.

Zwanzig Minuten später betrat sie Kathrins Wohnung. Die Luft war abgestanden. Vera kippte das Küchenfenster, machte sich mit Kathrins Bialetti-Kanne einen Espresso und aß dazu ein paar Cantuccini aus dem Vorrat in der Schublade. Das musste als Mittagessen genügen.

Im Wohnzimmer nahm sie sich als Erstes den Ordner mit den Zeugnissen vor. Darin befand sich tatsächlich eines aus Winkelberg. Bis September sechsundvierzig hatte Kathrin dort gearbeitet und eine gute Beurteilung erhalten, die jedoch mit keinem Wort auf die Ereignisse während des Dritten Reiches einging.

In den Fotoalben befanden sich nur die beiden Aufnahmen aus Winkelberg, die Vera schon kannte, kein weiteres Bild von Adele oder einer anderen Kollegin. Vera suchte nach dem Adressbuch und fand es nicht. Sie entdeckte nur ein Telefonverzeichnis. Eine Adele stand nicht darin.

Weiter ging es mit dem Sekretär und der Kommode, die nichts Bemerkenswertes enthielten. Auch die Suche in Schlafzimmer, Küche und Bad förderte nichts zutage. Nach über einer Stunde ließ sie sich ratlos in den Wohnzimmersessel fallen. Das Zeugnis war die ganze Ausbeute. Das konnte doch nicht sein. Wo sollte sie noch nachsehen? Etwa in den Lampen oder im Rollladenkasten, oder sollte sie gar nach losen Parkettriegeln Ausschau halten?

Dann fiel ihr Blick auf den Sekretär, und eine Erinnerung stieg aus den Tiefen ihres Gedächtnisses auf. Für einen Moment war sie wieder zwölf Jahre alt und bewunderte den schönen Sekretär, den Tante Kathrin in einem Antiquitätenladen entdeckt hatte. Sie hatte sich sofort in ihn verliebt und ihn gekauft, obwohl sie dafür ihr Sparbuch richtiggehend plündern musste. »Ist er nicht wunderschön?«, hatte Tante Kathrin gesagt und mit der Hand über das Holz gestrichen. »Er ist ein ganz besonderes Möbelstück, denn er kann Geheimnisse bewahren.«

»Wie denn?«, hatte Vera neugierig gefragt. Daraufhin hatte Tante Kathrin ihr zugezwinkert und es ihr gezeigt.

Vera schnellte aus dem Sessel hoch und öffnete die Schreibklappe des Sekretärs. Dahinter kamen sechs Schubladen zum Vorschein. Drei links, drei rechts und in der Mitte eine Tür, hinter der sich drei kleinere Schubladen verbargen. Sie interessierten Vera nicht. Es waren die beiden Halbsäulen aus schwarzem Ebenholz, die sich rechts und links der kleinen Tür befanden. Doch zuerst musste Vera die Giebelschublade über dem Schreibfach öffnen und tastete dazu dessen Unterseite ab, bis sie den Mechanismus gefunden hatte. Ein Schieber aus Messing, den sie zur Seite drückte. Ein leises Klacken war zu hören, und Vera zog eine der Halbsäulen heraus. Daran war ein Fach angebracht, wie eine Schublade, die hochkant stand. Ein Bündel Briefe fiel ihr entgegen, die ein Geschenkband zusammenhielt.

Sie setzte sich damit in den Sessel. Einen Augenblick fragte sie sich, was Tante Kathrin sagen würde, wenn sie das sehen könnte. Doch dann war die Neugier größer, und sie löste das Band. Die Briefe stammten allesamt von Erich, Kathrins langjährigem Freund. Er war ein netter Mann gewesen, mit einem Sinn dafür, wie man Kindern eine Freude macht. Wenn er Tante Kathrin in München besucht hatte oder die beiden von einer Reise zurückgekommen waren und er noch ein paar Tage geblieben war, hatten sie Vera häufig zu Ausflügen mitgenommen. In die Schatzkammer der Residenz, in den Tierpark, ins Palmenhaus oder ins Deutsche Museum. Immer gab es Eis und Schokolade, einen heimlich zugesteckten Zehner für Süßigkeiten und später dann Geld für angesagte Klamotten, wobei aus dem Zehner ein Fünfziger geworden war. Manchmal hatte Vera sich Erich als Onkel gewünscht. Wie schön, wenn Kathrin und er heiraten würden. Doch Erich war bereits verheiratet und lebte mit Frau und Kindern im Rheinland. Als Scheidungskind war Vera in dieser Frage natürlich gespalten.

Ob Erich noch lebte? Sehr wahrscheinlich war es nicht.

Vera betrachtete die Briefe in ihrer Hand, legte sie in das Geheimfach zurück und schob es wieder an seinen Platz. Die Liebesbriefe ihrer Tante zu lesen, das ginge nun wirklich zu weit. Sie zog die zweite Halbsäule heraus und dachte schon, das Fach wäre leer, als sie eine Kunstpostkarte entdeckte. Auf der Vorderseite ein Stillleben von Cezanne, *Krug mit Früchten.* Auf der Rückseite befanden sich weder Anschrift noch Briefmarke. Die Karte musste also in einem Kuvert verschickt worden sein.

Dienstag,
den 17. April 1962

Liebe Kathrin,

hier nun die Unterlagen, die dir sicher noch vertraut sind. Wir sollten besprechen, was wir damit tun. Seit einiger Zeit überlege ich, ob wir Kontakt zu den Angehörigen aufnehmen sollten. Sie ahnen die Wahrheit ohnehin. Sind wir ihnen nicht die Gewissheit schuldig? Vor allem den Eltern von Therese Kolbeck und der Familie von Franz Singhammer. Wie auch immer, die Unterlagen sind im Moment bei dir besser aufgehoben als bei mir.

Melde dich, sobald du von deiner Reise zurück bist. Vielleicht weiß ich dann schon mehr.

Bis dahin einen lieben
Gruß

Die Unterschrift konnte Vera nicht entziffern. Waren das die Unterlagen, nach denen Chris gesucht hatte? Beim erneuten Lesen der Karte blieb Veras Blick an dem Namen Kolbeck hängen. Den hatte sie gestern gelesen, als sie das Museum besichtigt hatte, in dem die Geschichte der Heil- und Pflegeanstalt seit ihrer Gründung dargestellt wurde. Zwei der Ausstellungsräume befassten sich mit dem Thema Euthanasie.

Vera öffnete den Fotoordner ihres Smartphones, scrollte durch die Fotos, die sie gestern gemacht hatte, und zoomte ein Bild des Aufnahmebuchs heran, das in einer Vitrine ausgestellt war. Der Name Therese Kolbeck stand in der linken Spalte.

26

Es war früher Morgen, und die Luft roch noch nach dem Regen, der in der Nacht gefallen war, nach feuchter Erde und den Stoppelfeldern jenseits der Mauer. Aus einem geöffneten Fenster im Schwesternwohnheim drang leise Radiomusik in den Garten. Kathrin war also nicht die Einzige, die zu so früher Stunde schon auf war. Sie mochte die Zeit, wenn der Tag erwachte, die Sonne aufging und es auf dem Anstaltsgelände noch ruhig war.

Bis es im Speisesaal Frühstück gab, war es noch eine Stunde hin, und die nutzte sie für einen Spaziergang.

Obwohl sie erst gegen zwei Uhr ins Bett gekommen war und kaum geschlafen hatte, fühlte sie sich frisch und wunderbar lebendig, wie immer, wenn sie eine Nacht mit Landmann verbracht hatte. Sie nannte ihn so. Nicht Karl und nicht Doktor Landmann, sondern schlicht Landmann und du. Jedenfalls wenn sie in seinen Armen lag, in seinem Bett, und sie das aufregende Spiel spielten und er weiterhin Schwester Kathrin zu ihr sagte. Es war ein Spiel, mehr nicht. Eine Illusion auf Zeit, in der sie eine andere war. Eine begehrenswerte Frau, Landmanns Königin der Nacht.

Der Kies auf dem Weg knirschte unter ihren Schritten. In den Bäumen zwitscherten die Vögel. Der Himmel schimmerte im hellen Goldgelb der aufgehenden Sonne, während die Schwalben erste Kreise zogen. Sie flogen hoch. Es würde schönes Wetter geben, doch noch lag die Kühle der Nacht über dem Morgen. Kathrin knöpfte die Strickjacke zu, die sie über die Schwesterntracht gezogen hatte, sog die frische Luft ein und überlegte, wie es wohl mit ihr und Landmann weitergehen würde. Vermutlich so unverbindlich wie bisher.

Er sprach nicht von Liebe, überhaupt redete er nicht über Gefühle. Für ihn schienen ihre geheimen Nächte rein körperlicher Natur zu sein, und sie wusste nicht recht, ob sie sich tatsächlich mehr erwartete. Eigentlich nicht. Landmann war kein Mann fürs Leben. Er war keiner, den eine Frau heiraten sollte, wenn sie nicht unglücklich werden wollte. Er würde sie auch nicht fragen. Warum auch? Nichtsdestotrotz sehnte sie sich nach einem Mann. *Und wäre es nur einer, ein ganz ein kleiner, ein fuchsroter, ein halb toter.*

Früher oder später würde ihre Affäre im Sande verlaufen, würde Landmann ihrer überdrüssig sein und sich eine andere suchen. Was das anging, machte Kathrin sich nichts vor. Sie musste das pragmatisch sehen. Obwohl sie eine Träumerin war, fehlte es ihr nicht an Realitätssinn. Diese Seite hatte sie von ihrer Mutter mitbekommen.

Sie bog auf den Weg zum Kinderhaus ein und bemerkte den Rollwagen der Prosektur davor. Ein leiser Schreck durchfuhr sie. Während sie ihre Schritte beschleunigte, kamen zwei Mitarbeiter von Dr. Hofmann, der die Prosektur leitete, aus dem Haus. Sie trugen einen kleinen Sarg und legten ihn behutsam auf den Karren, als schliefe das Kind darin nur und könnte jederzeit erwachen, wenn sie zu ruppig mit ihm umgingen. Kathrins Herz zog sich schmerzhaft zusammen, etwas schnürte ihr die Kehle zu.

Die beiden Männer bemerkten sie und wünschten einen guten Morgen. Sie erwiderte den Gruß, obwohl der Morgen alles Gute verloren hatte, und fragte den Größeren der beiden, der sich die Patientenakte unter den Arm geklemmt hatte, welches der Kinder gestorben war. Er sah nach. Es war Leni, die bei der letzten großen Visite vom

Kinderhaus in die Fachabteilung verlegt worden war, um eine bessere Therapie zu erhalten.

»Ein schwer verblödetes, epileptisches Kind«, hatte Landmann seinem Neffen Matthias Cramer erklärt. »Die Ermächtigung für die Behandlung liegt vor. Das Mädchen kann in die Fachabteilung verlegt werden.«

Welche Behandlungsmethode gab es für Epilepsie?, hatte sie sich gefragt und dabei Cramers Blick aufgefangen, der denselben Gedanken zu haben schien.

Hofmanns Mitarbeiter setzten sich mit dem Karren in Bewegung. Kathrin hielt sie auf und fragte nach der Todesursache. Der Kleinere kratzte sich am Kopf und sah seinen Kollegen abwartend an, der daraufhin antwortete, dass es eine Bronchialpneumomie gewesen sei.

Eine Lungenentzündung?

Mitten in diesem heißen Sommer?

Was war eine Ermächtigung zur Behandlung?

Seit wann musste ein Arzt ermächtigt werden, seine Patienten zu behandeln? Und von wem? Wer bestimmte das, wer zog da die Fäden? Welche Behandlung überhaupt? Etwa eine, die den Tod zur Folge hatte? Den Tod von Menschen, die man als lebensunwert erachtete? Die keinen Beitrag leisten konnten, die nur Schmarotzer waren, seelisch Tote, wie manche es nannten.

Die Beklommenheit legte sich wieder um Kathrin, der Verdacht, die Gerüchte könnten wahr sein, dass Pfleglinge getötet wurden. Aber das wäre ja Mord! Nein, das war unvorstellbar, es konnte nicht sein, und doch ließ sich dieser Gedanke nicht mehr beiseiteschieben.

Benommen sah Kathrin dem Wagen mit dem Sarg nach, mit dem die beiden Männer um die Kurve verschwanden. Sie fühlte sich so elend, dass sie sich auf die Stufen setzten musste und weinte.

Drinnen erwachten die Kinder. Die Nachtschicht ging zu Ende. In einer Stunde begann ihr Dienst. Kathrin stand auf und kehrte zum Haupthaus zurück. Sie setzte sich in den Speisesaal, der sich langsam füllte, und hielt nach Adele Ausschau, bis sie die Kollegin entdeckte. Ihr Haar glänzte blond, der Mund war wie immer kirschrot geschminkt, die Schürze spannte ein wenig über dem Busen und das Kleid über den Hüften, und betonten Adeles Sanduhrfigur. Kathrin wartete, bis sie sich eine Tasse von dem Muckefuck-Kaffee sowie Brot, Margarine und Marmelade geholt hatte und einen Platz suchte, und setzte sich zu ihr.

»Guten Morgen, Kathrinchen«, sagte Adele gut gelaunt.

»Es ist kein guter Morgen.«

»Wieso? Hast du etwa Liebeskummer, so verhagelt, wie du aus der Wäsche guckst.«

»Leni ist heute Nacht gestorben.«

»Ach?« Adele zuckte mit den Schultern und strich Marmelade aufs Brot. »Es ging ihr schon die ganzen letzten Tage schlecht. Sie hat sich eine Lungenentzündung eingefangen und hatte hohes Fieber. Gestern sah Doktor Wrede sich sogar veranlasst, einen Brief an die Eltern zu schreiben, damit sie das Kind noch mal besuchen, bevor es mit ihm zu Ende geht.«

»Und das Penicillin hat nicht geholfen?«

Adele verschluckte sich beinahe. »Du hast Ideen. Wir können so einer doch kein Penicillin geben. Das wird für die Soldaten gebraucht.«

Kathrin presste die Lippen aufeinander. Natürlich, die Soldaten. Dieser verfluchte Krieg war wichtiger und der Endsieg auch. Doch der würde ausbleiben. Auch wenn niemand sich traute, das laut auszusprechen.

Adele trank ihren Muckefuck und biss ins Marmeladenbrot. Offensichtlich war ihr Lenis Tod völlig gleichgültig.

»Hat sie eigentlich Fortschritte gemacht?«

»Wobei denn Fortschritte?«

»Na, bei der Therapie, die sie erhalten sollte.«

Adele sah sie an wie ein seltenes Insekt. »Nein, das hat nichts gebracht. Perlen vor die Säue.«

»Welche Therapie war das denn? Was tut ihr da oben in der Fachabteilung eigentlich?«

Mit einem Ruck stellte Adele die Tasse ab, sodass der Kaffee überschwappte. »Was soll die Fragerei?«

»Es interessiert mich halt. Auch, dass du Sonderpflegerin bist. Was bedeutet das?«

Mit einem raschen Blick sah Adele sich um und senkte die Stimme. »Halt den Mund, Kathrinchen. Schweig still und stell keine Fragen, du redest dich noch um Kopf und Kragen, du dumme Pute.«

»Was?«

»Du bringst auch mich in die Bredouille mit deiner Neugier. Denk, was du willst. Aber halt verdammt noch mal den Mund und lass mich in Ruhe.« Adele nahm ihr Frühstückstablett und suchte sich einen anderen Platz.

Bestürzt sah Kathrin ihr nach. Es sah ganz so aus, als hätte sie mit ihrem Verdacht ins Schwarze getroffen. In dieser Anstalt wurden behinderte Kinder getötet! Vielleicht auch andere Pfleglinge?

Franz Singhammer fiel ihr wieder ein. Erhielt er tatsächlich kaum etwas zu essen, bis er irgendwann verhungert sein würde? Bekamen all die Pfleglinge im Männerhaus nicht mehr, weil sie nicht an der Arbeitstherapie teilnehmen konnten? Und die Frauen im Frauenhaus, was war mit denen? War Arbeit das Kriterium? Wer etwas leistete, durfte leben, die anderen waren zum Tode verurteilt?

Was würde mit Emil Lautenbach geschehen? Oberschwester Carola hatte den Jungen als nicht entwicklungsfähig beurteilt und sollte ihn nun bis zur nächsten Visite beobachten, anschließend wollte Landmann einen Bericht schreiben. Emil würde nie in seinem Leben in der Lage sein, nutzbringende Arbeit zu leisten. War er der Nächste, den sie in die Fachabteilung verlegten? Und wer kam nach ihm?

Ein heißer Schreck durchfuhr sie. Therese! Um Himmels willen, die liebenswerte Therese.

Mit leerem Magen und leerem Kopf eilte Kathrin zum Kinderhaus, um ihren Dienst anzutreten. In den folgenden Tagen sah sie ihre Umgebung mit anderen Augen. Sie beobachtete Oberschwester Carola, die bei der nächsten Visite an Landmann berichten würde, und ihr Verdacht verstärkte sich. Die Arbeits- und Bildungsfähigkeit der Kinder war Oberschwester Carola wichtig. *Die Wurzel allen Übels liegt in der Untätigkeit.*

Kathrin gewöhnte sich an, spätabends und am frühen Morgen einen Spaziergang über das Anstaltsgelände zu machen. Eines Abends sah sie den Karren wieder. Vor dem Haus, in dem die Frauen untergebracht waren, denen mit keiner Therapie zu helfen war und die sich selbst für die Verrichtung von einfachsten Arbeiten nicht eigneten. Aber der Karren musste nicht zwangsläufig bedeuten, was sie befürchtete. In dieser Gruppe von Pfleglingen befanden sich viele Alte.

Auf jeden Fall musste sie handeln, wenn sie Therese und Emil retten wollte. Sie entschloss sich, die Eltern zu warnen. Die Adressen der Angehörigen befanden sich in den Patientenakten, und die wurden im Zimmer der Oberschwester in einem Schrank verwahrt.

Als Kathrin das nächste Mal für die Nachtschicht eingeteilt war, wartete sie, bis es im Kinderhaus ruhig geworden war. Die Kleinen schliefen, und außer ihr war nur Schwester Irene auf der Station, die sich gerne im Schwesternzimmer auf die Pritsche legte und ein Nickerchen hielt. Kurz nach Mitternacht war es so weit. Irene schlief tief und fest, und Kathrin schlich ins Zimmer der Oberschwester, wo sie mit zitternden Fingern die Akten von Emil Lautenbach und Therese Kolbeck aus dem Schrank nahm. Sie schob die Mappen unter die Schürze und lauschte, ob jemand im Flur war. Als es ruhig blieb, schloss sie sich auf der Toilette ein.

Ihre Finger flogen über die Zeilen des Aufnahmeformulars.

Kolbeck Therese, geb. 3.5.1942 in Hormsberg, Gde. Holtkofen. Eltern: Josef Kolbeck, Oberleutnant, z. Zt. Luftkriegsschule, Berlin. Mutter: Josepha Kolbeck, geb. Gründing, Hausfrau, verstorben.

Kathrin sah auf. Die Mutter tot, der Vater irgendwo in Berlin. Was sollte sie tun?

Aufenthalt vor Anstaltsaufnahme: Kreis- Heil- und Pflegeanstalt Günzburg.

Sie konnte wohl kaum die vorherige Anstalt anschreiben, ihren Verdacht äußern und darum bitten, Therese zurückzunehmen, um sie so in Sicherheit zu bringen. Vielleicht taten sie dort ja dasselbe. Sie musste Thereses Vater ausfindig machen. »Josef Kolbeck, Oberleutnant, Luftkriegsschule Berlin«, notierte sie und schlug die Akte von Emil auf. Sie kritzelte die Adresse der Eltern hastig auf den Zettel und wollte sie schon wieder zuschlagen, als eine Seite herausfiel. Es war ein Brief, mit Maschine geschrieben.

Sehr geehrter
Herr Direktor Dr. Landmann,

wie mir heute zur Kenntnis gelangte, wurde mein Sohn Emil in das Kinderhaus der Heil- und Pflegeanstalt Winkelberg verlegt. Über die Tragik seiner Erkrankung muss ich Sie nicht weiter ins Bild setzen, sie ist Ihnen aus den Patientenunterlagen bekannt, ebenso die Unabänderlichkeit der Diagnose »Frühkindliche Hirnschädigung und Idiotie«. Nach langem Ringen bin ich zu dem Standpunkt gelangt, dass nur das Lebensfähige zum Leben berechtigt ist und es somit besser wäre, das Kind aus dem Volkskörper auszuscheiden, was auch im Sinn des Staates wäre. Jede Mühe mit dem Kind ist umsonst, Hoffnung gibt es keine. Ferner sehe ich es als meine größte Pflicht an, meinen Stammbaum in Reine aufrechtzuerhalten. Darum wäre mir lieber, das Kind wäre bald von seinem Leiden erlöst.

Ich bitte Sie, mir diesbezüglich Nachricht zukommen zu lassen.

Heil Hitler!

Ludwig Lautenbach,
Obersturmbannführer

Mit dem Handrücken wischte Kathrin die Tränen weg. Wie konnte ein Vater wollen, dass man sein Kind tötete? Was sollte sie nur tun? Emil entführen und verstecken, bis dieser Krieg endlich vorbei war? Doch wo und wie? Abgesehen davon wäre sie nicht in der Lage, ihn zu versorgen.

Ob Emils Mutter von dem Brief ihres Mannes wusste und ihn guthieß? Vielleicht hatte sie ja keine Ahnung, welchen Vorschlag ihr Mann da gemacht hatte. Er schrieb schließlich nur von sich, nicht von seiner Frau. Sie musste der Mutter schreiben! Es war die einzige Möglichkeit, Emil zu retten.

Auch am nächsten Tag hatte Kathrin Spätschicht und nutzte die freie Zeit tagsüber, um einen Brief an Emils Mutter zu verfassen. Am Nachmittag radelte sie zur Post nach Winkelberg, kaufte Briefmarken und fuhr weiter nach Anzing. Erst dort warf sie den Brief in den Postkasten und betrat das Postamt. Sie wollte im Adressbuch von Berlin nach der Luftkriegsschule suchen. Doch es lag nicht aus, und sie erfuhr am Schalter, dass sie nach München fahren musste, ins Hauptpostamt. Doch das konnte sie erst an ihrem nächsten freien Wochenende tun. Bis sie die Adresse von Thereses Vater ausfindig gemacht hatte, musste sie verhindern, dass aus dem Mädchen ein Beobachtungsfall wurde. Kathrin hatte auch schon einen Plan, wie ihr das gelingen konnte. Verfügten Kinder über Entwicklungsmöglichkeiten, bewahrte sie das vor der Verlegung in die Fachabteilung. Kathrin war davon überzeugt, dass Therese zu diesen Kindern gehörte.

Ein paar Tage später stand die monatliche Visite an. Pünktlich um neun betraten Landmann, Bader und Wrede im Gefolge von Cramer und einigen Schwestern, darunter Adele, das Kinderhaus.

Die Visite ging zügig voran. Landmann hielt sich nicht lange auf, und wie von Kathrin befürchtet, wurde aus dem Beobachtungsfall Emil Lautenbach ein Behandlungsfall.

Wo blieb nur seine Mutter? Warum kam sie nicht vorbei, um ihn zu holen? Dachte sie am Ende genauso wie ihr Mann? *Darum wäre mir lieber, das Kind wäre bald von seinem Leiden erlöst.*

Kathrin presste die Lippen zusammen, um nicht zu widersprechen. Adele sollte den Buben gleich mit in die Fachabteilung nehmen, und

Kathrin bemerkte, wie Landmann ihren Blick suchte. Ein verärgerter Funke stob darin auf, seine Lippen verzogen sich zu einem schmalen Lächeln. Er wusste von dem Brief! Und er hatte sie in Verdacht. Dieses Lächeln war eine Warnung. Ihr wurde ganz flau. Er ging weiter zu Thereses Bett. Kathrins Puls raste plötzlich. Nicht Therese!

Das Mädchen stand am Gitter und gab die typischen Laute von sich, die monotoner und dumpfer klangen als bei Kindern mit Gehör. Als die Kleine Kathrin sah, streckte sie ihr einen Arm entgegen, hielt sich mit der anderen Hand am Gitter fest und begann auf und ab zu wippen. Ein Zeichen, das sie herausgenommen werden wollte. Kathrin wollte schon nach ihr greifen, als Oberschwester Carola sie anzischte: »Unterstehen Sie sich!«

»Wie macht sich das Kind?«, fragte Landmann.

Schwester Carola erklärte, dass sie keinerlei Entwicklungsmöglichkeit sehe. »Es ist taub, von stark eingeschränkter Intelligenz und daher bildungsunfähig. Eine mongoloide Idiotin eben.«

Kathrin schlug das Herz bis zum Hals. Niemand widersprach Oberschwester Carola, und Landmann hatte sie bereits in Verdacht, seine Pläne zu sabotieren. Wenn sie sich nicht in Acht nahm, landete sie in einem Gestapokeller oder gleich in Dachau. Doch es musste sein. »Man könnte Therese in Gebärdensprache unterrichten«, stieß sie hervor. »Erst wenn sie sich mitteilen kann, wird man sehen, was in ihr steckt.«

»Reden Sie keinen Unsinn«, blaffte Bader sie an, während Matthias Cramer verwundert lächelte. »Sie ist eine Idiotin«, fuhr Bader mit hochrotem Kopf fort. »Ich dulde diese Affensprache nicht. Mit gutem Grund ist sie aus den Schulen verbannt. Sie werden ja wohl nicht erwarten, dass wir einen Oralisten einstellen für dieses völlig wertlose Kind.« Mit einem Seitenblick vergewisserte er sich Landmanns Zustimmung.

»Aber …«

Landmann unterband den Disput mit einer Handbewegung. »Es gibt kein Aber, Schwester Kathrin. Die Sache ist entschieden.«

In seinen Augen las sie, dass es so war. Ein Wort noch und es würde Folgen für sie haben. Er wandte sich ab und nickte der Oberschwester zu. »Beobachten Sie Therese weiter. Wer weiß, vielleicht überrascht sie uns ja.«

Er ging zum nächsten Bett, während Kathrin sich an dem von Therese festhalten musste.

Sie war bereits ein Beobachtungsfall. Damit befand sie sich längst in den Mühlen dieses Systems, das Kathrin nicht durchschaute.

Liebevoll strich sie Therese übers Haar, die ihr nun beide Arme entgegenstreckte, und hob den Finger. »Später darfst du herumlaufen. Ja? Später.«

Was konnte sie tun? Nichts. Eine Welle von Hilflosigkeit und Wut brandete in ihr auf. Wäre dieser Krieg doch nur schon vorbei.

Matthias Cramer, der nicht mit den anderen weitergegangen war, trat nun neben sie. Mit einem Blick vergewisserte er sich, dass niemand sie beobachtete, und senkte die Stimme. »Ich kann Ihnen ein Wörterbuch der Gebärdensprache besorgen, wenn Sie wollen. Damit könnten Sie Therese selbst unterrichten.«

27

Vera steckte die Postkarte mit der unleserlichen Unterschrift ein und fotografierte mit ihrem Smartphone die Fotos von Adele und Kathrin im Album. Bevor sie ging, schickte sie Tom eine Nachricht. Im Internet suchte sie nach einem Bild der drei Affen und sandte es ihm per WhatsApp. *Keine wirklich erfolgreiche Strategie. Wir sollten reden.* Sein beleidigtes Schweigen ging ihr auf die Nerven.

Auf dem Rückweg in die Redaktion rief sie noch einmal Alexander Wolfrum an und bat ihn, auch die Patientenakten von Therese Kolbeck und Franz Singhammer für sie herauszusuchen.

Der Nachmittag verging mit Arbeit, und erst abends kam sie dazu, sich mit den beiden Büchern über Winkelberg zu beschäftigen. Doch ihre Gedanken schweiften ab. Weshalb hielten ihre Beziehungen nie? Ließ sie sich unbewusst mit den falschen Männern ein, genau wie ihre Mutter? Dieser Gedanke bohrte sich wie ein Stachel in ihr Fleisch.

Natürlich war Tom nicht perfekt. Was sie an ihm mochte, waren sein Charme, sein scharfer Verstand und die Fähigkeit zur Analyse. Er schwafelte nicht herum, sondern arbeitet den Kern des Problems heraus, er kam auf den Punkt. Außerdem mochte sie seine guten Umgangsformen und die gewandte Art, mit der er sich durchs Leben bewegte. Seine Zielstrebigkeit, seine Höflichkeit und auch seinen Humor. Als sie daran dachte, wie sie sich kennengelernt hatten, verflog ein Teil ihres Ärgers auf ihn.

Es war an einem schwülen Augusttag vor zwei Jahren gewesen. Sie saß in der U-Bahn und las ein Fachbuch über Storytelling, als Tom sich auf den frei werdenden Platz ihr gegenüber setzte. Irgendwann bemerkte Vera, dass er sie beobachtete, und als sie aufblickte, sprach er sie an.

»Entschuldigen Sie. Ich überlege schon die ganze Zeit, wie ich mit Ihnen ins Gespräch kommen könnte, und dabei ist mir eine Szene aus einem Film eingefallen, in dem es einem Mann ebenso ergeht wie mir. Dummerweise lässt sie sich nicht für diese Situation abwandeln. Sie lesen das falsche Buch.«

»Ach ja?«, fragte sie amüsiert. »Welches müsste ich denn lesen?«

»*Fräulein Smillas Gespür für Schnee.*«

»Und weshalb?«

»Aus dem Titel bezieht die Szene ihren Witz. Im Film ist es ein ebenso heißer Tag wie heute. Die Luft im U-Bahn-Waggon ist stickig. Die Leute fächeln sich Luft zu, manchen steht der Schweiß auf der Stirn, einer hat einen batteriebetriebenen Miniventilator dabei, den er sich vors Gesicht hält. Der Mann sucht schon eine ganze Weile nach einer Idee, als er den Titel ihres Buches bemerkt, und plötzlich weiß er es. Er bittet sie, ihm ein paar Zeilen daraus vorzulesen. Bei dieser Hitze werde ihm allein die Beschreibung einer Eis- und Schneelandschaft Abkühlung verschaffen.«

Vera unterdrückte das Lächeln nicht. Der Mann gefiel ihr. Sie schlug das Buch zu und wies aufs Cover. »Tja, Pech gehabt.

Ich könnte Ihnen nur etwas über Storytelling vorlesen. Aber das beherrschen Sie ja bereits perfekt.«

Ein wenig wehmütig wegen dieser Erinnerung setzte Vera sich mit einem Käsebrot, einem Glas Milch und den beiden Büchern über Winkelberg an den Küchentisch und begann zu lesen.

Zwei Stunden später klingelte es an der Wohnungstür. Anita Lemper stand davor, deren Tipp mit der frei werdenden Stelle bei der *MZ* in das Fiasko mit Viktor Bracht gemündet war. »Ah, du lebst also noch.«

»Hattest du Zweifel?«

»Man hört und sieht nichts von dir, und telefonisch bist du auch nicht zu erreichen. Da dachte ich, ich sehe mal nach dem Rechten.«

Vera zog ihr Handy hervor. Das Display war dunkel. »Entweder verabschiedet sich das antike Teil jetzt endgültig, oder der Akku ist schon wieder leer. In den letzten Tagen hat er immer nur für ein paar Stunden gereicht.«

»Vielleicht wirst du ja abgehört«, meinte Anita lachend. »Das raubt den Handys den Saft, habe ich mal gelesen.«

»Ich weiß ja nicht, was an den aktuellen Wellnesstrends so topsecret sein sollte, dass man mich ausspionieren muss.« Lachend bat sie Anita herein und stöpselte das Handy ans Ladekabel. »Magst du etwas trinken.«

»Gegen ein Glas Prosecco hätte ich nichts einzuwenden.«

Eine Flasche lag noch im Kühlschrank. Vera öffnete sie, während Anita eines der Bücher hochhob.

»*Heilen. Pflegen. Töten.* Was liest du denn da?«

»Es geht um Euthanasie.«

»Das ist aber kein Thema für *Amélie*.«

»Es beschäftigt mich privat. Meine Tante hat als junge Frau in Winkelberg gearbeitet. Während des Dritten Reichs haben sie dort Pfleglinge ermordet.«

»Und jetzt hast du Angst, dass sie dabei mitgemacht hat?«

Anita nahm eines der Gläser entgegen, und sie setzten sich an den Tisch.

»Sie hat nie über diese Zeit gesprochen, und ich stelle mir natürlich die Frage, weshalb.«

»Vielleicht weil sie es vergessen wollte. Man wird ihr keine Wahl gelassen haben.«

Vera wies auf die Bücher. »Es gab einige Ärzte und Pflegerinnen, die sich geweigert haben. Ihnen ist nichts passiert. Aber es waren auch nicht alle Mitarbeiter betroffen. Die anderen konnten so tun, als würden sie nicht mitbekommen, was vor ihren Augen geschah.«

Anita wies auf die Post-its in den Büchern und die Notizen auf dem Collegeblock. »Arbeitest du an einem Artikel?«

»Mal sehen.«

»Das ist echt kein Stoff für *Amélie*.«

»Aber einer für euch. Vielleicht bekomme ich so bei Bracht doch noch einen Fuß in die Tür.«

Anita griff nach der Postkarte und las sie. »Kolbeck und Singhammer. Wer soll das sein?«

»Patienten. Zumindest bei Kolbeck weiß ich das.« Vera zog das Smartphone heran und zeigte Anita das Foto vom Aufnahmebuch des Kinderhauses.

»Sie haben auch behinderte Kinder ermordet?«

»Über dreihundert allein in Winkelberg. Die meisten sind an einer Lungenentzündung gestorben, die sie absichtlich herbeigeführt haben. Hundertfach gab es damals Lungenentzündungen. Eine Epidemie und keiner hat etwas dagegen getan.« Vera bemerkte, dass sie sarkastisch wurde, doch es machte sie so zornig, wenn sie sich vorstellte, was man diesen Kindern angetan hatte. »Die Tarnung war so offensichtlich, und doch hat sie ihren Zweck erfüllt. Weil es niemand so genau wissen wollte, weil die meisten weggesehen und keine Fragen gestellt haben.«

»Es hat also keine Rechtsgrundlage für Euthanasie gegeben?«, fragte Anita.

»Kein Gesetz, nur einen Führererlass. Genau genommen war das auch nach Nazirecht Mord, und darauf stand damals die Todesstrafe. Wobei keiner der Beteiligten etwas zu befürchten hatte. Hitler selbst hat die Leiter der Anstalten ermächtigt, Gott zu spielen, und ihnen einen Freibrief gegeben. Die Euthanasiemorde sind nahezu in Vergessenheit geraten. Das Schicksal von zweihunderttausend Menschen, die langsam und grausam getötet wurden. Darüber will ich schreiben. Auch darüber, wie die Ärzte und Schwestern ein Netz aus Täuschungen und Lügen ausgebreitet haben, mit dem sie die Angehörigen in Sicherheit wogen, während sie in Wahrheit akribisch ihren Tod vorbereiteten. Ich will zeigen, welcher Geist damals herrschte, mit welchem Blick man auf psychisch Kranke und geistig Behinderte sah, und über das Klima von Angst schreiben, das über allem lag.«

Anita stützte das Kinn in die Hand. »Dafür wird ein Artikel nicht reichen. Das wird eher eine Serie oder ein Buch. Woher willst du die Zeit dafür nehmen? Es ist ja nicht so, dass du nichts zu tun hättest. Wie viel Überstunden hast du inzwischen angehäuft? Tausend oder noch mehr?«

»So schlimm ist es nicht. Aber ich muss innerhalb von vier

Wochen ein Relaunch-Konzept für *Amélie* auf die Beine stellen.«

»Wie? Für *Amélie?*«, fragte Anita.

»Man hat mir die Chefredaktion angeboten.«

»Das ist ja der Wahnsinn! Gratuliere.« Anita hob das Glas, um darauf anzustoßen, und ließ es wieder sinken, als Vera ihres nicht anrührte. »Du hast so gar keinen Glanz auf den Pupillen.«

»Eigentlich will ich die Stelle nicht.«

»Dann lass es bleiben und konzentriere dich auf das hier.« Anitas Hand landete auf den Büchern.

»So einfach ist das alles nicht. Dafür müsste ich Urlaub nehmen, doch den wird Margot mir nie und nimmer genehmigen. Unsere Personaldecke ist so dünn wie Butterbrotpapier. Außerdem ändert das an der Vierwochenfrist für das neue Konzept nichts. Auch wenn ich keinen Glanz auf den Pupillen habe, das Konzept ist mein Sicherheitsnetz. Ich will am Ende nicht ohne Job dastehen.«

28

Am nächsten Morgen parkte Vera auf dem Besucherparkplatz des Bezirks Oberbayern in der Prinzregentenstraße. Der Himmel verdunkelte sich. Ein Gewitter zog herauf. Als sie aus dem Wagen stieg, warf sie einen Blick aufs Handy und fand eine SMS von Tom. Seine Antwort auf das Bild mit den drei Affen.

Bevor wir reden, muss ich mir erst klar werden, wie ich mir unsere Beziehung in Zukunft vorstelle. Gib mir ein paar Tage Zeit. Nach dieser Abfuhr brauche ich ein wenig Abstand.

Vera hatte geahnt, dass er ihren Wunsch, die Vereinbarung beizubehalten, als Abfuhr verstehen würde. Hätte Gunnar doch nur nie dieses Angebot gemacht.

Sie simste zurück, dass sie wohl beide ein wenig Abstand brauchten, und schob das Handy in die Hosentasche.

Neben der Eingangstür des Bezirks Oberbayern stand eine überlebensgroße Bronzestatue des Heiligen Christophorus, der das Jesuskind über den Fluss ans sichere Ufer trug. Er war nicht nur der Schutzpatron der Autofahrer, sondern auch der Behinderten. Wo war er während der Nazizeit gewesen, als niemand die Wehrlosen beschützt hatte? Außer Dienst gestellt, mit einer Fackel geblendet, die Zunge herausgeschnitten? Weshalb hatte sich kaum jemand für die Pfleglinge in den Anstalten eingesetzt?

Am Empfang fragte sie nach Alexander Wolfrum und wurde gebeten zu warten. Er würde sie abholen. Es dauerte nicht lange, bis sich die Glastür zum Foyer öffnete und ein Mann eintrat, der in keiner Weise dem Bild eines Archivars entsprach, das Vera sich unwillkürlich gemacht hatte, sondern eher dem eines Abenteurers, der Wüsten durchquerte und Berge erklomm. Er war um die vierzig, die Haut vom Wetter gegerbt, sein Händedruck fest.

Sie folgte ihm in sein Büro. Auf dem Besuchertisch lag eine ockergelbe Akte mit einem Aufdruck in Frakturschrift. Oberbayerische Heil- und Pflegeanstalt Winkelberg, Personalakte. Darunter drei Linien, die handschriftlich mit Tante Kathrins Namen ausgefüllt waren.

»Sie haben die Vollmacht dabei?«

Vera nahm das Dokument aus der Handtasche und bemerkte, wie ihr eine leichte Röte ins Gesicht stieg. Wolfrum las die Vollmacht und legte sie in die Ablage.

»Ihre Tante also. Darf ich fragen, was genau Sie interessiert?«

»Ich bin Journalistin und recherchiere für einen Artikel über Winkelberg während des Dritten Reichs.« Sie setzte sich auf den angebotenen Stuhl. Das Handy drückte in der Hosentasche, sie legte es auf den Tisch.

»Mit Ihrer Tante steht Ihnen eine erstklassige Quelle zur Verfügung.«

»Aber eine persönlich eingefärbte. Sie sagt, dass sie nichts mit den Patiententötungen zu tun hatte. Wenn ich sie als Zeitzeugin benenne, muss ich sicher sein, dass es stimmt. Außerdem kann ich mir nicht vorstellen, dass sie tatsächlich gar nichts gewusst hat.«

»Das behauptet sie?«

Die Art, wie er die Frage stellte, ließ bei Vera alle Alarmglocken schrillen. Nach nicht einmal zwei Minuten befand sie sich bereits auf dünnem Eis. Wolfrum fragte sich natürlich, warum ihre Tante ihr eine Vollmacht aushändigen sollte, mit der man sie der Lüge überführen konnte.

»Sie ist neunundachtzig und kann sich an vieles nicht mehr erinnern. Ich soll mir selbst ein Bild machen, hat sie gesagt.«

Wolfrum legte die Hände aneinander. »Na, dann werden Sie jetzt eine kleine Überraschung erleben. Ihre Tante war von Oktober vierundvierzig bis Mai fünfundvierzig in der Kinderfachabteilung als Pflegerin, und davor war sie im Kinderhaus.« Er reichte Vera die Akte.

Sowohl ihr Gefühl als auch ihr Verstand weigerten sich, das zu glauben. Diese warmherzige Frau, die ihr gegeben hatte, wozu »Madame Neige« kaum in der Lage gewesen war, sollte bei den Kindermorden mitgemacht haben? Es konnte nicht sein. Doch dort stand es schwarz auf weiß. »Dass sie im Kinderhaus gearbeitet hat, muss nicht bedeuten, dass sie an den Patiententötungen beteiligt war, oder?«

»Nicht zwangsläufig«, sagte Wolfrum. »Aber sie muss gewusst haben, was vor sich ging.«

»Wodurch hat sich die Fachabteilung eigentlich vom Kinderhaus unterschieden?« Vera holte Collegeblock und Stift hervor.

»Im Kinderhaus hat man die Kinder beobachtet und selektiert. Schied eines als Behandlungsfall aus, wurde es in die Fachabteilung verlegt und dort getötet. Diese sogenannten Fachabteilungen hat man eigens für diesen Zweck in den meisten Heil- und Pflegeanstalten eingerichtet. Das Reichsinnenministerium hat sogar bei Ärzten und Fürsorgeverbänden und in der Tagespresse dafür geworben. Angeblich sollten die Kinder in den neuen Abteilungen nach aktuellsten wissenschaftlichen Erkenntnissen behandelt werden. Für viele Eltern war das ein Hoffnungsschimmer. Manche bewarben sich sogar um die Aufnahme.«

»Man hat Eltern und Ärzte mit Lügen eingelullt, um sich ihrer Kinder zu bemächtigen und sie zu töten. Das war die ›Behandlung‹?«

»Wenn Sie das so formulieren wollen. Wobei die Ärzteschaft im Bilde war. Als neunzehnhundertvierzig der *Reichsausschuss zur Erfassung von erb- und anlagebedingten Leiden* Anstalten suchte, in denen man die zur Tötung bestimmten Kinder sammeln konnte, fiel die Wahl auch deshalb auf Winkelberg, weil der Direktor Karl Landmann ganz erpicht darauf war. Er war einer der Gutachter für den Reichsausschuss, der in Berlin saß, in der Tiergartenstraße vier, deshalb wird Euthanasie bis heute auch häufig als ›Aktion T vier‹ bezeichnet. Aber das wissen Sie vermutlich bereits.«

Vera nickte. Natürlich hatte sie im Internet und in den beiden Büchern nachgelesen, wie die Erfassung organisiert worden war. Am Anfang hatte die Pflicht zur Meldung aller erwachsenen psychisch Kranken gestanden, die als unheilbar galten, keine Arbeit leisten konnten und bereits länger als fünf Jahre in Anstalten lebten. Es folgte ein Erlass, der alle Hebammen und Ärzte verpflichtete, Neugeborene und Kinder zu melden, die bestimmte Behinderungen aufwiesen. Ein eng geknüpftes Netz, das sicherstellte, dass niemand durch die Maschen schlüpfte, dem man das Recht auf Leben absprach. Im Anschluss an die Meldung fällten drei Gutachter nach Aktenlage das Urteil: Leben oder Tod. Keiner von ihnen hatte die Pfleglinge je zu Gesicht bekommen. Mit deutscher Gründlichkeit hatte man diejenigen aussortiert, deren Leben man für wertlos hielt.

»Bis Herbst einundvierzig hat man die selektierten Pfleglinge in zentralen Tötungsanstalten ermordet«, fuhr Wolfrum fort. »Doch es kursierten bald Gerüchte. Die Leute bekamen natürlich mit, dass Pfleglinge verlegt wurden und ihre Angehörigen meist nicht wussten, wohin, bis sie dann eines Tages völlig unerwartet die Todesnachricht erhielten.

Im Sommer einundvierzig musste Hitler die Aktion T vier beenden. Anlass war eine Predigt des Bischofs von Münster. Er prangerte die Patiententötungen an und bezeichnete sie als Mord. Der Bischof war so beliebt, dass Hitler ihn nicht verschwinden lassen konnte, außerdem kursierte die Predigt als Flugblatt, und die Unruhe verstärkte sich. Bald ging das Gerücht um, auch kriegsversehrte Soldaten würden verschwinden. Das hätte die Moral der Truppe untergraben. Hitler musste dem Ganzen also offiziell einen Riegel vorschieben. Doch in Wahrheit ging es weiter. Zwar nicht mehr wie bisher zentral organisiert in wenigen Tötungsanstalten, sondern in den Heil- und Pflegeanstalten selbst. Damit bin ich nun bei Ihrer Tante angekommen. Sie muss gewusst haben, was in der Kinderfachabteilung vor sich ging, denn das Töten dort unterschied sich von dem in den Hungerhäusern. Man …«

»Es gab Hungerhäuser?«, fragte Vera überrascht. Sie hatte gestern nach Anitas Besuch nicht mehr weitergelesen.

»Das war die preiswerteste Methode zu töten. Die selektierten Erwachsenen hat man mit einer Kost ernährt, die kaum Fett oder Eiweiß enthielt.«

»Das ist ja fürchterlich.« Vera wollte sich nicht vorstellen, was es bedeutete zu verhungern.

»Das war es. Gerhard Schmidt beschreibt in seinem Buch *Selektion in der Heilanstalt*, wie die Gedanken der Pfleglinge ständig ums Essen kreisten. Eine Patientin hat sich in ihrer Fantasie einen ganzen Laden voller Delikatessen eingerichtet, eine andere hat immerzu Rezepte rezitiert, und das hat wiederum eine Dritte aufgebracht, die sich das Essen ganz abgewöhnen wollte. Es war ein derartiges Elend, dass der zuständige Abteilungsarzt in den Hungerhäusern nur widerwillig Visite gemacht hat, am liebsten hätte er sie gemieden.«

»Wie viele dieser Häuser hat es in Winkelberg gegeben?«

»Zwei. Eines für Männer, eines für Frauen. Über vierhundert Pfleglinge sind auf diese Weise gestorben. Wenn Sie darüber schreiben, sollten Sie beachten, dass Landmann nicht nur Helfer hatte. Es gab auch Widerstand. Die Köchin zum Beispiel. Sie hat sich zunächst geweigert, die Hungerkost zuzubereiten. Erst als Landmann ihr mit Dachau drohte, hat sie sich scheinbar gefügt. Trotzdem hat sie, wann immer sie konnte, Fett ins Gemüse geschmuggelt und manchmal Fleisch in die Suppe. Sie hat ihr Leben riskiert, und es gab auch einige Schwestern, die sie unterstützten.«

»Die selektierten Kinder hat man aber nicht hungern lassen, wenn ich Sie richtig verstanden habe.«

»Doch, sie wurden ebenfalls unzureichend ernährt und obendrein medizinisch nicht versorgt, wenn sie krank waren, bis sich aus einer harmlosen Infektion etwas Schlimmeres entwickelte. Vor allem aber hat man sie mit Luminal sediert, einem Schlafmittel. Sie erhielten morgens und abends je eine Dosis, die die Schwestern unter das Essen rührten. Wenn ein Kind aufgrund der permanenten Schläfrigkeit nicht mehr schlucken konnte, verabreichten sie ihm das Mittel mit einem Klistier. Das kann ihrer Tante unmöglich verborgen geblieben sein. Sie muss sich gefragt haben, weshalb die Kinder ständig mehr oder weniger bewusstlos waren und weshalb sie dutzendfach Lungenentzündungen bekamen, an denen sie verstarben.«

Für Vera war es kaum erträglich, Wolfrums Ausführungen zu folgen. Sie schob die Bilder beiseite, die unwillkürlich in ihr entstehen wollten. »Den Zusammenhang zwischen der Gabe von Schlafmitteln und den Lungenentzündungen habe ich nicht verstanden.«

»Es liegt an der Atmung. Aufgrund der andauernden Sedierung atmeten die Kinder zu flach, Bakterien sammelten sich an, und nach zwei bis fünf Tagen kam es wie gewünscht zu einer Infektion der Lunge. Sie war das Ziel dieser ›Behandlung‹. Die Symptome wie Bronchitis, Eitersekretion und Fieber sind in den Krankenakten protokolliert. Die Ursache dafür, nämlich die Luminalgabe, dagegen nicht. Die Verantwortlichen wussten genau, dass sie die Kinder ermordeten, denn sie haben ihr Tun verschleiert. Obendrein haben sie die Angehörigen belogen und notfalls bedroht. Hinterher wollten sie sich herausreden, auf den Führererlass, auf die allgemeine Stimmung in einem Teil der Ärzteschaft, die schon lange vor Hitler für den Gnadentod und die Ausmerzung von Lebensunwerten eintrat. Nicht selten beriefen sie sich auf die These, dass die Beseitigung geistig völlig Toter kein Verbrechen, keine unmoralische Haltung oder gefühlsmäßige Rohheit darstelle, sondern einen erlaubten und nützlichen Akt.«

Vera sah von ihren Notizen auf und schüttelte den Kopf. Einen nützlichen Akt!

»Landmann hat sich übrigens von den Schwestern der Kinderfachabteilung Schweigeverpflichtungen unterschreiben lassen, weil das Töten so offensichtlich war. Nicht von allen, aber von den meisten, vor allem von den unsicheren Kandidatinnen.«

»Hat meine Tante eine solche Erklärung unterschrieben?«

Wolfrum schüttelte den Kopf. »In den Unterlagen befindet sich keine.«

»Was bedeutet, dass sie entweder eine hundertprozentige oder nicht involviert war.«

»Involviert war sie auf jeden Fall. Sie hat in dieser Abteilung gearbeitet.«

»Könnte ich eine Kopie der Akte bekommen?«

Mittlerweile war das Gewitter heraufgezogen. Draußen war es beinahe dunkel geworden, und der Regen begann zu rauschen. Wolfrum stand auf und machte Licht. »Ich dachte mir schon, dass Sie Kopien haben wollen.« Er nahm einen Umschlag vom Schreibtisch und reichte ihn Vera. »Die beiden anderen Akten, nach denen sie gestern noch gefragt haben, befinden sich nicht im Bestand. Leider sind bei Kriegsende einige verloren gegangen. Aber die Namen Therese Kolbeck und Franz Singhammer sind im Verzeichnis der Pfleglinge aufgeführt. Ich finde es ungewöhnlich, dass Sie gleich nach zwei verschollenen Akten fragen.«

Vera steckte das Kuvert ein. »Jemand hat die beiden Namen auf einer Postkarte an meine Tante erwähnt. Er muss ein Kollege gewesen sein. Ein Pfleger oder vielleicht ein Arzt.«

Wolfrum lehnte sich im Stuhl zurück und musterte sie mit einem unergründlichen Blick.

»Ist an diesen Akten etwas Besonderes?«, fragte Vera.

29

Regen prasselte gegen die Windschutzscheibe. Manolis stellte den Ton am iPad lauter.

»Ist an diesen Akten etwas Besonderes?«, fragte Vera.

»Es sind zwei der elf verschwundenen«, antwortete Wolfrum. »Das ist besonders und dass Sie danach fragen.«

Gestern hatte Manolis mitgehört, wie Vera mit ihrer Freundin über diese Postkarte gesprochen hatte. Jemand hatte Unterlagen an Kathrin geschickt. Aller Wahrscheinlichkeit nach war Veras Tante im Besitz der Akten. Und vielleicht nicht nur dieser beiden. Waren sie das Dossier?

»Sind sie in den Wirren bei Kriegsende verloren gegangen, oder hat man sie verschwinden lassen?«, fragte Vera. Ihre Stimme klang ein wenig blechern. Doch insgesamt war die Tonqualität gut.

»Darüber kann ich nur spekulieren«, sagte Wolfrum. »Ich vermute, dass es eine Gemeinsamkeit gibt, einen guten Grund, weshalb Landmann oder Bader sie kurz vor Kriegsende vernichtet hat. Ich erzähle ihnen jetzt eine Geschichte über den Umgang mit unbequemen Angehörigen, die typisch ist.«

Wolfrum räusperte sich. »Eva und Franz Weber waren einfache Leute, sie Schneiderin, er Lagerarbeiter. Die beiden hatten eine zweijährige Tochter namens Erika, die von Geburt an behindert war, eine Erbkrankheit. Der Hausarzt empfahl den Eltern die Kinderfachabteilung von Winkelberg, um dem Kind die bestmögliche Förderung zukommen zu lassen. Die Eltern folgten ahnungslos dem Rat des Arztes und verschuldeten sich, um die Therapie bezahlen zu können …«

Manolis stöhnte und hörte, wie Vera dasselbe tat.

»Das ist jetzt nicht wahr«, sagte sie.

»Doch. Sie haben sich die Patiententötungen auch noch bezahlen lassen, von den Krankenkassen oder Fürsorgeverbänden, und wenn die ausfielen, von den Angehörigen. Franz Weber musste an die Front, und seine Frau verlor ihre Anstellung, als die Schneiderei in Konkurs ging. Nun fehlte das Geld für die Therapie, und obendrein hatte Eva Zeit, sich selbst um ihre Tochter zu kümmern. Sie fuhr nach Winkelberg, um Erika abzuholen. Landmann redete ihr dieses Vorhaben aus. Das Kind mache gute Fortschritte, behauptete er, man dürfte die Therapie nicht abbrechen, es würde sich schon ein Kostenträger finden. Daraufhin sorgte er persönlich dafür, dass die Mutter wieder Arbeit bekam und so keine Zeit hatte, ihre Tochter selbst zu betreuen. Doch mittlerweile gab es Gerüchte über Patiententötungen. Sie kamen auch Eva Weber zu Ohren. Deshalb organisierte sie eine Verwandte, die sich um Erika kümmern sollte, und schrieb an Landmann, wann sie ihre Tochter abholen würde. Als der Brief eintraf, war Erika bereits in ›Behandlung‹ und hatte Fieber. Dennoch würde der Tod noch nicht eingetreten sein, bis die Mutter eintraf. Es musste also schnell gehen. Gerüchten zufolge haben Landmann und Bader in diesen Fällen nachgeholfen. Und das wäre eindeutig Mord. Die Akte von Erika Weber fehlt, genau wie die von Therese Kolbeck und Franz Singhammer, ebenfalls Pfleglinge, die von

Angehörigen abgeholt werden sollten. Ich vermute, dass die Akten etwas enthalten haben, das die Morde beweist, auch wenn ich keine Ahnung habe, was es sein könnte.«

Der Regen ließ die Welt jenseits der Scheibe zu einem Aquarell verlaufen. Manolis betrachtete das Kunstwerk und überlegte, weshalb Köster nicht mit offenen Karten spielte. Fragte er sich etwa, ob er, Manolis, die Unterlagen, die einem Nazi oder seiner Nachkommenschaft gefährlich werden konnten, am Ende nicht herausgeben, sondern an die Staatsanwaltschaft weiterleiten würde? Er kannte die Antwort doch: Manolis hatte keine Achtung vor der Justiz. Braune Seilschaften gab es auch heute noch. Jemand würde schon die richtigen Fäden ziehen.

In der Ferne grollte Donner. Manolis startete den Wagen und fasste einen Entschluss. Er wollte wissen, mit wem er es zu tun hatte, und er würde es herausfinden.

Über den Altstadtring fuhr er zur Staatsbibliothek. Das iPad klemmte in der Halterung. Vera war noch immer bei Wolfrum, und der fragte nun, wer die Postkarte, auf der die Namen Singhammer und Kolbeck erwähnt waren, an Veras Tante geschickt hatte. Sie erklärte, dass sie die Unterschrift nicht entziffern könne. Es konnte Markus Granner heißen, aber das war mehr geraten als erkannt und zeigte ihm die Aufnahme, die sie von der Karte gemacht hatte. Wolfrum tat sich mit dem Entziffern leichter und löste das Rätsel. Der Name, den er nannte, sagte Manolis nichts.

Manolis parkte vor dem imposanten Bibliotheksbau, der einem Renaissancepalast glich, schlug den Kragen hoch und nahm die Treppe im Laufschritt. Dabei passierte er vier Marmorstatuen, die den Eingang flankierten. Homer, Aristoteles,

Thukydides und Hippokrates. Dessen Eid hatten Landmann, Bader und Wrede abgelegt und sich dann einen Dreck darum geschert. Manolis wischte sich den Regen vom Sakko und suchte den Lesesaal auf, einen hellen Raum mit zahlreichen Plätzen. Auf mehreren Ebenen warteten über hunderttausend Nachschlagewerke in den Regalen auf Leser, und doch waren sie nur ein Bruchteil des Bestands, der auf mehrere Depots im Stadtgebiet verteilt war.

Gut die Hälfte der Tische war besetzt, dennoch lag eine konzentrierte Stille über dem Raum. Lediglich das Rascheln von Papier und das Klappern der Tastaturen waren zu hören. Manolis suchte sich einen Platz und schrieb eine E-Mail an Rebecca, um sie zu bitten, die Überwachung von Vera für ein paar Stunden zu übernehmen. Er nahm an, dass sie nach dem Gespräch mit Wolfrum in die Redaktion fahren würde und er nichts versäumte, aber er wollte sichergehen.

Mit dem iPad loggte er sich ins WLAN-Netz der Bibliothek ein und suchte mit den Stichworten *Heil- und Pflegeanstalt Winkelberg* plus *Euthanasie* nach Publikationen. Nicht alle waren sofort ausleihbar, aber immerhin drei, und drei weitere konnte er online lesen. Das würde dauern. Er verließ den Saal, um sich eine Flasche Mineralwasser zu besorgen, bevor er sich in die Lektüre vertiefte.

Wer war achtundsechzig Jahre nach Kriegsende noch mit den verschwundenen Patientenakten erpressbar? Das war die Frage, die ihn beschäftigte. Wer hatte sich damals die Hände schmutzig gemacht? Wer hatte heute noch einen Ruf zu verlieren oder gar seine Freiheit? Mord verjährte nicht. Er suchte nach Informationen, was aus den Tätern, Mitläufern und willigen Erfüllungsgehilfen nach dem Krieg geworden war.

Drei Stunden später hatte er eine frustrierende Liste angelegt. Kaum einer der an den Patientenmorden Beteiligten hatte sich vor Gericht verantworten müssen. Verhandlungsunfähig. Auf der Rattenlinie via Rom nach Südamerika abgetaucht. Nicht auffindbar oder tot. Einige waren nie angeklagt worden, so wie Bader, der völlig unbehelligt seit Kriegsende bis zur Rente eine Praxis in Würzburg betrieben hatte. Die Approbation hatte man ihm nie entzogen. Ein Mann, der Mitschuld am Tod von Hunderten Pfleglingen trug, praktizierte unbehelligt weiter. Nur Wrede hatte man vor Gericht gestellt, und eine Schwester der Kinderfachabteilung war zu zwei Jahren Gefängnis verurteilt worden. Ihr Name war Adele Erl.

War das die Adele aus dem Fotoalbum? Manolis googelte und stieß auf eine Aufnahme der Angeklagten, die während des Prozesses in München entstanden war. Ja, das war sie. Wenn sie noch lebte, war sie jetzt um die neunzig.

Weitere Informationen über sie fand er nicht. Wenn es ihm gelang, ihre damalige Adresse herauszufinden, hätte er einen guten Anknüpfungspunkt. Er recherchierte im Internet, wo er Einsicht in die alten Adressbücher der Stadt nehmen konnte und erfuhr, dass sie im Archiv der Monacensia verwahrt wurden. Er wollte gerade das Buch über die Täter von damals schließen, als sein Blick an einem Freispruch hängen blieb und er sich in den Artikel über den Euthanasiearzt Dr. Kurt Borm vertiefte.

Borm war Vertreter des Anstaltsleiters in der Tötungsanstalt Sonnenstein gewesen und später als Mitarbeiter des ärztlichen Leiters der Aktion T4 am Mord von Tausenden Geisteskranken beteiligt, wie das Gericht feststellte, das Borm und zwei Mitangeklagte trotzdem freisprach.

Die Angeklagten sind davon ausgegangen, dass sie nur bei der Tötung von Geisteskranken »ohne natürlichen Lebenswillen« mitwirkten und dass deren Tötung erlaubt war, so die Begründung des Gerichts. Drei Jahre später hob der Bundesgerichtshof das Urteil auf. Vor dem Schwurgericht Frankfurt wurde erneut verhandelt. Bis auf Borm legten die Angeklagten Atteste vor, nach denen sie nicht verhandlungsfähig waren. Einzig Borm stellte sich dem Prozess und wurde erneut freigesprochen. Das Gericht urteilte: Der Angeklagte habe zwar *objektiv Beihilfe zur Tötung von 6652 Geisteskranken geleistet, jedoch nicht nachweisbar schuldhaft gehandelt, da ihm unwiderlegbar das Bewusstsein der Rechtswidrigkeit seines Tuns gefehlt habe. Er habe das Unerlaubte nicht erkennen können. In den entscheidenden Jahren des Heranwachsens, der Bildung von Wertvorstellungen und Umweltbegreifung hat er kaum etwas anderes vernommen als die Verherrlichung nationalsozialistischen Gedankenguts.*

Zwei Jahre später hatte der Bundesgerichtshof dieses Urteil bestätigt. Freispruch für einen Mörder!

Manolis stöhnte, warf den Kopf in den Nacken und fuhr sich mit den Händen über das Gesicht. Dieses Gericht! Dasselbe, das ein sadistisches Massaker an Zivilisten als normale militärische Aktion einstufte.

Diesen Freispruch von damals sollte man heute den Verteidigern islamistischer Terroristen unter die Nase halten, dachte er. Damit sie damit vor Gericht herumwedeln und Freispruch für ihre Mandanten fordern konnten. Mit dieser Begründung müssten die Richter jeden fanatischen Attentäter laufen lassen. Sobald man nur verblendet genug war, durfte man ungestraft morden, massakrieren und Menschen abschlachten, die nicht ins eigene verquere Weltbild passten. Es war nicht zu fassen!

Manolis knallte das Buch auf den Tisch. Die Frau, die vor ihm saß, fuhr herum und legte den Zeigefinger an die Lippen. »Scht.«

30

Es war zwei Uhr morgens. Ein Gewitter war im Anzug. Das Wetterleuchten erhellte für Sekunden die Nacht vor dem Fenster. Kathrin lag neben Landmann im Bett, erschöpft und glücklich. Dass diese Sache, über die so häufig getuschelt wurde, eine Frau müsste sie ertragen, derart aufregend sein konnte, erstaunte sie immer wieder von Neuem.

Das Nachttischlämpchen strahlte gedämpft in orangerotem Licht, was an dem Seidenschal lag, den er darüber geworfen hatte. Es sah aus, als stünde ihre nackte Haut in Flammen, was vor einer halben Stunde auch der Fall gewesen war. Jedenfalls war es ihr so erschienen. Genau wie beim ersten Mal und seitdem immer wieder. Ein sengendes Verlangen, eine kaum zu ertragende Lust.

Bei der Erinnerung an das erste Mal musste sie lächeln. Wie er danach Sekt aus ihrem Bauchnabel geschlürft und sie mit Pastetenhäppchen und Weißbrot gefüttert hatte. Sie war ja noch gefesselt gewesen. Wobei sie sich jederzeit hätte losmachen können, doch sie wollte es nicht. Das Gefühl, sich ihm ganz zu überlassen, sich ihm auszuliefern, diese gespannte Erwartung war so erregend, so prickelnd wie das Spiel, das damit verbunden war und das er immer neu variierte. Wenn er dann in sie eindrang, war es, als löste sie sich auf.

Hinterher empfand sie neben satter, träger Zufriedenheit auch stets ein Gefühl von Triumph. Es galt Adele und all den anderen, die sie für eine alte Jungfer hielten. Wenn die wüssten! Doch es musste ihr Geheimnis bleiben. Landmann hatte ihr Stillschweigen auferlegt.

Als sie nun wieder an die Häppchen dachte, an den Sekt und all die Leckereien, mit denen er sie fütterte, stellte sich ein Gefühl von Scham und Schuld ein. Damit einher ging der kaum noch zu unterdrückende Verdacht, dass die im Männer- und Frauenhaus separierten Pfleglinge hungerten, vielleicht sogar verhungerten. Vor zwei Tagen hatte sie gesehen, wie Hofmanns Leute von der Prosektur spätabends einen Toten aus dem Männerhaus holten. Sie hatte sich nicht getraut, sich den beiden zu nähern und ihnen Fragen zu stellen. Von Elfie, die in der Verwaltung arbeitete, hatte sie später erfahren, dass der Tote Franz Singhammer war. Als sie nach der Todesursache fragte, zog Elfie seine Akte aus der Ablage mit den Todesfällen und sah nach. Tuberkulose. So stand es auf dem Totenschein.

Unteroffizier Franz Singhammer. Veteran des Ersten Weltkriegs, verwundet an Kopf und Seele an der Somme, meldet gehorsamst: Ich bin vollständig zum Essenfassen angetreten.

Nie mehr würde er zum Essenfassen antreten.

Kathrin fragte sich wieder einmal, was hier vor sich ging. Schlief sie am Ende mit einem Mörder? Der Gedanke war so grauenhaft, dass sie sich plötzlich vor sich selbst ekelte. Doch Singhammer war an Tuberkulose gestorben. Landmann brachte keine Pfleglinge um. Das wäre Mord, und auf Mord stand die Todesstrafe. Nur was, wenn das vielleicht von ganz oben gedeckt wurde? Ein unerhörter Gedanke!

Für ein paar Minuten war Landmann eingedöst, nun reckte er sich, und sie wusste, dass es Zeit war zu gehen. Er wollte nicht, dass sie über Nacht blieb. Sie zog sich an, und der Blick aus seinen nachtgrauen Augen folgte jeder ihrer Bewegungen. Einen Moment überlegte sie, ihn noch einmal auf das Wörterbuch der Gebärdensprache anzusprechen, das er ihr abgenommen hatte.

Ein Freund von Matthias Cramer hatte es aus München geschickt. Unglücklicherweise war das Päckchen an die Klinik adressiert gewesen, zu ihren Händen und nicht an sie persönlich, deshalb hatte man es in der Poststelle geöffnet. Die Mitarbeiterin, die die Post verteilte, war mit ihrem Wagen durchs Haus gefahren, dabei Landmann über den Weg gelaufen, und der hatte das Buch entdeckt, konfisziert und Kathrin zu sich gerufen.

»Schwester Kathrin, Sie sind sehr eigensinnig«, hatte er mit einem Lächeln gesagt, das jedoch so kalt war, dass es ihr Angst machte. »Sie sollen aber nicht eigensinnig Entscheidungen treffen, sondern Ihre Pflicht erfüllen. Und keinesfalls sollten Sie meine Anordnungen missachten. Haben Sie mich verstanden?« Er sagte es ruhig und freundlich, und doch lag eine Schärfe in seinen Worten wie geschliffener Stahl.

Benommen starrte sie auf das Buch, das vor ihm lag. *Gebärdensprache. Ein praktischer Leitfaden.* Thereses Rettung war nur eine Armlänge entfernt. Sie gab sich einen Ruck, obwohl sie es besser wusste.

»Man kann es doch versuchen. Erst wenn Therese gelernt hat, sich auszudrücken, wird erkennbar sein, welche Fähigkeiten sie hat. Ich vernachlässige meine Pflichten auch nicht. Ich kann sie in meiner freien Zeit unterrichten.«

Unter Landmanns Auge begann ein Muskel zu zucken, und er sah sie an mit diesem Blick aus Eis. Plötzlich stand die Angst wie eine Mauer vor Kathrin, und sie nickte benommen. Ja, sie hatte verstanden.

»Nehmen Sie das Buch und werfen Sie es in den Müll.« Er hielt es ihr hin. Sie nahm es nicht. Das konnte er nicht von ihr verlangen. Was sie in seinem Bett taten, war eine Sache und das hier eine andere.

»Werfen Sie es doch selbst weg!«, fuhr sie ihn an, machte mit rasendem Herzen auf dem Absatz kehrt und schlug die Tür hinter sich zu.

Es hatte keinen Sinn, ihn noch einmal um das Buch zu bitten, dachte Kathrin nun und zog resigniert das Kleid über den Kopf. Landmann würde seine Meinung nicht ändern.

Wenn sie nur die Adresse von Thereses Vater schon hätte. Noch ein paar Tage bis zu ihrem freien Wochenende, dann würde sie mit dem Zug nach München fahren und sie ausfindig machen.

Als sie fertig war, begleitete Landmann sie die Treppe hinunter bis zur Tür. Das Licht auf dem Vorplatz blieb aus. Im Haus gegenüber, wo Dr. Bader wohnte, war ein Fenster in der ersten Etage noch erleuchtet.

»Gute Nacht, Schwester Kathrin.« Kein Kuss zum Abschied, keine zärtliche Geste, nur dieses seltsame Lächeln. Ein wenig unheimlich, ein wenig anzüglich.

»Gute Nacht, Landmann.«

Sie hörte sein leises Lachen und wie er die Tür hinter ihr absperrte.

Die Wege waren nicht beleuchtet. Im Schutz der Hausmauer wartete sie, bis ihre Augen sich an die Dunkelheit gewöhnt hatten, und ging los.

Der Himmel war schwarz wie Teer, kein Stern zu sehen und die Luft feucht und warm wie im Waschhaus. Als sie die Gärtnerei passierte, lag ein dünner Schweißfilm auf ihrer Haut, und sie sehnte sich nach einem Lufthauch. Doch die Nacht hielt den Atem an, so als bereitete sie sich auf etwas Großes vor. Am Horizont ein kurzes Leuchten, gefolgt von einem fernen Grollen. Kurz bevor sie das Verwaltungsgebäude erreichte, wirbelte ein Windstoß trockene Blätter auf und fuhr in die Kronen der Bäume. Vereinzelte Tropfen fielen schwer und warm. Kathrin beschleunigte ihre Schritte und umrundete den Verwaltungstrakt, als wie aus dem Nichts ein Schemen auftauchte. Unmittelbar vor ihr. Es gelang ihr nicht, auszuweichen. Sie prallte mit jemandem zusammen. Ein dumpfer Schmerz, etwas fiel klatschend zu Boden. Instinktiv griff sie in die Dunkelheit, und ihre Hand krallte sich in Stoff und Fleisch.

»Au!«

Eine Taschenlampe flammte auf, leuchtete ihr ins Gesicht, blendete sie und verlosch wieder. Wen auch immer sie da erwischt hatte, er riss sich los. Doch Kathrin war schneller, bückte sich, und ihre Finger fanden, wonach der andere suchte. Sie raffte es an sich.

»Geben Sie das her!« Die Stimme kannte sie, und das Flüstern klang beinahe flehentlich. »Bitte, Schwester Kathrin.«

»Herr Cramer? Sind Sie das?«

»Ja. Erwischt.«

»Was tun Sie hier? Und was ist das?«, flüsterte Kathrin.

»Dasselbe könnte ich Sie fragen.« Auch er hielt die Stimme gesenkt.

»Fühlt sich an wie eine Akte.«

»Und die wird nass. Geben Sie sie mir, wenn Sie nicht wollen, dass sie ganz aufweicht.«

Erst jetzt bemerkte Kathrin, dass der Regen heftiger geworden war. »Was wollen Sie damit?«

Schweigen war die Antwort, und dann hörte sie ein Seufzen. »Wollen Sie das wirklich wissen?«

»Ja.« Kathrin war nicht klar, weshalb sie das sagte. Wenn jemand nachts heimlich Akten in der Verwaltung mitgehen ließ, war es besser, nichts damit zu tun zu haben.

»Gut, dann kommen Sie mit.«

Er nahm sie bei der Hand, zog sie hinter sich her bis zum Brunnenhaus. Dort tastete er die Regenrinne ab und brachte einen Schlüssel zum Vorschein, mit dem er die Tür auf- und hinter ihnen gleich wieder absperrte. Er prüfte, ob die Fensterläden geschlossen waren, und schaltete das Licht ein.

Im Brunnenhaus war es kühl. Kathrins Kleidung war vom Regen

feucht. Fröstelnd sah sie sich um. Weiß verputzte Wände. Eine dunkelgrün gestrichene Metalltür, die den Wasserspeicher vom Vorraum trennte. Daneben ein Tisch mit zerkratzter Metallplatte, davor ein Stuhl. Cramer wies darauf, und sie setzte sich.

Er war jünger als Landmann und wirkte weicher. Das lockige Haar war noch immer ein wenig zu lang. Blaue Augen und ein harter Zug um den Mund, der nicht recht in dieses Jungengesicht passen wollte. Kathrin war gespannt, was er ihr gleich erzählen würde.

Sie legte die Akte auf den Tisch. Es war die von Franz Singhammer, wie sie verblüfft feststellte. Eintritt: 26. Juli 1944. Austritt: 12. Oktober 1944. Hinter »Art des Abgangs« hatte jemand ein Kreuz gemalt.

Cramer setzte sich auf einen Vorsprung an der Wand und beobachtete sie.

Sie wies auf den Aktendeckel. »Warum stehlen Sie eine Patientenakte?«

»Denken Sie mal scharf nach, dann kommen Sie schon darauf.«

Erst Adele. *Denk, was du willst. Aber halt verdammt noch mal den Mund.* Nun Cramer. *Sie kommen schon darauf.*

Ihr Verdacht war also berechtigt. Es waren keine Hirngespinste. Die vielen Toten. Die Gerüchte über den Reichsausschuss und die wahre Funktion der Gemeinnützigen Krankentransport GmbH, deren Pfleger zwar weiße Kittel trugen, aber schwarze Stiefel.

»Aber die Euthanasie ... Sie wurde doch eingestellt.«

Cramer schüttelte den Kopf. »Sie machen weiter, und mein werter Cousin ist einer der Schlimmsten.«

Obwohl sie es seit Wochen befürchtete, konnte sie es nicht glauben. »Das wäre doch Mord.«

»Es gibt einen Erlass des Innenministeriums, der sie ermächtigt. Sie haben nichts zu befürchten.«

»Eine Erlaubnis zum Töten?« Das war also die Ermächtigung, von der Landmann gesprochen hatte. Er hatte tatsächlich den Segen von ganz oben. Ein Gedanke, den sie noch vor wenigen Minuten als unvorstellbar abgetan hatte.

»Wenn Sie es nicht glauben. Ich habe sie hier.« Cramer beugte sich vor, zog die Schublade heraus und hob den Boden darin an. Darunter war ein zweiter, und zwischen beiden lag ein Blatt Papier. Er reichte es Kathrin. »Lesen Sie selbst.«

Ein Briefkopf mit Hakenkreuz und dem Schriftzug *Bayerisches Staatsministerium des Inneren.*

Kathrin überflog die Zeilen. Übelkeit stieg in ihr auf.

Im Hinblick auf die kriegsbedingten Ernährungsverhältnisse und auf den Gesundheitszustand der arbeitenden Anstaltsinsassen lässt es sich nicht mehr länger verantworten, dass sämtliche Insassen der Heil- und Pflegeanstalten unterschiedslos die gleiche Verpflegung erhalten, ohne Rücksicht darauf, ob sie einerseits produktive Arbeit leisten oder in Therapie stehen oder ob sie andererseits lediglich zur Pflege in den Anstalten untergebracht sind, ohne eine nennenswerte nutzbringende Arbeit zu leisten. Es wird daher angeordnet, dass mit sofortiger Wirkung sowohl in quantitativer wie in qualitativer Hinsicht diejenigen Insassen der Heil- und Pflegeanstalten, die nutzbringende Arbeit leisten oder in therapeutischer Behandlung stehen, ferner noch bildungsfähige Kinder, die Kriegsbeschädigten und die an Alterspsychose Leidenden zulasten der übrigen Insassen besser verpflegt werden.

Zunehmend bestürzter las Kathrin die Zeilen. *Zulasten der übrigen Insassen besser ernährt werden.* »Es stimmt also?«

»Was stimmt?«, fragte Cramer.

»Ich habe das ... Ich habe es befürchtet, seit Franz Singhammer eines Tages vor mir stand.« Sie erzählte ihm die Geschichte. »Aber eigentlich war das unvorstellbar, dass man sie verhungern lässt.«

»Nicht *man*, sondern mein Cousin Karl. Er lässt sie übrigens nicht verhungern, sondern hat angeordnet, dass sie weder Fett noch Eiweiß bekommen. *Dann gehen sie von alleine*, sagt er. Du hast doch auch längst gemerkt, was hier vor sich geht. Ich beobachte dich seit meinem ersten Tag in dieser Anstalt.«

Kathrin registrierte, dass Cramer sie plötzlich duzte und so zu seiner Verbündeten machen wollte. Es war nicht wichtig. Es war sogar in Ordnung. Sie durften das nicht zulassen. Sie mussten etwas dagegen tun. Pfleglinge zu töten ... Menschen, die ihnen anvertraut waren, die auf ihre Hilfe angewiesen waren, Kranke, die alleine nicht im Leben zurechtkamen. Man brachte sie hier um! Nicht *man*, korrigierte sie sich selbst, sondern Landmann. Sicher auch Bader und Wrede und die Ärzte, die für die Hungerhäuser Verantwortung trugen. Sie alle hatten den hippokratischen Eid geschworen und ermordeten nun ihre Patienten! Mit einem Mal empfand sie nur noch Abscheu und Ekel.

»Aber in Singhammers Patientenakte steht Tuberkulose als Todesursache.«

»Den Totenschein hat Karl höchstpersönlich ausgestellt, und die Todesursache stimmt durchaus. Hunger setzt die Immunabwehr herab und befördert Tuberkulose. Das ist aus dem Ersten Weltkrieg bekannt, was sie sich zunutze machen. Zwei von drei Pfleglingen, die in den Hungerhäusern sterben, sterben an Tuberkulose. Schließlich muss es eine natürliche Todesursache geben.«

»Wozu brauchen Sie ... brauchst du«, korrigierte sie sich, »die Akte von Singhammer?«

»Ich dokumentiere, was hier geschieht. Sieh dir die Gewichtstabelle von Singhammer an. Eine Buchhaltung des Todes. Wenn der Krieg vorbei ist, und das kann nicht mehr lange dauern, werden sie sich dafür verantworten müssen. Ich will, dass sie vor Gericht gestellt werden. Karl und Bader und Wrede und alle, die mitmachen. Ich sammele Material, und diese Akte hier ist wichtig, denn sie belegt einen eiskalten Mord. Manchmal töten sie selbst, wenn es schnell gehen muss, weil hartnäckige Angehörige sich nicht länger abwimmeln lassen und ihre Verwandten aus der Anstalt abholen wollen. Die Pfleglinge sind ja keine Gefangenen. Wir haben hier kaum Zwangseingewiesene. Deshalb lügen sie den Familien vor, dass ihre Angehörigen hier bestens betreut werden und Fortschritte machen, bis sie dann irgendwann einen Brief mit der Nachricht einer schweren Erkrankung erhalten, die das Schlimmste befürchten lässt. Der wird aber erst abgeschickt, wenn sicher ist, dass der betreffende Patient bereits verstorben ist, bis seine Familie eintrifft. Das Ganze ist eine abgekartete Inszenierung.«

»Und bei Singhammer?«

»Seine Frau hat sich nicht länger hinhalten lassen und geschrieben, dass sie ihren Mann künftig zu Hause pflegen will. Ihr Brief ist vor einigen Tagen eingetroffen, und es musste plötzlich schnell gehen, also hat Karl Singhammer eine tödliche Dosis Morphium-Skopolamin gespritzt.«

Kathrin hatte inzwischen die Akte durchgeblättert. »Aber die Unterlagen beweisen den Mord nicht, und als Todesursache ist ein natürlicher Tod infolge von TB angegeben.«

»Ich habe die leere Ampulle aus dem Müll geholt. Karls Fingerabdrücke sind darauf. Außerdem werde ich eine eidesstattlich Erklärung verfassen und in die Akte legen, in der ich den Ablauf der Tötung schildere.«

»Was, wenn sie dich erwischen?«

»Sie erwischen mich nicht.«

»Und wenn doch?«

Cramers Blick wurde noch ernster. »Dann war es die Sache wert. Dann gehe ich eben ins KZ, oder sie stellen mich an die Wand. Ich will Arzt werden. Wie könnte ich das noch, wenn ich tatenlos zusehe, wie Patienten getötet werden? Ich habe auch schon Briefe an einige Angehörige geschrieben. Anonym natürlich. Zwei Frauen sind schon aus dem Hungerhaus abgeholt worden. Nur bei Singhammer war ich zu spät.«

Er tat dasselbe wie sie. Sie war nicht allein. Jubelnde Freude durchzuckte sie und im nächsten Moment panische Angst. Worauf ließ sie sich da ein? Sie riskierte Kopf und Kragen. War es das wert?

Ja, das war es. Ihr ging es ähnlich wie Cramer. Sie war Krankenschwester geworden, weil sie Leiden lindern und anderen helfen wollte. Sie konnte nicht tatenlos zusehen, wie hier die Pfleglinge ermordet wurden.

Singhammers Akte lag noch vor ihr. Ob das nach dem Krieg für eine Anklage reichen würde?

»Wer wird dir schon glauben, wenn das hier vorbei ist? Niemand. Sie machen doch alle mit oder sehen schweigend zu. Eine leere Ampulle mit Fingerabdrücken und ein Stück Papier mit einer Erklärung. Das ist zu wenig.« Eine Idee stieg in ihr auf. »Wenn du allerdings noch ein Foto hättest, das zeigt, was sie tun, wäre das etwas anderes.«

»Ein Foto? Du bist gut. Ich hab keine Kamera und selbst wenn, ich könnte die Bilder nirgendwo entwickeln lassen.«

Sollte sie sich ihm anschließen? Einen Moment zögerte Kathrin noch. Es war gefährlich. Sie durften sich wirklich nicht erwischen lassen. Doch gemeinsam konnten sie mehr erreichen als jeder für sich allein.

»Ich habe eine Kamera und die entsprechende Ausrüstung, um die Bilder selbst zu entwickeln. Ich werde dir helfen.«

31

Vera verabschiedete sich von Wolfrum und verließ das Archiv des Bezirks Oberbayern. Noch immer regnete es. Da der Schirm im Wagen lag, spurtete sie los. Dennoch tropfte ihr das Wasser aus den Haaren, als sie sich auf den Fahrersitz fallen ließ und die Wagentür zuschlug.

Wie gut, dass Wolfrum im Entziffern von Handschriften besser war als sie. Von wegen Granner. Matthias Cramer. Landmanns Cousin hatte Kathrin die Patientenakten, die vermutlich elf Morde bewiesen, im Frühjahr zweiundsechzig geschickt. Warum hatte er das getan? Und wo hatte Kathrin sie versteckt?

Was für eine Story! Vera hatte keine Lust, jetzt in die Redaktion zu fahren, und wählte Margots Nummer. Nur eine Notlüge würde sie dazu bringen, ihr freizugeben.

»Hallo, Margot. Ich muss ein Pflegeheim für meine Tante finden und würde mich gerne heute und morgen ausklinken. Geht das? Am Montag bin ich wieder da.«

Einen Augenblick zögerte ihre Chefin. »Also gut. Aber wirklich nur bis Montag. Du weißt, wie knapp wir besetzt sind.«

»Ja, natürlich. Danke dir.«

Vera schob das Handy in die Tasche des Blazers und überlegte, wie sie die Suche nach den Akten beginnen sollte. In Kathrins Wohnung waren sie jedenfalls nicht. Und auch nicht bei Chris. Dann hätte die Polizei sie in seiner Reisetasche gefunden, völlig aufgeweicht und unbrauchbar. Ein furchtbarer Gedanke. In diesem Fall hätten die Ermittler Uschi gefragt, ob das die Unterlagen sein konnten, nach denen der falsche Polizist gesucht hatte. Uschi hätte es Annemie erzählt, und von ihr hätte Vera es erfahren. Oder die Akten waren doch in Chris' Wohnung gewesen, dann lagen sie jetzt bei der Polizei. Obwohl das nicht zwingend sein musste. Der falsche Polizist hatte sich bestimmt erst bei Chris umgesehen, bevor er bei Uschi aufgetaucht war. Ergo: Chris hatte die Akten nicht gefunden. Irgendwo lagen sie noch.

Helene Aßmann hatte ebenso wenig Ahnung wie Uschi und Annemie. Vera überlegte, wen sie noch fragen könnte.

Vielleicht gelang es ihr, eine von Kathrins Kolleginnen aus Winkelberg ausfindig zu machen. Vera wollte die Akten ja nicht nur für ihren Artikel. Sie wollte auch Kathrins Rolle in dieser Zeit beleuchten, und dafür brauchte sie Zeitzeugen, die Kathrin in Winkelberg gekannt hatten.

Eine Kopie der Personalliste im fraglichen Zeitraum hatte Wolfrum ihr mitgegeben. Sie musste nur die Namen der damaligen Kollegin von Kathrin mit denen in ihrem Adressbuch vergleichen. Doch in der Wohnung ihrer Tante war das Adressbuch nicht gewesen. Vielleicht hatte Chris dieselbe Idee gehabt und es mitgenommen.

Nach seiner Haftentlassung war er in die Weißenseestraße gezogen. Tante Uschi hatte es mal erwähnt. »Eine Bruchbude in einem verwahrlosten Haus. Und dafür verlangt der Eigentümer sechshundert Euro. Stell dir das mal vor. Wucher ist das.

Aber Chris hat natürlich keine Wahl.« Es konnte nicht allzu schwierig sein, das Haus zu finden.

Zehn Minuten später fuhr sie im Schritttempo die Weißenseestraße entlang, hielt Ausschau nach einem heruntergekommenen Gebäude und entdeckte nur eines, das noch nicht saniert war. Das musste es sein. Sie parkte am Straßenrand, nahm die Bonuskarte ihrer Drogerie aus der Geldbörse und stieg aus.

Wie man eine Tür öffnete, die nur zugezogen war, hatte ihr vor Jahren mal ein Junkie gezeigt, der seinen Drogenkonsum mit Wohnungseinbrüchen finanzierte. Sie hatte ihn für eine Reportage interviewt. Es ging erstaunlich leicht mit einer Plastikkarte.

Die Turmuhr der nahe gelegenen Kirche schlug halb eins, als Vera das Haus betrat. Den Namen Wiesinger entdeckte sie auf einem der Klingelschilder für die dritte Etage und ging nach oben. In der Luft lag der Geruch nach nassem Hund und angebranntem Essen. Hinter einer Wohnungstür schrie ein Kind, hinter einer anderen lief ein Fernseher. Sie hörte ihre Schritte auf dem Kunststeinboden nachhallen und hoffte, dass niemand sie bemerkte. Chris' Wohnung lag am Ende des Flurs. Auf einem Stück Kreppband an der Tür stand sein Name. Darunter war ein Polizeisiegel angebracht. Mist! Sie kam nicht hinein. Doch sie musste. Sie wollte diese Story! Vorsichtig sah sie sich um. Der Gang war leer, im Treppenhaus war niemand. Kein Mensch war ihr bisher begegnet. Sollte sie?

Wer nicht wagt, der nicht gewinnt, sagte Annemie immer. Entschlossen setzte Vera die Karte an und durchtrennte das Siegel. Es ratschte so laut, dass sie zusammenfuhr. Wenn das jemand gehört hatte. Sie lauschte in die Stille, in die nur dic hämmernden Schläge ihres Herzens klangen. Ihr Puls raste. Das war Einbruch und obendrein Behinderung einer polizeilichen Ermittlung. Wenn man sie erwischte ... Sie schob den Gedanken beiseite. Jetzt gab es ohnehin kein Zurück mehr.

Als alles ruhig blieb, schob sie die Karte in den Spalt zwischen Türblatt und -rahmen, bis sie auf den erwarteten Widerstand stieß, zog sie vorsichtig weiter herunter und drückte gegen die Falle. Die Tür sprang auf, sie schlüpfte hinein und zog sie gleich wieder zu. Eine Sekunde lehnte sie sich an die Wand, atmete durch und wartete, dass ihr rasender Puls sich beruhigte. Dann sah sich um.

Meine Güte, was für ein heruntergekommenes Appartement. Es war nur mit dem Allernötigsten eingerichtet, und selbst das sah aus wie von der Caritas gespendet. Dabei hatte Chris immer so viel Wert auf Glanz und Gloria gelegt.

Ein zerschrammtes Bett. Ein wackeliger Schrank. Schmutziges Geschirr in der Kochnische. Ein Flachbildfernseher von Plakatwandformat, dafür hatte das Geld dann doch gereicht. Eine schmuddelige Couch. Davor ein Tisch, auf dem eine Bierdose stand.

Wo konnte das Adressbuch sein? Falls es überhaupt noch da war. Vielleicht hatte die Polizei es ja mitgenommen. Vera ließ den Blick durch den Raum schweifen. Es lag jedenfalls nicht offen herum. Doch weshalb hätte Chris es verstecken sollen? Sie sah im Sideboard nach und in der Küche, in den Schubladen und Schränken. Im Flur gab es nur eine kleine Kommode. Zwei Paar Schuhe standen darin. Damit blieb nur noch das Bad. Neben dem WC lag ein Stapel Autozeitschriften auf dem Badewannenrand. Im Spiegelschrank über dem Waschbecken war das Adressbuch nicht und auch nicht im

Wäschekorb. Als Vera sich umdrehte, stieß sie gegen den Zeitschriftenstapel, der zu Boden fiel und auseinanderrutschte. Plötzlich lag ein kleines, in dunkelgrünes Leder gebundenes Büchlein vor ihr. Kathrins Adressbuch. Yes!

Vera steckte es ein und verschwand leise aus der Wohnung. Im Treppenhaus begegnete ihr ein älterer Herr, der sie misstrauisch musterte. Sie senkte den Kopf und sah zu, dass sie zu ihrem Auto kam.

Als sie ihre Wohnung aufsperrte, befand sie sich noch immer in einer Art Endorphinrausch. Sie war derart aufgedreht, dass sie auf die Schale Café au Lait verzichtete und sich stattdessen einen Becher Kräutertee machte, bevor sie sich mit Adressbuch und Personalliste an den Küchentisch setzte. Zuerst suchte sie nach Adele, dann nach Matthias Cramer. Zu ihrer maßlosen Enttäuschung standen beide Namen nicht in dem Büchlein.

Bis sie die Personalliste aus Winkelberg mit mehr als dreihundert Namen und die Einträge in Kathrins Adressbuch miteinander verglichen hatte, war es später Nachmittag. Am Ende hatte sie zwei Namen gefunden, die sowohl im Adressbuch als auch auf der Liste standen: Mathilde Seybold und Amalie Steiner. In der Liste entdeckte sie außerdem drei Frauen mit dem Vornamen Adele, während es in Kathrins Verzeichnis keine Adele gab.

Mathilde wohnte in Hohenlinden, Amalie in der Seniorenresidenz Maria-Theresia in München-Solln.

Zuerst rief sie bei Mathilde Seybold an, bekam jedoch nur eine Bandansage zu hören: »Die gewählte Nummer ist nicht vergeben.« Also versuchte sie es online über die Telefonauskunft. Kein Eintrag für Mathilde Seybold. Sie googelte den

Namen plus *Hohenlinden* und fand eine Traueranzeige in der *Ebersberger Zeitung* vom Oktober letzten Jahres. Mathilde war tot.

Nun ruhte ihre Hoffnung auf Amalie. Sie wählte die Nummer, hörte ein Knacken, mit dem der Anruf weitergeschaltet wurde. Einen Moment später meldete sich der Mitarbeiter an der Pforte der Seniorenresidenz, und Vera erfuhr, dass Amalie Steiner vor vier Wochen nach langer Krankheit verstorben war. Frustriert legte sie auf.

Damit blieben nur die drei Adeles übrig. Hoffentlich war eine von ihnen die Frau aus dem Album.

Adele Arnstätter, Adele Erl, Adele Jungmann. Vera suchte im Online-Telefonbuch, ohne einen Ort einzugeben, und erzielte keinen Treffer. Wenn die drei Adeles damals junge Frauen gewesen waren, hatten sie vermutlich geheiratet und trugen nun die Namen ihrer Männer. Damit war die Chance, sie zu finden, gleich null. Falls sie älter als Kathrin gewesen waren, war die Wahrscheinlichkeit ohnehin gering, dass sie noch lebten.

Weiter ging die Suche mit Google. Kein Treffer bei Adele Arnstätter. Dafür aber bei Adele Erl. Plötzlich war Vera wie elektrisiert. Ein Link führte zu einem *Wikipedia*-Eintrag über Dr. Gustav Wrede, dem Leiter der Kinderfachabteilung in Winkelberg. 1949 hatte ihn das Landgericht München wegen Totschlags angeklagt und zu einer fünfjährigen Haftstrafe verurteilt. Parallel zu Wredes Prozess verhandelte man am selben Gericht über den Todesengel von Winkelberg, über Adele Erl. Sie wurde wegen Beihilfe zu zwei Jahren Gefängnis verurteilt und die Strafe zur Bewährung ausgesetzt. Am Ende des Eintrags befand sich ein Quellenverzeichnis. Ein Link führte zu einem Prozessbericht der *Münchner Zeitung* von damals, der digitalisiert vorlag. Die Schlagzeile war drei Spalten breit. »Ich habe nur meine Pflicht getan.« Die Subline: »Adele Erl, der Todesengel von Winkelberg, ist sich keiner Schuld bewusst.«

32

Am selben Abend öffnete Vera ein verrostetes Gartentor im Münchner Vorort Gauting und folgte dem Weg durch einen verwilderten Garten zu einem spitzgiebligen Einfamilienhaus, das zwischen Obstbäumen stand. In den Rabatten blühten Tagetes und Ringelblumen. Am Balkon über der Haustür hing ein Blumenkasten mit Geranien und Petunien, zwischen deren vertrockneten Blüten sich munter frische behaupteten. An den Fensterläden blätterte die Farbe ab, und in das fleckig gewordene Messingschild neben der Haustür waren die Namen Alois und Adele Widmann graviert.

Im Internet hatte Vera einen zehn Jahre alten Artikel der *Münchner Abendzeitung* gefunden, der sich mit den Ereignissen in Winkelberg zwischen 1939 und 1945 befasste. Darin war auch Adele Erl erwähnt, der Todesengel der Kinderfachabteilung. Der Reporter hatte die damals Achtzigjährige in Gauting aufgestöbert, wo sie seit Mitte der Fünfzigerjahre mit ihrem Mann lebte, dem bekannten Herrgottschnitzer Alois Widmann. Mit den Angaben *Widmann* und *Gauting* hatte Vera die Adresse sowie die Telefonnummer herausbekommen und sie in der Hoffnung gewählt, dass die neunzigjährige Adele noch in dem Haus lebte. Nach dem siebten oder achten Klingeln hatte tatsächlich jemand abgehoben.

»Ja, Widmann.« Die Stimme klang herb und spröde.

»Grüß Sie, Frau Widmann. Mein Name ist Vera Mändler. Ich bin die Nichte von Kathrin Wiesinger. Sie erinnern sich hoffentlich noch an Kathrin.«

»Kathrin Wiesinger?« Einen Moment blieb es still. »Natürlich. Das Trinchen. Das Pomeranzchen. Sie heißt doch schon seit Jahrzehnten Engesser.«

Vera horchte auf. Kathrin und Adele hatten also zumindest bis in die Siebzigerjahre Kontakt gehabt, als Kathrin und Peter geheiratet hatten.

»Ist sie gestorben?«

»Sie hatte einen Schlaganfall, und es geht ihr sehr schlecht.«

»Das Altwerden ist kein Honigschlecken. Weshalb rufen Sie an?«

Dem Kollegen der *Abendzeitung* hatte Adele kein Interview gegeben. Sie hatte ihn nicht mal ins Haus gelassen. Daher hatte Vera sich eine kleine Lüge ausgedacht.

»Tante Kathrin wird demnächst in ein Pflegeheim verlegt. Ich löse gerade den Haushalt auf und habe in den Fotoalben Bilder von Ihnen aus der Krankenpflegeschule gefunden. Da dachte ich, dass Sie die vielleicht haben wollen.«

»Aus der Krankenpflegeschule, sagen Sie?« Adeles Stimme klang plötzlich aufgeregt. »Ist da ...« Mit einem Räuspern unterbrach sie sich. »Ist da auch das Bild von Werner dabei? Kathrin hat es damals gemacht.«

»Ja, es gibt ein Porträt von einem Werner. War er Kathrins Freund?«

Eine Weile blieb es still. »Werner ... war mein Verlobter. Er ist in den letzten Kriegstagen gefallen. Das Foto ... Wenn ich es haben könnte. Sie würden mir eine solche Freude machen.« Ein unterdrücktes Schluchzen drang durchs Telefon. »Ich habe nämlich keines mehr. Sie sind bei einem Bombenangriff verbrannt. Und Kathrin hat mir ihres nicht gegeben. Bitte.«

Ein Eifersuchtsdrama? Ein Machtkampf?, fragte sich Vera. Wenn es nach Tante Kathrin ginge, bekäme Adele das Bild vermutlich auch jetzt nicht. Das Bild jenes Mannes, den sie ihr Leben lang nicht vergessen hatte und dessen früher Tod sie noch heute zum Weinen brachte. Doch Vera würde es nun die Tür öffnen.

Sie legte den Finger auf den Klingelknopf und vergewisserte sich, dass die Klarsichthülle mit der vergrößerten Fotokopie von Werners Porträt in der Tasche steckte. Die Kopie war der Kompromiss, den sie gefunden hatte, um ihr schlechtes Gewissen zu beruhigen. Das Foto klebte schließlich noch im Album.

Sie hörte den Gong im Haus nachhallen. Von drinnen näherten sich langsame Schritte. Es dauerte eine ganze Weile, bis die Tür geöffnet wurde und Adele Widmann vor ihr stand. Eine kleine Frau mit krummem Rücken und dünnem weißen Haar, zusammengesunken wie eine Mauer, deren Fundament langsam brüchig wurde. Sie stützte sich auf einen Rollator und sah zu Vera auf. Die Gläser ihrer Brille waren ein wenig verschmiert, dennoch wirkte der Blick aus den grauen Augen wach.

»Vera, wie schön, dass Sie gleich vorbeigekommen sind. In meinem Alter weiß man ja nicht, ob man den nächsten Tag noch erlebt. Ich darf Sie doch Vera nennen?«

»Natürlich.«

»Kommen Sie herein. Ich habe uns Tee gemacht.«

Für ihre neunzig Jahre wirkte Adele erstaunlich munter. Nur ihr Gang war schleppend, als ob jeder Schritt eine Qual sei. Vorsichtig schob sie den Rollator vor sich her und setzte schleppend einen Fuß vor den anderen.

Vera folgte ihr durch den Flur. In der Luft hing der säuerliche Geruch nach Alter. Eine dünne Staubschicht lag über allem, und der Boden war an einigen Stellen klebrig. Ein Blick durch die offen stehende Küchentür bestätigte Veras Eindruck, dass Adele alleine mit dem Haushalt nicht mehr fertig wurde und offenbar niemanden hatte, der ihr half.

Im Wohnzimmer gab es eine Eckbank und einen Tisch aus Kiefernholz. Beide waren im Laufe von Jahrzehnten nachgedunkelt. Im Herrgottswinkel hing ein geschnitztes Kruzifix an der Wand, vermutlich ein Werk von Alois Widmann. Darunter ein Strauß aus Plastikrosen und ein Leuchter mit Kerze. Der Tisch war gedeckt. Blaue Keramiktassen mit weißen Tupfen. Die Kanne stand auf einem Stövchen, davor eine Schale Butterkekse. Daneben zwei Stamperl und eine Flasche Marillenlikör.

Adele stützte sich auf der Stuhllehne ab, ließ sich auf den Sitz fallen und strich den verknitterten Rock glatt. »Bitte.« Mit der Hand wies sie auf die Bank. »Setzen Sie sich doch.«

Sie empfing Vera wie einen gern gesehenen Gast. Damit standen die Zeichen gut, an die erhofften Informationen zu kommen.

Vera zog die Kopie hervor und reichte sie Adele. »Ich denke, das ist das Bild von Werner, das Sie meinen.«

In dem verwitterten, vom Leben gezeichneten Gesicht ihres Gegenübers ging eine Veränderung vor sich. Die verhärteten Züge wurden weich und eine Ahnung dessen, was längst vergangen und unwiederbringlich verloren war, schimmerte für einen kurzen Moment auf: Jugend und eine alles verheißende Zukunft. Adele versenkte den Blick in Werners Antlitz. Sacht strich sie mit der Hand über das Papier. Ein Seufzer entstieg ihrer Brust.

»Er ist viel zu jung gestorben. Zwei Tage vor Kriegsende. Zwei Tage nur. So viele Tote. So viele verschwendete Leben.« In ihren Augen sammelten sich Tränen.

Mit dem Zeigefinger fuhr sie die Konturen von Werners Gesicht nach, und Vera biss sich auf die Lippen, um sie nicht auf diejenigen anzusprechen, für deren Tod sie mit verantwortlich war. Denn dann würde Adele alle Schotten dicht machen, und sie würde weder erfahren, was Tante Kathrin in Winkelberg gemacht hatte, noch, wo die verschwundenen Akten sein konnten.

»Danke, dass Sie mir das Bild gebracht haben.« Adele schenkte Tee und Likör ein und begann von der Krankenpflegeschule und vom Praktikum im Schwabinger Krankenhaus zu erzählen, wo sie Werner kennengelernt hatte.

Nach einem Stamperl wurden die Berichte lebhaft und humorvoll. Sie tauchte in lange vergangene Zeiten ein und erinnerte sich dennoch, als wäre all das erst gestern geschehen. Welches Kleid sie beim Abschlussfest getragen hatte und welches, als Werner sie das erste Mal ins Odeon-Kino einlud. Ein weinrotes mit weißem Kragen und gesehen hatten sie *Große Freiheit Nummer 7* mit Hans Albers und Ilse Werner. Schauspieler von deren Format gab es heute ja leider nicht mehr. Adele schweifte ab, Vera brachte sie behutsam wieder auf Kathrin-Kurs und damit zurück zur Ausbildung.

Die beiden Frauen hatten sich nicht erst an der Krankenpflegeschule kennengelernt, sondern schon Jahre zuvor auf der Mittelschule, während Werner erst als Medizinalpraktikant am Schwabinger Krankenhaus zur Clique gestoßen war. Alle waren in ihn verschossen gewesen, natürlich auch Kathrin. Doch er hatte sich für sie entschieden, für Adele.

Vera hörte geduldig zu, lenkte das Gespräch weiter Richtung Winkelberg und verhielt sich dabei so, als wüsste sie nicht, was dort geschehen war, wie so viele ihrer Generation. »Die erste Stelle nach der Ausbildung. Das erste selbst verdiente Geld. Es war sicher eine aufregende Zeit.«

Adele bestätigte das und erzählte von der Arbeit, die sehr anstrengend gewesen sei. Eine Vierzigstundenwoche gab es damals nicht. Jede Hand wurde gebraucht. Es war ja Krieg, und die Männer waren an der Front. Die Frauen mussten mit anpacken, ihren Mann stehen. Den Fragen nach Pfleglingen wich sie aus, betonte aber den Zusammenhalt der Schwestern, die sie als eingeschworene Gemeinschaft beschrieb. »Es gab natürlich Ausnahmen, ein paar, die sich für etwas Besonderes hielten, für was Besseres. Die gibt es immer.«

»Aber Kathrin hat nicht dazugehört?«

»Kathrin war schon immer sehr eigen. Eher eine Einzelgängerin. Sie hat sich keiner Gruppe angeschlossen. Mich hat es gewundert, dass sie zu unseren Ehemaligentreffen gekommen ist, dass sie sogar mitgeholfen hat, das Museum einzurichten, und dort Führungen macht. Oder war das die Winkler Kathrin?« Mit der Hand fuhr Adele sich über die Stirn. »Allmählich werde ich vergesslich.«

Es lag wohl eher am Likör, der ihr zu Kopf stieg. Sie hatte schon zwei Stamperl geleert und saß mit geröteten Wangen und glänzenden Augen am Tisch. Allmählich war es Zeit, auf die wichtigen Fragen zu sprechen zu kommen, bevor ihr Schwips ein größeres Ausmaß annahm. Adele bot ihr noch ein Gläschen an. Vera lehnte ab. »Danke, nein. Ich muss noch fahren. Was ich Sie noch fragen wollte: Hat Kathrin Matthias Cramer eigentlich in Winkelberg kennengelernt, oder kannten die beiden sich schon vorher?«

»Ach ja, der Cramer. Er hatte ein Auge auf sie geworfen. Doch sie hatte ja angeblich was mit dem Landmann.«

»Was? Kathrin hatte eine Affäre mit Karl Landmann?« Ihre Tante und dieser Massenmörder?

»Iwo.« Eine wegwerfende Handbewegung. »Das war bloß Gerede. Ich wette, dass sie was mit dem Cramer angefangen hat. Die hingen zusammen wie die Kletten. Aber zugegeben hat sie es nie. Er war ja auch viel attraktiver als der Landmann. Das war vielleicht ein finsterer Geselle, Vera, ich kann Ihnen sagen. Der hat nur seinen Führer geliebt und sich selbst.« Ein Weilchen ging das noch so weiter. Sie schien Landmann nicht gemocht zu haben und kam dann auf die Nachkriegszeit zu sprechen. Wie sie alle davongekommen waren, die Mächtigen und Einflussreichen. »An die Kleinen haben sie sich gehalten, wie den Wrede und mich. Wir mussten den Kopf hinhalten. Nehmen Sie doch noch einen Keks.« Adele schob ihr das Schälchen hin.

Die Butterkekse sahen so grau aus, als hätten sie seit einem Jahrzehnt das Mindesthaltbarkeitsdatum überschritten.

»Danke. Ich bin derzeit auf Diät.«

Adele näherte sich von selbst dem Thema, das Vera so brennend interessierte. »Wir haben damals doch nur unsere Pflicht getan. Was wäre denn passiert, wenn wir uns geweigert hätten? Nach Dachau hätten sie uns geschickt. Aber an uns haben sie sich nach dem Krieg dann gehalten, an die Schwestern und an ein paar Ärzte. Obwohl wir nichts mitzureden hatten. Wir mussten tun, was die uns anschafften. Aber das versteht ja heute keiner mehr, dass wir nicht alle Oskar Schindlers waren, furchtlose Helden, die sich für andere opferten. Das erforderte nämlich Mut. Mut, von dem jeder behauptet, dass er ihn hat. Jedenfalls theoretisch. Wenn es hart auf hart kommt und das eigene Leben auf dem Spiel steht, sieht es ganz anders aus. Da duckt man sich, macht sich klein, bleibt unauffällig. Nicht mal der Pfarrer hat sich getraut, für die Pfleglinge einzutreten. Viele haben nämlich gewusst, was ihnen bevorstand, und sich an ihn gewandt, er soll ihnen helfen, damit sie nicht fortkommen. Und was hat er gesagt, der Hochwürden? ›Heiß es nicht Schicksal‹, hat er gesagt. ›Und wenn Gott nun zulässt, dass dir so etwas widerfährt, ist ja noch nicht Schluss. Es geht doch weiter im ewigen Leben, und Gott rechnet es dir an, wenn du fast wie ein Märtyrer stirbst.‹ Das hat er gesagt, der Herr Pfarrer.«

Bestürzt hörte Vera zu. »Er hat nichts für sie getan und sie Märtyrer genannt?«

»Auch er war kein Held. Hätte er etwa einen Aufstand anzetteln sollen? Ihn haben nur die unsterblichen Seelen seiner Schäfchen interessiert, nicht die sterblichen Körper. Den haben sie auch nicht vor Gericht gestellt. Er hatte ja bloß mit Worten dafür gesorgt, dass sie sich fügten wie die Lämmer, nicht mit Taten. Es waren eben andere Zeiten. Außerdem stimmte es ja auch. Hätten wir wirklich die Krüppel und Idioten durchfüttern sollen, die den Soldaten an der Front und der arbeitenden Bevölkerung nur das Essen wegnahmen, obwohl sie nichts leisteten und nichts fühlten? Sie haben ja nicht mal richtig gelebt. Lebende Tote waren das. Ballast. Im Grunde war der Tod eine Gnade für diese Kreaturen.«

Vera zwang sich zur Ruhe. Keine Anklage, wenn sie noch mehr Antworten wollte. »Vermutlich ist es nicht einfach, sich in die Situation von damals hineinzuversetzen. Sie und Kathrin waren ja gemeinsam in Winkelberg. Ich weiß gar nicht, was meine Tante dort erlebt hat. Bisher hat sie nicht darüber gesprochen.«

»Und jetzt kann sie es nicht mehr.« Ein boshafter Unterton schwang in dem Satz mit.

»Ich frage mich, inwieweit sie in die …«, Vera verbiss sich gerade noch das Wort Patiententötungen, »in die Ereignisse verwickelt war.«

Adele schob das leere Likörglas von sich und sah Vera direkt in die Augen. Misstrauen lag darin. Die Stimmung war von einem Moment auf den anderen gekippt. »Sind Sie etwa deswegen hergekommen?«

Vera breitete die Hände aus. »Es ist ein Teil von Tante Kathrins Leben und sie ist ein wichtiger Teil von meinem.«

»Sie fragen sich also, ob Ihre Tante eine Mörderin ist, ob sie sich die Hände schmutzig gemacht hat? Ob sie den rechten Arm hochgerissen und Heil Hitler gebrüllt hat?«

Adeles Worte konnten alles ändern und ihr die Tante nehmen, die sie bisher gekannt hatte. Trotzdem nickte Vera und machte sich auf das Schlimmste gefasst.

»Sie fragen aber nicht sich. Sie fragen mich.« Adele lehnte sich in der Bank zurück. »Kathrin wird ihre Gründe haben, weshalb sie über diese Zeit den Mantel des Schweigens gebreitet hat, und mich geht das nichts an. Ich mische mich da nicht ein.«

Diese Antwort konnte alles bedeuten und nichts. »Sie war also beteiligt? Sie hat mitgeholfen, die Kinder in der Fachabteilung zu töten? Das deuten Sie doch an.«

Bedächtig zog Adele die Schultern hoch, wobei sie Vera nicht aus den Augen ließ.

»Erika Weber? Franz Singhammer? Therese Kolbeck?« Während Vera die Namen nannte, ging eine Veränderung im Gesicht ihrer Gesprächspartnerin vor sich. Es wurde zu einer ausdruckslosen Maske. Adele stützte die Arme auf die Tischplatte und stemmte sich hoch. »Haben Sie vielen Dank für das Foto, Vera. Ich bin eine alte Frau, und das Gespräch hat mich erschöpft.«

Ärger zog in Vera herauf, wie eine Unwetterfront, und sie wusste, dass sie einen Fehler beging, doch sie konnte sich nicht bremsen. »Stimmt, meine Tante kann mir keine Antworten mehr geben. Und Sie begnügen sich mit Andeutungen. Warum? Ist es so schön, wieder einmal Macht auskosten zu können? So wie damals, als Sie mitgeholfen haben, Wehrlose und Schutzbedürftige zu töten?«

Adeles Lippen verzogen sich zu einem dünnen Lächeln. »Wenn Sie jetzt bitte gehen würden. Ich muss mich hinlegen.«

Zornig verließ Vera das Haus, setzte sich ins Auto und pfefferte die Tasche auf den Beifahrersitz.

Früher hatte sie die Kunst beherrscht, Interviewpartnern Informationen zu entlocken, die sie nicht preisgeben wollten. Diese Fähigkeit war in den vier Jahren bei *Amélie* offenbar restlos erodiert. Wie eine ungeschickte Anfängerin hatte sie das Gespräch geführt. Nein, nicht sie hatte es geführt, sondern Adele hatte es beherrscht!

Was sollte sie nun tun? Einen Moment hatte sie ja mit dem

Gedanken gespielt, Werners Foto zu kidnappen, um Antworten zu bekommen, doch am Ende wären es womöglich nur Lügen.

Vielleicht sollte sie sich ausnahmsweise einmal die Haltung ihrer Mutter zu eigen machen? Man muss nicht alles wissen. Es war möglich, dass sie die Kathrin, die sie kannte, verlor, wenn sie weiter suchte. Die Frau, die ihr manchmal mehr Mutter gewesen war als ihre eigene. Die deren Defizite ausgeglichen und ihr Verständnis, Wärme und Liebe geschenkt hatte, wo Annemie nur Pragmatismus, Kühle und Distanz zur Verfügung standen.

33

Es wurde bereits Abend, als Manolis die Monacensia verließ, wo er im Archiv die alten Stadtadressbücher eingesehen hatte. Von Adele Erl war darin keine Spur zu finden, dafür aber die Adresse von Dr. Matthias Cramer in der Ausgabe von 1962. Damals hatte er Praxis und Wohnung in der Isabellastraße 79 gehabt. In den späteren Bänden fand sich jedoch kein Hinweis mehr auf ihn.

Einundfünfzig Jahre waren vergangen, und Manolis' Hoffnung, dass sich in der Isabellastraße noch jemand an Cramer erinnerte, war gering. Doch es war die einzige Möglichkeit, seine Spur aufzunehmen, da im Internet nichts über ihn zu finden war. Bevor er losfuhr, rief Manolis Rebecca an, um zu erfahren, was Vera trieb.

»Ich wollte dir schon eine SMS schicken. Rate mal, wo Vera gerade ist?«

»Keine Ahnung.«

»In Gauting. Sie hat Adele Erl ausfindig gemacht. Verheiratete und verwitwete Widmann.«

»Wie hat sie das denn hinbekommen?«

»Dem Browserverlauf ihres Laptops zufolge hat sie nach drei Frauen gegoogelt, die alle den Vornamen Adele haben. Die hat sie vermutlich aus dem Adressbuch ihrer Tante. Jedenfalls ist sie dabei auf einen Zeitungsartikel gestoßen, in dem Adele Widmann als Todesengel des Kinderhauses bezeichnet wird.«

»Und äußert Adele sich zu den Akten?«

»Die Verbindung ist nicht besonders gut. Aber so viel habe ich mitbekommen, dass Adele sie am ausgestreckten Arm verhungern lässt. Sie gibt ihr keine Informationen darüber, was ihre Tante in Winkelberg getan hat, und als Vera nach Singhammer und Kolbeck fragte, konnte man förmlich die Rollläden herunterrauschen hören. Ab da hat sie komplett dicht gemacht.«

»Was meinst du? Sind die Akten bei ihr?«

»Freundinnen waren die beiden offenbar nicht. Eher das Gegenteil. Reichlich Zickenkrieg um den schönen Werner, in den sie wohl beide verschossen waren. Kathrin hätte ihr die Akten nicht anvertraut. Soll ich Vera weiter im Auge behalten?«

»Ja, mach das. Ich habe herausgefunden, dass Cramer in den Sechzigern in Schwabing gelebt hat. Ich höre mich dort mal um.«

Kurz vor halb sieben parkte Manolis in der Isabellastraße vor dem Haus mit der Nummer 79. Das Gewitter war vorbei. Die Sonne schien durch die löchrige Wolkendecke und trocknete den Asphalt. Die Isabellastraße war eine ruhige Nebenstraße mit alten Häusern und zahlreichen kleinen Geschäften. Am Klingelschild des Hauses war der Name Cramer nicht zu finden. Im Feinkostladen gegenüber räumte eine Frau gerade Obst- und Gemüsekisten von der Stellage ins Geschäft. Sie war schon älter, und wenn er Glück hatte, kannte sie die Leute in der Gegend.

Ein Schild hing über der Ladentür. Feinkost Schmidt, seit 1952. Manolis wechselte die Straßenseite.

»Frau Schmidt? Guten Abend.«

Mit einer Kiste in den Händen schob sie sich an ihm vorbei. »Ich mache gleich zu. Wenn Sie noch etwas wollen, sollten Sie entschlussfreudig sein.«

Die Birnen sahen gut aus. Er kaufte zwei und dazu ein paar italienische Feigen. Im Kühlschrank waren noch Gorgonzola, Baguette und ein spritziger Rosé aus der Provence. Das Abendessen war gesichert.

Frau Schmidt legte das Obst in Papiertüten, und er fragte, wie lange sie das Geschäft schon führe.

»Im Oktober sind es fünfundzwanzig Jahre. Warum?«

»Ich bin Historiker. Derzeit recherchiere ich für eine Publikation, und meine Nachforschungen haben mich zu dem Arzt Doktor Matthias Cramer geführt, der früher hier gelebt hat. Direkt gegenüber in der Nummer neunundsiebzig.«

»Cramer? Das muss lange her sein. Ich habe den Namen jedenfalls noch nie gehört.«

»Wohnt in dem Haus vielleicht jemand seit den Sechzigerjahren, der Cramer gekannt haben könnte?«

Sie reichte ihm die Tüte und musterte ihn vom Scheitel bis zur Sohle. Offenbar sah er vertrauenswürdig aus, denn sie nannte ihm einen Namen. »Fragen Sie Herrn Petsch. Er hat mal erzählt, dass er und seine Frau seit ihrer Heirat in der Isabellastraße wohnen. Er ist jetzt über achtzig. Seine Frau ist vor einem Jahr gestorben. Damit wird er nicht fertig, der Arme.«

Manolis bedankte sich für die Auskunft, bezahlte und legte das Obst in den Wagen, bevor er bei Petsch klingelte. Es dauerte eine Weile, bis die Gegensprechanlage knisterte.

»Ja, bitte?«

»Guten Abend, Herr Petsch. Mein Name ist Markus Schneider. Ich bin Historiker. Frau Schmidt vom Feinkostladen war so freundlich, mir Ihren Namen zu nennen. Ich suche jemanden, der Doktor Matthias Cramer gekannt hat, und sie meinte, ich solle mich an Sie wenden.«

»Cramer, sagen Sie?«

»Ja, Doktor Matthias Cramer. Neunzehnhundertzweiundsechzig hat er in diesem Haus seine Praxis gehabt und auch seine Wohnung.«

Eine Weile blieb es still. »Ja, die Gertraud, die kennen wir natürlich.«

»Dürfte ich vielleicht kurz reinkommen?«

»Die Frau Schmidt schickt Sie?«

»Ja.«

»Warten Sie.«

Das Rauschen in der Anlage erstarb. Kurz darauf ging im Erdgeschoss ein Fenster auf. Ein alter Mann sah heraus. Sein Haar war schlohweiß und schütter. Erst musterte er Manolis, dann rief er quer über die Straße: »Frau Schmidt, kennen Sie den Herrn?« Mit der Hand wies er auf Manolis.

Die Feinkosthändlerin nickte. »Keine Sorge, Herr Petsch. Ich glaube nicht, dass er Sie ausraubt.«

»Man muss vorsichtig sein«, rief er zurück und wandte sich dann wieder an Manolis. »Ich komme zu Ihnen raus, dann gehen wir ein paar Schritte.«

Es dauerte beinahe zehn Minuten, bis die Haustür geöffnet wurde und Herr Petsch auf die Straße trat. Der Anzug schlotterte um seinen dünnen Körper und der Hemdkragen um den faltigen Hals, an dem der Adamsapfel hervorragte.

Doch Petsch hielt sich aufrecht und ging, wenn auch langsam, mit sicherem Schritt.

»Dann wollen wir mal schauen, ob ich Ihnen weiterhelfen kann, Herr Schneider.«

»Es ist sehr nett von Ihnen, dass Sie sich die Zeit dafür nehmen.«

»Ach, wissen Sie, in meinem Alter hat man mehr Zeit, als einem manchmal lieb ist.«

Bedächtig schlenderten sie in Richtung des Alten Nordfriedhofs. Petsch sprach von den Malaisen des Alters und vom Tod seiner Frau. Kurz nach der Goldenen Hochzeit hatte sie eines Morgens tot neben ihm im Bett gelegen. Sie war friedlich eingeschlafen, wie man so sagt, doch Petsch fand, sie habe ihn ohne ein Wort des Abschieds alleingelassen, und das konnte er ihr nicht verzeihen. Nach über fünfzig Jahren hatte sie sich still und leise davongeschlichen.

Manolis wollte gerne auf das eigentliche Thema kommen und lenkte das Gespräch auf Gertraud, die Petsch vorhin erwähnt hatte. »War sie die Frau von Doktor Cramer?«

»Ach, wo denken Sie hin? Der Cramer war nicht verheiratetet. Gott sei Dank, muss man sagen. So jung, wie er gestorben ist. Sonst hätte er eine Witwe hinterlassen und womöglich auch noch Kinder. Schrecklich. Nein, nein, er war Junggeselle.«

»Er ist gestorben? Wann denn?«

»Lassen Sie mich überlegen. Das muss im Frühjahr zweiundsechzig gewesen sein. Kurz bevor Klara und ich hierher gezogen sind. Wir haben ihn jedenfalls nicht mehr kennengelernt. Ein Autounfall. Damals gab es ja weder Sicherheitsgurte noch Airbags. Die Autos von heute sind mit denen von damals gar nicht zu vergleichen. Jedenfalls war Gertraud dabei, den Haushalt ihres Bruders aufzulösen, als wir hier eingezogen sind. Wir haben zwei Lampen von ihr gekauft und eine Kommode. Die Praxis hatte sie zu diesem Zeitpunkt schon an den Nachfolger übergeben.«

»Gertraud Cramer war also seine Schwester.«

»Ja, richtig. Sie ist dann weggezogen.«

Manolis rechnete nicht damit, dass Herr Petsch wusste, wohin Cramers Schwester nach dem Tod ihres Bruders gegangen war. Doch er kannte die Adresse, denn Gertraud und seine Frau hatten sich angefreundet, und nach Ehe, Witwenschaft und mehreren Umzügen wohnte Gertraud seit fünfzehn Jahren wieder in Schwabing.

»Was wollen Sie als Historiker eigentlich über Gertrauds Bruder in Erfahrung bringen? Soweit ich weiß, war er Allgemeinmediziner und kein Albert Schweitzer.«

Mit dieser Frage hatte Manolis schon viel früher gerechnet. »Mein Projekt dreht sich um seinen Doktorvater. Cramer ist also nur eine Randfigur meiner Recherche.« Bei der Schwester würde er das heikle Thema Euthanasie allerdings nicht umschiffen können.

Er begleitete den alten Herrn zurück, der ihn bat, einen Moment vor dem Haus zu warten, während er die Telefonnummer von Gertraud heraussuchte. Vermutlich würde es länger dauern, denn sicher rief Petsch sie erst an, um ihr vom Besuch des Historikers zu erzählen, der sich für ihren Bruder interessierte. Fünfzehn Minuten vergingen, bis Petsch wieder erschien und ihm einen Zettel reichte, auf dem er den Namen Gertraud Lippold samt Kontaktdaten notiert hatte.

»Ich war so frei und habe Gertraud erst gefragt, ob es ihr recht ist, wenn ich Ihnen das hier gebe.«

»Selbstverständlich. Und herzlichen Dank.«

»Sie meinte noch, da sie heute ohnehin nichts mehr vorhat, könnten Sie auch gleich vorbeikommen.«

Manolis kam dieser Vorschlag gelegen. Er verabschiedete sich von Petsch und machte sich auf den Weg zu Gertraud Lippold. Sie lebte in einer Wohnung mit Blick auf den Alten Nordfriedhof, auf dem schon seit Jahrzehnten keine Beisetzungen mehr stattfanden und der für die Schwabinger daher mehr Park als letzte Ruhestätte war. Grüne Baumkronen, gekieste Wege, und zwischen Kreuzen und Marmorengeln bemerkte Manolis Jogger und Radfahrer.

Er klingelte an dem Jugendstilhaus bei Lippold und wurde hereingebeten. Cramers Schwester war eine kleine Frau mit kastanienbraun gefärbtem Haar, molliger Figur und aufrechtem Gang. Sie musste etliche Jahre jünger sein als ihr Bruder Matthias. Manolis schätzte sie auf Mitte siebzig.

Während er ihr zur Sitzecke im Wohnzimmer folgte, sah er sich um. Gepflegte Antiquitäten und dicke Teppiche. Eine Kristallvase mit Seidenblumen auf einem Konsoltisch und darüber hing ein altmeisterliches Ölgemälde im Vanitas-Stil.

Es zeigte eine Kerze, deren Flamme seit beinahe vierhundert Jahren in einem Luftzug zu verlöschen drohte, von dem der Betrachter nicht wissen konnte, woher er kam. Vielleicht durch ein geöffnetes Fenster, gespitzte Lippen oder eine nicht geschlossene Tür. Daneben lag eine Perlenkette auf der Tischplatte und drohte jeden Moment über die Kante zu gleiten, während dahinter eine Schale voller braunfleckigem Obst stand, das bereits am Verderben war. Eine Heuschrecke saß darauf, das Symbol der Plagen.

Ein schönes Gemälde, das eine Saite in Manolis berührte, etwas in ihm zum Klingen brachte und für einen Moment eine tiefe Sehnsucht in ihm weckte, zusammen mit der Erkenntnis, dass etwas falsch lief in seinem Leben. Ein atemloser Gedanke, der wie ein Streichholz in tiefer Finsternis aufflammte und wieder verlosch, ehe er ihn recht fassen konnte. Der lediglich eine Ahnung von Hoffnungslosigkeit hinterließ, die kurz in ihm nachhallte und sich sofort wieder verlor. Zurück blieb Verwirrung.

»Bitte.« Gertraud Lippold wies auf das Biedermeiersofa und nahm selbst im Sessel Platz. Gedankenverloren wanderte eine Hand zur Goldkette an ihrem Hals. »Sie sind also Historiker und wollen Auskunft über meinen Bruder Matthias? Ich nehme an, es geht um seine Zeit in Winkelberg. Mir fällt nämlich beim besten Willen kein anderer Grund ein, weshalb sich ein Historiker für ihn interessieren sollte. Sicher nicht wegen seines Doktorvaters. Der war ein eher unbedeutender Mediziner.«

Ihr Tonfall war nicht ablehnend, eher neutral bis freundlich und ein wenig neugierig.

Manolis breitete lächelnd die Hände aus. »Ich war mir nicht sicher, wie Sie diesem Thema gegenüberstehen, und wollte nicht mit der Tür ins Haus fallen. Deshalb die kleine Notlüge.«

»Sie ist Ihnen schon verziehen. Was wollen Sie denn nun genau wissen?«

»Ich arbeite an einer Veröffentlichung über die Heil- und Pflegeanstalten in Bayern während des Dritten Reichs und bin bei meinen Recherchen auf den Namen ihres Bruders gestoßen, der bisher in keiner Veröffentlichung erwähnt wird. Das hat meine Neugier geweckt.«

»Er war damals ja lediglich Medizinalpraktikant, ein kleines Licht, und zudem nur fünf Monate in Winkelberg. Kurz vor Kriegsende musste er dann doch noch an die Front.«

»Und er war mit dem Anstaltsleiter Doktor Karl Landmann verwandt.«

»Das stimmt allerdings. Auch wenn ich diese Verwandtschaft gerne leugnen würde.« Sie seufzte. »Karls Vater war der Bruder unserer Mutter. Ein Nationalsozialist durch und durch und schon sehr früh Mitglied der Partei. Karl hat dieses Gedankengut mit der Muttermilch aufgesogen. Das ist jetzt keine Entschuldigung, nur eine Erklärung. Unser Vater dagegen war Anhänger der Sozialdemokraten und hat Matthias und mich in diesem Geist erzogen. Damit wären wir schon bei Ihrer noch unausgesprochenen Frage, wie Matthias zur Euthanasie stand. Ob er sie gutgeheißen hat und ein williger Vollstrecker von Karls Anordnungen war.« Gertraud wartete seine Bestätigung nicht ab. »Nein, das war er nicht. Ganz und gar nicht. Er hat Widerstand geleistet und heimlich Essen in die Hungerhäuser geschmuggelt. Er hat sein Leben riskiert für diese armen Kreaturen, die Karl tot sehen wollte. Karl war einer, der kein Erbarmen kannte. Er hätte Matthias bei der Gestapo denunziert, wenn er ihn erwischt hätte. Seinen eigenen Cousin.«

»Das ist sehr interessant. Haben Sie noch Aufzeichnungen oder Unterlagen Ihres Bruders aus dieser Zeit? Vielleicht sogar solche, die seinen Widerstand belegen?«

Ein bedauerndes Kopfschütteln begleitete ihre Antwort. »Leider nicht.«

»Auch keine Briefe, Tagebücher oder vielleicht Patientenakten?«

»Patientenakten? Wie kommen Sie denn darauf? Wenn Sie die einsehen wollen, müssen Sie sich an das Archiv des Bezirks Oberbayern wenden.«

»Ich weiß. Ich dachte nur, dass er vielleicht ein paar interessante Fälle beiseitegelegt hat. Jedenfalls habe ich gerüchtweise davon gehört.«

Verwundert sah sie ihn an. »Wer behauptet denn so etwas? Matthias war überaus korrekt, und wenn er tatsächlich derartige Unterlagen besessen hätte, hätte er mir davon erzählt. Spätestens nach seinem Tod hätte ich sie doch gefunden. Da haben Sie sich einen Bären aufbinden lassen.«

»Hat er mal eine Krankenschwester aus Winkelberg erwähnt? Kathrin Wiesinger?«

Sie überlegte. »Gut möglich. Mein Namensgedächtnis war allerdings noch nie das beste. Ich sagte ja schon, dass Matthias nicht lange in dieser Anstalt war, weil er dann doch noch eingezogen wurde, obwohl Karl das verhindern wollte. Das muss ich ihm zugutehalten. Er hat seinen Einfluss genutzt, um Matthias davor zu bewahren, bis es im Januar fünfundvierzig nicht mehr anders ging. Im März haben sie ihn an die Ostfront geschickt. Nach Ungarn. Sie sollten die Ukrainer über die Donau zurückdrängen. ›*Unternehmen Frühlingserwachen*‹, nannten sie das.« Gertraud spuckte dieses Wort beinahe aus. »Frühlingserwachen! Von wegen. Weltuntergang wäre passender gewesen oder Götterdämmerung. Es muss furchtbar gewesen sein. Ein Inferno. Matthias ist verwundet in Gefangenschaft geraten und erst im Dezember neunundvierzig wieder nach Hause gekommen. Viereinhalb Jahre nach Kriegsende! Er hat versucht, ein normales Leben zu führen und den Krieg zu vergessen. Wie alle. Aber Sie wissen ja sicher, wie es damals war.«

Manolis nickte. »Und nach dem Krieg, hatte er da noch Kontakt zu jemandem aus Winkelberg?«

»Nicht dass ich wüsste. Er hat sein Studium endlich abgeschlossen und nach ein paar Jahren als Krankenhausarzt die Praxis in der Isabellastraße aufgebaut. Er war so voller Zuversicht. Es ging ihm gut, doch dann ist er viel zu jung gestorben. Mit nur zweiundvierzig Jahren. Das Schicksal ist manchmal ungerecht und grausam.«

»Ja, von dem Unfall hat Herr Petsch mir schon berichtet. Wirklich tragisch.«

»Dabei war Matthias ein guter Autofahrer. Ein paar Tage bevor es passiert ist, war er noch in Frankfurt beim Ärztekongress. Über achthundert Kilometer hin und zurück, ohne dass etwas passiert ist. Dann macht er einen Hausbesuch, kommt von der Straße ab und fährt gegen eine Mauer. Hier, mitten in München.«

»Er war auf einem Ärztekongress in Frankfurt?«

»Ja, im April zweiundsechzig. Etwas muss dort vorgefallen sein. Vielleicht ist er deshalb so unkonzentriert gefahren. Seit seiner Rückkehr war er total durch den Wind. Nervös und unruhig. Doch er hat mir nicht gesagt, was mit ihm los war. Angeblich nichts. Dabei ist er wie ein Tiger in der Praxis hin und her. Ich denke, es ging um eine Frau.« Gertraud sah auf. »Sie müssen wissen, dass ich damals seine Sprechstundenhilfe war. Jedenfalls war er anders als sonst und hat sogar ein Päckchen selbst zur Post gebracht, obwohl das zu meinen Aufgaben gehörte. Aber anscheinend hat er mir nicht vertraut. Wir haben uns deswegen gestritten, was mir heute noch leidtut. Denn am nächsten Tag ist er verunglückt, und wir haben uns vorher nicht versöhnt. Böse Worte waren die letzten, die wir gewechselt haben.« Sie fuhr sich mit der Hand über die Augen. »Wenn ich geahnt hätte, dass ihm keine Zeit mehr bleibt, dann hätte ich mich doch wegen dieses Päckchens nicht so kindisch benommen. Aber das konnte ich natürlich nicht wissen.«

»Das tut mir leid. Das Päckchen war vermutlich an eine Frau adressiert?«

Gertraud Lippold nickte. »Ich nehme an, er hatte eine Geliebte, über die er mit mir nicht sprechen wollte. Aber zur Beisetzung ist keine Frau erschienen.«

34

Kathrin trat in die Pedale, so schnell sie konnte. Doch der Oktobersturm stellte sich ihr entgegen, wehte sie beinahe vom Rad. Sie musste sich beeilen. Wenn Bader ihr Zuspätkommen bemerkte oder gar Wrede … nicht auszudenken! Heimlich hatte sie die Anstalt verlassen. Diesmal nicht, um die gestohlene Zeit zu verträumen – das Träumen hatte sie sich hier rasch abgewöhnt –, sondern um noch vor Dienstbeginn einen Brief zur Post zu bringen, der schnellstmöglich zugestellt werden musste.

Während der monatlichen Visite vor fünf Tagen hatte Landmann Therese vom Kinderhaus in die Kinderfachabteilung verlegen lassen. Nicht auch noch die Kleine!

Drei Wochen waren seit Kathrins Brief an Thereses Vater vergangen. Gleich nachdem sie die Anschrift der Luftkriegsschule ausfindig gemacht hatte, hatte sie ihm geschrieben und wartete seither darauf, dass Josef Kolbeck vorbeikommen und sein Kind abholen würde. Doch er kam nicht. Inzwischen befand sich Therese schon seit fünf Tagen in der Fachabteilung. Gestern hatten Wrede und Adele mit der »Behandlung« begonnen. Wo blieb Thereses Vater nur? Nahm er ihre Nachricht nicht ernst, oder war sie verloren gegangen? Hastig hatte Kathrin eine zweite geschrieben, eilig hingeworfen auf einem Zettel und natürlich wieder anonym. Er musste um Gottes willen Therese abholen und sich beeilen. Das Mädchen war in Winkelberg nicht mehr sicher. Ihm mussten doch auch die Gerüchte zu Ohren gekommen sein. Doch es waren keine Gerüchte!

Die Turmuhr der Anstaltskirche schlug acht, als sie, von Anzing kommend, das Anstaltsgelände über einen Feldweg erreichte, der beim Brunnenhaus endete. Dort schob sie das Rad ins Gebüsch, zog ihre Haube aus der Manteltasche, setzte sie auf und steuerte im Laufschritt das Kinderhaus an. Seit der Visite vor fünf Tagen versah sie ihren Dienst in der Fachabteilung. Landmann hatte sie dorthin versetzt. Er wollte ihren Gehorsam auf die Probe stellen. Ihre Bereitschaft, sich ihm zu unterwerfen.

Doch es waren Kinder! Offenbar hatte er eines nicht verstanden: Was in seinem Bett geschah, war ein Spiel, sonst nichts. Seit dem nächtlichen Gespräch mit Matthias im Brunnenhaus war Kathrin nicht mehr bei Landmann gewesen. Sie suchte Ausflüchte und ging ihm nach Möglichkeit aus dem Weg. Sie wollte nichts mehr mit ihm zu tun haben. Im Bett mit einem Mörder. Wenn sie nur daran dachte, fühlte sie sich dreckig und besudelt, deshalb wies sie auch jede Erinnerung daran von sich.

Stattdessen half sie Matthias, die Pfleglinge in den Hungerhäusern mit Essen zu versorgen. Ein paar Laibe Brot, die er vom Bäcker im Dorf bekam, der längst wusste, was in Winkelberg wirklich geschah, und es als seine christliche Pflicht ansah zu helfen.

Der Sturm riss Kathrin die Tür aus der Hand und schlug sie hinter ihr zu. Sie schlüpfte aus dem Mantel, hängte ihn an den Haken und zog die Papiertüte mit dem Pfauenauge hervor, das sie schnell noch in Hohenlinden für Therese gekauft hatte. Verstohlen sah sie sich um, schob die Tüte in die Tasche ihres Kleides und strich die Schürze darüber glatt. Für eine Sekunde schloss sie die Augen, um sich zu sammeln, dann straffte sie die Schultern und ging mit gemessenen Schritten nach oben zur Station. Sie war nur zwei Minuten zu spät.

Eine unheimliche Ruhe lag über den Räumen, und in den Duft frisch gebügelter Laken und sauberer Wäsche mischte sich noch ein anderer. Der Geruch von Tod und Verderben, von Anmaßung und Gemeinheit. Jedenfalls glaubte Kathrin für einen Moment, all das wahrnehmen zu können.

Aus dem Schwesternzimmer klangen gedämpft die Stimmen von Adele und Oberschwester Barbara. Kathrin meldete sich zum Dienst und machte sich an die Arbeit. Als sie zehn Minuten später einen Arm voll schmutziger Wäsche zur Kammer brachte, kam ihr im Flur Therese entgegen. Sie trug nur ein dünnes Hemdchen, aus dem die nackten Beine und Ärmchen hervorragten. Ihr rundes, hübsches Gesicht war in den letzten Tagen fahl geworden und ihr rotblondes Haar stumpf. Das immerwährende Lachen war erloschen. Ihr Blick aus den hellen Augen mit der verräterischen Form irrte unruhig umher.

Weshalb lag sie nicht im Bett? Hatte sie etwa den Frühstücksbrei mit dem sedierenden Mittel ausgespuckt? Eine Welle von Stolz auf dieses Kind erfüllte Kathrin. Auf dieses Kind, das alle für idiotisch hielten und sein Leben für nicht lebenswert, das Ballast für die Gemeinschaft sein sollte, und dabei war es ein Sonnenschein, eine Freude.

Therese kam auf sie zu, streckte die Hand aus und stieß die für sie typischen unverständlichen Laute aus. Doch Kathrin wusste, wonach sie suchte. Nach etwas zu essen. Nach mehr als dem dünnen Brei. Die selektierten Kinder ließen sie ebenfalls hungern. Welch eine Verschwendung, sie zu ernähren, wo sie doch ohnehin bald sterben würden. Diese Mörder in weißen Kitteln!

Verstohlen sah Kathrin sich um, ob sie auch alleine waren, und zog die Kleine hinter sich her in die Wäschekammer. Sie schloss die Tür, stopfte die Schmutzwäsche in einen Korb und zog die Tüte mit dem Pfauenauge unter der Schürze hervor. Mürbteig mit Marmelade und Puderzucker. Wenn auch nur mit billigem Fett gebacken, mit schlechtem Mehl und zu wenig Eiern, dennoch ein Fest. Therese riss ihr das Gebäck aus der Hand, verschlang es hastig und konzentriert, und Kathrin schämte sich, dass sie nur für dieses eine Kind etwas hatte. Hätte sie doch nur einen Leiterwagen voller Pfauenaugen besorgt. Wieder einmal fühlte sie sich hilflos und ohnmächtig. Was halfen die paar Brotlaibe schon und dieses eine Pfauenauge? Immer war es zu wenig. Nie genug. Wann würde dieser Krieg endlich vorbei sein?

Die Tür wurde geöffnet. Jemand trat ein. Es war Bader! Kathrin schnellte aus der Hocke hoch, zerknüllte die Papiertüte hinter dem Rücken und schob sie zwischen die Handtücher im Regal, während Therese aufschrie und sich ängstlich an sie drückte. Kathrins Herz schlug in rasendem Stakkato.

»Ach, sieh mal einer an. Schwester Kathrin. Was tun Sie denn hier?«

Hastig griff sie nach einem Stapel Laken. »Die Betten müssen frisch bezogen werden.« Ihr Mund war staubtrocken. Sie brachte die Worte kaum heraus.

»Und dabei hilft Ihnen diese kleine Idiotin?« Der Tonfall wechselte mit aberwitzigem Tempo von ironisch zu hasserfüllt. »Verkaufen Sie mich nicht für dumm. Was hat das Kind da?« Er beugte sich zu Therese hinunter, die den Kopf in Kathrins Schürze verstecken wollte, doch er drehte ihn unerbittlich zu sich herum und wischte ihr Krümel und Puderzucker vom Gesicht, während seines ganz rot wurde vor Zorn. »Ach, sieh mal einer an!«

Finger für Finger löste er Thereses kleine Faust, die den Rest des Pfauenauges umklammert hielt, und nahm es ihr weg. Ein infernalisches Gebrüll war die Folge. Mit dem Handrücken schlug er das Kind ins Gesicht.

»Wirst du wohl still sein!«

Doch sie schrie weiter, und Tränen, Rotz und Spucke liefen ihr über die Wangen.

Triumphierend hielt Bader den Rest des Pfauenauges hoch. »Hab ich Sie endlich erwischt! Ich wusste ja vom ersten Tag an, wes Geistes Kind Sie sind.«

Angst legte sich wie ein Band um Kathrins Hals, während Übelkeit in ihr aufstieg. Bader würde sie anzeigen und die Gestapo rufen. Sie würden kommen und sie abholen.

»Eine Defätistin!« Er sagte es gefährlich leise. »Eine Saboteurin!« Feine Speicheltropfen trafen sie bei jedem Wort. »Dafür werden Sie bezahlen!« Er riss die Tür auf, zerrte Therese an der einen und Kathrin an der anderen Hand in den Flur und brüllte: »Schwester Adele!«

Aus dem Schwesternzimmer stürzte Adele herbei und blieb wie angenagelt stehen, als sie die Situation erfasste.

»Bringen Sie das Kind zu Bett!«, schrie Bader. »Und sorgen Sie dafür, dass es seine Medizin erhält. Nicht zu glauben, was für ein Saustall das hier ist!«

Mit eisernem Griff zog er Kathrin hinter sich her, die Treppe hinunter und zur Tür hinaus. Der Sturm riss ihr die Haube vom Kopf und löste die Haare aus dem Knoten, während sie nach rettenden Worten suchte, nach verharmlosenden.

Doch Bader schnitt ihr das Wort ab. »Schweigen Sie still, Sie verkommenes Subjekt. Ihr Geständnis werden Sie vor der Gestapo ablegen, nicht vor mir.«

Weiter ging es zum Verwaltungstrakt, die Stufen hinauf, durch Portal und Foyer. Betretene Blicke des Personals folgten ihnen zu Landmanns Büro. Ohne anzuklopfen, stieß Bader die Tür auf und zerrte Kathrin hinein.

Ohne anzuklopfen.

Ein Fehler.

Ein großer Fehler.

Und vielleicht ihre Rettung.

Bader glaubte, er wäre endlich einmal der Stärkere, und trat entsprechend auf. Er ignorierte sämtliche Höflichkeitsformen und Demutsgesten. Jetzt hatte er das Sagen. Er, der ewige Stellvertreter, der älter war als sein Vorgesetzter und erfahrener. Doch fatalerweise hatte er es versäumt, sich Seilschaften in der Partei aufzubauen, die es einem erst ermöglichten, nach oben zu gelangen. Eine Dummheit, den Landmann nicht begangen hatte.

Bader kannte seinen Widersacher offenbar nicht. Nicht so wie sie. Niemand sagte Landmann, was er zu tun hatte. Ganz im Gegenteil, ein jeder tat, was er wollte. Und wenn er es auch nur aus einem einzigen Grund wollte: um seine Macht zu demonstrieren, seine Stärke, seinen unbezwingbaren Willen.

Landmann saß am Schreibtisch und telefonierte. Als Bader mit Kathrin in sein Büro stürmte, sah er auf. Eine Braue hob sich. Kühl musterte er seinen Stellvertreter und telefonierte einfach weiter, als wäre er alleine im Raum. Kathrin entspannte sich ein wenig. Bader blieb vor dem Schreibtisch stehen und begann auf den Absätzen auf und ab zu wippen, während sie sich das Handgelenk rieb, das er endlich losgelassen hatte. Wie ein ungeduldiger Pennäler stand er da und wartete darauf, dass man ihm das Wort erteilte. Es fehlte nur noch, dass er mit den Fingern schnippte.

Als Bader auf die Nichtbeachtung nicht reagierte, unterbrach Landmann das Telefonat und legte die Hand auf die Sprechmuschel, sichtlich verärgert. »Herr Kollege, warten Sie doch bitte draußen, bis ich dieses Gespräch zu Ende geführt habe.« Mit der Hand wies er zur Tür.

Bader schnappte nach Luft. »Die Angelegenheit ist von höchster Dringlichkeit.«

»Sicher nicht dringlicher als mein Gespräch mit dem Innenminister. Also bitte!«

Eine geschlagene Stunde ließ Landmann sie warten. Kathrin schwieg und hörte sich Baders Tiraden an, mit denen er ihr erst Vorhaltungen machte und dann ausmalte, was sie erwartete. Sie wusste es besser. Landmann würde dafür sorgen, dass ihr nichts geschah. Nicht ihretwegen. In diesem Punkt machte sie sich nichts vor.

Genau so kam es. Landmann drehte den Spieß um. Verantwortlich für das Kinderhaus und damit auch für die Kinderfachabteilung war Dr. Ernst Bader. Eine Aufgabe, die ihn ganz offensichtlich überforderte, wie Landmann feststellte. Wenn die Kinder herumliefen, statt in ihren Betten zu liegen. Wenn das Personal die Anordnungen missachtete und es Bader nicht gelang, die Einhaltung des Ernährungsplans durchzusetzen. Landmann drohte Bader, ihm die Verantwortung zu entziehen und an seine Stelle Oberarzt Dr. Wrede zu setzen, wenn dergleichen noch einmal vorkam.

Zum Schluss wandte er sich an Kathrin. »Auch Sie haben sich an die Anordnungen zu halten. Mitleid ist hier ebenso fehl am Platz wie falsch verstandene Nächstenliebe. Der Tod ist für diese bedauernswerten Kreaturen eine Erlösung. Und jetzt gehen Sie endlich an die Arbeit, Schwester Kathrin! Es ist genug Zeit vertrödelt.«

Echte Überzeugung und wahrhaftiger Zorn funkelten in seinen Augen. Er glaubte, was er da sagte. Er sagte es nicht nur, er tat es. Er war frei von Zweifeln und Mitgefühl, glaubte sich entbunden von den Verpflichtungen, die ihm sein Eid auferlegte, und Kathrin hasste ihn in diesem Moment, als sie sein Büro verließ, mit jeder Faser ihres Herzens.

In den nächsten Tagen war sie auf der Hut. Sie ging Bader aus dem Weg, schrieb aber eifriger als bisher ihre Gedächtnisprotokolle und fotografierte, wann immer es ihr möglich war, heimlich mit ihrer Agfa-

Box, die versteckt unter einer gelockerten Diele in der Wäschekammer lag. Kathrins ständiger Begleiter war die Angst. Landmann würde kein Pardon kennen, wenn man sie erwischte.

Der kleine Emil Lautenbach befand sich noch immer in der Kinderfachabteilung. Niemand holte ihn ab, obwohl Kathrin an seine Mutter geschrieben hatte. Wahrscheinlich dachte sie wie ihr Mann und hatte obendrein Landmann über die anonyme Warnung informiert. Nur so war sein wissendes und zugleich warnendes Lächeln bei der vorletzten Visite zu erklären.

Kathrin hatte keine Idee, wie sie verhindern konnte, dass Emil *aus dem Volkskörper ausgeschieden* wurde, wie seine Eltern das wollten. Er war allerdings zäher als erwartet. Er wollte partout nicht sterben, bis Landmann irgendwann die Geduld verlor und den kleinen Emil mit einer Überdosis Luminal tötete. Dabei gelang es Matthias, ihn durch einen Türspalt zu fotografieren, und Kathrin holte die leere Ampulle vorsichtig aus dem Müll. Landmanns Fingerabdrücke waren darauf. Zusammen mit der Fotografie und zwei Zeugenaussagen reichte das hoffentlich, um ihn nach Kriegsende zur Verantwortung zu ziehen.

Ein paar Tage später legten sie ihre Protokolle und die Ampulle in Emils Patientenakte, die Matthias aus der Verwaltung gestohlen hatte. Zehn Stück hatten sie nun schon beisammen.

Am Tag nach dem Zwischenfall mit Bader hatte Kathrin Dr. Wrede aufgesucht. Sie musste Therese retten. Bei der Diagnose Mongoloide Idiotie gingen Wredes und Landmanns Meinungen auseinander, ob tatsächlich eine Tötung angebracht war. Ersterer vertrat die Ansicht, dass mongoloide Kinder kein qualvolles Leben führten. Sie litten nicht unter ihrer Behinderung und waren fröhliche Menschen. Auch verfügten sie über ein natürliches Lebensgefühl. Daher war eine Erlösung von schrecklichem Leid seiner Auffassung nach nicht angebracht. Bisher hatte er sich damit allerdings bei Landmann nicht durchsetzen können.

Dennoch versuchte Kathrin ihn auf Thereses Seite zu ziehen. Aber diese Hoffnung zerschlug sich. Therese war aufgrund ihrer Behinderung taub und litt außerdem an einem angeborenen Herzfehler. Beides war typisch für dieses Krankheitsbild. Wrede lehnte es rundheraus ab, sich für das Mädchen einzusetzen.

Was konnte sie noch tun? Nichts, außer hoffen, dass Thereses Vater doch noch kam und sein Kind aus dieser Hölle befreite. Natürlich konnte sie auch noch einmal an Landmann appellieren, dem Mädchen die Gebärdensprache beibringen zu dürfen. Es wäre seine Rettung. Dann konnte Therese zeigen, was in ihr steckte. Sie war klug und bildungsfähig, nur hatte sie ohne Sprache keine Chance, es zu beweisen.

Kathrin überwand ihre Angst und suchte Landmann eines Nachmittags in seinem Büro auf. Ein wenig amüsiert musterte er sie, als sie eintrat.

»Schwester Kathrin, was gibt's?«

»Es geht um die kleine Therese.«

»Du scheinst ja einen richtigen Narren an diesem idiotischen Kind gefressen zu haben.«

»Sie ist nicht idiotisch. Wenn sie sich nur mitteilen könnte, wäre sie in der Lage, das auch zu zeigen. Ich bin sicher, dass man ihr Lesen und Schreiben beibringen kann, und wenn sie älter ist, könnte sie …«

Mit einer Handbewegung schnitt Landmann ihr das Wort ab. »Schluss mit dem Unfug. Darüber wurde bereits entschieden. Keine Sonderbehandlung. Am Ende bleibt sie eine Idiotin, und dann kommen in ein paar Jahren die Kosten für die Sterilisation hinzu. Ich warne dich. Du wirst nichts ungestraft hinter meinem Rücken unternehmen. So, und jetzt zurück an die Arbeit.«

Oberschwester Barbara und Sonderpflegerin Adele setzten die »Behandlung« bei Therese fort. Kathrin stahl sich immer häufiger für ein paar Minuten davon, setzte sich auf die Hintertreppe und weinte. Sie konnte den Anblick der sedierten und kranken Kinder nicht ertragen.

Der Begriff »Behandlung« war nichts anderes als eine verlogene Umschreibung für Mord. So wie sie alles mit schönen Worten tarnten, diese Verbrecher, die ihre schändlichen Taten als »neuzeitliche Therapie« anpriesen. Eine Therapie, die selbstverständlich die kleinen Patienten vor »dauerndem Siechtum bewahrte«, denn am Ende waren sie tot.

Landmann und seine Helfer wussten genau, dass es unrecht war, was sie taten, deshalb spielten sie ein gemeines Spiel mit den Eltern, denen sie Kompetenz, Fürsorge und Fortschritte vorgaukelten. Am Ende tarnten sie ihre Verbrechen als natürliche Todesfälle, als schicksalhaft und von Gott gewollt. Dabei hatten sie selbst Gott gespielt, diese Teufel!

Kathrin wusste nicht, was sie noch für Therese tun konnte. Nichts. Es sei denn, sie wäre bereit, für immer in einem Gestapokeller zu verschwinden oder sich ins KZ stecken und vergasen zu lassen. Am Ende würde selbst das Thereses Leben nicht retten. Landmann hatte die Macht! Er tat, was er wollte! Aber nach dem Krieg würde er dafür bezahlen, ebenso wie diejenigen, die ihm geholfen hatten. Bader, Wrede, Adele und all die anderen. Das war alles, was Kathrin tun konnte. Die Morde dokumentieren, Zeugnis ablegen.

Fünf Tage, nachdem Kathrin die heimliche Nachricht abgeschickt hatte, zitierte Landmann sie zu sich. Mit schmalen Lippen stand er vor ihr und musterte sie mit kaltem Blick.

»Thereses Vater kommt morgen vorbei. Er hat angekündigt, das Kind mitzunehmen. Wie kommt er nur auf diese Idee? Hast du ihn etwa darum gebeten?«

Innerlich jubelte Kathrin, und gleichzeitig breitete sich Angst in ihr aus. Therese ging es schlecht, das Fieber war hoch. Bader oder Landmann würden es zu Ende bringen, bevor der Vater eintraf.

»Ich bin doch nicht lebensmüde«, brachte sie schließlich hervor. Sie hielt seinem Blick stand, und er hakte nicht nach.

»Gut. Das war alles. Du kannst gehen.«

Doch sie blieb vor ihm stehen, ihre Hände waren feucht vor Anspannung. »Lass Therese gehen. Bitte.«

Irritiert sah er sie an. »Natürlich kann ihr Vater sie abholen, wenn er das unbedingt will. Aber nur gegen meinen ärztlichen Rat und auf eigene Verantwortung. Das Kind ist schwer krank. Es in diesem Zustand und bei diesem Wetter der Strapaze einer langen Reise auszusetzen ...« Landmann schüttelte den Kopf. »Das ist unvernünftig, geradezu verantwortungslos. Er sollte es nicht tun.«

»Du weißt, was ich meine.«

Seine linke Braue schnellte in die Höhe. Mit der Hand hob er ihr Kinn an und zwang sie, ihm in die Augen zu sehen. »Du wirkst strapaziert. Nimm dir frei, und ruh dich aus. Ich lasse die Station informieren, dass du heute nicht mehr kommst.«

Das bedeutete, dass er es heute tun würde.

Mit gesenktem Kopf verließ Kathrin sein Büro. Sie konnte es nicht verhindern. Sie war hilflos, es sei denn, sie entführte und versteckte Therese. Doch dazu fehlte ihr der Mut, und sie gestand sich ein, dass sie nicht bereit war, ihr Leben für das des Kindes zu geben. Sie war feige und erbärmlich.

Die Agfa-Box lag in der Wäschekammer unter der Diele. Thereses Sterben zu dokumentieren und auf Gerechtigkeit zu hoffen, war das Einzige, was sie tun konnte. Irgendwann würden sie dafür zur Rechenschaft gezogen werden. Wenn dieses Grauen endlich vorbei war. Irgendwann würden sie dafür bezahlen.

Über die Hintertür betrat sie das Kinderhaus und ging nach oben zur Fachabteilung. Eine unheimliche Ruhe lag über den Räumen. Von weiter hinten hörte Kathrin die Stimmen von Adele und Oberschwester Barbara. Sie kamen aus dem kleinen Schlafsaal. Leise schloss sie die Tür der Wäschekammer hinter sich und nahm die Kamera aus dem Versteck. Es war zwar nur eine kleine Schachtel, dennoch schwierig unter der Schürze zu verbergen. Kurz darauf erklangen Schritte auf dem Flur. Kathrin presste ein Ohr an die Tür. Es war Elfie aus der Verwaltung, die Adele erklärte, dass Dr. Landmann Schwester Kathrin für heute wegen einer Migräne beurlaubt habe.

Als es wieder ruhig war, schlich Kathrin in den kleinen Schlafsaal mit den fünf Betten, in denen die todkranken Kinder lagen. Seit Tagen schliefen sie, waren mehr oder weniger bewusstlos. Thereses Bett stand am Fenster.

Ihr rotblondes Haar war schweißnass. Kathrin strich darüber, ebenso über die bleichen Wangen, auf denen rote Fieberflecken leuchteten. Sie beugte sich hinunter und gab Therese einen Kuss auf die Stirn. Als sie sich wieder aufrichtete, sah sie durch das Fenster unten auf dem gekiesten Weg Landmann kommen. Mit wehendem Kittel, gefolgt von Bader, steuerte er das Kinderhaus an. Leise sprach sie ein Vaterunser für die Kleine, versteckte sich hinter dem Paravent in der Ecke des Raumes, hielt die Kamera bereit und war erstaunt, wie ruhig sie war. Es war das erste Mal, dass sie selbst fotografierte. Der Gedanke, Bader oder Landmann könnte sie dabei ertappen, streifte sie nicht einmal. Sie wusste, dass es ihr gelingen würde. Wenigstens das.

Zwei Tage später entwickelte sie den Film in ihrem geheimen Labor, das sie hinter der Gärtnerei in einem verlassenen Schuppen eingerichtet hatte. Die drei Aufnahmen waren scharf. In derselben Nacht entwendete Matthias Thereses Patientenakte. Kathrin legte die Bilder und das Protokoll hinein, ebenso die leere Ampulle und einen blutigen Tupfer. Elf Akten besaßen sie nun und beschlossen, nicht weiterzumachen. Es wurde zu gefährlich.

Drei Wochen vor Weihnachten erhielt Matthias seine Einberufung. Am zweiten Januar musste er sich für seinen Einsatz melden. Die Feiertage verbrachte er in München bei seiner Familie, wohin er die Akten mitnahm. Dort waren sie sicher, und er beschwor Kathrin, auf keinen Fall alleine etwas zu unternehmen. Sie hatten genug dokumentiert, um Landmann, Bader, Wrede und die Schwestern der Fachabteilung vor Gericht zu bringen. Dieser Krieg war nicht zu gewinnen. Bis zur Kapitulation konnte es nicht mehr lange dauern.

Doch er sollte noch mehrere Monate dauern. Es wurde Februar und dann März. Die ersten Knospen erschienen an den Bäumen, die Forsythien blühten gelb. Dann kam der April, und auch bei Landmann dämmerte die Erkenntnis, dass der Endsieg nicht mehr zu erringen war. Das Reich ging unter, eine neue Ordnung würde Einzug halten, und er ahnte wohl, dass er sich für sein Tun würde verantworten müssen, denn er ließ die überlebenden Pfleglinge in den Hungerhäusern aufpäppeln. Ausgemergelte, knochige Gestalten, die sich auf jeden Bissen stürzten.

Die Stimmung in der Anstalt war angespannt. Niemand traute sich auszusprechen, was offensichtlich war. Der Krieg war verloren. Am Morgen des 26. April stieg Landmann in seinen Mercedes. Kathrin sah es von einem Fenster des Verwaltungstrakts aus. Seine hohe Gestalt, dieses Lächeln, das sich in den letzten Wochen verändert hatte und bitter geworden war. Der leicht gebeugte Gang, der nicht zu ihm passte, denn er beugte sich nichts und niemandem.

Sie sah Landmann nach, wie er mit seinem Wagen über die Auffahrt fuhr und auf die Straße Richtung Hohenlinden einbog. Minuten später heulten die Sirenen. Fliegeralarm. Die Amerikaner griffen die Munitionsfabrik an. Schon wieder!

Alle liefen in die Keller, rückten zusammen und hörten das Heulen der Maschinen und kurz darauf die Detonationen. Eine halbe Stunde später kehrte Ruhe ein, kurz darauf kam die Entwarnung.

Sie nahmen die Arbeit in der Anstalt wieder auf, so gut es unter diesen Bedingungen ging, bis Kathrin gegen Mittag eine seltsame Unruhe bemerkte, ein Wispern, ein Summen. Eine Nachricht machte die Runde, weitergegeben von Mund zu Mund.

Landmann war in dem Wäldchen kurz vor Hohenlinden in den Angriff der Amerikaner geraten. Er war tot.

35

Die Schreie seiner Schwestern in der Küche waren verstummt, und die Stille machte ihm mehr Angst als alles andere. Wo waren Yannis und Babás?

Keuchend schreckte Manolis am Freitagmorgen aus dem Albtraum hoch. Er setzte sich auf und wartete, bis die Angst wich, die ihn noch immer umklammerte, und sein rasendes Herz sich beruhigte. Diese Bilder, die er nie gesehen hatte, die seine Fantasie ihm ausmalte, so gespenstisch lebendig, obwohl er nie in Daflimissa gewesen war, obwohl er das Haus und die Ölmühle nie betreten hatte. Würden sie ihn bis an sein Lebensende verfolgen?

Schweißnass klebte der Schlafanzug an seiner Haut. Das erste Tageslicht fiel silbern durchs offene Fenster, die Luft war frisch und kühl. Alles war gut. An Schlaf war nicht mehr zu denken. Er stand auf, ging unter die Dusche.

Dieser Albtraum hatte ihn durch seine Kindheit begleitet, durch die Pubertät, sein Erwachsenenleben. Er war der Herrscher über Hunderte Nächte gewesen. Hunderte Male hatte er Manolis sterben lassen, um ihn dann weinend und schreiend und verschwitzt in einem nass gepinkelten Bett wach zu rütteln. Die Todesangst war bodenloser Scham gewichen. Vor allem als Mama mit ihm deswegen zum Psychologen wollte.

Doch es wurde besser, denn es gelang Manolis, Macht über den Traum zu gewinnen. Er lernte aufzuwachen. Nicht erst dann, wenn der Soldat ihm die Kehle durchschnitt und seine Schreie in Blut ertranken, sondern jedes Mal ein wenig früher. Bis er spätestens dann hochschreckte, wenn er das Messer in der Hand des Soldaten sah. So wie heute.

Nun stand er wieder unter der Dusche und wusch sich den Schweiß der Angst ab. Es würde ihn nicht überraschen, wenn sich das Wasser rot färbte mit dem Blut seiner Großmutter, seines Großvaters, seines Onkels und seiner Tanten. Mit dem Blut des anderen Manolis, das für immer vergossen war, das in dieser Familie fehlte, das er in sich trug und mit sich brachte aus dieser so schrecklich realen Traumwelt.

Das Wasser blieb klar, die Angst schwand. Nach dem Duschen bereitete er sich eine Tasse Sencha zu und setzte sich damit auf die Dachterrasse. Es war kurz vor fünf Uhr morgens, die Stadt war im Aufwachen begriffen. Leise klang das Rumpeln der Karre herauf, die der Zeitungsausträger hinter sich herzog. Irgendwo schlug jemand eine Wagentür zu, kurz darauf startete ein Motor. In der Ulme auf der anderen Straßenseite erwachten die Vögel, während die Sonne langsam hinter den Dächern aufstieg. Das silbrige Morgenlicht bekam einen roten Schimmer. Manolis trank den Tee und bereitete einen zweiten Aufguss zu.

An seinen Vater war er nie wirklich herangekommen. Etwas trennte sie, trotz der scheinbaren Vertrautheit. Schon als Kind hatte Manolis das gespürt und für diesen Zustand ein Bild gefunden, als sie im Biologieunterricht die Osmose durchgenommen hatten. »Osmose nennt man die einseitige Diffusion eines Stoffes durch eine semipermeable Membran«, hatte sein Biolehrer erklärt, und Manolis hatte sich gedacht: Ja, das ist es. Die Membran, die uns trennt, ist semipermeabel, sie ist nur in eine Richtung durchlässig. Aus Babás Welt dringen die Bilder zu mir, aber von mir dringt nichts zu ihm durch. Er weiß gar nicht, wer ich bin.

Trotz dieser niederschmetternden Erkenntnis war er auf seinen Vater nicht wütend. Sie machte ihn eher ratlos, zeigte ihm die eigene Hilflosigkeit. Seit die Wortfluten bei ihm anbrandeten, verspürte Manolis den brennenden Wunsch, seinem Vater zu helfen, ihn zu retten und den anderen Manolis dazu. Wenn er doch nur das Rad der Zeit zurückdrehen könnte.

Aber das Nichtkennen galt auch umgekehrt. Im Grunde war Babás der große Unbekannte in seinem Leben, ein ungelöstes Rätsel. Was wusste er schon von ihm? Nichts, außer dem, was an der Oberfläche sichtbar war, und natürlich, was die Wortfluten anspülten und Manolis sich zusammenreimte. Was sein Vater dachte und fühlte, was er sich erhoffte, wovon er träumte ... Hundert Fragen, keine Antworten.

Mama hatte den Laden gemanagt und die Familie zusammengehalten. Sie war in die Sprechstunden gerannt, hatte Nachhilfelehrer organisiert und Ferienlager, hatte mit dem Vermieter verhandelt und bei den Nachbarn gut Wetter gemacht, wenn es nötig war. Sie war mit Christina zu Volleyballturnieren gefahren und hatte Manolis ins Judotraining geschleift, als seine Wut sich zeigte und Oberhand gewann.

Sein Vater war kein Vater gewesen. Wie auch, ohne eigenes Vorbild?

»Mein Leben ist ein Notbehelf. Ich bin ein Wanderer zwischen den Welten, ein Untoter«, hatte Babás an einem Freitagabend zu Manolis gesagt. Am Samstagnachmittag hatte er seinen Vater dann im Auto in der Garage gefunden. Der Motor lief, das Tor war geschlossen, und Mama war mit Christina in der Stadt. Manolis wäre eigentlich auch nicht zu Hause gewesen. Wenn sein Rad nicht einen Platten bekommen hätte, den er reparieren wollte, hätte er seinen Vater nicht gefunden. Dann wäre er schon seit dreißig Jahren tot und nicht erst seit zehn. So hatte er das Tor aufgerissen, den Zündschlüssel abgezogen, Babás aus dem Wagen auf den Garagenvorplatz gezerrt. Dabei hatte er die ganze Zeit um Hilfe geschrien und Babás ins Gesicht geschlagen, damit er aufwachte. Irgendwann hatte ihn ein Rettungssanitäter weggezogen, und der Notarzt hatte mit der Reanimation begonnen. Manolis war dreizehn gewesen, und sein Vater verbrachte einige Wochen in der geschlossenen Abteilung der Psychiatrie wegen Selbstgefährdung.

Manolis stand auf und ging hinein.

Wäre alles anders gekommen, wenn sein Vater sich vor siebzehn Jahren nicht hätte überreden lassen, sich der Klage anzuschließen? Würde er dann mit Mama noch in Moosach leben, in ihrem Häuschen, und seine kleinen Figuren modellieren? Hätte er dann im Mai seinen siebenundsiebzigsten Geburtstag gefeiert?

Manolis wusste es nicht. Er wusste nur, dass die Klage ein Fehler gewesen war, wie diese ganzen Prozesse, die darauf gefolgt waren.

Damals, als Babás sich in Daflimissa auf Karins Seite gestellt und erklärt hatte, dass man mit Gewalt kein Unrecht aus der Welt schaffen könne, hatten sie ihn wortlos aus der Dorfgemeinschaft ausgeschlossen, zu der er ohnehin nicht mehr so recht gehörte. Sie spuckten vor ihm aus, wandten sich ab, kappten fünfundzwanzig Jahre nach dem Massaker die letzte

Verbindung und warteten weitere fünfundzwanzig, um sie wieder aufzunehmen.

Nach dem Massaker war Yannis nur noch selten in Daflimissa gewesen. Er war bei einer Verwandten in der Nähe von Athen aufgewachsen, die ihm den Besuch einer höheren Schule ermöglichte und einen Abschluss. Er wollte studieren, konnte sich jedoch nicht entscheiden, was. Er fing tausend Sachen an, brachte nichts zu Ende und hielt sich schließlich, da er handwerklich geschickt war, mit Gelegenheitsjobs über Wasser. In Daflimissa glaubten sie, dass er sich für etwas Besseres hielt, wenn er ab und zu vorbeikam, die Gräber besuchte und das Haus seiner Eltern, in dem noch immer jedes Leben erloschen war, weil er es weder verkaufen noch vermieten, geschweige denn die Ölmühle wieder in Betrieb nehmen wollte.

Die Zeit sollte an diesem Ort stillstehen und die Erinnerung an die Ungeheuerlichkeit dieses Verbrechens bewahren. Dabei hatten die Dorfbewohner eine Gedenkstätte errichtet. Aber Yannis wollte seine eigene. Die einen hielten ihn für einen bedauernswerten, aus der Bahn geworfenen Kerl, weil er seine ganze Familie an jenem Junitag verloren hatte – doch das hatten andere auch –, die anderen für einen überheblichen Spinner. Zu allem Übel hatte er sich auch noch auf die Seite dieser Deutschen gestellt. Sie kam mit ihrem VW-Bus, auf den sie das Peace-Zeichen gepinselt hatte, ins Dorf und tat, als gäbe es keine Vergangenheit.

Yannis fehlten die Wurzeln, er hatte seine Familie verloren und mit ihr seine Heimat. So war es ein Leichtes gewesen, mit Karin zu gehen. Nichts hielt ihn. Er reiste mit leichtem Gepäck, dachte er, doch die Toten reisten mit ihm und ließen ihn nicht los.

Erst fünfundzwanzig Jahre nachdem Yannis gegangen war, erinnerten sie sich in Daflimissa wieder an ihn, als sich die Überlebenden des Massakers und die Nachkommen der Toten nach einem halben Jahrhundert zusammenschlossen, in dem sie erst verdrängt und dann gehofft hatten, dass schon irgendwer für Gerechtigkeit sorgen würde. Entweder die griechische Regierung oder der neue deutsche Staat. Und endlich erkannten sie, dass niemand daran interessiert war und sie es selbst in die Hand nehmen mussten. Da hatten sie Yannis ausfindig gemacht und angeschrieben, ihm ihre Pläne für die Klage unterbreitet. Er war nach Griechenland gefahren, hatte sich angehört, was sie vorhatten, und war voller Zuversicht auf Heilung und Versöhnung zurückgekehrt, vor allem aber in der Hoffnung auf späte Gerechtigkeit.

Wie nicht anders zu erwarten, war sie ausgeblieben.

Warum kam all das ausgerechnet jetzt wieder hoch?

Manolis räumte die Tasse in den Spüler und fasste einen Entschluss.

Er schrieb eine Nachricht an Irena, dass er heute keine Mahlzeit benötigte, und eine weitere an Rebecca, mit der Bitte, Vera heute und morgen im Auge zu behalten, nicht nur virtuell, sondern auch im richtigen Leben. Frank konnte diesen Part übernehmen.

Für alle Fälle packte Manolis den kleinen Trolley für eine Nacht und holte den Aston Martin aus der Tiefgarage. Kurz vor sechs fuhr er auf die A9 Richtung Nürnberg.

36

Um halb zehn erreichte Manolis Frankfurt und frühstückte im Frankfurter Hof. Er bekam einen Tisch im Garten im Schatten der Bäume, bestellte Tee und Croissants, dazu ein Birchermüsli und frisch gepressten Grapefruitsaft und überlegte, wie er am besten an die Informationen gelangen konnte, die er suchte. Vermutlich wurde er im Archiv der *Frankfurter Zeitung*, vielleicht auch beim Hessischen Ärzteverband fündig.

Er war mit dem Frühstück gerade fertig, als Köster sich meldete.

»Guten Morgen, Manolis. Von dir hört man gar nichts mehr. Ich gehe davon aus, dass keine Nachrichten gute Nachrichten sind.«

Köster wusste nicht, worum es wirklich ging, und Manolis sah es nicht als seine Aufgabe an, ihn über die Hintergründe des Auftrags aufzuklären. Letztlich spielte es keine Rolle. Sein Mandant wollte die Unterlagen und bezahlte gut dafür. Er würde sie bekommen und konnte damit tun, was er wollte. Vermutlich würde er sie sofort verbrennen oder durch den Reißwolf jagen, und es war nicht an Manolis, den Moralapostel zu spielen.

»Manolis? Bist du noch dran?«

»Entschuldige, die Verbindung ist nicht besonders. Vera

Mändler ist den Unterlagen auf der Spur. Ich denke, es ist nur noch eine Frage der Zeit.«

»Das klingt beruhigend. Mein Klient wird langsam unruhig. Die Überwachung steht?«

»Wir haben sie rund um die Uhr unter Kontrolle. Sag deinem Klienten, er soll schon mal den Reißwolf bereitstellen.«

Nach dem Gespräch rief Manolis im Archiv der *Frankfurter Zeitung* an, fragte, ob er die Ausgaben vom April 1962 einsehen könne, und erfuhr, dass die Jahrgänge bis 1993 nicht digitalisiert waren. Allerdings standen sie jedermann gegen Zahlung einer Bearbeitungsgebühr im Leseraum des Archivs zur Verfügung. Täglich von neun bis siebzehn Uhr.

Zwanzig Minuten später betrat Manolis das Verlagsgebäude durch eine Glasschwingtür, trug am Empfang sein Anliegen vor und bekam den Weg zum Archiv erklärt. Er war der einzige Besucher in dem lichtdurchfluteten Raum. Vor einem Panoramafenster, das Ausblick auf eine Grünanlage gewährte, standen Tische und Stühle, an der Wand zwei Kopiergeräte und ein Getränkeautomat, und am Tresen gleich neben der Tür saß eine junge Frau, die in einem Buch las. Vermutlich eine Studentin, die sich etwas dazuverdiente. Seine Vermutung bestätigte sich, als sie den Band zuschlug – es war ein Fachbuch über Familienrecht – und ihn fragte, was sie für ihn tun könne. An der Bluse steckte ein Namensschild. Miriam Koch.

Er bat Miriam, ihm die Ausgaben der Zeitung vom April 1962 zu bringen, füllte ein entsprechendes Formular aus und bezahlte die Gebühr. Während sie ins Archiv verschwand, kaufte er am Automaten eine Flasche Mineralwasser, setzte sich an einen der Tische und legte Block, Stift sowie sein iPad bereit. Es dauerte nicht lange, bis Miriam mit einem Bücherwagen wiederkam, auf dem ein dicker, in dunkelgraue Pappe gebundener Foliant lag, den sie vor ihn auf den Tisch legte.

»Hoffentlich finden Sie, wonach Sie suchen.«

»Danke. Das hoffe ich auch.«

Sie vertieften sich beide in ihre Lektüre. Sie ins Familienrecht, Manolis in den Wirtschafts- und Lokalteil. Nach zehn Minuten hatte er einen Artikel über den Kongress der deutschen Allgemeinmediziner entdeckt, der vom Donnerstag, den 12., bis Sonntag, den 15. April 1962, stattgefunden hatte. Zuerst sah er sich die Abbildungen an, dann die Liste der Redner. Kein Name, kein Gesicht, das ihm etwas sagte. Er las den Artikel und einen weiteren vom Samstag. Darin war vom Begleitprogramm die Rede und von einem Ball, zu dem der Verband der Pharmaindustrie in den Frankfurter Hof geladen hatte.

Manolis schlug in der Ausgabe vom darauffolgenden Montag den Lokalteil auf. Wie erhofft gab es einen Bericht über den Ball mit ein paar Fotografien, alle schwarz-weiß und grob gerastert. Auch hier weder ein bekannter Name noch ein Gesicht, das ihm vertraut erschien. Am Ende des Artikels entdeckte er einen Hinweis auf die kommende Ausgabe von *Frankfurt Life*, der illustrierten Wochenendzeitschrift der *Frankfurter Zeitung*, die einen umfassenden Bericht über das gesellschaftliche Ereignis enthalten sollte.

Bei Miriam Koch fragte er nach, ob *Frankfurt Life* ebenfalls im Bestand des Archivs sei und er das Heft vom 19. April 1962 haben könne. Sie brachte es ihm und wandte sich gleich wieder dem Familienrecht zu.

Der Artikel über den Ball erstreckte sich über zwölf Seiten, die mit großformatigen Aufnahmen bebildert waren.

Festlich gedeckte Tische mit üppiger Blumendekoration. Eine Bigband spielte zum Tanz auf. Die Herren trugen dunkle Anzüge, Fliegen und Krawatten, rauchten Zigaretten und Zigarren. Die Damen trugen Abendgarderobe, hatten das Haar hochgesteckt, zeigten ihren Schmuck und hielten Champagnerschalen in den Händen. Manolis betrachtete die Bilder genau, entdeckte jedoch auch hier kein bekanntes Gesicht. Eine Aufnahme zeigte eine attraktive Frau von etwa Anfang vierzig. Er wollte schon weiterblättern, als sein Blick noch einmal zur Bildunterschrift zurückkehrte. *Caroline Maiwald, Inhaberin der Maiwald Pharma in Frankfurt-Preungesheim, leider nicht in Begleitung ihres Gatten Dr. Louis Eric Moreau.*

Moreau. Der Name kam Manolis bekannt vor. War er ihm nicht erst gestern in der Staatsbibliothek untergekommen? In einem Artikel über Kriegsgefangene in Anzing?

Mit dem iPad ging er online und suchte nach der Maiwald Pharma. Das Unternehmen existierte noch unter diesem Namen, hatte seinen Firmensitz nach wie vor im Frankfurter Stadtteil Preungesheim und produzierte hauptsächlich Generika. Geschäftsführer waren Phillip und Ulrich Moreau. Der eine war kaufmännischer Leiter, der andere für die Entwicklung zuständig. Auf der Homepage gab es unter anderem einen Link zur Firmengeschichte. Manolis klickte ihn an. Auch dort kein Foto von Louis Moreau.

Die Firmengeschichte reichte bis in die Zeit des Ersten Weltkriegs zurück. Gegründet 1905 vom Frankfurter Pharmazeuten Gotthilf Maiwald, der 1944 in einem Lazarett in Frankreich gestorben war. Nach dem Krieg hatte seine Tochter Caroline als seine Alleinerbin das Unternehmen weitergeführt und 1951 den aus Dijon stammenden Louis Eric Moreau geheiratet. Dieser war während des Kriegs in deutsche Gefangenschaft geraten und danach im Land des ehemaligen Erzfeindes geblieben. Studium der Pharmazie in Frankfurt am Main, anschließend Promotion. Caroline und er hatten sich über gemeinsame Freunde kennengelernt. Der ideale Mann für Caroline, die von Pharmazie nicht allzu viel verstand. Noch im Jahr der Heirat übernahm Moreau die Geschäftsführung. Mehr war auf der Firmenhomepage dazu nicht zu finden. Kein Foto von Louis Moreau.

Er gab den Namen in die Suchmaske ein und landete einige Treffer. Keiner war bebildert. Das war kein Zufall. Da achtete jemand darauf, dass kein Bild von ihm öffentlich wurde.

Manolis klickte den letzten Link an. Er führte zu einem privaten Internetblog. *Ricarda Reischls Leben.* Das Profilbild zeigte eine Frau um die siebzig mit weißem Kurzhaarschnitt, randloser Brille und dem strengen Blick einer Lehrerin. Doch sie war pensionierte Buchhalterin und über dreißig Jahre lang bei der Maiwald Pharma gewesen. Vor einigen Jahren war sie in Rente gegangen und schrieb seither im Internet ihre Memoiren. Jedermann konnte mitlesen und kommentieren. Der letzte Eintrag war erst drei Wochen alt und beschäftigte sich mit dem fünfundsechzigjährigen Firmenjubiläum der Maiwald Pharma im Jahr 1980, bei dem Ricarda ihren Mann kennengelernt hatte. Ein rauschendes Fest für die gesamte Belegschaft mit einer Ansprache des Chefs. Vor dreiunddreißig Jahren hatte Ricarda Reischl ein Foto von Louis Moreau gemacht, während er seine Rede hielt. Sie musste dabei direkt vor der Bühne gestanden sein, denn die Porträtaufnahme war gestochen scharf. Doch erst vor drei Wochen hatte sie das Bild veröffentlicht.

Nachdem Manolis einen Screenshot davon gemacht hatte, zog er sich auch eine Kopie des Fotos vom Blog. Lange würde es dort vermutlich nicht mehr zu finden sein.

Er klickte die Aufnahme an, vergrößerte sie und stieß einen leisen Pfiff aus. Das war ja mal eine Überraschung.

Man musste zwar genau hinsehen, denn das Alter hatte seine Spuren hinterlassen. Der Mann hatte an Gewicht zugelegt, die Brauen waren buschig geworden, und er trug einen kurz gestutzten weißen Bart und Brille. Dennoch erkannte Manolis ihn.

Im April 1962 musste Louis Moreau Matthias Cramer in Frankfurt zufällig über den Weg gelaufen sein, denn den Ärztekongress hatte er sicher ebenso gemieden wie den Ball. Die spannende Frage war die, ob er noch lebte und Kösters Auftraggeber war. Oder waren es seine Söhne? Manolis dankte Miriam, steckte einen Zwanziger in das Sparschwein fürs Trinkgeld und verließ das Verlagsgebäude.

Im Auto googelte er nach Moreaus Telefonnummer und fand sie im Online-Telefonbuch für Königstein. Dass sie so leicht zugänglich war, darauf hätte er nicht gewettet. Er wählte die Nummer. Eine Frau meldete sich.

»Helga Schneider bei Moreau, guten Tag.«

»Guten Tag, Frau Schneider. Siegfried Scheufelein vom Einwohnermeldeamt. Es geht um eine routinemäßige Überprüfung der Meldedaten. Könnte ich wohl Herrn Louis Moreau sprechen?«

»Das tut mir leid. Herr Moreau hat einen Termin. Kann ich Ihnen vielleicht weiterhelfen?«

»Das wäre sehr freundlich. Sie sind seine Sekretärin?«

»Seine Haushälterin, seit dreißig Jahren.«

»Ach. Sehr schön, dann können Sie mir in der Tat Auskunft geben. Es geht um die Anmeldung eines Untermieters. Mal ehrlich, ich kann mir nicht vorstellen, dass Herr Moreau untervermietet.«

Er hörte, wie Frau Schneider nach Luft schnappte. »Ganz gewiss nicht. Da muss sich jemand einen Scherz erlaubt haben.«

»Das habe ich mir gleich gedacht. Haben Sie vielen Dank, Frau Schneider, dann wäre das ja geklärt.«

Moreau lebte also noch.

Manolis lehnte sich zufrieden im Fahrersitz zurück. Er hatte Kösters Auftraggeber gefunden, und er wettete, dass Köster keine Ahnung hatte, wer sich hinter dem Namen Louis Moreau verbarg.

37

Als das Telefon klingelte und Moreau kurz darauf Helgas Stimme im Flur hörte – es ging um einen Scherz, den irgendjemand sich erlaubt hatte –, kehrte er endgültig aus dem Halbschlaf, in den er dann doch gesunken war, zurück in die Wirklichkeit. Er hatte gar keinen Termin. Aber es klang besser, als zu sagen, dass er Mittagsschlaf hielt oder es zumindest versuchte. Für diese Dinge hatte Helga ein untrügliches Gespür.

Schlaf war das große Problem seines Alters. Ebenso wie die ständige Kälte, die sich in die Knochen fraß oder vielmehr aus ihnen zu kommen schien, als säße der Tod längst darin. Was er, genau betrachtet, auch tat. Oder?

Einen Moment folgte Moreau diesem Gedanken. Die Zeit betrieb längst ihr zerstörerisches Werk in seinem Körper, der ihn durch ein langes Leben getragen hatte. Täglich kam der Tod näher, mit jeder Minute wurde er unausweichlicher. Aber noch war es nicht so weit, und er hatte nicht die Absicht, sich den letzten Abschnitt seines Lebens verderben zu lassen.

Nichts hatte er sich vorzuwerfen, nichts zu bereuen. Er hatte auch nicht vor, sich dafür zu rechtfertigen, dass er seine Pflicht getan hatte. Damals.

Ein Seufzen entstieg seiner Brust. Es war eine andere Zeit gewesen. Was wussten sie denn heute noch davon? Nichts!

Aufgeblasene Wichtigtuer. Schwächlinge allesamt. Es war das Starke, das sich durchsetzte, und nicht das Schwache, Weiche, Kranke. Seit Darwin war das bekannt, doch heute interessierte sich niemand mehr dafür. Heute propagierten sie Inklusion, als wären die Krüppel und Verrückten ihresgleichen. Alles wurde gleichgemacht in dieser ach so toleranten Gesellschaft, die keine Unterschiede sehen wollte, in der man sich als Rassist beschimpfen lassen musste oder gleich als Nazi, wenn man das anders sah. Warum kochte das alles nach so langer Zeit wieder hoch? Ausgerechnet jetzt, wo es um die Firma schlecht stand?

Langsam setzte er sich auf, wartete einen Moment, bis der Kreislauf hinterherkam und der Schwindel wich, und stemmte sich mithilfe des Stocks vom Sofa hoch. Augenblicklich ergriff ihn das Schwindelgefühl wieder. Durchatmen!

Vieles war eine Frage des Willens. Noch beherrschte er seinen Körper und nicht umgekehrt er ihn. Die Hüft- und Kniegelenke waren noch seine, ebenso die Herzklappen und die Zähne. Bis auf ein paar Kronen alles noch original. Er hatte es besser gemacht als Dieter, dessen Körper einem Ersatzteillager glich, obwohl er zehn Jahre jünger war. Dieter, der seit einigen Monaten in einer Seniorenresidenz lebte. Eher würde er sterben, als freiwillig in einem Altenheim verrecken. Doch das würde nie geschehen, denn er hatte ausgesorgt und konnte sich ein halbes Dutzend Pflegekräfte leisten, wenn es sein musste.

Es war Zeit für das tägliche Training. Auf den Stock gestützt, den er nur brauchte, weil sich die verdammte Bandscheibe zwischen dem fünften und sechsten Lendenwirbel entschlossen hatte, ihn zu quälen, ging er durchs Wohnzimmer und den Flur. Er hörte Helga im Hauswirtschaftsraum rumoren und erreichte die Schwimmhalle. Vor fünfundzwanzig Jahren hatte er die schlichte Glaskonstruktion an das Haus anbauen lassen. Ein lichter, warmer Raum mit beinahe tropischem Klima war entstanden, in dem er sich gerne aufhielt. Jenseits der Glaswände breitete sich der Garten aus. Zahlreiche Rhododendren und Carolines geliebte Rosen. Seit ihrem Tod kümmerte sich der Gärtner darum. Die weiße Mauer, die das Grundstück einfasste, war zwei Meter hoch und mit einer Alarmanlage gesichert. Kein fremder Blick, kein unerwünschter Gast würden je in sein Refugium eindringen. Er hatte alles unter Kontrolle, und das fühlte sich gut an.

Bademantel und Frotteetuch lagen auf dem Liegestuhl bereit. Das Wasser im Pool schimmerte blau und hatte eine Temperatur von dreißig Grad. Obwohl Phillip nörgelte, dass es Energieverschwendung sei, da er den Pool höchstens eine Stunde am Tag nutzte. Und wenn schon! Noch waren das sein Pool, sein Haus, seine Stunde, sein Leben!

Zum Ausziehen setzte Eric sich auf die beheizte Granitbank, entledigte sich seiner Kleidung und konnte es wieder einmal nicht fassen, wie alt sein Körper geworden war, obwohl er sich noch so jung fühlte. Die von Pigmentflecken übersäte, faltige Haut an Beinen und Bauch, die knisterte wie Pergament, wenn Helga sie eincremte. Darunter eine dünne Schicht Fettgewebe, kaum noch Muskeln, nur noch Sehnen. Sein Penis und der Hodensack waren so grau und schrumpelig wie alte Kartoffeln. Das Schamhaar ein böser Witz. Nicht mehr als ein paar graue Fäden waren geblieben, dort wo früher dunkle Wolle gewesen war. Sein Körper und er hatten sich entfremdet, er passte nicht mehr zu ihm, zu seinem Ich.

Mit einem Seufzen stand Moreau auf, schlüpfte nackt in die Badeschuhe mit der rutschfesten Sohle. Nur nicht stürzen. Ein Oberschenkelhalsbruch war in der Regel der Anfang vom Ende, und dafür war er noch nicht bereit.

Über die Leiter stieg er in das warme Wasser, legte den Stock an den Beckenrand, stieß sich ab und genoss die Leichtigkeit seines Körpers, als das Wasser ihn trug. Gemächlich schwamm er seine Bahnen. Zehn hin, zehn zurück, dann eine kurze Pause.

Die gleichmäßige Bewegung tat ihm gut und brachte außerdem seine Gedanken zum Fließen. Unweigerlich kam er bei der Frage an, die ihn seit elf Tagen beschäftigte. Warum diese Mail? Ausgerechnet jetzt, da das Unternehmen einen Investor brauchte und keinen Skandal.

Die Maiwald Pharma steckte in der Krise, und das im achtundneunzigsten Jahr ihres Bestehens. Zwei Generationen hatten aufgebaut, die dritte riss ein, was sie nicht selbst hatte erarbeiten müssen. Was hatte er bei der Erziehung seiner Söhne nur falsch gemacht? Er hatte sie nicht verhätschelt, sondern mit Härte erzogen, doch sie kamen beide nach ihrer Mutter. Zu weich, zu nachgiebig. Sie machten sich zu viele Gedanken. Machten alles kompliziert.

Ulrich, dieser weltfremde Philanthrop. Unsummen hatte er in die Entwicklung eines Medikaments gegen eine Krankheit gesteckt, an der kaum jemand litt. Die Epidemiologie lag bei nicht einmal eins zu zweihunderttausend. Verflucht noch mal! Rausgeworfenes Geld, das sich nie wieder einspielen ließ. Und Phillip, diese Lusche, hatte sich das angesehen, hatte Ulrich einfach machen lassen. Warum? Vermaledeit!

Man musste der Natur nicht um jeden Preis ins Handwerk

pfuschen. Nicht, wenn man damit nur Verluste einfuhr. Nun suchten sie händeringend einen Investor, und die einzig verbliebene Interessentin war Charlotte. Ausgerechnet Carolines Nichte, die die Maiwald Swiss repräsentierte und hoffte, sich das Unternehmen endlich einverleiben zu können. Seit vierzig Jahren versuchten es die Schweizer Maiwalds nun schon. Diesmal würde es ihnen gelingen. Vorausgesetzt, sein Geheimnis blieb gewahrt. Wenn herauskam, wer er wirklich war, würden sie abspringen, und die Firma würde Bankrott gehen. Moreau wusste nicht, was schlimmer für ihn wäre, die Pleite oder die Übernahme. Doch, die Pleite. Denn dazu würde es nur kommen, wenn man ihn enttarnte.

Am Montag vorletzter Woche war Phillip abends bei ihm erschienen. Kam einfach ins Speisezimmer marschiert, ohne sich vorher anzumelden. Groß war er und schlank, ein stattlicher Mann, der auf sich achtete. Wenigstens das hatte er seinen Söhnen mitgegeben. Ein gesunder Geist in einem gesunden Körper. Doch erstmals war ihm das schüttere Haar an seinem Sohn aufgefallen, die Falten, der Bauchansatz, der keinem erspart blieb, und er hatte sich gefragt, wo die Zeit geblieben war. Seine Söhne gingen inzwischen auch schon auf die sechzig zu.

Mit Leichenbittermiene hatte Phillip ihm das Papier gereicht, bevor er sich setzte und Helga bat, ihm ein Glas Burgunder zu bringen.

»Und? Was sagst du dazu?«

»Lass mich doch erst einmal lesen.« Er zog die Brille aus der Brusttasche des Sakkos und sah, dass es sich um den Ausdruck einer E-Mail handelte.

Sicher haben Sie kein Interesse daran, dass die Öffentlichkeit erfährt, welche Vergangenheit Ihr Vater hat. Wir gehen davon aus, dass Ihnen unsere Diskretion einhunderttausend Euro wert ist. Anderenfalls dürfte sich die Suche nach einem Investor schwierig gestalten.
U. A. w. g. binnen zwölf Stunden.

Im ersten Moment wollte er lachen. Doch aus den Tiefen seines Gedächtnisses stiegen unangenehme Erinnerungen auf.

Wer steckte dahinter? Etwa Konrad Mertens? In den Achtzigern war er für die klinischen Studien zuständig gewesen, und es gab einige, bei denen nicht alles korrekt gelaufen war. Doch Konrad hing mit drin. Er lieferte sich bestimmt nicht selbst ans Messer. Oder Fritsch von der Bank, der ihm geholfen hatte, das Schwarzgeld vor dem Fiskus in Sicherheit zu bringen? Hatte er Probleme? Doch das Wort »Vergangenheit« ließ ihn etwas anderes befürchten. Kam die E-Mail etwa von …?

Nein, das konnte nicht sein. Unmöglich! Nicht nach so langer Zeit.

Er kam zu dem Schluss, dass der ganze lächerliche Erpressungsversuch lediglich ein Schuss ins Blaue war. Jeder Mensch hatte schließlich etwas zu verbergen.

Helga brachte den Wein und räumte das Essen ab. Phillip wartete, bis sie gegangen war.

»Und? Gibt es etwas, das ich wissen sollte?«

»Du nimmst das ernst?« Er wies auf den Wisch und lachte. »Das ist ein geradezu dilettantischer Versuch, mich um mein sauer verdientes Geld zu bringen. Kein Hinweis, worum es geht. Nichts Konkretes. Eine leere Drohung. Da setzt jemand darauf, dass ein jeder seine Geheimnisse hat. Auch ich. Darauf, dass ich den Platzhalter, den er gelassen hat, schon füllen werde und das Scheckbuch zücke. Das ist derart dummdreist, das es geradezu amüsant ist.«

Eine Erinnerung reckte und streckte sich tief in seinem Innersten und erwachte. Phillip beobachtete ihn. Moreau zwang seinem Gesicht einen Ausdruck amüsierter Gleichgültigkeit auf. Falls doch mehr dahintersteckte, musste er das regeln. Allein.

»Es ist also nichts dran? Wir müssen nicht reagieren? Ich wollte eigentlich Frinken darauf ansetzen.«

»Lächerlich. Du tust erst mal gar nichts. Der Kerl wird sich ganz sicher nicht noch einmal melden. Falls doch, will ich umgehend informiert werden, dann besprechen wir das gemeinsam mit der Sicherheitsabteilung.«

Die zehnte Bahn war geschwommen. Moreau spürte eine angenehme Schwere in den Muskeln und das gleichmäßige Schlagen seines Herzens. Es war gesund und stark. Trotzdem war eine kleine Pause angebracht. Er drehte sich auf den Rücken, streckte Arme und Beine aus und ließ sich auf dem Wasser treiben.

Phillip hatte ihn daraufhin mit diesem unergründlichen Blick angesehen, den er manchmal aufsetzte, und war gegangen. Seither hegte Moreau den Verdacht, dass sein Sohn hinter seinem Rücken doch mit Laurin Frinken gesprochen hatte, dem Leiter der Unternehmenssicherheit, weil er partout wissen wollte, was der weiße Fleck im Leben seines Vaters zu bedeuten hatte. Die Frage beschäftigte Phillip schon seit seiner Pubertät. Er war nicht dumm und sensibel dazu, er hatte immer gespürt, dass etwas fehlte. Die französischen Verwandten beispielsweise. Außerdem hatte er sich nie mit den Antworten zufrieden gegeben, die er auf seine Fragen nach Kindheit und Jugend seines Vaters erhalten hatte. Stets hatte er weiter nachgebohrt, mehr wissen und Details erfahren wollen, hatte Unstimmigkeiten bemerkt und sie ihm vorgehalten. Irgendetwas stimmte nicht. Doch weder Phillip noch sonst jemand würde es je erfahren.

Eine leichte Beunruhigung war zusammen mit der Erinnerung in Moreau aufgestiegen an jenem Abend vor elf Tagen und hatte ihn zum Telefon greifen lassen. Nun machte sie sich wieder bemerkbar. Wieso hörte er nichts? Weshalb dauerte das so lange?

Im Garten startete jemand mit infernalischem Getöse den Rasenmäher. Müde schloss Moreau die Augen. Neuerdings drängten sich Bilder aus längst vergangenen Zeiten in sein Leben, als wäre all das gestern erst geschehen, doch was gestern war, spielte keine Rolle mehr. Die Vergangenheit würde ihn nicht mehr einholen. Dafür hatte er gesorgt.

38

Es war Freitagmittag. Vera saß nach ihrem Besuch in der Staatsbibliothek in einem Straßencafé am Odeonsplatz, und startete den Laptop. Toms Büro war ganz in der Nähe. Einen Moment überlegte sie, ihm eine SMS zu schicken, ob er sich zu ihr setzen wolle. Doch sie hatte schlechte Laune, also ließ sie es bleiben und ging ihre Notizen durch, was aus den Euthanasietätern nach dem Krieg geworden war.

Es war empörend, wie billig sie davongekommen waren, wenn auch nicht überraschend. Sie hatte nicht erwartet, dass die deutsche Justiz mit ihnen anders verfahren war als mit dem Rest der braunen Gefolgschaft der Führerelite. Diesem Heer an Bereitwilligen auf allen Ebenen. Wie hatte Adenauer gesagt? »Man schüttet kein Dreckwasser weg, solange man kein frisches hat.« Damit hatte er die braune Brühe innerhalb der Justiz und Ministerien gemeint, die nach dem Krieg wieder durch Gerichte und Verwaltungen geschwappt war. Bei den Ärzten war es nicht anders gewesen.

Allein die Prozesse gegen die Verantwortlichen in der Heil- und Pflegeanstalt Winkelberg waren einen eigenen Artikel wert. Vor allem jene, die gar nicht stattgefunden hatten.

Bei der Suche nach den Patientenakten war Vera keinen Schritt vorangekommen. Wie sollte sie weiter vorgehen? Nachdenklich rührte sie in ihrem Latte macchiato, der hauptsächlich aus Milchschaum bestand. Für knapp vier Euro heiße Luft.

Als sie wieder aufsah, bemerkte sie ein knutschendes Paar auf der Rolltreppe, das von der U-Bahn-Station an die Oberfläche fuhr, eng umschlungen und weltvergessen. Ihn konnte Vera nur von hinten sehen. Er schien schon älter zu sein. Sie war eine grazile Schönheit mit schwarzer Lockenpracht. Langsam und stetig beförderte die Rolltreppe die beiden nach oben, und Vera hoffte, dass sie am Ende nicht stolperten und stürzten, derart beschäftigt, wie sie mit sich waren. Doch sie lösten sich rechtzeitig voneinander.

Da drehte der Mann sich um, und Vera ließ den Löffel in den Milchschaum fallen. Es war Tom! Er legte den Arm um die Schultern der Künstlerin, deren Vernissage sein Arbeitgeber gesponsert und deren Namen Vera schon wieder vergessen hatte.

Diese Frau war also die Pause. Sie war die Zeit, die Tom zum Nachdenken über ihre Beziehung brauchte. Sie war der Abstand. Wieder einmal wählte Tom den Weg des geringsten Widerstands. Statt sich mit ihrem Problem auseinanderzusetzen, suchte er sich einfach eine Neue! Vera konnte es einfach nicht glauben.

Die beiden schlenderten lachend in ein paar Metern Entfernung an ihr vorbei, ohne sie zu bemerken, blieben an der Fußgängerampel stehen und küssten sich, ehe sie Richtung Brienner Straße davongingen. Bestürzt griff Vera nach ihrem Handy und machte ein Foto. Manchmal sagte ein Bild mehr als alle Worte.

Sie winkte dem Kellner, zahlte und setzte sich in ihren Wagen. Von dort schickte sie Tom eine WhatsApp mit der Aufnahme. *Die Pause hat ein Ende. Gib mir bitte meinen Schlüssel zurück. Ich schicke dir deine Sachen ins Büro.* Sie schaltete das Handy auf stumm, warf es auf den Beifahrersitz und fuhr nach Schwabing zu Uschi.

Mit der unvermeidlichen Zigarette zwischen den Fingern öffnete sie die Tür und ließ Vera ein. Die Wohnung war völlig verqualmt und nicht aufgeräumt. Eine neue Seite an ihrer Tante. Das obligatorische Schwarz ihrer Kleidung bildete einen harten Kontrast zu dem bleichen Gesicht und den vom Weinen geröteten Augen. Sie sah alt aus, und ihre Bewegungen wirkten unsicher. Es schien, als wäre sie binnen weniger Tage zur Greisin geworden.

»Ach, es tut mir leid, Vera, dass ich dich neulich rausgeworfen habe.«

»Ja, das weiß ich doch. Hab ich damals schon gewusst.« Sie umarmten sich, und Vera spürte nichts als Haut und Knochen. »Wie kommst du zurecht?«

»Es geht schon irgendwie. Ich habe mir eine Zugehfrau genommen. Sie kommt morgen zum ersten Mal. Du musst dir also keine Sorgen machen, dass ich hier vor mich hin verwahrlose.«

»Hast du schon zu Mittag gegessen?«

Eine wegwerfende Handbewegung. »Essen wird völlig überbewertet. Aber wenn du was willst …« Sie wies in die Küche. »Bedien dich.«

»Nur, wenn du auch etwas isst.«

»Nudeln müssten noch da sein und ein Glas Pesto.«

Vera öffnete das Fenster, räumte den Herd frei und setzte Nudelwasser auf, während Uschi sich die nächste Zigarette anzündete.

»Wie geht es dir?«, fragte Uschi.

»Nicht so toll. Mit Tom ist Schluss. Er hat eine Neue.«

Mit dem Rauch entließ Uschi einen Seufzer. »Das war abzusehen. Auch du lässt dich mit den falschen Männern ein, Liebes. Der Fluch der Wiesinger-Frauen.«

Vielleicht tat sie das wirklich. Vielleicht sollte sie sich eine Therapeutin suchen, um herauszufinden, wie sie das immer wieder hinbekam und wie sie den Teufelskreis durchbrechen konnte. Tom und diese Frau. Sie bekam das Bild nicht aus dem Kopf.

»Wann ist eigentlich die Beisetzung?«

Uschi sog an der Zigarette. »Sobald sie Chris' Leiche freigeben. Vermutlich am Montag. Ich sage euch Bescheid. Gibt es Neuigkeiten von Kathrin?«

»Ihr Zustand ist unverändert und die Prognose schlecht. Sie wird sich von dem Schlaganfall wohl nicht mehr erholen. Nächste Woche sehe ich mich nach einem Pflegeheim für sie um.« Vera legte die Nudelpackung beiseite. »Sag mal, Tante Uschi, hat Kathrin mit dir jemals über alte Patientenakten gesprochen, die sie aufgehoben hat?«

»Wieso sollte sie irgendwelche Akten aufbewahren?«

»Ich vermute, dass sie damals in Winkelberg jemandem geholfen hat, sie beiseite zu schaffen. Hast du eine Idee, wo Kathrin sie versteckt haben könnte?«

»Du meinst wohl dieses ominöse Dossier, nach dem auch der falsche Polizist gesucht hat. Ich habe keine Ahnung. Ich habe nie davon gehört.«

»Sagt dir der Name Matthias Cramer etwas?«

»Wer soll das sein?«

»Kathrin hat in Winkelberg mit ihm zusammengearbeitet.«

Ein Kopfschütteln. »Nein. Aber sie hat auch nie über Winkelberg gesprochen. Weshalb suchen jetzt alle nach diesen Dokumenten?«

Das Wasser kochte. Vera gab die Nudeln hinein und erklärte Uschi, welche Bewandtnis es mit den verschwundenen Akten hatte, dass sie vielleicht Morde bewiesen und sie darüber schreiben wollte.

Eine Geschichte zeichnete sich ab, die bis in die heutige Zeit reichte. Wer hatte den falschen Polizisten losgeschickt? Wen hatte Chris zu erpressen versucht? Eine Familie, die ihren Namen nicht beschmutzt sehen wollte? Einen alten Nazi? Einen auf der Rattenlinie nach Südamerika abgetauchten Euthanasiearzt? Wer wollte verhindern, dass der Inhalt des Dossiers publik wurde?

»Nicht nur der falsche Polizist hat nach den Akten gesucht, Tante Uschi. Chris auch. Aber die Polizei hat sie nicht in seiner Wohnung gefunden, oder?«

»Das hätten sie mir bestimmt gesagt. Modrige Akten, in denen Naziverbrechen dokumentiert sind. Ich bitte dich. Der Kommissar hätte tausend Fragen gehabt. Ich weiß nichts von diesen Dokumenten, Vera. Kathrin hat sie nie erwähnt, und wenn sie wirklich in ihrem Besitz sind, dann können sie nur in ihrer Wohnung sein. Es sei denn, sie hätte ein Bankschließfach.«

»Sie hat keines und in ihrer Wohnung habe ich schon überall gesucht.«

Zischend kochten die Nudeln über. Vera nahm den Deckel vom Topf und schaltete die Temperatur herunter, während Uschi den Aschekegel von ihrer Zigarette streifte.

»Hast du auch im Keller nachgesehen?«

Vera fuhr herum. Der Keller! Himmel! Daran hatte sie gar nicht gedacht. Plötzlich hatte sie es eilig. Sie nahm Uschi das Versprechen ab, etwas von den Nudeln zu essen, und verabschiedete sich überstürzt.

Zwanzig Minuten später suchte sie in der Treffauerstraße nach einem Parkplatz, fand keinen und stellte den Citroën kurzerhand im Halteverbot ab.

Mit eiligen Schritten steuerte sie das Haus an und zog bereits im Gehen den neuen Wohnungsschlüssel hervor, als ihr der dunkelblaue BMW auffiel, der langsam durch die Straße fuhr. War es etwa derselbe, der hinter ihr ausgeparkt hatte, als sie in Schwabing losgefahren war? Oder wurde sie langsam paranoid? Es gelang ihr, einen kurzen Blick auf den Fahrer und das Kennzeichen zu werfen. Der Wagen kam aus Frankfurt.

Kathrins Schlüsselbund lag in einer Schale im Flur, und Vera ging damit in den Keller. Flackernd ging die Neonröhre an. Der Lattenverschlag, der zu Kathrins Wohnung gehörte, war der letzte am Ende des Flurs. Vera nahm das Vorhängeschloss ab und trat ein. Die Schatten der Latten fielen in Streifen auf einen zusammengerollten Teppich, der in der Ecke lehnte, auf Kathrins altes Fahrrad, das sie seit wenigstens fünfzehn Jahren nicht mehr benutzt hatte, auf eine Stehlampe aus den Achtzigern mit einem Schirm aus orangefarbenem Kunststoff und einige Kartons, zwei ausrangierte Koffer, eine Kommode und einen Geschirrschrank. Ein Ungetüm aus dunkel gebeiztem Holz, das noch aus der Wohnung der Großeltern am Johannisplatz stammen musste.

Vera begann zu suchen. Sie inspizierte gerade den Inhalt des Schranks, als das Handy in ihrer Hosentasche vibrierte. Hoffentlich nicht Tom. Mit ihm wollte sie jetzt nicht reden. Doch es war Margot.

»Hallo, Vera. Hast du schon ein Pflegeheim für deine Tante gefunden?«

»Das ist nicht so einfach. Wieso?«

»Ich will nur sichergehen, dass du am Montag wirklich da bist. Bei uns ist Land unter. Die neue Volontärin hat heute Morgen gekündigt. Ihr war der Job zu stressig.«

»Zu stressig?« Vera lachte und nahm einen flachen Karton aus dem Schrank. Es war nur altes Briefpapier darin.

»Genau. Was glaubt sie denn, wie es in einer Redaktion zugeht? Ich habe ihr geraten, es mit einer Beamtenlaufbahn zu versuchen. Jedenfalls ist sie schon weg. Sie war ja noch in der Probezeit. Ich brauche dich. Eigentlich sofort.«

»Am Montag sitze ich wieder am Schreibtisch. Versprochen. Heute geht es echt nicht.«

»Also gut. Sag mal, wenn deine Tante dich derart beansprucht, kommst du da überhaupt mit dem Konzept für *Amélie* voran?«

Vera hielt inne. An das Konzept hatte sie gar nicht mehr gedacht. Sollte sie sich überhaupt weiter damit beschäftigen? Innerlich hatte sie sich bereits von *Amélie* verabschiedet. Doch noch hatte sie keine Zeile ihres Features geschrieben. Damit war die Aussicht auf eine neue Stelle in etwa so weit entfernt wie die nächste Galaxie und dieses Angebot ihr Sicherheitsnetz unter dem Seil, auf dem sie derzeit balancierte.

»Das grobe Gerüst steht. Ich muss es nur noch ausarbeiten.«

»Ich stehe dir gerne als Coach zur Verfügung.«

Dieses Angebot fand Vera seltsam. Konnte Margot etwa

nicht loslassen und wollte sicherstellen, dass das Heft weiterhin ihre Handschrift trug?

»Ja … danke. Ich komme vielleicht darauf zurück. Dann bis Montag.« Sie steckte das Handy ein.

Wo waren die Akten? In den Schränken befanden sich nur ausrangiertes Geschirr und Töpfe, alte Tischdecken und Servietten. Eine Schachtel voller Krimskrams, ein paar Romane, Gläser und Vasen. Keine Papiere. Keine Ordner oder Hefter, keine Schachteln von der Größe, dass Akten hineinpassten. Im untersten Fach entdeckte sie einen Karton mit Christbaumschmuck. Vera wollte den Deckel schon wieder schließen, als sie ein Plastikschildchen mit grünem Rahmen bemerkte, das zwischen den roten Kugeln hervorlugte. Es war ein Schlüsselanhänger mit dem Namen Kolbeck.

39

Immergrüne Eiben, Thujen und Koniferen ragten beinahe drei Meter hoch hinter der weißen Mauer in die Höhe, die Moreaus Villa in Königstein umgab. Es waren nicht die einzigen in dieser an Hecken, Mauern und Überwachungskameras reichen Straße.

Manolis zögerte. Wenn er sich länger hier aufhielte, würde er auffallen, erst recht, wenn er auf die Mauer kletterte, um einen Blick in den Garten und das Haus zu werfen. Langsam fuhr er weiter. Durch das schmiedeeiserne Tor sah er eine gekieste Auffahrt und zwei Doppelgaragen. Hinter dem Grundstück thronte die Ruine der Burg Königstein auf einer Anhöhe.

Seit dem Telefonat mit Moreaus Haushälterin wollte er den Mann mit eigenen Augen sehen und sich vergewissern, dass er sich nicht täuschte.

In einer Einfahrt wendete Manolis und fuhr zur Burgruine hinauf. Auf dem Parkplatz stand ein Bus aus Tschechien. Der Fahrer saß daneben auf einer niedrigen Mauer und rauchte, während die Reisegruppe ihrem Führer folgte. Manolis nahm das Fernglas mit der integrierten Digitalkamera aus dem Wagen und ging zur östlichen Burgmauer.

Auf der Anhöhe wehte ein leichter Wind. Der Himmel war blau und klar, Schwalben zogen ihre Kreise, und man konnte bis weit in den Taunus hineinsehen. Doch er hatte keinen Sinn für die Schönheit des Tages und die Aussicht. Ihn interessierte einzig und allein die hinter Mauern und Hecken verborgene Villa Moreaus. Aus dieser Perspektive war das alte Gemäuer gut zu erkennen.

Vermutlich zu Beginn des vorigen Jahrhunderts errichtet, wies es reichlich Fachwerk, Türmchen und Erker auf und lag mitten in einem weitläufigen Garten mit gepflegten Rasenflächen und Blumenbeeten. Der Anbau mit Glasfassade musste wesentlich später hinzugefügt worden sein. Ein Schwimmbad, wie Manolis durch das Fernglas erkannte.

Auf der Terrasse davor saß jemand an einem Gartentisch, trank Tee oder Kaffee und las Zeitung. Manolis zoomte die Person heran und stellte das Bild scharf. Es war ein alter Mann, der einen Bademantel trug. Am Tisch lehnte ein Gehstock. Nach einer Weile hob der Alte den Kopf und sah hinauf zur Burg, direkt zu ihm. Manolis drückte auf den Auslöser, dann noch einmal und noch einmal.

Die Aufnahme von Ricarda Reischls Webseite, die Eric Moreau beim Firmenjubiläum zeigte, war dreiunddreißig Jahre alt. Viel Zeit war vergangen, und aus dem Herrn im Rentenalter war ein Greis geworden. Er lebte tatsächlich noch, war lediglich in eine andere Identität geschlüpft und hatte weitergemacht, als wäre nichts gewesen. Hatte geheiratet, ein Unternehmen geleitet und zwei Söhne gezeugt, während andere um ihre ermordeten Angehörigen trauerten. Er hatte sein Leben gelebt, es genossen und bei diesem Gedanken breitete sich Kälte in Manolis aus. Er machte noch einige Aufnahmen und fuhr zurück nach München.

Kurz vor halb sieben war er wieder zu Hause und inspizierte den Kühlschrank. Seit dem Frühstück im Frankfurter Hof hatte er nichts gegessen. Er nahm ein Stück Quiche Lorraine aus dem Tiefkühlfach und schob es in den Ofen.

Dann rief er Rebecca an und erfuhr, dass Vera am Vormittag knapp drei Stunden in der Staatsbibliothek verbracht hatte. Manolis stellte sich vor, wie sie dieselben Bücher in Händen gehalten und die gleichen Artikel gelesen hatte wie er einige Tage zuvor.

»Danach hat sie Wiesingers Mutter besucht, die ihr vorgeschlagen hat, doch mal in Kathrins Keller nachzusehen.«

»Der Keller! Mist. An den habe ich gar nicht gedacht.«

»Kein Grund zur Panik. Sie ist mit leeren Händen aus dem Haus gekommen. Keine Akten weit und breit. Frank hat Vera nach wie vor im Blick. Soll er weitermachen?«

Manolis war seit halb fünf auf den Beinen und müde. Frank sollte bis morgen früh an ihr dranbleiben, dann würde er wieder übernehmen.

Die Quiche war fertig. Manolis schenkte sich ein Glas Rosé ein und setzte sich mit dem Abendessen und dem iPad auf die Dachterrasse. Der blaue Punkt auf der Karte zeigte ihm, dass Vera zu Hause war. Aus dem Lautsprecher klang Musik. Er kannte das Stück, kam aber nicht gleich darauf. Es war Adele, *Rolling in The Deep*. »*There's a fire starting in my heart.*« Sie hörte also nicht nur Gipsy-Punk. Er aß die Quiche und überlegte, wie Vera wohl auf der Suche nach den Akten weiter vorgehen würde. Wenn sie heute noch etwas unternahm, würde er es von Rebecca erfahren. Er schaltete den Ton aus.

Sollte er Köster über seine Entdeckung informieren? Nein, entschied Manolis. Sein Auftrag bestand darin, das Dossier für seinen Mandanten zu besorgen. Das war alles.

Köster, der Anwalt mit dem besonderen Service für seine Kunden. Er war ein Ersatzvater für Manolis geworden. In jener Nacht vor dreiundzwanzig Jahren hatte Köster ihn mitgenommen in seine Bauhaus-Villa in Frankfurt. Modernes Design und alte Kunst. Ein Pool vor der Terrasse. Indirektes Licht erhellte ihn, wie auch jeden Winkel des Hauses. Das ganze Gebäude suggerierte eine Lebensleichtigkeit, die Manolis überwältigte. Es strahlte eine Ruhe aus, die jene umgab, die sich nie Sorgen machen mussten. Er dachte an das dunkle Zimmer in Bonames und an das heruntergekommene Häuschen seiner Eltern in München. So konnte man also auch leben.

Köster verarztete die Wunde an seiner Stirn, drückte Manolis ein Glas Whisky in die Hand und zog ihm geduldig die Würmer aus der Nase. Wer er war, woher er kam, was er so tat. Manolis erzählte ihm von seinem verkorksten Leben. Vom Abitur, das er hatte sausen lassen, von der abgebrochenen Lehre, von der Schlägerei, die ihm die Vorstrafe wegen Körperverletzung eingebracht hatte, und schließlich auch von seiner Angst, eines Tages im Gefängnis zu landen. Auch wegen der Autoschiebereien. Von irgendwas musste er leben, deshalb hatte er sich mit zwei Polen eingelassen.

Der Anwalt hörte zu und fragte schließlich, was er gerne tue. »An Autos rumschrauben«, war seine Antwort gewesen. Wie er denn mal leben wolle? Manolis hatte sich umgesehen und »So« gesagt. »Das sollten wir hinbekommen«, hatte Köster daraufhin erwidert. Er lehnte in seinem Sessel wie ein Hexenmeister, der einfach mal so die Weichen in Manolis' Leben in die richtige Richtung stellen konnte, das Whiskyglas in der Hand wie eine Zauberkugel, aus der er die Zukunft seines Gegenübers las.

»Du hast mir das Leben gerettet. Ich bin dir etwas schuldig. Etwas Gleichwertiges. Du bist keiner von diesen Versagern, bei denen jeder weiß, wie es weitergehen und wie es enden wird. In dir steckt mehr. Man muss es nur hervorholen. Du kannst hier schlafen, wenn du magst. Morgen früh reden wir weiter.«

Er führte Manolis ins Gästeappartement und breitete am nächsten Morgen seine Pläne vor ihm aus.

»Also, ich habe mir überlegt, wie es dir gelingen kann, in ein paar Jahren so zu leben wie ich.« Dann entwarf er mit wenigen Worten eine Zukunft für Manolis. Erst eine solide Ausbildung. Ohne die ging es nicht. Keine Mechanikerlehre, sondern eine kaufmännische, und zwar bei einem der größten Autohändler im Rhein-Main-Gebiet, der zu Kösters Mandanten zählte. Wenn Manolis den Abschluss schaffte, sollte er dort noch drei Jahre arbeiten, um die Erfahrung zu sammeln, die er benötigte, um sein eigenes Autohaus zu führen, das Köster ihm dann finanzieren würde. »Sechs Jahre musst du investieren, dann bist du noch nicht mal dreißig und stehst auf eigenen Beinen. Deal?«

Er hielt ihm die Hand hin, und Manolis schlug ein. Es wäre dämlich, dieses Angebot auszuschlagen. Seine Chance auf ein gutes Leben.

»Ja, Deal.«

»Prima. Als Erstes brichst du den Kontakt zu den Polen ab. Keine Autoschiebereien mehr. Am besten, du ziehst um. Ich zahle dir während der Lehre die Miete. Gegen die Wut musst du allerdings etwas unternehmen, sie stellt dir sonst wieder ein Bein. Nichts gegen Wut, aber sie sollte dich nicht beherrschen, sondern du sie. Mach ein Antiaggressionstraining, um das in den Griff zu bekommen. Oder Sport. Vielleicht ist Kampfsport ja das Richtige für dich. Was du da gestern Nacht getan hast, hat nicht sehr gekonnt ausgesehen, dafür umso mutiger. Wie geht es dir damit?«

Wie ging es ihm damit? Erstaunlich gut. Er hatte wunderbar geschlafen und fühlte sich ruhig, obwohl er einen Menschen getötet hatte. Und einem anderen das Leben gerettet. Etwas in ihm war verrutscht, hatte sich verschoben, war in eine Art Gleichgewicht geraten. Bei diesem Frühstück vor dreiundzwanzig Jahren hatte ihn zum ersten Mal eine Ahnung gestreift, dass er damit den Tod des anderen Manolis gerächt hatte, dass auf eine unerklärliche Art so etwas Ähnliches wie Gerechtigkeit eingetreten war.

Manolis stellte den leeren Teller in den Spüler und ging mit einem Glas Wein ins Arbeitszimmer. Vom Speicherchip der Kamera überspielte er die Aufnahmen von Moreau auf den PC und betrachtete sie am Monitor.

Bei der Rede zum Firmenjubiläum im Jahr 1980 konnte man ihn noch gut erkennen, wenn man wusste, wer er war. Jetzt, weitere dreiunddreißig Jahre später, war das schon schwieriger. Heute wären die Dienste forensischer Spezialisten nötig, um seine wahre Identität aufzudecken. Mit Gesichtsvergleich, Fingerabdrücken oder einer DNA-Analyse könnte es durchaus gelingen.

Manolis trank einen Schluck Wein. Es war eine rein theoretische Überlegung. Kein Forensiker würde sich je damit befassen. Moreau würde den Rest seines langen Lebens, das ein unvorstellbar gnädiger Gott ihm geschenkt hatte, unbehelligt genießen können, und wenn er starb, würde man ein ehrendes Gedenken an ihn bewahren. Trauernde Söhne, Schwiegertöchter und Enkel, ein Nachruf für diesen geschätzten Mitbürger in der Zeitung. Zahllose Trauergäste bei der Beisetzung.

Selbst wenn Louis Eric Moreau doch noch auffliegen sollte, konnte es keine Strafe mehr für ihn geben. Es war zu spät dafür. Ein reiches, in vollen Zügen genossenes, erfülltes Leben lag hinter ihm. Er hatte dafür gesorgt, dass er nicht doch noch enttarnt wurde. Für viel Geld kümmerte sich jemand darum, und Manolis gefiel dieser Auftrag längst nicht mehr.

Er stand auf und reckte sich. Zu viel Wein. Zu wenig Schlaf. Zu viele Erinnerungen an Babás und Daflimissa in den letzten Tagen. Und an den anderen Manolis. Seinen Namenspaten und Onkel, ermordet im Alter von sechs Jahren von deutschen Soldaten an einem strahlend schönen Junitag im Jahr 1944. Mörder, die ebenfalls davongekommen waren, die Kinder gezeugt und ihr Leben gelebt hatten, als wäre nichts gewesen. Denn einem kleinen, hilflosen und vor Angst wimmernden Kind die Kehle durchzuschneiden, war kein Verbrechen.

Manolis fegte das Glas vom Tisch. Es zerbarst an der Wand, Wein tropfte herab, Scherben spritzten über den Boden. In der Küche nahm er sich ein frisches, schenkte es voll, leerte es mit zwei Zügen und ging ins Wohnzimmer zurück. Wut brodelte in ihm wie schon lange nicht mehr. Doch er hatte gelernt, dass sie ein schlechter Ratgeber war und er seine Gefühle besser in den Griff bekommen sollte, wenn er nicht die Kontrolle über sein Leben verlieren wollte.

Sport und Musik halfen ihm dabei. Auch das hatte er gelernt. Im Wohnzimmer suchte er nach Henry Purcells *Ode for the Birthday of Queen Mary*, überirdisch schöne Barockmusik von einer Reinheit, die ihn alles vergessen und an das Schöne und Gute glauben ließ, wenigstens eine Zeit lang.

Während er den Stimmen der Countertenöre lauschte, die sich in immer größere Höhen schwangen, bis sie sich förmlich umschlangen und in einem jubelnden Finale endeten, wurde er ein wenig ruhiger.

Er hatte diesen Auftrag angenommen und würde ihn auch zu Ende bringen. Nur das Geld wollte er nicht behalten.

In der Küche schenkte er sich noch ein Glas Wein ein und blieb auf dem Rückweg ins Wohnzimmer im Flur vor dem Hochzeitsbild seiner Eltern stehen. Würden sie gutheißen, was er tat? Ganz gewiss nicht.

Jeder hatte die Wahl, was er aus seinem Leben machte. Babás hatte sich entschieden, Opfer zu bleiben bis zum bitteren Ende.

Manolis nahm das Bild ab und betrachtete es. Sein Vater mit dem langen Haar und der John-Lennon-Brille. *Make love, not war*. Es war zum Lachen.

»Du hättest sie nicht mitnehmen dürfen, Babás. Du bist zu weit gegangen. Du hast aus Mama ein beschissenes Opfer gemacht, und das war sie nicht. Sie war eine Kämpferin. Und mir hast du dein Trauma einfach übergestülpt. Ein Fass voller Blut. Seither rinnt es an mir herab und rinnt und rinnt und rinnt. Ich kann es nicht abwaschen, es klebt an mir, ich schleppe es mit mir herum. Es ist ein Witz, ein verdammter böser Witz. Ich war damals nicht dabei.«

Er warf das Bild gegen die Wand, wo es zerbarst. Noch mehr Scherben. An der Mauer hinab ließ er sich zu Boden gleiten. Himmel, war er betrunken!

»Ich war nicht dabei! Ich war nicht einmal geboren, Babás. Trotzdem habe ich alles gesehen, mit deinen Augen. Du hast es mir gezeigt, immer und immer wieder. Du hast ein verdammtes Opfer dieses Massakers aus mir gemacht, ein bettnässendes Bündel aus Angst und Zorn und Ohnmacht, voller Wut und Hass und Rachegedanken. Du hast kein Recht, mir zu sagen, dass es falsch ist, was ich tue. Denn das ist es nicht!«

40

Am Samstagmorgen wachte Manolis um halb sechs mit Kopfschmerzen auf. Eine ganze Flasche Wein. Das kam selten vor. Er trank zwei Tassen grünen Tee, lief danach gemächlich eine halbe Stunde durch den Englischen Garten, duschte lange und fühlte sich anschließend fit für den Tag.

Während des Frühstücks gab das iPad einen Signalton von sich. Der blaue Punkt an der Schwanthalerhöhe hatte sich in Bewegung gesetzt. Vera war mit dem Auto unterwegs. Manolis raffte seine Sachen zusammen und spurtete die Treppenstufen hinunter in die Tiefgarage. Der Punkt auf dem iPad bewegte sich Richtung Sendling. Sie fuhr zur Wohnung ihrer Tante. Und das am Wochenende um diese Zeit. Was wollte sie dort?

Als er in der Treffauerstraße ankam, war Vera bereits im Haus. Er überlegte noch, ob er aussteigen und durchs Fenster hineinspähen sollte, als sie schon wieder herauskam und einen weißen Kittel zusammenfaltete, wie ihn Ärzte und Schwestern trugen. Sie warf ihn auf die Rückbank ihres Citroëns und fuhr los. Manolis wartete noch ein Weilchen und bemerkte dabei einen dunkelblauen BMW mit Frankfurter Kennzeichen, der ihr folgte.

Er simste Rebecca an und bat sie, das Kennzeichen zu überprüfen. Wer klebte Vera an den Fersen, und warum hatte Frank es nicht bemerkt?

Über den Mittleren Ring fuhr sie auf die A 94 Richtung Passau. Vermutlich war sie auf dem Weg nach Winkelberg. Mit einem weißen Kittel im Auto. Was wollte sie dort?

Vera musste im Keller ihrer Tante einen Hinweis entdeckt haben, und Manolis hoffte, dass dieses verdammte Dossier in Winkelberg war, am Ort der Verbrechen. Ebenso hoffte er, dass Vera es fand, er es ihr abnehmen konnte und dieser Auftrag damit ein Ende hatte.

Der BMW klebte noch immer an ihr. Manolis gab Gas, überholte die beiden Fahrzeuge zügig und erreichte als Erster die ehemalige Heil- und Pflegeanstalt. Am Rande des Besucherparkplatzes stellte er den Golf im Sichtschutz eines Kastenwagens ab, steckte die Beretta unter dem Sakko in den Hosenbund, den Schalldämpfer in die eine und für alle Fälle die Rolle Klebeband aus dem Handschuhfach in die andere Tasche und stieg aus. Als Vera eintraf, stand er bereits mit dem Rücken zum Parkplatz am Zugang des Geländes und studierte die Informationstafel, auf der die Lage der zwei Dutzend Klinikgebäude dargestellt war.

Nur wenige Sekunden nach ihr fuhr der BMW auf den Parkplatz. Ein nicht mehr ganz junger Kerl saß darin. Stiernacken, schwarzes Haar, verspiegelte Sonnenbrille. Er blieb im Wagen sitzen, als Vera ausstieg, sich verstohlen umsah, den weißen Kittel anzog und in die Rolle einer Mitarbeiterin der Klinik schlüpfte. Sie straffte die Schultern, schob die Hände in die Taschen und folgte zielstrebig dem Hinweisschild zur Tagesklinik.

Manolis wartete ab, ob sich ihr zweiter Schatten doch noch

an ihre Fersen heften würde. Er tat es nicht, selbst als sie auf dem Weg hinter der Hecke verschwand. Mit sicherem Abstand ging Manolis ihr nach. Die Tagesklinik war nicht ihr Ziel, sie ging daran vorbei. Er fragte sich, welche Gebäude wohl die Hungerhäuser gewesen waren. Bilder stiegen unweigerlich in ihm auf, vorüberziehende Schemen, und für einen Moment glaubte er das Grauen zu spüren, das noch in den Mauern saß, ein Nachhall der Verbrechen, die bis heute ungesühnt und längst vergessen waren.

Ein Stück hinter der Tagesklinik bog Vera auf einen Weg ein, der zu einem kleinen Gebäude am Rande des Geländes führte. Weiße Sprossenfenster, grüne Läden, eine Haustreppe mit zwei Stufen. Vera blieb darauf stehen, sah sich um, und er verbarg sich hinter einer Hecke. Eine Gruppe von Schwestern kam ihr entgegen, beachtete sie jedoch nicht. Weiter hinten startete der Gärtner einen Aufsitzmäher. Vera zog einen Schlüsselbund aus der Tasche, und Manolis fragte sich, woher sie ihn hatte. Etwa aus dem Keller ihrer Tante? Einen nach dem anderen probierte sie die Schlüssel durch, bis einer passte und sie im Haus verschwand. Er spurtete los und erreichte die Tür gerade noch, bevor sie ins Schloss fiel. Mit dem Fuß hielt er sie auf und lauschte. Drinnen war es still. Leise ging er Vera nach und sah, wie sich eine Tür mit Milchglasfüllung langsam hinter ihr schloss. Er zog die Beretta hervor und schraubte den Schalldämpfer auf. Einen Moment wartete er, dann trat er ein.

Ein Flur. Zwei Türen links, eine gegenüber, der Boden mit Linoleum belegt. Eine Vitrine und eine Schautafel mit einem Zitat. *Wir sind nicht persönlich verantwortlich für das, was damals geschehen ist, aber wir sind verantwortlich für das, was in der Geschichte daraus wird.*

Manolis presste die Kiefer aufeinander. Hohle Worte. Phrasen. Die Täter waren ungestraft davongekommen. Das war daraus geworden. Einer von ihnen saß am Pool seiner Villa und ließ sich die Sonne auf die welke Haut scheinen, während die Gebeine der Menschen, die er auf dem Gewissen hatte, längst zu Staub zerfallen waren und beinahe jede Erinnerung an sie erloschen.

Die Tür zu einem der Ausstellungsräume war nur angelehnt. Ein metallisches Klicken drang von dort in den Flur und von jenseits der Mauern das gleichmäßige Brummen des Rasenmähers. Lautlos schlich Manolis näher und lugte durch den Spalt. Vera probierte die Schlüssel an den Türen der Vitrinenschränke mit den Schaustücken durch, bis sie vor einem zweigeteilten stand. Oben Glas, unten weiß lackierte Metalltüren. Sie ging in die Hocke, der Schlüssel glitt wie von selbst ins Schloss. Ein leises »Yes!« kam ihr über die Lippen, als sie eine graue Metallkassette hervorzog und auf dem Boden abstellte. Der dritte Schlüssel am Bund passte. Ein Stapel verblichener roter Aktendeckel kam zum Vorschein. Vera blätterte sie hastig durch, und ein Lächeln breitete sich auf ihrem Gesicht aus.

Manolis hob die Beretta und trat ein.

Sie schrak hoch, sprang auf und presste die Dokumente an sich. »Wer sind Sie?« Panisch sah sie sich nach einem Fluchtweg um. Doch es gab keinen.

»Ihnen passiert nichts, wenn Sie kooperieren. Ich will nur die Unterlagen.«

Schützend schlang Vera die Arme darum. »Sind Sie etwa einer von denen? Ein Nazi, der ein ehrendes Andenken an diese Verbrecher bewahren will?« Ihre Augen wurden dunkel vor Zorn, ihr Körper straffte sich wie zur Flucht oder zum Angriff bereit, und er trat zwei Schritte auf sie zu. Bewusst verletzte er ihre Distanzgrenze.

»Geben Sie mir das.«

»Und wenn nicht?«

»Dann werden Sie es bereuen. Das ist es nicht wert.«

In ihren Augen stoben Zornesfunken. In seinen saß kalte Entschlossenheit. Er würde diesen verdammten Job zu Ende bringen. Jetzt.

Für einen Moment schloss sie die Augen, ihre Schultern sanken herab. Sie gab auf.

»Dorthin.« Mit dem Kinn wies er auf einen Tisch, und sie legte die Dokumente ab.

»Sie haben keine Ahnung, worum es geht, oder? Sie sind nur ein Erfüllungsgehilfe. Hirn ausschalten und tun, was verlangt wird. Wer schickt Sie?«

Mit der freien Hand reichte er ihr die Rolle Duct Tape. »Nehmen Sie ein Ende und kleben Sie es sich um das linke Handgelenk.«

»Für Wrede oder seine Familie, stimmt's? Es sei denn, Bader lebt noch. Sie sorgen dafür, dass ein Mörder weiter frei herumläuft.«

»Nicht ich. Ihre Tante hat dafür gesorgt. Seit einundfünfzig Jahren waren diese Unterlagen in ihrem Besitz. Und jetzt halten Sie den Mund und nehmen das Klebeband.«

Als er mit der Waffe direkt auf ihre Stirn zielte, schwieg sie endlich und wickelte das Band ums Handgelenk.

»Legen Sie die Hände aneinander.«

Mit der Linken wand er das Duct Tape um ihre Handgelenke und wies sie an, sich auf den Stuhl zu setzen. Zwei Minuten später war sie daran gefesselt.

»Da Sie sicherlich schreien werden, sobald ich gegangen bin, muss das hier jetzt leider sein.« Er riss drei Streifen Klebeband ab.

Sie schüttelte den Kopf und sagte mit Panik in der Stimme: »Nein, bitte nicht. Ich werde ersticken. Ich schreie auch nicht.«

»Ja, klar.«

Er musste ihr den Kopf festhalten, um den Mund zu verkleben, und sah die Hysterie in ihren Augen aufsteigen. Sie ruckelte mit dem Stuhl und versuchte zu schreien, doch es kamen nur gedämpfte Laute heraus.

»Beruhigen Sie sich! Ihre Nase ist frei. Sie können atmen, und in spätestens einer halben Stunde wird man Sie finden. Ich sorge dafür.« Er nahm die Akten und den Schlüsselbund, verließ das Museum und sperrte die Tür ab.

Auf dem Besucherparkplatz stand noch immer der blaue BMW. Hinter dem Steuer wartete der Kerl mit der Sonnenbrille auf Veras Rückkehr. Manolis umrundete eines der Gebäude und näherte sich seinem Golf im Sichtschutz des Kastenwagens. Er legte die Akten und die Schlüssel auf den Beifahrersitz. Inzwischen hatte Rebecca eine SMS geschickt.

Der Wagen ist auf die Privatdetektei Olaf Bagus GmbH in Frankfurt zugelassen. Ein Unternehmen mit drei Mitarbeitern und Büro im Frankfurter Westend. Soll ich weiter recherchieren?

Wer hatte Bagus engagiert? Köster etwa, weil er doch wusste, worum es wirklich ging, und ihm misstraute? Oder der alte Mann am Pool, der sich doppelt absicherte? Eher unwahrscheinlich. Jetzt war es ohnehin egal. Bagus spielte in der Bezirksliga und hatte den entscheidenden Moment verpasst. *Danke. Ist nicht nötig.*

Manolis startete den Wagen und fuhr los. Kurz vor der Autobahnauffahrt griff er zu dem nicht registrierten Handy. Er wählte die Nummer des Klinikums und teilte der Dame am Empfang mit, dass im Museum jemand festsaß und Hilfe benötigte.

41

Manolis platzierte den Stapel verblichener roter Akten im Arbeitszimmer auf dem Schreibtisch. Elf dokumentierte Morde. Er wusste es, ohne einen Blick hineinzuwerfen. Wäre es anders, hätte man ihn nicht beauftragt.

Den Bund mit den drei Schlüsseln legte er daneben. An jedem ein Plastikanhänger mit einem Namen. Therese Kolbeck. Franz Singhammer. Emil Lautenbach. Drei willkürlich ausgelöschte Leben. Drei von elf. Elf von Tausenden. Beispielhaft für unzählige ungesühnte Morde.

Für einen Moment tat ihm Vera leid. Was für eine Story hatte er ihr da genommen. Doch so war das Leben. Ungerecht.

Er ging ins Wohnzimmer und wählte Kösters Nummer.

»Hallo, Bernd. Ich habe die Dokumente. Soll ich sie dir schicken, oder lässt du sie abholen?«

»Sehr schön.« Köster klang erleichtert. »Ein Kurier wird sie abholen. Bist du heute Nachmittag da?«

»Sicher. Ich warte auf ihn.«

»Das waren jetzt insgesamt neun Tage. Ich schicke das restliche Honorar mit.«

»Das hat keine Eile.«

Er wollte es nicht und hätte Köster am liebsten gebeten, es zu behalten. Doch seine Gefühle gingen nur ihn etwas an, und es gab keinen Grund, dem alten Mann am Pool so viel Geld zu schenken.

Das Hochzeitsbild seiner Eltern lag noch immer im Flur auf dem Boden, in den Scherben des Vorabends. Der Anblick seines Vaters machte ihn wütend. Er hob das Foto auf und legte es mit der Bildseite nach unten auf das Sideboard, dann fegte er die Scherben zusammen und machte sich eine Tasse Tee. Einen Sakura no Sencha, eine Rarität. Das kurze Ritual des Teeaufgießens beruhigte ihn heute jedoch nicht. Etwas in ihm war in Bewegung geraten, verschob sich, verrutschte.

Mit der Tasse ging er ins Arbeitszimmer und stellte sich ans Fenster. Im Lauf der letzten Stunde hatte sich der Himmel grau verfärbt, es wurde stürmisch. Eine Bö rüttelte die Bäume in der Straße durch, riss Blätter aus ihren Kronen. In einem wirbelnden Tanz flogen sie durch die Luft, wie Derwische auf der Suche nach Erlösung.

In seinem Rücken spürte Manolis die Anwesenheit der Akten, als wären sie lebendige Geschöpfe. Wer war Therese Kolbeck gewesen? Wer Franz Singhammer und wer Emil Lautenbach? Alles, was von ihnen noch existierte, waren diese Dokumente, und morgen um diese Zeit würden sie geschreddert sein oder verbrannt. Sie würden für immer dem Vergessen anheimfallen, weil jemand es so wollte, der die Macht dazu besaß.

Wenn er sich für einen Auftrag entschieden hatte, führte Manolis ihn auch aus und forschte nicht weiter nach. Doch diesmal war etwas anders. Was sich damals in Winkelberg ereignet hatte, war wie ein Zerrspiegel, der ihm die Schrecken seiner Kindheit präsentierte. Ohnmacht und Wut wollten in ihm aufsteigen. Das alles hatte nichts mit ihm zu tun! Dennoch fühlte er sich besudelt. Wieder stand er da mit diesem Fass voll Blut über dem Kopf, das an ihm herabrann und rann und rann. Er wurde es einfach nicht los.

Diese verblichenen roten Akten rührten an den Grundfesten seines Lebens. Und deshalb war diesmal alles anders, und er griff nach der obenauf liegenden.

Akte der Oberbayerischen Heil- und Pflegeanstalt Winkelberg über Therese Kolbeck, geb. 3.5.1942, stand da. Name und Geburtsdatum waren handschriftlich eingetragen. Daneben ein Stempel, R.A., und darunter hatte jemand etwas mit Bleistift geschrieben: *Ermächtigung vom 10.9.44*. Er schlug die Akte auf. Etliche lose Seiten und eine kleine Papiertüte fielen ihm entgegen.

Auf einem Blatt waren drei Fotografien aufgeklebt. Sie zeigten ein kleines Mädchen mit dem typischen Erscheinungsbild des Downsyndroms. Das Gesicht war rund und flach, die Augen standen schräg und ein wenig zu weit auseinander. Auf einem Bild der Aufnahmen sah Therese neugierig in die Kamera, wissbegierig zu erfahren, was da geschah, auf einem anderen lachte sie. Ein fröhliches, vertrauensseliges Kind, das keine Ahnung hatte, was ihm bevorstand. Therese Kolbeck im Alter von zwei Jahren, nackt von vorne, von hinten und von der Seite. Diagnose: *Mongoloide Idiotie in Verbindung mit Taubheit. Wertlos.* Dieses Wort hatte jemand mit Bleistift an den Rand des Bogens geschrieben. Es stand tatsächlich dort: *Wertlos.* Darunter: *Verstorben am 14.10.44 an Bronchopneumonie.*

Manolis presste die Kiefer aufeinander, bis die Zähne knirschten, und blätterte weiter. Drei Schwarz-Weiß-Fotografien zeigten Dr. Karl Landmann am Bett eines Kindes. War das

Therese? Er betrachtete die Aufnahme genauer. Ja, das war sie. Abgemagert und krank. Jede Spur von Fröhlichkeit hatte man aus diesem Gesicht getilgt.

Auf dem ersten Bild zog Landmann eine Spritze auf. Das zweite zeigte, wie er sie in den Arm des Kindes injizierte, und das dritte, wie die Kleine nach ihm schlug und ihn am Unterarm kratzte. Manolis legte die Fotos beiseite und schüttelte den Inhalt der kleinen Papiertüte auf den Schreibtisch. Eine leere Arzneimittelampulle mit vergilbtem Etikett kam zum Vorschein. *Morphium-Scopolamin 5 ml.* Daneben ein Tupfer mit vertrockneten dunkelbraunen Flecken. War das Blut?

Im Aktendeckel lagen noch zwei zusammengeheftete Blätter. Manolis nahm sie heraus.

Gedächtnisprotokoll über den Mord an Therese Kolbeck, begangen von Dr. Karl Landmann in der Heil- und Pflegeanstalt Winkelberg am 14. Oktober 1944.

Verfasserin: Kathrin Wiesinger, Krankenschwester in der Heil- und Pflegeanstalt Winkelberg.

Ich wusste, Dr. Landmann würde es heute tun, denn Thereses Vater hatte seinen Besuch angekündigt, um seine Tochter abzuholen. Darum hatte ich ihn in einem Brief gebeten. Sie ist hier nicht sicher. Doch er hat zu lange gezögert. Schwester Adele und Oberschwester Barbara haben auf Landmanns Anordnung schon vor fünf Tagen mit der Behandlung begonnen, die Thereses Tod durch eine eitrige Lungenentzündung zur Folge haben wird. Doch noch ist es nicht so weit, und deshalb wird Dr. Karl Landmann es vor Eintreffen des Vaters heute selbst zu Ende bringen, wie immer in diesen

Fällen. Ich wusste es und konnte es dennoch nicht verhindern, obwohl ich ihn angefleht habe, die Kleine zu verschonen.

Er will nicht verstehen, dass sie auch Menschen sind wie wir, dass sie auf ihre Weise glücklich und voller Lebensfreude sind, auch wenn sie auf Hilfe angewiesen sind.

Eine Weile habe ich darüber nachgedacht, Therese zu verstecken, bis ihr Vater eintrifft. Doch Schwester Adele hatte Dienst, zusammen mit Oberschwester Barbara. Beide sind überzeugte Befürworterinnen des sogenannten Gnadentods. Niemals hätten sie mich mit der Kleinen gehen lassen, und ich war zu feige, es trotzdem zu versuchen. Mir fehlte der Mut, mein Leben für das von Therese zu geben, denn eines war gewiss: Landmann würde mich an die Gestapo übergeben, wenn er mich erwischte. Daher konnte ich den Mord an Therese nur dokumentieren, konnte ich heute nur Zeugin sein, damit ich gegen Landmann aussagen kann, wenn der Krieg vorbei ist und sie sich verantworten müssen. Landmann, Bader, Wrede und auch Adele!

Ich versteckte mich mit meiner Kamera hinter dem Paravent. Es war kurz vor siebzehn Uhr, als Dr. Karl Landmann kam, und es gelang mir in den folgenden Minuten drei Aufnahmen zu machen. Sie liegen dieser Akte bei.

Landmann war allein und brachte alles mit, was er brauchte. Aus der Ampulle zog er das Morphium-Scopolamin auf, griff nach Resis Arm und schob die Nadel unter die Haut. Die Kleine hatte bereits Fieber, war apathisch, doch sie stöhnte und wand sich in seinem Griff. Sie wehrte sich mit dem letzten Rest an Kraft, der ihr geblieben war, und kratzte Dr. Landmann am Unterarm blutig. Er ließ sie erst los, nachdem bereits der letzte Tropfen des Gifts in ihren Adern floss. Als er fertig war, wischte er sich mit einem Tupfer das Blut vom Arm und ging.

Ich habe die leere Ampulle und den Tupfer an mich genommen. Sie liegen ebenfalls in dieser Akte. Fingerabdrücke und Blutgruppe sollen als Beweis für seine Tat dienen. Dr. Landmann hat die seltene Blutgruppe AB negativ. Diese Information steht in seiner Personalakte.

Nachdem er gegangen war, trat ich an Thereses Bett. Ihr Haar war schweißnass, auf den Wangen glühten Fieberflecken. Sie atmete schwer und rasselnd, ihr Brustkorb senkte sich in ungleichmäßigen Abständen, und mit jedem Atemzug ging ein schwaches Zittern durch ihren ausgezehrten Körper. Hinter den papierdünnen Lidern bewegten sich die Augäpfel unruhig hin und her. Die fiebrig roten Flecken verlöschten Atemzug um Atemzug, lösten sich auf im versiegenden Leben. Ich griff nach Resis Hand und hielt sie, bis ihr Brustkorb sich ein letztes Mal bewegte und sie mit einem Seufzer den letzten Atemzug entließ. Ihr Kopf fiel zur Seite. Am Handgelenk suchte ich nach dem Puls, fand jedoch keinen. Es war vorbei. Ich schloss ihr die Augen, ohnmächtig vor Wut.

Irgendwann wird er dafür bezahlen!

Irgendwann wird er dafür bezahlen! Manolis lachte. Noch eine, die an Gerechtigkeit geglaubt hatte. Und dann hatte sie nach Kriegsende nichts unternommen.

Das Foto der kleinen Therese war aus der Akte gerutscht. Er ging damit in die Küche und nahm die Flasche mit dem Single Malt aus dem Regal. Zwei Finger breit schenkte er sich ein, während er auf das vertrauensvolle Lachen dieses ahnungslosen Kindes blickte. Therese war nur zweieinhalb Jahre alt geworden, nicht einmal halb so alt wie der andere Manolis.

Etwas rüttelte an ihm, zerrte.

Wer an Gerechtigkeit glaubte, der war ein Narr!

Wer würde sich heute noch für das Schicksal der kleinen Therese interessieren? Und für das von Emil, von Franz und all den anderen? Für die Gräuel der Vergangenheit? Niemand außer Vera Mändler, einer Journalistin, die sich mit Mode und Kosmetik beschäftigte, mit ewiger Jugend und Schönheit.

Er leerte das Glas und ging ins Arbeitszimmer zurück.

Als kurz nach sechzehn Uhr der Citykurier aus Frankfurt kam, war das Paket für Köster abholbereit. Anschließend schickte Manolis eine Nachricht an Rebecca, dass der Auftrag erledigt sei und sie die Überwachung beenden könne.

42

Es war Samstagnachmittag, Eric Moreau saß mit seinem Sohn Phillip auf der Terrasse und ließ sich über die Vorbereitungen für den Termin am kommenden Montag unterrichten. Charlotte Maiwald reiste mit ihrem Gefolge aus Zürich an. Wirtschaftsprüfer, Banker, Anwälte und natürlich ihr verzogener Sohn Reto, der zusammen mit ihr die Maiwald Swiss führte und den Titel eines CEO trug. Geschäftsführer hatte man das früher genannt. Ein verzogener Rotzlöffel war er, und Moreau war die Vorstellung zuwider, dass Reto und seine Mutter auch nur einen Fuß in sein Unternehmen setzten, um ihre Finger danach auszustrecken.

Auf einmal begrüßte er es, die Leitung abgegeben zu haben und bei den Verhandlungen nicht dabei sein zu müssen. Er war es leid. Er wollte seine Ruhe, seinen Frieden, wollte die knappe Zeit genießen, die ihm noch blieb. Doch er genoss nicht, er war unruhig. Noch immer baumelte das Damoklesschwert über ihm, und wieder einmal sagte er sich, dass keine Nachrichten gute Nachrichten waren. Alles andere war undenkbar.

Er wollte nicht vor Gericht gezerrt werden wie dieses kleine Licht Demjanjuk oder der Kompanieführer Scheungraber, der auch nur seine Pflicht getan hatte. Gerade einmal vier Jahre war es her, dass man ihn zu lebenslanger Haft verurteilt hatte, einen Einundneunzigjährigen. Jetzt auf einmal erinnerten sie sich an längst Vergessenes. Alibiprozesse waren das, Deckmäntelchen. Politisch gewollt. Weshalb rief Köster nicht an? Verflucht noch mal!

»Ich gehe davon aus, dass sie eine Mehrheitsbeteiligung anstreben«, sagte Phillip gerade. »Hörst du mir überhaupt zu?«

»Nein. Es interessiert mich nicht.«

»Bitte?« Überraschung stand in Phillips blassblauen Augen, die ihn stets an Caroline erinnerten. Hatte er sie je geliebt?

Das war eine nicht zu beantwortende Frage. Was war Liebe schon?

Begehren natürlich, und begehrt hatte er sie, wie so viele Frauen. Und Vertrauen vielleicht. Doch mit Vertrauen war er stets sparsam umgegangen, geradezu geizig. Caroline hatte ihn gebraucht und er sie. Damals, als dieses Land sich ebenso neu erfunden hatte wie er sich selbst. Bei einem Theaterbesuch in Frankfurt waren sie sich begegnet. Eine Fügung. Sie, die Tochter eines Pharmazeuten, und er, der späte Student der Pharmazie. Es hatte gepasst, wie arrangiert.

Caroline hatte es ihm ermöglicht, noch einmal von vorne zu beginnen, ohne es zu ahnen. Sie hatte nie erfahren, wer er wirklich war. Es gab nur zwei Menschen, die seine wahre Identität kannten. Still und fügsam war Caroline gewesen, treu und ihm ergeben. Den Trumpf, der ihr Macht über ihn verlieh, hatte sie nur ein einziges Mal in all den Jahren ihrer Ehe ausgespielt, als er sie verlassen wollte. Die Firma gehörte ihr. Diese Karte hatte sie damals gezückt, und er war bei ihr geblieben, denn er wollte nicht noch einmal bei null beginnen.

»Dich interessiert nicht, was aus dem Unternehmen wird? Aus mir? Aus Ulrich? Unseren Familien?«, fragte Phillip.

»Nicht jetzt! Köster ist mit seinem Team bei den Verhandlungen dabei, ebenso jemand von der Bank. Lass sie das machen.«

Helga trat auf die Terrasse und nickte ihm zu. In der Hand hielt sie das schnurlose Telefon. Endlich!

»Entschuldige mich. Das Telefonat ist wichtig.«

»Was?«

»Ich wäre jetzt gerne allein.«

Gehorsam schob Phillip den Stuhl zurück und ging. Kein Rückgrat. Kein Mumm in den Knochen. Allein die zusammengepressten Kiefer zeigten Eric die Wut seines Sohnes.

Helga reichte ihm das Mobilteil, während er Phillip nachsah. »Ja, Bernd? Ich hoffe, du hast endlich gute Neuigkeiten für mich.«

»Grüß dich, Louis. Keine Sorge, wir haben das Dossier. Der Kurier ist bereits unterwegs. Heute Abend ist es bei dir.«

»Danke.«

Wie oft in seinem Leben hatte er dieses Wort benutzt? Meist als Floskel, selten wahrhaftig. Doch nun war er genau das: dankbar. Die Gefahr war endlich vorüber. Erleichtert legte er auf.

Damit konnte der Deal mit der Maiwald Swiss über die Bühne gehen, das Unternehmen würde weiter bestehen. Falls er bereit wäre, den größten Teil seines Privatvermögens zu investieren, ließe sich sogar eine Mehrheitsbeteiligung von Charlotte und Reto verhindern. Sein Kampfgeist erwachte, und er fühlte sich voller Tatendrang wie lange nicht mehr.

Phillip verschwand vollends aus seinem Blickfeld, und grimmige Genugtuung stieg in Louis Eric Moreau auf. Niemals würden seine Söhne die Wahrheit erfahren, obwohl Phillip sich seinen Anweisungen widersetzt und Laurin Frinken beauftragt hatte. Noch hatte Eric seine Leute im Betrieb. Seine Zuträger. Einen No-Name hatte Frinken losgeschickt, einen Ausländer mit gerade mal drei Mitarbeitern. Zu zögerlich, zu halbherzig, immer nur kleckern, nie klotzen. Wie dieser Bagus auf die richtige Fährte gekommen war, blieb für Eric ein Rätsel. Eines, das jetzt nicht mehr gelöst werden musste.

Er rief nach Helga, und sie kam zu ihm auf die Terrasse. Trotz ihrer beinahe sechzig war sie noch immer eine aparte Frau. Vor über dreißig Jahren hatte er sie als Haushälterin eingestellt. Sie war zuverlässig und diskret, auch was ihre Affäre betraf, die sich schließlich über einen Zeitraum von über zwanzig Jahren hingezogen hatte. Nie hatte sie vergessen, wer der Herr im Hause war und wer die Dienerin, und dafür hatte er sich erkenntlich gezeigt. Helga hatte fürs Alter ausgesorgt, wenn sie bei ihm blieb und sich darum kümmerte, dass hier bis zu seinem letzten Atemzug alles lief. Statistisch gesehen war das längst überfällig, was ihn aber nicht dran hinderte, noch Ziele zu haben. Hundert Jahre waren drin. Noch zwei Jahre. Bei seiner guten Gesundheit konnten es auch gerne mehr werden.

Er bat Helga, ihm ein Glas eiskalten Champagner zu bringen. Es gab Grund zu feiern, und die Möglichkeiten, es angemessen zu tun, hatten sich drastisch reduziert, seit von einem Sexualleben nicht mehr zu reden war. Viagra und Cialis waren nichts für ihn. Er vertrug die PDE-5-Hemmer nicht. Beinahe die komplette Bandbreite an möglichen Nebenwirkungen trat bei ihm auf. Kopfschmerzen würde er ja noch in Kauf nehmen, ebenso Magenbeschwerden und blaue Schleier vor dem Gesichtsfeld, nicht aber Blindheit. Aus. Vorbei. Er hatte genug Frauen gehabt.

Die Wärme der Sonne, die bis in seine Knochen kroch, die sanfte Kraft des Wassers, das ihn von der Last seines Körpers befreite, ein Glas edlen Wein oder Champagner und hin und wieder ein Schluck von dem dreißig Jahre alten Talisker. Jakobsmuscheln, ein wenig Hummer, ab und zu ein paar Austern, ein Stück Brust von der Barberieente, warmer Toast mit Foie gras. Das waren die verbliebenen Freuden seines Lebens. Aus Musik, Theater und Literatur hatte er sich nie viel gemacht. Mehr Körper als Geist. Das war er. Immer schon gewesen.

Helga servierte den Champagner und verschwand im Haus. Das Glas war beschlagen. Er trank einen Schluck, spürte das Prickeln im Mund, den herben Nachgeschmack in der Kehle, nahm einen zweiten, lehnte sich im Liegestuhl zurück und schloss die Augen.

Wie viel Glück er im Leben gehabt hatte, war beinahe unvorstellbar. Eine Waage, deren Schalen sich nicht im Gleichgewicht befanden. Seine Erinnerungen glitten zurück zu seinem Todestag, zum 26. April 1945.

Angst war das beherrschende Gefühl jener Wochen gewesen. Das Ende nahte, das Reich ging unter. Der Krieg war verloren, nur sagen durfte man das nicht, wenn man den nächsten Tag noch erleben wollte. Eine neue Ordnung war im Anmarsch und mit ihr eine Justiz der Sieger. Die Todesstrafe war ihm sicher. Davon war er damals überzeugt gewesen.

Es gab kein Gesetz, dass die Euthanasie regelte, nur eine Führerermächtigung. Wer wollte, konnte den Gnadentod als Mord umdeuten – und sie würden wollen. Schauprozesse und dann aufknüpfen oder an die Wand stellen. Er hatte an Flucht gedacht, doch wohin? Keine Verwandten, die bereit wären, ihn zu verstecken, und Freunde schon gar nicht. Niemand, dem er vertraute. Eine neue Identität? Das war eine Möglichkeit, die er ernsthaft in Erwägung zog. Doch er verfügte nicht über die entsprechenden Kontakte. Auch die Zeit, sie jetzt noch zu knüpfen, war zu knapp, und am Ende würde man ihn vielleicht verraten.

Am Morgen des 26. April, als er in den Mercedes gestiegen war, um nach Hohenlinden zu fahren, hatte er an eine andere Art von Flucht gedacht: Selbstmord. Was hatte er dort eigentlich gewollt?

Es fiel ihm nicht mehr ein, aber er erinnerte sich, als wäre es gestern gewesen, an das Gewicht der Mauser in seiner Manteltasche. Acht Schuss im Magazin. Im Wald anhalten, sich in den Schatten eines Baumes setzen, eine letzte Zigarette rauchen und dann sterben wie ein Mann. Es selbst erledigen, statt es den Siegern zu überlassen.

Kurz vor dem Forst überholte er einen kleinen Trupp Kriegsgefangene, die bei Bauern gearbeitet hatten. Drei Franzosen und der Unterwachtmeister Siegfried Wimmer aus Hohenlinden als Bewacher, allesamt zu Fuß auf dem Weg zum Bahnhof. Er ließ sie hinter sich und hatte den Forst gerade erreicht, als die Sirene losging und sich nur Sekunden später US-Jagdflugzeuge näherten. Ein Verband von drei Mustangs, aus Norden kommend. Sie drehten nicht wie erwartet zum Munitionsdepot ab, sondern gingen tiefer, hielten geradewegs auf die Straße zu. Maschinengewehrsalven ratterten, Erde spritzte auf.

Er stoppte den Wagen, sprang heraus, lief in den Wald, sah die Gefangenen und ihren Bewacher, die ebenfalls rannten. Einer stürzte. Gewehrsalven trafen den Mercedes. Sekunden später war der Spuk vorbei, verhallte der Motorenlärm am

Himmel, verebbte nahezu. Doch dann schwoll er wieder an. Sie drehten, kamen zurück. Karl rannte tiefer in den Wald hinein, versteckte sich im Dickicht. Der Geruch von Harz und Moos. Ein Stück blauer Himmel über ihm. Ein Pfeifen und Knattern, Projektile schlugen in die Stämme ein. Holz splitterte. Erneut wendeten sie. Ein dritter Angriff, erst danach wurde es still, verlor sich der Motorenlärm in Richtung Hohenlinden.

Karl lehnte sich an einen Baumstamm, versuchte, seinen panischen Atem zu kontrollieren, und wartete, bis sein Herzschlag sich beruhigt hatte. Kalter Schweiß stand ihm auf der Stirn. Er glaubte, am ganzen Körper zu zittern, doch seine Hände waren ruhig. Das Zittern saß in ihm, drang nicht bis an die Oberfläche. Er hatte sich im Griff. Er hatte alles unter Kontrolle. Das Glücksgefühl, noch am Leben zu sein, überrollte ihn. Er wollte nicht sterben!

Etwas raschelte. Jemand kam durchs Unterholz direkt auf ihn zu. Lautlos zog Karl die Waffe aus der Manteltasche und richtete sie eine Sekunde später auf einen der Franzosen, der abhauen wollte. Blutverschmierte Kleidung. Dreck im Gesicht.

Erschrocken hob der Mann die Hände. »*Mon dieu*. Nicht schießen. Bitte. Alle ...« Mit dem Kinn wies er Richtung Straße. »*Morte* ... Wie sagt man?«

»Tot. Und da wolltest du die Gelegenheit nutzen und fliehen.«

»*Oui*. Warum nischt?«

Ein verwegenes Lächeln erschien, das Karl irgendwie bekannt vorkam. Es dauerte eine Sekunde, bis er wusste, woher. Aus dem Spiegel. Es war sein eigenes Lächeln. Der Kerl sah ihm ähnlich, und er war in seinem Alter. Eine Idee stieg in ihm auf, mehr Impuls als Plan. Eine Chance. Verwegen, kühn. Er zog den Abzug durch.

Der Schuss zerriss die Stille, der Franzose sackte zusammen, einen überraschten Ausdruck im Gesicht. Karl ließ ihn liegen, rannte nach vorne zur Straße. Tatsächlich. Alle tot. Auch Siegfried Wimmer, der Bewacher. Hastig durchsuchte er dessen Taschen, in denen er die Personalkarten der Gefangenen fand, auch die seines Doppelgängers. Der Mann hieß Louis Eric Moreau und stammte aus Dijon. In einer hektischen Aktion tauschte er die Kleidung mit dem Toten, nahm ihm die Erkennungsmarke ab und steckte ihm den Siegelring an den Ringfinger, ein Erbstück seines Großvaters. Dann hievte er ihn in den Mercedes, der von Einschusslöchern durchsiebt war, nahm den fast leeren Benzinkanister aus dem Kofferraum und hoffte, dass der klägliche Rest reichen würde, um den Wagen in Brand zu setzen. Er reichte.

Dr. Karl Landmann reckte sich im Liegestuhl und griff nach dem Champagnerglas. Mutig musste man sein, sich etwas trauen, dann hatte man das Glück auf seiner Seite. Auch wenn die Angst vor den Siegern aus heutiger Sicht übertrieben gewesen war. Sie hatten milde geurteilt. Die deutschen Gerichte ohnehin erst Jahrzehnte später und ebenso nachsichtig. Vielleicht wäre er davongekommen, genau wie die anderen.

Doch er hatte sich damals, als sich ihm die Gelegenheit bot, zugegriffen und sich für diesen Weg entschieden. Er hatte ihn unbeirrt weiter beschritten und war damit erfolgreich gewesen. Nur zweimal war er behelligt worden. Das erste Mal Ende der Fünfziger, als eine ehemalige Küchenhilfe aus Winkelberg ihm bei einem Termin in Köln über den Weg gelaufen war und ihn anzeigte. Eine lächerliche Aktion. Seine Papiere waren einwandfrei, die Polizei stellte die Ermittlungen bald ein und Dieter drohte der Frau mit Konsequenzen, sollte sie weiterhin ihre Lügen verbreiten. Einige Wochen später war sie betrunken vor einen Zug gestürzt. Es war besser so gewesen. Später dann noch der Zwischenfall mit Matthias während des Ärztekongresses in den Sechzigern. Natürlich hatte er die Veranstaltung gemieden, doch der Zufall hatte dafür gesorgt, dass sich ihre Wege kreuzten. Ein Problem, das er ebenfalls mit Dieters Hilfe gelöst hatte.

Seit achtundsechzig Jahren lebte er nun schon als Franzose unter Deutschen. Es war ihm nicht weiter schwergefallen. Französisch war seine zweite Muttersprache, Moreau war ein Allerweltsname wie Müller oder Schneider, und er hatte sich eine ausgeklügelte Biografie zurechtgelegt. Achtundsechzig Jahre waren ohne größere Probleme ins Land gegangen, bis vor Kurzem Phillip mit der Erpressermail erschienen war. In der darauffolgenden Nacht hatte ihm gedämmert, aus welcher Ecke dieser Ball gespielt worden war.

Nur Kathrin und Dieter kannten seine wahre Identität. Und Dieter war in diese Angelegenheit mit Sicherheit nicht verstrickt. Möglicherweise hatte Kathrin Geldsorgen. Also hatte er sie am nächsten Morgen angerufen und gefragt, wie es ihr denn so gehe und ob er irgendwie helfen könne. Er musste konkreter werden, da sie nicht verstand, was er meinte.

»Brauchst du Geld?«

»Du rufst mich nach all den Jahren an und fragst mich, ob ich Geld brauche? Was ist los?«

»Jemand hat eine Forderung an Phillip geschickt, und da habe ich überlegt, ob du vielleicht finanzielle Probleme hast.«

»In diesem Fall hätte ich dich direkt um Hilfe gebeten. Eine

Geldforderung, sagst du? Du meinst, jemand erpresst dich? Das traust du mir zu?«

»Außer dir kennt niemand mein Geheimnis.«

»Mir geht es gut. Mein Sparbuch ist …« Kathrin stockte mitten im Satz.

Eine Weile blieb es still am Telefon und Karl hatte eine Vermutung. »Du hast mit jemandem über mich gesprochen.«

»Nein … nicht wirklich, und es ist lange her. Vier oder fünf Jahre mindestens. Chris hat mich mal nach dir ausgefragt und nicht locker gelassen, bis mir eine Andeutung rausgerutscht ist. Nichts Konkretes. Nur, dass du Dreck am Stecken hast.«

»Chris also.«

»Ich habe ihm nichts von dir erzählt, schon gar nicht von den Unterlagen. Aber momentan hat er finanzielle Probleme. Er ist ein Spieler, ein Zocker. Vermutlich hat er einen Schuss ins Blaue abgefeuert.«

»Welche Unterlagen?«, fragte Karl, und eine fürchterliche Ahnung stieg in ihm auf. Sie hatte tatsächlich einmal von einem Dossier gesprochen.

»Davon habe ich dir doch schon vor Jahrzehnten erzählt. Doch du hast mir nicht geglaubt, und deshalb habe ich die Akten nicht wieder erwähnt.«

»Die gibt es wirklich?«

»Natürlich.«

Grundgütiger! All die Jahre hatte sie Dokumente besessen, die ihn vernichten konnten, wenn sie in die falschen Hände gerieten. Nicht auszudenken.

»Chris weiß nichts davon, und sie sind sicher verwahrt. Ich rede mit ihm.«

»Nein. Das wirst du nicht! Vernichte die Unterlagen. Oder

besser, schick sie mir. Sobald ich sie habe, gebe ich dir das Geld für Chris. Wie viel braucht er?«

»Von mir wollte er dreißigtausend, aber das ist mein Polster, falls ich mal zum Pflegefall werde. Ich hatte ja keine Ahnung, dass er es bei dir versucht.«

Und er hatte keine Ahnung gehabt, welche Zeitbombe da tickte. Seit Jahrzehnten!

»Ich ruf dich morgen an, wenn ich die Unterlagen geholt habe. Sie sind nicht bei mir in der Wohnung. Du musst dir keine Sorgen machen.«

Doch am nächsten Tag meldete sie sich nicht. Er rief mehrfach an, aber sie ging nicht ans Telefon. Was war da los? Er hasste es, die Kontrolle zu verlieren, doch er war zu alt für eine Reise nach München. Also hatte er Dieter damit beauftragt, und der hatte einen Privatdetektiv losgeschickt, der schließlich die Nachricht von Kathrins Schlaganfall überbracht hatte und dass Chris offenbar nach dem Dossier suchte. Gut, dass Dieters Sohn Bernd einen Mann an der Hand hatte, der derartige Probleme diskret löste.

Helga schenkte Champagner nach und fragte, ob sie noch etwas für ihn tun könne.

»Hol mir die Strickjacke, es wird langsam kühl, und danach kannst du die Feuerschale vorbereiten. Außerdem erwarte ich eine Sendung. Wenn der Kurier damit kommt, bringst du sie sofort zu mir.«

Es war kurz vor halb neun, und die Sonne stand bereits tief, als Helga mit dem Paket auf die Terrasse trat. Sie reichte es ihm und räumte das Abendessen ab. In der Schale brannte schon das Feuer.

Karl zog einen Stapel roter Aktendeckel aus dem Karton,

die im Laufe der Jahrzehnte verblichen waren. Er las die Namen darauf. An keinen einzigen erinnerte er sich, zu keinem fiel ihm ein Gesicht ein. Verheerende Krankengeschichten. Lebende Tote. Lebensunwerter Ballast. Er würde heute nicht anders handeln als damals. Zwischen den Seiten handschriftliche Berichte. Er las sie und erkannte ihre Brisanz.

Seite für Seite warf er ins Feuer, sah dem Züngeln der Flammen zu, dem gierigen Lecken, mit dem sie die letzten Erinnerungen an diese armseligen Kreaturen verschlangen.

43

Vera saß auf dem Rand der Badewanne und rieb ihre Handgelenke mit Kortisonsalbe ein. Wo das Duct Tape gehaftet hatte, befanden sich juckende rote Pusteln. Eine allergische Reaktion auf den Kleber. Als sie fertig war, schraubte sie die Tube zu und warf sie gegen die Fliesen.

Verfluchter Mistkerl!

Verdammte Idiotin!

Seit Tagen musste er ihr auf den Fersen gewesen sein, wie ein Schatten. Und ihr war er nicht aufgefallen! Doch, einmal. Bei ihrem ersten Besuch in Winkelberg. Ein Mitarbeiter, hatte sie gedacht.

Sie war unsagbar wütend, vor allem auf sich selbst. Dabei war sie am Morgen noch voller Zuversicht gewesen, als ihr endlich dämmerte, wo die Schlüssel passen konnten, die sie aus der Schachtel mit dem Christbaumschmuck gezogen hatte. Die Anhänger mit den Namen ermordeter Pfleglinge darauf: Kolbeck, Singhammer, Lautenbach.

Die halbe Nacht hatte sie gegrübelt, bis ihr um sechs Uhr morgens eine Bemerkung von Adele Erl in Erinnerung kam. *Mich hat es gewundert, dass sie immer zu unseren Ehemaligentreffen gekommen ist, dass sie sogar mitgeholfen hat, das Museum einzurichten, und dort Führungen macht.*

Vera war aus dem Bett gesprungen, hatte den Laptop gestartet und auf der Museumswebseite nachgesehen. Tatsächlich: Kathrins Name stand in der Liste der ehrenamtlichen Mitarbeiter. Wenn man dann noch ihren schrägen Sinn für Humor in Betracht zog und eins und eins zusammenzählte, war es denkbar, dass Kathrin die Akten in Winkelberg versteckt hatte, an jenem Ort, an dem sich alles zugetragen hatte.

Vera hob die Tube auf und ging ins Wohnzimmer, wo der Laptop seit Stunden auf dem Schreibtisch stand. Wohl oder übel musste sie an dem Konzept für *Amélie* weiterarbeiten. Ihre Träume konnte sie endgültig begraben. Keine Enthüllung von Naziverbrechen. Keine Artikelserie über Euthanasie. Keine Zeile über die Täter, ihre Helfer und was aus ihnen geworden war. Jedenfalls nicht unter dem persönlichen Aspekt, der ihr vorgeschwebt hatte. Doch alles andere gab es bereits dutzendfach. Keine Redaktionstüren würden sich für sie öffnen. Weiter ging es mit Weiberkram.

Ihr Laptop schien sie anzustarren. *Los, an die Arbeit!*

Weshalb hatte Tante Kathrin die Unterlagen einundfünfzig Jahre lang versteckt und nichts unternommen? Warum war sie nie damit zur Staatsanwaltschaft gegangen? Hätte sie sich am Ende selbst belastet? Dann wäre es besser gewesen, die Akten zu vernichten. Theoretisch war auch eine Erpressung denkbar. Doch das traute Vera Kathrin ebenso wenig zu wie die Möglichkeit, dass sie die Unterlagen einfach vergessen hatte. Das Museum war erst vor zehn Jahren eingerichtet worden, und einmal im Monat machte Kathrin dort Führungen. So stand es jedenfalls auf der Webseite.

Von ihrer Tante würde sie keine Antworten erhalten. Selbst wenn sie wieder reden könnte, würde sie, nachdem sie einundfünfzig Jahre geschwiegen hatte, ziemlich sicher weiter schweigen.

Also zurück zu *Amélie.*

Vera wollte aber nie wieder ein Wort über Hormon-Yoga schreiben, geschweige denn auch nur einen weiteren Artikel über Wechseljahre oder Sex im reifen Alter. Sie wandte Laptop und Schreibtisch den Rücken zu, holte die Nougatschokolade aus dem Schrank, stöpselte den iPod an die Anlage und wählte die Playlist mit Gogol Bordellos *Super Taranta!* aus. Das Gegengift für Frust aller Art. Los ging's in rasendem Gipsy-Punk-Tempo. Vera wirbelte durchs Zimmer, futterte Schokolade und sang lauthals mit. »*I don't read the bible.*« Wenn Tom sie so sehen könnte, würde er peinlich berührt die Tür hinter sich schließen. »*I don't trust disciple.*« Tom! Sie weinte ihm keine Träne nach oder höchstens eine. »*Let's test superstring theory, oh yoi yoi.*«

Sie brach eine weitere Rippe Schokolade ab. »*Oh yoi, yoi*!«

Es klingelte. Vielleicht Tom. Er hatte ihr den Schlüssel inzwischen geschickt und musste läuten, falls er sie besuchen wollte.

»*Into the labyrinth of doubt.*« Sie tanzte in den Flur und drückte die Taste an der Gegensprechanlage. »*Oh yoi yoi!* – Ja?«

»Frau Mändler?« Die Stimme eines Mannes.

Vermutlich wieder die Zeugen Jehovas, die es bereits an zwei Samstagen bei ihr versucht hatten.

»Suchen Sie sich ein anderes Ziel für Ihren Missionarseifer. Ich bin Satanistin.« Sie ließ die Taste los, doch es klingelte sofort wieder. Sturköpfe! Denen würde sie jetzt etwas erzählen. »Wenn Sie nicht sofort …«

»Ich bringe nicht den *Wachtturm.*«

»Sondern?«

»Ich möchte Ihnen etwas zurückgeben, das Sie seit heute Morgen vermissen.«

Was? War das etwa der Kerl, der ihr die Akten abgenommen hatte? »Sie meinen in Winkelberg?«

»Ja.«

Das konnte nicht sein. Es sei denn … »Wie viel?«

»Es kostet nichts. Ich nehme nicht an, dass Sie mich hereinlassen werden.«

»Sie haben es erraten. Ich komme runter.«

Wo war ihre Handtasche? Sie lag auf dem Bett. Vera nahm das Pfefferspray heraus und lief durchs Treppenhaus nach unten. Hatte sie von dem Kerl etwas zu befürchten? Es war noch nicht mal halb acht, und es waren genügend Menschen unterwegs. Wenn er irgendwelche miesen Tricks versuchte, würde sie um Hilfe schreien und sich mit dem Spray verteidigen.

In der zweiten Etage nahm sie das Smartphone aus der Tasche und aktivierte die Foto-App. In der ersten blieb sie am Fenster stehen und entdeckte ihn an der Bushaltestelle gegenüber auf der Bank. In einer Hand hielt er ein Kuvert, das zwar groß genug für Akten war, aber nicht dick genug für den Stapel, den sie aus der Metallkassette genommen hatte. Was sollte das werden?

Vera machte ein Foto und dann noch eines. Fünfzig Meter entfernt parkte ein Streifenwagen vor der Dönerbude. Hinter dem Steuer saß eine Polizistin, während ihr Kollege sich an der Theke mit Akif und seiner Frau Fatima unterhielt.

Für alle Fälle simste Vera die Fotos an ihren Mail-Account, erst dann trat sie vors Haus und legte die Hand über die Dose

Pfefferspray in der Tasche. Langsam überquerte sie die Straße. Außer dem Mann saß niemand auf der Bank. Laut Anzeigentafel sollte der nächste Bus in einer Minute kommen. Die Polizisten waren noch da.

Als er sie bemerkte, stand er auf. Er sah gut aus. Verdammt gut für einen Verbrecher. Eher wie einer der Argonauten. Ein Schädel wie die Iason-Statue in der Glyptothek. Markantes Kinn. Klassische Nase. Dunkle Haare. Athletische Figur. Sein Auftreten heute Vormittag hatte etwas von einem Gentleman gehabt. Ein aus der Zeit gefallener Verbrecher, der seine Beute zurückgeben wollte. Sie konnte es nicht recht glauben. Doch er reichte ihr tatsächlich das Kuvert.

»Das sind aber nicht alle.«

»Stimmt.«

»Wo ist der Haken?«

»Kein Haken. Sie werden schon das Richtige damit tun. Darum geht es mir.«

Seine Stimme war angenehm tief. Unter anderen Umständen ein interessanter Mann.

»Eines sollten Sie noch wissen: Landmann lebt.«

Was hatte er da gerade gesagt? Irritiert musterte sie ihn. Kein Spaß, kein Joke. Er meinte es ernst. Dann erst verstand sie: Landmann war sein Auftraggeber. Wenn das stimmte … Bracht würde den roten Teppich für sie ausrollen.

»Er lebt?«, brachte sie schließlich hervor.

»Ja. Unter dem Namen Louis Eric Moreau wohnt er in Königstein bei Frankfurt. Sie werden seine wahre Identität beweisen können.«

»Warum tun Sie das?«

Eine ganze Weile sah er sie schweigend an, und als sie bereits nicht mehr mit einer Antwort rechnete, kam sie dann doch noch.

»Es ist so etwas wie eine Wette. Eine Chance für Wahrheit und Gerechtigkeit und die deutsche Justiz.«

Vera lachte. »Sie glauben an Gerechtigkeit?«

Der Bus kam. Die Tür öffnete sich.

Er stieg ein und drehte sich zu ihr um. »Nicht ich.«

44

Siebzehn Jahre waren seit Kriegsende vergangen. Die Trümmer waren größtenteils beseitigt, neue Häuser und Fabriken entstanden. Das Wirtschaftswunder strebte seinem Höhepunkt zu, man baute auf und fand sich zurecht in der neuen Zeit und Ordnung. Bis auf ein paar Ewiggestrige jedenfalls.

Seit zwei Jahren bewohnte Kathrin eine schicke Wohnung in der Nähe des Bonner Platzes. Ein Zimmer, Küche, Bad in einem modernen Apartmenthaus. Sie arbeitete im nahe gelegenen Schwabinger Krankenhaus und freute sich auf die bevorstehende Reise nach Rom.

Vor ihr auf dem Bett lag der neue Koffer. Hellblau und aus Kunstleder. Er sah sehr elegant aus und passte perfekt zum ebenfalls neuen Frühjahrsmantel und den Handschuhen. Sie suchte Kleidung und Wäsche zusammen und verdrängte das Gefühl von Unzufriedenheit, das sich wieder einmal in ihr ausbreiten wollte.

Ihr ging es gut. Zu Jahresbeginn war sie befördert worden und nun Oberschwester der gynäkologischen Abteilung. Sie trug Verantwortung und war eine geschätzte Kollegin. Genau betrachtet war sie eine moderne Frau. Sie verdiente ihr eigenes Geld und war niemandem Rechenschaft schuldig, wofür sie es ausgab. Das Leben, das sie führte, war wunderbar und interessant. Eigentlich konnte sie froh sein, dass sie nicht geheiratet hatte. Sie sah ja bei ihren Kolleginnen, wohin das führte: in totale Abhängigkeit.

Nur wenige Männer gestatteten ihren Frauen zu arbeiten und hatten dabei auch noch das Recht auf ihrer Seite. Und wenn sie es doch gestatteten, dann waren sie es, die das Geld verwalteten. Offenbar waren Frauen bisher zu dumm und unmündig gewesen, um verantwortungsvoll mit dem selbst verdienten Geld umzugehen. Erst seit Kurzem durften sie auch ohne die gnädige Erlaubnis ihres Gatten ein Konto eröffnen. Es hatte also durchaus Vorteile, dass sie nicht verheiratet war und sich das in ihrem Alter auch nicht mehr ändern würde. Sie war nun achtunddreißig und eine alte Jungfer. Ganz wie Adele es prophezeit hatte. Immerhin hatte sie ihren Beruf und konnte selbst für sich sorgen. Auch in diesem Punkt hatte Adele recht behalten.

Mit diesem Gedanken kehrte die Unzufriedenheit zurück. Es half nicht, sich das Leben schönzureden.

Von einem Seufzer begleitet, legte Kathrin das neue Kleid zusammen. Marineblau mit champagnerfarbenen Tupfen, einem weit schwingenden Rock und einem ziemlich kessen Ausschnitt. Unwillkürlich musste sie an ein anderes Kleid mit verwegenem Dekolleté denken, damals, vor achtzehn Jahren, als sie noch völlig unerfahren gewesen war. Landmann hatte sie bei der Hand genommen und ihr eine neue, aufregende Seite des Lebens gezeigt. Die vermisste sie nun. Das aufregende Prickeln, sich jemandem voll und ganz hinzugeben und einem anderen zu überlassen, dieses Gefühl, wenn sie sich aufzulösen schien. Ja, ihr fehlte der Sex. Mehr sogar als die Liebe, die sie genau genommen noch nie erlebt hatte.

Was Liebe war, konnte sie sich nur ausmalen, und das tat sie ausgiebig. Sie verschlang Romane, ging häufig ins Kino und träumte sich an die Stelle der Heldin. Natürlich sehnte sie sich nach Liebe. Wenn sie ehrlich zu sich war, musste sie sich eingestehen, dass sie insgeheim hoffte, auf der Studienreise nach Rom, die sie mit einer Reisegruppe unternahm, einen interessanten Mann kennenzulernen.

Heute kurz vor Mitternacht sollte es losgehen. Mit dem Nachtzug in die Ewige Stadt. Eine gespannte Erwartung ergriff sie. Morgen um diese Zeit würde sie bei Sonnenschein in einem Café an der Spanischen Treppe sitzen, umfangen von Frühlingsdüften, dem Knattern der Motorroller und dem Geflatter der Tauben, mit einem Reiseführer in der Hand und ins Gespräch vertieft mit einem gut aussehenden, gebildeten Mitreisenden. Vor sich eine Tasse dieses starken schwarzen Kaffees, den die Italiener laut Baedeker Espresso nannten.

»Un caffé, per favore.«

Mit einem leisen Zischen und rollendem R ließ sie die Worte über die Lippen gleiten, mit denen sie sich, ganz Frau von Welt, in nicht einmal vierundzwanzig Stunden einen Kaffee bei einem Kellner mit lackschwarzem Haar bestellen würde. Ihr Mitreisender würde sie mit einem bewundernden Lächeln bedenken.

Ein lautes Schrillen riss sie aus ihrem Tagtraum, und es dauerte einen Wimpernschlag, bis ihr klar wurde, dass es ihr Telefon war. Sie besaß es erst seit vier Wochen. Es war sehr elegant, aus elfenbeinfarbenem Bakelit mit schwarzen Ziffern hinter der Wählscheibe.

Sie strich sich das Haar aus der Stirn, ging in den Flur und griff nach dem Hörer. »Kathrin Wiesinger.«

»Hallo, Kathrin. Matthias hier. Matthias Cramer. Du erinnerst dich hoffentlich noch an mich.«

»Matthias? Das ist ja mal eine Überraschung.«

Natürlich erinnerte sie sich an ihn, auch wenn sie sich seit Weihnachten vierundvierzig nicht mehr gesehen hatten. Bevor er an die Front gegangen war, hatte er sie noch einmal eindringlich gewarnt, nicht weiterzumachen. Es war zu gefährlich. Mit dieser Erinnerung kamen wie eine Sturzflut all die anderen. Die ausgemergelten Gestalten in den Hungerhäusern. Die kleine Therese, die ihre Faust um einen Keksrest krampfte. Bader, der ihr Finger für Finger aufbog. Landmann mit hochgezogener Augenbraue. Ampullen voller Morphium. Die Akten. Jene Akten, für die sie beide ihr Leben riskiert hatten, damit die Mörder sich nach Kriegsende würden verantworten müssen. Die Akten, die Matthias auf dem Dachboden seines Elternhauses versteckt hatte. Das Haus, das bei einem Bombenangriff in Flammen aufgegangen war. Alles umsonst.

»Wie geht es dir?«, fragte Matthias.

Sie erzählte von ihrem Leben und er von seinem. Er war in russische Kriegsgefangenschaft geraten. Das wusste Kathrin von seinen Eltern, die sie im Sommer fünfundvierzig in der Ruine ihres Hauses aufgesucht hatte, um sich nach Matthias zu erkundigen – und nach den Dokumenten, von denen die beiden allerdings nichts wussten.

Erst fünf Jahre nach Kriegsende sei er aus der Gefangenschaft entlassen worden und zurückgekehrt, erzählte Matthias ihr nun. Ab da hatte er es gemacht wie alle anderen. Er hatte nach vorne geblickt, sich eine Existenz aufgebaut und nur noch vergessen wollen, was hinter ihm lag. Das Grauen des Krieges, das Grauen der Gefangenschaft.

»Ich wollte mich nicht erinnern. Ich wollte das Leben genießen. Ich habe die Kiste mit den Akten einfach vergessen. Bis vor ein paar Tagen.«

»Sie sind doch verbrannt.«

»Wieso verbrannt? Sie sind bei mir in der Wohnung.«

»Bei dir?« Kathrin konnte es nicht glauben. »Das Haus deiner Eltern wurde doch ausgebombt.«

»Die Akten waren nicht dort. Ich habe sie in einer Metallkiste im Garten vergraben. Das war sicherer.«

»Es gibt sie noch?«

»Ja, natürlich. Und im Moment möchte ich sie nicht bei mir haben. Darf ich sie dir schicken?«

»Das geht nicht. Ich verreise heute Abend.«

»Ach so.« Eine Weile schwieg er. »Vielleicht kann eine Nachbarin das Paket für dich annehmen.«

»Schick es mir in die Klinik.« Sie gab ihm die Adresse, fragte nach, weshalb er die Unterlagen nicht in der Wohnung behalten wollte, und bemerkte erst jetzt den nervösen Unterton in seiner Stimme.

»Ich war beim Ärztekongress in Frankfurt und habe an einem Abend bei einem Streifzug durch die Stadt ... Ich weiß, es klingt verrückt. Aber ich glaube, ich habe Karl gesehen.«

»Karl? Du meinst Landmann? Er ist tot.«

»Ich weiß. Trotzdem ...«

Das war unmöglich. Ein Irrtum oder eine Verwechslung.

»Matthias, ich habe seine Leiche selbst gesehen. Damals in Winkelberg.« Sie erinnerte sich an diesen grauenhaften Anblick, als wäre es gestern gewesen.

Ein Bauer hatte den ausgebrannten Mercedes auf Anweisung der Polizei mit seinen Pferden zur Untersuchung in die Anstalt geschleppt, wo in der Prosektur die Leichenschau stattfinden sollte. Landmann saß noch hinter dem Steuer, so, wie man ihn gefunden hatte. Er war lediglich mit einer Plane abgedeckt. Als der Konvoi hielt, verrutschte sie und fiel zu Boden. Ein fürchterliches Bild, das Kathrin in ihrem Leben nicht vergessen würde.

»Du kannst ihn nicht gesehen haben, nur jemanden, der ihm ähnlich sieht. Er ist wirklich tot.«

»Und doch ... Mich lässt der Gedanke nicht los, dass er es war. Ich habe in einem Restaurant zu Abend gegessen, und ein paar Tische entfernt saßen ein Mann und eine Frau. Etwas an ihm kam mir sofort bekannt vor, bis es mir wieder eingefallen ist, als er diese Geste machte, mit der auch Karl sich immer über die Stirn fuhr. Den linken Arm aufgestützt und auf den ersten Blick sah es so aus, als ob er die ganze

Hand benutzt, dabei war es nur der Ringfinger. Nachdrücklich und zugleich verärgert. Du erinnerst dich?«

»Ja«, sagte sie zögerlich. Sie erinnerte sich an die ungewöhnliche Geste. »Darauf hat er kein Patent. Das machen sicher viele Leute so.« Der Gedanke, dass Landmann lebte, war ungeheuerlich. »Wie hat er ausgesehen?«

Matthias beschrieb einen Mann, der nichts mit Landmann gemein hatte, bis auf die Größe, die Augenfarbe und diese Geste. »Wenn du ein Foto hättest …«

»Ich hatte keinen Apparat dabei. Die beiden sind nicht lange geblieben. Als sie weg waren, habe ich den Kellner nach ihm gefragt. Ein Stammgast. Louis Moreau. Ihm gehört die Maiwald Pharma.«

»Na, siehst du.«

»Trotzdem … Wenn er es ist, muss er mich erkannt haben und befürchten, dass ich ihn enttarne. Mir wäre wohler, wenn das Dossier in Sicherheit ist.«

»Dann ist es in der Klinik bestens aufgehoben. Willst du noch mal nach Frankfurt fahren?«

»Ich weiß nicht. Er wird mich sicher entdecken, wenn ich ihn fotografiere.«

»Du könntest jemanden damit beauftragen.«

»Du meinst, einen Privatdetektiv?«

»Ja, warum nicht?«

Wenn Landmann tatsächlich noch lebte … Nein, es konnte nicht sein. Falls aber doch? Dann hatten sie ihr Leben nicht umsonst riskiert, und er würde sich endlich verantworten müssen.

Kathrin kämpfte den Impuls nieder, die Reise abzusagen und selbst nach Frankfurt zu fahren, um sich zu vergewissern. Doch sie freute sich auf Rom und versprach sich so viel von dem Urlaub. Außerdem galt für sie dasselbe wie für Matthias. Die Gefahr, dass Landmann sie bemerkte und sich absetzte, wie so viele andere es getan hatten, war zu groß. Wenn er es wirklich war, lebte er seit fast achtzehn Jahren unter falschem Namen. Auf ein paar Wochen mehr oder weniger kam es daher nicht an.

»Meinst du, er hat dich erkannt?«

»Ich bin mir nicht sicher. Er hat nur einmal zu mir herübergesehen.«

»Wir machen das jetzt so: Du schickst die Unterlagen in die Klinik und beauftragst einen Detektiv, damit er Aufnahmen von Moreau macht. In zehn Tagen bin ich zurück. Bis dahin sollten die Abzüge vorliegen, und danach sehen wir weiter.«

»Du hast dich kein bisschen verändert, Kathrin. Du bist noch immer so zupackend wie damals.«

Mit einem Lächeln, das er allerdings nicht sehen konnte, verabschiedete sie sich von Matthias. Natürlich hatte sie sich verändert. Vielleicht weniger in ihrer Art als in ihrem Aussehen. Sie war älter geworden und noch hagerer. Nichts dran an ihr. So sehr sie auch versuchte, sich weibliche Formen anzufuttern, sie setzte nicht an. An der Schilddrüse lag es nicht. Die hatte sie untersuchen lassen. Inzwischen kaufte sie Büstenhalter mit Polstern und trug gerne Röcke und Kleider, die in der Taille angerüscht waren.

Kathrin packte den Koffer fertig und trat die Reise nach Rom an. Die Tage in dieser herrlichen Stadt vergingen viel zu schnell. Es gab so viel zu sehen. Kirchen, Paläste, antike Stätten, den Vatikan, das Kolosseum. Unzählige elegante Frauen und ebenso viele schöne Männer. Manche machten ihr Komplimente, und das tat ihr gut.

In der Reisegruppe gab es tatsächlich einen alleinstehenden Mann, einen Oberstudienrat für Geschichte und Geografie. Er war gebildet, sah gut aus und hatte perfekte Umgangsformen. Ein Beamter mit gutem Einkommen obendrein und der Hahn im Korb. Denn

Kathrin war nicht die einzige unverheiratete Frau in der Gruppe. Er schäkerte mit allen ein wenig herum, mit der kleinen, molligen Sekretärin aus dem Wirtschaftsministerium allerdings ein wenig mehr, bis sich gegen Ende der Reise herausstellte, dass aus den beiden ein Paar geworden war.

Als Kathrin zehn Tage später nach München zurückkehrte, einen Stapel Post und die Zeitungen aus dem Briefkasten nahm und ihren Koffer aufs Bett warf, war sie frustriert, was ihre Suche nach einem Mann betraf, und begeistert von Rom. Was für eine Stadt! Was für ein Land! Welch eine Lebensart!

In all den Tagen hatte sie nur ab und zu an den Anruf von Matthias gedacht und war zu dem Schluss gekommen, dass es sich um eine Verwechslung handeln musste. Schließlich hatte sie mit eigenen Augen Landmanns Leiche in dem von Einschüssen durchsiebten Mercedes gesehen.

Doch nun lag ein Brief von Matthias in der Post, und die Frage war plötzlich wieder präsent, ob er sich nur getäuscht hatte oder ob Landmann tatsächlich lebte.

Mit fliegenden Fingern riss sie das Kuvert auf. Ein Foto fiel ihr entgegen und eine kurze Notiz.

Melde dich, sobald du zurück bist. Er ist es. Ich bin mir ganz sicher. Wir müssen besprechen, wie wir weiter vorgehen wollen.

Es war eine Farbfotografie in der Größe einer Postkarte. Ein Porträt, vermutlich mit einem Teleobjektiv aufgenommen. Es zeigte einen Mann Ende vierzig mit dichtem, dunklem Haar und einem kurzen, gepflegten Vollbart. Durch beides zogen sich erste graue Strähnen. Die Augen lagen hinter einer Brille mit leicht getönten Gläsern und dunklem Rand verborgen und waren nicht gut zu erkennen. Die schmalen, festen Lippen kamen Kathrin bekannt vor, ebenso die kleinen Ohren. Unter dem Bart zeichnete sich ein leichtes Doppelkinn ab, die Wangen waren beinahe feist. Der Mann hatte Übergewicht, wenn auch nicht viel. Landmann und Übergewicht? Schwer vorstellbar, er hatte stets auf seine Figur und seine Erscheinung geachtet. Wenn sie doch nur die Augen sehen könnte, dann wüsste sie es. Seinen unergründlichen Blick würde sie nie vergessen. Wieso war Matthias sich so sicher? Hatte er noch weitere Fotos?

Kathrin ging in den Flur und wählte die Nummer seiner Praxis. Niemand meldete sich. Sie beschloss, den Koffer auszupacken und es später noch einmal zu versuchen.

Doch als sie damit fertig war, machte sie sich erst einen Espresso. Was man dafür benötigte, hatte sie aus Rom mitgebracht, und sie freute sich wie ein Kind darauf, die Sachen zu benutzen. Die funkelnde Bialetti-Kanne, zwei kleine, dickwandige Tassen mit brauner Glasur außen und weißer innen, zwei zierliche Löffel und natürlich den richtigen Kaffee, denn der, den man hier kaufen konnte, taugte nicht für echt italienischen *caffé*.

Sie füllte die Kanne mit Wasser und Kaffeepulver, schraubte das Oberteil auf und stellte sie auf die Herdplatte. Während sie wartete, dass die Bialetti ihr Zauberwerk verrichtete, blätterte sie die Ausgaben der *Münchner Zeitung* durch, die sich während ihrer Abwesenheit angesammelt hatten. Es waren nur zwei, da sie lediglich ein Wochenend-Abo hatte. Im Lokalteil erregte ein Unfallbericht ihre Aufmerksamkeit. Das Foto zeigte einen zertrümmerten VW-Käfer in der Paul-Heyse-Unterführung. Der Fahrer war gegen die Mauer gerast. Wie konnte man nur ein derart entsetzliches Foto in der Zeitung abdrucken?

Sie überflog den Artikel und stutzte. Der Arzt Matthias C. war auf dem Weg zu einem Hausbesuch gewesen, als er die Kontrolle über sein Fahrzeug verlor und in der Unterführung gegen die Mauer prallte. Er war noch an der Unfallstelle seinen Verletzungen erlegen. Als

Unfallursache gab die Polizei überhöhte Geschwindigkeit auf nasser Fahrbahn an.

Matthias C.?

Ein schrecklicher Verdacht stieg in ihr auf. Kathrin sprang auf, lief in den Flur und wählte mit zitternden Händen erneut die Nummer. Nach dem zehnten oder elften Läuten nahm endlich jemand ab. Es war die Putzfrau. Von ihr erfuhr Kathrin, dass die Praxis wegen eines Todesfalls geschlossen war. Der Herr Doktor sei verunglückt, die Beisetzung sei vor zwei Tagen gewesen. Ob Kathrin eine Nachricht für die Schwester des Herrn Doktor hinterlassen wolle?

»Nein, danke.« Kathrin legte auf.

Matthias war tot. Ein Unfall. Oder …? Sie schüttelte den Kopf. Natürlich ein Unfall! In der Zeitung stand es doch. Niemand hatte nachgeholfen. Matthias war zu schnell gefahren und hatte die Katastrophe selbst herbeigeführt.

Am nächsten Tag trat sie pünktlich ihren Dienst zur Frühschicht im Krankenhaus an und fand in ihrem Fach im Schwesternzimmer das Paket. Sie öffnete es erst, als sie am Nachmittag nach Hause kam. Es enthielt die angekündigten Akten. Unbeschädigt hatten sie die Zeit überstanden.

Matthias' Tod ließ ihr keine Ruhe. Sie suchte im Adressbuch nach der Anschrift der Verkehrspolizei, zog den Mantel wieder an und fuhr mit der Straßenbahn in die Innenstadt. Eine halbe Stunde später saß sie einem freundlichen Beamten gegenüber, der ihr erklärte – obwohl sie keine Angehörige war und er ihr daher eigentlich keine Auskunft geben durfte –, dass sie das Unfallfahrzeug selbstverständlich untersucht und keinerlei Manipulationen daran festgestellt hatten.

»Ihr Bekannter ist zu schnell gefahren. Er hatte es eilig, weil er helfen wollte, und das ist ihm zum Verhängnis geworden.« Der Polizist bedachte sie mit einem bedauernden Lächeln. Schließlich fragte er doch noch nach, weshalb Kathrin sich vergewissern wolle, ob es wirklich ein Unfall gewesen war, und ob es etwa jemanden gebe, der Cramer nach dem Leben getrachtet hatte.

Sie schüttelte den Kopf. »Nein, niemand.«

Die Akten lagen noch immer auf dem Tisch, als sie nach Hause kam. Sie nahm das Foto aus dem Kuvert und studierte es. Je länger sie die Aufnahme betrachtete, umso unbekannter erschien ihr die abgebildete Person. Das war nicht Landmann. Er konnte es gar nicht sein. Dr. Hofmann, der Leiter der Prosektur in Winkelberg, hatte Landmanns Leiche höchstpersönlich obduziert. Ihm wäre doch aufgefallen, wenn es ein anderer gewesen wäre. Matthias musste sich getäuscht haben.

Sie legte das Foto mit dem Brief zu den Akten und diese zurück in die Schachtel. Einen Moment zögerte sie, doch dann schob sie alles in die unterste Schublade der Kommode und schloss sie ab.

45

Als Vera in die Wohnung zurückkam, brandete ihr Gogol Bordellos *Harem in Tuscany* entgegen. Sie schaltete den iPod aus und betrachtete, noch immer überrascht, das Kuvert in ihrer Hand. *Eine Chance für Wahrheit und Gerechtigkeit.* Mit wem hatte der Mann wohl gewettet, dass sie nicht siegen würden?

Ob wirklich das Dossier in dem Kuvert lag? Dafür war es zu dünn. Doch als sie es öffnete, kamen tatsächlich drei der verschwundenen elf Akten zum Vorschein. Es waren die von Therese Kolbeck, Franz Singhammer und Emil Lautenbach. Weshalb hatte der Argonaut ihr ausgerechnet diese drei zurückgegeben? Etwa weil die Schlüsselanhänger deren Namen trugen?

Sie setzte sich an den Tisch und schlug die Akte von Therese Kolbeck auf. Obenauf lagen zwei von Hand beschriebene Blatt Papier. Vera erkannte Kathrins Schrift sofort.

Gedächtnisprotokoll über den Mord an Therese Kolbeck, begangen von Dr. Karl Landmann in der Heil- und Pflegeanstalt Winkelberg am 14. Oktober 1944.

Verfasserin: Kathrin Wiesinger, Krankenschwester in der Heil- und Pflegeanstalt Winkelberg.

Ein Klumpen rutschte in Veras Hals, Tränen traten ihr in die Augen. Alle Anspannung fiel von ihr ab. Das Protokoll eines Mordes. Kathrin hatte nicht mitgemacht, sie hatte die Verbrechen dokumentiert.

Atemlos las sie den Bericht ihrer Tante. Geschrieben vor neunundsechzig Jahren und dennoch klang es, als wäre all das erst gestern geschehen. Die Fotografien, die Kathrin heimlich gemacht hatte, lagen in der Akte, genau wie der erwähnte Tupfer. Zusammen mit der Ampulle steckte er in einer Papiertüte. Vera sah nur hinein, berührte nichts. DNA-Material und Fingerabdrücke! Inständig hoffte sie, dass die Spuren sich nach so langer Zeit noch auswerten ließen.

Die Akten von Emil Lautenbach und Franz Singhammer waren ähnlich aufgebaut. Krankengeschichte, Fotos der Pfleglinge sowie Aufnahmen von Landmann, die zeigten, wie er sie tötete. Einen kleinen Jungen mit der Diagnose »Idiotie« und einen achtundfünfzigjährigen Mann, verrückt geworden im Ersten Weltkrieg, während der Schlacht an der Somme. Bei Singhammer lagen außerdem ein Brief der Ehefrau bei, die ankündigte, ihren Mann abzuholen, sowie eine Gewichtstabelle, in der man den »Erfolg« der Hungerkost Woche für Woche festgehalten hatte. Innerhalb eines halben Jahres hatte der Pflegling mehr als ein Drittel seines Körpergewichts verloren und wog zum Schluss nur noch vierzig Kilogramm. Wenige Tage vor seinem Tod hatte man ihn fotografiert. Vielleicht stammte die Aufnahme von Matthias Cramer, denn das Protokoll stammte von ihm.

Erschüttert betrachtete Vera das Foto. Eine ausgemergelte Gestalt, halb nackt auf einem Stuhl. Die Haut spannte über den Knochen. Ein kauerndes Skelett mit großen Kinderaugen und kurz geschorenem Haar. Verwirrt blickte Singhammer in die Kamera und verstand nicht, was mit ihm geschah, warum man ihm das antat. Dem Giftgas im Ersten Weltkrieg war er entkommen. Landmanns Morphium entkam er nicht. Die Ampulle, die das Gift enthalten hatte, lag in einem Beutel seiner Akte bei. Emils Akte war identisch angelegt, bis auf einen Brief, den der Vater an Landmann geschrieben hatte.

Vera weinte, als sie ihn las.

Nach langem Ringen bin ich zu dem Standpunkt gelangt, dass nur das Lebensfähige zum Leben berechtigt ist und es somit besser wäre, das Kind aus dem Volkskörper auszuscheiden.

Vera legte den Brief von Emils Vater zurück in die Akte und wischte sich die Tränen ab. Was für eine furchtbare Zeit das gewesen war.

Jetzt konnte sie darüber schreiben. Sie hatte das Material für drei Morde in der Hand, und wenn es stimmte, dass Landmann unter falschem Namen seit Jahrzehnten mitten in Deutschland lebte, würde sie ihn enttarnen und ans Licht der Öffentlichkeit zerren. Dann würde er sich endlich verantworten müssen. Was für eine Geschichte!

Ihr Blick fiel auf das Kuvert, das noch immer vor ihr auf dem Tisch lag. Etwas lugte noch daraus hervor. Es war ein Brief, an Kathrin Wiesinger adressiert, Bonner Platz 13 in München. Kein Absender. Ein verwischter Stempel auf der Briefmarke. Das genaue Datum war nicht zu entziffern, nur die Jahreszahl: 1962.

Vera zog eine Karte und einen Bogen vergilbtes Papier hervor, zweimal gefaltet und mit der steilen Handschrift beschrieben, die Vera bereits von Matthias Cramers Nachricht kannte, die sie in Kathrins Wohnung gefunden hatte.

Melde dich, sobald du zurück bist. Er ist es. Ich bin mir ganz sicher. Wir müssen besprechen, wie wir weiter vorgehen wollen.

Sie legte den Brief weg und betrachtete die Karte. Doch es war gar keine Karte, sondern die Porträtaufnahme eines bärtigen Mannes.

Vera verschlug es den Atem, als sie ihn erkannte. Das war Erich! Kathrins heimlicher Geliebter.

Sie ließ sich im Stuhl zurückfallen. Was hatte Erichs Bild in diesem Kuvert zu suchen, bei Cramers Brief? Vielleicht hatte Kathrin es versehentlich hineingesteckt. Doch weshalb lag beides bei den Akten?

Plötzlich überschlugen sich ihre Gedanken. *Landmann lebt. Unter dem Namen Louis Eric Moreau wohnt er in Königstein bei Frankfurt.*

Eric! War Erich etwa Eric Moreau? War der Mann, den sie als Kind gerne als Onkel gehabt hätte, Karl Landmann? Aber dann hätte Kathrin eine Affäre mit diesem Mörder gehabt.

Doch sie hatte ja angeblich was mit dem Landmann. Das hatte Adele gesagt und es im selben Atemzug als Gerücht abgetan.

Kathrins Protokoll bewies, dass sie gegen Landmann gearbeitet und ihr Leben riskiert hatte, um Beweise zu sammeln. Es war unvorstellbar, dass sie ihm nach dem Krieg wiederbegegnet war und, statt ihn anzuzeigen, ein Verhältnis mit ihm begonnen hatte. Das konnte nicht sein.

Mit Erichs Foto setzte Vera sich an den Laptop, auf dem

ihre Rechercheunterlagen gespeichert waren. Sie suchte eine Porträtaufnahme von Karl Landmann heraus, vergrößerte sie, und verglich sie mit dem Bild von Erich, das Cramer an Kathrin geschickt hatte. War das ein und dieselbe Person? Es war möglich, aber nicht mit Sicherheit zu sagen.

Sie sah schon die Headline vor sich. *Naziarzt lebte Jahrzehnte unerkannt unter uns!* Dafür brauchte sie allerdings mehr als Behauptungen und Vermutungen, sie brauchte unwiderlegbare Beweise.

Im Internet suchte sie nach einem Bild von Louis Eric Moreau, fand jedoch keines. Er war Inhaber eines Unternehmens mit über siebenhundert Angestellten, und es gab kein Bild von ihm. Das war mehr als seltsam.

Vera stand auf, stellte sich ans Fenster und blickte hinunter auf die Straße. Was sie brauchte, war eine DNA-Probe von Erich alias Louis Eric Moreau alias Dr. Karl Landmann. Daneben wäre ein forensischer Gesichtsvergleich der Porträtaufnahmen sinnvoll, der bewies, dass beide Aufnahmen dieselbe Person zeigten. Denn ein Bild sagte mehr als tausend Worte oder eine für Laien kaum entschlüsselbare Darstellung einer DNA-Analyse.

Außerdem musste sie die Geschichte von Landmanns Untertauchen recherchieren. Wer war der Tote am Steuer des Mercedes? Wie war es Landmann gelungen, eine neue Identität anzunehmen und Jahrzehnte unerkannt zu bleiben?

Jede Menge Arbeit lag vor ihr. Arbeit, für die ihr die Zeit fehlte. Sie musste Urlaub nehmen. Den würde Margot allerdings niemals absegnen. Am besten kündigte sie gleich bei *Amélie*. Doch das war riskant. Wenn Erich nicht Landmann war, stand sie mit leeren Händen da.

Vera schob das Problem erst einmal beiseite und verbrachte den Rest des Wochenendes am Laptop und in der Staatsbibliothek. Sie suchte nach allem, was sich über Dr. Karl Landmann finden ließ. 1915 in Saarbrücken geboren, der Vater ein hoher Beamter im Kulturministerium, die Mutter eine Hutmacherin aus Metz. Vera stutzte. Aus Metz? Eine Französin. Das würde passen. Sicher war Landmann zweisprachig aufgewachsen. War das der Grund für das französische Pseudonym?

Nach dem Abitur Studium in München, Eintritt in die Burschenschaft Teutonia, Eintritt in den Nationalsozialistischen Deutschen Studentenbund und schließlich in die NSDAP. Ein begnadeter Netzwerker, ein Karrierist, der keine Zeit verschwendete. Bei Kriegsbeginn Erteilung der Notapprobation nach nur neun Semestern Medizinstudium, um einen Einsatz als Wehrmachtsarzt zu ermöglichen. Das Netzwerken beginnt sich bezahlt zu machen. Nach Zwischenstationen in Berlin und in der zentralen Tötungsanstalt Grafeneck wird Landmann im August einundvierzig als stellvertretender Leiter der Heil- und Pflegeanstalt Winkelberg nach Bayern geschickt und steigt dreiundvierzig zu deren Leiter auf. Zu diesem Zeitpunkt ist er achtundzwanzig Jahre alt und der jüngste Leiter einer Heil- und Pflegeanstalt im gesamten Reich. Verstorben am Donnerstag, den 26. April 1945, bei einem Tieffliegerangriff zwischen Winkelberg und Hohenlinden.

In der Staatsbibliothek fand Vera nähere Angaben zu diesem Vorfall, und zwar in der Ausgabe des *Anzinger Tageblatts* vom 27. April 1945. Bei dem Angriff war nicht nur Landmann mit seinem Mercedes unter Beschuss geraten, sondern auch ein Trupp französischer Kriegsgefangener, die sich unter Bewachung auf dem Weg zum Bahnhof nach Hohenlinden befunden hatten, wo man die Gefangenen zur Rückverlegung ins Stammlager nach Moosburg versammelte. Doch dort waren sie nie angekommen. Bis auf einen waren alle bei dem Angriff gestorben.

Vera fragte sich, wie sie die Namen der Franzosen herausfinden konnte, und suchte im Internet nach Informationen über das StaLag VII A in Moosburg an der Isar, das größte Kriegsgefangenenlager im Dritten Reich. Es existierte kein Archiv, in dem sich die Unterlagen des Lagers und somit die Gefangenenkartei befanden, da ein Großteil der Akten über die alliierten Kriegsgefangenen von der amerikanischen oder sowjetischen Armee beschlagnahmt und abtransportiert worden war. Es gab lediglich Restbestände in der sogenannten Deutschen Dienststelle in Berlin. Wo konnte sie noch suchen? Vielleicht waren die Namen ja in einem Zeitungs- oder Polizeibericht erwähnt.

Es wurde langsam dunkel, und das Licht im Lesesaal ging an. Ihre Augen brannten, die Nackenmuskulatur war verspannt, und sie wollte die Suche für heute schon beenden, als sie auf einer Webseite den Bericht der Polizeiinspektion Hohenlinden zu dem Vorfall vom 26. April 1945 entdeckte. Die Seite hatte der Enkel des damaligen Unterwachtmeisters Siegfried Wimmer zum Gedenken an seinen Großvater ins Netz gestellt und mit Originaldokumenten angereichert. Zwischen Fotografien und Zeugenaussagen von einer Wirtshausschlägerei, dem Bericht über einen Großbrand in einem Einödhof, bei dem die Bäuerin und zwölf Kühe verbrannt waren, entdeckte sie einen Artikel über den Unfall, bei dem Dr. Karl Landmann ums Leben gekommen war.

Der Angriff der amerikanischen Tiefflieger war in drei Wellen erfolgt und hatte sich zwischen 10.30 Uhr und 10.45 Uhr im

Waldstück zwischen Winkelberg und Hohenlinden ereignet. Dabei waren neben dem Leiter der Heil- und Pflegeanstalt, Dr. Karl Landmann, 30, der Unterwachtmeister Siegfried Wimmer, 32, verheiratet, wohnhaft in Hohenlinden, sowie zwei französische Kriegsgefangene tödlich verletzt worden. Hierbei handelte es sich um Jean Bonnet, 43, und Patrice Choufevre, 38. Nur einer der Gefangenen hatte den Angriff überlebt und die Gelegenheit zur Flucht genutzt. Nach ihm wurde polizeilich gesucht. Vera scrollte weiter zum entsprechenden Dokument, das der Enkel ebenfalls eingescannt hatte.

Fahndung nach: Moreau, Louis Eric, geboren 3. September 1916 in Dijon, Frankreich. Mutmaßlich verletzt. Zivilberuf: Musiker, Erkennungsmarke Nr. 756 538. Trägt vermutlich die entwendete Personenkarte bei sich.

46

Am Montagmorgen betrat Vera kurz vor neun einen Bürokomplex im Münchner Norden und suchte auf der Informationstafel neben dem Lift nach dem Büro von Bodo Ahrens, Sachverständiger für anthropologische Vergleichsgutachten und anerkannter Gerichtsgutachter.

Sie hatte ihm noch gestern Nacht eine E-Mail geschickt, mit der Frage, ob er kurzfristig ein Gutachten für sie erstellen könne. Es eile wirklich. Erstaunlicherweise hatte er sofort geantwortet, und nach einigem Hin und Her, in dem sie ihn neugierig gemacht hatte, hatte sie tatsächlich einen Termin für heute bekommen.

Sein Büro befand sich im siebten Stock. Vera nahm den Lift. Die Türen schlossen sich hinter ihr. Parfümgeruch hing in der Kabine und erinnerte sie dran, wo sie eigentlich sein sollte: an ihrem Schreibtisch in der Redaktion. Spätestens um zehn. Tom würde jetzt seinen Satz vom Agieren statt Reagieren anbringen. Es war besser, Entscheidungen vorausblickend selbst zu treffen, als sie sich von anderen diktieren oder durch äußere Umstände aufzwingen zu lassen, deren Eintreten absehbar waren. Er hatte jedenfalls agiert. So viel war klar.

Sollte sie die Stelle bei *Amélie* einfach über Bord werfen und kündigen? Allein der Gedanke war befreiend, und das Gefühl von Erleichterung machte ihr bewusst, wie sehr sie sich in den letzten Jahren verbogen hatte. Wofür eigentlich? Für ein bisschen Sicherheit. Die allerdings nicht zu verachten war. Sie wollte nicht von Hartz IV leben.

Ahrens' Büro befand sich am Ende eines langen Flurs. Vera klopfte kurz, trat ein und stand einem Mann von Ende dreißig gegenüber, der Bermudashorts trug und ein T-Shirt mit dem Aufdruck »Der ganze Bua a Depp«. Wenn das seine Selbsteinschätzung war, sollte sie besser gleich wieder gehen.

Mit der einen Hand balancierte er ein Tablett, auf dem zwei Kaffeebecher, Zuckerdose und eine Milchtüte standen, unter dem anderen Arm klemmte ein Buch.

»Hallo, Frau Mändler, ich dachte mir schon, dass sie pünktlich sind. Auch einen Kaffee?«

»Gerne.«

Sie folgte ihm in sein Arbeitszimmer, das mehr einer Junggesellenbude glich als dem Labor eines Wissenschaftlers. Ein mit Büchern und Zeitschriften überladener Schreibtisch. Etliche Computermonitore und Festplatten auf einem anderen. Zwei abgewetzte Tulip Chairs in der Besprechungsecke, dazwischen ein Acrylglastisch mit Kaffeerändern und das absolute Highlight, eine Hängematte, die Ahrens zwischen zwei Betonsäulen gespannt hatte. An der Wand dahinter ein Whiteboard, an dem Fotografien und Grafiken hingen sowie ein Zeitungsartikel über ihn, den bekannten forensischen Anthropologen und Spezialisten für Identitätsgutachten.

Er stellte das Tablett auf dem Tisch ab und reichte ihr einen Kaffeebecher. »Sie haben die Fotos dabei?«

»Natürlich.«

Vera stellte den Becher gleich wieder ab, zog den Laptop aus der Tasche und öffnete den Ordner mit den Bildern von Landmann. Daneben legte sie das Kuvert mit der Aufnahme von Erich aus dem Jahr 1962, an dessen Nachnamen sie sich nicht erinnern konnte. Sie wusste nicht mal, ob ihre Tante ihn je erwähnt hatte. Außerdem einige Fotos von ihm, die sie gestern Nacht noch aus Kathrins Wohnung geholt hatte.

Ahrens betrachtete die Bilder. »Sie wollen also wissen, ob das ein und derselbe Mann ist.«

»Ja. Die ältesten Aufnahmen sind über siebzig Jahre alt. Ich habe sie leider nur digital.« Sie reichte ihm den USB-Stick, auf den sie die Dateien für ihn kopiert hatte.

»Das ist kein Problem.«

»Dieses hier ist von neunzehnhundertzweiundsechzig, die anderen stammen aus den Sechziger- bis Achtzigerjahren.« Sie breitete die Bilder vor ihm aus.

Er sah sie durch und betrachtete die Aufnahmen von Landmann auf dem Monitor genauer. »Siebzig Jahre. Sind Sie einer Nazigeschichte auf der Spur?«

»Bisher ist es nicht mehr als eine Vermutung. Wie lange wird die Analyse dauern?«

Er legte die Bilder beiseite. »Sie haben Glück, dass ein Gerichtstermin geplatzt ist, bei dem ich heute als Gutachter hätte aussagen sollen. Ich habe also Zeit dafür. Bis heute Abend sollte ich es hinbekommen.«

»Wie zuverlässig ist das Ergebnis?«

»Das hängt maßgeblich von der Qualität der Bilder ab. Auf den ersten Blick gibt es zwei, die gut für einen Vergleich geeignet scheinen.« Er nahm die Aufnahme, die Cramer an Kathrin geschickt hatte, und hielt sie neben eines der Porträtfotos von Landmann aus dem Jahr 1943. »Dieselbe Perspektive, ein ähnlicher Lichteinfall, und vor allem sieht man auf beiden das rechte Ohr. Das ist viel wert. Weniger gut gefallen mir dagegen die getönten Brillengläser. Aber vielleicht kann ich mit einem Filter etwas erreichen. Ich melde mich bei Ihnen.«

Er begleitete sie zur Tür und fragte noch, wohin er die Rechnung schicken dürfe. An eine Redaktion oder direkt an sie? Vera gab ihm ihre Adresse.

Auf dem Weg zum Verlag wurde sie von einer Welle Widerwillen geradezu überrollt. Sie wollte ihre Zeit nicht mit Recherchen über die neuesten Wellnesstrends vertun und schon gar nicht nach Interviewpartnern zu dem Thema suchen, weshalb Alleinsein kein Makel war.

Die Ampel vor ihr wurde rot. Sie stoppte und inspizierte ihre Handtasche. Das Handy war aufgeladen, die Powerbank ebenfalls. Im Geldbeutel waren zwar nur zehn Euro, aber die Bankkarte hatte sie eingesteckt. Als die Ampel auf Grün schaltete, fuhr sie über die Kreuzung, hielt auf dem Parkplatz eines Drogeriemarkts und fütterte das Navi mit der Adresse von Louis Eric Moreau in Königstein. Es war Zeit, ihm einen Besuch abzustatten. Gut vierhundert Kilometer lagen vor ihr, und es war klar, dass sie heute keinen Fuß mehr in die Redaktion setzen würde, wenn sie jetzt in den Taunus fuhr.

Es gab drei Möglichkeiten: Sie konnte sich krankmelden, doch das war nicht ihr Stil. Sie konnte Urlaub beantragen, den Margot nicht absegnen würde. Sie konnte kündigen und ihren Resturlaub nehmen.

Sollte sie wirklich alles auf eine Karte setzen?

Tom würde ihr dazu raten. Doch Margot würde sauer sein und enttäuscht. Das konnte sie ihr nicht antun. Nicht, nachdem Margot sie als neue Chefredakteurin empfohlen hatte.

Dir fehlt bloß der Mut, für deine Träume zu kämpfen. Das hatte Tom ihr vorgeworfen, und er hatte leider recht. Sicherheit war ihr wichtig. *Du begnügst dich mit dem Spatz in der Hand.* Ja und? Was war falsch daran?

Alles! Weil sie nie weiterkommen würde, wenn sie sich jetzt an ihren Schreibtisch setzte. Weil ihr vielleicht die Zeit davonlief und weil sie den Job ohnehin leid war. Sie zog das Handy aus der Tasche und rief Margot an.

»Wo bist du denn? Ich warte schon auf dich.«

»Auf dem Weg nach Frankfurt.«

Eine Sekunde überraschtes Schweigen. »Habe ich irgendetwas nicht mitbekommen?«

»Ich bin auf ein Thema gestoßen, dem ich nachgehen möchte. Eine Recherche. Nichts für *Amélie.*«

»Sondern?« Margot gelang es, in dieses eine Wort die gesamte Bandbreite ihrer Stimmung zu legen, die zwischen ratlos und aufgebracht schwankte.

»Eher Justiz und Gesellschaft. Eines für eine freie Journalistin.«

»Das bist du nicht.«

»Deswegen rufe ich an. Margot, sei mir bitte nicht böse, ich weiß es sehr zu schätzen, dass du mich als Nachfolgerin vorgeschlagen hast, aber ich kündige.«

Einen Augenblick war es still am anderen Ende. »Im Ernst jetzt?«

»Ja. Außerdem nehme ich ab sofort meine restlichen Urlaubstage und komme nicht mehr rein.«

»Das glaube ich jetzt nicht. Das muss ja toller Stoff sein.«

»Ist es auch. Wenn alles gut geht, wirst du bald davon hören.«

»Das kannst du nicht machen. Ich brauche dich hier. Nimm Urlaub. Ich weiß zwar nicht, wie ich das ohne dich hinbekommen soll. Aber für zwei oder drei Tage wird es schon irgendwie funktionieren. Einverstanden?«

Einen Moment geriet Vera in Versuchung. Doch die Story brauchte sie ganz, und in drei Tagen war das unmöglich zu schaffen.

47

Bevor sie losfuhr, kehrte Vera in ihre Wohnung zurück und fotografierte die Akten mit dem Handy. Sicherheitshalber lud sie die Dateien in die Cloud und deponierte die Originale im Haus gegenüber in der Kanzlei einer Anwältin.

Es wurde Nachmittag, bis Vera den Ort Königstein im Taunus erreichte. Das Navi dirigierte sie in eine ruhige Seitenstraße und in einer weiten Kurve einen Hügel hinauf, bis es am höchsten Punkt verkündete, sie habe ihr Ziel erreicht.

Hinter einer Mauer und von immergrünen Hecken verborgen lag die Villa, in der Louis Eric Moreau lebte. Vera rangierte den Citroën in eine Parkbucht und bereitete sich auf das Gespräch vor.

Wenn hier tatsächlich Erich lebte, der in Wahrheit Karl Landmann war, hatte er den Argonauten losgeschickt. Mit ihrem Besuch rechnete er nicht, denn er ging davon aus, dass sein Handlanger ihm alle Akten geliefert hatte und Vera mit leeren Händen dastand. Er würde es genießen, sie hilflos zu sehen. Zwar wusste sie, wer er war, hatte jedoch keine Möglichkeit, es auch zu beweisen. Wie er glaubte. Es sei denn, ihm war aufgefallen, dass drei Akten fehlten, was sie nicht ausschließen konnte. Doch auch in diesem Fall würde er sie hereinbitten und ihr ein Angebot unterbreiten.

Vera griff nach ihrer Handtasche und stieg aus dem Wagen. Auf in den Kampf.

Auf dem Schild aus blank poliertem Messing waren lediglich die Initialen L. E. M. eingraviert und die Hausnummer. Vera drückte den Klingelknopf. Es dauerte einen Moment, bis die Gegensprechanlage knisterte und die Videokamera mit einem leisen Surren ihr Auge auf Vera richtete.

»Ja, bitte?« Die Stimme eine Frau.

»Vera Mändler. Ich würde gerne Herrn Moreau sprechen.«

»Ohne Voranmeldung ist das leider nicht möglich.«

»Ich bin sicher, er wird mich empfangen, wenn Sie ihm sagen, dass ich da bin. Vera Mändler ist mein Name.«

»Einen Moment, bitte.«

Das Rauschen erlosch. Das Auge der Kamera blieb weiter auf sie gerichtet. Ein warmer Sommerwind strich über den Hügel und brachte Rosenduft mit sich. Hinter Vera fuhr der Postbote auf seinem Rad vorbei. Ein älterer Herr führte einen Hund Gassi.

Es dauerte einige Minuten, bis die Frauenstimme sich wieder meldete. »Herr Moreau erwartet Sie.«

Mit einem leisen Surren öffnete sich eine Tür aus Schmiedeeisen neben dem Zufahrtstor, und Vera trat ein. Auf dem Weg zum Haus aktivierte sie die Sprachmemofunktion ihres Smartphones, stellte den Klingelton auf lautlos und steckte es vorne in den Hosenbund. Das Shirt zog sie locker darüber.

Die Villa musste mehr als hundert Jahre alt sein. Fachwerk und Backstein. Türmchen und Giebel. Ergänzt durch einen modernen Anbau. Geld spielte offenbar keine Rolle.

An der Haustür wartete eine Frau um die sechzig auf Vera. Blond gefärbtes Haar, randlose Brille. Zur weißen Bluse trug sie einen dunkelblauen Rock und darüber eine Schürze. Sie trat zur Seite und ließ Vera ein.

»Bitte.«

Vera folgte ihr durch die Eingangshalle, deren Wände Jagdtrophäen und Ölgemälde schmückten, und weiter durch ein Speisezimmer auf die Terrasse. Dort saß jemand in einem Rattansessel mit dicken Polstern. Es war tatsächlich Erich. Das verbliebene Haar so schütter, dass die Kopfhaut durchschien. Der Totenschädel saß bereits darunter. Knochige Hände, übersät mit Altersflecken, hervortretende blaue Adern. Doch sein Blick war aufmerksam, und die Augen waren klar. Sie wurden von einer Brille so stark vergrößert, dass es einen Anflug von Karikatur hatte. Doch ihn so zu sehen hieße, ihn zu unterschätzen. Es war der Blick eines agilen Mannes mit wachem Verstand, der die Zügel noch immer in der Hand hielt.

Jetzt stemmte er sich aus dem Sessel, stützte sich dabei auf einen Stock und reichte ihr die Hand. Sie war kalt und trocken wie Papier. Vera unterdrückte ein Schaudern.

»Vera, welch unerwarteter Besuch. Wie lange haben wir uns nicht gesehen?«

»Mehr als zwanzig Jahre, Erich.«

»Wie die Zeit vergeht.« Er wies auf einen Sessel, bot ihr so einen Platz an und wandte sich an die Haushälterin. »Helga, mein Gast möchte sicher Kaffee und Gebäck. Oder lieber Tee, Vera?«

Er hatte sich also entschlossen, erst einmal den Gastgeber zu spielen. »Einen Milchkaffee bitte. Halb Kaffee, halb heiße Milch.«

Helga verschwand von der Bildfläche. Vera setzte sich. Neben Erichs Rattansessel lag eine Strickjacke auf einem Hocker und dahinter stand eine Feuerschale, nur zwei Meter entfernt. Holz- und Papierreste lagen in der Asche, ein winziges angesengtes Stück roter Pappe ragte daraus hervor. Das waren also die Überreste der acht Akten. Das war alles, was vom Schicksal der Ermordeten übrig geblieben war. Nichts sollte mehr an sie erinnern oder gar als Beweis vor Gericht dienen können. Doch seine Schuld konnte er so nicht auslöschen. Sie klebte an ihm seit über siebzig Jahren. Er konnte sie nur verdrängen, schönreden, rechtfertigen. *Doch am Ende bist du, was du bist. Setz dir Perücken auf von Millionen Locken, setz deinen Fuß auf ellenhohe Socken, du bleibst doch immer, was du bist.* Ein Mörder im weißen Kittel.

Sie bemerkte, dass er sah, was sie sah. Seine Mimik veränderte sich, wurde glatt und hart. Er ließ die Maske fallen.

»Was willst du?«

»Du weißt, dass ich Journalistin bin?«

»Selbstverständlich.«

»Ich will dir die Möglichkeit zur Stellungnahme geben.«

»Wozu?«

»Um deine Sicht darzulegen. Das ist üblich und fair.«

»Ich meine, wozu soll ich mich äußern?«

»Du weißt, weswegen ich hier bin. Ich gebe dir die Gelegenheit, dich zu den Ereignissen in Winkelberg während des Dritten Reichs zu äußern. Zur Euthanasie. Zu deiner Rolle in dieser Zeit, zu deinen Taten. Zu deiner wahren Identität.«

»Taten?« Er lachte trocken. Das Lachen ging in ein Husten über, das ihn durchschüttelte. Aus der Tasche seiner Strickjacke zog er ein Papiertaschentuch und wischte sich den Speichel vom Mund. »Taten?«, wiederholte er, beugte sich zu Vera und legte das Taschentuch auf den Tisch. »Ich habe lediglich meine Pflicht getan. Wie alle damals.«

Die Schiebetür wurde geöffnet. Helga brachte den Milchkaffee. Erich sprach erst weiter, nachdem sie wieder gegangen war. Seine Haushälterin wusste offenbar nicht, wen sie da umsorgte.

»Du hast keine Ahnung, wovon du sprichst, und klagst mich an? Es war eine andere Zeit. Was wir damals getan haben, duldete keinen Widerspruch. Unser Handeln war kriegsnotwendig.«

»Kriegsnotwendig? Die Pfleglinge haben weder die öffentliche Sicherheit gefährdet, noch war die Anstalt vom Feind umzingelt. Noch dazu liefen die Patiententötungen ausgerechnet während der erfolgreichen Blitzkriege auf Hochtouren, während du im Frühling fünfundvierzig die bis dahin nicht verhungerten Pfleglinge hast aufpäppeln lassen. Es lag wohl eher an der Rassenideologie, nach der diese Menschen nichts wert waren, weshalb man sie ausmerzen musste. Hilfsbedürftige und Kranke, die man deinem …« Sie stockte. Er war nicht derjenige, für den sie ihn gehalten hatte, und es war ihr zuwider, ihn weiterhin zu duzen. »Kranke, die man Ihrem Schutz anvertraut hatte, Herr Doktor Landmann. Sie haben sie einfach getötet.«

Als sie seinen richtigen Namen nannte, zuckte er kaum merklich zusammen, fing sich jedoch sofort wieder. Er war es wirklich!

Jetzt musste sie es nur noch beweisen. Dazu brauchte sie das Taschentuch. Es lag neben seiner Kaffeetasse, und sie entschloss sich, einen Trick anzuwenden, den sie zuletzt während der Schulzeit benutzt hatte. Sie blickte über seine Schulter in den Garten, als ob sich hinter ihm etwas tue, während sie weiterredete.

»Allein die Sprache, die Sie dafür gefunden haben, ist entlarvend. Ballastexistenzen, Defektmenschen, geistig Tote.« Ihre Kelly Bag stand geöffnet neben dem Stuhl auf dem Boden. »Sie haben die Pfleglinge entmenschlicht, ihnen jede Würde abgesprochen. Damit war es nur noch ein kleiner Schritt, auch ihre Tötung zu rechtfertigen.«

Sie blickte wieder zu ihm und dann noch einmal knapp an ihm vorbei auf die Eibenhecke. Wie erhofft drehte er sich im Stuhl und sah sich um. Blitzschnell griff sie nach dem Taschentuch und ließ es in die Handtasche fallen, bevor Landmann sich wieder ihr zuwandte.

»Sieh dir diesen Park an, Vera. Ist er nicht wunderschön?«

»Ja, das ist er.«

»Ich habe einen Gärtner, der sich darum kümmert. Ein guter Mann, der jedes Jahr im Frühling aus den Bäumen und Sträuchern das Dürre entfernt.« Abwartend sah er sie an.

»Sie waren Menschen und keine Sträucher.«

Er stieß ein verächtliches Schnauben aus. »Es war Krieg, eine Zeit der Not. Die Ressourcen waren begrenzt. Wir mussten sie sinnvoll einsetzen. An der Front ließ die Jugend ihr Leben, während in den Anstalten Verblödete und Asoziale ein gesichertes Dasein führten. Ihre Beseitigung war kein Verbrechen, keine unmoralische Handlung oder Gefühlsrohheit. Sie war eine Notwendigkeit, ein erlaubter und nützlicher Akt im Dienste der Allgemeinheit.«

Das Handy im Hosenbund begann zu vibrieren und gab dabei ein leises Brummen von sich. Hoffentlich hörte er es nicht.

»Wenn man dieser Auffassung folgt, wäre alles erlaubt,

was dem Staat nützt, und die Menschrechte wären nur noch Makulatur.«

Vera sprach lauter als nötig. Erst jetzt fiel ihr auf, dass er gar nicht schwerhörig war, und sie bemerkte die beiden winzigen Hörhilfen, die in seinen Ohrmuscheln saßen. Für einen Moment wurde ihr heiß und kalt. Doch er schien das Geräusch nicht wahrzunehmen. Endlich hörte es auf.

Mit der Hand wischte Landmann ihren Einwand beiseite. »Ihr mit eurem überspannten Humanitätsbegriff. Der Wert der menschlichen Existenz wird überschätzt. Es war eine andere Zeit, mit anderen, mit höheren sittlichen Werten. Der Gnadentod war eine Erlösung für diese Kreaturen, denn es gab keine Möglichkeit der Heilung für sie. Sie waren sich ihres Seins gar nicht bewusst und vegetierten gefühllos dahin. Weshalb hätten wir Mitleid mit ihnen haben sollen, wo es doch kein Leid für sie gab? Sie empfanden nichts. Sie waren leere Menschenhülsen. Die Unheilbaren haben die Anstalten belastet. Wir mussten sie ausmerzen, damit eine bessere Behandlung der Kranken mit Heilungschancen möglich war. Nichts war falsch daran. Als Arzt und Mitglied der Volksgemeinschaft war es meine Aufgabe, diese gesund zu erhalten. Auch wenn du das Gegenteil denkst und mich anklagen willst: Ich bin kein Mörder. Ich habe mir nichts vorzuwerfen.«

Vera hatte Mühe, ihre Wut im Zaum zu halten. Landmann war noch immer ein Nazi ohne jede Reue, ohne die geringste Spur von Scham. »Sie haben sich also nichts vorzuwerfen. Sie fühlen sich frei von jeder Schuld. Warum sind Sie dann untergetaucht und verstecken sich bis heute hinter einer falschen Identität?«

»Warum wohl? Die Frage kannst du dir selbst beantworten.«

»Sie hatten Angst, dass die Richter in einem Prozess Ihre Ansichten nicht teilen würden.«

»Ich war nicht bereit, mich vor einer voreingenommenen Siegerjustiz zu rechtfertigen, die ihr Urteil längst gefällt hatte. Was bedeutet überhaupt Identität? Ich bin schon länger Louis Moreau, als ich Karl Landmann war. Wer bin ich also? Kannst du mir das sagen?«

»Da halte ich es ganz mit Goethe. *Am Ende bist du, was du bist.* Sehen Sie in den Spiegel. Sehen Sie ihn an, den Mann, der Hunderte verhungern, Tausende an Tötungsanstalten ausliefern und sogar Kinder ermorden ließ. Kinder! Der bei einigen sogar selbst Hand anlegte. Ich sage Ihnen, was Sie da sehen: einen Mörder. Einen Arzt, der den Eid des Hippokrates tausendfach gebrochen hat. Einen Feigling, der sich unter falschem Namen eine neue Existenz aufgebaut hat und sich nie verantworten musste. Doch damit ist jetzt Schluss.«

Landmann lachte, doch das Lachen erreichte seine Augen nicht. »Ach, Vera, du bist köstlich! Wenn du mit dieser Geschichte an die Öffentlichkeit gehst, werde ich dich wegen Verleumdung verklagen. Du hast nichts gegen mich in der Hand.« Sein Blick wanderte zu der Feuerschale, und ein schmales Lächeln stahl sich auf seine Lippen. »Außer vielleicht ein paar Fotos von Landmann und Eric Moreau. Unscharf, alt, wenig aussagekräftig, zu dürftig, um als Beweis zu taugen. Du wirst dir eine blutige Nase holen, Vera. Denn ich bin kein Feigling. Ich habe erstklassige Papiere. Die besten, die man haben kann. Moreaus Geburtsurkunde und sein Abiturzeugnis. Ich war so schlau und mutig, seiner Familie nach dem Krieg einen Besuch abzustatten und die Unterlagen an mich zu nehmen.«

Landmann griff unter die Strickjacke, die auf dem Hocker lag, zog eine Pistole hervor und richtete sie auf Vera. »So, und jetzt gibst du mir dein Smartphone. Oder hast du etwa geglaubt, ich alter Knacker hätte es nicht bemerkt und wüsste nicht, dass diese Geräte eine Diktatfunktion haben?«

48

Bei der Ausfahrt Frankfurt-Zentrum verließ Vera die Autobahn und fuhr in die Innenstadt. Angst und Wut waren verraucht. Sie konnte wieder klar denken. Als Erstes brauchte sie ein neues Handy. Am Rand der Fußgängerzone fand sie einen Parkplatz und in der Fußgängerzone einen Shop ihres Mobilfunkbetreibers. Sie erklärte der freundlichen Beraterin, dass man ihr das Handy gestohlen hatte, und nannte ihren Namen, die Rufnummer sowie das Passwort für Kundenzugang und SIM-Karte. Während ihre Daten auf eine neue Karte kopiert und die alte gesperrt wurden, suchte Vera sich ein neues Smartphone aus.

Eine halbe Stunde später setzte sie sich damit auf eine Bank in der Fußgängerzone und warf den letzten Rest an Skepsis zum Thema Cloud-Computing über Bord. Wie gut, dass ihre gesamten Daten auf Servern irgendwo auf diesem Globus gespeichert waren und sie jederzeit vom Laptop oder Smartphone über das Internet Zugriff darauf hatte. Sie synchronisierte ihr neues Handy. Das dauerte, denn es waren eine Menge Daten zu übertragen. Vom gegenüberliegenden Coffee2go-Laden holte sie sich einen Latte macchiato und einen Schokomuffin. Nervennahrung. Die brauchte sie jetzt.

Wie Landmann unvermittelt die Waffe hervorgezogen hatte, war ihr beinahe surreal erschienen. Eine uralte Mauser, die er vermutlich seit dem Krieg besaß. Rückblickend betrachtet, war es allerdings logisch. Er hatte sich vorbereitet, nachdem sie geklingelt hatte. Deshalb hatte es so lange gedauert, bis Helga sie ins Haus gelassen hatte. Nun hatte er ihr Handy und damit den Mitschnitt des Gesprächs. Sie knirschte mit den Zähnen. Er hatte zugegeben, Landmann zu sein, und dazu diese krude Rechtfertigungsrede, die er losgelassen hatte. Wie gerne hätte sie die wortwörtlich veröffentlicht. Nun blieb ihr nur eine Zusammenfassung der Unterhaltung.

Ihr eigentliches Ziel aber hatte sie erreicht. Die DNA-Probe lag inzwischen in einem Gefrierbeutel in ihrer Handtasche.

Es dauerte beinahe eine halbe Stunde, bis die Daten übertragen waren und Vera die Kontaktliste durchsehen konnte. Sie suchte jemanden für einen Rechercheauftrag und rief schließlich Thorsten König an, einen ehemaligen Kommilitonen aus Hamburg. Als sie vor einem Jahr das letzte Mal mit ihm gesprochen hatte, war er gerade als freier Journalist in seine Heimatstadt Freiburg zurückgekehrt.

»Vera! Wie schön, mal wieder von dir zu hören.«

»Hallo, Thorsten. Sorry, dass ich gleich mit der Tür ins Haus falle. Keine Zeit für Small Talk. Hast du Zeit, nach Dijon zu fahren, um jemandem ein paar Fragen zu stellen?«

»Hier ist eh nichts los außer dem Sommerfest der Senioren und dem Feuerwehrball. Worum geht es, und was zahlst du?«

»Den üblichen miesen Tagessatz. Ist das in Ordnung?«

»Wow. Dir scheint es ja gut zu gehen.«

»Eigentlich nicht. Genau genommen bin ich seit heute arbeitslos, und mein Kontostand nähert sich dem Soll. Um dich zu bezahlen, reicht es aber noch. Ich möchte, dass du die Verwandten eines gewissen Louis Eric Moreau ausfindig machst. Geboren am dritten September neunzehnhundertsechzehn in Dijon, von Beruf Musiker. Mehr habe ich nicht. Nur noch die Nummer seiner Erkennungsmarke: sieben-fünf-sechs-fünf-drei-acht. Er war Kriegsgefangener im Strafgefangenenlager sieben A in Moosburg an der Isar.«

»Wenn er noch lebt, ist er jetzt weit über neunzig.«

»Er ist mit gerade einmal achtundzwanzig Jahren im April vierundvierzig gestorben.«

»Was willst du von seinen Verwandten wissen?«

»Ich hätte gerne die Bestätigung, dass seine Familie nach dem Krieg Besuch von einem Mann hatte, dessen Bilder ich dir gleich maile. Ich weiß nicht, unter welchem Namen er bei ihnen aufgetaucht ist. Er ist Deutscher, aber es ist gut möglich, dass er sich als Franzose ausgegeben hat, denn er ist zweisprachig aufgewachsen. Ich wüsste gerne, welche Geschichte er ihnen über Eric erzählt hat. Vor allem interessiert es mich, ob der Familie seit seinem Besuch Dokumente fehlen.«

»Was meinst du mit *Dokumente*?«

»Erics Geburtsurkunde und sein *Baccalauréat*-Zeugnis.«

»Wow. Welcher Sache bist du denn da auf der Spur?«

»Das verrate ich dir, wenn es spruchreif ist. Du fährst?«

»Na klar. Ich sitze quasi schon im Auto. Schick mir die Daten und die Fotos.«

Vera verabschiedete sich von Thorsten und sandte ihm eine E-Mail mit zwei Aufnahmen von Landmann aus den Jahren dreiundvierzig und vierundvierzig. Als Nächstes rief sie Tatjana Thul im Zentrum für Humangenetik in Martinsried bei München an.

»Hallo, Frau Thul, Vera Mändler hier. Sie erinnern sich?«

»Aber sicher. Das Interview für *Amélie*. Was kann ich für Sie tun?«

»Ich habe einen Auftrag für Sie. Es geht um einen Vergleich von zwei DNA-Proben.«

Am liebsten wäre sie sofort nach Martinsried gefahren. Doch sie musste erst den Tupfer mit Landmanns Blut aus der Kanzlei der Anwältin von gegenüber holen, und die war abends um acht sicher nicht mehr im Büro. Früher würde sie keinesfalls in München sein.

»Kann ich morgen früh damit bei Ihnen vorbeikommen?«

»Kein Problem. Sagen wir um halb neun?«

»Das passt wunderbar.« Vera bedankte sich und machte sich auf den Heimweg.

Kurz hinter Würzburg fragte sie sich, wer sie eigentlich zu erreichen versucht hatte, als sie mit Landmann auf der Terrasse saß. Leider war das nun nicht mehr feststellbar. Es sei denn, derjenige hätte eine Nachricht auf der Mailbox hinterlassen. Das neue Smartphone steckte in der Freisprechanlage. Vera wählte die Nummer der Mailbox, und eine blecherne Computerstimme erklang. »Sie haben eine neue Nachricht.«

»Grüß Sie, Frau Mändler, Bodo Ahrens hier. Ich wollte Ihnen nur sagen, dass Sie mit Ihrer Vermutung richtig liegen. Alle Aufnahmen zeigen dieselbe Person. Das schriftliche Gutachten stelle ich bis morgen Nachmittag fertig. Sie haben es ja offenbar eilig. Dann bis dann.«

Sicherheitshalber löschte sie die Nachricht, denn ihr altes Smartphone war nicht passwortgeschützt. Falls die Sperrung der alten SIM-Karte noch nicht aktiviert war und Landmann auf die Idee kam, die Mailbox abzuhören, sollte er diese Information besser nicht erhalten.

Der Verkehr auf der Autobahn wurde dichter. Die Pendler kehrten nach Hause zurück, und es ging immer zäher voran. Vera schaltete das Radio ein, lauschte den Nachrichten und einer Sendung mit Urlaubsbuchtipps, während sie sich in Geduld übte. Eine Frage stieg in ihr auf, die sie sich bisher nicht gestellt hatte.

Es war unvorstellbar, dass Tante Kathrin in Louis Eric Moreau nicht Karl Landmann erkannt hatte. Ein knappes Jahr hatte sie unter seiner Leitung in Winkelberg gearbeitet, hatte ihn täglich gesehen und mit ihm gesprochen. Sie musste gewusst haben, wer Moreau in Wirklichkeit war. Trotzdem war sie seine Geliebte geworden. Warum hatte sie sich mit ihm eingelassen? Warum hatte sie das Dossier, für das sie ihr Leben riskiert hatte, nicht gegen ihn eingesetzt?

Die einzig mögliche Antwort war so banal wie schrecklich: Sie musste ihn geliebt haben.

49

Auf seinen Stock gestützt, kehrte Karl Landmann ins Haus zurück und spürte dabei das Gewicht von Veras Handy in der Jackentasche. Kathrins Nichte war erwachsen geworden. Aber nicht besonders schlau, auch wenn sie für ihre Vorhaltungen Goethes Faust strapaziert hatte. *Du bist am Ende, was du bist.* Eine zu Tode zitierte Phrase.

Wer war er? Diese Frage hatte er sich seit Jahrzehnten nicht gestellt. Er war derjenige, der er immer gewesen war, egal welcher Name in seinem Ausweis stand. Ein aufrechter Mann. Ein geschätztes Mitglied der Gesellschaft. Jemand, der stets Verantwortung getragen hatte und das zu Recht, denn er hatte immer verantwortungsvoll gehandelt. Es gab nichts, was er nicht noch einmal so tun würde. Es gab nichts, was er bereute, wofür er sich schämen oder gar rechtfertigen musste.

Dennoch hatte er es getan. Hatte sich vor Vera verteidigt, als sie versucht hatte, ihn anzuklagen. Ausgerechnet sie, die keine Ahnung hatte, wovon sie sprach, wollte sich zu seiner Richterin aufschwingen. Welch eine Arroganz! Und welch ein herrlicher Abgang!

Beschwingt, jedenfalls soweit es seine steifen Sehnen und Gelenke zuließen, durchquerte er das Speisezimmer. Der Ausdruck auf ihrem Gesicht, als er sie mit vorgehaltener Pistole gebeten hatte, ihm das Handy zu geben. Unbezahlbar! Nicht mit Gold aufzuwiegen. Diese unverhohlene Angst, die ihm gezeigt hatte, dass sie endlich verstand, wen sie sich da als Gegner ausgesucht hatte. Keinen alten, hilflosen Knacker, sondern einen Mann, der die Macht besaß, sie zu töten, wenn er wollte. Ein Gefühl wie glühender Stahl in seinen Adern.

Sie hatte gedacht, sie könnte ihm einen Ring durch die Nase ziehen und ihn daran durch die Arena führen. Pah! Er hätte nur den Finger beugen müssen, um sie auszulöschen.

Wenn er auch manchmal bedauerte, dass Sex für ihn keine Rolle mehr spielte, war es doch ausschließlich das Gefühl von Macht, das ihm so schmerzlich fehlte. Es war ruhig geworden in seinem Leben. Alles lief glatt und in geordneten Bahnen. Ein Tag wie der andere. Seine verbliebene Geltung beschränkte sich darauf, Helga und den Gärtner herumzukommandieren und natürlich seine Söhne. Langweilig war es, dieses Warten auf den Tod. Doch heute war es anders gewesen, und er fühlte sich prächtig, geradezu aufgekratzt und so lebendig wie lange nicht mehr.

Das gleichmäßige Klopfen des Gehstocks begleitete ihn durch den Flur. Helga war in der Küche und bereitete das Abendessen vor. Er ging ins Herrenzimmer, ein Raum mit Holztäfelung und dunklen Möbeln. Zwei Ledersessel vor der Regalwand, dazwischen ein Tisch und darauf die Karaffe mit Cognac und geschliffene Kristallgläser. Einen Fingerbreit schenkte er sich davon ein und setzte sich mit dem Glas an den Schreibtisch. Bevor er auf seinen Sieg trank, wollte er wissen, ob er recht hatte, und zog Veras Handy aus der Jackentasche.

Es war kein aktuelles Modell, und es war eingeschaltet. Computer und die Digitalisierung hatten ihn von Anfang an fasziniert. Die Firma würde es heute nicht mehr geben, wenn er nicht bereits auf die neue Technik gesetzt hätte, als viele sie noch misstrauisch beäugt hatten, als die Rechner noch groß wie Container waren und klimatisierte Räume benötigten. Der frühe Vogel fängt den Wurm.

Er fand die Sprachmemofunktion sofort. Die Aufnahme lief noch. Er stoppte sie und hörte sich die ersten Minuten an. Gute Tonqualität. Schritte auf dem Kies. Helga, wie sie Vera hereinbat. Dann er, als er sie begrüßte. *Welch unerwarteter Besuch.*

Mit ihr hatte er tatsächlich nicht gerechnet. War mit nichts in der Hand bei ihm aufgetaucht und hatte versucht, ihn aufs Glatteis zu führen. Von der ersten Sekunde an hatte er vermutet, dass sie das Gespräch aufzeichnete, und ihr geliefert, was sie sich erhoffte, um es ihr dann wieder zu nehmen. Köstlich! Herrlich!

Mit einem Tastendruck löschte er die Aufnahme, trank vom Cognac und lehnte sich im Stuhl zurück. Alles war unter Kontrolle. Er hatte nichts zu befürchten.

Neben dem Icon für die Sprachmemo-App befand sich eines für den Fotoordner, und er fragte sich, ob er darin Bilder von Kathrin finden würde.

Was Liebe war, wusste er nicht, obwohl er viele Frauen gehabt hatte. Hundert oder mehr. Doch wenn es eine gab, für die er mehr empfunden hatte, war es Kathrin. Einen Sommer lang hatte er sogar mit dem Gedanken gespielt, für sie seine Familie zu verlassen und das Wagnis einzugehen, dieses unbekannte Land zu erkunden. Liebe. Ein Rätsel.

Kathrin war anders gewesen als andere Frauen. Vielleicht hatte ihn in Bann gezogen, dass sie immer selbstbestimmt gehandelt hatte. Sie hatte verstanden, dass das, was sie in seinem Schlafzimmer trieben, nur ein Spiel war. Von ihrer ersten gemeinsamen Nacht an. Obwohl sie damals keine Ahnung von diesen Dingen gehabt hatte, und er sie hatte einführen dürfen in diese wunderbare Welt. Sie war eine besondere Frau. Emanzipiert. Selbstbewusst. Stark. Und neben Dieter der einzige Mensch, der wusste, wer er war.

Bei ihr musste er sich nicht verstellen oder auf der Hut sein und jedes Wort abwägen, bevor er etwas sagte. In ihren Armen konnte er über sich sprechen, über seine Kindheit. Über seinen verhassten Vater, seine geliebte Mutter. Bei der Beisetzung war Kathrin an seiner Seite gewesen, als er sich abseits der Trauergäste hinter Büschen verbergen musste und erst ans Grab konnte, nachdem alle gegangen waren. Als er um sie geweint hatte. Es war so lange her. Ein tiefer Seufzer entstieg Landmanns Brust.

Hoffnungsvoll tippte er den Ordner an, und eine Liste mit Alben öffnete sich. Der neueste trug den Titel *Winkelberg-Akten.*

Der Schreck durchfuhr ihn wie eine Messerklinge. Hatte Vera die Akten etwa fotografiert?

Plötzlich zitterte seine Hand. Es gelang ihm erst beim dritten Versuch, den Ordner anzutippen, und seine Befürchtung wurde bestätigt. Er scrollte durch die Bilder, las die Namen auf den Aktendeckeln, und dann dämmerte ihm, dass Kathrin und Matthias insgesamt elf Akten beiseitegeschafft hatten und nicht nur die acht, die er am Samstag verbrannt hatte. Offensichtlich gab es noch drei, und Vera besaß sie!

Mit einem Schluck leerte er das Glas.

Dieter musste das in Ordnung bringen. Sofort! Er griff nach

dem schnurlosen Telefon auf dem Schreibtisch und suchte mit unsicheren Fingern in den Kontakten nach der Nummer. Es begann zu läuten. Sechs-, sieben-, achtmal. Himmel noch mal! Wo war er? Er hatte doch nichts zu tun in dieser Seniorenresidenz.

»Köster.« Der vertraute nasale Klang von Dieters Stimme drang an Landmanns Ohr.

»Ich bin's. Herrgott, Dieter. Dein Sohn hat Mist gebaut. Es waren elf Akten. Vera Mändler hat noch drei.«

»Das kann nicht sein.«

»Es ist aber so. Sie hat Fotos davon auf ihrem Handy. Soll ich sie dir zeigen? Verflucht! Was für eine Pfeife hat dein Sohn denn da losgeschickt?«

»Beruhige dich. Bernd wird das in Ordnung bringen.«

»Nein. Nicht er. Diesmal darf nichts schiefgehen. Nimm einen von deinen anderen Leuten. Ich will die Akten, Veras PC und ihren Tablet, außerdem ihre USB-Sticks. Alles. Ich will sicher sein, dass sie nichts veröffentlicht. Absolut sicher!«

»Du meinst …« Dieter ließ den Satz offen.

»Ich meine, was ich gesagt habe: Ich will meinen Namen nicht in der Zeitung lesen und schon gar nicht in einer Anklageschrift. Unternimm, was immer dafür nötig ist.«

Landmann kehrte ins Wohnzimmer zurück, das durch eine Flügeltür mit dem Speisezimmer verbunden war. Helga breitete gerade eine frische Decke auf dem großen Tisch aus, an dem er schon so lange allein saß.

Auf seinen Stock gestützt, stellte er sich ans Fenster. Er wusste nicht, wie es Kathrin ging. Er hatte vergessen, Vera zu fragen. Vielleicht sollte er nach München fahren und sie im Krankenhaus besuchen.

50

Manolis rangierte den Wagen in eine Parkbucht vor einem Hochhaus im Münchner Osten. Es war eines von einem Dutzend, umgeben von gepflegten Grünanlagen und Geschäften für den täglichen Bedarf. Sie verfügten über Tiefgaragen und Hausmeister, die sich darum kümmerten, dass alles ordentlich und ruhig blieb. Hier lebte nicht das abgehängte Prekariat, sondern eine gutbürgerliche Mittelschicht.

Um nichts in der Welt würde er in einem dieser Häuser wohnen wollen, doch Rebecca schätzte die Anonymität der Wohnschachteln, die häufig wechselnden Nachbarn und dass sich hier keiner wirklich für den anderen interessierte. Die meisten Mitbewohner kannten Rebecca entweder nicht oder hatten sie längst vergessen. Vielleicht wusste der eine oder andere, dass im obersten Geschoss eine selbstständige IT-Beraterin lebte und arbeitete, allein in einer großen Wohnung mit Büro. Aber wenn man sie fragen würde, wie die Frau aussah und wann sie zuletzt mit ihr gesprochen hatten, würden wohl so gut wie alle ratlos die Schultern zucken.

Es war stürmisch geworden. Die Planen am Gerüst bauschten sich im Wind. Paletten voller Dämmplatten lagerten hinter einem Bauzaun. Es war kurz nach sechs, und die Arbeiter hatten bereits Feierabend gemacht. Manolis nahm den Karton mit den Lebensmitteln aus dem Kofferraum und fuhr mit dem Lift nach oben.

Etwa alle zwei Wochen besuchte er Rebecca, um gemeinsam mit ihr zu kochen, zu reden und dafür zu sorgen, dass sie nicht ganz vereinsamte. Er klingelte, und einen Moment später öffnete sie die Tür.

Sie war einen Kopf kleiner als er und erinnerte ihn mit dem schwarzen kinnlangen Haar, dem breiten Kiefer und den schräg stehenden blauen Augen an eine Inuit. Anstelle eines Huskys kam allerdings Bobo aus der Küche, ihr Kartäuserkater mit dem grauen Fell und dem unergründlichen Blick einer Sphinx. Wie immer strich er Manolis um die Beine und holte sich seine Streicheleinheiten ab.

»Hallo, Manolis.« Rebecca umarmte ihn. »Wie geht's?«

»Ein wenig seltsam. Und dir?«

»Passt schon.«

Schon vor Jahren hatte sie die Türen ausgehängt, so sah er auf den ersten Blick, dass die Aussicht tatsächlich an den blauen Planen am Gerüst endete. Da die Arbeiter weg waren, hatte sie die Jalousien hochgezogen und lüftete. Auf den neuen Monitoren an den Wänden war die Skyline von München im Abendlicht zu sehen. Der Wind trieb in HD die Wolken über den Himmel. Sie hatte sich tatsächlich ihre Aussicht zurückgeholt.

»Das ist schon ein wenig exzentrisch, oder?«

»Würde es dir gefallen, wenn den ganzen Tag fremde Männer durch die Fenster glotzen?«

»Es ist Sommer, und du bekommst nichts davon mit.«

»Mit der Plane vor dem Fenster bekomme ich sowieso nichts mit. Und abends sitze ich ja auf der Dachterrasse. Was kochen wir?«

Mit dem Karton ging er in die Küche. Vorbei am Arbeitszimmer voller Rechner, Monitore, Festplatten und einem Wust an Kabeln und dem Wohnzimmer, das ein übergroßer Flatscreen und die ausufernde Sitzlandschaft eines italienischen Designers beherrschten, in der Rebecca immer ein wenig verloren aussah.

»Wir machen Lammkoteletts mit Bratkartoffeln und grüne Bohnen«, beantwortete Manolis die noch offene Frage. »Davor gemischte Mezze und als Nachspeise Eis.« Er nahm den Becher aus der Kühlbox und stellte ihn ins Tiefkühlfach.

»Klingt gut. Wieso geht es dir seltsam?« Das war eine der Eigenheiten von Rebecca. Sie kam auf derartige Bemerkungen selten sofort zu sprechen. Aber sie kam stets darauf zurück.

Manolis richtete die Vorspeisen an und entkorkte den Wein, während sie Kartoffeln aufsetzte.

»Ich habe etwas Verrücktes getan. Ich habe Vera drei der Akten zurückgegeben.«

Mitten in der Bewegung hielt Rebecca inne und drehte sich um. »Du hast deinen Auftraggeber hintergangen. Ist nicht wahr, oder?«

Er zuckte mit den Schultern. »Eine Art Wette mit meinem Vater. Die Akten beweisen mehrere Morde. Der Mörder lebt, man könnte ihn also anklagen. Doch ich wette, dass das nicht passieren wird. Landmann wird davonkommen.«

»Und mich nennst du exzentrisch. Dein Vater ist seit zehn Jahren tot.«

Das war er nicht wirklich. Das Leben hatte einen Rückspiegel, und noch immer mischte sich sein Vater in seines. Etwas zwischen ihnen war noch offen. Dieser unausgefochtene Kampf, wer recht hatte. Babás mit seinem Glauben an Wahrheit, Recht und Gerechtigkeit. Babás, das ewige Opfer, der stille Dulder, der alles hinnahm und sich unsichtbar gemacht hatte. Ein Märtyrer, ein Feigling, ein Schwächling und ganz sicher kein Vorbild für einen Sohn. Oder hatte er selbst recht? Er, Manolis, der er war, wer er war, weil er nie wie Babás hatte werden wollen. Was wäre aus ihm geworden, wenn nicht seit Jahrzehnten das Trauma seines Vaters an ihm herabtropfte und tropfte und tropfte und ewig weitertropfte? Eine müßige Frage, da sie nicht zu beantworten war.

Niemals Opfer sein. Besser Täter. Das war seine Haltung. Seine Überzeugung. Er glaubte an die Durchsetzungsfähigkeit des Stärkeren. Er glaubte an Rache. Rache für all das, was sie seinem Vater angetan hatten, seiner Familie, dem anderen Manolis, seinem Namenspaten. Ermordet im Alter von sechs Jahren. Ein willkürlicher, sinnloser Tod. Ein Mord, der keiner sein durfte. Ungesühnt bis heute. Ein unerträglicher Gedanke. Es hatte keine Wahrheit gegeben und schon gar keine Gerechtigkeit, weder Vergeltung noch Rache. Weil sein Vater zu schwach gewesen war. Justitias Waage schwebte seit Jahrzehnten im Ungleichgewicht.

Manolis atmete durch und hob sein Glas. »Auf Wahrheit, Gerechtigkeit und die deutsche Justiz. Hoffentlich nutzt sie ihre Chance.«

Rebecca legte den Deckel auf den Topf. »Seit dem Massaker sind beinahe siebzig Jahre vergangen. Wann endet Schuld? Wo beginnt Versöhnung?«

»Du bist gut. Voraussetzung dafür wäre, das Verbrechen auch als solches zu bezeichnen und damit die Schuld anzuerkennen. Dann können wir gerne über Versöhnung reden. Keinen Tag früher.«

»Also gut. Darauf, dass die Gerechtigkeit nicht siegt und du recht behältst.« Sie setzte sich zu ihm an den Tisch und stieß mit ihm an. »Aber du bescheißt. Du spielst mit gezinkten Karten. Das weißt du schon, oder? Die Gerechtigkeit hatte ihre Chance nämlich schon. Sie hat sie längst vertan. Seit Kriegsende. Seit achtundsechzig Jahren.«

»Nicht ganz so lange. Kathrin Wiesinger hat ja gedacht, Landmann wäre tot. Sie hat erst Anfang der Sechzigerjahre erfahren, dass er lebt. Außerdem spiele ich nicht falsch. Ich habe die Karten nur noch mal gemischt. Ein neues Spiel.«

»Aber das Spiel war längst vorüber. Landmann hatte gesiegt. Er hat dich losgeschickt, um die Sache ein für alle Mal aus der Welt zu schaffen, und du hast den Job erledigt.«

»Bis auf diese drei Akten. Hätte er von Anfang an mit offenen Karten gespielt, wäre ihm das nicht passiert. Dann hätte ich den Auftrag nämlich gar nicht angenommen.«

Rebecca strich sich eine Haarsträhne hinters Ohr und schüttelte den Kopf. »Was erhoffst du dir von Vera?«

»Sie wird Landmann die Maske vom Gesicht reißen und ihn als Nazimörder entlarven, der sich hinter der Identität eines Toten versteckt, als das feige Schwein, das er ist. Sie wird darüber schreiben. Hoffentlich tut sie es im *Stern* oder *Spiegel* oder in der *Zeit*. Sie muss die ganz große mediale Welle reiten und die Öffentlichkeit auf ihre Seite ziehen, damit die Staatsanwaltschaft in Frankfurt gar nicht anders kann, als ein Ermittlungsverfahren gegen ihn einzuleiten und ihn anzuklagen.«

»Einen Achtundneunzigjährigen?«

»Er ist erstaunlich fit für sein Alter. Du hättest ihn mal sehen sollen.«

»Klingt, als wolltest du die Wette unbedingt verlieren. Aber du machst dir etwas vor, Manolis. Selbst wenn es ein Verfahren geben sollte, bis es zu einem Prozess kommt, ist Landmann vielleicht gestorben oder dem Verfahren gesundheitlich nicht mehr gewachsen. Verhandlungsunfähig, wie das so schön heißt. Ich fürchte, du wirst die Wette gewinnen. Was machst du dann?«

Das Handy in seiner Hosentasche begann zu vibrieren. Es war das nicht registrierte, und im Display stand Bernd Kösters Nummer. Einen Augenblick fragte Manolis sich, ob er aufgeflogen war. Doch wenn Landmann wusste, dass es mehr als acht Akten gab, hätte er bereits am Samstag Alarm geschlagen.

»Hallo, Bernd.«

»Hallo, Manolis. Ich hatte gerade so ein Vater-Sohn-Gespräch mit meinem alten Herrn. Nach langer Zeit mal wieder. Und dabei habe ich mich gefühlt, als wäre ich wieder dreizehn. Er kann das noch immer sehr gut, jemanden von oben herab zur Sau machen.« Diesen sarkastischen Tonfall schlug Bernd nur an, wenn er richtig wütend war.

»Weshalb hat er dich denn abgekanzelt?«

»Das kannst du dir wirklich nicht denken?«

»Da du mich anrufst, vermute ich, es hängt mit einem der letzten Aufträge zusammen, wenn ich auch nicht verstehe, was dein Vater damit zu tun hat. Gibt es etwa eine Spur im Fall Huth, die in unsere Richtung deutet?«

»Vera Mändler ist heute bei meinem Klienten aufgetaucht.«

»Was?« So dämlich konnte sie doch nicht sein!

»Ein Teil des Dossiers ist in ihrem Besitz. Wie konnte das passieren?«

»Das glaub ich jetzt einfach nicht.« Es gelang ihm, die richtige Dosis Überraschung in seine Stimme zu legen, denn er glaubte tatsächlich nicht, dass sie derart dumm war.

»Sie hat Fotos davon auf ihrem Handy. Ich kann sie dir mailen.«

»Das ist unmöglich. Ich habe ihr den Inhalt der Kassette abgenommen, die sie in dem Museum in Winkelberg gefunden hat. Und zwar komplett. Sie hatte keine Zeit, um Fotos davon zu machen.«

»Dann war in der Kassette nur ein Teil der Unterlagen. Hast du sie zwischendurch mal aus den Augen verloren?«

»Nein, die Überwachung war lückenlos.«

»Das war sie ganz offensichtlich nicht.«

»Was hat dein Vater eigentlich damit zu tun?«

»Mein Klient war früher sein Klient. Die beiden sind seit einer Ewigkeit befreundet. Egal, lassen wir das. Jedenfalls hast du Mist gebaut, und zwar richtig.«

»Das erste Mal in über zwanzig Jahren. Tut mir leid. Ich habe wirklich keine Idee, wie sie das gemacht hat. Wenn du willst …«

»Mein Vater hat die Sache jetzt in die Hand genommen. Wenn wir uns nicht schon so lange kennen würden und ich mir nicht so sicher wäre, dass du mich nicht gelinkt hast, ich würde dir einen Tritt in den Arsch verpassen und mein Geld aus dem Autohaus abziehen.«

»Dein Vater ist über neunzig …«

»Er hat die nötigen Kontakte. Ich bin raus und du auch.«

Manolis steckte das Handy ein und fing Rebeccas fragenden Blick auf. »Landmann weiß von den Akten. Sie war bei ihm. Wie kann man nur so blöd sein?«

»Journalisten.« Rebecca schüttelte den Kopf. »Ich glaube, die haben einen Ehrenkodex, dass man den Leuten die Möglichkeit zur Stellungnahme gibt, bevor man sie öffentlich fertigmacht.«

»Aber doch nicht in so einem Fall. Erst veröffentlichen, dann reden. Herrgott!«

Sie verschränkte die Arme und lehnte sich im Stuhl zurück. »So, wie es derzeit aussieht, gewinnst du deine Wette. Das willst du aber nicht. Du willst partout verlieren. Daher sollten wir weiter die Karten zinken.«

51

Einen Kilometer von der Ausfahrt Ingolstadt-Nord entfernt stand Vera im Stau. Vor ihr reihten sich rote Lichter aneinander wie Perlen an einer Kette. Seit zwanzig Minuten ging nichts voran. Sie hatte den Laptop ausgepackt und begonnen, den Artikel über Landmann zu schreiben, als eine SMS auf ihrem Handy einging. Sie nahm es vom Beifahrersitz.

> Landmann weiß, dass Sie die Akten haben. Wenn Sie zu Hause sind, verlassen Sie die Wohnung. Falls nicht, fahren Sie nicht nach Hause! Und beruhigen Sie mich bitte und sagen mir, dass die Unterlagen in Sicherheit sind.

Die SMS war mit unterdrückter Rufnummer gekommen. Etwa von dem Argonauten? Woher wusste Landmann, dass sie ... Mist! Natürlich. In Gedanken schlug Vera sich die Hand vor die Stirn. Er musste die Fotos auf ihrem Handy gefunden haben. Wieso wusste der Argonaut davon? Obwohl, auch das war logisch. Schließlich arbeitete er für Landmann, und der machte nun Stress.

Verwundert starrte sie auf die Nachricht. Konnte sie ihrem überraschenden Helfer tatsächlich vertrauen?

Für ihn sprach, dass er ihr die Akten zurückgegeben hatte und sie nun informierte, dass Landmann darüber im Bild war. Nein, er informierte sie nicht. Er warnte sie! Erst jetzt kam die Botschaft richtig bei ihr an. Er glaubte, dass sie in Gefahr war.

Am Ende der SMS war ein Link angehängt. Einen Moment zögerte Vera, doch dann tippte sie ihn an. Wie von Zauberhand installierte sich in rasender Geschwindigkeit eine Browsersoftware auf ihrem Smartphone und führte sie auf eine Seite mit dem Titel *Scilly Islands*.

Grüß Sie, Frau Mändler. Wo sind Sie?

Wer sind Sie?

Sie wissen, wer ich bin. Wo sind die Akten? Sie haben sie hoffentlich nicht in Ihrer Wohnung.

Sie sind sicher verwahrt.

Gut. Sind Sie zu Hause?

Nein.

Fahren Sie nicht hin. Übernachten Sie bei einer Freundin.
Auf keinen Fall in der Wohnung Ihrer Tante. Oder suchen Sie sich eine Pension. Und melden Sie sich mit falschem Namen an.

Woher haben Sie die Information, dass Landmann von den fehlenden Akten weiß?

Das tut nichts zur Sache.

Sie arbeiten für ihn.

Seit Samstag nicht mehr. Sie können mir vertrauen. Tun Sie das?

Wir werden sehen.

Ihr Handy ist nicht sicher. Schalten Sie es aus und werfen Sie es weg. Es gibt einen Laden in der Landwehrstraße, ich simse Ihnen die Adresse. In einer Stunde wird dort ein neues Handy mit neuer Rufnummer für eine Frau Kolbeck bereitliegen.

Sie haben zu viele Gangsterfilme gesehen.

Herrje! Sie sind in Gefahr. Verstehen Sie das denn nicht? Landmann tut alles, um nicht aufzufliegen. Er hat jemanden beauftragt, der bereits nach Ihnen sucht. Melden Sie sich, wenn Sie das Handy abgeholt haben. Hier ist die Adresse. Merken Sie sich die, und werfen Sie Ihr Handy weg.

Der Fahrer hinter ihr hupte. Die Wagenkolonne hatte sich in Bewegung gesetzt, und auch sie fuhr los. Wenn es das Ziel des Argonauten gewesen war, sie zu beunruhigen, dann war ihm das geglückt. Der Ärger auf Landmann und ihre eigene Dummheit wichen gereizter Nervosität. Sie sah häufiger in den Rückspiegel als nötig und fragte sich, ob Landmanns Vasall bereits ihre Spur aufgenommen hatte.

Vera erreichte München gegen halb acht und fuhr direkt zu dem Laden in die Landwehrstraße. Dort lag tatsächlich ein

Handy auf den Namen Kolbeck bereit. Es war bereits aufgeladen und bezahlt. Und garantiert mit einer Tracking-Software bestückt, die es dem Argonauten ermöglichte, ihr zu folgen. Unwillkürlich sah sie sich nach ihm um, als sie das Geschäft verließ, konnte ihn aber nirgends entdecken. Wollte er den Schutzengel für sie spielen oder sie aus sicherer Distanz unter Kontrolle behalten? Sie entschloss sich, auf der Hut zu sein. Wieder im Wagen, synchronisierte sie ihre Kontaktliste mit dem neuen Handy, bevor sie das alte, das sie erst vor vier Stunden gekauft hatte, zögernd ausschaltete.

Es widerstrebte ihr, beinahe vierhundert Euro in den Müll zu werfen, und sie erinnerte sich an einen Artikel, den sie erst vor Kurzem gelesen hatte, dass Handys nur in eingeschaltetem Zustand zu orten waren. Daher legte sie es ins Handschuhfach und wollte schon ihre neue Handynummer an Thorsten simsen, als sie es sich anders überlegte. Der Argonaut musste nicht alles wissen. Sie nahm den Laptop, schrieb Thorsten eine E-Mail, fragte nach, ob er schon in Dijon sei, und teilte ihm mit, unter welcher Nummer er sie erreichen konnte.

Als Nächstes musste sie sich einen Platz für die Nacht suchen. Die einzige wirkliche Freundin, die sie hatte, war Anita. Und die wohnte gegenüber. Da konnte sie gleich in ihre Wohnung gehen. Einen Moment war sie versucht, Tom anzurufen, ließ es aber bleiben. Ihre Mutter und Tante Uschi schieden ebenfalls aus. Landmann wusste von Kathrins Schwestern, und es würde nicht schwer sein, sie ausfindig zu machen. Zu einer Kollegin? Doch Vera wollte niemanden in diese Geschichte mit hineinziehen. Genau genommen brauchte sie jetzt einen ruhigen Ort, an dem sie den Artikel fertig schreiben konnte. Ein Hotel oder eine Pension, Hauptsache bezahlbar. Vielleicht das Motel in der Tegernseer Landstraße, ein ehemaliger Bürokomplex mit Plattenbau-Charme außen und Ikea-Chic innen. Vor allem aber war es preiswert.

Sie startete den Wagen, hielt unterwegs am Geldautomaten und bei einem Drogeriemarkt, um ein paar Kosmetikartikel und Wechselwäsche zu kaufen. Im Schaufenster des Lederwarengeschäfts nebenan entdeckte sie einen Handgepäckkoffer für zwanzig Euro. Perfekt für die Inszenierung, die ihr vorschwebte. Den Wagen parkte sie eine Trambahnstation vom Hotel entfernt und betrat kurz darauf das Foyer mit Handtasche, Laptoptasche und dem Bordcase.

Es dauerte, bis die Mitarbeiterin am Empfang verstand, dass Vera sich nicht ausweisen konnte, weil ihr vor einer halben Stunde – kaum dass sie mit dem ICE am Hauptbahnhof angekommen war – ein Taschendieb die Geldbörse samt Papieren gestohlen hatte und sie nur noch das Bargeld besaß, das Gott sei Dank immer im Seitenfach ihrer Handtasche als Reserve steckte. Ja, sie werde zur Polizei gehen, den Vorfall anzeigen und die entsprechende Bescheinigung vorlegen. Aber jetzt müsse sie erst einmal ihre Bank- und Kreditkarten sperren lassen.

Offenbar besaß sie mehr schauspielerisches Talent als gedacht, denn sie bekam dank dieser Geschichte tatsächlich ein Zimmer, ohne einen Ausweis vorlegen zu müssen. Sie trug sich als Alexandra Eisner aus Würzburg im Meldeformular ein und bezahlte im Voraus für zwei Nächte.

Das Zimmer lag im zwölften Stock und bot eine grandiose Aussicht über die Stadt bis zur Alpenkette. Doch Vera hatte keinen Blick dafür. Sie setzte sich an den winzigen Schreibtisch, klappte den Laptop auf und machte sich an die Arbeit.

Um halb elf ließ sie sich eine Pizza und eine Flasche Wasser liefern. Bis um zwei hatte sie acht Seiten geschrieben. Ihre Augen brannten, die Schultern waren verspannt, und der Rücken schmerzte, aber die erste Fassung des Artikels stand. Sie speicherte ihn in der Cloud und kopierte ihn sicherheitshalber auch noch auf einen USB-Stick, den sie nach einiger Suche schließlich im Saum des Vorhangs versteckte.

Nein, sie war nicht paranoid, nur vorsichtig. Ein derartiger Fehler wie bei Landmann würde ihr nicht noch einmal passieren.

52

Es war nicht der Duft, den der Windhauch mit sich brachte, auch kein Geräusch oder eine Berührung, die Kathrin schließlich erwachen ließ. Es war ein drückender Schmerz, der aus dem rechten Knie bis hinauf in die Hüfte zog und sich in ihr Bewusstsein bohrte, bis sie stöhnend aufwachte. Benommen wollte sie sich auf den Rücken drehen, doch es gelang ihr nicht. Ihr Körper glich einem gestrandeten Wal. Schwer und träge verweigerte er sich ihrem Willen.

Helligkeit sickerte in ihr Bewusstsein, drang schmerzhaft in die Augen und blendete sie. Es dauerte einen Moment, bis sie blinzelnd erkannte, dass sie nicht in ihrem Bett lag und sich auch nicht in ihrem Schlafzimmer befand, nicht mal in ihrer Wohnung. Sie fühlte sich, wie aus Raum und Zeit gefallen. Hilflos und ohne Orientierung.

Wo war sie? Wie spät war es? Welcher Tag? Was war geschehen? Etwas sagte ihr, dass viel Zeit vergangen war, sehr viel Zeit, seit sie ... Seit sie ... Ja, was denn?

Der Schmerz in der Hüfte war nicht auszuhalten. Doch so sehr sie sich auch anstrengte, sie konnte sich nicht von der Seite auf den Rücken drehen. Ihr linker Arm gehorchte den Befehlen nicht, die ihr Gehirn ihm sandte, ebenso wenig das Bein. Die ganze linke Körperhälfte nicht! Was war mit ihr geschehen? War sie gestürzt? Ein Unfall?

Reiß dich zusammen, Kathrin!, befahl sie sich. Versuch dich zu erinnern. Was war das Letzte, das ihr einfiel?

Aus dunstigen Schleiern trat ihr Neffe Chris, wie er sie besuchte. Er hatte Probleme, nur welche? Dann erinnerte sie sich plötzlich. Er wollte Geld. Erich hatte gesagt, dass er es ihm geben würde. Chris hatte versucht, ihn zu erpressen. Darüber hatte sie sich aufgeregt. Richtig aufgeregt. Und dann ... Ihr war plötzlich schwindlig geworden.

Dieser ziehende Schmerz brachte sie noch um. In ihrem Blickfeld entdeckte sie einen roten Klingelknopf. Endlich verstand sie, dass sie in einem Krankenhausbett lag und wieso ihre linke Körperhälfte ihr nicht gehorchen wollte. Ein Schlaganfall.

Mit der rechten Hand angelte sie nach dem Klingelknopf. Kurz darauf kam eine Schwester herein. Ein Lächeln erhellte ihr Gesicht.

»Sie sind ja aufgewacht. Wie schön. Wie fühlen Sie sich?«

»Wie ein Pottwal auf Grund«, wollte Kathrin sagen. Doch es kam nur unverständliches Gebrabbel aus ihrem Mund, und sie begann zu weinen. Abgewrackt. So weit war es mit ihr gekommen.

Die Schwester trug ein Namensschildchen. »Marion« stand darauf. Sie griff nach Kathrins Hand. »Die Hauptsache ist, dass Sie aufgewacht sind. Alles andere wird schon. Das wissen Sie doch selbst. Sie sind schließlich vom Fach. Mit Reha und Ergotherapie kann man eine Menge erreichen.«

Dankbar schloss Kathrin die Augen und öffnete sie wieder. Ein Zeichen der Zustimmung. Sie durfte sich nicht gehen lassen. Sie musste das Problem bei den Hörnern packen.

»Kann ich etwas für Sie tun?«

Mit der rechten Hand gelang Kathrin ein Fuchteln, das Umlagern bedeuten sollte. Schwester Marion verstand, und Kathrin half mit, so gut es ging, indem sie sich mit dem funktionierenden Arm am Galgen hochzog. Es kostete sie alle Kraft. Sie schien kaum noch Muskeln zu haben, und das sagte ihr, dass sie wirklich lange ohne Bewusstsein gewesen war.

Der Schmerz ließ nach, Schwester Marion ging, und Kathrin dämmerte erschöpft weg.

Chris. Das Geld. Das Dossier. Sie hatte es nicht aus Winkelberg geholt und an Erich geschickt. Plötzlich sah sie die Schublade wieder vor sich. Sah, wie sie die Akten damals hineingelegt hatte zusammen mit Matthias' Brief und dem Bild, das er ihr geschickt hatte. Das ist nicht Landmann, hatte sie damals gedacht. Matthias hat sich geirrt. Doch sie war diejenige gewesen, die falschgelegen hatte.

Von irgendwoher zog Kaffeeduft bis an ihr Bett. Vielleicht aus dem Schwesternzimmer. Doch ihr schien es, als käme er aus der Vergangenheit. Die silbern funkelnde Bialetti-Kanne, die sie aus Rom mitgebracht hatte, kam ihr in den Sinn. Die dickwandigen Tassen. Der Duft der Ewigen Stadt nach der Leichtigkeit des Lebens. Ach, wie jung sie damals gewesen war!

Damals, am Samstag nach ihrer Rückkehr aus Rom, war sie früh aufgewacht. Seit das Bild in der Schublade lag, schlief sie schlecht, und sie erinnerte sich an die Zeit in Winkelberg. An Landmann, an die kleine Therese mit den zerbröselten Resten des Pfauenauges in der Hand, an Bader mit seinem kalten Blick. Sie sah die Augen der Kinder wieder, in denen sich alles Leid der Welt spiegelte. Sah die ausgezehrten Körper der Toten, die man aus den Hungerhäusern trug. Sah Franz Singhammer, wie er sich zum Essenfassen meldete und die Hacken in den Filzpantoffeln zusammenschlug. *Vollständig zum Essenfassen angetreten.* Es hatte keine Gerechtigkeit für diese Menschen gegeben.

Es war erst sechs Uhr morgens, doch Kathrin ging ins Bad, duschte und zog die marineblaue Caprihose und die weiße Bluse mit dem Tulpenkragen an. Im Spiegel betrachtete sie sich. Noch immer zu mager, noch immer nicht hübsch. Auch wenn sie sich kleidete wie Audrey Hepburn in *Ein Herz und eine Krone*. Noch immer ohne einen Mann an ihrer Seite. Der Studienrat kam ihr wieder in den Sinn. Er war attraktiv gewesen, aber eigentlich hatte sie nichts für ihn empfunden. Sollte er glücklich werden mit der Sekretärin aus dem Wirtschaftsministerium.

Unwillkürlich seufzte sie. *Und wäre es nur einer, ein ganz kleiner, ein fuchsroter, ein halb toter. Ohne Mann bist du nichts, Kathrin.* Sie wollte auch einen Mann!

Vor dem Spiegel tupfte sie sich etwas von dem Parfum hinter die Ohren, das sie aus Rom mitgebracht hatte, ebenso auf die Handgelenke und in die kleine Mulde unterhalb der Kehle. *Schwester Kathrin mit dem Schwanenhals.*

Plötzlich glaubte sie Landmanns Lachen zu hören und konnte seine nachtgrauen Augen beinahe vor sich sehen. Selbst in der Erinnerung verursachte ihr sein Raubtierblick noch ein Schauern, ein Prickeln, löste es Verwirrung in ihr aus. Sehnte sie sich etwa nach ihm? Nach einem Mörder?

Sie stellte das Parfum weg und wollte in die Küche, um Frühstück zu machen, doch sie ging zur Kommode und nahm das Kuvert mit dem Bild heraus. War er es vielleicht doch?

Die Lippen, die Ohren. Es war möglich, und gleichzeitig kam er ihr so fremd vor. Wenn sie nur seine Augen sehen könnte, dann wüsste sie es. Aber die waren hinter den getönten Brillengläsern kaum zu erkennen.

Eine Idee stieg in ihr auf, erreichte langsam die Oberfläche, während sie in der Küche stand, einen Espresso trank und dazu gebutterten Toast mit Marmelade aß. Es war Wochenende, und sie hatte keinen Dienst. Eigentlich war sie mit Annemie und Uschi am Nachmittag vor dem Kino verabredet. Doch die beiden konnten auch ohne sie gehen.

Kurz entschlossen suchte sie ein paar Sachen für ein Wochenende in Frankfurt zusammen und legte den hellblauen Koffer zwei Stunden später auf den Rücksitz eines VW-Käfers, den sie bei der Autovermietung am Hauptbahnhof geliehen hatte. Er war ebenso dunkelblau wie ihre Caprihose und hatte Weißwandreifen. Er passte wunderbar zu ihr. Sie setzte die Sonnenbrille auf, kurbelte das Schiebedach zurück und fuhr los.

Im Autoradio liefen die aktuellen Schlager. An einer Raststätte trank sie eine Bluna und rief vom Münztelefon aus Annemie an, um ihr zu sagen, dass es mit dem Kinobesuch nicht klappte.

Je näher sie Frankfurt kam, umso unsicherer wurde sie. Was wollte sie dort? Sie konnte doch nicht einfach bei Moreau in Königstein an der Haustür klingeln und den Hausherrn bitten, seine Brille abzunehmen. Vielleicht war es besser umzukehren.

Eine Weile rang sie mit sich, bis schließlich die Neugier siegte. Sie wollte wissen, ob Louis Eric Moreau Karl Landmann war. Und wenn er es war? Was würde sie dann tun?

Was würde er tun, falls er sie entdeckte? Er würde sie anlächeln. »Schwester Kathrin?«, würde er ein wenig verwundert sagen. »Komm doch rein.« Er würde die Tür hinter ihr schließen, sie sanft an die Wand drängen, seine Hand an ihrem Hals, wie damals. Diese kraftvollen Hände ... »Schwester Kathrin mit dem Schwanenhals«, würde er sagen. »Wie schön, dich zu sehen.«

Sie spürte, wie sich eine hektische Röte über ihren Hals und das Dekolleté ausbreitete. Was dachte sie denn da!

Er durfte sie nicht bemerken. Wenn Moreau tatsächlich Landmann war, dann würde sie am Montag in München mit den Akten zur Polizei gehen und ihn anzeigen. Er war ein Mörder. Er musste bezahlen für das, was er Therese angetan hatte und Emil und all den anderen. Dann war ihr Einsatz nicht umsonst gewesen. Ihrer nicht und auch der von Matthias nicht. Sie hatten ihr Leben nicht für nichts aufs Spiel gesetzt. Es würde Gerechtigkeit geben, wenn auch spät. Leider hatte man die Todesstrafe abgeschafft, aber mit lebenslangem Zuchthaus musste er rechnen. Diese Strafe wünschte sie ihm mit jeder Faser ihres Herzens.

Wenn er es tatsächlich war.

Am frühen Nachmittag erreichte sie Königstein. Eine kleine Stadt westlich von Frankfurt mit Fachwerkhäusern und einer mittelalterlichen Burgruine. Die Geschäfte hatten bereits geschlossen. Frauen fegten die Gehwege vor den Häusern, in den Vorgärten wurden Rasen gemäht, und auf einer Grünfläche spielten Kinder Fußball. Kathrin hielt bei einer Telefonzelle, suchte im örtlichen Telefonbuch Moreaus Adresse heraus und fand im Schaukasten am Bahnhof einen Stadtplan. Sie prägte sich die Route ein und bog kurz darauf in eine Straße ein, die in einem weiten Bogen einen Hügel hinaufführte. Am höchsten Punkt entdeckte sie die gesuchte Hausnummer, lenkte den Wagen an den Straßenrand und schaltete den Motor aus.

Es war eine vornehme Gegend. Herrschaftliche Häuser und Villen mit weitläufigen Gartenanlagen. Moreau lebte in einem alten Herrenhaus mit Fachwerk und einem kleinen Turm. Das Grundstück war von einer weiß verputzten Mauer eingefasst. Die Hecke dahinter war frisch gepflanzt und noch nicht dicht. Die beiden Flügel des Tors aus Schmiedeeisen standen offen. Auf dem Stellplatz parkte ein hellblauer Opel Kapitän mit weißem Dach. Weit und breit war niemand zu sehen. Das Viertel wirkte wie ausgestorben.

Kathrin schob die Sonnenbrille ins Haar. Sollte sie aussteigen, einfach auf das Grundstück gehen und durch die Fenster spähen? Nein, das war zu riskant. Man würde sie entdecken. Unschlüssig blieb sie im Auto sitzen und überlegte, wie es ihr gelingen könnte, unbemerkt einen Blick auf Moreau zu werfen, als sie eine Bewegung auf dem Grundstück wahrnahm.

Die Haustür war aufgegangen. Eine Frau kam heraus, elegant gekleidet und kurvenreich wie Sophia Loren. Sie trug ein veilchenblaues Kostüm, dazu ein passendes Pillbox-Hütchen und weiße Handschuhe. An ihrem Arm baumelte eine Handtasche. Zwei Jungen überholten sie im Laufschritt. Etwa sechs und acht Jahre alt. Kurze Hosen, das helle Haar akkurat gescheitelt. Sie rannten zu dem Opel.

»Ich will vorne sitzen«, rief der eine.

»Nein, ich!«, der andere.

»Ihr werdet beide hinten sitzen«, erklärte die Frau. »Aber vorher verabschiedet ihr euch noch von eurem Vater.«

Erst jetzt bemerkte Kathrin den Mann, der seiner Familie folgte. Moreau. Ihr Körper reagierte schneller als ihr Verstand. Ihr Herz begann wie rasend zu schlagen, eine heiße Welle schwappte über den Hals nach oben. Er war es!

Sie konnte nicht sagen, woher sie es wusste, doch es gab keinen Zweifel. Dieser Gang. So aufrecht, die präzise gesetzten Schritte. Nicht eine Spur von Unsicherheit war an diesem Mann. Er strahlte eine physische Präsenz aus, der sie bisher nur einmal im Leben begegnet war. Dazu dieses undefinierbare Lächeln, mit dem er nun die Frau ansah.

Seine Frau! Er war verheiratet!

Mit einer Umarmung verabschiedete er sich von ihr, strich den Buben über den Kopf, ermahnte sie, bei Tante und Onkel brav zu sein und sich von ihrer besten Seite zu zeigen. Schließlich sah er dem Opel nach, bis er den Hügel hinabgefahren und hinter der Kurve verschwunden war.

Kathrin konnte keinen klaren Gedanken mehr fassen. Sie schloss die Augen, lehnte sich zurück und atmete durch. Er war es. Und sie musste vergessen, was damals gewesen war. Sie musste nach vorne blicken, ihre Gefühle ... Es waren ja keine Gefühle für ihn gewesen.

Sie hatte ihn nie geliebt ... Eigentlich nicht ... Es waren nur diese aufregenden Nächte, ihr Spiel ...

Sie atmete noch einmal durch. Er war es! Und er würde sich verantworten müssen. Endlich.

Ihre Finger legten sich um den Zündschlüssel und wollten ihn drehen, als ein Schatten den Fahrerraum verdunkelte und jemand die Tür öffnete. Sie sah auf, sah in die nachtgrauen Augen hinter den leicht getönten Brillengläsern, sah dieses Lächeln, das sie nie würde einordnen können, und etwas in ihr gab nach, ließ sich einfach fallen.

»Kathrin, du bist es ja wirklich.« Er trat einen Schritt zur Seite. »Steig aus.« Keine Bitte, sondern eine Aufforderung. Genau genommen ein Befehl.

Sie zog den Zündschlüssel ab, griff mit zitternden Fingern nach ihrer Handtasche und bemühte sich, die Fassung wiederzugewinnen. Was würde er tun? Sie töten? So wie Matthias? Plötzlich wusste sie, dass es kein Unfall gewesen war. Landmann hatte dafür gesorgt.

Er half ihr beim Aussteigen und führte sie schweigend zum Haus. Drei Stufen, eine Tür, die er hinter ihnen zuschlug. Kathrin fand sich in einer kühlen Eingangshalle wieder, Jagdtrophäen an den Wänden. Stille umgab sie. Ihr Herz schlug wie rasend und so laut, dass er es hören musste. Die Röte, die längst von der Brust über den Hals hinaufgezogen war, verriet sie. Ihr Busen hob und senkte sich mit jedem Atemzug, und auf einmal schämte sie sich für die Polster in ihrem BH. Er hatte ihren Körper immer gemocht, so mager und unproportioniert wie er war. Ihm hatte er Lust bereitet und Befriedigung verschafft.

Bei der Erinnerung an die schamlosen Nächte mit Landmann erwachte ihr Verlangen aus seinem tiefen Schlaf. Er las es in ihren Augen, erkannte es an ihrem feuerroten Hals, sah es an ihren geöffneten Lippen. Kein Wort gesprochen und dennoch so viel gesagt. Genau wie damals. Genau wie damals lächelte er jetzt, und in diesem Lächeln lag das Wissen um die Macht, die er über sie hatte. Er hatte sie in der Hand, genau wie damals, obwohl sie ganz genau wusste, dass sie besser davonlaufen sollte.

Er drängte sie gegen die Tür. Der Knauf drückte in ihrem Rücken. Mit einer Hand hob er ihr Kinn an. Die andere wanderte von der Brust langsam nach unten, während er ihr unverwandt in die Augen sah und sein Knie zwischen ihre Beine schob. Bereitwillig gab sie nach. Sein Gesicht war nur Zentimeter von ihrem entfernt. Er roch so vertraut, noch immer nach Menthol und einem Hauch Zimt. Der Bart stand ihm.

Sie malte sich aus, wie es sein musste, ihn auf der Haut zu spüren, so rau und kratzend. Sie wollte seine Augen ganz unverstellt sehen und nahm ihm die Brille ab. Das Nachtgrau erschien ihr ein wenig dunkler als früher. Sie hielt seinem Blick stand, während er den Knopf am Bund der Caprihose öffnete, den Reißverschluss herunterzog und sich unter dem Schlüpfer vorantastete, bis er gefunden hatte, wonach er suchte. Kathrin musste sich auf die Lippen beißen, um nicht zu stöhnen, denn sie sollte ja still sein. Sie presste sich gegen die Tür, um den Halt nicht zu verlieren, und der Knauf bohrte sich tiefer ins Fleisch. Es war ihr egal, sie spürte es kaum, öffnete sich, ließ zu, dass er sie um den Verstand brachte, dass er es in ihren Augen lesen konnte. Sie wusste, wie sehr er es genoss, Macht über sie zu haben.

Von einem Moment auf den anderen hörte er auf.

Sie konnte es nicht glauben.

Nicht jetzt!

Ein belustigter Funke stob in seinen Augen. Er neigte den Kopf ein wenig zur Seite, hob eine Braue. Fragend.

Was erwartete er von ihr? Flehend sah sie ihn an. Legte die Bitte in ihren Blick. Bitte mach weiter! Bitte! Mit zitternden Beinen drängte sie sich ihm entgegen. Bitte!

Endlich kam er ihrem lautlosen Flehen nach, trieb sie zum Höhepunkt. Als sie kam, lehnte er sich mit seinem gesamten Gewicht gegen sie, mit einer Hand umfasste er ihren Hals, sacht und weich, wie damals. Doch sie spürte die Kraft darin und den Willen, sie zu töten, sollte sie jemals auch nur einen Gedanken daran verschwenden, ihn zu verraten. Er würde es tun, einfach so.

53

Nach fünf Stunden Schlaf klingelte der Wecker. Völlig gerädert stand Vera auf. In fremden Betten schlief sie immer schlecht, außerdem war sie bei jedem Geräusch hochgeschreckt. Sie stieg unter die Dusche, zog die Kleidung des Vortags an und fuhr mit dem Lift hinunter zum Frühstücksraum. Während sie einen Milchkaffee trank und Müsli aß, suchte sie ihre Umgebung nach dem Argonauten ab. Sie entdeckte ihn nirgends und auch sonst niemanden, der sie im Visier zu haben schien. Dennoch gelang es ihr nicht, das Gefühl abzuschütteln, beobachtet zu werden. Seit sie das Foyer durchquert hatte, begleitete es sie.

Noch einmal ließ sie den Blick durch den Raum wandern. An den Tischen saßen hauptsächlich Geschäftsleute, die mit Handys und Laptops beschäftig waren und von denen keiner wie ein Profikiller aussah. Dann noch Touristen. Lauter Paare. Kein einziger alleinreisender Mann. Auch in der Lobby nicht, soweit sie die überblicken konnte. Nur eine Frau, die alleine an einem Tisch hinten in der Ecke saß. Sportlicher Typ. Ende dreißig, blond gesträhnter Pixie-Cut und ganz in die *Münchner Zeitung* vertieft.

Vera klappte den Laptop auf und suchte nach der Webseite der Anwältin von gegenüber, der Hüterin der Akten. Die

Kanzlei öffnete erst um halb neun. Vor neun konnte sie also nicht in Martinsried bei Tatjana Thul sein, daher schickte sie der Humangenetikerin eine SMS, dass sie sich ein wenig verspäten würde.

Kurz vor acht fuhr Vera mit dem Lift in die Tiefgarage und verließ das Hotel über die Zufahrtsrampe, denn sie wurde den Eindruck nicht los, dass jemand sie beim Frühstück beobachtet hatte und jetzt vielleicht in der Lobby auf sie wartete.

Über eine Seitenstraße gelangte sie zur Tegernseer Landstraße. Im selben Moment fuhr eine Trambahn die Haltestelle gegenüber an. Einem Impuls folgend lief Vera über die Straße und sprang gerade noch hinein, bevor sich die Türen schlossen. Sie ließ sich auf einen freien Sitz fallen und sah aus dem Fenster. Niemand versuchte, die Bahn noch zu erwischen. Eigentlich hatte sie vorgehabt, mit dem Auto zu fahren, aber so war sie nun sicher, dass ihr niemand folgte.

Ein paar Minuten später stieg sie an der Haltestelle Silberhornstraße in die U-Bahn um und kurz darauf am Hauptbahnhof noch einmal in die Linie zur Schwanthalerhöhe. Die ganze Zeit über behielt sie die Menschen um sich herum im Auge. Niemand folgte ihr. Erleichtert fuhr sie mit der Rolltreppe an die Oberfläche, passierte die Bushaltestelle, an der am Samstag die Aktenübergabe stattgefunden hatte, und stellte sich in einen Hauseingang, um die Umgebung nach einem möglichen Beobachter abzusuchen. Sie konnte niemanden entdecken, der so wirkte, als würde er darauf warten, dass sie nach Hause kam. Als ihr Blick einen moosgrünen Mini streifte, dachte sie im ersten Moment, jemand würde darin sitzen. Doch als sie genauer hinsah, merkte sie, dass sie sich getäuscht hatte.

Es war bereits Viertel vor neun, als sie die Kanzlei betrat.

Die Anwaltsgehilfin füllte in der Teeküche die Kaffeemaschine und wandte sich um, als sie die Tür hörte.

»Ach, Sie sind's. Meine Chefin kommt erst um neun und hat dann auch gleich einen Termin.«

»Ich möchte nur etwas aus dem Kuvert holen, das ich gestern hier hinterlegt habe.«

»Bin gleich bei Ihnen.« Die Angestellte füllte Wasser in die Maschine und kam in den Flur. »Ich weiß nicht, ob ich es Ihnen einfach so geben darf. Nachher sagen Sie vielleicht, dass etwas fehlt.«

Der mangelnde Schlaf und die Anspannung machten sich bemerkbar. Vera wurde ungeduldig. »Natürlich wird etwas fehlen, wenn ich etwas mitnehme.«

»Ja, schon ...«

Ja, was? Vera wartete. Der Satz blieb unvollendet. »Ich mache Ihnen einen Vorschlag: Sie sehen mir zu, dann können Sie bezeugen, was ich mitgenommen habe. Von mir aus unterschreibe ich Ihnen auch eine Quittung. Ich bin in Eile.«

»Also gut.« Die Anwaltsgehilfin ging voran, tippte einen Zahlencode in das Tastaturfeld am Stahlschrank und holte das wattierte Kuvert heraus. »Bitte.«

»Danke.« Aus der Akte von Therese Kolbeck nahm Vera die Papiertüte mit Ampulle und Tupfer und hielt beides hoch. »Haben Sie ein Smartphone?«

»Ja klar.«

»Gut. Dann machen Sie jetzt einfach ein Beweisfoto.«

Während die Anwaltsgehilfin auf den Auslöser drückte, rief Vera ein Taxi und legte die Papiertüte in die Tasche. Sie wollte nicht hoffnungslos zu spät zu dem Termin in Martinsried kommen und verabschiedete sich.

Im selben Moment, als sie vor die Tür trat, fuhr das Taxi vor. Sie ließ sich zu ihrem Wagen in der Tegernseer Landstraße fahren. An den moosgrünen Mini dachte sie nicht mehr.

Kurz vor Martinsried begann es zu regnen. Ein warmer Sommerschauer ging nieder. Dicke Tropfen fielen auf die Scheibe. Eine Kirchturmuhr schlug zehn, als Vera das *TT – Institut für humangenetische Analytik* durch eine Glasschwingtür betrat. Kunststeinboden, Neonlicht, kühle Laboratmosphäre. In der Luft hing ein Hauch von Putz- und Desinfektionsmittel. Vera steuerte die Mitarbeiterin hinter dem Empfangstresen an.

»Guten Morgen. Vera Mändler mein Name. Ich habe einen Termin mit Frau Thul.«

»Vor einer Stunde.« Über den Rand einer Lesebrille hinweg musterte die Frau Vera. »Frau Doktor Thul ist derzeit in einem Meeting. Ich soll Ihnen ausrichten, dass sie im Anschluss Zeit für Sie hat. Wollen Sie warten oder einen neuen Termin vereinbaren?«

»Wie lange kann das dauern?«

Ein Schulterzucken war die Antwort. »Eine Stunde, vielleicht auch zwei.«

Auf eine Stunde mehr oder weniger kam es nach achtundsechzig Jahren nun auch nicht mehr an. »Ich warte.«

»Der Wartebereich befindet sich um die Ecke. Ich sage Ihnen Bescheid, sobald Frau Doktor Thul frei ist.«

Vera betrat eine Lobby, deren Außenwand komplett aus Glas bestand. Regen lief an den Scheiben hinab, das Grün des Innenhofs verschwamm dahinter. Davor standen Sessel und Sofas aus Chrom und schwarzem Leder, dazwischen Tische mit Zeitschriften und am Rand zwei Automaten mit Getränken und Snacks. Außer einem übergewichtigen Mittfünfziger in Jeans und T-Shirt wartete dort niemand. Als Vera sich setzte, sah er kurz von seinem Smartphone auf.

Sie wollte die Stunde nutzen, um an dem Artikel über Landmann zu feilen, zog den Laptop aus der Tasche und vertiefte sich in die Arbeit.

In der Lobby war es ruhig. Ab und zu ging ein Mitarbeiter vorbei. Der Mann wurde zehn Minuten später von einem Arzt abgeholt. Sie schnappte ein paar Worte des Gesprächs auf. Offenbar ging es um einen Vaterschaftstest. Vera wandte ihre Aufmerksamkeit wieder dem Artikel zu. Anderthalb Stunden später fiel ein Schatten auf sie.

Tatjana Thul stand vor ihr und reichte ihr die Hand. »Frau Mändler. Ich grüße Sie.«

Eine aparte Frau um die fünfzig, sehr auf ihre Erscheinung bedacht. Stirn und Wangen waren glatter als vor einem Jahr, als Vera sie kennengelernt hatte. Aufgrund ihrer Recherchen für *Amélie* war sie mittlerweile Spezialistin auf dem Gebiet Gesichtskonturstraffung und Faceliftings und vermutete Eigenfettinjektionen in Kombination mit Botox, vielleicht auch ein Fadenlifting.

Sie suchte ihre Sachen zusammen. »Grüß Sie, Frau Doktor Thul. Bitte entschuldigen Sie meine Verspätung. Ich musste erst noch eine der Proben abholen.«

»Kein Problem. Was kann ich für Sie tun?«

»Ich brauche einen wissenschaftlichen Nachweis, dass die beiden Proben, die ich Ihnen gleich geben werde, von derselben Person stammen.«

»Das sollten wir hinbekommen. Vorausgesetzt, sie sind verwertbar. Gehen wir doch kurz zu mir und sehen uns das mal an.«

In Tatjana Thuls Labor nahm Vera die beiden Beutel aus der Handtasche. »Das hier ist eine Speichelprobe von gestern.« Sie legte den mit dem Taschentuch auf den Tisch. »Und dieser enthält einen Tupfer mit Blutflecken. Sie sind neunundsechzig Jahre alt. Bitte sagen Sie mir, dass das kein Hindernis ist.«

»Das Alter?« Tatjana Thul lachte. »Nein. Das macht gar nichts. Erinnern Sie sich denn nicht mehr, wie Ihre Kollegen vom *Spiegel* vor einigen Jahren den Blutfleck an Kaspar Hausers Unterhose einer DNA-Analyse unterziehen ließen? Die war zweihundert Jahre alt. Nur hat sie vermutlich nie Kaspar Hauser gehört. Nicht zu vergessen das Highlight unserer Profession: der fünfundvierzigtausend Jahre alte Oberschenkelknochen eines Homo sapiens aus Ust-Ischim in Sibirien, dessen DNA entschlüsselt wurde. Das Alter macht mir also keine Sorgen. Eher der Zustand der Probe. Ist sie mit Fremd-DNA kontaminiert? Wurde sie unsachgemäß gelagert und dadurch zerstört? Schimmel bereitet uns oft Schwierigkeiten. Wenn sie aber die ganze Zeit in dieser Papiertüte lag, haben wir gute Chancen.«

Erleichtert hörte Vera ihr zu. »Ich kann Ihnen allerdings nur einen Teil des Tupfers zur Verfügung stellen. Können Sie ihn zerteilen und den Rest hier sicher aufbewahren? Also wirklich sicher.«

Tatjana Thul, die sich bereits Latexhandschuhe anzog, sah überrascht auf. »Sie meinen, in einem Safe?«

»Wenn Sie einen haben.«

»Auch das ist möglich. Scheint ja eine brandheiße Story zu sein, an der Sie dran sind. Arbeiten Sie nicht mehr für *Amélie*?«

»Seit Kurzem bin ich Freiberuflerin.« Einen Moment zögerte Vera, doch dann entschloss sie sich, der Neugier ihrer Gesprächspartnerin Nahrung zu geben, denn sie musste Frau Thul so weit bringen, die Analyse schnellstmöglich durchzuführen. Normalerweise dauerte das eine Woche bis zehn Tage. Doch so lange konnte sie nicht warten und sich schon gar nicht in einem Hotel verstecken.

»Wenn die Analyse bestätigt, was ich schon weiß, wird das Ergebnis einen Prozess zur Folge haben. Die Staatsanwaltschaft wird dann ein eigenes Gutachten beim LKA in Auftrag geben. Dafür sollte noch Spurenmaterial vorhanden sein.«

»Neunundsechzig Jahre, sagen Sie. Die Probe stammt also aus den letzten Kriegsjahren. Eine Nazigeschichte etwa?«

»Ich darf darüber nicht reden. Noch nicht.«

»Ich kann es mir auch so zusammenreimen. Die andere Probe ist einen Tag alt, und Sie wollen wissen, ob beide von derselben Person stammen. Sie haben da jemanden mit brauner Vergangenheit aufgestöbert.«

Vera zuckte mit den Schultern. »Wie lange werden Sie brauchen?«

»Normalerweise mehrere Tage. Aber Sie werden mir gleich vorhalten, dass die Kollegen beim LKA es in wenigen Stunden schaffen.« Mit einem Lächeln fuhr sie fort: »Wenn wir wollen, können wir das auch.«

»Und? Wollen Sie?«

»Natürlich. Das ist tolle Werbung. Vorausgesetzt, Sie erwähnen den Namen meines Instituts in Ihrem Artikel.«

Das lief ja wie geschmiert. »Einverstanden.«

»Sehr schön. Ich rufe Sie an, sobald wir das Ergebnis haben.«

»Ich habe mein Büro dabei. Sie finden mich vorne in der Lobby.«

54

Vera nahm wieder im Wartebereich Platz. Sie sah keinen Sinn darin, in die Stadt zurückzufahren, um sich zum Schreiben und Telefonieren in ein Café zu setzen, wo jeder zuhören und je nach Blickwinkel auch mitlesen konnte.

Zunächst rief sie Bodo Ahrens an und erfuhr, dass das Gutachten in einer Stunde fertig sein würde.

»Es gibt keinen Zweifel, dass auf beiden Fotografien dieselbe Person zu sehen ist«, sagte er. »Bei einer Übereinstimmung von zwölf bis fünfzehn Merkmalen sprechen wir bereits von einer hohen Nachweiswahrscheinlichkeit. In diesem Fall sind es sogar zweiunddreißig Merkmale. Die Gegenüberstellung der Aufnahmen mit Gitternetz ist beeindruckend. Sie werden es ja selbst sehen.«

Eine Grafik des Gesichtsvergleichs war die perfekte Illustration für ihren Artikel. Ein visueller Beweis, der mehr als viele Worte sagen würde.

»Ich bin schon sehr gespannt. Danke für die schnelle Bearbeitung.«

»Keine Ursache. Wollen Sie das Gutachten abholen, oder soll ich es Ihnen zuschicken?«

»Ich hänge noch für ein paar Stunden in Martinsried fest. Schicken Sie es mir per Kurier dorthin.« Sie gab ihm die Adresse des Instituts und verabschiedete sich. Dann sagte sie am Empfang Bescheid, dass sie eine Sendung erwarte und dass sie in der Lobby sitze.

Am Automaten holte sie sich einen Becher Kaffee und einen Schokoriegel und fasste ihre Recherchen zu Landmanns Lebenslauf zusammen, den sie in einem Infokasten platzieren wollte. Anschließend feilte sie weiter an dem Feature, tilgte Adjektive und glättete den Tonfall, der ihr stellenweise ein wenig unsachlich erschien.

Anderthalb Stunden später brachte der Kurier das Gutachten. Sie nahm es aus dem Umschlag und überflog es. Die Computergrafik der beiden Porträts mit den darauf projizierten Linien und Punkten war überzeugend. Es war Zeit, das Ergebnis in den Artikel einfließen zu lassen. Der erste Punkt der Beweiskette. Bisher bestand sie nur aus Behauptungen. Den entscheidenden Beweis würde allerdings die DNA-Analyse liefern. Von ihr hing alles ab. Hoffentlich war die Probe auswertbar.

Vera wurde beinahe übel bei dem Gedanken, dass die Jahre in einer Metallkassette den Tupfer vielleicht unbrauchbar gemacht hatten. In dem Fall würde sie ohne Job und ohne Story dastehen.

Immer wieder sah sie von der Arbeit hoch und auf die Uhr an der gegenüberliegenden Wand. Wie lange das dauerte. Schon halb vier. Um vier klingelte ihr Handy. Im Display erschien Thorsten Königs Nummer.

»Hallo, Thorsten. Kommst du mit der Suche nach Moreaus Verwandten voran?«

»Kann man so sagen. Ich habe gute Nachrichten für dich.«

»Du hast sie schon aufgestöbert?«

»Hast du Zeit? Das dauert jetzt nämlich länger.«

Er klang total aufgekratzt, was nur bedeuten konnte, dass er eine Entdeckung gemacht hatte.

»Jetzt spann mich nicht auf die Folter.«

»Das würde ich niemals tun. Dich auf die Folter spannen. Also nein.«

Womit er bewies, dass er genau das wollte.

»Thorsten!«

»Ist ja gut. Ich fasse also die Ereignisse der letzten Stunden für dich zusammen. Moreau ist zwar in Dijon geboren, doch er stammt aus Prenois, einem kleinen Dorf in der Nähe. Das habe ich heute Morgen im Standesamt von Dijon bei einer französischen Staatsbediensteten in Erfahrung gebracht. So eine kleine Brünette. Ziemlich knuffig und sehr schlagfertig. Ich glaube, ich hätte Chancen bei …«

Vera stöhnte.

»Ist ja gut. Ist ja gut. Sie war wirklich süß … Ich bin also gleich nach Prenois gefahren. Ein Kaff, in dem jeder jeden kennt. Ein Besuch im Bar Tabac neben der Église Saint Bénigne und nach zwei Pernod mit einem arbeitslosen Metzger namens Jaques, dessen Großvater … Okay, das überspringe ich jetzt. Jedenfalls war ich nach zwei Pernod über die Familiengeschichte der Moreaus im Bilde.«

»Ach, deshalb klingt deine Stimme so verwaschen.«

»In unserem Beruf muss man Opfer bringen. Ist doch so. Oder willst du das leugnen?«

»Auf keinen Fall.«

»Fein. Dann sind wir uns ja einig. Wo war ich noch?«

»Bei den zwei Pernod.«

»Genau. Dabei ist es natürlich nicht geblieben. Die Franzosen picheln vielleicht was weg, meine Herren! Moreaus Eltern sind jedenfalls schon lange tot. Sie waren Bauern, hatten einen kleinen Hof am Dorfrand und nur zwei Kinder. Louis Eric und seine jüngere Schwester Catherine. Louis war die Hoffnung der Familie. Er war sehr begabt und sollte es mal besser haben. Sie haben ihn auf die höhere Schule geschickt. Er hat Abitur gemacht und in Paris Musik studiert, dann kam der Krieg. Er wurde Soldat und ist in deutsche Gefangenschaft geraten. Was aus ihm wurde, weiß niemand so genau. Es gibt Gerüchte und Spekulationen. Sicher ist nur, dass er seit den letzten Kriegstagen als vermisst oder vielmehr flüchtig galt. Ist wohl aus der Gefangenschaft getürmt. Aber er ist nie nach Hause zurückgekehrt. Seine Eltern haben sich ihr Leben lang um ihn gesorgt und übers Rote Kreuz nach ihm gesucht. Die Information habe ich von seiner Nichte Camille, der einzigen noch lebenden Verwandten. Sie hat von ihrer Mutter Catherine den Hof geerbt, wo ich sie auch besucht habe. Sie hat mich zum Mittagessen eingeladen. Vorzüglich. Eine *pâté de campagne* mit reichlich Majoran, Thymian, Rosmarin und einem Schuss Calvados. Die Pistazien nicht zu vergessen. Wirklich lecker.«

Vera befürchtete, dass er ihr gleich das Rezept diktieren würde. Vermutlich ging es schneller, wenn sie ihn einfach reden ließ und nicht ständig unterbrach.

»Danach gab es ein *pot au feu* und dazu einen süffigen Roten. Ein schlichter Landwein, aber wirklich gut. Camille war jedenfalls erfreut, Besuch zu haben. Sie ist auch schon über siebzig und lebt allein in dem alten Gemäuer. Davon habe ich einen Haufen Fotos gemacht und von Camille ebenfalls. Maile ich dir alles nachher.«

Vera entschloss sich, Thorsten doch wieder auf Kurs zu bringen, sonst dauerte das noch Stunden. »Die Familie hat also nie wieder von Louis Eric gehört.«

»Genau. Angeblich ist er nach Kanada ausgewandert. Hat sich nach dem Krieg mit zwielichtigen Kerlen eingelassen und musste verschwinden, sagt Camille.«

»Jemand war also bei der Familie und hat ihnen diese Geschichte erzählt.«

»Ja, genau wie du vermutet hast. Das muss im Sommer sechsundvierzig gewesen sein, vielleicht auch siebenundvierzig. Camille war noch ein Kind, sieben oder acht Jahre alt, als eines Tages ein zerlumpter Mann auf den Hof kam und nach ihrer Großmutter fragte, die gerade die Kühe molk. An seinen Namen kann sie sich nicht erinnern, aber daran, dass er Elsässer war. Sie brachte ihn in den Stall, und er erzählte, Louis hätte ihn geschickt. Er sei in eine schlimme Geschichte verwickelt. Angebliche Freunde, die ihm nun nach dem Leben trachteten. Er müsse das Land verlassen und benötige für die Ausreise und das Visum seine Geburtsurkunde und die Zeugnisse. Damit wolle er sich im französischen Teil Kanadas ein neues Leben aufbauen.«

»Und das hat die Frau ihm einfach so geglaubt und die Dokumente ausgehändigt?«

»Natürlich nicht. Sie war misstrauisch, doch der Elsässer hatte einen Beweis, dass Eric ihn schickte. Das erste Lebenszeichen seit Jahren. Willst du wissen, was er ihr als Zeichen des Vertrauens in die Hand gedrückt hat?«

»Thorsten, du machst mich noch wahnsinnig.«

»Seine Personalkarte samt Erkennungsmarke aus dem Strafgefangenenlager in Moosburg.«

»Wahnsinn. Das ist fantastisch. Hat sie die Sachen noch? Hast du sie fotografiert?«

»Aber sicher. Camille wollte mir die Originale natürlich nicht überlassen. Sie sind eine der wenigen Erinnerungen an ihren Onkel, denn er hat nie ein Lebenszeichen aus Kanada geschickt. Die Nachforschungen seiner Eltern haben übrigens ergeben, dass er nie ein Visum beantragt hat.«

»Konnte er auch gar nicht. Er ist im Frühling vierundvierzig gestorben.«

Vielleicht hatte Landmann den Franzosen ermordet. Dieser Gedanke schoss Vera plötzlich durch den Kopf. Zutrauen würde sie es ihm. Ein kalter Machtmensch, dessen Welt im Begriff war unterzugehen und er mit ihr. Rette sich, wer kann, war die Devise jener Tage gewesen, und er hatte möglicherweise die Chance genutzt, die sich ihm während des Tieffliegerangriffs geboten hatte.

»Danke, Thorsten. Du hast was gut bei mir.«

»Das hört man gerne. Wenn du noch mehr solche Jobs hast, immer her damit.«

»Ich schicke dir einen Zugang zu meiner Dropbox.«

»Alles klar. Ich lade die Bilder gleich hoch.«

Sie verabschiedete sich von Thorsten und stellte fest, dass der Akku so gut wie leer war. Dabei hatte sie kaum telefoniert. Mit einem Mal dämmerte ihr, weshalb ihren Handys ständig der Saft ausging. Es lag an der Tracking-Software, die im Hintergrund lief. Deshalb war ihr der Argonaut bisher nur einmal aufgefallen, denn so konnte er großzügig Abstand halten. Dass er sie auf dem neuen Handy trackte, vermutete sie ja schon seit gestern. Der Akku war jedenfalls bei zehn Prozent, und das Ladekabel lag im Hotel. Mist!

Zwanzig Minuten später waren die Bilder da. Die Erkennungsmarke und die Personalkarte aus dem StaLag. Ein alter Bauernhof, aus Natursteinen gebaut, an dem sich Efeu emporrankte und vor dem Hortensien blühten. Eine weißhaarige Frau in geblümter Kittelschürze in der Küche am Herd. Die Grabsteine der Eltern auf dem Friedhof von Prenois.

Veras Nervosität ließ nach. Dass sie von Tatjana Thul nichts hörte, wertete sie inzwischen als gutes Zeichen. Wenn die Probe unbrauchbar wäre, hätte sie es längst erfahren.

Zwischen fünf und halb sechs verließen die meisten Mitarbeiter das Gebäude. Irgendwann verabschiedete sich ihr Handy mit einem Signalton. Kurz darauf näherten sich Schritte auf dem Kunststeinboden, und Vera sah vom Laptop auf. Tatjana Thul kam in die Lobby.

55

Es war kurz nach halb sechs, als Manolis seine Wohnung betrat, sich ein Glas Wasser einschenkte und sich damit ans Fenster stellte. Der Regen ließ nach, die Straßen und Dächer dampften. Über der Stadt lag eine tropische Schwüle, während sich die Sonne als milchige Scheibe hinter all dem Dunst verborgen hatte.

Eine gespannte Erwartung begleitete ihn seit Samstag. Seit er Vera die Akten gegeben hatte. Jetzt gerade saß sie in einem Institut für Humangenetik in Martinsried. Das war also der Grund für ihren Besuch bei Landmann gewesen. Nicht, um ihm die Möglichkeit zu einer Stellungnahme zu geben, sondern um sich eine Vergleichsprobe zu besorgen, damit sie seine wahre Identität beweisen konnte. Er hatte angenommen, dass sie das den Ermittlungsbehörden überlassen würde, nachdem sie den Artikel veröffentlicht und Anzeige erstattet hatte. Doch sie wollte zuerst den Beweis.

Seine Warnung nahm sie jedenfalls ernst und hatte unter falschem Namen in einem Hotel übernachtet. Als sie am Morgen zur Schwanthalerhöhe gefahren war, war er erschrocken, weil er glaubte, sie wollte in ihre Wohnung. Er war kurz davor gewesen, ihr eine SMS zu schreiben, dass sie das besser bleiben ließ, als von Rebecca Entwarnung kam. Vera hatte lediglich eine Anwaltskanzlei aufgesucht. Dort lagen die Akten. Manolis vermutete, dass sie den mit Landmanns Blut befleckten Tupfer für den DNA-Vergleich geholt hatte.

Dieter Kösters Mann konnte Vera nicht aufstöbern, solange sie sich an die Anweisungen hielt. Daher hatte Manolis sich entschlossen, sie an die lange Leine zu nehmen, und das Feld Rebecca zu überlassen. Das Letzte, worauf er Wert legte, war, sein Foto in einer Zeitung gedruckt zu sehen. Er war auch nicht sonderlich erpicht darauf, dass Köster doch noch verstand, welche Rolle er in dieser Angelegenheit spielte.

Es war das erste Mal, dass er seinen Auftraggeber hinterging, und er fühlte sich nicht wohl dabei. Seit dreiundzwanzig Jahren war Köster eine Art Vaterersatz für ihn. Nach und nach hatte er Manolis mit dem schönen Leben vertraut gemacht. Gute Kleidung, gepflegte Restaurants, modernes Theater, klassische Musik. Er hatte ihm die Tür zu einer neuen Welt geöffnet, zu einem guten Leben, und er hatte Wort gehalten und ihm nach sechs Jahren das Autohaus finanziert. Irgendwann hatte er Manolis zum ersten Mal um einen Gefallen gebeten.

Einer seiner Klienten hatte ein Problem mit einem Journalisten, der einer Korruptionsgeschichte ziemlich nah gekommen war. Man sollte den Mann warnen, auf welch gefährlichem Terrain er sich bewegte, meinte Köster und fragte, ob Manolis das übernehmen könne. Natürlich hatte er sich darum gekümmert, ihn eines Abends abgepasst und die Botschaft überbracht. Zwei Wochen Krankenhaus. Danach hatte er Ruhe gegeben. Die wenigsten waren Helden, und der Journalist hatte eine Frau und eine kleine Tochter. Natürlich wollte er nicht, dass seinen Lieben etwas zustieß.

Bei dem einen Gefallen war es nicht geblieben, und so war Manolis nach und nach in die Rolle des lautlosen Problemlösers gerutscht.

Er wandte sich vom Fenster ab und ging in die Küche, um nachzusehen, was Irena für ihn zum Abendessen vorbereitet hatte. Wieder einmal dachte er, dass Geister ihn umgaben. Lebende und tote. Etwas lief falsch in seinem Leben. Schon lange. Schon immer. Nein, nicht schon immer. Seit seinem sechsten Lebensjahr, seit dem Urlaub an der Nordsee. Seit der ersten Wortflut, aus welcher der andere Manolis emporgestiegen war. Ein schaumgeborener Ankläger. Ein blutiges Kind mit klaffenden Wunden. *Warum habt ihr mich nicht gerächt? Habt hingenommen, geschwiegen, erduldet? Vergessen?*

Resignation legte sich um ihn, und er lehnte den Kopf an die Kühlschranktür, spürte das kühle Metall an der Stirn. Es war völlig egal, ob er diese dämliche Wette mit seinem toten Vater gewann oder nicht. Nichts würde sich ändern. Er war derjenige, der er war und würde es auch bleiben! Er konnte sich nicht neu erfinden.

Das Vibrieren des Handys riss ihn aus dieser Erkenntnis. Rebecca meldete sich.

»Diese blöde Trulla! Nicht zu glauben! Sie hat es immer noch nicht verstanden und denkt, Geiz wäre geil. Ist aber lebensgefährlich.«

»Wovon redest du?«

»Ich hatte so eine Ahnung und habe nachgesehen, wo Veras altes Handy ist. Sie hat es im Auto liegen! Im System versteckt tut eine Tracking-App ihre Arbeit, und die ist nicht von mir.«

»Ich fasse es nicht!« Manolis warf einen Blick aufs iPad. Vera war noch in Martinsried. Er lief in den Flur, riss den

Schlüssel für den Golf aus der Schale. »Schick ihr eine SMS, oder ruf sie an. Sie darf das Labor nicht verlassen.« Selbst dort war sie nicht sicher. »Ich fahre nach Martinsried.«

Er schlug die Wohnungstür hinter sich zu, drückte den Liftknopf und rannte die Treppe hinunter, immer zwei Stufen auf einmal, als der Aufzug nicht sofort kam. Die Beretta war an ihrem Platz im Auto. Das Magazin war voll. Der Schlagring lag im Handschuhfach. Vielleicht würde er ihn brauchen.

Kaum saß er hinter dem Steuer, meldete Rebecca sich wieder. »Ich kann sie nicht erreichen. Ihr Akku ist leer.«

»Dann ruf an der Pforte an.«

»Hab ich längst. Die haben schon Feierabend. Es geht nur der AB ran.«

»Sie hat sicher ihren Laptop dabei. Probiere es mit einer Mail.«

56

»Wir sind sogar schneller als die Kollegen vom LKA.« Mit einem Lächeln reichte Tatjana Thul Vera zwei Computerausdrucke mit Diagrammen, Grafiken und Strichcodes.

Auf den ersten Blick nicht entzifferbar. »Und das Ergebnis?«

»Wie Sie vermutet haben. Beide Proben stammen von derselben Person.«

Mit einem Mal fiel alle Anspannung von Vera ab, und ihr Endorphinspiegel schoss in die Höhe. Sie hatte den Beweis! »Danke, dass Sie das gleich gemacht haben.«

»Kein Problem. Wie gesagt, es ist gute Werbung fürs Institut.«

»Ich vergesse ganz sicher nicht, es zu erwähnen.« Vera reichte Tatjana Thul die Hand. »Bitte verwahren Sie den Rest des Tupfers im Safe.«

»Dort liegt er bereits. Sie müssen sich keine Sorgen um ihr Beweisstück machen.«

Beschwingt verließ Vera das Labor. Jetzt würde sie nicht Bracht anrufen, sondern Timon Greve, den Chefredakteur der *Münchner Zeitung*. Er musste sich das ansehen. Am besten sofort. Doch der Akku des Argonauten-Handys war leer.

Einen Moment überlegte sie, ob sie das neue Handy benutzen sollte, das im Handschuhfach lag. Doch das war zu gefährlich. Also erst zurück ins Hotel und den Akku aufladen. Auf dem Weg zu ihrem Auto bemerkte sie einen moosgrünen Mini, der unmittelbar hinter ihrem Wagen parkte. War das etwa derselbe wie am Morgen vor ihrer Wohnung? Jemand saß darin. Ein schrilles Hupen. Vera zuckte zusammen und sprang zurück, als mit einem halben Meter Abstand ein blauer VW-Bus mit der Aufschrift *Münchner Putzgeschwader* vorbeischoss und neben ihrem Citroën stoppte. Am Steuer saß ein Schlägertyp, dem sie lieber nicht bei Dunkelheit begegnen wollte.

Er stieg aus. Ein Muskelberg voller Tätowierungen. »Sie leben ganz schön gefährlich.«

»Und Sie fahren zu schnell. Das hier ist ein Parkplatz und keine Rennstrecke.«

»*Time is money*«, erklärte er grinsend.

Sie wollte keinen Streit, daher setzte sie sich ins Auto und nahm schließlich doch das Handy aus dem Handschuhfach. Ein kurzes Gespräch. Selbst wenn Landmanns Vasall sie orten konnte, es wäre nur für ein paar Minuten. Dann wusste er zwar, wo sie gewesen war, aber nicht, wohin sie wollte. Sie schaltete das Handy an, registrierte eine eingegangene SMS und einen entgangenen Anruf. Beide Male dieselbe Nummer, die sie nicht kannte. Sie wählte Greves und beobachtete dabei, wie aus dem VW-Bus fünf Frauen stiegen. Der Muskelberg ließ sie nicht aus den Augen.

»Greve.« Eine tiefe Stimme, beinahe harsch.

Vera sammelte sich. »Guten Abend, Herr Greve. Mein Name ist Vera Mändler, ich bin freie Journalistin und hätte eine interessante Story für die *Münchner Zeitung*.«

Ein kaum unterdrücktes Stöhnen klang durchs Telefon. Vermutlich erhielt er derartige Anrufe dutzendfach. »Ich gebe Ihnen dreißig Sekunden, um mich zu überzeugen.«

Das war zu schaffen. Die Putzfrauen schlüpften in hellblaue Kittel. »Die Heil- und Pflegeanstalt Winkelberg sagt Ihnen etwas?«

»Sicher.«

»Der damalige Leiter der Anstalt ist kurz vor Kriegsende abgetaucht. Ich habe ihn aufgespürt. Er lebt seit Jahrzehnten unbehelligt unter falscher Identität.«

»Er lebt?« Plötzlich war Greve hellwach. »Wo?«

»Das verrate ich Ihnen gerne bei einem Gespräch unter vier Augen.«

»Sie können das hoffentlich beweisen?«

»Vor fünf Minuten habe ich das Ergebnis einer DNA-Analyse erhalten, die seine Identität bestätigt, außerdem habe ich ein Gesichtsgutachten eines anerkannten forensischen Anthropologen.«

»Wir sollten uns treffen. Sagen Sie, wann und wo.«

»Jetzt gleich in Ihrem Büro. Ich bin in einer halben Stunde da.«

Vera schaltete das Handy aus und lehnte sich im Sitz zurück. Yes!

Die Putzfrauen machten sich auf den Weg zum Laborgebäude. Der finstere Kerl setzte sich in den Bus und telefonierte, während Vera den Wagen startete.

Kurz nachdem sie auf die Autobahn gefahren war, bemerkte sie auf der Gegenspur einen dunkelgrauen Golf mit getönten Scheiben. Offenbar wurde das langsam zur Marotte. Ständig fielen ihr graue Golfs auf. Sie setzte an, um einen Lastwagen zu überholen, und sah beim Blick in den Rückspiegel den moosgrünen Mini wieder. Wurde sie doch verfolgt?

Die Mittelspur war frei. Vera zog hinüber und behielt den Mini im Auge. Kurz darauf verschwand er aus ihrem Blickfeld. Die Sorge, verfolgt zu werden, ließ nach. Dafür stellte sich das Gefühl ein, ihre Tante zu verraten, wenn sie Kathrin als Hüterin von Landmanns Geheimnis und Verwahrerin der Beweise benannte, die seine Enttarnung und damit einen Prozess schon vor Jahrzehnten ermöglicht hätten. Bisher hatte sie diese Bedenken erfolgreich beiseitegeschoben. Doch nun ging das nicht mehr.

Der Artikel war so gut wie fertig. Er konnte in ein paar Tagen erscheinen, und Vera fragte sich, ob Kathrin gutheißen würde, was sie da tat. Wäre sie erleichtert, dass die Akten endlich ihren Zweck erfüllten? Oder würde sie mit Vera brechen, wenn sie wüsste, dass nun das Geheimnis ihres Lebens ans Licht kam?

Über die Rolle ihrer Tante in dieser Geschichte war Vera sich nicht im Klaren. In dem Artikel konnte sie deren Verhalten entweder interpretieren und ihre Rolle damit festlegen oder sie offen lassen, indem sie jene Fragen stellte, die nicht mehr zu beantworten waren.

Weshalb hatte Kathrin die Akten nicht gegen Landmann eingesetzt, sie aber dennoch aufgehoben? Wenn sie ihn geliebt hatte und schützen wollte, wäre es folgerichtig gewesen, sie zu vernichten. Erpressung? Dann wäre ihr Sparbuch besser gefüllt und die Wohnung größer. Hatte sie die Akten schlicht vergessen oder die Entscheidung, was sie damit tun wollte, über Jahre hinweg vor sich hergeschoben? Vielleicht wollte sie es auch darauf ankommen lassen, dass die Dokumente, für die sie seinerzeit alles riskiert hatte, nach ihrem Tod gefunden und veröffentlicht wurden.

Vera erreichte den Mittleren Ring und folgte ihm in Richtung Osten. Beim Spurwechsel bemerkte sie den grünen Mini wieder, doch nach dem Brudermühltunnel war er weg. Er musste den Ring bei der Ausfahrt Sendling verlassen haben. Ihr Adrenalinspiegel sank auf Normalmaß. Der Verkehr war dicht, dennoch ging es zügig voran, und sie erreichte ihr Ziel schneller als gedacht.

Vor dem Redaktionsgebäude gab es keinen freien Parkplatz. Sie wollte den Wagen schon auf dem Gehweg abstellen, als sie das Hinweisschild zur Tiefgarage bemerkte. Die Zufahrt befand sich um die Ecke.

Vera fuhr die Rampe zu der spärlich beleuchteten Parkebene hinunter. Die Gassen zwischen den Stellplätzen waren eng, die Decke war niedrig. Sie hielt Ausschau nach einem Frauenparkplatz in der Nähe des Lifts, fand aber keinen. Erst am Ende der Gasse entdeckte sie eine freie Fläche, rangierte den Citroën hinein und suchte ihre Sachen zusammen. Aus dem Augenwinkel nahm sie wahr, wie hinter ihr ein Wagen vorbeifuhr und in der Gasse stoppte. Vielleicht dachte der Fahrer, dass sie ausparkte, und hoffte auf den frei werdenden Platz. Pech gehabt. Vera griff nach der Tasche, stieg aus und fuhr zusammen.

Ein bulliger Kerl stand vor ihr. Glatze. Weit auseinanderstehende Augen. Thor-Steinar-Kapuzenjacke. Springerstiefel. Reichlich Aknenarben. Er sah derart klischeehaft nach Neonazi aus, dass Vera beinahe gelacht hätte. Doch die Situation war nicht zum Lachen. Sie saß in der Falle. Rechts und links von ihr Autos. Hinter ihr eine Betonmauer und vor ihr dieser

Kerl. Einen Kopf größer. Seine Muskeln spannten unter dem Shirt. Mit einer Bewegung aus dem Handgelenk ließ er die Klinge aus einem Messer schnappen, das Vera in dem Moment erst bemerkte. Kalte Angst setzte sich hinter ihr Brustbein. Das war also Landmanns Vasall.

Mit dem Kinn wies er auf den grünen Mini, der in der Gasse stand. »Wagenwechsel. Aber erst die Tasche.« Er streckte die freie Hand danach aus.

Vera erwachte aus ihrer Schockstarre und presste sie an sich. »Vergessen Sie's!«

»Ganz, wie du willst.«

Mit zwei Schritten kam er auf sie zu. Unwillkürlich wich sie zurück, spürte die Mauer im Rücken und die Spitze des Messers in der Mulde an ihrer Kehle. Sie roch seinen nach Zigaretten und Kaffee stinkenden Atem und fühlte ihren jagenden Pulsschlag am Hals. Ihre Gedanken rasten. Wenn sie sich hinfallen ließ und die Tasche wegwarf, unter den Autos hindurch, dann musste er danach suchen, und sie konnte abhauen. Was wirklich wichtig war, befand sich nicht in der Tasche.

Der Mann drückte ihr die Spitze des Messers tiefer ins Fleisch. Im nächsten Moment spürte sie ein warmes Rinnsal hinabrinnen und nahm gleichzeitig eine schemenhafte Bewegung hinter ihm wahr.

»Wird's bald?«

Er riss an der Tasche, und sie umklammerte sie noch fester. Auf einmal erstarrte er. Der überlegene Blick verschwand. Überraschung breitete sich auf seinem Gesicht aus.

»Leg das Messer aufs Autodach. Ganz langsam. Ich will dabei deine Hände sehen.« Aus dem Nichts war der Argonaut hinter dem Thor-Steinar-Träger aufgetaucht. Er hielt ihm eine

Waffe an den Hinterkopf. »Und denk nicht mal an irgendwelche Tricks. Dann bist du tot. Das willst du nicht, oder?«

Der Angreifer presste die Kiefer aufeinander, in rascher Folge hob und senkte sich sein Brustkorb. Dann sanken die Schultern herab. Langsam legte er das Messer aufs Dach ihres Autos und hob die Hände.

»Gut. Jetzt mach der Dame Platz.«

Der Argonaut dirigierte Thor Steinar zu einer Betonsäule auf der anderen Seite der Gasse. Damit war der Weg frei. Sie ließ Arme und Tasche sinken und verließ die Lücke. Zögernd blieb sie nach ein paar Metern stehen.

»Gehen Sie zu Ihrem Termin. Ich halte ihn so lange in Schach.« Der Argonaut lächelte ihr zu, während sie keinen Ton herausbrachte.

Mit unsicheren Schritten ging Vera davon, obwohl sie am liebsten gerannt wäre, doch ihre Beine würden nicht mitmachen. Es fühlte sich an, als hätten ihre Muskeln und Sehnen sich verflüssigt. Nach einigen Schritten ließ das Gefühl von Schwäche nach.

57

Am Samstagabend der darauffolgenden Woche saß Manolis mit seiner Schwester Christina, seinem Schwager Benno und ihren Kindern Elena und Yannis am Kiefernholztisch in der Küche des Geiger'schen Haushalts. Kommandozentrale und Machtzentrum der Familie. An ihm wurde diskutiert, gestritten und sich wieder versöhnt. An ihm wurden Entscheidungen gefällt, es wurde gebastelt, gekocht und gegessen.

Die Auflaufform mit Moussaka war leer. In der Salatschüssel klebten nur noch ein paar ölige Blätter Rauke, und das Gespräch drehte sich darum, wie eine vierköpfige Familie am umweltfreundlichsten nach Griechenland reiste. Wie würde der ökologische Fußabdruck aussehen, den die Geigers bei ihrem Besuch in Opas Heimat hinterließen?

»Ich bin für Fliegen«, erklärte Elena. »Wenn sich dreihundert Leute für zwei Stunden in eine Maschine quetschen, verursacht das pro Kopf weniger Abgase, als wenn dieselben Leute sich in hundertfünfzig Autos setzen und zwanzig Stunden lang Dieselschwaden in die Luft pusten.«

Benno schüttelte den Kopf. Er war groß und von kräftiger Statur. Struppiges rotblondes Haar, ein kantiges Kinn. Überhaupt ein kantiger Kerl. Einer, der anpackte und auch mal zulangte, wenn ihm einer blöd kam. Grünenwähler, nach

Möglichkeit Fahrradfahrer und Betreiber des Bioladens im Vorderhaus. »Das ist eine Milchmädchenrechnung. Fliegen ist die dreckigste Art der Fortbewegung. Kannst du googeln.«

»Werd ich«, entgegnete Elena.

»Mit dem Bus verreise ich nicht, das weißt du«, wandte Christina ein. »Mir wird schlecht dabei. Lass uns das Auto nehmen. Wir fahren bis Venedig oder Ancona und von dort mit der Fähre weiter nach Patras. Kompromiss?«

»Am umweltfreundlichsten ist die Bahn …«

Ein kollektives Stöhnen war die Antwort auf Bennos Vorschlag. Zeit für einen von Yannis' trockenen Kommentaren. Er war ein schlaksiger Junge, mit erstem Bartflaum.

»Wir radeln einfach. Ist ja nicht weit«, sagte er in kieksender Stimmbruchtonlage. »Schweiß als einzige Emission.«

Damit brachte er alle zum Lachen.

»Oder wir mieten uns Pferde und reiten«, schlug Elena vor. »Pferdeäpfel sind biologisch abbaubar.«

Die Diskussion erreichte eine absurde Ebene, als sie neben Gleitschirmfliegen und Heißluftballons auch das Beamen kurzzeitig in Erwägung zogen.

Manolis beobachtete Christina und ihre Familie, um die er sie beneidete, und trank einen Schluck vom Wein, den er beigesteuert hatte. Doch schon bald kehrten seine Gedanken in die Tiefgarage zurück.

Elf Tage waren seit dem Zwischenfall vergangen, und das Bild stand wieder vor ihm, wie Vera auf unsicheren Beinen eher zum Lift gestolpert als gegangen war. Sie mochte eine gute Journalistin sein, doch sie hatte die Gefahr unterschätzt. Wenn sie weiter im investigativen Bereich arbeiten wollte, sollte sie einen Bodyguard engagieren.

Nachdem sie verschwunden war, hatte Manolis Landmanns Helfer in den Kofferraum des Mini steigen lassen und ihm geraten, sich nicht umzudrehen, wenn ihm sein Leben lieb sei, denn bisher hatte er Manolis nicht gesehen. Mit einer Handschelle hatte er ihn an einen der Holme gefesselt und ihm gesagt, dass er seinem Auftraggeber ausrichten könne, der Zug sei abgefahren und nicht mehr zu stoppen. Ob er das verstanden habe?

Er hatte es verstanden und offenbar auch ausgerichtet. Denn seit dem Vorfall war Vera unbehelligt geblieben. Was hätte Landmann auch tun können? Bis zur Veröffentlichung des Artikels hatte Timon Greve Vera im Gästeappartement des Verlags untergebracht und einen Sicherheitsdienst zu ihrem Schutz engagiert.

Landmann blieben nur zwei Optionen: untertauchen oder seine Verteidigung vorbereiten. Er hatte sich für Letzteres entschieden und einen Anwalt engagiert, der in ähnlichen Prozessen Erfahrung gesammelt hatte. Die Robe dieses Verteidigers müsste eigentlich braun sein, dachte Manolis.

Am Donnerstag war Veras Artikel erschienen. *Euthanasiearzt lebt seit Jahrzehnten unbehelligt unter uns.* Wie erhofft waren etliche andere Medien aufgesprungen und hatten einen regelrechten Hype in Gang gesetzt. Zeitungen und Fernsehsender überschlugen sich mit Berichten. *Brennpunkt* in der ARD, eine Sondersendung im ZDF. Vera war dort zu Gast gewesen, ebenso in einigen Talkshows, die sich des Themas angenommen hatten. Erstaunlich, wie viele NS-Experten es plötzlich gab.

Im hessischen Landtag forderte die Opposition bereits einen Untersuchungsausschuss, während Landmanns Unterstützer die Worte »Hetzpresse« und »Gesinnungsjustiz« im Mund führten.

Die Wellen schlugen hoch, seit die Staatsanwaltschaft Frankfurt noch am Tag der Veröffentlichung ein Ermittlungsverfahren gegen Landmann eingeleitet hatte. Erst gestern hatte das Landgericht Frankfurt aufgrund der vorliegenden Beweise die Anklage wegen Mordes zugelassen. Auf einmal ging alles ganz schnell. Auf einmal trat ein Verfolgungseifer zutage, der Justitia bisher fremd gewesen war. Einer der letzten NS-Prozesse bahnte sich an und das achtundsechzig Jahre nach Kriegsende. Endlich einmal würde Babás recht behalten. Es war eine Riesenchance für die deutsche Justiz, und es sah ganz danach aus, als wollte man sie tatsächlich nutzen.

»Mani? Alles okay bei dir?«

Benno holte ihn mit der Frage aus seinen Gedanken.

»Ich bin nur satt. Die zweite Portion war zu viel.«

»Einen Schnaps?«

»Danke. Ich will noch fahren.«

»Und du magst wirklich nicht mitkommen nach Daflimissa?«

Das hatte er doch schon gesagt. Er wollte den Hof nicht sehen und die Ölmühle schon gar nicht. Nicht den Fliesenboden in der Küche mit dem hübschen blauen Muster. Nicht den Stall, in dem Großmutters Blut bis an die Balken unter dem Dach gespritzt war. Nicht einen Fuß wollte er in die Gasse hinter der Apotheke setzen, in der sie seinen Großvater zu Tode gequält hatten. Er wollte die Geister ein für alle Mal loswerden, ebenso den Schatten des anderen Manolis, die Albträume, die Bilder, die er nie selbst gesehen hatte.

Er bemerkte Christinas ratlosen Blick und wusste, was sie

dachte. Vor den Kindern wollte sie es aber nicht ansprechen. *Was hat Babás dir nur erzählt? Weshalb dir und nicht mir?*

»Komm mit, damit du mit diesem Kapitel unserer Familiengeschichte endlich abschließen kannst«, sagte sie stattdessen.

Elena warf den Pferdeschwanz über die Schulter. »Familiengeschichte ist gut. Geschichten erzählt man sich. Doch ihr schweigt euch aus. Wenn Onkel Mani mir nichts davon gesagt hätte, wüsste ich gar nichts darüber.«

»Was könnte ich dir schon berichten?«, fuhr Christina ihre Tochter an. »Ich weiß nicht mehr, als überall nachzulesen ist. Babás hat nie mit mir über das gesprochen, was er damals erlebt hat. Ich kann es mir also auch nur zusammenreimen, genau wie du. Mani, was hat Babás gesagt? Was hat man unseren Großeltern angetan? Unseren Onkeln und Tanten?«

»Man? Nicht *man*. Es waren Wehrmachtssoldaten. Männer mit Namen. Mörder! Was sie getan haben, hat Babás uns gesagt. Nichts anderes habe ich Elena neulich erzählt. Sie haben seine Familie erschossen. Denn nicht alle waren Sadisten.« Er konnte diesen Eimer voll Blut unmöglich vor ihnen auskippen. »Also zum letzten Mal, ich fahre nicht mit. Ich kann nicht erkennen, was das bringen soll. Es wird niemals Gerechtigkeit geben. Weder die Politik noch die Justiz wollte diese Nazimörder vor Gericht sehen.«

»Aber den Naziarzt, der gerade aufgeflogen ist, den klagen sie jetzt doch an. Hast du das nicht mitbekommen?« Es war Yannis, der diesen Einwand vorbrachte.

Christina lachte. »Vergiss es. Der Mann ist achtundneunzig. Er wird vor Gericht nicht erscheinen, und wenn er hundert Ärzte konsultieren muss, bis er einen Gutachter findet, der ihm attestiert, dass er verhandlungsunfähig ist. Doch so viele wird er nicht brauchen. Sicher gibt es in seinem braunen Fanclub mehr als einen, der ihm diesen Gefallen nur zu gerne tun wird. Das war doch schon immer so. Wenn man sich ansieht, wer sie im Dritten Reich waren und was danach aus ihnen geworden ist, kommt's einem hoch. Sie haben nur die Kittel und die Roben gewechselt und natürlich die Parteibücher.«

Benno füllte sein Glas nach. »Und das von einer Anwältin. Na, dann prost.« Er hob das Glas. »Dieser Wachmann aus Auschwitz, den sie vor ein paar Jahren angeklagt haben ... Wie hieß der noch gleich?«

»Demjanjuk«, antwortete Christina.

»Richtig. Den haben sie auf der Krankenbahre in den Gerichtssaal gefahren. Aber wir sollten das Thema wechseln. Das ist nichts für die Kinder.«

»He, das ist Zensur«, protestierte Elena.

»Ich gehe mal das Dessert holen.« Christina schob ihren Stuhl zurück. »Wer mag Pfirsich-Trifle?«

»Landmann ist kein verhandlungsunfähiger Greis.« Yannis griff sich Bennos Tablet auf der Anrichte. »Ich habe neulich ein Video über ihn gesehen. Auf *Bild.de*.«

Benno rollte mit den Augen. »Du gehst auf *Bild.de*? Ich glaube es nicht. Was machen wir bei deiner Erziehung bloß falsch?«

»Man muss sich anhand verschiedener Quellen informieren. Sagst du doch immer.« Mit flinken Fingern tippte Yannis eine URL in die virtuelle Tastatur.

»Informieren, genau«, sagte Benno. »Seit wann ist die *Bild-Zeitung* dafür bekannt?«

»Da ist es.« Yannis lehnte das Tablet gegen die Salatschüssel, damit alle das Video sehen konnten.

Manolis erkannte sofort Hecke und Mauer, die Landmanns Villa umgaben. Das Video war aus einigen Metern Höhe über die Gartenmauer hinweg aufgenommen worden. Der Paparazzo musste eine Leiter verwendet haben. Dann bemerkte Manolis den Rand eines Kunststoffgeländers. Ein Reinigungswagen für Straßenlaternen? Jedenfalls ein Fahrzeug mit Ausleger und Korb für einen Arbeiter. In diesem Fall für den Kameramann.

Die Schwimmhalle wurde herangezoomt. Die Schiebetüren aus Glas standen offen. Man sah das Becken und darin eine Person, die in gleichmäßigen Zügen an den Rand schwamm. Landmann stieg für sein hohes Alter erstaunlich gewandt aus dem Wasser, frottierte sich ab und ging in den Garten. Offenbar nackt, denn der Unterkörper war verpixelt.

Elena ließ sich krachend in ihrem Stuhl zurückfallen. »Ist ja eklig!«

Landmann streckte sich und machte einige Kniebeugen. Es folgten Rumpfbeugen. Manolis verfolgte seine Aktivitäten mit großer Zufriedenheit. Landmann war nicht nur rüstig, er war fit, und Millionen Menschen konnten es sehen. Mit Verhandlungsunfähigkeit würde er sich nicht herausreden können. Wobei er ja nicht redete.

Seit Vera seine wahre Identität enttarnt hatte, verschanzte er sich mit seiner Haushälterin in der Villa und schwieg. Auch sein Verteidiger hielt sich mit Stellungnahmen zurück. Lediglich die beiden Söhne hatten eine Erklärung abgegeben, in der sie versicherten, keine Ahnung gehabt zu haben, wer ihr Vater wirklich war. Ein Schock, den sie und ihre Familien erst verarbeiten mussten. Sie distanzierten sich von ihm und seinen Taten und baten die Medien darum, ihnen die Möglichkeit zu geben, ihre Bestürzung zu verarbeiten, und Distanz zu wahren.

»Oh ja. Das sieht gut aus. Fit wie ein Turnschuh.« Christina stellte das Trifle auf den Tisch. »Mit einer Herzschwäche wird er sich nicht aus der Affäre ziehen können.«

Sie teilte das Dessert aus. Das Gespräch wandte sich anderen Themen zu. Um elf war es für Elena und Yannis Zeit, ins Bett zu gehen, und auch Manolis verabschiedete sich.

An der Tür umarmte Christina ihn. »Danke, dass du Elena so ein schönes Bild ihrer Namenspatin mitgegeben hast.«

»Hab ich das?«

»Ja, neulich. Als sie bei dir war. Du hast gesagt, dass sie so schön singen konnte.«

»Babás hat das manchmal erzählt.«

»Sie hat daraufhin das Familienalbum herausgesucht. Seither hängt eine Vergrößerung von Elenas Bild in ihrem Zimmer. Und manchmal höre ich sie singen.« Christina strich ihm über den Arm. »Mit mir hat Babás nie so richtig über unsere Familie gesprochen. Immer nur so an der Oberfläche entlang. Das ist dir gar nicht klar, oder?«

Doch, natürlich war ihm das klar. Babás hatte ja nicht mal mit Mama darüber gesprochen.

»Ich will wissen, was er dir über das Massaker erzählt hat. Nicht heute, aber bevor wir nach Daflimissa fahren. Wirst du mir diesen Wunsch erfüllen?«

Ein Druck legte sich auf seine Brust. Ein tonnenschwerer Stein. »Ach, Tina. Das willst du nicht wirklich.«

»So schlimm?«

Sie musste es sich doch denken können.

Plötzlich bekam ihr Blick diesen misstrauischen und zugleich besorgten Ausdruck, der immer dann erschien, wenn sie über die misshandelten und verprügelten Frauen sprach, die bei ihrem Verein Zuflucht suchten. »Wie alt warst du, als er damit angefangen hat?«

»Vermutlich zu jung. So, jetzt aber gute Nacht. Danke für den schönen Abend.«

Er wollte sie zum Abschied umarmen, wie er es immer tat, doch sie zog ihn an sich und hielt ihn fest.

»Wie alt, Mani?«

»Es war an der Nordsee. Kurz vor meiner Einschulung.« Der tonnenschwere Stein geriet ins Rutschen.

Abrupt ließ sie ihn los. »Dieser verdammte Mistkerl. Dieses egoistische Arschloch. Einem sechsjährigen Kind ... Dabei hast du ihn so geliebt, und er tut dir das an.«

Zu seinem Entsetzen fühlte er Tränen in sich aufsteigen. Er hatte nicht mehr geweint, seit er sieben oder acht gewesen war. Nicht mehr, seit er sich entschlossen hatte, nie schwach zu sein, nie hilflos, nie feige, nie wie Babás. Der hatte auf dem Zwischenboden der Ölmühle gelegen und tatenlos zugesehen, wie sie ihn abschlachteten, seinen Bruder, den anderen Manolis.

»Lass es gut sein, Tina. Es ist nicht mehr zu ändern. Gute Nacht!« Er wandte sich von ihr ab und ging durchs Treppenhaus nach unten.

58

Es war ein Donnerstagnachmittag Anfang Oktober, als Vera von einem Interviewtermin im Münchner Institut für Zeitgeschichte in die Redaktion zurückkehrte. Seit erstem August arbeitete sie im Ressort »Politik und Gesellschaft« der *Münchner Zeitung* und fühlte sich an ihrem neuen Arbeitsplatz so wohl wie der sprichwörtliche Fisch im Wasser.

Am Tag vor der Veröffentlichung ihres Artikels über Landmann hatte Greve ihr die Stelle angeboten und schmackhaft gemacht. »Alle werden Sie haben wollen. Sie werden etliche Angebote bekommen. Ich würde mich freuen, wenn Sie sich für uns entscheiden. Lassen Sie uns über Konditionen reden.«

Seither war sie die Stellvertreterin von Viktor Bracht, der so klug war, sich jeden Kommentar über Weiberkram und Singen unter der Dusche zu verkneifen. Er hatte sogar die Größe besessen, sich bei ihr zu entschuldigen, und meinte, er habe sie völlig unterschätzt. Ein großer Fehler.

Im Flur begegnete ihr Anita. In drei Wochen hatte ihre Freundin ihren letzten Arbeitstag. Sie plante eine Abschiedsfeier und schwankte, ob sie dafür im Café Cord reservieren sollte oder im Harry Klein.

»Was meinst du?«

Vera fand das Harry Klein besser. Es war so schön abgeranzt.

Im Büro angekommen, hängte sie den Blazer auf einen Bügel und streckte sich. Das erste Gelb hatte sich bereits in die Blätter der Linden vor dem Bürofenster geschlichen. Der Sommer war in geradezu irrwitzigem Tempo vorübergegangen, und sie hatte kaum etwas davon mitbekommen. Die vielen Interviews und Talkshowauftritte sowie die Arbeit an dem Buch über Landmann, das die *MZ* noch rechtzeitig vor Weihnachten herausgeben wollte, beanspruchten sie restlos. Sie war in einen wirbelnden Reigen geraten, der langsam an Fahrt verlor, bevor er den nächsten Höhepunkt erreichen würde.

Der Prozess gegen Landmann sollte am dritten Dezember vor dem Landgericht Frankfurt beginnen. Der vermutlich letzte große NS-Prozess sorgte für internationales Aufsehen. Medienvertreter aus aller Welt hatten sich angesagt, und natürlich sollte Vera für die *MZ* berichten. Sie konnte es kaum erwarten, Landmann endlich vor Gericht zu sehen. Auch wenn angesichts seines hohen Alters der Vollzug der zu erwartenden Freiheitsstrafe vermutlich ausgesetzt werden würde, war es wichtig, dass man ihn endlich für seine Taten zur Rechenschaft zog.

Eine Nichte von Therese Kolbeck und ein Neffe von Franz Singhammer traten als Nebenkläger auf. Auch mit ihnen hatte Vera gesprochen und war erschüttert, wie sehr das Fehlen der beiden Ermordeten und ihr über Jahrzehnte hinweg tabuisierter Tod in die Familien hinein gewirkt hatte. Ein Geheimnis, über das nicht gesprochen wurde, ein weißer Fleck, verdrängte Schuldgefühle und, nicht zuletzt, noch immer Angst und Scham, gepaart mit Schweigen.

Es war schon nach drei. Vera nahm das Diktiergerät aus der Tasche, mit dem sie das Interview aufgezeichnet hatte. Damit war die Recherche für ihren neuen Artikel abgeschlossen. Seit ihrer Serie über Euthanasie im Allgemeinen und Dr. Karl Landmanns Wirken in der Heil- und Pflegeanstalt Winkelberg im Besonderen galt sie als Spezialistin für braune Themen. Daher hatte Bracht sie gefragt, ob sie Lust habe, etwas zum bevorstehenden NPD-Verbotsantrag durch den Bundesrat zu schreiben. Was für eine Frage! Natürlich wollte sie.

Da der Antrag sich auf das Gutachten des IfZ stützen würde, hatte Vera sich heute mit einer Wissenschaftlerin getroffen, die an dessen Erstellung beteiligt gewesen war. Laut ihrer Analyse war das Programm der NPD in weiten Teilen identisch mit der Ideologie von Hitlers NSDAP. Beinahe siebzig Jahre waren vergangen, und noch immer fiel das rassistische Gedankengut auf fruchtbaren Boden. Man musste gegen diese geistigen Brandstifter anschreiben.

Ihr Smartphone klingelte. Es war jenes, das sie sich in Frankfurt gekauft und nicht weggeworfen hatte, obwohl der Argonaut es verlangt hatte. Wer er war, hatte Vera bis heute nicht herausgefunden. Sie besaß zwar noch immer das Foto, das sie von ihm auf der Bank an der Bushaltestelle gemacht hatte. Doch das Gefühl, ihn schützen zu müssen, hatte sie bisher daran gehindert, seine Rolle in dieser Geschichte publik zu machen. Denn über die war sie sich nicht ganz im Klaren. War er ein lautloser Problemlöser für die rechte Szene? Oder war er jemand, der von jedermann Aufträge annahm, sofern die Bezahlung stimmte? Warum hatte er sich gegen seinen Auftraggeber gestellt? Eine Antwort auf diese Frage würde sie vermutlich nie erhalten.

Im Display erschien Toms Name. Was er wohl wollte? Er hatte sie am Erscheinungstag des Artikels angerufen und ihr zu dem tollen Erfolg gratuliert, noch bevor der Hype richtig losgebrochen war. Vera wusste, dass er sich aufrichtig mit ihr freute und seine Worte von Herzen kamen. Inzwischen war er mit dieser Künstlerin zusammen und plante sogar, mit ihr in Gunnars Wohnung zu ziehen.

»Hallo, Tom.«

»Grüß dich, Vera. Alles gut bei dir?«

»Ich habe keinen Grund zu jammern. Und du?«

»Jammern gehört nicht zu meinem Repertoire.«

»Richtig. Beinahe vergessen. Du bist ja Unternehmer. Wenn dir etwas nicht passt, dann unternimmst du etwas dagegen.«

Er lachte. »Wie du das sagst, klingt es wie ein Vorwurf.«

»Ich habe jede Menge Arbeit. Können wir den Small Talk bitte abkürzen?«

»Gerne. Der Grund meines Anrufs: Ich finde es bedauerlich, wie wir uns getrennt haben, ohne je darüber zu reden, wo das Problem lag. Wollen wir das nicht nachholen? Mit geglättetem Gefieder, in aller Ruhe. Vielleicht bei einem schönen Essen?«

Vera war überrascht und wollte schon fragen, wozu das jetzt noch gut sein sollte, als es ihr dämmerte. »Ach, verstehe. Deine … Künstlerin hat dir wohl den Laufpass gegeben.«

»Umgekehrt. Ich habe mich von ihr getrennt. Es war ein Fehler, diese Geschichte überhaupt anzufangen. Pubertäres Kompensationsgehabe. Asche auf mein Haupt.«

»Aber du versuchst es ja gerade wieder. Anstatt zu reflektieren, was dein Anteil am Problem ist, machst du einen Schnitt und suchst Bestätigung in einer neuen Affäre. Tut mir leid, ich tauge nicht zur Kompensationsfrau, und Aufgewärmtes mag ich schon gar nicht.«

»An Aufgewärmtes habe ich gar nicht gedacht. Eher an

einen mongolischen Feuertopf im Mongo's. Morgen Abend vielleicht?«

Damit entlockte er ihr nun doch ein Lächeln. Warum auch nicht? Sie hatten tatsächlich nie darüber gesprochen, warum es so schnell so schiefgelaufen war, und vielleicht gelang es ihnen ja, Freunde zu bleiben, wenn sie den Scherbenhaufen gemeinsam wegräumten.

»Also gut. Morgen um acht im Mongo's.«

Sie verabschiedete sich von Tom und machte sich an die Arbeit. Eine Stunde später war der Artikel beinahe fertig, und es sah ganz danach aus, als könnte sie Tante Kathrin noch in dem Pflegeheim besuchen, in das sie mittlerweile verlegt worden war.

Dass sie das Bewusstsein wiedererlangt hatte, grenzte an ein Wunder. Die linke Körperhälfte war nach wie vor gelähmt, und das Sprechen wollte nicht gelingen. Daher verständigte sie sich mit Stift und Collegeblock. Ein mühsames Unterfangen, das Kathrin schnell erschöpfte. Bis jetzt hatte Vera die Wahrheit von ihr fernhalten können. Uschi und Annemie waren sich ebenfalls darüber einig, dass es ihre Schwester zu sehr aufregen würde, wenn sie wüsste, dass Vera hinter ihr Geheimnis gekommen war und es gelüftet hatte, egal ob ihr das zustand oder nicht. Annemie war in diesem Punkt sehr entschieden. Vera hätte Kathrin fragen müssen, bevor sie es in alle Welt hinausposaunte. Uschi dagegen fand richtig, was Vera getan hat. Man konnte so einen doch nicht davonkommen lassen. Egal wie Kathrin zu ihm gestanden hatte. Abgesehen davon bekam sie es ja sowieso nicht mit. Außerdem war ihre Schwester eine Heldin. Eine Widerstandskämpferin. Dafür musste man sich nun wirklich nicht schämen.

In den Artikeln hatte Vera den Fokus auf den Widerstand ihrer Tante gelenkt, die jenes Dossier, das nun die Basis für die Anklage bildete, gemeinsam mit einem Medizinalpraktikanten zusammengestellt und dabei ihr Leben riskiert hatte. Eine Heldin. Wenngleich mit nicht ganz blank geputztem Heiligenschein. Kathrins Beziehung zu Landmann nach dem Krieg hatte Vera zwar erwähnt, doch zugleich betont, dass sie die Motive ihrer Tante nicht kannte und darüber nicht spekulieren wollte.

Auch von Chris' Tod ahnte Kathrin noch nichts. Die Ärzte hatten ihnen geraten, der Patientin vorerst jede Aufregung zu ersparen.

Was für ein gescheitertes Leben, dachte Vera wieder einmal. Chris' Beisetzung hatte an dem Tag stattgefunden, an dem der erste Artikel erschienen war. Genau genommen verdankte sie Chris diese Geschichte. Schließlich hatte er die Suche nach dem Dossier durch seine Erpressung in Gang gesetzt. Ohne ihn wäre Landmann zu Lebzeiten nicht enttarnt worden. Ohne ihn säße sie jetzt nicht hier in der Redaktion der *Münchner Zeitung*.

Es war kurz vor fünf, als Vera beschloss, für heute Feierabend zu machen und Tante Kathrin zu besuchen. Sie wollte das Büro gerade verlassen, als Anita ihr aus dem News-Room entgegenkam. Aufgeregt schwenkte sie ein Blatt in der Hand.

»Zu dir wollte ich gerade. Halt dich fest! Der Pressesprecher des Landgerichts Frankfurt hat gerade eine Erklärung abgegeben.«

59

Manolis saß in seinem Wagen. Das Kuvert mit Landmanns Geld steckte in der Sakkotasche. Er wollte es loswerden. Erstaunlich, dass Köster es nicht zurückgefordert hatte. Zuletzt hatten sie im Juli miteinander gesprochen, als Bernd angerufen und ihm mitgeteilt hatte, dass sein Vater nun die Sache selbst in die Hand genommen hatte.

Manolis hatte sich umgehört. Dieter Köster war Mitglied der NSDAP gewesen, Teilnehmer des Russlandfeldzugs, Träger des Eisernen Kreuzes und offenbar noch heute Teil eines braunen Netzwerks. Wie sonst hätte er so schnell den Kerl im Thor-Steinar-Hoody auf Vera ansetzen können?

Eine Kirchturmuhr schlug vier. Manolis stieg aus und steuerte die Eingangstür des Inklusionskindergartens »Giesinger Rumpelstilzchen« an, der in einem ebenerdigen Gebäude mit Flachdach untergebracht war. Die Fenster waren mit Dschungelmotiven bemalt. Lianen und Orchideen, Papageien und Affen. Aus dem Inneren drang leiser Kindergesang. Im Garten tobte eine Gruppe Kinder und hinter dem Jägerzaun stand ein Mädchen mit Downsyndrom. Sein rotblondes Haar war zu Zöpfen geflochten. Die Augen hatten die charakteristische Hautfalte und lagen hinter einer Brille mit blauem Rand. Einen Finger hatte die Kleine an den Mund gelegt.

»Wie heißt du?«, fragte sie.

Er blieb stehen. »Manolis. Und du?«

Sie wies auf den Schriftzug an ihrer rosafarbenen Jacke.

»Du heißt Hello Kitty?«

Nun lachte sie. »Ich heiß doch nicht Hello. Nur Kitty. Bist du ein Glücklicher?«

Was für eine Frage! In ihm zog sich etwas zusammen, verdichtete sich zu einem harten Klumpen. War er ein Glücklicher? Oder wenigstens ein Zufriedener? »Ich weiß es nicht«, sagte er mit einem Schulterzucken.

Sie neigte den Kopf. »Aber das weiß doch jeder. Du kannst es im Bauch spüren.«

Eine der Erzieherinnen näherte sich. Ihr Bild kannte er von der Webseite der »Rumpelstilzchen«. Es war Ute Hofwart, die Gründerin des Kindergartens, in dem behinderte und nicht behinderte Kinder gemeinsam betreut wurden.

Misstrauisch musterte sie ihn. »Kann ich Ihnen helfen?«

»Frau Hofwart? Ich würde Sie gerne sprechen.«

»Haben wir einen Termin?«, fragte sie überrascht.

»Nein, das ist ein spontaner Besuch.« Er reichte ihr die Hand über den Zaun. »Manolis Lefteris. Es geht um eine Spende für den Kindergarten. Ich halte Sie nicht lange auf.«

»Eine Spende?« Taxierend glitt ihr Blick an ihm hinab. Sie bemerkte den teuren Anzug, die Schuhe, die Uhr an seinem Handgelenk, und der Argwohn verschwand aus ihrem Gesicht. »Eine Spende könnten wir tatsächlich gut gebrauchen. Der Kindergarten ist eine Elterninitiative ohne staatliche Zuschüsse. Ich lass Sie rein. Dauert aber einen Augenblick. Laufen Sie inzwischen bloß nicht weg.«

Sie sagte einer Kollegin Bescheid, verschwand im Inneren

des Gebäudes und erschien kurz darauf jenseits der Glastür wieder in seinem Blickfeld. Er schätze sie auf Anfang vierzig. Jeans-und-T-Shirt-Typ. Auf eine ansprechende Art mollig. Über der Nasenwurzel hatte sich eine Sorgenfalte eingegraben, und am Handgelenk entdeckte er grüne Farbkleckse, als sie die Tür hinter ihm wieder schloss.

»Am besten, wir gehen in mein Büro.«

Er folgte ihr in einen hellen Raum mit Kiefernholzmöbeln. Zahlreiche Kinderzeichnungen schmückten die Wände. Sie bot ihm einen Kaffee an. Er lehnte dankend ab, zog das Kuvert aus der Sakkotasche und legte es auf den Tisch.

»Es ist eine Art Vermächtnis«, begann er. »Ich will das Geld aus persönlichen Gründen nicht behalten und bin ganz offen zu Ihnen. Wenn derjenige, von dem es stammt, wüsste, dass es einer Einrichtung für behinderte Kinder zugutekommt, würde ihm das nicht gefallen.«

»Die gute Tat als Rache? Ich weiß ja nicht ... Ziemlich schlechtes Karma.«

»Eher eine Wiedergutmachung. Ich kann Ihnen das jetzt nicht näher erläutern. Jedenfalls habe ich mir überlegt, wie ich das Geld am sinnvollsten einsetzen könnte, und bin bei meiner Suche auf Ihren Kindergarten gestoßen. Ich finde großartig, was Sie hier tun. Kindern von klein auf zu zeigen, dass nicht alle Menschen gleich sind, dass sie über unterschiedliche Fähigkeiten verfügen oder auch Handicaps haben und trotzdem jeder einzigartig ist. Und dass Sie dazu beitragen, dass sie ganz selbstverständlich miteinander umgehen, das gefällt mir. Dabei möchte ich Sie gerne unterstützen.«

»Vielmehr Ihr Erbonkel.« Ute Hofwart wirkte noch immer skeptisch. »Es ist aber kein Schwarzgeld?«

»Es ist zwar ein recht hoher Bargeldbetrag, aber es hat alles seine Ordnung. Mein Steuerberater hat eine Spendenquittung zur Vorlage beim Finanzamt vorbereitet.« Was er nicht sagte: Er hatte keineswegs vor, das zu tun. An Landmanns Auftrag wollte er keinen Cent verdienen und sei es nur durch eine Steuerersparnis.

Er hatte denselben Betrag bar im Autohaus entnommen, und so war er auch verbucht: als Barentnahme. Sein Geld lag zu Hause im Safe. Landmanns Geld lag im Kuvert. »Wenn Sie es bei der Bank einzahlen, werden Sie ein Formular ausfüllen müssen, woher Sie es haben. Ein Durchschlag der Spendenquittung bleibt bei Ihnen, den können Sie vorlegen. Außerdem habe ich eine Erklärung beigefügt und eine Kopie meines Personalausweises.«

»Ja, dann …« Zögernd griff sie nach dem Kuvert und nahm den Inhalt heraus. Überrascht sah sie auf das Bündel Fünfhunderteuroscheine. »So viel Geld … Fühlt sich beinahe an wie Weihnachten.«

»Es sind siebenundzwanzigtausend Euro. Sie werden die Summe sinnvoll verwenden, da bin ich mir sicher.« Manolis bat sie, die Quittung zu unterschreiben, und verabschiedete sich.

Ute Hofwart brachte ihn zur Tür und reichte ihm die Hand. »Auch wenn Ihr Erbonkel vielleicht keiner war: Sie sind jedenfalls ein guter Mensch. Danke. Wenn Sie wollen, kommen Sie uns doch einfach mal besuchen. Ich schicke Ihnen eine Einladung zu unserem Herbstfest.«

»Ja, gerne.«

Warum glaubten nur alle, er wäre ein guter Mensch? Das war er ganz sicher nicht.

Als er wieder im Wagen saß, wurde Manolis klar, dass er auch kein Glücklicher war. Nicht einmal ein Zufriedener. Wie Kitty gesagt hatte, man spürte das im Bauch. Schon lange. Etwas lief falsch in seinem Leben. Schon immer, eine Grundströmung, die ihn erfasst hatte und mit sich zog.

Hatte er deshalb Wahrheit und Gerechtigkeit eine Chance gegeben, um diesem Sog zu entkommen? Wenn sie sich durchsetzten, würde er dann sein Leben ändern? Er wusste es nicht, startete den Wagen und drehte das Radio an.

Er näherte sich der Reichenbachbrücke, als die Nachrichten begannen und er schon abschalten wollte.

»Frankfurt. Wie der Pressesprecher des Landgerichts Frankfurt soeben mitteilte, bescheinigen zwei Gutachter dem Euthanasiearzt Doktor Karl Landmann eine Demenz, aufgrund derer das Gericht erhebliche Zweifel an der Verhandlungsfähigkeit des Beschuldigten hat. Angesichts dieser Diagnose sei es unwahrscheinlich, dass der Angeklagte dem komplexen und langwierigen Prozess gegen seine Person folgen und sich daher angemessen verteidigen könne, was in einem Rechtsstaat Voraussetzung für ein Verfahren ist. Der Prozess gegen Doktor Karl Landmann, der sich wegen Mordes in drei Fällen verantworten sollte, wurde daher abgesagt.«

Manolis konnte nicht weiterfahren. Er hielt mitten auf der Brücke an. Sein Kopf sank aufs Lenkrad. In seinem Schädel waren nichts als ein weißes Rauschen und der Klang seines Atems. Verhandlungsunfähig! Etwas in ihm wollte bersten. Diesmal war er der Narr.

Ein Geräusch vertrieb das Rauschen. Jemand klopfte an die Seitenscheibe und öffnete die Fahrertür. Ein junger Mann mit Kinnbart sah herein.

»Alles okay mit Ihnen?«

Manolis nickte.

»Sicher? Sie sehen echt scheiße aus. Ich rufe besser den Notarzt.«

»Danke. Es geht schon wieder.«

Ein zweifelnder Blick. »Bestimmt?«

Manolis nickte und atmete durch.

»Okay ... Wie Sie meinen. Aber wenn Sie hier noch einen Moment stehen bleiben wollen, sollten Sie besser die Warnblinkanlage anmachen.«

»Es geht schon wieder. Danke für Ihre Hilfsbereitschaft.«

Manolis fuhr weiter. In der Reichenbachstraße wurde eine Parkbucht frei. Er brauchte dringend frische Luft und ging ein Stück an der Isar entlang.

Justitia hatte ihre Chance vertan. Dabei hatte er ihr so viele Chancen gegeben und wieder und wieder mit gezinkten Karten gespielt.

Aus der Sakkotasche zog er das nicht registrierte Handy und rief Rebecca an. Sie meldete sich nach dem zweiten Klingeln.

»Gratuliere. Du hast die Wette gewonnen. Hab's grad gehört!«

»Mir ist im Moment nicht nach Scherzen zumute. Könntest du ein paar Informationen für mich besorgen?«

»Was willst du wissen?«

Er sagte es ihr, fuhr nach Hause und legte Don Giovanni auf, um in Ruhe nachzudenken. Nach einer Weile bereitete er sich eine Tasse Sencha zu und ging ins Arbeitszimmer. Dort lagen alle Zeitungsartikel, die über Landmann seit seiner Enttarnung erschienen waren. Manolis sah sie durch und durchforstete anschließend das Internet. Auf den Online-Seiten der Klatschblätter fand er genau die Art von Gossip, die er suchte. Und bei *Bild.de* ein Video, das ein Paparazzo mithilfe einer Drohne aufgenommen hatte. Landmanns Villa aus der Vogelperspektive. Über eine Million Klicks.

Manolis studierte das Video und recherchierte dann die Geschichte des Gebäudes. 1892 von dem bekannten Frankfurter Architekten Gustave Benedikt erbaut, galt es als Paradebeispiel des Historismus und stand seit den Fünfzigerjahren unter Denkmalschutz. Manolis googelte den Namen des Architekten und fand ein Buch über ihn und sein Werk. *Gustave Benedikt. Die Frankfurter Villen.* Wenn er Glück hatte, war auch das Paradebeispiel darin enthalten.

Es war zehn vor sechs. Manolis griff zum Telefon und rief in der Buchhandlung um die Ecke an, um den Folianten zu bestellen. Das Buch war lieferbar, kostete stolze achtundneunzig Euro, und er konnte es morgen ab zehn Uhr abholen.

Um elf ging Manolis schlafen. Der Albtraum suchte ihn heim, in dem er der andere Manolis war, und diesmal gelang es ihm nicht, rechtzeitig aufzuwachen. Erst als er an seinem Blut zu ersticken drohte, schreckte er schreiend hoch.

Es war fünf Uhr. Er stand auf, holte die Beretta hervor und putzte sie, obwohl er nicht davon ausging, dass er sie brauchte.

Im Morgengrauen saß er auf der Dachterrasse, trank grünen Tee und sah der Sonne beim Aufgehen zu. Um neun, er kam gerade aus dem Bad, meldete sich Rebecca. Sie hatte sich in die Sicherheitstechnik der Villa gehackt und war in der Lage, sie zu manipulieren.

Um zehn holte Manolis das Buch ab. Leider enthielt es weder Baupläne noch Grundrisse der Villa, dafür aber zahlreiche

Fotografien, die in den Zwanziger- und Dreißigerjahren entstanden waren, und dazu eine ausführliche Beschreibung.

Manolis fertigte eine grobe Skizze zur Orientierung an und fuhr am Nachmittag in die Innenstadt. Im Parkhaus an der Oper stellte er den Aston Martin ab und suchte in der Dienerstraße das Feinkostgeschäft Dallmayr auf, um Champagnertrüffel zu kaufen. Er entschied sich für die mit weißer Schokolade und ließ zweihundert Gramm in ein Zellophantütchen füllen.

60

Am Tag, nachdem man den Prozess gegen ihn abgeblasen hatte, kehrte Karl Landmann in einem Taxi aus dem Seniorenstift zurück, in dem Dieter seinen letzten Lebensabschnitt hinter sich brachte.

Gestern hatten sie im Nebenraum eines Restaurants in Frankfurt, von der Presse unbehelligt, ihren Sieg gefeiert. Austern, Foie gras, Lammkarree. Ein Hoch auf Dieter und seine Verbindungen. Wie gut, dass er sich dieses Netzwerk aufgebaut und über die Jahre gepflegt hatte. Sein Freund hatte ihm nicht nur einen Anwalt besorgt, der mit Gesinnungsprozessen Erfahrung hatte, sondern ihm auch den Fachmann für Demenz vermittelt. Ein Neurologe einer Uniklinik. Wochenlang hatte er unter dessen Anleitung gelernt und geübt, wie man eine Demenz gutachtensicher simuliert. Dieter war ein wahrer und treuer Kamerad.

Nachdem Helga ihn gestern bei Dieter angerufen und ihm mitgeteilt hatte, dass die Pressemeute vor der Villa lauerte, hatte Landmann sie gebeten, einen Wachschutz zu organisieren. Trotzdem hatte er die Nacht im Gästeappartement des Seniorenstifts verbracht.

Als er nun nach Hause kam, wartete die Meute noch immer auf ihn. Das Taxi bog um die Ecke, das Tor öffnete sich wie von Geisterhand, und drei Männer eines Sicherheitsdienstes hinderten die Fotografen und Journalisten daran, sein Grundstück zu betreten. Sollte einer es wagen, würde er am liebsten auf ihn schießen lassen! Die Nachbarn hatten sie ausgehorcht, Drohnen über dem Grundstück kreisen lassen und sogar seine Mülltonnen durchwühlt. Seine Mülltonnen! Um hinterher über Champagner und Austern schreiben zu können. Um ihn an den Pranger zu stellen. Was für ein Luxusleben er führte, während er die Pfleglinge in Winkelberg hatte verhungern lassen. Er hatte sie nicht verhungern lassen. Sie waren an Tuberkulose gestorben und die Kinder an Lungenentzündung!

Helga half ihm aus dem Wagen, bezahlte den Fahrer und legte den Kopf in den Nacken, als sie das unaufhörliche Klicken der Kameraverschlüsse hörte. In dieser Krise hatte sie sich als treue Seele entpuppt. Ihr war egal, was er vor mehr als einem Menschenleben getan hatte. Für sie war er derjenige geblieben, der er immer gewesen war. Sie schirmte ihn ab, organisierte alles, hatte sich sogar den Medien gestellt und erzählt, was für ein guter Mensch und Arbeitgeber er sei. Ein alter, gebrechlicher Mann und kein Monster. Ein Mensch wie du und ich, am Ende seines Lebens angekommen, dem man die Zeit, die ihm noch blieb, nicht mit Hetze vergällen sollte. Die gute Seele würde ihre Treue nicht bereuen.

Im Gegensatz zu seinen Söhnen, die an jenem verfluchten Donnerstagmorgen zu ihm gekommen waren, um Gericht über ihn zu halten, kaum dass er selbst Veras Artikel gelesen hatte. Phillip mit der Zeitung in der Hand. Ulrich kreidebleich im Gesicht.

»Sag, dass das nicht wahr ist.«

Er schwieg und hielt ihren Blicken stand.

»Grundgütiger. Papa! Das kann doch nicht stimmen.«

»Ich werde mich zu diesen Anschuldigungen nicht äußern.«

»Das wirst du aber müssen. Diese Journalistin hat eine DNA-Analyse machen lassen! Ist dir das denn nicht klar?«

»Jeder Angeklagte hat das Recht zu schweigen.«

Phillip ließ sich auf einen Stuhl fallen. »Es ist also wahr. Du bist ein Mörder. Ein NS-Verbrecher.«

Zorn zog in Karl auf wie eine Gewitterfront. Mit der Faust schlug er auf den Tisch. Von niemandem würde er sich einen Verbrecher nennen lassen, schon gar nicht von seinen Söhnen. »So sieht also eure Loyalität aus. Verschwindet! Auf der Stelle!«

»Hat Mama Bescheid gewusst?« Diese Frage kam von Ulrich.

Einen Teufel würde er tun und sie beantworten. Er war den beiden keine Rechenschaft schuldig. »Haut endlich ab!«

Er hatte die Serviette nach ihnen geworfen. Daraufhin waren sie gegangen und hatten sich seither nicht wieder blicken lassen. Dafür hatten sie eine Presseerklärung abgegeben, in der sie sich von ihm distanzierten. Diesen Schritt würden sie bereuen.

Noch gehörte die Mehrheit der Firmenanteile ihm. Er würde sie mit dem Rest seines Vermögens in eine Stiftung einbringen, auf die seine Söhne keinen Zugriff hatten. Bernd Köster feilte mit seinen Juristen bereits am Stiftungsvertrag.

Es gab nur eines, das an dieser ganzen verfluchten Geschichte gut war: Sie war wie ein Jungbrunnen für ihn. Seit jenem Donnerstagmorgen war er voller Energie. Er hatte es allen gezeigt. Er hatte das Heft wieder in der Hand, und das fühlte sich verdammt gut an. Ein Grund zu feiern.

Helga schloss die Haustür hinter ihnen, und er zog sich in sein Arbeitszimmer zurück. Der Entwurf des Stiftungsvertrags lag auf dem Schreibtisch. Er ließ sich ein Glas Champagner bringen, ging den Schriftsatz durch und notierte seine Fragen und Anmerkungen am Rand.

Kurz nach fünf kam Helga herein. »Ulrich und Phillip sind da. Sie wollen etwas mit dir besprechen.«

Es war Zeit, den beiden zu sagen, was er von ihnen hielt. Er war gerade in der Stimmung dafür. »Sie sollen reinkommen.«

Sie verschwand, und seine Söhne traten ein. Misslungene Brut! Er hätte Caroline bei der Erziehung weniger freie Hand lassen, sondern sie selbst schmieden und formen sollen.

»Hallo, Vater.« Phillip setzte sich.

»Pa.« Ulrich tat es ihm gleich.

In ihren Gesichtern war eine noch nie gesehene Härte, die Karl überraschte. »Nur zu. Worüber wollen wir reden? Über Loyalität und Anstand?«

»Über deine Erkrankung«, sagte Phillip.

Die blauen Augen seines Sohnes strahlten hinter der randlosen Brille eine Kälte aus, die Karl bekannt vorkam, obwohl er sie bei seinem Sohn noch nie wahrgenommen hatte.

Ulrich ergriff das Wort. »Das Gericht hat dich für verhandlungsunfähig erklärt, weil du aufgrund deiner Demenz nicht in der Lage bist, einem Prozess zu folgen. Das bereitet uns große Sorge. Wenn das so ist, bist du auch nicht mehr in der Lage, andere Dinge zu überblicken und zu regeln.«

»Deine Erkrankung haben zwei anerkannte Gutachter bestätigt«, fuhr Phillip fort. »Auf dieser Basis haben wir heute Morgen beim Amtsgericht einen Eilantrag auf Betreuung gestellt. Immerhin geht es um beachtliche Vermögenswerte und den Erhalt von Arbeitsplätzen.« Phillip zog ein Schreiben hervor und knallte es vor Karl auf den Tisch. »Dem Antrag wurde stattgegeben. Seit heute stehst du unter Betreuung. Man hat uns beide als deine Betreuer eingesetzt.«

Karl lachte trocken und konnte es nicht glauben. »Ihr habt mich entmündigen lassen?«

»Es kommt noch besser«, fügte Ulrich hinzu. »Wir werden deine Ehe mit Mutter anfechten. Sie ist ungültig, da du nicht derjenige bist, für den du dich all die Jahre ausgegeben hast. Unsere Anwälte setzen bereits den Antrag auf.«

So etwas wie Bewunderung stieg neben einem Schwall Galle in Karl auf. Die beiden hatten ja doch Biss.

»Die Annullierung der Ehe wird zur Folge haben, dass du ohne Vermögen dastehst. Das Haus und die Firma gehören uns. Mutter hat all das in die sogenannte Ehe mitgebracht. Du hast dich unter falscher Identität ins gemachte Nest gesetzt. Wir werden dich daraus entfernen.«

»Hört, hört. Ihr setzt mich also auf die Straße.«

»Nein. So hartherzig sind wir nicht.« Ulrich legte eine Reihe von bunten Flyern und Prospekten auf den Tisch, die er bisher zusammengerollt in der Hand gehalten hatte. »Such dir eines der Altenheime aus. Sie sind alle gut.«

»Selbstverständlich kannst du gegen die Betreuung klagen und dem Gericht darlegen, dass du geistig auf der Höhe bist. Aber ich muss dir nicht erklären, welche Folgen das für dich haben wird. Du hast die Wahl.« Mit einem schmallippigen Lächeln sah Phillip ihn an.

Selten hatte Karl so viel Verachtung gespürt. Gleichzeitig merkte er, wie der Jungbrunnen versiegte. Die letzten Wochen hatten ihn Kraft gekostet, und der überraschenden Attacke seiner Söhne fühlte er sich mit einem Mal nicht mehr gewachsen. Wie ein Ballon, aus dem langsam Luft entwich, wollte er in sich zusammensinken, doch er riss sich zusammen und drückte den Rücken durch. Sie hatten ihm also den Krieg erklärt. Aber er würde ihnen eine Niederlage bereiten.

»Ich will euch nicht mehr sehen.«

»Wir dich auch nicht. Da sind wir uns also mal einig.« Phillip stand auf, Ulrich folgte ihm. »Lass uns bis morgen wissen, für welches Heim du dich entschieden hast.«

Die Tür schlug hinter ihnen zu. Karl trank den Rest des schal gewordenen Champagners. Kaum hatten sie Macht, schon taten sie groß, seine Söhne. Sie würden sich noch wundern. Er griff zum Telefon, rief Bernd Köster an und bestellte ihn für morgen früh um zehn in die Villa. Es gab eine Menge zu besprechen. Nicht nur wegen der Stiftung. Er dachte nicht daran, sich aus diesem Haus »entfernen« zu lassen, und auf keinen Fall würde er zulassen, dass Phillip und Ulrich sich sein Vermögen unter den Nagel rissen. Wo wäre denn die Firma heute ohne ihn? Längst bankrott!

Helga kam herein. Sie brachte die Post, aus der sie zuvor die Schmähbriefe entfernt hatte. Seit Vera ihn enttarnt hatte, kamen sie zuhauf. Üble Beschimpfungen, hasserfüllte Tiraden. In diesem entscheidenden Punkt hatten Dieters Leute versagt. Sie waren nicht schnell genug gewesen. Verdammt!

Er nahm die Post entgegen. Was ihm guttat, waren die Schreiben Gleichgesinnter. Verwundert hatte er festgestellt, wie viele es waren. Sie sprachen ihm Mut zu, munterten ihn auf und boten Hilfe an. Heute gratulierten sie ihm hauptsächlich zum abgeblasenen Prozess.

»Die meisten Reporter sind weg«, sagte Helga. »Die Leute

vom Sicherheitsdienst gehen um neun. Sollten sie das Gelände nicht besser auch nachts bewachen?«

»Nicht nötig. Die Journalisten werden nicht darauf lauern, dass ich einen Mondscheinspaziergang im Garten mache. Sie werden erst morgen wieder aus ihren Löchern kriechen. Und wenn doch einer über die Mauer steigt, geht die Alarmanlage los.«

»Gut. Zum Abendessen habe ich Zanderfilet vorbereitet. Passt es dir um sieben?«

Er nickte und bemerkte das in sich gekehrte Lächeln, das Helgas Lippen umspielte. »Was stimmt dich so heiter?«, fragte er.

»Ach, nichts. Nur eine nette Geste von einem deiner Unterstützer. Er hat gelesen, dass ich Champagnertrüffel mag, und mir welche geschickt.«

61

Kurz nach eins erreichte Manolis Königstein und parkte den Golf in der Gasse hinter Landmanns Villa. Linker Hand lag die weiße Mauer im fahlen Licht der Straßenbeleuchtung. Ein Reflex funkelte auf dem Gartentor aus schwarzem Metall. In den Doppelhaushälften gegenüber waren die Fenster dunkel. Alles war ruhig.

Er blieb im Wagen sitzen und beobachtete die Straße. Im Schein der Laternen fing sich die Feuchtigkeit der Oktobernacht in dunstigen Schleiern. In den folgenden anderthalb Stunden fuhren drei Autos vorbei und kurz vor halb drei ein angetrunkener Mann auf einem Fahrrad. Ein paar Minuten danach kam ein Paar eng umschlungen den Gehweg entlang, blieb alle zehn Meter knutschend stehen und verschwand langsam aus seinem Blickfeld. Kein Sicherheitsdienst, der seine Runden drehte und nach dem Rechten sah. Die SMS von Rebecca kam um drei. Die Alarmanlage war ausgeschaltet. Es konnte losgehen.

Manolis steckte die Beretta in den Hosenbund, schulterte den Rucksack mit dem Werkzeug und drückte die Wagentür leise hinter sich zu. Mit wenigen Schritten war er am Tor, kletterte darüber und stand im Garten der Villa, deren Silhouette sich dunkel vor dem Firmament abzeichnete.

Wie ein helles Band zog sich ein gepflasterter Weg durch die grau schattierte Nachtwelt. Manolis zog die Stirnlampe aus der Tasche der Cargohose und setze sie auf, schaltete sie aber nicht ein. Im Moment brauchte er sie nicht. Seine Augen hatten sich längst an die Dunkelheit gewöhnt. Er ging an alten Bäumen vorbei und an mannshohen Rhododendren und steuerte den östlichen Teil des Hauses an. Dort gab es einen Hinterausgang, der von der Küche in den Gemüse- und Kräutergarten führte.

Ein trockener Ast barst krachend unter seinem Schuh. Eine Sekunde verharrte er und vernahm ein leises Schnaufen und Rascheln, das aus einem Staudenbeet kam. Es war ein Igel, der weiterzog, und Manolis steuerte die Hintertür an.

Er schaltete die Stirnlampe ein und holte den Elektropick aus dem Rucksack. Es dauerte nur eine Minute, bis er die Tür geöffnet und sein Werkzeug wieder verstaut hatte. Lautlos trat er ein. Wie erwartet stand er in der Küche. Ein schwacher Geruch nach gebratenem Fisch hing in der Luft. Manolis öffnete den Kühlschrank und entdeckte einen Block Foie gras darin, noch in Folie eingeschweißt. Er legte ihn in den Rucksack, dazu je ein Glas Feigenconfit und Madeiragelee, eine Frischhaltedose mit Hummersalat, die kleine Spandose mit Camembert aus der Normandie, Butter und einen halben Laib Landbrot. Im untersten Fach lagen zwei Flaschen Champagner. Auch sie steckte er ein und ging weiter durch den Flur in den vorderen Teil des Hauses, wo er das Speisezimmer vermutete.

Ein Biedermeiertisch aus Kirschholz stand in der Mitte des Raumes. Auf dem Boden ein Orientteppich, Ölgemälde an den Wänden. Romantische Naturansichten. Anrichte, Kommode, ein Geschirrschrank. Über dem Tisch hing ein Kristallleuchter, in dessen Prismen sich das Licht der Stirnlampe funkelnd brach. Manolis schaltete sie aus und vergewisserte sich, dass die Haushälterin die Rollläden geschlossen hatte, bevor sie zu Bett gegangen war. Vermutlich schlief sie so tief, dass nicht einmal eine Detonation sie wecken würde. Jedenfalls, wenn sie ein paar der Champagnertrüffel gegessen hatte. Manolis hatte sie mit einem Schlafmittel präpariert.

Er machte Licht und deckte den Tisch. Aus der Anrichte nahm er einen Teller, feinstes Bone-China, und eine Champagnerflöte aus geschliffenem Kristall. Letztere stellte er wieder zurück und griff nach dem Wasserglas. Es passte mehr hinein. Zum Schluss noch Silberbesteck.

Das Landbrot legte Manolis auf die Tischplatte. Dann suchte er in den Schubladen nach einem Brotmesser und stellte sich vor, welche Spuren es auf dem edlen Biedermeiermöbelstück hinterlassen würde. Feigenconfit und Madeiragelee ließ er in den Gläsern, den Salat in der Dose und die Foie gras in der Packung. Er riss nur die Schutzfolie ab und entkorkte die erste Flasche Champagner. Dabei fiel sein Blick auf die unzähligen Silberrahmen, die am anderen Ende des Raumes auf einem Konsoltisch standen. Er trat näher und betrachtete sie. Familienfotos.

Landmann mit Frau und zwei kleinen Jungen auf der Terrasse der Villa, irgendwann in den Sechzigerjahren. Seine Söhne als Indianer und Cowboy verkleidet. Die beiden beim Fußballspielen und mit ihren Fahrrädern, später dann auf Mofas und mit teuren Autos. Die Familie beim Segeln, beim Picknick am Meer, auf Berggipfeln und in eleganten Hotels. Die Jungs wurden größer, entwickelten sich zu Männern, heirateten, posierten mit ihren Frauen und Kindern, und der Bilderreigen begann von vorne. Ferienfotos in der Karibik, Fotos vom Abschlussball im Internat. Hochzeiten, Taufen, Enkelkinder und sogar Urenkel. Vier Generationen waren hier abgebildet. Landmann hatte sich einfach genommen, was er anderen geraubt hatte. Leben! Ein starker Stamm mit zahlreichen Ästen und Zweigen, die sich immer weiter und weiter verzweigen und ewig bestehen würden. Unzählige Kinder, die heranwuchsen. Eltern, die sie begleiteten. Geliebt, behütet, beschützt.

Auf einmal hatte er das Foto der kleinen Therese vor Augen. Ihr Blick voller Vertrauen und Neugier, so gutmütig. Auch sie war geliebt worden. Wie vermutlich die meisten der Kinder, deren Leben Landmann ausgelöscht hatte. Wie vermutlich auch die Pfleglinge, die seiner Fürsorge anvertraut gewesen waren, von ihren Angehörigen geliebt und vermisst worden waren. Allesamt auf preiswerte Art ermordet, indem Landmann sie hatte hungern lassen. Die Gewichtstabellen in den Akten fielen ihm wieder ein. Diese Buchhaltung des Grauens. Dazu die Bilder der zu Skeletten Abgemagerten.

Überall willkürlich abgesägte Äste und Stämme, zerstörte Familien.

Weil sie die Macht besessen hatten und kein Gewissen. Diese Macht! Diese scheiß Macht!

Hab ich dir eigentlich schon mal gesagt, dass ich einen Bruder hatte? Er hieß Manolis. Wie du.

Der Duft nach Oliven schien durch das Haus zu streifen. Ein Geruch nach kargem Boden und der blauen Weite des Himmels, nach dem sachten Wind, der über das Parnassgebirge strich. All das, was der andere Manolis nie wieder wahrgenommen hatte. Er nicht, seine Schwestern nicht, seine Eltern nicht. Nur sein großer Bruder Yannis, der auf dem Zwischenboden lag und zusah, wie sie das Fass mit Blut füllten, und der es mit sich nahm.

Es musste endlich ein Ende haben. Es war Zeit, Landmann zu wecken. Manolis ging durch die Halle und über die Treppe nach oben in die erste Etage. Dort gab es ein Schlafzimmer mit Balkon, und er war sich sicher, dass Landmann es nutzte. Der schönste Raum, der größte. Das Beste war gerade gut genug für ihn. Foie gras! Champagner!

Manolis drückte die Klinke herunter und trat ein. Dunkelheit umfing ihn. Lediglich durch die Ritzen der Fensterläden fiel das Licht der Straßenlaternen in dunkelgrauen Streifen. Ein leises Schnarchen war zu hören. Die Luft war warm und stickig. Ein Hauch Bergamotte lag darin, außerdem eine Spur Pfefferminz und dazwischen die säuerlichen Ausdünstungen eines alten Mannes.

Aus dem Hosenbund zog Manolis die Beretta und betätigte den Lichtschalter. Von einem Moment auf den anderen war der Raum hell erleuchtet. Landmann lag in einem Doppelbett, dessen eine Hälfte verwaist war, und wachte auf.

»Helga?«, fragte er schlaftrunken. »Was gibt es denn?« Er richtete sich auf und nahm die Brille vom Nachtkästchen. Als er Manolis erblickte, fuhr er zusammen. »Herrgott! Wer sind Sie?« Langsam glitt Landmanns rechte Hand unter das Kopfkissen auf der anderen Betthälfte.

Manolis riss die Beretta hoch. »Hände auf die Decke!«

Zögernd gehorchte sein Gegenüber. Manolis trat näher und hob das Kissen hoch. Eine Mauser lag darunter. Geladen und gesichert. Er steckte sie in den Hosenbund.

»Was wollen Sie? Geld? Schmuck?« In Landmanns dunkelgrauen Augen lag keine Angst, sondern Ärger. »Daraus wird nichts. Sie haben ganze drei Minuten, um zu verschwinden, bevor die Polizei kommt.«

»Sie wird nicht kommen.« Manolis griff nach dem Morgenmantel, der über einem Chesterfield-Sessel lag. Der Stoff fühlte sich an wie eine Kaschmir-Seiden-Mischung. Zorn stieg in ihm auf. »Ziehen Sie das hier an.« Er warf das Kleidungsstück aufs Bett.

Landmann musterte ihn. »Sie haben also die Alarmanlage außer Betrieb gesetzt.«

Eine Antwort erübrigte sich.

»Was wollen Sie?«

»Eine Waagschale füllen. Und jetzt ziehen Sie sich endlich an.«

»Eine Waagschale füllen?« Ratlos sah Landmann ihn an, während er in den Morgenmantel schlüpfte. Dann lachte er. »Verstehe. Justitias Waagschale. Sie wollen Gerechtigkeit. Ich verrate Ihnen mal was: Gerechtigkeit ist eine Illusion. Ein romantisches Ideal, das uns eingeimpft wird, um uns zu sedieren und gefügig zu machen. In Wahrheit gibt es nur ein Recht: das Recht der Stärke. Sie allein setzt sich durch. Das war schon immer so und wird auch immer so bleiben.«

»*D'accord*«, sagte Manolis. »Ich stimme Ihnen zu.«

»Was Sie wollen, ist Rache.«

Rache, Vergeltung, einen Ausgleich für all das Leid, für all die geraubten Leben. Es war nur fair. Es war gerecht. Aug um Aug. Zahn um Zahn. Wie du mir, so ich dir. Die Justiz hatte ihre Chance gehabt, wieder einmal, und sie hatte sie wie schon so oft vertan.

»Gehen wir.« Manolis hielt Landmann die Tür auf.

»Wohin?«

»Nach unten.«

»Warum erschießen Sie mich nicht gleich hier?«

»Ich habe nicht vor, Sie zu erschießen.«

Sie gingen durch den Flur und stiegen die Treppe hinab. Schatten folgten ihnen.

Der andere Manolis, ein blutiges Kind mit klaffenden Wunden. Seine Schwestern, die ihre abgeschnittenen Brüste in den Händen trugen. Babás Mutter, so weiß wie ein Leintuch, Babás Vater mit aufgeschlitzter Brust. Die kleine Therese mit den roten Zöpfen, Emil mit debilem Lächeln, Franz mit hungrigem Blick und ein Heer von Namenlosen.

Warum habt ihr uns nicht gerächt? Habt hingenommen, geschwiegen, erduldet? Vergessen?

62

Wenn es doch endlich ein Ende hätte.

Mit diesem Gedanken war Kathrin eingeschlafen, und mit ihm wachte sie auf, als jemand leise die Tür hinter sich schloss und sich zu ihr ans Bett setzte. Ein Scharren des Stuhls, ein Griff nach ihrer Hand. Das konnte nur Vera sein. Weder Annemie noch Uschi würde Händchen halten. Die beiden waren nicht sentimental, geschweige denn rührselig.

»Wie geht es dir?«, fragte Vera, die gemerkt hatte, dass sie wach war, obwohl Kathrin die Augen geschlossen hielt.

Jede Bewegung kostete Kraft. Sie war müde, so sterbensmüde.

»Rag nit.« Frag nicht, sollte das heißen. Es war zum Heulen, und sie hatte keine Lust, das Sprechen neu zu erlernen. Sie war es leid, so leid.

Nun öffnete sie die Augen doch. Vera sah gut aus. Jung und hübsch, das blühende Leben, während für sie nun, nach dem Spätherbst, endgültig der Winter gekommen war. Hoffentlich war bald Schluss. *Herr: Es ist Zeit. Der Sommer war sehr groß. Leg deinen Schatten auf die Sonnenuhren, und auf den Fluren laß die Winde los.*

»Hun nu?«

»Mir geht es gut, danke. Ich arbeite jetzt bei der *MZ*. Darüber wollte ich mit dir sprechen.«

»Hiwön.«

Ihr fehlte die Kraft, um sich mit Vera zu freuen oder sie gar zu fragen, wie es zu dem Wechsel gekommen war. Jedes ihrer missgebildeten Worte erblickte unter Anstrengungen das Licht der Welt. Sie schloss die Augen wieder, ließ ihre Nichte reden, ohne richtig zuzuhören. Ein gleichmäßig plätschernder Bach von Worten, ein fließendes Gemurmel, das sie forttrug, zurück in ihre Erinnerungen, in eine schönere Zeit, vielleicht die aufregendste Zeit ihres Lebens.

Nach dem Wochenende im Mai zweiundsechzig in Königstein war sie wieder Landmanns heimliche Geliebte geworden. Endlich hatte auch sie einen Mann, wenn auch ohne Trauschein. Da er geschäftlich viel unterwegs war, ließen sich die Treffen leicht arrangieren. Ungefähr alle zwei Wochen kam er zu ihr nach München, oder sie trafen sich, wenn er beruflich in Hamburg oder Berlin zu tun hatte, manchmal auch in Zürich, Wien, Rom, in Lissabon und Paris. Einmal nahm er sie sogar nach New York mit.

Sie flanierten durch die Straßen, besuchten Museen und Restaurants, wohnten in feinen Hotels und gingen in eleganten Boutiquen einkaufen. Kathrin genoss die interessierten Blicke, die andere Frauen *ihrem Mann* zuwarfen, und drehte auf den Reisen stets den breiten Goldring mit dem Aquamarin, den er ihr geschenkt hatte, nach innen, damit der Stein nicht zu sehen war und der Ring wie ein Ehering aussah. Noch immer hatte Landmann diese Ausstrahlung an sich, dunkel und machtvoll, und eine unglaubliche physische Präsenz. Nachdem er unter ihrer Anleitung fünf Kilo abgenommen hatte und wieder regelmäßig trainierte, sah er auch wieder aus wie aus Marmor geschlagen. Ein Satyr, ein Krieger, ein Gott.

Da ein gemeinsamer längerer Urlaub nicht zu realisieren war, verteilte Kathrin die Urlaubstage einzeln oder paarweise für ihre gemeinsame Zeit. Sie arbeitete nach wie vor als Krankenschwester, obwohl Karl meinte, dass sie das nicht müsse. Doch sie wollte unabhängig bleiben. Eine moderne Frau, die sich von keinem Mann in ihre Entscheidungen hineinreden ließ. Sie spürte, dass ihm das gefiel.

Natürlich hoffte sie, dass er sich irgendwann scheiden ließ. Seine Frau Caroline war langweilig. Sie interessierte sich hauptsächlich für die Erziehung der Kinder, ihren Garten und die Gestaltung des Hauses. Im Bett war sie geradezu prüde und für kaum mehr als die Missionarsstellung zu haben. Karls Wünschen entzog sie sich, hatte sie sogar als pervers abgetan.

Kathrin gewöhnte sich daran, ihn Eric zu nennen, und machte irgendwann Erich daraus, weil sie fand, dass der französische Name nicht zu ihm passte. Wie es ihm gelungen war, nach dem Krieg unterzutauchen und als ein anderer wieder auf der Bildfläche zu erscheinen, fragte sie ihn nie. Die Entscheidung war gefallen, die Vergangenheit ruhen zu lassen.

Jedes Mal, wenn sie darüber nachdachte, welchen Verrat sie da an Therese, Franz und Emil und all den anderen beging, fühlte sie sich elend und schämte sich. Dann wollte sie die Akten nehmen und Landmann anzeigen und tat es doch nicht. Etwas war stärker als Scham und Verrat. Endlich gab es einen Mann in ihrem Leben. Und was für einen Mann! Er war kein kleiner und auch kein fuchsroter oder gar ein halb toter. Er war ein Bild von einem Mann, in dessen Glanz auch sie erstrahlte.

Doch wenn sie nachts aufwachte und nicht wieder einschlafen konnte, suchten sie regelmäßig die Geister jener Zeit heim. Sie erinnerten Kathrin an die Akten und an ihren Vorsatz, dass Karl eines Tages für seine Taten bezahlen müsse, also nahm sie sich vor, es endlich zu tun, und schob es dann doch wieder und wieder auf.

Wie eine Mahnung lagen die Akten in der untersten Schublade der Kommode. Sie wusste, dass sie eines Tages die Stärke besitzen, die Dokumente nehmen und damit zur Staatsanwaltschaft gehen würde. Doch die Jahre vergingen, ohne dass sie etwas gegen Landmann unternahm. Natürlich hatte sie nie mit ihm über die Akten gesprochen. Nur einmal. In Paris. Während eines langen Wochenendes in der Stadt der Liebe.

Es musste im Sommer siebenundsechzig gewesen sein. Seit fünf Jahren waren sie heimlich ein Paar, und er erzählte immer häufiger, wie schwierig die Ehe mit Caroline sei, dass es eigentlich nur die Söhne wären, die sie noch miteinander verbanden. Er war unzufrieden mit seinem Leben, das viel zu schnell voranschritt, um es zu vergeuden. Er war schon zweiundfünfzig und hatte plötzlich Angst, zu viel versäumt zu haben. Die Unzufriedenheit ließ Kathrin hoffen, dass er das Thema Trennung endlich ansprechen würde, und das tat er auch. Nur anders als von ihr erwartet.

Es war an ihrem letzten Abend. Sie hatten einen Bummel entlang der Seine gemacht, vorbei an Notre-Dame, Richtung Pont Neuf und Tulerien, und sahen den Ausflugsschiffen nach, auf denen die Touristen auf dem Vorderdeck beim Candle-Light-Dinner saßen und auf dem Hinterdeck zur Musik einer Kapelle tanzten. Später aßen Erich und sie in einem Gartenrestaurant zu Abend, und auf dem Rückweg zum Hotel hatte er noch Lust auf einen Drink. Es war eine viel zu schöne Sommernacht, um sie in einer schummrigen Bar zu verbringen. Er bat Kathrin, kurz zu warten, verschwand in einer elegant aussehenden Bar, deren Eingang von schwarzem Granit eingefasst war, in dem sich der gewundene Neonschriftzug spiegelte. Zehn Minuten später kam er mit zwei Gin Tonic wieder heraus, in denen die Eiswürfel klirrten. Mit dem Kinn wies er auf die andere Straßenseite, wo sich eine niedrige Mauer am Ufer der Seine entlangzog. Sie setzten sich darauf und ließen die Beine baumeln wie die Kinder. Die Lichter der Stadt tanzten auf dem Wasser. Über ihnen stand der Mond als schmale Sichel am Himmel.

»Wie hast du das geschafft?«, fragte sie.

»Ich habe die Gläser gekauft. Sie haben mehr gekostet als der Inhalt.« Er lachte, sie stießen an, dann wurde er ernst. »Mit Caroline wäre so etwas unmöglich. Sie wäre vor Scham im Boden versunken, als ich mit den Gläsern aus dem Lokal kam. Die Leichtigkeit des Lebens ... Sie kann das nicht. Sie hängt an Konventionen, an Etikette. Was werden die Leute denken? Das tut man nicht. Das ist nicht schicklich! Ich bin es so was von leid.«

»Dann verlass sie endlich!«

Der Vorschlag platzte aus Kathrin heraus, obwohl sie aus Erfahrung wusste, wie unwirsch Erich darauf reagierte. Die Scheidung von Caroline war ein Tabuthema. Warum blieb er bei ihr, obwohl er sie gar nicht liebte?

»Darüber wollte ich mit dir reden, Kathrin«, sagte er, und ihr Herz schlug unwillkürlich schneller. »Das hier«, er beschrieb mit dem Glas in der Hand einen Bogen, der ganz Paris zu umfassen schien, »war vorerst unsere letzte gemeinsame Reise.«

Seine Worte waren wie ein Schwall Eiswasser.

»Aber wieso denn?«

»Caroline ist hinter unser kleines Geheimnis gekommen. Sie hat einen Privatdetektiv auf mich angesetzt.«

»Einen Detektiv? Das ist ja wohl das Letzte! Ein Grund mehr, sie zu verlassen.«

»Ich habe seit einiger Zeit darüber nachgedacht, es zu tun. Aber es geht nicht. Ich will nicht noch einmal in meinem Leben bei null anfangen.«

»Wieso bei null? Du bist ein wohlhabender Mann.«

»Das stimmt nicht. Caroline hat die Firma von ihrem Vater geerbt. Sie gehört ihr allein. Wenn ich mich scheiden lasse, stehe ich mit leeren Händen da. Und wenn sie sich scheiden lässt, ebenfalls. Womit sie droht, falls ich unsere Beziehung nicht beende, denn ich bin der Schuldige. Ich bin jetzt zweiundfünfzig, Kathrin. Zu alt, um noch einmal etwas Neues aufzubauen. Wir sollten uns eine Weile nicht sehen, und wenn Caroline sich beruhigt hat, verbringen wir im nächsten Frühling ein langes Wochenende auf Ibiza.«

Ein langes Wochenende auf Ibiza. Im Frühling. In neun oder zehn Monaten! Ärger schoss in ihr hoch. Der Wein zum Essen war ihr bereits zu Kopf gestiegen, der Gin Tonic war zu viel. Sie verlor die Kontrolle, ließ ihrem Ärger und ihrer Enttäuschung freien Lauf. Plötzlich empfand sie nur noch Verachtung für ihn. Wo war der Krieger? Wo der Gott?

»Du lässt dir von deiner Frau vorschreiben, was du zu tun und zu lassen hast? Weil sie dich mit ihrem Geld in der Hand hat. Soll ich dir mal was sagen? Ich habe dich auch in der Hand. Ich weiß, wer du bist. Ich kann dich jederzeit auffliegen lassen, und dann gibt es da noch die Akten, die ich in Winkelberg beiseite geschafft habe. Sie dokumentieren, was du damals getan hast. Du hast also die Wahl. Zwei Frauen können dich gleichermaßen ruinieren.«

Mit einem Schluck leerte er sein Glas und lachte. Dieses Lachen verursachte ihr eine Gänsehaut. Er legte den Arm um ihre Schultern und zog sie eng an sich. Dann ließ er den Arm hinauf zum Hals gleiten, winkelte ihn an und zog sie noch näher zu sich heran. Sie bekam kaum noch Luft. Panik stieg in ihr auf und gleichzeitig das altbekannte prickelnde Verlangen.

»Meine Liebe, du weißt, dass ich dich umbringe, wenn du das tust«, flüsterte er ihr ins Ohr und ließ die Zunge hineingleiten. Sie biss sich auf die Lippen. »Jetzt lass uns ins Hotel gehen und den vorübergehenden Abschied feiern.«

Genau das taten sie.

Am nächsten Morgen trennten sich ihre Wege am Flughafen. Kathrin spürte wieder einmal, dass dieser Mann ihr nicht guttat, und trotzdem war sie ihm ... verfallen? Konnte man das so sagen? Sie wusste es nicht. Nun kehrte er zu seiner Frau zurück, und der trotzige Wunsch stieg in ihr auf, von ihm loszukommen. Sie malte sich aus, wie er im Frühling anrufen würde. Er hatte die Reise vorbereitet, das Hotel auf Ibiza war gebucht, die Flüge waren es ebenfalls, und er erwartete, dass sie für ihn alles liegen und stehen ließ und sprang. Entspannt würde sie sich im Sessel zurücklehnen, an ihrem Martini nippen, die Beine übereinanderschlagen und ihm mit einem Lächeln – das er zwar nicht sehen, sehr wohl aber hören konnte – erklären, dass ihr Mann sicher etwas dagegen haben würde.

Als sie in München aus dem Flugzeug stieg, lächelte sie noch immer bei dieser Vorstellung. Doch zu Hause angekommen, wusste sie, dass sich niemals ein anderer Mann für sie interessieren würde. Sie war viel zu alt und zu unattraktiv. Sollte sie sich an Landmann rächen und ihn auffliegen lassen? Sie nahm das Kuvert mit dem Dossier aus der Kommode und legte es wieder zurück, ohne hineingesehen zu haben. Er würde sie umbringen, wenn er davon wüsste. Gott sei Dank hatte er ihr die Geschichte mit den Akten nicht abgenommen.

Was sollte sie tun? Sie konnte ihn nicht enttarnen. Er würde ernst machen. Selbst wenn nicht, wie sollte sie der Polizei, dem Gericht, der Öffentlichkeit erklären, dass sie so lange geschwiegen hatte und sogar seine Geliebte gewesen war? Man würde sie an den Pranger stellen.

Die Rachegedanken verflogen in den folgenden Wochen. Die Hoffnung auf ein Wiedersehen im Frühling stieg, und dann kam doch alles ganz anders.

Im Krankenhaus gab es ein Problem mit einer Lieferung Verbandsmaterial. Kathrin suchte deswegen die Verwaltung auf und beschwerte sich bei dem neuen Mitarbeiter, einem Mann mit abstehenden Ohren und dem frechen Lachen eines Lausejungen. Peter Engesser war sein Name, ihm saß der Schalk im Nacken. Ehe sie es sich versah, verliebten sie sich ineinander und heirateten nur drei Monate später. Als Landmann tatsächlich im darauffolgenden Frühling anrief, erklärte Kathrin ihm, dass sie verheiratet sei, und wünschte ihm alles Gute. Er schrieb eine Karte und gratulierte ihr, und danach hörte sie nichts mehr von ihm, bis Peter anderthalb Jahre darauf plötzlich starb.

Landmann las die Traueranzeige in der Zeitung und kondolierte ihr schriftlich. Ein paar Monate später hatte er beruflich in München zu tun, besuchte sie, und alles begann von vorne. Er unterstützte sie beim Kauf der Wohnung am Partnachplatz und übernachtete regelmäßig dort. Zehn Jahre später starb seine Frau. Er war inzwischen Mitte sechzig und Kathrin Mitte fünfzig, doch ans Heiraten dachten sie beide nicht mehr. Die Abstände zwischen den Besuchen wurden länger, das Feuer des Verbotenen verlöschte mit der Zeit, und ihre Beziehung schlief einfach ein.

Sie hatte Landmann ewig nicht gesehen oder mit ihm gesprochen, als vor einigen Wochen unverhofft Chris bei ihr aufgetaucht war und versuchte, sie nach ihm auszuhorchen, wie er es schon einmal getan hatte. Dummerweise hatte sie sich damals zu der Andeutung verleiten lassen, dass Erich etwas zu verbergen habe. Gott sei Dank hatte sie die Akten längst aus der Wohnung geschafft.

Unwillkürlich stöhnte Kathrin auf und spürte den Druck von Veras Hand. Der gleichmäßige Redefluss stoppte. Wovon hatte sie die ganze Zeit gesprochen? Kathrin hatte nicht zugehört.

»Hast du Schmerzen?«, fragte Vera. »Kann ich etwas für dich tun?«

Murks mich ab, das wäre nicht schlecht, wollte sie sagen. »Mukab a änisch.«

Das verstand selbst Vera nicht, die sich bisher so gut wie jede ihrer verunstalteten Äußerungen zusammengereimt hatte.

Kathrin gelang eine beschwichtigende Handbewegung. Es war nur noch eine Frage der Zeit, bis ihre Seele die Flügel ausbreiten und durch die dunklen Lande nach Hause fliegen würde.

Alles war gut. Die Akten lagen im Museum in Winkelberg. Sie würden vielleicht irgendwann entdeckt, und ihre Bedeutung würde erkannt werden, wenn sie selbst längst Würmerfutter war und niemand mehr Rechenschaft von ihr verlangen konnte.

Sie hatte ein aufregendes Leben geführt und das mit zwei Männern. Dem einen, der wie eine Sternschnuppe kurz darin aufgetaucht war und den sie geliebt hatte, der ihr aber nicht die Befriedigung verschaffen konnte, die sie brauchte. Und dem anderen mit seiner dunklen Seite, dem sie auf seltsame Art verfallen und in gewisser Weise treu geblieben war.

Es war gut so, wie es gewesen war.

63

Besorgt betrachtete Vera ihre Tante. Mit jedem Tag wirkte sie abwesender und schwächer, als wollte sie sich klammheimlich aus dieser Welt verabschieden. Deshalb war sie auch heute Morgen nicht gleich in die Redaktion gefahren, sondern erst ins Pflegeheim. Sie hatte das Gefühl, keine Zeit mehr verlieren zu dürfen.

Bevor Kathrin für immer ging, wollte sie ihr beichten, dass sie die Akten veröffentlicht und Landmann entlarvt hatte. Doch dann bemerkte sie, dass ihre Tante ihr nicht zuhörte und mit ihren Gedanken ganz woanders zu sein schien. Vielleicht war es besser, ihr die Aufregung zu ersparen, denn mit Antworten auf die offenen Fragen rechnete Vera ohnehin nicht. Nicht nur, weil das Sprechen und das Schreiben Kathrin anstrengten und schnell erschöpften. Sie hatte dieses Geheimnis ihr Leben lang bewahrt, da war es naheliegend, dass sie es mit ins Grab nehmen wollte.

Also drückte sie Kathrin die Hand und gab ihr einen Kuss auf die Stirn. »Ruh dich aus. Ich komme heute Abend noch mal vorbei.«

Sie verließ die Station und ging zu ihrem Wagen. Der kühle Wind riss gelbe und rote Blätter von den Buchen und Linden, fegte sie wirbelnd über den Parkplatz. Doch die Sonne war noch warm. Ein wunderschöner Herbsttag. Einige Zeilen eines Rilke-Gedichts gingen ihr durch den Kopf.

Wer jetzt allein ist, wird es lange bleiben, wird wachen, lesen, lange Briefe schreiben und wird in den Alleen hin und her unruhig wandern, wenn die Blätter treiben.

Gestern Abend hatte sie sich mit Tom im Mongo's getroffen, um den Scherbenhaufen ihrer Beziehung zu betrachten, und dabei hatte sie festgestellt, dass sie nichts mehr für ihn empfand. Seine Affäre mit der Künstlerin hatte sie tiefer verletzt, als sie sich bisher eingestanden hatte.

Ihm tat es leid, und Vera zweifelte nicht an seiner Aufrichtigkeit. Doch als er sie umarmen wollte, war ihr die Berührung unangenehm gewesen. Alles, was sie ihm anbieten konnte, war Zeit. Vielleicht heilte sie ja die Wunde, doch eigentlich glaubte Vera das nicht.

Natürlich hatte er ihr zu ihrem Erfolg gratuliert. »Stellvertreterin von Bracht. Das ist toll, und dein Scoop mit Landmann war sensationell. Ich habe ordentlich mit dir angegeben.«

»Meine Exfreundin, die Enthüllungsjournalistin?«

»So ähnlich. Das Ex habe ich weggelassen«, erklärte er mit einem Lächeln. »Lass uns darauf trinken, dass du die Taube vom Dach gefangen hast. Nie mehr Weiberkram.« Er hob das Glas, und sie stieß mit ihm an. »Wollen wir es nicht noch mal miteinander versuchen? In getrennten Wohnungen natürlich. Ich akzeptiere deine Vorbehalte.«

»Aber ich kann nicht akzeptieren, dass du es dir so leicht gemacht hast. Deine Reaktion war einfach nur pubertär.«

»Spätpubertär, wenn schon. Ich bin beinahe fünfzig.«

»Ach, Tom! Es hilft nicht, das jetzt ins Lächerliche zu ziehen.«

»Für dich war's das also. Du gibt uns keine zweite Chance?«

»Ich weiß es nicht. Im Moment kann ich es mir nicht vorstellen. Ehrliche Antwort.«

Sie hatte ihm die Enttäuschung angesehen und die Hoffnung, die er wohl in den Faktor Zeit setzte.

Wer jetzt kein Haus hat, baut sich keines mehr. Das Pech der Wiesinger-Frauen mit den Männern schien sich bei ihr tatsächlich fortzusetzen. Vielleicht sollte sie sich eine Katze anschaffen oder einen Hund. Bei dem Gedanken musste sie lachen.

Vera machte sich auf den Weg zur Redaktion. Der Artikel zum bevorstehenden Verbotsantrag der NPD war beinahe fertig. Ein letzter Feinschliff, dann konnte er in Druck gehen. Anschließend würde sie sich eingehend mit den beiden Gutachtern beschäftigen, die Landmann eine Demenz attestiert hatten. Wer waren sie? Wo standen sie politisch? Gehörten sie am Ende einem braunen Netzwerk an? Sie würde es herausfinden. Denn eines war sicher: Als sie mit Landmann gesprochen hatte, war er bei klarem Verstand gewesen. Entweder handelte es sich um Gefälligkeitsgutachten, oder jemand hatte ihm beigebracht, wie man eine Demenz vortäuschte. Wie auch immer, sie würde es aufdecken. Dann musste ein neues Gutachten erstellt werden, von jemandem, der über jeden Zweifel erhaben war, und dieser Prozess würde doch noch stattfinden.

Mit dem Lift fuhr sie aus der Tiefgarage nach oben in die Redaktion. Im Flur lief ihr Viktor Bracht über den Weg.

»Gerade wollte ich zu dir. Hast du die Agenturmeldung schon gesehen?«

»Welche denn?«

»Landmann ist vergangene Nacht gestorben.«

»Was?« Das konnte doch nicht wahr sein. Sie riss Bracht die Meldung aus der Hand.

Frankfurt. Wie die Frankfurter Polizei heute Morgen mitteilte, verstarb in der vergangenen Nacht der erst im Sommer enttarnte Euthanasiearzt Karl Landmann 98-jährig in seiner Villa in Königstein. Laut Polizeibericht fand ihn seine Haushälterin am Morgen tot im Speisezimmer auf.

Verwundert las Vera den Rest der Meldung und ließ entgeistert das Blatt sinken. Sie konnte es nicht glauben.

»Na, was sagst du?«, fragte Viktor Bracht. »Das ist doch mal eine Pointe für die Geschichte.«

»Ja. Das ist fast zu gut, um wahr zu sein.« Genau das war es auch. Zu gut, um wahr zu sein. Das war kein Zufall, da hatte jemand nachgeholfen, und Vera hatte auch eine Vermutung, wer.

64

Einige Tage, nachdem die Nachricht von Landmanns Tod durch die Medien gegangen war, betrat Manolis den Blumenladen am Ostfriedhof. Anna Blume stand hinter der Theke, farbenprächtig gekleidet wie im Juni. Doch diesmal war das Kleid, das sie trug, nicht im Rot der Dadaisten, sondern limonengrün. Sie begrüßte ihn mit einem Lächeln und fragte ihn nach seinen Wünschen.

Heute wäre der einundsiebzigste Geburtstag seiner Mutter, daher kaufte er einen Strauß Dahlien und Astern, in den Anna Blume Zweige mit roten Beeren band. Sie erinnerten ihn an Moosach und das alte Häuschen, an die Johannisbeersträucher im Garten, und eine überwältigende Sehnsucht nach seiner Kindheit erfasste ihn. Sie war schön gewesen, trotz der Wortfluten, trotz all der Ablehnung, die er irgendwann für seinen Vater empfunden hatte und die an die Stelle seiner kindlichen Liebe zu ihm getreten war. Damals, als er mit fünfzehn oder sechzehn eine andere Perspektive eingenommen und die Liebe zum Vater einen hässlichen Begleiter bekommen hatte: die Verachtung. Sein Vater, der jammerte, sich in Selbstmitleid suhlte und seine Depression pflegte, obwohl er doch seinen Teil dazu beigetragen hatte! Ein Bündel aus feiger, schlotternder Angst auf dem Zwischenboden der Ölmühle, das einfach zusah! Nicht einschritt! Nichts tat, um ihn zu retten! Den anderen Manolis. Den eigenen Bruder.

Es war der gnadenlose Blick eines Heranwachsenden gewesen. Wie auch?, dachte Manolis. Wie auch hätte sein Vater einschreiten können? Er war ein Kind gewesen, gerade einmal acht Jahre alt. Ein Kind, das sich versteckte und um sein eigenes Leben bangte. Ein Kind, das nicht verstand, was da gerade geschah, als die Mörder in Uniform seine Familie abschlachteten und ihm nichts ließen, außer diesen entsetzlichen Bildern und dem Fass voll Blut.

Manolis atmete durch. Es war höchste Zeit, es loszuwerden, es irgendwo für immer abzustellen.

Er bezahlte den Strauß und überquerte die Straße. Als er den Friedhof betrat, spürte er, dass sich etwas verändert hatte. Der Zorn auf seinen Vater war in den letzten Tagen verflogen.

Unter den Bäumen und zwischen den Gräbern war es ruhig. Nur wenige Besucher begegneten ihm. Er passierte die Ruhestätte der Familie Baumeister und bemerkte den frischen Erdhügel. Kränze und Gestecke welkten bereits. Ein Holzkreuz steckte vor dem Grabstein mit den vielen Namen in der Erde. Er trat näher und betrachtete das Trauerbild, das daran geheftet war. Cäcilie Baumeister. Ja, das war sie, die alte Dame, der er im Juni mit den Gießkannen geholfen hatte. Nun lag sie bei ihrem Ernst, und demnächst würde man ihren Namen unter seinen in den Stein meißeln.

»Vergelt's Gott«, hatte sie zu Manolis gesagt und dass er ein guter Mensch sei. Es war Zeit, sein Leben zu ändern, und er spürte, dass er jetzt dazu bereit war.

Am Grab seiner Eltern füllte er frisches Wasser in die Grabvasen und stellte seinen Strauß hinein. *Alles Gute, Mama. Wo immer du auch bist.*

Sie war eine gute Mutter gewesen. So viel Liebe und Unbekümmertheit. Ihre alles überstrahlende Lebensfreude und ihre Fähigkeit, die Familie zu lenken und zusammenzuhalten. Ihre unerschöpfliche Liebe zu Babás, mit der es ihr meist gelungen war, ihn diesem schwarzen Loch zu entreißen, das ihn immer wieder zu verschlingen drohte. Wie viel Kraft es sie gekostet haben musste. Am Ende war sie zermürbt gewesen, erschöpft, und der Sog der Vergangenheit hatte gesiegt. War sie zu ihm in den Wagen gestiegen, um ihn vor sich selbst zu schützen? Oder um mit ihm zu gehen?

Diese Frage war ein Stein, der nicht zu wälzen war, und Manolis war endlich bereit, diese Tatsache zu akzeptieren und es nicht länger zu versuchen.

Er wünschte nur, er hätte ein wenig mehr von Mamas Unbekümmertheit mitbekommen und weniger von Babás Last. Das Leben wäre dann leichter.

Es war Zeit, die Schatten der Vergangenheit zu entlassen. Manolis ging neben dem Grab in die Hocke und legte die Hand auf den Stein.

»Du bist nicht schuld, Babás. Du hast nicht versagt. Was hättest du schon tun können? Nichts. Du warst ein kleiner Junge. Und ich war nicht dabei. Es ist deine Geschichte, dein Schicksal und nicht meines. Ich kann dich nicht retten, indem ich den anderen Manolis rette. Ich habe es versucht, und jetzt ist es gut. Es ist vorbei.« Ein drückender Schmerz setzte sich in seinen Hals, Tränen stiegen ihm in die Augen. Gleichzeitig spürte er, wie eine Last von ihm abfiel.

»Weinst du etwa?«

Er hatte Christina und Elena nicht kommen hören und fuhr sich rasch mit der Hand übers Gesicht, bevor er aufstand. »Es ist nichts. Alles gut.«

Forschend sah Christina ihn an. »Wirklich?«

»Wirklich.«

»Hi, Onkel Mani. Ich hab dir etwas mitgebracht. Aber erst müssen die Blumen ins Wasser.«

Elena wickelte die Rosen aus dem Papier und stellte sie in die andere Vase, während Christina ihn umarmte. In ihren Locken saßen Sonnenreflexe, und in ihren Augen spiegelte sich ein besorgter Ausdruck.

Er lachte. »Wirklich. Mir geht es gut. Was machen eure Reisevorbereitungen?«

Mit der Hand strich sie ihm über den Oberarm. »Komm doch mit. Elena hat tatsächlich die Familie von der Verwandten aufgestöbert, bei der Babás nach dem Massaker untergekommen ist. Sie hat eine Tochter und einen Sohn. Elena hat zu den beiden Kontakt. Es ist doch mehr Verwandtschaft, als wir dachten.«

»Du musst mitkommen, Onkel Mani! Ohne dich sind wir nicht vollständig.«

»Ich weiß nicht.« Plötzlich spürte er neben Widerstand und Ablehnung auch Neugier.

»Eleni, also das ist die Tochter meiner Großcousine Maria«, fuhr Elena fort, »hat die Fotoalben der Familie nach alten Aufnahmen durchforstet und sie für mich abfotografiert. Ich hab ein Album für dich gemacht. Vielleicht hilft das ja, dich zu überzeugen.«

Aus ihrem Rucksack holte sie ein Heft mit Spiralbindung und gab es ihm. Dabei sah sie ihn mit so hoffnungsvollem

Blick an, dass er es schließlich aufschlug. Auf der ersten Seite waren zwei braunstichige Fotografien. Die alte Ölmühle und daneben das Haus der Familie, dahinter der Stall. Weiß verputzte Mauern, kleine Fenster. Die sanft geschwungenen Hügel der Olivenhaine. Er konnte den Geruch beinahe wahrnehmen und glaubte den sachten Wind zu spüren. Mit einem Mal hatte er Angst weiterzublättern. Angst vor den Bildern des anderen Manolis und seines Vaters als kleinem Jungen.

Hastig schlug er das Album zu. »Ich sehe es mir zu Hause an. Danke, aber ich kann nicht mitkommen. Es geht nicht.«

»Warum denn nicht?«

Christina hatte wieder den besorgten Ausdruck im Gesicht und schüttelte unmerklich den Kopf. *Was hat er dir erzählt? Ich will es wissen!*

Wenn sie es wirklich wissen wollte, musste sie nur die Berichte und Protokolle lesen. Das ganze Grauen war dokumentiert und festgehalten für die Nachwelt. Doch an keiner Stelle war von Erschießungen die Rede. Wer Augen hatte und ein gewisses Vorstellungsvermögen, konnte sich selbst ein Bild machen. Die Bilder ihres Vaters würde er ganz sicher nicht an sie weiterreichen.

»Es ist zu früh dafür. Für mich jedenfalls«, beantwortete er Elenas Frage.

»Dann kommst du nächstes Mal mit?«

»Vielleicht. Was ist eigentlich aus deinen Reitstunden geworden?«

»Ziemlich holpriger Themenwechsel, Onkel Mani.« Sie zog einen Flunsch, fragte jedoch nicht weiter nach. »Die Stunden fallen aus. Mama stimmt unserem Deal nicht zu.«

»Geld, das man ausgibt, muss man sich erst einmal verdienen. So sind die Regeln. Meinen Kindern das Leben auf Pump beizubringen, gehört nicht zu meinen Erziehungsidealen. Sorry, Mani. Ich weiß, du hast es gut gemeint.« Christina hakte sich bei ihm ein, und er wusste, dass Widerspruch zwecklos war. Also ließ er es bleiben.

Sie schlenderten Richtung Ausgang und beratschlagten, ob sie Essen gehen sollten. Doch Christina musste ins Büro, und Elena wollte sich mit einer Freundin treffen.

»Dass sie diesen Naziarzt, von dem wir neulich gesprochen haben, wegen einer angeblichen Demenz nicht vor Gericht gestellt hätten, hast du sicher mitbekommen«, sagte Elena, als sie den Parkplatz erreichten. »Mama hat recht behalten.«

»Ja, ich habe es gelesen«, sagte Manolis.

»Jetzt ist er gestorben. Ich meine, das ist wirklich krass. Er lässt seine Patienten verhungern und schlägt sich selbst den Wanst mit Hummer und Pasteten voll, bis ihm sein Festmahl im Hals stecken bleibt. Geschieht ihm recht.«

»Das stimmt so nicht. Er ist an Erbrochenem erstickt«, korrigierte Christina ihre Tochter.

»Ja klar. Aber zuerst hat er Champagner in sich reingeschüttet und sich mit Delikatessen vollgestopft. Irgendwie finde ich es gut, dass er dabei den Löffel abgegeben hat. Egal ob auf dem Weg hinein oder wieder raus.«

»Also, Elena! Wie kann man nur so herzlos sein.«

»Stimmt doch, Mama. Das ist echt gerecht.«

»Über Gerechtigkeit wurden schon viele dicke Wälzer und philosophische Abhandlungen geschrieben. Nicht der Rachegedanke ist Basis unseres Strafrechts, sondern der Wunsch nach Resozialisierung. So einfach, wie du die Dinge siehst, sind sie nicht.«

Doch, genau so einfach sind sie manchmal, dachte Manolis. Im Grunde leben wir noch immer in Höhlen und gehen mit Keulen aufeinander los.

Bei Christinas Auto angekommen, umarmten sie sich, und Manolis sah den beiden nach, bis der Wagen um die Kurve verschwand. Dann setzte er sich auf die Bank vor der Friedhofsmauer und nahm den Schlüsselbund aus der Tasche, den er seit Wochen mit sich herumtrug. Singhammer, Kolbeck, Lautenbach. Er sollte ihn allmählich zurückgeben. Veras Nummer war noch in seinem Handy gespeichert. Einen Augenblick zögerte er, doch sie gefiel ihm, vor allem, seit er sie in einigen Talkshows gesehen hatte. Mit welcher Verve sie sich für das Thema engagierte, beeindruckte ihn. Vermutlich war sie längst dabei, Landmanns Gutachter nach einem braunen Hintergrund zu durchleuchten. In ihrem neuen Job konnte sie sicher gelegentlich jemanden brauchen, der auf sie aufpasste.

Er wählte die Nummer.

Nach dem zweiten Läuten meldete sie sich ein wenig atemlos. »Ja, Mändler.«

»Grüße Sie.«

Eine Weile sagte sie nichts. »Ach. Sie sind es. Wäre es nicht langsam an der Zeit, sich vorzustellen?«

»Mal sehen. Ich habe noch einen Schlüsselbund, der Ihnen gehört. Den wollte ich zurückgeben. Vielleicht heute Abend, bei einem Essen?«

»Sie meinen ein Essen mit Ihnen?« Einen Moment blieb es still am anderen Ende. »Ich glaube, das ist mir zu gefährlich.«

Er lachte.

»Aber einen Drink mit Ihnen würde ich riskieren.«

Anmerkung der Autorin

Die in diesem Roman beschriebenen Personen sind Fiktion und allein meiner Fantasie entsprungen. Jegliche Übereinstimmung oder Ähnlichkeit mit lebenden oder toten Personen ist zufällig und nicht beabsichtigt.

Falls einige Leser Ähnlichkeiten zwischen der fiktiven Heil- und Pflegeanstalt Winkelberg in diesem Roman und dem Isar-Amper-Klinikum München-Ost, ehemals Heil- und Pflegeanstalt Eglfing-Haar, bemerkt haben, sind diese nicht zufällig, sondern beabsichtigt.

Das Gleiche gilt für das fiktive griechische Dorf. Die Ähnlichkeiten zu den Ereignissen, die sich am 10. Juni 1944 in Distomo zugetragen haben, gleichen nicht zufällig den Ereignissen in Daflimissa. Dies gilt auch für die rechtliche Bewertung dieses Massakers, das bis heute als »normale Kriegshandlung« eingestuft wird. Das habe nicht ich mir ausgedacht, sondern Gerichte haben es so entschieden.

Was diese beiden realen Orte und die Ereignisse dort betrifft, habe ich mich in der Romanhandlung eng an den historischen Fakten orientiert.

Ein legendäres Hotel.
Der Glanz vergangener Zeiten.
Und ein Verbrechen, das nie verjährt …

Italien, März 1899. Die junge Nell reist mit ihrem Mann Oliver an die ligurische Küste, um in Bordighera ihre Flitterwochen zu verbringen. Das Paar logiert im luxuriösen Grandhotel Angst. Nell ist fasziniert von dem großartigen Gebäude, den eleganten Soiréen und dem Blick aufs funkelnde Meer. Doch die Mauern bergen eine unheimliche Legende, die Nell schon bald in ihren Bann zieht. Als ein Hotelgast überraschend verstirbt, beginnt sie nachzuforschen und stößt auf eine Intrige aus Schuld und Verrat, in die auch Oliver verwickelt scheint. Und plötzlich steht Nell selbst im Verdacht, ein Verbrechen begangen zu haben …